DALE BROWN

Mann gegen Mann

Buch

Die Welt fällt auseinander, und es gibt eine Reihe von Leuten, die daraus gerne einen Vorteil ziehen möchten. Einer von ihnen ist Pawel Kasakow, ein russischer Ölmagnat und Drogenboss mit Drähten zum organisierten Verbrechen und mit einer unverfrorenen Idee: Er will eine riesige Pipeline durch den Balkan bauen, vom Schwarzen Meer zur Adria. Die Leitung muss dazu durch mehrere Länder verlaufen, die das Projekt bereits zurückgewiesen hatten, aber Kasakow verfügt über eine Geheimwaffe: einen Tarnkappenbomber. Seine Strategie ist es, die Verweigerer anonym anzugreifen, so dass die russische Armee Gelegenheit zum Einmarsch in diese Länder erhält. So soll Russland Europa beherrschen, und Kasakow die Ölzufuhr. Die Nichteinmischungspolitik des amerikanischen Präsidenten Thomas Thorn kommt ihm dabei entgegen – aber er hat nicht mit Patrick McLanahan gerechnet. Der junge General der US Air Force führt einen Kampfeinsatz tief nach Russland hinein, um einen Agenten zu retten. Als die Dinge dabei außer Kontrolle geraten, will McLanahan die Gelegenheit nutzen und möglichst viele feindliche Ziele zerstören. Das bringt ihn jedoch in eine harte Konfrontation mit seinem Präsidenten. Während sich die Ereignisse zu überstürzen beginnen, werden McLanahan und sein Team vor eine schreckliche Wahl gestellt – und müssen zuallererst die Frage beantworten: Was ist die größere Bedrohung, das Reich des Bösen vor ihnen oder der schwache Präsident im Rücken? Was immer sie entscheiden, es wird das Leben aller Menschen für immer verändern.

Autor

Dale Brown wurde 1956 in Buffalo, New York, geboren und nahm bereits Flugstunden, bevor er seinen Führerschein machte. Er studierte an der Penn State University und schlug dann eine Laufbahn in der US Air Force ein. Seit 1986 widmet er sich in erster Linie dem Schreiben und wurde seither zu einem der erfolgreichsten amerikanischen Autoren. Mit seinen Romanen gelangt er regelmäßig auf die vordersten Plätze der New-York-Times-Bestsellerliste. Dale Brown lebt in Nevada, wo er sich oft mit seiner eigenen Maschine in die Luft erhebt.

Von Dale Brown bereits erschienen:

Höllenfracht. Roman (9636), Die Silberne Festung. Roman (9928), Antares. Roman (41060), Flug in die Nacht. Roman (41163), Der Tag des Falken. Roman (44113), Stählerne Schatten. Roman (43988), Nachtflug zur Hölle. Roman (35293), Der Schattenpilot. Roman (35478), Lautlose Jagd. Roman (35477), Stählerne Jäger. Roman (35493)

DALE BROWN

Mann gegen Mann

Roman

Ins Deutsche übertragen
von Wulf Bergner

BLANVALET

Die Originalausgabe erschien unter dem Titel »Warrior Class«
2001 bei G. P. Putnam's Sons/Penguin Putnam Inc., New York

Umwelthinweis:
Alle bedruckten Materialien dieses Taschenbuches
sind chlorfrei und umweltschonend.

Blanvalet Taschenbücher erscheinen im Goldmann Verlag,
einem Unternehmen der Verlagsgruppe Random House GmbH.

Deutsche Erstveröffentlichung 3/2003

Umschlaggestaltung: Design Team München
Umschlagfoto: Mauritius/SST
Satz: Uhl + Massopust, Aalen
Druck und Bindung: GGP Media, Pößneck
Titelnummer: 35816
Redaktion: Rainer Michael Rahn
V. B. · Herstellung: Heidrun Nawrot
Printed in Germany
ISBN 3-442-35816-7
www.blanvalet-verlag.de

1 3 5 7 9 10 8 6 4 2

Für Hunter und Diane,
meine Freude und Inspiration.
Danke, dass ihr mit mir fliegt.

Vorbemerkung des Verfassers

Dieses Buch ist ein Roman. Alle Personen, Orte, Organisationen und Ereignisse der Handlung sind Produkte der Fantasie des Autors, und jegliche Ähnlichkeit mit Personen, Orten, Ereignissen und Organisationen der realen Welt wäre rein zufällig. Obwohl in dieser Geschichte einige Ereignisse und Organisationen der realen Welt erwähnt werden, um sie authentischer erscheinen zu lassen, ist nicht beabsichtigt, damit Personen, Verfahrensweisen, Überzeugungen oder politisches Handeln der realen Welt zu beschreiben oder darzustellen.

Die Handlung bezieht sich teilweise auf einen amerikanisch-ukrainischen Feldzug gegen Russland, der in meinem Roman *Chains of Command* geschildert wird, auf Flugzeuge, litauische Forschungszentren, Personen und Ereignisse, die in *Night of the Hawk* (dt. »Nachtflug zur Hölle«) geschildert wurden, und auf den Ultimativen Soldaten, den ich erstmals in *The Tin Man* (dt. »Stählerne Jäger«) beschrieben habe.

Besuchen Sie meine Webseite *www.megafortress.com*, auf der Sie Ihre Kommentare hinterlassen können.

Tatsächlich veröffentlichte Meldungen

Russen operieren jetzt allein
26. Juli 1999, European Stars & Stripes

Die russischen Truppen in Tschetschnja dürfen jetzt im US-Sektor von Tschetschnja ohne amerikanische Überwachung operieren. Aber der NATO wird es vielleicht nie gelingen, die Russen von ihrer Auffassung abzubringen, sie seien natürliche Verbündete der Serben.

Bericht wirft Russland vor, die Serben mit Lenkwaffen beliefert und das Embargo gebrochen zu haben
3. August 1999, London (Reuters)

In einem am kommenden Dienstag erscheinenden Bericht meldet *Jane's Defence Weekly*, Russland habe Serbien offenbar vor Beginn der NATO-Bombenangriffe im März Fla-Lenkwaffen geliefert.

... In dem Bericht wird ein hoher serbischer Offizier mit der Aussage zitiert, die erste Ladung von sechs bis zehn unvollständigen russischen Raketensystemen des Typs S-300PM sei Anfang 1999 auf dem Landweg nach Serbien gelangt – auf mit Schrott beladenen Güterwagen versteckt. Nach anderen Quellen soll eine unbestimmte Zahl von Raketensystemen mit einem russischen Hilfskonvoi, in dem sie in Tankwagen versteckt waren, ins Land gelangt sein.

Kosovo-Albaner protestieren gegen Russen
Philadelphia Inquirer

Während zwei US-Kampfhubschrauber vom Typ Apache über der im südöstlichen Kosovo gelegenen Stadt Kosovska Kamenica kreisten und US-Truppen in Bereitschaft standen, marschierten etwa 1000 Demonstranten albanischer Abstammung zu einem russischen Stützpunkt, um gegen die russische Beteiligung an der Friedenstruppe zu protestieren. Der Protestmarsch verlief friedlich.

Demonstration des russischen Stealth-Jägers bei Luftfahrtschau
18. August 1999, Los Angeles Times

Russlands S-37 Berkut (Goldadler) war der Star einer internationalen Luftfahrtschau in der Nähe von Moskau. Der Stealth-Jäger mit seinen nach vorn gepfeilten Tragflächen wurde nur kurz vorgeführt.

Russland wegen Abrüstung und KFOR über USA verärgert
21. August 1999, Moskau (Agence France Presse)

Am Freitag zogen über den amerikanisch-russischen Beziehungen dunkle Wolken auf, nachdem in Bezug auf atomare Abrüstung und die Friedensmission im Kosovo, zwei Grundpfeiler der Zusammenarbeit zwischen Moskau und Washington, scharfe Meinungsverschiedenheiten zutage getreten waren.

»Nach der ganzen Episode mit dem Kosovo haben die Russen das Gefühl, von der NATO ignoriert und schlecht behandelt worden zu sein. Die einzige Möglichkeit, den NATO-Staaten dies deutlich zu machen, sei, sie daran zu erinnern, dass Russland eine Atommacht ist«, sagte Wiktor Kremenjuk, stellvertretender Direktor des Moskauer USA-Kanada-Instituts.

USA spielen Zwischenfall mit Jägern und russischen Bombern herunter

19. September 1999, Washington Times

Der National Security Council hat den Zwischenfall vor Alaska am Dienstag, an dem mehrere US-Jäger und zwei russische Bomber beteiligt waren, als »militärisch unbedeutend« eingestuft. Die russischen Maschinen befanden sich auf einem Übungsflug in internationalem Luftraum und kamen dabei näher an Alaska heran, als dies in den vergangenen sechs Jahren üblich war. Nach amtlichen Angaben erfolgte der Alarmstart der US-Jets routinemäßig wie bei jeder Annäherung unbekannter Flugzeuge an amerikanisches Hoheitsgebiet.

Ein Völkermord, ein politischer Coup, eine schöne Demokratie

Zbigniew Brzezinski, 4. Januar 2000, Wall Street Journal

Wladimir Putins Aufstieg zum russischen Präsidenten war das Werk von Oligarchen und der Chefs der militärischen Sicherheitsdienste, die damit das Ergebnis der für Juni angesetzten demokratischen Wahlen vorwegnehmen wollten. Putins Einstellung, die sich in dem brutalen Vorgehen Russlands in Tschetschnja zeigte, sollte als Warnung vor zukünftigen Problemen dienen.

NATO-Manöver endet mit weiteren Zusammenstößen

13. April 2000, European Stars & Stripes

Der Abschied der Marineinfanteristen der 24th Marine Expeditionary Unit von Griechenland verlief ähnlich wie ihre Ankunft im nahen Kosovo zum Nato-Manöver »Dynamic Response 2000«: unter einem Hagel von Steinen, roten Farbbeuteln und Beschimpfungen von NATO-Gegnern entlang der Strecke. Die Kolonne aus 80 Fahrzeugen erreichte ihren Verladehafen Port Litohoro ohne

Verletzte, aber bei vier Fahrzeugen waren die Windschutzscheiben zertrümmert.

Washington in Kürze

14. April 2000, Washington Post

Zu Protokoll gegeben: Die NATO fordert ihre Mitgliedsstaaten auf, für die Friedenstruppe im Kosovo 3500 Mann als Ersatz für heimkehrende Bataillone zur Verfügung zu stellen. Die USA werden sich voraussichtlich nicht mit zusätzlichen Einheiten beteiligen, sagte Kenneth Bacon, der Sprecher des Pentagons.

Putin fordert Verteidigung russischer Interessen am Kaspischen Meer

21. April 2000, Moskau (Reuters)

Der gewählte, aber noch nicht ins Amt eingeführte Präsident Wladimir Putin äußerte am Freitag Besorgnis darüber, dass die ausländische Konkurrenz sich für das ölreiche Gebiet um das Kaspische Meer interessiert, in dem Moskau traditionell dominiert hat, und rief russische Firmen auf, sich dort stärker zu engagieren.

»Wir müssen uns darüber im Klaren sein, dass das Interesse unserer Partner Türkei, USA und Großbritannien an dieser Region nicht zufällig ist«, sagte er laut russischer Agenturmeldungen auf einer Sitzung des Sicherheitsrats, der rein beratende Funktion hat.

... In der Sowjetära, als die ölreichen Republiken Teil eines Zentralstaats waren, stand das kaspische Becken unter der wirtschaftlichen Vorherrschaft Russlands. Aber die unabhängig gewordenen Staaten wollen mit diplomatischer Unterstützung der USA und der Türkei neue Handelsrouten aufbauen, die nicht über Russland führen, was dessen Einfluss in der dortigen Region stark beschneiden würde...

Russen im Kosovo verwundet

25. Mai 2000, International Herald Tribune

Zwei russische Soldaten wurden verletzt, als ihr Stützpunkt im westlichen Kosovo von zwei Panzerabwehrraketen getroffen wurde. Außerdem wurden russische Soldaten in derselben Nacht fünfmal mit Handfeuerwaffen beschossen. Die Angriffe ereigneten sich, nachdem es am Dienstagnachmittag zu Auseinandersetzungen zwischen russischen Soldaten und einem ehemaligen Kommandeur der aus einheimischen Albanern bestehenden Kosovo-Befreiungsarmee gekommen war.

Putin und Schröder loben »Neubeginn« in wichtiger Allianz

10. Juni 2000, Martin Nesirky, Berlin (Reuters)

Russland und Deutschland erklärten einen fruchtbaren Neuanfang einer wichtigen europäischen Allianz, als Präsident Wladimir Putin, einst kommunistischer Spion in Dresden, am Dienstag mit Bundeskanzler Gerhard Schröder zusammentraf.

»... Deutschland ist an einer strategischen Partnerschaft mit Russland interessiert«, sagte Schröder. »Nicht nur Deutschland, sondern ganz Europa hat ein Interesse daran, enge und freundschaftliche Beziehungen zu Russland zu unterhalten.«

Putin sagte: »Deutschland ist Russlands wichtigster Wirtschaftspartner in Europa. Und Deutschland steht im Mittelpunkt der europäischen Integration. Deshalb ist unser Gespräch mit dem Kanzler für Russland doppelt bedeutungsvoll.«

Ukraine organisiert großes NATO-Manöver; Russland bleibt fern
19. Juni 2000, Kiew (Reuters)

Die Ukraine beginnt am Montag ein noch nie da gewesenes zehntägiges Seemanöver, an dem Schiffe der NATO und mehrerer ehemals kommunistischer Staaten teilnehmen. Russland, das dem westlichen Verteidigungsbündnis nach wie vor mit tiefem Misstrauen begegnet, beabsichtigt fernzubleiben.

... Russland, der einstige Herrscher über die Ukraine, verübelt Kiew seine guten Beziehungen zur NATO und die regelmäßigen Manöver im Schwarzmeergebiet, in dem Moskaus Macht und Einfluss seit dem Zusammenbruch der Sowjetunion im Jahr 1991 dramatisch abgenommen haben.

Wir wollen jetzt nicht hören, dass wir Menschenrechte verletzt haben. Das ist nicht wahr. Es ist nicht gut für mein Gehör. Es ist nicht gut für mein Haar. Ich kenne die wahre Situation und glaube, dass Russland grausamer sein muss ... Wir werden uns wehren und Waffen gebrauchen – nicht nur nukleare. Wir werden euch in den Ärmelkanal werfen. Wir werden all die Verfechter der Menschenrechte in den Tunnel zwischen London und Paris treiben und sie dort einmauern.

Wladimir Schirinowski
russischer ultranationalistischer Politiker
7. April 2000 (Reuters)

Prolog

Blair House, Washington, D.C.
20. Januar 2001

»Also, was zum Teufel *machen* sie dort drinnen?«, flüsterte der Protokollführer des Obersten Bundesgerichtshofs der Vereinigten Staaten aufgeregt. Er klopfte erneut an die Tür der Truman Quarters, der größten Gästesuite im Blair House. Hinter ihm warteten der Präsident des Obersten Bundesgerichts sowie mehrere seiner Mitarbeiter, Secret-Service-Agenten und Personal des Blair House. Wem zum Teufel konnte es einfallen, den Gerichtspräsidenten und den größten Teil des Rests der Welt hier warten zu lassen?

Einige Sekunden später öffnete der gewählte, aber noch nicht ins Amt eingeführte Präsident selbst die Tür. »Bitte treten Sie ein, Gentlemen«, sagte er mit seinem ständigen halben Lächeln auf dem Gesicht. »Willkommen. Ich hoffe, wir haben Sie nicht zu lange warten lassen.«

»Natürlich nicht, Gouverneur Thorn«, antwortete der Gerichtspräsident mit schwachem Lächeln. »In Wirklichkeit bin *ich* der Störenfried. Dieser Augenblick sollte Ihnen gehören. Wahrscheinlich der letzte ruhige, friedliche Augenblick, der Ihnen für lange Zeit gegönnt sein wird.«

Der zukünftige Präsident schüttelte den Kopf und lächelte, als sei ihm überhaupt nicht bewusst, was bald passieren würde. »Unsinn, Euer Ehren. Frieden ist ein seelischer Zustand, der nicht von Ort, Zeit oder äußeren Einflüssen abhängig ist.«

»Natürlich.« Gerichtspräsident und Protokollführer wechselten einen Blick, der einem stummen Kommentar glich: Er ist wirklich ein komischer Vogel.

Während sie eintraten, sah der Protokollführer nach einem Blick auf seine Uhr besorgt zu dem Gerichtspräsidenten hinüber. Der zukünftige Präsident und sein Vizepräsident wurden in zwanzig Minuten unter dem westlichen Säulenvorbau des Kapitols erwartet, damit die Feierlichkeiten zu ihrer Amtseinführung beginnen konnten. Tatsächlich hatten diese schon begonnen: mit einer Parade zu Ehren des scheidenden Präsidenten und seines Vizepräsidenten, einem Standkonzert der Marine Band, dem Bittgebet und mehreren Dichterlesungen, mit denen die erste friedliche Machtübergabe in den Vereinigten Staaten im neuen Jahrtausend gefeiert wurde.

Als Erster würde um 11.50 Uhr der zukünftige Vizepräsident vereidigt werden, worauf ein von ihm ausgewählter Song oder Marsch folgte, während die Mitwirkenden auf dem Podium die Plätze tauschten. Der zukünftige Vizepräsident, der zur Hälfte von Seminole-Indianern abstammte, hatte sich für das »John-Dunbar-Thema« von John Barry aus *Der mit dem Wolf tanzt* entschieden, das die New World Symphony unter Leitung von Michael Tilson Thomas spielen würde. Die Vereidigung des Präsidenten sollte dreißig Sekunden vor Mittag beginnen, damit er genau eine Sekunde nach zwölf Uhr die Worte »So wahr mir Gott helfe« sprechen würde. Nach der Vereidigung würde die Marine Band erstmals »Hail to the Chief« spielen, bevor der neue Präsident seine Antrittsrede an die Nation hielt, an die sich ein Empfang für führende Abgeordnete und Senatoren, die Richter des Obersten Bundesgerichtshofs und weitere Würdenträger und Gäste im Presidential Room des Kapitols anschloss.

Dann würde der Festzug sich die Pennsylvania Avenue hinunter zum Weißen Haus bewegen – und der frisch vereidigte Präsident, der Vizepräsident und ihre Frauen würden voraussichtlich die von Jimmy und Rosalyn Carter begründete Tradition fortführen und ein gutes Stück der zwölf Straßenblocks langen Route zu Fuß zurücklegen. Abends würden dann in ganz Washington Bälle zur Amtseinführung stattfinden – insgesamt etwa fünfzehn –, und von dem neuen Präsidenten, dem Vizepräsidenten und ihren Frauen wurde erwartet, dass sie sich auf jedem zeigten und eine

Runde tanzten. Alles war bis auf die Sekunde genau koordiniert, und die Organisatoren setzten jeden – sogar die Richter des Obersten Bundesgerichtshofs – unter Druck, damit der Zeitplan eingehalten wurde.

Thorn streckte dem Gerichtspräsidenten die Hand hin, als dieser eintrat. »Freut mich, Sie mal wieder zu sehen, Chief Justice Thompson«, sagte er. »Sie sind wegen der Präliminarien hier, nicht wahr?«

»Ja, Gouverneur«, sagte der Gerichtspräsident leicht ungeduldig. »Wir haben's etwas eilig, deshalb sollten wir ...«

»Ja, ich weiß, ich weiß. Der Zeitplan ist unerbittlich«, sagte der zukünftige Präsident mit entwaffnendem Lächeln. Der Raum war überfüllt, aber alle benahmen sich absolut gesittet, ohne aufgeregt oder nervös zu wirken. Der zukünftige Präsident hatte fünf Kinder, keines über acht Jahre alt, von denen jedoch außer einem gelegentlichen Flüstern nichts zu hören war, sodass alle fanden, sie seien die am besten erzogenen Kinder der Welt. »Keine Sorge, wir sind bereit.«

Thomas Nathaniel Thorn, der erfolgreiche Außenseiter, war zuvor Gouverneur von Vermont gewesen. Groß, jungenhaft, gut aussehend, sein lockiges Haar etwas dünner, aber noch immer blond – Thorn war erst Mitte vierzig –, mit lebhaften blauen Augen und ungezwungenem Lächeln, sah er nicht unbedingt wie der Shooting-Star der politischen Szene Amerikas aus. Als Gründer und Vorsitzender der Jeffersonian Party war Thorn seit Abraham Lincoln und seiner damals neuen Republican Party als erster Kandidat einer alternativen Partei zum Präsidenten gewählt worden.

Der zukünftige Vizepräsident Lester Rawlins Busick, zuvor sechsmal zum Senator von Florida gewählt, seine Frau Martha und ihre beiden erwachsenen Kinder waren ebenfalls anwesend. Busick, ein ehemaliger »Reagan-Demokrat« aus dem Süden – fiskalisch konservativ, aber sozial liberal – war ein in Washington sehr angesehener alter Politprofi. Aber er war in verschiedenen Dingen anderer Ansicht als seine Partei und hatte bald erkannt, dass die aufstrebende neue Jeffersonian Party ihm ein besseres Forum für seine Überzeugungen bieten konnte, als wenn er nur als weiterer

Veteran im Senat gegen den politischen Hurrikan anschrie. Trotz seines glänzenden Rufs und seiner körperlich eindrucksvollen Präsenz war er in der übervollen Hotelsuite praktisch unsichtbar.

Die Tür wurde geschlossen, und die Zuschauer drängten heran, während ein Mitarbeiter Thorns diskret fotografierte. Der Gerichtspräsident schüttelte jedermann die Hand, dann sagte er in deutlich drängendem Tonfall: »Wie Sie wissen, Gouverneur Thorn, schreibt der zwölfte Zusatz der Verfassung der Vereinigten Staaten den genauen Zeitpunkt vor, an dem Sie Ihr Amt antreten, nämlich heute um eine Sekunde nach zwölf Uhr. Artikel zwei, Abschnitt eins der Verfassung verlangt zugleich, dass Sie den Amtseid leisten, bevor Sie Ihre Aufgaben als Präsident der Vereinigten Staaten wahrnehmen.

Da bei der heutigen großen Zeremonie alles Mögliche schief gehen kann, ist es üblich, den Amtseid vor der öffentlichen Vereidigung abzunehmen, damit Sie in dem Augenblick, in dem Ihre Amtszeit offiziell beginnt, auf jeden Fall schon vereidigt sind, was verfassungsrechtliche Probleme vermeidet. Ich bin sicher, dass Sie nichts dagegen haben werden, den Amtseid zweimal zu leisten.« Thorn lächelte nur sein friedliches, zuversichtliches halbes Lächeln, das ihm zum Sieg über den Amtsinhaber, Präsident Kevin Martindale von den Republikanern, und einen prominenten Mitbewerber von den Demokraten verholfen hatte. »Ausgezeichnet. Wie ich sehe, haben Sie die Bibel mitgebracht, Mrs. Thorn. Dann können wir also anfangen.«

Amelia Thorn hielt eine alte Bibel, die aus Präsident Jeffersons Familie stammte, in die Richtung, aus der seine Stimme kam. Amelia Thorn war seit dem neunten Lebensjahr blind, nachdem sie als Kind zuckerkrank gewesen war, aber sie hatte ihr Leben mit Energie und Durchhaltewillen gemeistert: Die Mutter von fünf Kindern war als glänzende Juristin Richterin am Obersten Gericht des Bundesstaats New Hampshire gewesen, bevor sie dieses Amt niedergelegt hatte, um im Wahlkampfteam ihres Mannes mitzuarbeiten. »Legen Sie bitte die linke Hand auf die Bibel, Gouverneur Thorn, heben Sie die rechte Hand und sprechen Sie mir nach: ›Ich, Thomas Nathaniel Thorn, schwöre feierlich ...‹« Thorn sprach seinen Amtseid fehlerlos, leidenschaftlich, und sah dabei seine Frau an, die seinen Blick erwiderte, indem sie dorthin blickte, woher seine Stimme kam. Diese Zeremonie wurde mit Lester Busick wiederholt, dessen Frau Martha in der alten Bibel, die sie in den Händen hielt, eine Passage aus dem Buch Jesaja aufgeschlagen hatte.

»Danke, Gouverneur Thorn, Senator Busick.« Der Gerichtspräsident durfte sie noch nicht offiziell »Mr. President« oder »Mr. Vice President« nennen, aber er schüttelte ihnen die Hand und gratulierte ihnen trotzdem. »Ich wünsche Ihnen alles Gute. Die Gebete unserer Landsleute mögen Sie unterstützen. Und nun sollten wir uns beeilen, sonst sind die Regisseure und Choreographen der heutigen Show sehr böse auf uns.«

»Wir sind noch nicht so weit«, sagte Thorn.

Der Gerichtspräsident starrte ihn entgeistert an. »Wie bitte, Gouverneur?«

»Wir sind noch nicht so weit.« Als Thorn auf die vor dem riesigen offenen Kamin der Hotelsuite im Kreis aufgestellten Stühle deutete, nahmen Busick und seine Familie und die Familie Thorn rasch und lautlos darauf Platz und fassten sich an den Händen. »Wir haben noch etwas zu tun, bevor wir fahren. Sie können sich uns gern anschließen oder zusehen oder schon mal zum Kapitol fahren.« Er führte seine Frau zu einem zweisitzigen Sofa gegenüber dem Kamin, von dem aus man zum Weißen Haus auf der anderen Straßenseite hinübersehen konnte, nahm dann neben ihr Platz und nickte den anderen zu. »Schließt bitte die Augen.«

Zur großen Überraschung von Chief Justice Thompson verstummten alle, schlossen die Augen und saßen mit gesenkten Köpfen und sich an den Händen haltend da. Er sah den Protokollführer an, warf einen Blick auf seine Uhr und starrte wieder dieses verblüffende Bild an. »Was ... was machen sie da?«, flüsterte er einem den Thorns zugeteilten Secret-Service-Agenten zu. »Beten sie?«

»Das glaube ich nicht, Sir«, antwortete der Agent leise. »Ich glaube, sie meditieren.«

»Meditieren? *Jetzt*? Der Mann soll in weniger als einer halben

Stunde als Präsident der Vereinigten Staaten vereidigt werden! Wie kann er zu diesem Zeitpunkt meditieren?«

»Das machen sie zweimal täglich, Euer Ehren, jeden Tag«, sagte der Agent nüchtern. »Zwanzig Minuten lang. *Genau* zwanzig Minuten lang. Alle miteinander.«

In diesem Augenblick erkannte der Präsident des Obersten Bundesgerichtshofs, dass alle Storys, die er über Thomas Nathaniel Thorn gehört hatte, vermutlich wahr waren. Sein Verhalten war unmöglich… inakzeptabel! »Gouverneur Thorn, bitte, wir müssen aufbrechen.« Keine Reaktion. Thompson erhob die Stimme im gebieterischen Tonfall eines Gerichtspräsidenten: »*Gouverneur Thorn!*«

Eines der Mädchen öffnete die Augen, sah ihn an, blickte fragend zu seiner Mutter hinüber und schloss wieder die Augen, als Mrs. Thorn nicht reagierte. »Sie können sich uns anschließen, Sie können uns zusehen, oder Sie können gehen«, sagte Thorn ganz ruhig, aber hörbar irritiert, ohne die Augen zu öffnen, »aber Sie dürfen uns nicht stören. Danke.«

Chief Justice Thompson wusste, dass er im Kapitol erwartet wurde, war sich bewusst, dass er hinüberfahren musste – aber er konnte sich nicht dazu zwingen, den Raum zu verlassen. Er stand wie hypnotisiert da und beobachtete die Meditierenden, während die Minuten verrannen und der Augenblick des Amtswechsels näher rückte. Zwischendurch gingen mehrere dringende Anrufe ein, die alle von Secret-Service-Agenten beantwortet wurden, aber die Familien Thorn und Busick ließen sich nicht stören.

Thompson überlegte, ob er etwas sagen sollte, ob er ihnen vielleicht sogar befehlen sollte, diesen Unsinn bleiben zu lassen, weil die *Nation* auf sie wartete, verdammt noch mal, aber irgendeine unerklärliche Macht hinderte ihn daran, auch nur ein Wort zu sagen. Am unglaublichsten waren die Kinder – sogar der Säugling schien zu ruhen, und die Kleinsten bewegten keinen Muskel. Er hatte noch nie erlebt, dass Kleinkinder so lange stillhielten; auch seine eigentlich sehr wohlerzogenen Enkelkinder schienen ständig herumzuzappeln.

Exakt zwanzig Minuten später öffneten die Thorns die Augen,

als sei ein stummer Befehl an sie ergangen, denn sie öffneten sie alle gleichzeitig. Die Busicks öffneten erst die Augen, als sie merkten, dass die Thorns sich bewegten. Keiner von ihnen sah verschlafen aus; sie wirkten im Gegenteil erholt und hellwach, bereit zu neuen Taten. Ohne eine Aufforderung abzuwarten, kümmerten die älteren Kinder sich sofort um die Kleinsten, kontrollierten ihre Windeln und halfen Amelia Thorn, ihre Sachen zusammenzupacken. Keine Minute später waren sie zum Aufbruch bereit.

»Gouverneur, Senator, wir … wir müssen uns wirklich beeilen«, stammelte der Gerichtspräsident, der seinen Augen noch immer nicht trauen wollte.

»Keine Eile, Mr. Chief Justice«, sagte Thorn. »Wir haben reichlich Zeit.«

»Aber die Fahrt zum Kapitol dauert mindestens zehn Minuten, selbst mit einer Polizeieskorte, und dann brauchen Sie noch mal fünf Minuten, um …«

»Wir fahren nicht zum Kapitol«, sagte Thorn. Von Secret-Service-Agenten begleitet, die ihnen den Weg bahnten, verließen seine Familie und die Busicks bereits die Suite. Sie gingen am Aufzug vorbei und waren zu der prächtigen alten Treppe unterwegs.

»Sie … Sie fahren *nicht* zum Kapitol?«, fragte Thompson entsetzt. Er musste sich beeilen, um mit der Familie Schritt zu halten.

»Die dortige Zeremonie findet zu Ehren von Präsident Martindale und Vizepräsidentin Whiting statt, Euer Ehren«, sagte Thorn. »Das Volk hat mich gewählt, damit ich für Amerika arbeite, aber nicht, damit ich Reden halte oder mich feiern lasse.«

»Aber … aber der Kongress, die geladenen Gäste, hunderttausende von Bürgern aus dem ganzen Land … sie alle warten am Kapitol auf Sie. Was werden die vielen Leute sagen, wenn Sie nicht kommen?«

»Das Gleiche, als wenn ich gekommen wäre – vielleicht reagieren sie sogar freundlicher, weil sie keine Rede zur Amtseinführung zerpflücken können«, sagte Thorn. »Lassen Sie das meine Sorge sein, Euer Ehren.«

»*Sie wollen keine Rede zur Amtseinführung halten?*«, rief

Thompson schockiert aus. »Das ist natürlich nur ein Scherz.« Aber er wusste, dass das keiner war.

»Ich habe zu arbeiten. Ich muss mein Kabinett bestätigen lassen, mehrere Dutzend Bundesrichter ernennen und eine Regierung leiten. Ich habe den Wählern versprochen, sofort mit der Arbeit zu beginnen, und genau das habe ich vor.«

Die Familien Thorn und Busick gingen die Treppe hinunter, durchquerten die prunkvolle Halle des Blair House und marschierten über die Pennsylvania Avenue, an den Absperrungen der District of Columbia Police vorbei und zum Sicherheitstor des Weißen Hauses. Auf der nur für Fußgänger freigegebenen Avenue waren nicht viele Passanten und Touristen unterwegs, weil die meisten Leute am Straßenrand auf den Festzug warteten. Trotzdem waren die beiden Familien sofort von einer kleinen Menge umgeben. Thomas Thorn schüttelte ein paar Hände, ließ sich aber nicht lange aufhalten und ging mit seinem Vizepräsidenten zu dem streng bewachten Tor weiter.

Obwohl die Secret-Service-Agenten die Familien über Funk angemeldet hatten, wurden sie von aufgebrachten und verwirrten Beamten der Park Police angehalten. »Was zum Teufel geht hier vor?«, fragte einer der Wachposten am Tor.

»Melde mich zum Dienst«, sagte Thorn selbstbewusst. »Aufmachen!«

»*Was?*«, rief der Uniformierte. »Wer zum Teufel sind Sie überhaupt? Verschwinden Sie, bevor ich …« Dann verstummte er, als ihm dämmerte, wen er vor sich hatte.

Der Gerichtspräsident trat vor.

»Ich bin Joseph Thompson, Präsident des Obersten Bundesgerichtshofs der Vereinigten Staaten. Ich habe diesen beiden Gentlemen soeben den Amtseid abgenommen. Gouverneur Thorn und Senator Busick …« Thompson sah auf seine Armbanduhr. Es war inzwischen 12.02 Uhr. »… ich meine, *Präsident und Vizepräsident der Vereinigten Staaten* wünschen Zutritt zum Weißen Haus, um die Arbeit aufnehmen zu können.«

Unterdessen traten die zum Personenschutz von Präsident und Vizepräsident eingesetzten Agenten in Aktion, drängten die

Menge zurück, bahnten der Gruppe einen Weg und wiesen sich gegenüber der verblüfften Park Police und ihren uniformierten Kollegen vom Secret Service aus. Der Wachposten wollte seinen Augen kaum trauen, aber er betätigte trotzdem den Schalter, der das Tor elektrisch öffnete, und ließ den neuen US-Präsidenten, seinen Vizepräsidenten und ihre Familien aufs Gelände ihres zukünftigen Heims.

»Mr. President, wollen Sie das wirklich tun?«, fragte Chief Justice Thompson in drängendem Tonfall. »Das wäre ... etwas völlig Neues.«

»In der Verfassung steht nichts, das mich dazu verpflichtet, mich feierlich ins Amt einführen zu lassen, eine Rede zu halten, durch die Straßen von Washington zu ziehen oder mich oder meine Familie zur Schau zu stellen«, sagte Thorn. Der Gerichtspräsident überflog in Gedanken rasch den Text der US-Verfassung, deren oberster Hüter er war, und erkannte, dass Thorn Recht hatte: Es gab kein Verfassungsgebot oder Bundesgesetz, das irgendeine Art Zeremonie vorschrieb.

»Unsere Amtseinführung ist keine Siegesfeier, Mr. Chief Justice«, fuhr Thorn fort. »Wir haben gerade einen wichtigen Job übernommen – nicht mehr, nicht weniger. Da gibt's nichts zu feiern. Ich lasse zu, dass mein Familienleben leidet, lege meine privaten Träume und Hoffnungen vorerst auf Eis und setze mich öffentlicher Kritik, Zweifeln und Gefahren aus – alles nur, um dem Volk zu dienen. Zu feiern gibt es meiner Ansicht nach nur die friedliche Machtübergabe in der großartigsten Demokratie der Welt. Feiern sollten eigentlich die Wähler, die von ihrem Recht Gebrauch gemacht haben, ihre Regierungsform und ihre Staatsführung selbst zu bestimmen. Was mich betrifft, werde ich sofort die Arbeit aufnehmen.«

Dem konnte der Gerichtspräsident nicht widersprechen. Er streckte Thorn seine Hand hin, die der Präsident herzlich drückte. Thorn und Busick schüttelten noch ein paar Hände, dann führten sie ihre Familien unter dem Beifall der Menge, die »*Thorn, Busick! Thorn, Busick!*« skandierte, aufs Gelände des Weißen Hauses.

Prizren, Kosovo,
Föderative Republik Jugoslawien
Zur gleichen Zeit

»*Usratta moschno!* Dieser feige Hund hatte nicht einmal den Mut, sich öffentlich vereidigen zu lassen!« Hauptmann Ljubisa Susic, Polizeichef der Bundespolizei in Prizren, Kosovo, hockte schadenfroh grinsend vor dem Fernseher. Er war stolz auf seine ausgezeichneten Russischkenntnisse, vor allem was unanständige Ausdrücke betraf. »Zu einer Zeit, in der er im Blickpunkt der Öffentlichkeit steht, verkriecht er sich im Weißen Haus und knutscht mit seinem Vizepräsidenten, *on igrajet dunkoj kulakowoj!*«

Susic saß in seinem Dienstzimmer, war heute länger dageblieben, um die Satellitenübertragung zu verfolgen, was nur im Hauptquartier möglich war. Hier im Büro hatte er seine Ruhe, das Fernsehbild war stabil und relativ scharf, er hatte Maraschino – starken, teuren serbischen Kirschlikör –, und er hatte seine Pistole, die er im Dienst tragen musste, aber außerhalb des Stützpunkts nicht tragen durfte. Das war ein weiteres Beispiel für die idiotischen Bestimmungen, an die er sich halten musste, weil die NATO den Kosovo besetzt hatte: Solange er hier von hundert schwer bewaffneten Wachposten umgeben war, durfte er eine Waffe tragen, aber wenn er das Hauptquartier allein verließ, musste er unbewaffnet sein, um die Zivilbevölkerung – von der viele ihm nur allzu gern eine Kugel in den Kopf geschossen oder ein Messer in den Rücken gestoßen hätten – nicht zu beunruhigen oder zu ängstigen.

In Prizren, im Süden der südlichen jugoslawischen Provinz Kosovo, lag das Hauptquartier der KFOR MNB (S) – Kosovo Force, Multi-National Brigade (South) –, der mit Genehmigung der Vereinten Nationen von der NATO entsandten Friedenstruppe mit 50 000 Soldaten aus 28 Staaten in aller Welt, darunter die USA, Großbritannien, Deutschland und Russland. Die KFOR hatte den Auftrag, im Kosovo zu patrouillieren und zu versuchen, weitere ethnische Konfrontationen zu verhindern, während die Staatengemeinschaft versuchte, die mit dem Auseinanderfallen der Föderativen Republik Jugoslawien verbundenen Probleme zu lösen.

Und an Problemen herrschte kein Mangel. Es gab eine von den Vereinten Nationen anerkannte und sogar finanzierte provisorische Regierung der Republik Kosovo, die schon in weniger als vier Jahren die Verantwortung für die halbautonome Republik übernehmen sollte. Die nun nicht mehr illegale Kosovo-Befreiungsarmee war aktiver als je zuvor und bestand jetzt aus schätzungsweise über 50 000 Mann – mehr als UN, NATO und Russen zusammen. Die KBA hätte schon vor Jahren entwaffnet werden sollen, aber dazu war es nie gekommen – stattdessen verfügte sie jetzt angeblich über schwere Waffen wie Panzerabwehrraketen und von der Schulter abzufeuernde Fla-Lenkwaffen, die der Iran, Saudi-Arabien und weitere islamische Staaten geliefert hatten.

Die KBA bezeichnete sich als Herzstück der Selbstverteidigungskräfte der bald unabhängig werdenden Republik Kosovo. Das entsprach jedoch nicht der Realität. Die KBA bestand hauptsächlich aus muslimischen Albanern und behandelte keineswegs alle Einwohner gleich. Sie hasste die Serben und orthodoxen Christen, aber sie diskriminierte auch Ausländer und die Angehörigen ethnischer Minderheiten im Kosovo – Zigeuner, Rumänen, Italiener, Juden und Griechen. Ihre Soldaten hatten ohne Genehmigung der NATO oder UN angefangen, Uniformen und Waffen zu tragen und sich als die einzig authentische einheimische Polizei zu bezeichnen.

Unterdessen war der Kosovo noch immer ein Teil Serbiens, der weiterhin serbischen und jugoslawischen Gesetzen unterstand. Susic war die undankbare Aufgabe zugefallen, diesen Gesetzen in einer Region, in der Gesetzlosigkeit vorherrschte, Geltung zu verschaffen. Der Flughafen Prizren wurde von der Föderativen Republik Jugoslawien weiter als internationaler Verkehrsflughafen betrieben und musste in Übereinstimmung mit jugoslawischen Gesetzen und ICAO-Vorschriften bewacht und betrieben werden. Seine Radaranlagen, Stromgeneratoren, Fernmeldeverbindungen, Satellitenantennen, Lagerhäuser und Tanklager spielten eine wichtige Rolle für Jugoslawiens Souveränität und seine Wirtschaft. Weder NATO noch UN hatten sich erboten, Jugoslawien diese Aufgaben abzunehmen, aber die KBA machte sie nahezu unmöglich.

Bei der Friedenssicherungsmission der NATO im Kosovo herrschten chaotische Zustände. Die NATO-Mitglieder Italien und Deutschland, die noch Truppen auf dem Land stationiert hatten, stritten ständig über ihren Auftrag: Italien, dessen östliche Stützpunkte überfüllt und den Kampfgebieten näher waren, wollte seine Militärpräsenz unauffälliger gestalten; Deutschland, das den Verlust seiner Vormachtstellung in Europa fürchtete, plädierte für eine weit aktivere Rolle bis hin zur Stationierung von Truppen in Serbien. Griechenland und die Türkei, beide NATO-Mitglieder, aber alte Rivalen im Mittelmeerraum, spielten bei der Friedenssicherung praktisch keine Rolle, was nach allgemeiner Auffassung die beste Lösung war. Russland wollte Flagge zeigen und in Osteuropa verlorenes Terrain zurückgewinnen, indem es seine slawischen Vettern unterstützte und so die von Deutschland ausgehende Gefahr neutralisierte.

Und dann gab es die Vereinigten Staaten von Amerika, hinter deren Engagement das größte Fragezeichen stand. Was würde der neue Präsident tun? Er war solch ein Rätsel, dass nur wenige Analysten im In- oder Ausland eine Prognose wagten. Die USA hatten im Kosovo und den angrenzenden Gebieten doppelt so viele Soldaten stationiert wie alle anderen Staaten zusammen, sodass sie Deutschland und Russland militärisch weit überlegen waren. Dadurch war ihnen jedoch die Rolle eines Babysitters oder Schiedsrichters zugefallen. Die Amerikaner schienen sich weniger darauf zu konzentrieren, im Kosovo für Frieden zu sorgen, als Streitigkeiten zwischen ihren europäischen Verbündeten zu schlichten.

»Dieser neue Präsident ist entweder ein Spinner oder ein Feigling«, fügte Susic hinzu. Die CNN-Kameras zeigten zehntausende von Menschen, die vor dem Washingtoner Kapitol herumstanden, als wüssten sie nicht, was sie tun sollten. »Sehen Sie sich diese Leute an, wie ratlos sie sind, weil ihr New-Age-Präsident, dieser wiedergeborene Hippie, sich in der Sicherheit des Weißen Hauses versteckt.« Andere Fernsehkameras zeigten, wie Berater des Präsidenten – noch keine Minister, weil der Senat sie erst bestätigen musste – zu einer Besprechung mit dem Präsidenten ins Weiße Haus kamen. »Wie peinlich! Finden Sie nicht auch, Oberst?«

»Unterschätzen Sie diesen Mann nicht, Hauptmann«, sagte Oberst Gregor Kasakow und leerte sein Glas Maraschino, das Susic sofort wieder füllte. »Er besitzt die Stärke seiner Überzeugungen – nicht bloß politischen Instinkt wie die anderen. Hüten Sie sich davor, Zurückhaltung mit Schwäche zu verwechseln.«

Susic nickte nachdenklich. Wenn Kasakow das sagte... Kasakow war ein vorbildlicher Soldat, ein ungewöhnlich tapferer und einfallsreicher Krieger. Gregor Kasakow war der Kommandeur der 4000 Mann starken Friedenstruppe der Russischen Föderation, die im russischen Sektor dieser explosiven serbischen Provinz Ordnung zu halten versuchte.

In Susics Augen war er ein Held, weil er etwas bei russischen Offizieren verhältnismäßig Ungewöhnliches und Seltenes bewiesen hatte – Eigeninitiative. Aufgrund eines Geheimbefehls aus Moskau war Gregor Kasakow, damals erst Major, im Juni 1999 mit Teilen seines berühmten 331. Luftlandebataillons in zwei Transportern vom Typ An-12 nachts im Tiefflug durchs gefährliche bosnische Bergland geflogen und hatte dann über dem Flughafen Priština 120 russische Kommandosoldaten, zwei Mannschaftstransportwagen, leichte Fla-Lenkwaffen sowie Munition und Verpflegung für ein paar Tage an Fallschirmen abgesetzt, wodurch er den überraschten NATO-Truppen die wichtigste Position im Kosovo vor der Nase weggeschnappt hatte. Die russischen Fallschirmjäger hatten den Flughafen mühelos und ohne Verluste besetzt. Von der Einsatzbesprechung bis zum Absetzen des letzten Manns hatte das ganze Unternehmen weniger als zwölf Stunden gedauert – erstaunlich schnell und effizient für einen russischen Einsatz. Eine kleine Gruppe britischer Fallschirmjäger, die als Vorauskommando die von der NATO geplanten Versorgungsflüge vorbereiten sollte, war von ihren russischen Kameraden höflich, aber bestimmt aus den Betten geholt und zum Verlassen des Flughafens aufgefordert worden.

Die NATO hatte Frühwarnflugzeuge vom Typ E-3 über Bosnien, Albanien und Makedonien, die den gesamten Luftraum über Jugoslawien überwachten. Zwei Jäger F-14 Tomcat eines in der Adria stationierten US-Flugzeugträgers erhielten den Befehl, die Transporter abzufangen, kurz nachdem die An-12 von dem russischen Flugplatz in Bosnien gestartet waren. Die Jäger hatten die Transporter zum Umkehren aufgefordert, sie sogar mit ihrem Zielsuchradar erfasst und mit ihrem Abschuss gedroht, wenn sie nicht umkehrten. Aber Kasakow hatte den An-12-Piloten den Weiterflug befohlen, und die Amerikaner hatten schließlich abgedreht, ohne auch nur einen Warnschuss abgegeben zu haben. Das Unternehmen hatte die ganze Welt verblüfft und für kurze Zeit Befürchtungen ausgelöst, die NATO könnte sich zu einem Gegenschlag entschließen. Stattdessen hatte Russland in Stunden erreicht, was ihm in wochenlangen Verhandlungen nicht zugestanden worden war: eine Beteiligung an der Friedenstruppe im Kosovo. Dieser Erfolg hatte Kasakows kühnes Unternehmen glänzend gerechtfertigt.

Hätte die NATO den Flughafen Priština zurückerobern wollen, hätte sie das leicht tun können – das hätte Kasakow als Erster zugegeben. Seine Männer waren zwar hoch motivierte Elitesoldaten, aber sie waren sehr schlecht ausgerüstet und nicht in Übung. Für viele von ihnen war der Absprung über dem Flughafen Priština der erste Sprung seit mehreren Wochen, denn für Übungsflüge stand nur lächerlich wenig Treibstoff zur Verfügung; von Munition bis zu Stiefeln war bei den Russen alles knapp. Aber der Überraschungsfaktor hatte die Amerikaner, Briten, Franzosen und Deutschen förmlich gelähmt. Eben noch war der Flughafen fast menschenleer gewesen; eine Stunde später waren über 100 russische Fallschirmjäger dabei, sich dort einzurichten.

In ganz Russland löste der Erfolg dieses Unternehmens patriotischen, ja nationalistischen Jubel aus. Kasakow wurde zum Oberst befördert und wegen seines Muts und Kampfgeists mit einem Verdienstorden ausgezeichnet. Letztlich markierte dieses Unternehmen den Anfang vom Ende der Regierung Jelzin, da klar war, dass Jelzin den Plan entweder nicht genehmigt hatte, weil er Gegenmaßnahmen des Westens fürchtete, oder – was wahrscheinlicher war – überhaupt nichts davon gewusst hatte. Kein Jahr später war Jelzin zurückgetreten, seine Sozialdemokratische Partei war entmachtet, und Walentin Senkow und seine neue Russische Vaterlandspartei – nicht kommunistisch, aber entschieden nationalistisch und antiwestlich – hatten erst die Duma, dann den Kreml erobert.

Hätte Kasakow in die Politik gehen wollen, hätte er sich zum Ministerpräsidenten Russlands wählen lassen können – zweifellos eine weit schwierigere Aufgabe als alle, die er bis dahin gelöst hatte. Aber er war Soldat und Kommandeur; er wollte nichts anderes, als russische Truppen führen. Deshalb hatte er sich das Kommando über die russischen Truppen in Jugoslawien erbeten und sein Hauptquartier in Prizren im südlichen Kosovo aufgeschlagen – mitten im größten und gefährlichsten Abschnitt der multinationalen Brigade. Dort unterstanden ihm zwei motorisierte Infanteriebataillone mit insgesamt 4000 Mann; außerdem befehligte er eine 800 Mann starke taktische Gruppe mit schnellen Kampfhubschraubern im MNB-Hauptquartier Ost in Gnjilane und war auch Berater des dortigen 300 Mann starken Kontingents des ukrainischen Heeres.

Unterdessen waren seine Soldaten praktisch ohne Ablösung seit fast zwei Jahren im Einsatz, sodass die Männer nachlässig, schlecht ausgebildet und kaum motiviert waren. Hier im Kosovo kannten sie nur ständige Bedrohungen von albanischen Zivilisten und Einheiten der Kosovo-Befreiungsarmee – die nachts die Straßen beherrschten, ohne dass die KFOR sie daran hätte hindern können –, während die Duma *ihnen* die Mittel kürzte und sie auch sonst vernachlässigte. Der neue Präsident Russlands, der Exkommunist, Ex-KGB-Offizier und Ex-Ministerpräsident Walentin Senkow, der dem Militär mehr Geld und mehr Prestige versprochen hatte, schien sein Versprechen halten zu wollen. Aber niemand, auch Präsident Senkow nicht, konnte aus Steinen Wasser pressen. Für die riesigen Streitkräfte der Russischen Föderation standen einfach keine zusätzlichen Haushaltsmittel zur Verfügung.

»Die Frage ist nur«, sagte Susic und nahm einen weiteren großen Schluck Maraschino, »ob Thorn wie sein Vorgänger die amerikanischen Truppen im Kosovo weiter verstärken und Revolutionäre, Saboteure und Terroristen in Albanien, Montenegro und Makedonien unterstützen wird. Oder stoppt er diesen verrückten Plan, Jugoslawien zu zerschlagen, und lässt uns unsere eigenen Kriege führen?«

»Schwer zu sagen bei diesem Präsidenten«, antwortete Kasakow. »Er war selbst beim Militär, das weiß ich – hat als Oberleutnant beim Unternehmen *Wüstensturm* mitgekämpft. Wie man hört, ist er mit einem Team aus Kommandosoldaten hunderte von Kilometern weit in den Irak – sogar nach Bagdad hinein – vorgestoßen, um Bombenziele für Präzisionsangriffe zu kennzeichnen.«

»Dieser Waschlappen war ein *Kommandosoldat?*«, fragte Susic ungläubig. Er hatte den amerikanischen Wahlkampf nicht sehr aufmerksam verfolgt. »Er wär's nicht wert, Ihnen die Schuhe zu putzen, und dürfte sich erst recht nicht als Kommandosoldat bezeichnen.«

»Hätte er gelogen, hätten die amerikanischen Medien ihn bestimmt sehr schnell enttarnt – stattdessen haben sie seine Darstellung bestätigt«, sagte Kasakow. »Hüten Sie sich davor, ihn zu unterschätzen, Hauptmann. Er weiß, wie es ist, als Infanterist mit einem Gewehr in der Hand durch den Wüstensand zu kriechen, während ringsum im Dunkeln der Feind lauert. Sein Auftreten mag sich von dem anderer amerikanischer Präsidenten unterscheiden, aber sie werden alle von so vielen politischen Kräften gezerrt und geschoben. Das macht sie sehr unberechenbar.«

»Ja, besonders der Letzte, dieser Martindale«, sagte Susic. »Eine heimtückische Schlange.« Kasakow nickte, und Susic war stolz darauf, eine Beobachtung gemacht zu haben, der dieser große Kriegsheld zustimmte. »Ein Meister der raffinierten Räuberei – schüttelt einem mit der Rechten die Hand, schlägt einem mit der Linken über den Schädel.« Er wollte Kasakow nachschenken.

Aber der Oberst bedeckte sein Glas mit einer Hand und stand auf. »Ich muss unsere Wachposten kontrollieren«, sagte er.

»Dafür hat man seine Leutnants«, sagte Susic und schenkte sich wieder nach. Kasakow funkelte ihn missbilligend an. Susic registrierte diesen Blick, ließ sein Glas unberührt und stand ebenfalls auf. »Ausgezeichnete Idee, Oberst. Ich komme mit, denke ich. Immer gut, wenn die Truppe ihre Vorgesetzten zu sehen bekommt.«

Die Abendluft war frisch und sehr kalt, aber am Himmel zeigten sich keine Wolken, und der schon fast volle Mond war bereits aufgegangen. Das Militärgelände, auf dem das Hauptquartier lag, wurde von einem fünf Meter hohen, mit Stacheldraht gekrönten Zaun begrenzt. Arbeitskommandos waren damit beschäftigt, Schnee von dem Zaun abzukehren, der mit Bewegungsmeldern bestückt war – die sicher abgeschaltet waren, solange am Zaun gearbeitet wurde. Weil in dieser Situation die Wachttürme und Patrouillen noch wichtiger waren als sonst, beschloss Kasakow, zuerst die Beobachtungsposten zu kontrollieren. Er benutzte sein Handfunkgerät, um dazu die Erlaubnis der Sicherheitszentrale einzuholen, und nickte dann Susic zu. »Kommen Sie, Hauptmann?«

»Natürlich, Oberst«, sagte Susic – und schwieg dann überrascht. Zu seiner Verblüffung begann Kasakow seinen Uniformmantel auszuziehen, als er sich der Treppe des ersten Wachtturms näherte. »Wohin wollen Sie, Oberst?«

»Wir steigen hinauf, um den Wachtturm zu kontrollieren«, sagte Kasakow. »Wir müssen uns vom Sergeanten vom Dienst Meldung erstatten lassen.«

»Wär's nicht einfacher, wenn *er* sich hier unten bei uns melden würde?«

»Kommen Sie, Hauptmann. Etwas Bewegung tut uns gut.«

»Wir … wir steigen dort hinauf?«, fragte Susic. Er zeigte auf die Spitze des fünfstöckigen Turms. »Ohne Ihren Mantel, Oberst?«

»Bis wir oben sind, wäre Ihre Uniform durchgeschwitzt«, stellte Kasakow fest, »und dann würden Sie erfrieren. Legen Sie Ihren Mantel ab und lassen Sie Mütze und Handschuhe an. Also los jetzt, Hauptmann!« Der Kommandeur begann die schmale Stahltreppe hinaufzusteigen. Susic blieb nichts anderes übrig, als ihm zu folgen. Kasakow war bereits auf Höhe des ersten Stocks, bevor Susic auch nur die Treppe betreten hatte.

Die Turmkabine war nicht sehr groß und nicht sehr warm – bei voll aufgedrehter Heizung beschlugen die Scheiben –, aber die Posten hatten guten, starken Kaffee aus Nicaragua und deutsche Zigaretten, von denen Kasakow sich eine von dem überraschten und sichtlich beeindruckten Sergeanten geben ließ. Kasakow achtete darauf, die Zigarettenglut zwischen vorgehaltenen Händen zu verbergen – eine in der abgedunkelten Kabine brennende Zigarette war hunderte von Metern weit zu sehen und wäre ein gutes Ziel für einen Scharfschützen gewesen. »Alles in Ordnung heute Abend, Sergeant?«, fragte er.

Der Wachhabende legte Kasakow seine Kladde vor. »Wir haben heute etwas mehr Passanten als gestern gezählt, Oberst«, meldete er. Die Posten hielten Zahl und allgemeine Beschreibung aller Personen fest, die in Sichtweite der Wachttürme vorbeikamen, und da Kasakows Hauptquartier an der zum Flughafen führenden Hauptstraße lag, herrschte dort unten immer Betrieb – selbst nachts und bei schlechtem Wetter. »Vor allem Neugierige, die vorbeikommen, um die bösen Russen anzugaffen.«

Vor dem russischen Komplex fanden fast täglich Demonstrationen von Kosovo-Albanern statt, die gegen die Anwesenheit von Russen in ihrer Provinz protestierten. Die Demonstrationen waren meistens laut, aber klein: ein paar Dutzend alte Männer und Frauen mit Trillerpfeifen und Handlautsprechern, die in Sprechchören »Russen raus!« forderten. In letzter Zeit waren die Demonstrationen jedoch größer und feindseliger geworden, hatten etwas näher am Zaun stattgefunden, und jetzt wurden in der Menge mehr junge Männer beobachtet – wahrscheinlich Angehörige der Kosovo-Befreiungsarmee, die den Auftrag hatten, die russischen Sicherheitsmaßnahmen zu erkunden. Kasakow nahm die neuen Demonstrationen sehr ernst und hatte während dieser Aktionen Doppelstreifen eingesetzt, was seine personellen Ressourcen noch mehr angriff. Aber die Kosovaren mussten imponierend starke russische Kräfte sehen, denn nach Kasakows Überzeugung würden sie zuschlagen, sobald sie irgendeinen Schwachpunkt entdeckten.

»Ihre Reaktion?«

»Verstärkte Streifen – leider nur zu Fuß, weil keine zusätzlichen Fahrzeuge verfügbar sind – und die Bitte an den Polizeichef von Prizren und den NATO-Sicherheitsdienst, ihre Streifentätigkeit in der Stadt ebenfalls zu erhöhen.«

»Gut, gut«, sagte Kasakow. Er warf Susic, der sich gerade erst die letzten Stufen heraufkämpfte, einen vernichtenden Blick zu. Dann trat er an den Platz des Sergeanten und beugte sich nach vorn, um durch das Infrarot-Nachtsichtgerät mit Restlichtverstärker zu sehen. »Wo sind die zusätzlichen Fußstreifen, Sergeant?«, fragte er, nachdem er das Gelände kurz abgesucht hatte.

Der Sergeant wirkte leicht verlegen. »Ich... ich habe vor ungefähr einer halben Stunde Freiwillige aufgefordert, sich zu melden«, antwortete er zögernd. »In den letzten drei Wochen haben meine Männer überlappende Vierzehn-Stunden-Schichten absolviert, Oberst. Sie sind erschöpft und...«

»Ich verstehe, Michail, ich verstehe«, unterbrach Kasakow ihn. »Wenn Sie wollen, übernehme ich die Rolle des schwarzen Manns: Ich befehle, dass ab sofort ein zusätzlicher Zug Streife geht. Geben Sie den Befehl weiter. Und dann verbinden Sie mich mit dem Kommandeur des NATO-Sicherheitsdiensts. Ich will nicht mit dem Wachhabenden oder dem Offizier vom Dienst sprechen – ich will den Kommandeur persönlich, diesen deutschen Major mit dem skandinavischen Namen.«

»Johansson«, sagte der Sergeant, während er nach dem Hörer des Feldtelefons griff. »Was ist mit dem Polizeichef?«

»Den nehme ich mir selbst vor.« Kasakow suchte weiter das Gelände vor dem Zaun ab, als Susic japsend und keuchend, als stehe er kurz vor einem Herzanfall, den kleinen Raum betrat. Trotz der Kälte war er in Schweiß gebadet. »Hauptmann, der Sergeant meldet, dass er verstärkte Polizeistreifen vor unserem Zaun angefordert hat. Ich sehe aber keine. Weshalb diese Verzögerung?«

»Ich... ich kümmere mich sofort darum, Oberst«, keuchte Susic. »Lassen Sie mich... nur erst wieder zu Atem kommen.«

»Sind Sie bereit, den Kontrollgang fortzusetzen, Hauptmann? Also los! Ich will heute Abend jeden Zentimeter unseres Zauns inspizieren. Ihre Befehle können Sie über Funk erteilen.« Kasakow war aus der Tür und lief die Treppe hinunter, bevor Susic ein Wort sagen konnte.

»Ja … jawohl, Oberst«, keuchte Susic auf der Stahltreppe. Er wusste nicht recht, ob er seinen Uniformmantel wieder anziehen sollte. »Bin dicht hinter Ihnen, Oberst!«

»Kommen Sie, Hauptmann, kommen Sie.« Kasakow versuchte, nicht den Eindruck zu erwecken, als habe er es eilig, aber irgendeine Ahnung, irgendeine unbestimmte Angst trieb ihn an. Susic konnte nicht länger mit ihm Schritt halten. »Beeilung, Hauptmann!« Er verließ die Treppe und marschierte mit großen Schritten auf das ungefähr zweihundert Meter entfernte Wachgebäude am Haupttor zu.

Im spärlichen Licht einiger Straßenlampen sah er Soldaten auf dieses Gebäude zurennen, und Sekunden später war Gewehrfeuer zu hören. Was zum Teufel ging dort vor? Er holte sein Handfunkgerät aus der Innentasche seines Mantels und drückte die Sprechtaste. »Sicherheit eins, hier Alpha. Was ist am Haupttor los?«

»Verbindung nicht abhörsicher, Alpha«, sagte der Offizier vom Dienst. »Sind Sie in der Nähe eines Telefons?«

»Negativ.« Sie konnten von Glück sagen, wenn mit diesen Handfunkgeräten überhaupt eine Verbindung zustande kam. »Sicherheit blau, Meldung.«

»Knallkörper! Wieder Knallkörper!«, meldete der Wachposten am Haupttor. »An alle, an alle: Hier fliegen nur Knallkörper über den Zaun. Blau ist sicher.«

Kasakow ging langsamer. Das passierte fast jede Nacht und gehörte zu den lästigsten Tricks, mit denen die Kosovo-Albaner die Russen ärgerten: Sie beförderten gebündelte Knallkörper ein paar Dutzend Meter weit über den Zaun – meistens mit Gummischleudern aus alten Autoschläuchen. Das genügte, um selbst kampferprobte Veteranen auf die Dauer zu zermürben, reichte aber nicht für strengere Maßnahmen gegen Hersteller und Käufer von Knallkörpern in Prizren aus.

Frustrierte Wachposten machten ihrem aufgestauten Zorn über Funk Luft, bis Kasakow wieder seine Sprechtaste drückte. »Funkdisziplin!«, verlangte er scharf. »Nur notwendige Meldungen!«

»Alpha, hier Hotel.« Das war der Offizier vom Dienst in der Zentrale. »Befehlen Sie eine Sicherheitsüberprüfung? Kommen.«

Kasakow überlegte einen Augenblick. Auch das gehörte zu dem Ritual, das hier fast jede Nacht stattfand: Die Kosovo-Albaner demonstrierten und warfen dabei ein paar Knallkörper über den Zaun, und die Russen verbrachten den größten Teil der Nacht damit, ihr Gelände abzusuchen, fanden natürlich nichts und waren beim Wachwechsel völlig erledigt. Dieser Teufelskreis musste *sofort* durchbrochen werden! »Negativ. Lassen Sie alle Wachposten telefonisch melden, was sich in ihrem Sektor getan hat.«

»Trennung. Delta, wir treffen uns sofort bei Blau. Ende.« Delta war das Rufzeichen seines Operationsoffiziers. Schickten die Russen diesmal statt einer Sicherheitsüberprüfung heimlich ein paar Zweimannstreifen los, die einige hundert Meter außerhalb des Zauns patrouillierten, hatten sie vielleicht eine Chance, sich ein paar Rowdys zu schnappen, falls die Kosovaren frech genug waren, weitere Knallkörper aufs Gelände zu werfen. Es war verboten, nachts Soldaten außerhalb des Militärgeländes einzusetzen, aber diese Vorschrift galt nur für KFOR und NATO, und Kasakow fühlte sich nicht verpflichtet, sich an ihre Bestimmungen zu halten. Offiziell war es auch verboten, Knallkörper auf das Gelände der Russen zu werfen, aber *dagegen* unternahm die NATO offenbar nichts.

Kasakow drehte sich zu Susic um, der so tat, als binde er sich unten an der Treppe die Schnürbänder seiner Stiefel neu, obwohl er in Wirklichkeit keuchend nach Atem rang und einer Ohnmacht nahe zu sein schien. »Hören Sie sich meinen Plan an, Hauptmann, während Sie sich ausruhen. Ich werde ein paar Zweimannstreifen losschicken, die versuchen sollen, sich ein paar dieser Kerle mit den Knallkörpern zu schnappen. Ich möchte, dass einige Ihrer Männer meine Leute begleiten. Kommen Sie sofort mit ihnen zur Sicherheitszentrale und seien Sie unterwegs vorsichtig.«

»Machen Sie sich meinetwegen keine Sorgen, Oberst«, rief Susic. »Ich komme gleich nach!« Obwohl er nur eine Treppe hinuntergelaufen war, schien Susic völlig erledigt zu sein – zu viel Schreibkram, zu wenig Bewegung, zu viel Maraschino, sagte Kasakow sich. Wenn sie diese Nacht heil überstanden, würde er dafür sorgen, dass …

Kasakow wurde abgelenkt, als ein weiteres Bündel Knallkörper hochging – diesmal so nahe, dass er den beißenden Pulverrauch riechen konnte. »Verdammt, nicht schon wieder!« Er hob sein Handfunkgerät, um eine Meldung anzufordern …

… als er plötzlich an einem Punkt, der östlich des Sicherheitsgebäudes fast *innerhalb* der Umzäunung lag, einen hellgelben Lichtblitz wahrnahm. Er wusste instinktiv, was das war. »Hauptmann!«, rief er, indem er herumfuhr und sich sofort zu Boden warf. »Runter! *Runter!*« Aber er wusste, dass die Warnung zu spät kommen würde – die Geschosse waren bestimmt schon in der Luft.

Das waren sie. Die Eintrittswunde war kaum so dick wie sein kleiner Finger, aber das austretende Geschoss riss Susic den Hinterkopf ab.

Kasakow ging in dem Augenblick zu Boden, in dem die Kugel hinter ihm den Asphalt traf. Er rollte sich seitlich ab, bis er im Rinnstein landete, sprang dann auf und verschwand mit einem Sprung hinter dem Holzmasten einer nicht brennenden Straßenlampe. Ein Scharfschütze! Wahrscheinlich von der KBA und dicht genug am Zaun, um nachts auf einzelne Soldaten schießen zu können. Das war der erste Feuerüberfall dieser Art, den die Russen hier erlebten.

Während sein Verstand auf Hochtouren arbeitete, um einen Aktionsplan zu entwerfen, gingen ihm die seltsamsten Gedanken durch den Kopf. Beispielsweise: Verdammt, dieser Scharfschütze ist gut. Wer bei Nacht und aus großer Entfernung so gut treffen kann … Erstaunliche Leute, diese Scharfschützen. Ihre Ausbildung dauert viele Jahre, und ein wirklich gutes Scharfschützengewehr kostet wahrscheinlich ein paar Millionen Rubel, und …

Weitere Knallkörper, nur ein paar Dutzend Meter von ihm entfernt – er hörte sie auf dem Asphalt aufschlagen, bevor sie detonierten. Kasakow wünschte sich, er hätte seinen gepanzerten Befehlswagen in der Nähe, denn der Scharfschütze lauerte noch immer dort draußen und benutzte die Knallkörper als Tarnung für seine Schüsse. Er hob sein Sprechfunkgerät an den Mund: »*Opasno, opasno,* hier Alpha, Scharfschütze an der Umzäunung östlich von Blau, alle Mann auf ihre Posten, Abwehrbereitschaft herstellen! Ich wiederhole, Scharfschütze am Zaun, Charlie hat's erwischt. Alle Posten melden sich bei der Sicherheitszentrale!«

»Alpha, *gdje wy?* Wo sind Sie?« Das war der Offizier vom Dienst. »Gehen Sie in Deckung! Ein Fahrzeug holt Sie ab. Geben Sie Ihre Position relativ zu Blau an.«

Eine gewaltige Detonation veranlasste Kasakow dazu, noch besser in Deckung zu gehen. Die Sicherheitszentrale in der Nähe des Haupttors hatte einen Volltreffer von einer Panzerabwehrrakete erhalten. Er hatte die Banditen von der Kosovo-Befreiungsarmee offenbar unterschätzt – sie mussten erstklassige Waffen haben, wenn sie dieses Gebäude aus großer Entfernung treffen konnten.

»Blau ist getroffen! Blau ist getroffen!«, brüllte Kasakow ins Funkgerät. Er zielte mit seinem Sturmgewehr AKM 47 auf die aus der Sicherheitszentrale quellenden Rauchschwaden, die sich langsam verzogen. Vor diesem Hintergrund waren bewaffnete Männer zu sehen, die über Betonbrocken sprangen und über die geborstenen Mauern kletterten, aber aus fünfzig Metern Entfernung konnte Kasakow nicht erkennen, ob er Russen oder Kosovaren vor sich hatte. Da sie jedoch von außen ins Gebäude eindrangen, nahm Kasakow an, dass diese Männer KBA-Kämpfer waren. Er schoss auf einige, die kleine Gruppen bildeten, rollte sich dann sofort nach links, sprang auf und rannte tief geduckt hinter ein auf einem Betonsockel stehendes Straßenschild. Nur gut, dass er die Stellung gewechselt hatte – Sekunden später wurde der Holzmast, von dem aus er geschossen hatte, von mehreren Feuerstößen durchsiebt.

Für mich gibt's hier nichts mehr zu tun, überlegte Kasakow grimmig. Ihm widerstrebte es, etwa noch lebende Wachposten im Stich zu lassen, aber die Eindringlinge waren in der Überzahl, und er war allein. In dieser Situation war es besser, sich zurückzuziehen, Verstärkung zu sammeln und einen Gegenangriff zu organisieren.

Kasakow war gerade aufgesprungen, um zum Stabsgebäude zurückzutraben, als er seinen Befehlswagen um die Ecke kommen sah – mit dem MG-Schützen im Turm und eingeschalteter Tarnbeleuchtung, damit er sich nicht durch seine Scheinwerfer verriet. Als Kasakow winkte, bog das Fahrzeug ab und hielt auf ihn zu. Zur Besatzung dieses Panzerwagens gehörten außer Fahrer, Funker und MG-Schütze normalerweise auch sechs Infanteristen. War er voll besetzt, reichte ihre gemeinsame Feuerkraft vielleicht für einen wirkungsvollen Gegenstoß, der ihnen Luft verschaffte, bis Verstärkung …

Der Oberst war vollauf damit beschäftigt, seinen Gegenstoß zu planen, und merkte nicht, dass der Befehlswagen genau auf ihn zuhielt. Als ihm klar wurde, dass hier etwas nicht stimmte, war es schon zu spät. Das gepanzerte Fahrzeug überrollte den Oberst mit dreißig Stundenkilometern.

Sein dick wattierter Winterkampfanzug und sein Helm retteten Kasakow das Leben, aber er wurde bei dem Aufprall fast bewusstlos. In seiner Benommenheit nahm er nur aufgeregte, dann jubelnd klingende albanische Stimmen und den Lichtstrahl einer Stablampe wahr, die ihm ins Gesicht leuchtete.

»*Dobrij wjetscher,* Oberst Kasakow«, sagte einer der Albaner in tadellosem Russisch. »Wie gut, dass wir Ihnen gleich hier begegnen. Wir wollten Sie gerade besuchen, als Ihre Männer uns gesagt haben, dass Sie die Wachposten inspizieren.«

»*S kjem wy?* Wer sind Sie?«, murmelte Kasakow. »Zu welcher Einheit gehören Sie?«

»Sie wissen, wer wir sind, Oberst«, antwortete der Mann. »Wir sind Ihre Todfeinde. Wir haben geschworen, alles in unseren Kräften Stehende zu tun, um Sie dazu zu zwingen, unsere Heimat zu verlassen. Ihr Russen seid Invasoren, Besatzer und Mörder. Auf Mord steht im Kosovo die Todesstrafe. Das Urteil gegen Sie wird sofort vollstreckt werden.«

»Ihr habt schon viele russische Soldaten ermordet«, sagte Kasakow. »Verstärkung ist unterwegs. Lasst mich liegen und rettet euch, sonst werdet ihr alle erschossen.«

»Mir wär's lieber gewesen, Sie hätten einfach um Ihr Leben gebettelt, Oberst«, sagte der Mann. »Aber Ihr Vorschlag ist vernünftig. Wir sollten uns sofort zurückziehen. *Do swidanija,*

Oberst Kasakow. *Spassibo za wjetscher.* Danke für den schönen Abend.«

»*Idi k tschortu, pisda*«, fluchte Kasakow.

Die Stablampe leuchtete direkt in Kasakows Augen, und das Gesicht des Mannes kam seinem so nahe, dass er Alkohol, Kordit und Blut an der Uniform des anderen riechen konnte. »Sie wollen Ihre Wachposten inspizieren, Oberst Schandmaul? *Charascho.* Gestatten Sie mir, dass ich Sie hinbringe.«

Kasakows Beine wurden mit einer Kette am Heck des Panzerwagens befestigt, und die Rebellen schleiften ihn so durch die Straßen von Prizren, wobei sie Freudenschüsse in die Luft abgaben. Der Oberst blieb einige Dutzend Meter weit bei Bewusstsein, bis sein Kopf an das Wrack eines ausgebrannten Lastwagens schlug und er in eine barmherzige Ohnmacht versank. Sein letzter Gedanke galt seiner Frau und seinen drei Söhnen. Er hatte sie seit vielen Monaten nicht mehr gesehen und wusste nun, dass sie ihn nie wiedersehen würden: Das Oberkommando würde der Familie auf keinen Fall gestatten, eine Leiche zu sehen, die so schlimm aussah, wie seine aussehen würde.

Am Haupttor der russischen Sicherheitszone wurde Oberst Kasakow an den Beinen am Torbogen aufgehängt, nackt ausgezogen und mit MG-Feuer durchsiebt, bis sein Körper nicht mehr als menschlich zu erkennen war. Die Rebellen waren längst fort, als alarmierte KFOR-Truppen eintrafen.

1

Flugforschungszentrum N.J. Shukowski,
Bykowo bei Moskau, Russische Föderation
(am nächsten Abend)

Trotz der vielen Lichtmasten, die das Vorfeld des Flugplatzes umgaben, war die große Transportmaschine in dem nächtlichen Schneesturm kaum zu erkennen, als sie zu ihrer Parkposition rollte. Ihre dem Ankunftsgebäude, der Ehrenformation, der Militärkapelle und der kleinen Gruppe von Wartenden zugekehrten linken Turboproptriebwerke waren bereits abgestellt, und sobald der Einweiser mit den Leuchtstäben den Transporter stoppte, wurden auch die beiden rechten Triebwerke abgestellt. Auf dem Vorfeld herrschte plötzlich unheimliche Stille, in der nur das Knirschen der Reifen einer langen Reihe von Leichenwagen im Schnee zu hören war. Auf einer Seite des Flugzeughecks warteten 17 Leichenwagen; auf der anderen standen 17 Limousinen für die Angehörigen und mehrere schwarze Dienstwagen. Aus den Dienstwagen stiegen zwei Männer, die von Leibwächtern umringt zur Ehrenformation hinübergingen.

Die Heckrampe unter dem Leitwerk des Transporters wurde herabgelassen, und während sechs Soldaten der Ehrenformation in den Laderaum hinaufmarschierten, fuhr der erste Leichenwagen an und parkte rückwärts ein, um seine Fracht in Empfang zu nehmen. Die Kapelle begann einen feierlichen Trauermarsch zu spielen. Kurze Zeit später rollten die sechs Soldaten langsam den mit der Flagge der Russischen Föderation bedeckten ersten Sarg aus dem Laderaum. Während die Ehrenformation ihre Fahne senkte und die Offiziellen salutierten, trat eine ganz in Schwarz gekleidete Frau, die unter ihrem schwarzen Biberpelzhut einen schwarzen Schleier trug, aus der Reihe der Wartenden und berührte den Sarg in stummem Gruß sanft mit beiden Händen, als wolle sie den darin Liegenden nicht stören, aber doch in der Heimat willkommen heißen.

Dann verwandelte ihre Trauer sich plötzlich in Zorn. Sie stieß einen lauten Schmerzensschrei aus, der wie ein Schuss durch die eisige Winternacht hallte. Sie stieß die Soldaten beiseite, packte mit behandschuhten Händen die Flagge der Russischen Föderation, riss sie vom Sarg, schleuderte sie zu Boden und legte laut schluchzend ihre rechte Wange auf den glatten grauen Sargdeckel. Ein junger Mann, groß und ebenfalls in Schwarz, hielt ihre bebenden Schultern umfasst und zog sie schließlich von dem Sarg weg, der nun zu dem bereitstehenden Leichenwagen gerollt wurde. Der junge Mann bemühte sich, die Frau zu stützen und zu trösten, während er sie zu ihrer Limousine führte, in der weitere Angehörige warteten, aber sie stieß ihn von sich weg. Die Limousine fuhr davon und ließ den jungen Mann zurück. Der Führer der Eskorte hob die Flagge von dem schneebedeckten Vorfeld auf, legte sie rasch zusammen und gab sie dem Chauffeur einer der wartenden Limousinen, als wisse er nicht recht, was er jetzt damit tun sollte.

Der junge Mann blieb allein zurück. Er beobachtete, wie die übrigen 16 Särge aus dem Laderaum gerollt und in die bereitstehenden Leichenwagen verladen wurden, und ignorierte den stärker werdenden Schneefall, bis alle Leichenwagen weggefahren und Ehrenformation und Militärkapelle abgerückt waren. Keiner der Angehörigen sprach mit den Regierungsvertretern, die ihrerseits nicht das Gespräch mit den Angehörigen suchten. Sobald der letzte Leichenwagen wegfuhr, kehrten die Regierungsvertreter zu ihren Dienstwagen zurück.

Der junge Mann sah, dass er nicht allein war. In seiner Nähe stand ein hoch gewachsener, distinguiert aussehender älterer Herr, der zu einem luxuriösen Mantel aus Seehundfell eine schwarze Biberpelzmütze trug. Er weinte hemmungslos, ohne sich seiner Tränen zu schämen. Als ihre Blicke sich im Schneetreiben begegneten, trat der Ältere höflich nickend auf den jungen Mann zu. »*Spakoinyi otschi, bratam*«, sagte er zur Begrüßung. »*K sashele-niju. Kak djela?*«

»Mir ist's schon besser gegangen«, antwortete der jüngere Mann. Er verzichtete darauf, dem anderen zur Begrüßung die Hand zu geben.

»Gestatten Sie mir, Ihnen mein Beileid auszusprechen«, sagte der Ältere. »Ich bin Doktor Pjotr Wiktorowitsch Fursenko. Auch mein Sohn Gennadij Petrowitsch ist im Kosovo gefallen.«

»Mein Beileid«, murmelte der junge Mann. Sein Blick zeigte, dass ihm der Name Fursenko etwas sagte.

»Danke. Er war Leutnant, einer der Sicherheitsoffiziere. Er war erst acht Monate beim Militär und nur zwei Wochen im Kosovo.« Als der junge Mann sich nicht weiter dazu äußerte, fragte Fursenko: »Vermute ich richtig, dass Oberst Kasakow, der Kommandeur des Luftlandebataillons, Ihr Vater war?« Der junge Mann nickte. Dr. Fursenko machte eine Pause und sah den jungen Mann an, als erwarte er, dass er sich vorstellen würde, aber der andere blieb stumm. »Und das war Ihre Mutter, nicht wahr?« Wieder nichts. »Mein Beileid gilt auch ihr. Ich muss gestehen, dass ich nicht anders kann, als ihre Gefühle zu teilen.«

»Ihre Gefühle?«

»Ihren Zorn auf Russland, auf den Zentralen Militärausschuss, den Zustand unseres Landes im Allgemeinen«, sagte Fursenko. »Wir scheinen nichts mehr richtig machen zu können, wir sind nicht einmal imstande, unseren Brüdern zu helfen, ihre Herrschaft über eine winzige Balkanprovinz zu behaupten.«

Der jüngere Mann musterte Fursenko. »Woher wissen Sie, dass ich kein Sicherheitsbeamter oder MWD-Offizier bin, Doktor?«, fragte er. In der Russischen Föderation war der MWD, das Innenministerium, für Inlandsaufklärung, Spionageabwehr und landesweite Polizeieinsätze zuständig. »Ihre Bemerkungen von vorhin könnten Ihnen ein Ermittlungsverfahren einbringen.«

»Das ist mir egal – sollen sie gegen mich ermitteln, mich einsperren, mich umbringen«, sagte Fursenko hörbar verzweifelt. »Sie verstehen sich zweifellos besser darauf, die eigenen Leute umzubringen, als ihre Soldaten im Kosovo oder in Tschetschnja zu schützen.« Der junge Mann lächelte über diese Bemerkung. »Mein Forschungszentrum ist geschlossen worden, die Luftfahrtindustrie, in der ich fünfundzwanzig Jahre lang gearbeitet habe, liegt am Boden, meine Eltern sind tot, meine Frau ist vor einigen Jahren gestorben, und meine beiden Töchter leben irgendwo in den USA. Mein Sohn war alles, was mir noch geblieben war.« Er machte eine Pause, betrachtete den jungen Mann nachdenklich. »Sie könnten allerdings ein MWD- oder FSB-Agent sein.« Der Föderale Sicherheitsdienst FSB, die KGB-Nachfolgeorganisation, war für Auslandsaufklärung zuständig, durfte aber auch im Inland operieren. »Aber dafür sind Sie etwas zu gut gekleidet, finde ich.«

»Sie sind ein guter Beobachter«, sagte der junge Mann. Er musterte Fursenko kurz, dann streckte er ihm die Rechte hin, die Fursenko ergriff. »Pawel Gregorjewitsch Kasakow.«

»Freut mich, Sie ...« Fursenko machte eine Pause und kniff die Augen zusammen. »Pawel Kasakow? *Der* Pawel Kasakow?«

»Ich bin sehr von Ihrer Arbeit bei Metjor beeindruckt, Doktor Fursenko«, sagte Kasakow mit tiefer, volltönender Stimme, als wolle er Fursenko im Stillen auffordern, sich nicht weiter mit dem zu beschäftigen, was ihm soeben klar geworden war.

»Ich... ich...« Fursenko brauchte einige Sekunden, um seine Verblüffung zu überwinden, dann fuhr er fort: »Danke, Sie sind sehr liebenswürdig. Unser Erfolg ist natürlich nur Ihnen zu verdanken.«

»Durchaus nicht, Doktor«, sagte Kasakow. »Metjor ist ein ausgezeichneter Konzern.« Die meisten privatisierten Großfirmen in der Gemeinschaft Unabhängiger Staaten waren in den Besitz von Industriellen Investmentgruppen (IIG) übergegangen. Mitglieder einer IIG waren meistens Banken, andere IIG, ausländische Investoren und reiche Inländer, aber das wichtigste Mitglied jeder IIG war der russische Staat, der mindestens zwanzig und oft bis zu neunzig Prozent aller Anteile hielt und deshalb eine beherrschende Rolle spielte. Mit einem Staatsanteil von nur dreißig Prozent hatte Metjor das Glück, zu den unabhängigsten IIG zu gehören. »Und ich kenne Ihr früheres Unternehmen, das sowjetische

Institut für Forschung und Technik Fisikous, das in Litauen Flugzeuge konstruiert hat.«

Diesmal schien Fursenko sich unbehaglich zu fühlen, was Kasakow amüsierte und zugleich neugierig machte. Zur Überprüfung neuer Firmen – erst recht eines in Schwierigkeiten geratenen High-Tech-Konzerns wie Metjor –, in die er investieren wollte, setzte er stets seine zahlreichen, hauptsächlich aus ehemaligen KGB-Offizieren bestehenden Ermittler ein, um alles über das frühere Tätigkeitsfeld der IIG zu erfahren – in diesem Fall ein Forschungsinstitut namens Fisikous. Was er dabei in Erfahrung gebracht hatte, war nichts weniger als erstaunlich.

Das Fisikous war ein hochmodernes Forschungsinstitut für Luftfahrttechnik in Wilna gewesen – damals in der Litauischen SSR, heute in der unabhängigen Republik Litauen im Baltikum. Als führendes sowjetisches Institut auf diesem Gebiet hatte das Fisikous die besten Ingenieure aus der UdSSR und den verbündeten Staaten angelockt. Der Star am Fisikous war ein junger Wissenschaftler namens Iwan Oserow gewesen: ein Experte für Stealth-Technologie. Niemand wusste etwas über Oserow, außer dass er am Fisikous unter persönlicher Aufsicht von Pjotr Fursenko, der das Institut leitete, und eines weiteren Mannes, der allgemein als KGB-Offizier galt, in kürzester Zeit zum überragenden sowjetischen Konstrukteur aufgestiegen war. Oserow war brillant, aber auch unheimlich und unberechenbar, weil er dazu neigte, aus nichtigsten Anlässen in wilde Tiraden auf Englisch zu verfallen. Seine Kollegen hatten den Verdacht, Oserow nehme LSD oder sei einfach psychotisch – er war weit mehr als nur exzentrisch. Außer Zweifel stand jedoch, dass seine Arbeit, vor allem an dem unglaublichen Stealth-Bomber Fi-170, nichts weniger als genial gewesen war.

Am Fisikous hatte es jedoch Probleme gegeben. Die baltische Republik Litauen strebte nach Unabhängigkeit von der Sowjetunion, und das Fisikous verkörperte alles, was unter sowjetischer Herrschaft schlecht gewesen war. Dann war Iwan Oserow während irgendeines Militärunternehmens verschwunden. Manche sagten, Oserow sei von der CIA oder amerikanischen Special Forces entführt worden. Andere sagten, Oserow sei kein russischer, sondern ein gefangen genommener US-Wissenschaftler mit dem Decknamen »Redtail Hawk« gewesen, den der KGB einer Gehirnwäsche unterzogen habe, sodass der Militäreinsatz in Wirklichkeit ein Rettungsunternehmen gewesen sei. Sogar der Stealth-Bomber Fi-170, ein 120 Tonnen schweres Militärflugzeug, war dabei gestohlen worden.

»Nach dem Zusammenbruch der Union bin ich nach Russland zurückgegangen, um ein anderes Konstruktionsbüro zu leiten«, erzählte Fursenko weiter. »Dann wollte ich in den Ruhestand gehen oder in den Westen auswandern, weil die Flugzeugindustrie in der Gemeinschaft dramatisch geschrumpft war. Aber als meine Frau gestorben ist, bin ich ... geblieben, nur um ... etwas zu tun zu haben, denke ich.«

»Ja, ich verstehe«, sagte Kasakow aufrichtig. »Ich halte das auch für wichtig.«

»Im Labor gibt's besseren *kofe*, bessere *romawyje baby*, als ich sie mir als Pensionär hätte leisten können«, gab Fursenko mit schwachem Lächeln zu. »Metjor zahlt keine hohen Gehälter, aber wir leisten wichtige Arbeit, tun unglaubliche Dinge. Mir macht's nichts aus, für wenig Geld zu malochen, solange ich Arbeit habe und echten Kaffee bekomme. Nehmen Sie mir meine Offenheit nicht übel. Die Arbeit ist lohnend, aber die Bezahlung ist fürchterlich schlecht.«

»Ich nehme Ihnen nichts übel. Als ich klein war, hat meine Mutter die besten *romawyje baby* gemacht«, sagte Kasakow. Dann seufzte er. »Wenn sie könnte, würde sie jetzt am liebsten eine Hand voll nehmen und mich damit ersticken, fürchte ich.«

Fursenko wusste nicht, was er sagen oder tun sollte – er traute sich nicht, zu lächeln, zu nicken oder sich auch nur zu bewegen. Er war verblüfft und leicht misstrauisch wegen der Wärme in Kasakows Tonfall – das war etwas, das er nie erwartet hätte. »Mir ist natürlich aufgefallen, dass Ihre Mutter ... offenbar ziemlich verärgert war über ... nun ...«

»Über mich, ja«, gestand Kasakow ein. »Sie ist nicht mit dem einverstanden, was ich tue.«

»Und auch über Russland.«

»Sie macht die russische Regierung dafür verantwortlich, dass sie sich schlecht um unsere Soldaten im Ausland kümmert«, sagte Kasakow. »Für alles andere macht sie mich verantwortlich.«

Fursenko hatte absolut keine Lust, über das Privatleben *dieses* Mannes zu diskutieren – das war ein Thema, mit dem er sich unter keinen Umständen befassen wollte. Er streckte ihm die Rechte hin, die Kasakow ergriff und herzlich schüttelte. »Freut mich, Sie kennen gelernt zu haben, *Gospodin*...« Fursenko hatte das moderne, seit dem Zerfall der Union »politisch korrekte« Wort für »Herr« benutzt, aber jetzt machte er eine Pause und sagte dann: »...*Towarischtsch* Kasakow.« Das war die übliche Anrede gewesen, als die Sowjetunion noch ein starkes, wehrhaftes, stolzes Reich gewesen war: Genosse.

Kasakow nickte zufrieden lächelnd. »Nochmals mein Beileid zu Ihrem Verlust, *Towarischtsch* Fursenko.«

»Ebenso mein Beileid.« Fursenko wandte sich ab und ging rasch davon. Ihm war sehr unwohl bei dem Gedanken, dass dieser Mann seinen Namen kannte.

Pawel Gregorjewitsch Kasakow blieb allein auf dem Vorfeld zurück und dachte über diesen höchst seltsamen Abend nach. Erst der Tod und die beschämende Heimkehr seines Vaters ohne die ihm zustehenden Ehren; der Ausbruch seiner Mutter und ihre Zurückweisung; dann diese zufällige Begegnung mit einem der berühmtesten und brillantesten Waffenkonstrukteure aus der Zeit des Kalten Krieges. Kasakow glaubte nicht an Fügungen des Schicksals – er besaß zu viel Macht, um zu glauben, jemand anders könnte über seine Zukunft bestimmen –, aber es musste einen Grund, irgendeinen vorbestimmten Pfad geben, auf den diese Kette von Ereignissen hinwies.

Es hatte eine Zeit gegeben, in der Dr. Pjotr Wiktorowitsch Fursenko als der beste und kreativste Flugzeugbau- und Elektronikingenieur ganz Europas gegolten hatte. Seit seinem dreißigsten Lebensjahr hatte er mehrere sowjetische Konstruktionsbüros für Flugzeuge und Waffensysteme geleitet und die modernsten Kampfflugzeuge, Lenkwaffen, Bomben, Avionik- und Systemkomponenten gebaut, die man sich vorstellen konnte...

Zumindest hatten alle *geglaubt*, er sei der Beste. Fursenko hatte als absolute Autorität gegolten, bis Iwan Oserow im Fisikous-Institut aufgekreuzt war. Als Oserow dort zu arbeiten begonnen und sich daran gemacht hatte, alle bisherigen Ansichten und Überzeugungen zu widerlegen, hatten die sowjetischen Wissenschaftler schlagartig erkannt, wie weit sie bei der Entwicklung moderner Kampfflugzeuge, vor allem in Bezug auf Stealth-Technologie, den Vereinigten Staaten hinterherhinkten.

Den genialen Fursenko hatte das jedoch zu neuen Höchstleistungen angespornt. Obwohl der Zusammenbruch der Sowjetunion auch das Aus für große, supergeheime, üppig finanzierte Institute wie das Fisikous bedeutete, konnte Fursenko nun plötzlich reisen und an Kongressen und Seminaren in aller Welt teilnehmen, um sein Fachwissen zu erweitern. Als Oserow verschwand – wahrscheinlich zurück zu dem Planetoiden oder in den genmanipulierten Brutkasten, der ihn hervorgebracht hatte –, war Fursenko wieder der führende russische Konstrukteur für Flugzeuge und Waffensysteme geworden.

Und jetzt wusste Kasakow, wo er war, hatte ihn kennen gelernt und konnte sich sogar als seinen Boss bezeichnen – immerhin gehörten Kasakow fast zwei Drittel der Industriellen Investmentgruppe Metjor. Das Genie Fursenko hatte ihm seit langem zur Verfügung gestanden, und er hatte nichts davon geahnt! Aber wie konnte er diese Tatsache zu seinem Vorteil nutzen? Sein Verstand begann auf Hochtouren zu arbeiten …

Erst als die Heckrampe der Transportmaschine sich wieder schloss, damit das Flugzeug in den Hangar geschleppt werden konnte, drehte Kasakow sich endlich zu den drei Dienstwagen um, die hinter ihm gewartet hatten.

Die linke und die mittlere Limousine fuhren plötzlich davon und ließen nur einen Wagen zurück. Aus dieser Stretch-Limousine stieg ein Leibwächter mit einer Maschinenpistole über seinem dunklen Anzug und hielt dem jungen Mann die Tür auf. Kasakow wischte sich Schnee von den Schultern, nahm seine Pelzmütze ab, unter der ein kahlrasierter Schädel zum Vorschein kam, und stieg ein. Hinter dem jungen Mann schloss sich die Tür mit einem dumpfen Knall, der ihm zeigte, dass der Wagen gepanzert war. Die Limousine fuhr sofort an.

Hinten saß ein Offizier Anfang sechzig, der eine Kommunikationskonsole mit Funk, Satellitentelefon, Bildschirmen und einer Computertastatur vor sich hatte. Ihm gegenüber saß mit dem Rücken zur Fahrtrichtung eine bildhübsche Adjutantin mit der gleichen Konsole vor sich. Sie begutachtete den jungen Mann, schenkte ihm ein anerkennendes halbes Lächeln und konzentrierte sich wieder auf ihre Arbeit.

»Sie haben nicht einmal versucht, meiner Mutter ein paar tröstende Worte zu sagen, General«, sagte der junge Mann ohne jegliche Begrüßung scharf.

»Ich habe es nicht für ratsam gehalten, auch nur zu versuchen, sie in ihrem offenbar hysterischen Kummer zu trösten.«

»Und wer war in den beiden anderen Wagen?«, fragte der junge Mann. »Der Präsident? Der Verteidigungsminister?«

»Der nationale Sicherheitsberater als Vertreter Präsident Senkows und der Staatssekretär für Europafragen als Vertreter des Kabinetts. Ich vertrete die Streitkräfte.«

»Ich hatte gehofft, der Präsident würde den Mut aufbringen, selbst zu kommen«, sagte der junge Mann verbittert. »Der Oberbefehlshaber kneift nicht nur, sondern lässt die Maschine mit den Särgen nachts und bei Schneesturm landen! Was ist aus Ihrem Mitgefühl, aus Ihrer Pflicht geworden, den Angehörigen für das gebrachte Opfer zu danken?«

»Wir hätten es nicht an Ehrerbietung fehlen lassen, wenn Ihre Mutter nicht die Flagge entweiht hätte«, sagte der alte Offizier. »Das war ein entwürdigendes Schauspiel. Höchst bedauerlich.«

»Sie ist die Witwe eines Mannes, der im Einsatz gefallen ist, um einen Auftrag zu erfüllen, den nur wenige Offiziere wollten«, sagte der junge Mann. »Sie hat ihr Leben für die Armee geopfert. Sie hat ein Anrecht auf ihren Schmerz – wie sie ihn auch ausdrücken will.« Kasakow sah zu dem Offizier hinüber, der aber keine Antwort gab. Er holte prüfend Luft, griff hinter den Sitz, holte ein Kristallglas hervor und roch daran, während er über den Rand des Glases hinweg die Adjutantin begutachtete. »Wie ich sehe, haben

Sie noch immer eine Vorliebe für amerikanischen Whiskey und hübsche Adjutantinnen, Generaloberst«, sagte der junge Mann.

»Scharf beobachtet, wie immer, Pawel Gregorjewitsch«, antwortete Generaloberst Walerij Tichonowitsch Schurbenko mit einem Lächeln. Er griff in ein Fach unter der Konsole und holte eine Flasche Jim Beam und zwei Schnapsgläser heraus. Er schenkte ein, gab dem jungen Mann ein Glas, hob sein eigenes und sagte: »Auf Gregor Michailewitsch Kasakow, den tapfersten und besten Offizier… nein, den besten *Mann*, den ich je gekannt habe. Mein bester Kamerad, mein Vertrauter, ein vorbildlicher Soldat und ein heldenhafter Sohn von Mütterchen Russland!«

»Auf meinen Vater«, sagte Pawel Gregorjewitsch Kasakow und erhob sein Glas. Als der General ihm zuprosten wollte, fügte er rasch hinzu: »Der wegen der ängstlichen, feigen, unfähigen Bonzen in der Armeeführung der Russischen Föderation und im Zentralen Militärausschuss sterben musste.«

Generaloberst Schurbenko, stellvertretender Verteidigungsminister und Generalstabschef der Streitkräfte der Russischen Föderation, setzte sein Glas kurz ab. Er dachte über Kasakows Worte nach, dann zuckte er mit den Schultern und kippte seinen Whiskey.

»Wenigstens haben Sie den Mut, mir nicht zu widersprechen«, sagte Kasakow spöttisch.

»Ihre Worte kränken und verletzen mich, Pawel Gregorjewitsch«, sagte Schurbenko resigniert, während seine Adjutantin ihnen nachschenkte. »Kämen sie von jemand anderem, würde ich ihn ohne Rücksicht auf Dienstgrad oder Titel einsperren oder erschießen lassen.«

»Auch meine Mutter, General?«, fragte Kasakow.

Schurbenko antwortete nicht gleich. Er hatte Übung darin, politischen und militärischen Rivalen zu drohen – aber Kasakow war kein Rivale, er war gewissermaßen ein Vorgesetzter. Auch wenn er nicht den Namen des berühmtesten und beliebtesten russischen Soldaten getragen hätte, wäre er vermutlich der mächtigste Mann Russlands gewesen.

In seiner Jugend hatte Pawel Gregorjewitsch Kasakow nicht

mehr als der privilegierte Sohn eines pflichteifrigen, rasch aufsteigenden Offiziers der Roten Armee sein wollen. Dank seiner Eltern war er in die Leningrader Militärakademie aufgenommen worden, hatte aber bald festgestellt, dass er keinen Sinn fürs Militärische hatte, nur für Partys, Rauchen, Trinken und Krawallmachen – je wilder, desto besser. Um einen Skandal zu vermeiden, hatte sein Vater ihn unauffällig ans Polytechnikum Odessa in der Ukrainischen SSR versetzen lassen. An einem Ort, wo er nur einer von vielen verzogenen Söhnen prominenter KPdSU-Mitglieder war, die an der »russischen Riviera« studierten, würde er sich ändern müssen, wenn er seine Zukunft aus eigener Kraft sichern wollte.

Aber das schaffte Pawel nicht. Behaglich leben und nicht zu viel arbeiten – das war sein Stil; er legte es darauf an, sich dem zu verweigern, was andere von ihm erwarteten. Fern von Leningrad und dem wachsamen Blick seines Vaters schlug er wilder über die Stränge als je zuvor. Er experimentierte mit allen nur vorstellbaren Extremsportarten: Eissegeln auf dem Schwarzen Meer, Fallschirmspringen, Tauchen, Freiklettern, Mountainbikefahren... und die Jagd auf die schönsten Frauen, ledig oder verheiratet, der gesamten Krimhalbinsel.

Drogen waren überall erhältlich, und Pawel probierte sie alle aus. Gerüchteweise hieß es, er habe sich einmal im Kokainrausch Kopf- und Barthaar versengt – und rasiere sich heutzutage den Schädel, um sich ständig daran zu erinnern, wie tief er einmal gesunken war. Aber bis dahin war nichts verboten, nichts undenkbar. Er erwarb sich rasch den Ruf, ein Draufgänger zu sein, und sein Ruhm und seine Berühmtheit entwickelten sich in umgekehrtem Verhältnis zu seinem Notendurchschnitt. Eines Tages verschwand Pawel aus der Nachtclub-Szene in Odessa. Die meisten seiner Freunde hielten ihn für tot – ein Opfer einer seiner tollkühnen Extremsportarten, einer Überdosis Drogen oder einer Schießerei mit konkurrierenden Drogenhändlern.

Als Pawel Kasakow einige Jahre später nach Odessa zurückkehrte, war er ein anderer Mann. Sein Schädel war noch immer kahl – er brauchte ihn nicht mehr zu rasieren –, aber alles Übrige war anders. Er nahm keine Drogen mehr und war reich und kultiviert. Er kaufte sich eine der schönsten Villen am Schwarzen Meer, engagierte sich auf kulturellem Gebiet und wurde ein angesehener Finanzier, ein international bekannter Makler und Risikokapitalgeber, lange bevor es in Russland Aktiengesellschaften und Industrielle Investmentgruppen gab. Natürlich rankten sich Gerüchte um ihn: Kasakow wurde nachgesagt, er habe KGB-Offiziere in der Tasche, lasse tonnenweise Drogen in diplomatischem Kuriergepäck transportieren und ermorde Feinde und lästige Konkurrenten mit eiskalter Rücksichtslosigkeit.

Seine größte und dramatischste Akquisition war ein fast bankrotter Öl- und Gaskonzern in Odessa. Wie viele Ölgesellschaften war das Unternehmen nach dem Zerfall der Sowjetunion und dem Rückgang der Rohölpreise ins Trudeln geraten, und Kasakow hatte es nur wenige Wochen vor dem Zusammenbruch erworben. Viele Leute spekulierten, seine Verbindungen zur Drogenszene hätten ihm gezeigt, wie wichtig es war, ein legitimes, in der UdSSR verankertes und vom Staat gefördertes Unternehmen zu besitzen. Jedenfalls wurde er Präsident und mit einem Anteil von 49 Prozent auch größter Einzelaktionär dieses Konzerns, an dem der russische Staat mit 51 Prozent beteiligt blieb.

Pawels Strategie, um das Unternehmen, das er Metjorgaz nannte, trotz der Flaute im Ölgeschäft in die Gewinnzone zu bringen, war einfach: Öl finden, wo kein anderer auch nur zu suchen wagte, und es möglichst billig fördern und transportieren. Als Erstes hatte er sich für Kasachstan entschieden – die zweitgrößte der ehemaligen Sowjetrepubliken, die aber eine der ärmsten und am dünnsten besiedelten war. Der Grund dafür: Die Kasachische SSR war jahrzehntelang die Müllhalde der Sowjetunion gewesen.

Die Kommunisten hatten mit der Entvölkerung Kasachstans begonnen, als sie in den dreißiger Jahren die Zwangskollektivierung durchgesetzt und Millionen von Kasachen deportiert hatten. Sie hatten gewaltige Geldmittel und viele Jahre mit dem Versuch vergeudet, im rauen kasachischen Klima Weizen, Baumwolle und Reis anzubauen. Nuklearabfälle in wilden Deponien sowie tausende von oberirdischen Atomwaffentests und Unfälle mit spaltbarem Material hatten in drei Jahrzehnten Millionen von Opfern gefordert. Radioaktive Rückstände, Pestizide, Herbizide, ungeklärte Abwässer und Jauche hatten Brunnen, Vieh und Lebensmittel vergiftet und weitere Millionen Menschen vergiftet oder getötet. Ausgebrannte ballistische Raketen und Stufen von Orbitalraketen, die nach dem Start vom Kosmodrom Baikonur, dem russischen »Weltraumbahnhof«, über Kasachstan abgestürzt waren, hatten Tausende geschädigt und getötet. Ohne einen einzigen Fachmann zu konsultieren, hatten die örtlichen kommunistischen Behörden Bewässerungskanäle für den Baumwollanbau gebaut oder verbreitert, wodurch der schon stark verschmutzte Aralsee weitgehend ausgetrocknet war – eine der schlimmsten ökologischen Katastrophen der achtziger Jahre. Der 66 500 Quadratkilometer große Aralsee, früher der viertgrößte Binnensee der Welt, war um etwa 70 Prozent geschrumpft. Die einst fruchtbaren Ebenen Kasachstans wurden nun von Sandstürmen und Salzverwehungen heimgesucht.

Pawel Kasakow setzte die russische Tradition der Ausplünderung Kasachstans nahtlos fort. Er entschied sich für die einfachsten, billigsten und produktivsten Verfahren zur Ölförderung, ohne sich darum zu kümmern, wie sehr sie dem Land schadeten oder das Kaspische Meer verschmutzten. Auch nachdem er die zuständigen Beamten in Kasachstan und Russland bestochen hatte, damit sie die wenigen existierenden Naturschutzbestimmungen nicht anwendeten, erzielte er riesige Gewinne. Das Wagnis zahlte sich aus, und die Metjorgaz wurde hinter der staatlichen Gasprom und der halbstaatlichen Ölgesellschaft LUKoil zum drittgrößten Öl- und Erdgasproduzenten der Sowjetunion.

Kasakow vermehrte seinen Reichtum und sein Prestige, indem er ein weiteres Risiko einging. Die russische Regierung hatte verordnet, für Russland bestimmtes Rohöl aus den Gebieten am Kaspischen Meer müsse zu dem riesigen Verteilerzentrum in Samara, ungefähr elfhundert Kilometer flussaufwärts am Ural bei Kujbyschew, transportiert werden, über das alles aus Westsibirien kommende Erdöl lief. Die Kapazität der existierenden Pipeline betrug nur 300 000 Barrel pro Tag, und Kasakow plante, schon in wenigen

Jahren das Sechs- bis Siebenfache dieser Menge zu fördern. Also musste er einen besseren Transportweg finden.

Die Lösung lag auf der Hand: Er musste selbst eine Pipeline bauen. Weder die Russische Föderation noch die vor kurzem unabhängig gewordene Republik Kasachstan hatte dafür Geld, deshalb übernahm Kasakow es, mit Hilfe von ausländischen Financiers das nötige Kapital aufzutreiben. Er brachte über zweieinhalb Milliarden Dollar zusammen und begann mit dem Bau der größten Pipeline der Welt, die fünfzehnhundert Kilometer weit von Tengis in Kasachstan ins russische Novorossijsk am Schwarzen Meer führte. Diese Pipeline, die fast eineinhalb Millionen Barrel am Tag transportieren und auf eine Förderleistung von zwei Millionen Barrel ausgebaut werden konnte, erschloss am Schwarzen Meer stillgelegte Pipelines und Terminals in der Ukraine, Moldawien, Bulgarien und der Türkei. Obwohl Kasakow in Russland und Kasachstan ungeheure Ausgaben für Gebühren, Steuern, Pachtzahlungen und Bestechungen machen musste, wurde er zu einem der reichsten Männer Europas.

Seinen neuen Reichtum verwendete er, um in Supertanker und Ölraffinerien zu investieren, wodurch ihm der Sprung vom Erdölförderer zum Reeder und Verarbeiter gelang. Die ukrainischen, bulgarischen und türkischen Raffinerien unterstellten sich gern seiner Leitung, was Kasakow noch reicher machte. Er modernisierte ein halbes Dutzend Anlagen in diesen drei Staaten und machte sie weit leistungsfähiger und sauberer als vergleichbare Einrichtungen im Osten.

Trotzdem war sein eigentliches Problem noch nicht gelöst: Seine Hauptkunden waren weiterhin Russland und die von ihm abhängigen Nationen in der Gemeinschaft Unabhängiger Staaten, deren hoffnungslos veraltete und ineffiziente Raffinerien zu den schlimmsten der Welt gehörten. Kasakow konnte das Erdöl zwar gewinnbringend fördern, aber er schrieb bei jedem Verkauf an die GUS rote Zahlen, weil sie keine Weltmarktpreise bezahlen konnte und manchmal sehr zögerlich zahlte. Wirklich Geld ließ sich mit der Belieferung westeuropäischer Raffinerien verdienen, was bedeutete, dass das Öl mit Tankern durch den Bosporus und die Dardanellen ins Mittelmeer transportiert werden musste. Das Problem war jedoch, dass es bereits viel Tankerverkehr durch diese Meerengen gab – durchschnittlich zehn Supertanker pro Tag, zu denen noch der normale Schiffsverkehr kam, was Verluste an Zeit und Geld bedeutete –, von den von der Türkei erhobenen Gebühren für jede Tonne Rohöl ganz zu schweigen. Trotz seines gewaltigen Reichtums war Kasakow eine Null, wenn es darum ging, mit den multinationalen Ölgiganten des Westens zu konkurrieren.

Als Pawel Gregorjewitsch Kasakows Reichtum und Prestige wuchsen, rankten sich immer mehr Gerüchte um ihn. Die meisten Leute behaupteten, als einem der Bosse der Russenmafia unterstehe ihm eine Organisation, die einflussreicher und mächtiger sei als die russische Regierung; andere sagten, er vertreibe als Drogenhändler den zweitwichtigsten Exportartikel Kasachstans – Heroin – und benutze seine Kontakte in Ost und West, um jeden Monat tausende von Kilogramm Heroin in ganz Europa zu verkaufen; wieder andere hielten ihn für einen Spion der Amerikaner, der Chinesen oder der Japaner – je nachdem, wer gerade Sündenbock des Monats war.

Die Schlussfolgerung für Generaloberst Schurbenko lautete: Niemand, nicht einmal er, der Zugang zu den Erkenntnissen militärischer und ziviler Geheimdienste hatte, wusste genau Bescheid. Das machte Pawel Kasakow zu einem sehr, sehr gefährlichen Mann und einem noch gefährlicheren Widersacher. Schurbenko hatte zu viele Kinder, Enkel, Datschen, Mätressen und ausländische Bankkonten, als dass er es hätte riskieren wollen, den Schlamm aufzurühren, um das herauszubekommen. Er wusste recht gut, dass Kasakow ihm alles wegnehmen konnte, wenn er wollte.

Als Kasakow die Frage nach seiner Mutter stellte, antwortete Schurbenko deshalb nervös: »Natürlich nicht, Pawel Gregorjewitsch«, und nahm einen großen Schluck Whiskey, um seine Nerven zu beruhigen. Als er wieder zu dem jungen Unternehmer hinübersah, hatte er den Eindruck, Kasakow mustere ihn unter halb gesenkten Lidern mit stechendem Schlangenblick. »Sie wissen so gut wie ich, Pawel Gregorjewitsch, dass die Armee sich nie ganz von unserem Debakel in Afghanistan erholt hat. Dort konnten wir nicht einmal eine Bande zerlumpter Ziegenhirten zur Räson bringen. Danach ist's uns nicht gelungen, auch nur eine Rebellion in unserem eigenen Hinterhof niederzuschlagen, selbst wenn die Rebellen nur arbeitslose Proleten mit ein paar Schwarzmarktwaffen waren. Wilna, Tiflis, Baku, Duschanbe, Tiraspol, Kiew, Lemberg, zweimal Grosny … für jeden billigen Revolutionär stellt die einst gefürchtete Rote Armee kaum noch einen ernsthaften Gegner dar.«

»Sie haben zugelassen, dass diese albanischen Bauernlümmel meinen Vater wie ein *Schwein* abschlachten!«, sagte Kasakow aufgebracht. »Und was wollen Sie in dieser Sache unternehmen? Nichts! Was hat Interfax heute Morgen gemeldet? Die russische Regierung denkt daran, *ihre Friedenstruppe aus dem Kosovo abzuziehen?* Siebzehn unserer Soldaten werden von KBA-Marodeuren abgeschlachtet, und unsere Regierung will den Schwanz einziehen und *weglaufen?* Ich hatte erwartet, dass sie eine Brigade Elitetruppen oder ein Geschwader Kampfhubschrauber entsenden und die Stützpunkte der Rebellen ausradieren würden!«

»Wir haben im Kosovo nur viertausend Mann stehen, Pawel Gregorjewitsch«, wandte Schurbenko ein. »Unsere Haushaltsmittel reichen kaum aus, um ein Minimum an Operationsfähigkeit zu garantieren und …«

»Ein Minimum an Operationsfähigkeit? Verdammt noch mal, unsere Soldaten bekommen kaum genug zu *essen,* General! Hätte ich darüber zu entscheiden, würde ich eine ganze Brigade einsetzen, jeden bekannten oder vermuteten Stützpunkt der KBA in die Luft jagen, ihre Vorräte erbeuten, die Gefangenen verhören, ihre Häuser niederbrennen und mich den Teufel um die Meinung der Weltöffentlichkeit scheren! Damit wären unsere Soldaten wenigstens nützlich beschäftigt. Und im Idealfall hätten sie Gelegenheit, den Tod ihrer Kameraden zu rächen.«

»Ich habe volles Verständnis für Ihren Zorn und Ihre Leidenschaft, Pawel Gregorjewitsch – aber Sie verstehen wenig von Politik oder Militäreinsätzen!«, sagte Schurbenko väterlich lächelnd. Kasakow nahm verärgert einen großen Schluck Whiskey. Der General wollte diesen Mann unter keinen Umständen gegen sich aufbringen, deshalb bemühte er sich um einen mitfühlend verständnisvollen Tonfall. »Ein Unternehmen dieser Art würde Zeit, präzise Planung und vor allem Geld erfordern.«

»Mein Vater hat Priština nach weniger als zwölf Stunden Vorbereitungszeit eingenommen – mit einer Truppe, die kaum für dieses Unternehmen qualifiziert war.«

»Ja, das hat er getan«, bestätigte Schurbenko, obwohl Major Kasakow nicht die Stadt, sondern nur einen kleinen Regionalflughafen eingenommen hatte. »Ihr Vater war eine wahre Führerpersönlichkeit, mutig wie ein Löwe, ein geborener Krieger in der Tradition der slawischen Könige.« Das schien Kasakow zu besänftigen.

In der nun folgenden Pause dachte Schurbenko jedoch über seinen Vorschlag nach. Eine ganze Brigade in den Kosovo verlegen? Es würde Monate, vielleicht ein halbes Jahr dauern, um zwanzigtausend Soldaten für *irgendein* Unternehmen zu mobilisieren, und die Weltöffentlichkeit würde längst davon wissen, bevor auch nur das erste Bataillon in Marsch gesetzt wurde. Nein, das war eine törichte Idee. Im Kosovo konnte man nur verlieren. Die Ermordung Oberst Kasakows und 16 weiterer Soldaten bestätigte lediglich, was Schurbenko bereits wusste: Russland musste sich aus dem Kosovo zurückziehen. Kasakow war sicher ein brillanter Ingenieur und Geschäftsmann, aber er hatte keine Ahnung von den einfachsten Grundsätzen der Kriegsführung.

Aber vielleicht eine kleinere Kampfgruppe, ein bis zwei leicht gepanzerte Bataillone, vielleicht sogar ein Speznas-Luftlanderegiment? Pawel Kasakows Vater war mit einer Kompanie Infanteristen über dem Flughafen Priština abgesprungen und hatte die NATO damit ausgetrickst. Das waren keine Luftlandetruppen, sondern ganz gewöhnliche Infanteristen gewesen – Schurbenko war sich nicht einmal sicher, ob alle Männer damals eine abgeschlossene Sprungausbildung besessen hatten. Eine gute ausgebildete Speznas-Einheit gleicher Stärke, die vielleicht mit Luftunterstützung operierte, würde zehnmal effektiver sein. Warum sollte das nicht nochmals gelingen? Die NATO war im Kosovo zwar nur unwesentlich schwächer als 1999, aber ihre Truppen hatten sich in ihren eigenen Sektoren, in ihren sicheren Lagern verschanzt, die sie kaum noch zu verlassen wagten. Die Kosovo-Befreiungsarmee konnte ungehindert agieren. Aber sie bestand nicht aus regulären Soldaten, sondern nur aus Guerillakämpfern. Gefährlich, unter Umständen auch tödlich, aber kein gleichwertiger Gegner für russische Speznas-Teams mit dem Auftrag, den Feind aufzuspüren und zu vernichten.

Dann fiel dem General etwas auf, das er in seinem Bestreben, den jungen Industriellen nicht zu verärgern, fast übersehen hätte: Pawel Kasakow schien leidenschaftlich am Wohlergehen der russischen Soldaten im Kosovo, die sein Vater befehligt hatte, interessiert zu sein. Er sprach von »unseren« Soldaten, als liege ihm ihr Schicksal wirklich am Herzen. Lag das nur daran, dass sein Vater einer von ihnen gewesen war? Empfand er wirklich eine Art Verbundenheit zu den im Kosovo getöteten Soldaten? Jedenfalls bot sich Schurbenko damit plötzlich ein unerwarteter Blick hinter die Fassade eines der unergründlichsten Männer der Welt.

»Das ist interessant, Pawel Gregorjewitsch, sehr interessant«, sagte Schurbenko. »Sie plädieren also für ein machtvolleres Auftreten Russlands im Kosovo?«

»Der Kosovo ist erst der Anfang, General«, sagte Kasakow scharf. »Tschetschnja war ein gutes Beispiel für einen überzeugend gelösten Konflikt – die Rebellen wurden durch Luftangriffe zur Unterwerfung gezwungen. Ihre Häuser, ihre Geschäftslokale, ihre Moscheen, ihre Begegnungsstätten wurden zerbombt. Seit wann toleriert die russische Regierung Unabhängigkeitsbestrebungen innerhalb der Föderation?

Nein, Russland hat auch schutzwürdige Interessen außerhalb seiner Grenzen«, fuhr Kasakow fort. Schurbenko hörte jetzt aufmerksam zu, denn seine eigenen Überlegungen gingen in eine ganz ähnliche Richtung. »Die Amerikaner geben Milliarden Dollar für den Bau von Pipelines aus, um *unser* Erdöl, das russische Ingenieure entdeckt und gefördert haben, in den Westen zu transportieren. Was haben wir davon? Praktisch gar nichts. Ein paar Rubel als Durchleitungsgebühren, die nur einen Bruchteil dessen ausmachen, was uns in Wirklichkeit zustünde. Wie hat es dazu kommen können? Weil wir zugelassen haben, dass Georgien und Aserbeidschan unabhängig wurden. Das wäre auch in Tschetschnja passiert, wenn wir's zugelassen hätten.«

»Aber was ist mit dem Westen? Brauchen wir nicht sein Kapital, seine Koordination, die Zusammenarbeit mit seiner Ölindustrie?«

»Lächerliche Argumente. Der Westen hat unseren Einsatz in Tschetschnja verurteilt, weil es politisch en vogue ist, sich gegen Russland zu stellen. Die Amerikaner verhalten sich absolut heuchlerisch. Sie haben unsere Sicherheitsoperationen gegen Terroristen in einer unserer eigenen Republiken verdammt, aber die NATO, ein Militärbündnis, überfällt *ohne Kriegserklärung* Serbien, einen souveränen Staat und unseren engen Verbündeten, und ignoriert die Empörung der gesamten Weltöffentlichkeit!«

»Aber wir haben nicht dagegen protestiert, weil wir westliche Finanzhilfe und westliche Investitionen brauchen, wenn wir ...«

»Unsinn!«, sagte Kasakow und nahm aufgebracht noch einen Schluck Whiskey. »Wir haben uns der NATO-Aggression gegen Serbien angeschlossen und geschwiegen, als unsere serbischen Brüder bombardiert wurden, nur um unsere Unterstützung für den Westen zu demonstrieren. Wir haben uns dazu drängen lassen, die Phrasen der Amerikaner zu übernehmen, die sie dem Rest der Welt vorgesetzt haben – dass der Kampf gegen Slobodan Milosević? und die sogenannten ethnischen Säuberungen der Serben eher den Gefühlen der Staatengemeinschaft entsprächen. Nur deshalb haben wir geschwiegen und die ›friedenssichernden Maßnahmen‹ der Vereinten Nationen unterstützt.

Und was haben die westlichen Staaten im Gegenzug für uns getan? Nichts! Sie denken sich die unterschiedlichsten Begründungen dafür aus, dass sie uns keine Unterstützung gewähren, oder schichten bereits zugesagte Kredite nach ihren eigenen politischen Bedürfnissen um. Erst haben sie unser Eingreifen in Tschetschnja verurteilt, dann haben sie die Wahl von Präsident Senkow und die Bildung einer Koalitionsregierung mit ein paar Kommunisten darin kritisiert, dann haben sie uns Menschenrechtsverletzungen vorgeworfen, als Nächstes ging es um Waffenverkäufe an Staaten, die den USA nicht genehm sind, und in letzter Zeit waren die großen Themen Drogenhandel und organisiertes Verbrechen. Tatsache ist aber, dass wir einfach *kuschen* sollen. Wir sollen formbar, nachgiebig und ungefährlich bleiben. Deshalb wollen sie nicht bei uns investieren.«

»Sie reden genau wie Ihr Vater, wissen Sie das?«, fragte Schurbenko. Er machte seiner Adjutantin ein Zeichen, dem jungen Mann nachzuschenken. Pawel Kasakow nickte mit schwachem Lächeln, während der Whiskey ihn wärmte und seine starren Gesichtszüge etwas weicher machte. Er wirkte unverändert gefährlich – aber jetzt nicht mehr wie eine zum Zustoßen bereite Kobra, sondern eher wie ein vollgefressenes Krokodil.

In Wirklichkeit wusste Generaloberst Schurbenko genau, dass Oberst Gregor Kasakow sich nie über Politik geäußert hatte. Er war durch und durch Soldat gewesen. Niemand – auch Schurbenko nicht – wusste, wie der ältere Kasakow über seine Regierung oder ihre Politik gedacht hatte, weil er sich selbst im Kameradenkreis nie darüber geäußert hatte. Aber dieser Schwindel schien anzukommen, und der jüngere Kasakow wirkte lebhafter als je zuvor.

»Was sollen wir also tun, Pawel Gregorjewitsch?«, fragte Schurbenko. »Angreifen? Widerstand leisten? Uns mit Deutschland verbünden? Was *können* wir tun?«

Schurbenko konnte sehen, dass Kasakows Verstand vom Alkohol angefeuert und enthemmt auf Hochtouren arbeitete. Der junge Mann grinste sogar spitzbübisch und ein wenig boshaft. Aber dann schüttelte er den Kopf. »Nein … nein, General, ich bin kein Soldat. Ich habe keine Ahnung, was sich tun ließe. Ich kann nicht für die Regierung oder den Präsidenten sprechen.«

»Sie sprechen allein mit mir, Pawel Gregorjewitsch«, sagte Schurbenko. »Hier hört uns niemand. Ihre Ausführungen sind kein Hochverrat – man könnte sie viel eher patriotisch nennen. Und obwohl Sie kein Soldat sind, berechtigen hohe Intelligenz und im internationalen Geschäftsleben gesammelte Erfahrungen – ganz zu schweigen von der Tatsache, dass Sie als Sohn eines unserer großen Helden aufgewachsen sind – Sie sehr wohl dazu, eine fundierte Meinung zu äußern. Was würden Sie tun, Pawel Gregorjewitsch? Den Kosovo bombardieren? Albanien bombardieren? Auf dem Balkan einmarschieren?«

»Ich bin kein Politiker, General«, wiederholte Kasakow. »Ich bin nur ein Geschäftsmann. Aber als Geschäftsmann glaube ich Folgendes: Ein Führer, sei er nun Kommandeur, Präsident oder Firmenchef, muss Verantwortung übernehmen und ein Führer, kein Mitläufer sein. Unsere Regierung, unsere Kommandeure müssen wirklich *führen*. Sie dürfen sich keine Bedingungen diktieren lassen. Nicht vom Westen, nicht von Rebellen, von *niemandem*.«

»Dem kann niemand widersprechen, Pawel Gregorjewitsch«, sagte Schurbenko. »Aber was erwarten Sie von uns? Dass wir den Tod Ihres Vaters rächen? Auf der Suche nach seinen Mördern den Kosovo, vielleicht auch Albanien durchkämmen? Oder ist Ihnen egal, wer die Mörder waren? Wollen Sie sich nur an irgendwelchen Muslimen rächen?«

»Verdammt noch mal, General, wieso provozieren Sie mich so?«, fragte Kasakow. »Macht Ihnen das etwa Spaß?«

»Ich versuche nur, Ihnen begreiflich zu machen, mein junger Freund, dass es leicht ist, anklagend den Finger zu heben und den zornigen jungen Mann zu spielen – aber unvergleichlich schwieriger, Antworten zu finden, Lösungen anzubieten«, sagte Schurbenko. »Glauben Sie denn, dass es Sicherheitsberater Jejsk und Staatssekretär Lianow leicht gefallen ist, zu ihren Dienstwagen zurückkehren zu müssen, ohne ein Wort mit den trauernden Hinterbliebenen gesprochen zu haben? Diese Männer, der gesamte Kreml, das gesamte Oberkommando leiden nicht weniger als Sie, nicht weniger als Ihre Mutter. Der tiefe Schmerz, den Sie jetzt empfinden, ist nichts anderes als der Schmerz, den wir seit Jahren empfinden, während wir hilflos zusehen müssen, wie unser geliebtes Russland immer weiter ins Chaos abgleitet.«

»Wozu soll ich Ihnen raten, General?«, fragte Kasakow. »Einen Atomkrieg anzufangen? Zum Kommunismus zurückzukehren? Den Westen in einen weiteren Kalten Krieg zu verwickeln? Nein. Die Welt hat sich seit damals verändert. Auch Russland ist jetzt anders.«

»Anders? Wie anders?«

»Wir haben zugelassen, dass unsere Freunde, unsere ehemaligen Trabanten, unsere ehemaligen Protektorate sich von uns lossagen. Wir haben diese kleinen Republiken zu Staaten aufgebaut. Wir hätten sie nicht gehen lassen müssen. Jetzt wenden sie sich gegen uns, nähern sich dem Westen an.« Kasakow schwieg einen Augenblick, trank einen kleinen Schluck Whiskey und sagte dann: »Sie haben sich für die Unabhängigkeit entschieden, aber wir sollten sie dazu zwingen, sich der Gemeinschaft wieder anzuschließen.«

»Gut gebrüllt, Pawel Gregorjewitsch«, stimmte Schurbenko lächelnd zu. »*Zwingen*, aber wie?«

»Zuckerbrot und Peitsche... dann *plomo o plata*, Blei oder Gold«, antwortete Kasakow.

»Wie meinen Sie das?«

»Erdöl«, sagte Kasakow. »Sehen Sie sich an, was wir über Jahre hinweg gebaut haben, all die Orte, an denen die Sowjetunion investiert hat, um zu versuchen, dem Westen Konkurrenz zu machen – nur um dann alles zu verlieren. Verladeterminals und Raffinerien in der Ukraine, in Moldawien, Bulgarien und Georgien. Jugoslawien hat von uns Milliarden für den Bau von Terminals und Raffinerien und Pipelines in Makedonien, in Montenegro, im Kosovo und in Serbien erhalten. Alle diese Einrichtungen verfallen jetzt oder gehen an kapitalistische Blutsauger aus dem Westen.«

»Worauf wollen Sie hinaus, Pawel Gregorjewitsch?«

»General, ich war mit der Entsendung unserer Truppen, mit der Entsendung meines Vaters in den Kosovo einverstanden, weil Russland nach meiner Überzeugung auf dem Balkan berechtigte Interessen zu verteidigen hat – vor allem den Transportweg für russisches Öl nach Westen.«

»Welches Öl?«

»Öl vom Kaspischen Meer«, sagte Kasakow.

»Wie viel Öl?«

»In zehn Jahren – wenn die nötige Infrastruktur aufgebaut ist und unter straffer politischer und militärischer Kontrolle steht –

fünf Millionen Barrel«, sagte Kasakow stolz. »Zweieinhalb Milliarden Rubel, rund hundertfünfzig Millionen Dollar.« Das schien Schurbenko nicht sehr zu beeindrucken. Er trank noch einen Schluck Whiskey und wirkte gelangweilt, bis Kasakow hinzufügte: »Pro *Tag,* General. Hundertfünfzig Millionen Dollar pro Tag, *tagtäglich für die nächsten fünfzig Jahre.* Und wir bezahlen niemandem auch nur einen Rubel für Abgaben, Steuern, Gebühren oder Zölle. Das ganze schöne Geld bleibt uns.«

Schurbenko wäre beinahe an seinem Jim Beam erstickt. Er starrte Kasakow völlig konsterniert an, ohne zu merken, dass ihm ein Whiskeyfaden übers Kinn lief. »Wa... wie ist das möglich?«, stammelte er. »Ich wusste nicht, dass solche Lagerstätten existieren, nicht mal am Persischen Golf.«

»General, am Kaspischen Meer gibt es Ölvorräte, die noch nicht entdeckt sind – vielleicht hundertmal mehr, als wir in den vergangenen zwanzig Jahren entdeckt haben«, sagte Kasakow. »Sie dürften denen in Sibirien oder im Südchinesischen Meer entsprechen. Das Problem ist nur, dass sie nicht ausschließlich Russland gehören. Russland besitzt nur etwa ein Fünftel der bekannten Reserven. Die anderen vier Fünftel gehören Aserbeidschan, Kasachstan, Turkmenistan und dem Iran. Aber russische Arbeiter und russisches Kapital haben den größten Teil der Ölindustrie dieser Staaten aufgebaut, General. Jetzt zahlen wir ihnen Unsummen für zeitlich begrenzte Pachtverträge, damit sie *unsere* Ausrüstung und *unser* Know-how benutzen können, um Öl zu fördern, das Russen entdeckt haben. Wir müssen Millionen an Bestechungsgeldern und Gebühren sowie eine Abgabe für jede Tonne Rohöl zahlen, die wir ausführen. Wir zahlen ungelernten ausländischen Arbeitern fürstliche Gehälter, während russische Männer, ausgebildete Bohrarbeiter, und ihre Angehörigen zu Hause hungern. Das tun wir, weil Russland nicht den Mumm hatte, die Sowjetrepubliken als seinen rechtmäßigen Besitz zu verteidigen.«

»Hundertfünfzig *Millionen Dollar...* pro *Tag*«, konnte Generaloberst Schurbenko nur murmeln.

»Statt Öl zu fördern, es zu verarbeiten, es in den energiehungrigen Westen zu exportieren und unseren rechtmäßigen Platz unter den Großmächten der Welt einzunehmen«, sagte Kasakow, indem er sein Glas leerte, »empfangen wir unsere Helden in der Heimat in Särgen, die mit der Flagge einer zögerlichen, kraftlosen Regierung geschmückt sind. Kein Wunder, dass meine Mutter diese Flagge nicht auf dem Sarg ihres Mannes haben wollte. Sie hätte meinen Vater entehrt. Das können Sie dem Präsidenten sagen, wenn Sie ihn nächstes Mal sehen.«

Danach herrschte mehrere Minuten lang Schweigen. In dieser Zeit wechselte Schurbenko nur ein paar geflüsterte Worte mit seiner Adjutantin, während Kasakow zwei weitere Gläser trank, nach denen die Flasche leer war. Wenig später hielt die Limousine etwa zehn Straßenblocks vom Kreml entfernt vor einem luxuriösen Apartmentgebäude, vor dessen Eingang und an dessen Ecken neutrale Fahrzeuge eines Sicherheitsdienstes parkten. Durch die Panzerglasscheiben der Eingangshalle waren ein Wachmann und eine Empfangsdame zu sehen.

Schurbenko stemmte sich hoch und stieg aus. »Mein Fahrer setzt Sie ab, wo immer Sie wünschen, Pawel Gregorjewitsch«, sagte der Oberbefehlshaber der russischen Landstreitkräfte. Er streckte Kasakow die Rechte hin, und dieser schüttelte sie. »Nochmals mein tief empfundenes Beileid zu Ihrem Verlust. Morgen früh statte ich Ihrer Mutter einen Kondolenzbesuch ab – wenn sie mich empfängt.«

»Ich sorge dafür, dass Sie es tut, Generaloberst.«

»Gut.« Er bedeckte Kasakows Rechte mit seiner Linken und zog den jungen Mann etwas zu sich heran, als habe er ihm etwas Vertrauliches mitzuteilen. »Und wir müssen in Verbindung bleiben, Pawel Gregorjewitsch. Ihre Ideen sind höchst bemerkenswert. Ich möchte gern mehr darüber hören.«

»Vielleicht, General.«

Die Limousine fuhr weiter und hatte schon mehrere Blocks zurückgelegt, bevor Kasakow merkte, dass die Adjutantin des Generals noch im Wagen saß. »Ah«, sagte er, »und wie heißen Sie ... Oberstleutnant?«

»Major«, verbesserte sie ihn lächelnd. »Major Iwana Wassiljewa, Stellvertreterin des Stabschefs des Generals.« Sie wechselte auf Schurbenkos Platz über und nahm eine neue Flasche Jim Beam und ein Glas aus dem Barfach. »Darf ich Ihnen noch einen Drink anbieten?«

»Nein, danke. Aber bedienen Sie sich bitte selbst, nachdem Sie jetzt bestimmt dienstfrei haben.«

»Ich bin eigentlich immer im Dienst, aber der General hat mir bis morgen früh freigegeben.« Statt sich einzuschenken, stellte sie Glas und Flasche ins Fach zurück und wandte sich ihm wieder zu. »Kann ich Ihnen sonst noch etwas anbieten, Gospodin Kasakow?« Er ließ seinen Blick über ihren Körper gleiten, und sie tat das Gleiche bei ihm, lächelte dabei einladend. »*Irgend*etwas?«

Kasakow schmunzelte kopfschüttelnd. »Der alte Fuchs will etwas von mir, nicht wahr, Major?«

Wassiljewa knöpfte ihre Uniformjacke auf und ließ wohlgerundete, feste Brüste unter der weißen Uniformbluse sehen. »Ich habe den Auftrag, Sie nach Hause zu begleiten und dafür zu sorgen, dass alle Ihre Wünsche sofort erfüllt werden, Pawel Gregorjewitsch«, sagte sie. Als sie ihre Erkennungsmarke abnahm und die Bluse aufknöpfte, sah Kasakow, dass sie einen sehr unmilitärischen Büstenhalter aus durchsichtiger schwarzer Spitze trug. »Der General interessiert sich sehr für Ihre Ideen und Vorschläge und hat mich als Verbindungsoffizier zu Ihnen abgeordnet. Ich soll Ihnen alles zur Verfügung stellen, was Sie wünschen – Auskünfte, Informationen, Ressourcen, Unterstützung … *alles.*« Sie kniete sich vor ihn auf den hochflorigen blauen Teppich und begann ihn zwischen den Beinen zu streicheln. »Falls er etwas Bestimmtes von Ihnen will, hat er's mir nicht gesagt.«

»Er befiehlt Ihnen also, sich in seinem Wagen vor einem Unbekannten auszuziehen, und Sie führen seinen Befehl widerspruchslos aus?«

»Tatsächlich war das *meine* Idee, Pawel Gregorjewitsch«, antwortete sie schalkhaft lächelnd. »Der General überlässt es weitgehend mir, wie ich seine Befehle ausführe.«

Kasakow lächelte ebenfalls, streckte eine Hand aus und öffnete mit geschickten Fingern den Frontverschluss ihres Büstenhalters. »Oh, ich verstehe«, sagte er.

Sie erwiderte sein Lächeln, schloss die Augen, als seine Hände ihre Brüste erforschten, und sagte dann, als sie nach seinem Reißverschluss griff: »Ich betrachte das als ein Privileg meines Dienstes.«

Oval Office des Weißen Hauses,
Washington, D.C.
(am nächsten Morgen)

»Mr. President, ich weiß, dass Sie Washington gründlich umkrempeln wollen, aber ich fürchte, diese Bombe könnte uns um die Ohren fliegen, wenn Ihr Vorhaben bekannt wird.«

Präsident Thomas Thorn hörte auf, am PC zu arbeiten, und drehte sich zu seinem Verteidigungsminister Robert G. Goff um, der fast ins Oval Office gerannt war. Begleitet wurde Goff von Außenminister Edward F. Kercheval, Vizepräsident Lester R. Busick und CIA-Direktor Douglas R. Morgan. »Sie haben also die letzte Fassung dieser Weisung des Präsidenten gelesen, Bob?«

Goff hielt sein Exemplar des Schriftstücks hoch, als sei es mit Blut befleckt. »*Gelesen?* Ich habe in den letzten achtzehn Stunden nichts anderes getan, als es zu studieren. Meine engsten Mitarbeiter und ich haben die ganze Nacht kein Auge zugetan, sondern herauszubekommen versucht, ob das hier legal, machbar oder auch nur *richtig* ist. Wirklich ein verblüffendes Vorhaben, Thomas!«

Robert Goff war in der ganzen Hauptstadt als freimütiger, geradliniger Mann bekannt. Der 51-jährige Goff – ein pensionierter Offizier der U.S. Army, Kongressabgeordneter des Staates Arizona und anerkannter Militärexperte – gehörte zu den neuen Löwen, die in Washington für Aufruhr sorgen wollten. Aber das Vorhaben des Präsidenten hatte sogar ihn vor Verblüffung nach Luft schnappen lassen. Neben Goff stand Luftwaffengeneral Richard W. Venti, der Vorsitzende der Stabschefs. Venti, der groß und hager war und für einen Viersternegeneral jung aussah, war ein erfahrener Jagdflieger und ehemaliger Oberbefehlshaber der US-Luftstreitkräfte in Europa. Im Gegensatz zu Goff behielt Venti seine Empfindungen und Gedanken lieber für sich.

Durch Abwesenheit bei dieser Besprechung glänzte der als Nationaler Sicherheitsberater des Präsidenten bekannte Sonderberater für Fragen der nationalen Sicherheit – weil Präsident Thomas Thorn keinen ernannt hatte. Das gehörte zu einer grundlegenden Reorganisation der Exekutive, einer drastischen Verkleinerung des Regierungsapparats mit dem Ziel, dass die Mitglieder des Kabinetts der Öffentlichkeit und dem Präsidenten gegenüber mehr Aufgeschlossenheit und Verantwortungsbewusstsein an den Tag legten. Unter der neuen Regierung Thorn waren bisher über dreihundert Stellen im Weißen Haus und in der Verwaltung einfach dadurch weggefallen, dass der Präsident und sein Stab es abgelehnt hatten, sie zu besetzen. Mehrere Dienststellen des Weißen Hauses, die Aufgaben wie Bekämpfung des Drogenhandels oder Aufstellung und Überwachung des Haushalts wahrnahmen, und viele politische Verbindungsstellen würden anderen Ministerien zugeordnet oder einfach aufgelöst werden.

»Ich weiß, dass wir darüber gesprochen haben, welche Veränderungen im Verteidigungsministerium und in der gesamten Regierung zweckmäßig wären«, fuhr Goff erregt fort, »aber … *das hier?* Sie können nicht im Ernst vorhaben, irgendetwas davon zu verwirklichen.«

»Ich werde alles verwirklichen, und ich werde es bis Ende dieses Jahres schaffen«, sagte der Präsident mit zuversichtlichem Lächeln.

»Neue Prioritäten, was Einsätze zur Friedenssicherung betrifft – dagegen dürfte sich nicht viel Widerspruch regen«, sagte Goff. »Eine neuerliche Umschichtung der Aufgaben einzelner Stützpunkte, aber keine Schließungen – auch das wird sich verkaufen lassen.« Er tippte auf den Entwurf mit handschriftlichen Anmerkungen von Mitarbeitern des Präsidenten. »Aber *das hier …*«

»Bob, wissen Sie noch, wann wir zum ersten Mal über die Möglichkeit gesprochen haben, dieses Vorhaben zu verwirklichen?«, fragte Thorn, der bei der Erinnerung daran lächeln musste. Robert Goff war einer der ersten und überzeugtesten Anhänger des Präsidentschaftskandidaten der Jeffersonian Party gewesen und hatte sein Abgeordnetenmandat niedergelegt, um Thorn im Wahlkampf zu unterstützen. Seit damals waren die beiden gute Freunde.

»Natürlich weiß ich das noch«, sagte Goff, der unwillkürlich ebenfalls lächeln musste. Thomas Thorn besaß die irritierende Fähigkeit, aufgebrachte Gesprächspartner durch eine persönliche Bemerkung zu entwaffnen. »Aber damals waren wir noch jung und dumm und verdammt naiv.«

»Das war vor weniger als einem Jahr, Sie Komiker«, stellte Thorn lächelnd richtig. »Wir waren zu einem der ersten Wahlkampfauftritte der Jeffersonian Party in Abilene, Texas. Es war kalt, und ich glaube, es hatte nachts geschneit. Sie und drei Ihrer freiwilligen Helfer mussten sich ein Zimmer im Holiday Inn teilen, weil unser Geld kaum noch für einen Monat reichte; drei meiner Kinder mussten Briefmarken auf Werbebriefe kleben, während sie sich im Fernsehen Cartoons ansehen durften. Nachdem wir in Iowa in den Vorwahlen gescheitert und in New Hampshire diese Hürde nur knapp genommen hatten, haben wir beschlossen, uns auf die Staaten zu konzentrieren, in denen am Super-Dienstag Vorwahlen stattfinden würden. Sie haben gehofft, dass hundert Leute kommen würden. Unser Podium beim Open House auf dem Kasernengelände war tatsächlich eine Seifenkiste…«

»Ein paar mit einem Tischtuch bedeckte Putzmittelkartons aus der Kantine.«

Thorn nickte. »Aber dann sind zweitausend Leute gekommen, und wir mussten uns auf einen Bus stellen und einen der großen Handlautsprecher vom Schießplatz benutzen.«

»Das weiß ich noch gut, Thomas«, bestätigte Goff. »Damit hat alles angefangen. Das war der Wendepunkt. Ein unglaublicher Tag! In New Hampshire haben wir später gewonnen, praktisch ohne dort Wahlkampf gemacht zu haben.«

»Aber wissen Sie noch, wie wir den Stützpunkt besichtigt und auf den Abstellplätzen hunderte von Panzern des Typs M1 Abrams aufgereiht gesehen haben?«, fuhr Thorn fort. »Endlos lange Reihen von Panzern, so weit das Auge reichte, wie Furchen in einem frisch gepflügten Feld. Und wir haben gehört, dass *keiner* dieser

Panzer jemals einen Schuss im Gefecht abgegeben hat. Dort standen Panzer der zweiten und dritten Generation, die außer zu Übungen *noch nie das Kasernengelände verlassen hatten.* Wir haben Geschütze, Schützenpanzer, mobile Brücken, Zelte, Vans, Lastwagen, Humvees, Raketenwerfer, sogar Radargeräte und Fla-Lenkwaffen gesehen – alle seit dem Unternehmen *Wüstensturm* nicht mehr benutzt, wenn sie überhaupt jemals benutzt worden waren.«

»Ja, ich weiß, Thomas«, sagte Goff. »Aber wir befinden uns seit *Wüstensturm* im Frieden. Das heißt nicht, dass sie niemals benutzt werden …«

»Wir haben darüber gesprochen, was für ungeheure Ressourcen hier vergeudet werden«, fuhr Thorn fort. »Die Arbeitslosigkeit in den Vereinigten Staaten befindet sich seit Jahren auf einem historischen Tiefstand. Alle Unternehmen suchen verzweifelt qualifizierte oder lernwillige Arbeiter. Trotzdem geben wir Milliarden Dollar für Waffensysteme aus, die vielleicht niemals im Kampf eingesetzt werden – für Waffen, die für Kriege von gestern entwickelt wurden. Irgendjemand muss diese Geräte bedienen, andere in ihrer Bedienung unterweisen, sie warten, andere für diese Wartung ausbilden, und irgendjemand muss das ganze Zeug verwalten, das für Gebrauch und Wartung dieser Geräte nötig ist. Eine gewaltige Infrastruktur, eine riesige Investition in Personal und Ressourcen – und wofür? Welcher Zweck wurde damit erfüllt? Wir fanden diese Verschwendung sinnlos und haben uns gefragt, was wir dagegen unternehmen könnten. Nun, dies hier können wir dagegen unternehmen.« Der Präsident sah zu General Venti hinüber. »Wie lautet Ihr abschließender Kommentar dazu, General?«

Venti überlegte kurz, wie er seine Antwort formulieren sollte. »Die Zahlen scheinen eine ziemlich eindeutige Sprache zu sprechen, Sir», antwortete er. »Das Heer gibt pro Jahr 5,3 Milliarden Dollar für die Ausbildung des benötigten Personals und die Wartung von Waffensystemen aus, die noch keinen Krieg erlebt haben. Die Marine braucht pro Jahr zehn Milliarden Dollar für Bemannung, Ausrüstung und Unterhalt einer Flotte von Atom-U-

Booten, die noch nie im Einsatz waren. Weitere zwanzig Milliarden Dollar geben wir für den Unterhalt unserer Atomstreitmacht aus, von der wir inständig hoffen, dass wir sie trotz der von China und möglicherweise von Russland ausgehenden Gefahr nie werden einsetzen müssen.«

»Vor allem der emotionale Faktor wird uns zu schaffen machen, Mr. President«, warf Goff ein. »Es gibt noch genügend Veteranen aus dem Zweiten Weltkrieg, Korea und Vietnam, die diesen Plan als Vertrauensbruch auffassen werden. Das werden Ihre politischen Gegner ausnützen. Mehrere frühere Regierungen haben so drastische Haushaltskürzungen vorgenommen, dass Ihr Schritt unvermeidbar ist, aber man wird ihn Ihnen trotzdem verübeln.

Die Gefahren, denen wir uns gegenübersehen, sind nicht geringer geworden, Mr. President«, fuhr Goff fort. »China hat amerikanisches Territorium schon einmal mit Kernwaffen angegriffen, und wir fürchten, dass es das wieder tun wird. Obwohl alle Vorhersagemodelle und sämtliche Analysten das für unwahrscheinlich halten, könnten ehemalige Großmächte wie Japan, Deutschland und Russland zu neuer Bedeutung aufsteigen und amerikanische Interessen bedrohen. Bündnisfreie, theokratische und unberechenbare Staaten könnten amerikanische Interessen jederzeit durch Anschläge gefährden, die von einfachen Entführungen über Hackerangriffe bis zum Einsatz von Kernwaffen reichen. Seit dem Zerfall der Sowjetunion ist die Verbreitung von Massenvernichtungswaffen ums Zehnfache gestiegen.«

»Ich möchte die Meinung des Generals hören, Bob«, sagte der Präsident. Er nickte Venti zu, er solle weitersprechen. Goff wirkte frustriert und leicht verärgert, äußerte sich aber nicht weiter dazu.

»Offen gesagt glaube ich, Sir, dass es langsam Zeit wird, daran zu denken, zukünftige Kriege zu *unseren* Bedingungen zu führen«, sagte der Luftwaffengeneral. »Wir sollten die relativ friedliche Gegenwart dazu nutzen, uns auf die Kriege des einundzwanzigsten, sogar des zweiundzwanzigsten Jahrhunderts vorzubereiten. Wir müssen die alten Waffen, die alte Taktik und die alten Ängste und Vorurteile abschaffen.

Außerdem ist unser Land in seiner Auffassung von der Rolle

des Militärs irgendwie vom rechten Weg abgekommen«, fuhr Venti fort. »Das Militär war schon immer eine Einrichtung, in die man junge Männer steckte, um ihnen Disziplin beibringen zu lassen, aber in letzter Zeit ist es zu einer Art Erweiterung des Sozialstaats geworden. Die Vorstellung, für sein Land zu kämpfen, vielleicht auch zu sterben, ist dadurch ersetzt worden, dass man beim Militär Schulabschlüsse nachholen, eine Lehre machen und nach der High School einen coolen Job bekommen kann. Wir geben jedes Jahr Millionen Dollar aus, um junge Männer anzuwerben, die aber aus völlig falschen Gründen zu uns kommen. Das Problem ist nicht, dass uns qualifizierte Rekruten fehlen, sondern dass das Militär zu groß, zu aufgebläht ist. Wir haben erlebt, dass es seine Existenzberechtigung beweisen wollte. Wir haben uns Militäreinsätze einfallen lassen, die kaum etwas mit nationaler Sicherheit, aber umso mehr mit politischer Einflussnahme zu tun hatten. Ich denke, es ist an der Zeit, endlich mit diesem Unfug aufzuhören.«

»So spricht ein wahrer Luftwaffenoffizier, dessen Karriere und Pension sicher sind«, sagte der Präsident mit fragendem Lächeln.

»Und die Luftwaffe kommt bei diesem Plan ziemlich gut weg, ist mir aufgefallen«, fügte Goff hinzu. »Luftwaffe und Marine sollten sich zu ihrem neuen Status gratulieren.«

»Ich spreche als Vorsitzender der Stabschefs, nicht nur als Luftwaffenoffizier, Sir«, sagte Venti zu Goff. »Ich halte den vorliegenden Plan für einen guten Neuanfang. Er signalisiert einen positiven Strategiewandel fürs einundzwanzigste Jahrhundert. Dieser Wandel ist meiner Ansicht nach dringend erforderlich. Deshalb stehe ich hundertprozentig hinter dem Präsidenten.«

»Aber was wird die Truppe sagen, wenn die vorgeschlagenen Veränderungen greifen?«, fragte Thorn. »Was werden die anderen Teilstreitkräfte dazu sagen?«

»Die wirklichen Soldaten werden tun, was ihnen befohlen wird«, antwortete Venti ehrlich. »Alle anderen werden aufschreien. Sie werden Sie als Verräter bezeichnen. Sie werden Ihren Rücktritt fordern, vielleicht sogar versuchen, ein Amtsenthebungsverfahren anzustrengen. Dann müssen Sie ihnen beweisen, wie stark Ihre Überzeugungen sind. Ist der Aufschrei der Öffentlichkeit lauter als das, was Ihr Herz Ihrem Kopf sagt? Wenn Sie auf diese Stimme hören, während die öffentliche Empörung über Sie hinwegfegt, müssten Sie Ihr Vorhaben verwirklichen können. Das ist jedoch Ihr Dilemma, Sir, nicht meines.« Venti seufzte, schloss kurz die Augen und fügte dann hinzu: »Und was meine Karriere und Pension betrifft – die mögen sicher sein, aber ich werde trotzdem auf ewig als der Mann bekannt bleiben, der die größte Umwälzung in der amerikanischen Armee seit der Einführung der Wehrpflicht mitverantwortet hat.«

»Wenigstens macht Ihnen mein Plan keine Bauchschmerzen«, sagte Thorn. Venti starrte seinen Oberbefehlshaber streng an, auch als der Präsident ihm zuzwinkerte. Nun wandte Thorn sich an Außenminister Edward Kercheval: »Okay, Ed, ich weiß, dass Sie nur darauf warten, mich unter Beschuss nehmen zu können. Feuer frei!«

»Sie wissen, was ich von diesem Plan halte, Sir«, begann Kercheval in einem Tonfall, der Schlimmes ahnen ließ. Im Gegensatz zu Goff und den meisten übrigen Regierungsmitgliedern war der Berufsdiplomat Edward Kercheval, der unter Präsident Martindale Botschafter in Russland gewesen war, kein persönlicher Freund Thorns. Aber der Präsident bestand auf freimütigem Dialog und direkter Kommunikation zwischen Kabinettsmitgliedern und dem Oval Office, und Kercheval hatte von Anfang an betont, er werde jede Gelegenheit dazu nutzen. »Ich fürchte, dass er die Struktur unserer gesamten Außenpolitik unterminieren wird. Hunderte, wenn nicht sogar tausende von Programmen, Abkommen, Übereinkünften und Memoranden über viele hundert Sachgebiete, Handelsverträge, Luftfahrtabkommen, Vereinbarungen über Funkaufklärung und dergleichen bis hin zu Lebensmittellieferungen basieren zum Teil auf Sicherheitsgarantien, die vor Jahrzehnten gegeben wurden. Ihr Plan droht alle diese Vereinbarungen zu kippen.«

»Und wir sind gezwungen, uns an alle diese Übereinkünfte zu halten«, fragte der Präsident, »selbst wenn wir finden, dass sie unserem Land schaden?«

»Diese Übereinkünfte sind *Verträge,* Mr. President«, sagte Kercheval. »Ein einseitiger Vertragsbruch zieht ernste Folgen nach sich – juristische Schritte, Verlust an Ansehen, Verlust an Glaubwürdigkeit, Verlust an Kooperationsbereitschaft, Verlust an Vertrauen. Vielleicht sogar noch ernstere Konsequenzen.«

»Ich bin also ein Gefangener von Vereinbarungen und Verpflichtungen, die ich nicht selbst ausgehandelt habe, die ich nicht verstehe und die mir niemand in Washington erklären kann?«

»Bei allem Respekt, Mr. President, es ist Ihre Aufgabe – und unsere –, sich mit allen diesen Verträgen und Abkommen vertraut zu machen«, sagte Kercheval beharrlich. »Deswegen haben Sie eine Regierung und eine Bürokratie – damit sie Ihnen helfen, in allen Regierungsgeschäften auf dem Laufenden zu bleiben. Einfach ein Programm in die Tat umzusetzen ist nicht die richtige Methode, an diese Sache heranzugehen. Die beste Methode ist, die Verträge und Abkommen, mit denen Sie nicht einverstanden sind, neu zu verhandeln. Man wirft nicht einfach den ersten Dominostein einer langen Reihe um, denn sonst fällt einer nach dem anderen, was unter Umständen nicht mehr aufzuhalten ist. Man lässt sich Zeit und nimmt einen Stein nach dem anderen weg, baut sie vielleicht anders auf oder verstärkt sogar einzelne, damit sie nicht fallen, wenn sie aus anderer Richtung angestoßen werden.«

»Sie haben eine weitere Methode vergessen, Ed: Man steht von seinem Stuhl auf, verlässt den Tisch und bleibt zu Hause«, sagte der Präsident.

»Dann will keines der Kinder in Ihrer Straße mehr zu Ihnen kommen und mit Ihnen spielen«, warnte Kercheval, der sich nur widerwillig auf diesen bemühten Vergleich einließ.

»Oh, ich denke schon«, sagte der Präsident. »Kommt nämlich irgendein Rowdy vorbei und wirft diese Dominosteine um, kommen sie wieder zu uns, wenn sie nicht stark genug sind, um das zu verhindern.«

»Sie wollen also den Rest der Welt außenpolitisch erpressen, Sir?«, fragte Kercheval. »Friss, Vogel, oder stirb? Das klingt nicht gerade nach verantwortungsvoller Regierungsarbeit, finde ich, Sir. Bei allem Respekt.« Aber jeder wusste, dass Kercheval dem Angesprochenen nur sehr wenig Respekt erwies, wenn er diese Formel gebrauchte.

»Verantwortungsvolle Regierungsarbeit beginnt damit, dass jemand die Verantwortung übernimmt, und genau das werde ich tun«, sagte der Präsident. »Ich habe dem amerikanischen Volk versprochen, die Verfassung zu schützen und zu verteidigen. Ich weiß genau, was das bedeutet.«

»Mr. President, ich zweifle weder an ihren Motiven noch an Ihrer Aufrichtigkeit, sonst hätte ich nie zugestimmt, in Ihr Kabinett einzutreten«, sagte Kercheval. »Ich versuche nur, Ihnen zu erklären, was Sie und Ihre Regierung erwartet, wenn Sie dieses Vorhaben verwirklichen. Viele Staaten, Organisationen und Individuen in aller Welt verdanken ihre Lebensweise – vielleicht sogar ihr *Leben* selbst – den Auffassungen der Vereinigten Staaten von Amerika hinsichtlich Frieden, Macht und Sicherheit. Was Sie vorschlagen, könnte vieles davon eliminieren. Das könnte Wellen schlagen, die über die ganze Welt hinweggehen.«

»Darüber bin ich mir im Klaren, Ed, aber …«

»Das glaube ich nicht, Mr. President«, unterbrach Kercheval ihn.

Die anderen im Oval Office starrten Kercheval schockiert an, bevor sie wieder den Präsidenten beobachteten. Selbst Kercheval erwartete eine Explosion. Obwohl Thomas N. Thorn in der Öffentlichkeit ruhig, friedfertig und ungezwungen würdevoll auftrat, wussten sie alle, dass der Präsident als junger Mann ein ausgebildeter professioneller Killer gewesen war – und dass bei ihm dicht unter der Oberfläche starke Gefühle brodelten.

»Edward, die Vereinigten Staaten haben seit dem Golfkrieg nichts unversucht gelassen, um weltweit kleine Buschbrände zu löschen«, sagte der Präsident. »Somalia, Haiti, zweimal der Irak, Bosnien, der Kosovo, Nordkorea – wir haben in den entferntesten Winkeln der Erde Friedenstruppen stationiert. Flammt dann tatsächlich eine größere Konfrontation wie die mit China auf, fehlen uns die Ressourcen für die Verteidigung der USA. Wir müssen unkonventionelle Kräfte einsetzen, damit sie tun, was unsere regulären Streitkräfte tun sollten, und dabei ist mir unbehaglich zu Mute.

Aus meiner Sicht stehen wir vor einem zweifachen Problem:

Unsere Streitkräfte sind zu groß und schwerfällig, um rasch genug reagieren zu können, und wir verschwenden zu viel Aufmerksamkeit, Zeit und Ressourcen an diese kleinen regionalen Buschbrände. Bisher ist kein einziges unserer Unternehmen zur Friedenssicherung – als mögliche Ausnahme könnte Haiti gelten – erfolgreich gewesen. Wir haben Milliarden Dollar und viel internationales Prestige für Unternehmen verschwendet, die Amerika kein bisschen mehr Frieden und Sicherheit gebracht haben. Ich habe diese Verschwendung satt, ich denke, unser Militär hat sie satt, und das amerikanische Volk hat sie satt.«

»Diese ›Buschbrände‹, wie Sie sie nennen, könnten sich zu weit größeren Konflikten auswachsen, Sir«, stellte Kercheval unbeirrt fest. »In Bezug auf den Irak hat's nie Zweifel gegeben – er hat die wichtigsten Erdöllieferanten des Westens bedroht. In anderen Gebieten wie auf dem Balkan ist die Lage weniger eindeutig, aber nicht weniger gefährlich. Ethnische Konflikte auf dem Balkan haben schon einen Weltkrieg ausgelöst und entscheidend zu einem zweiten beigetragen. Durch unsere Intervention bei kleinen Konflikten haben wir verhindert, dass sie sich zu Flächenbränden ausweiten, die ganze Erdteile hätten erfassen können.«

»Das hat mich schon damals nicht überzeugt und überzeugt mich auch heute nicht«, sagte der Präsident. »Die vorige Regierung hat uns versichert, eine Intervention in Bosnien und im Kosovo liege in unserem nationalen Interesse. Inzwischen habe ich Zugang zu allen Informationen, die frühere Oberbefehlshaber hatten, und kann nichts dergleichen erkennen. Ich bin entweder nicht so clever wie meine Vorgänger, sodass mir etwas entgeht, oder es hat dort nichts gegeben, was unseren Frieden und unsere Sicherheit hätte gefährden können. Worauf tippen Sie, Edward?«

»Ich glaube, dass es wichtig ist, über die Gegenwart hinauszuschauen und die geopolitische Bedeutung dieser Region zu berücksichtigen, Sir«, sagte Kercheval, ohne auf die Frage des Präsidenten einzugehen. »Russland geht wieder schärfer gegen Dissidenten innerhalb seines Machtbereichs vor. Es will die alten Beziehungen zu Serbien wieder aufleben lassen und droht ehemaligen Ostblockstaaten, die der Europäischen Union oder der

NATO beitreten wollen, ungeniert mit Repressalien. Aus meiner Sicht ist das Provokation genug, Mr. President. Für mich ist das *sehr* offenkundig. Kann ich das noch besser erklären?«

Dieser letzte Satz ließ alle Anwesenden aufhorchen – auch den Präsidenten. Statt darauf zu reagieren, nickte Thorn nur und beendete damit höflich die Diskussion. »Ich weiß Ihre Offenheit zu würdigen, Ed«, sagte er, ohne verärgert zu wirken. Als ob das tatsächlich sein Ernst sei, dachte der Außenminister. Präsident Thorn wandte sich an CIA-Direktor Douglas Morgan. »Doug? Anmerkungen?«

»Wie wird sich das alles auf laufende Geheimdienstunternehmen auswirken?«, fragte Morgan. »Wir haben vor allem auf dem Balkan, im Nahen Osten und in Asien mehrere Dutzend genehmigte und teils sehr erfolgreiche Unternehmen laufen. Die wollen Sie sicher nicht einfach abbrechen, oder, Sir?«

»Natürlich nicht«, antwortete der Präsident. »Tatsächlich sehe ich überhaupt keinen Grund, irgendeinen Aspekt unserer Geheimdienstarbeit zu ändern. Ich halte aktive Auslandsaufklärung und wirksame Spionageabwehr für ebenso wichtig wie bisher – vielleicht sogar noch wichtiger, wenn mein Plan in die Tat umgesetzt wird.«

»Vielleicht weil der Rest der Welt den Plan als ein Zeichen von Feigheit deuten und erwarten könnte, dass auch alle übrigen amerikanischen Regierungstätigkeiten zusammenbrechen werden?«, warf Kercheval ein.

Falls der Außenminister gehofft hatte, damit eine weitere Auseinandersetzung mit dem Präsidenten provozieren zu können, wurde er enttäuscht. Thorn sah ihn nur an, nickte und sagte lächelnd: »Irgendwas in dieser Art, Ed, irgendwas in dieser Art.« Die übrigen Anwesenden fragte er: »Sonst noch etwas?« Als niemand antwortete, wandte Thorn sich direkt an Kercheval, breitete die Hände aus und sah ihn unverwandt an, als wollte er sagen: »Also los, Ed, raus mit der Sprache, wenn Sie noch was auf dem Herzen haben!«

Kercheval schüttelte den Kopf. Mehr konnte er nicht tun. Er hatte seine Einwände wochenlang vorgetragen, sich mehr Gehör verschafft, als ihm eigentlich zustand, und jetzt sogar die Aufrichtigkeit des Präsidenten angezweifelt. Der Mann war offenbar fest entschlossen, sein Vorhaben zu verwirklichen.

»Gut, dann setzen wir meinen Plan sofort in die Tat um«, sagte der Präsident resolut. Goff und Venti machten grimmige Mienen. Thorn nickte dem Verteidigungsminister zu. »Fangen wir also an, Bob.« Er streckte eine Hand aus, schlug die vor ihm liegende Mappe auf und setzte seine Unterschrift auf das Deckblatt der Präsidentenanweisung. »So, das war's, Gentlemen. An die Arbeit!«

Goff nahm die Mappe an sich und starrte das Schriftstück an, als sei es die Ausfertigung eines Todesurteils. »Ich weiß sicher, dass dies das historisch bedeutsamste Dokument ist, das ich jemals in der Hand halten werde.« Er betrachtete Thorn mit einer Mischung aus Ehrfurcht und Entsetzen. »Wir beginnen sofort mit der Umsetzung, Mr. President. Meine erste vertrauliche Anhörung im Kongress soll in zwei Wochen stattfinden, aber sobald die Umrisse Ihres Plans bekannt werden, wird der Termin bestimmt vorverlegt, und manche Teilnehmer werden sogar für eine öffentliche Anhörung plädieren. Aber ich sorge dafür, dass die Juristen des Weißen Hauses und des Pentagons vernünftige Spielregeln festsetzen.«

»Viel Erfolg, Bob. Ich behalte die Entwicklung im Auge.«

»Wie wollen Sie den Plan in Ihrer Regierungserklärung zur Lage der Nation erwähnen?«

»Ich habe nicht vor, eine Regierungserklärung abzugeben«, sagte Thorn.

»*Was?*«, riefen die anderen fast im Chor.

»Mr. President, das kann unmöglich Ihr Ernst sein«, sagte Kercheval beinahe erregt. »Die Amtseinführung zu schwänzen, war schlimm genug …«

»Ich habe sie nicht ›geschwänzt‹, Ed. Ich habe es nur vorgezogen, nicht daran teilzunehmen.«

»Das war politischer Selbstmord, Mr. President«, sagte Kercheval nachdrücklich. »Es hat Sie zum Gespött der ganzen Welt gemacht.«

»Mein gesamtes Kabinett ist innerhalb von zwei Wochen bestätigt worden, und bis Ende dieses Monats werde ich alle freien

Bundesrichterstellen besetzen«, sagte der Präsident. »Mir ist egal, ob die Welt mich für verrückt hält, und politischer Selbstmord ist für mich kein Thema, weil hinter mir praktisch keine Parteiorganisation steht.«

»Aber im Kongress keine Regierungserklärung abzugeben, ist…«

»Nirgends ist eine Rede zur Amtseinführung vor dem Kapitol oder eine Regierungserklärung im Kongress zwingend vorgeschrieben«, stellte der Präsident fest. »Die Verfassung verlangt eine Vereidigung und einen Amtseid, den ich geleistet habe. Die Verfassung schreibt nur einen jährlichen Bericht an den Kongress vor, in dem ich die Lage der Nation und meine Gesetzesvorhaben erläutere. Diesen Bericht werde ich gleichzeitig mit der Vorlage meines Haushaltsplans liefern.

Sie behaupten, das sei politischer Selbstmord – ich sage, es beweist dem Kongress und dem amerikanischen Volk, dass ich meine Arbeit ernst nehme. Der Kongress weiß, wie ernst es mir mit der Bildung und Leitung meiner Regierung ist, und hat deshalb mein Kabinett in Rekordzeit bestätigt. Meine Richter werden Monate, in manchen Fällen sogar Jahre früher vereidigt als die von früheren Präsidenten ernannten.«

Kercheval wirkte trotzdem noch besorgt. Thorn erhob sich, legte ihm eine Hand auf die Schulter und sagte ernst: »Das erscheint Ihnen nur selbstmörderisch, Ed, weil Sie aus der Washingtoner Politik kommen, die sich meist wenig um die Gesetze oder die Verfassung schert.«

»*Sir?*«, fragte Kercheval hörbar aufgebracht. »Wollen Sie etwa andeuten, dass…«

»Ich habe keine große Ahnung von Washingtoner Politik«, fuhr der Präsident fort, ohne auf Kerchevals wachsenden Zorn zu achten. »Ich kenne nur die Verfassung und die wichtigsten Gesetze. Und wissen Sie was? Das ist alles, was ich wissen muss. Deswegen weiß ich, dass ich nicht verpflichtet bin, eine Rede zur Amtseinführung zu halten oder eine Regierungserklärung zur Lage der Nation abzugeben; und ich vertraue darauf, richtig gehandelt zu haben. Diese Art Vertrauen färbt auf andere ab. Ich hoffe, dass es auf Sie abfärben wird.« Er setzte sich wieder an seinen Schreibtisch und begann auf der Computertastatur zu tippen. »Heute Vormittag treffen wir mit den Fraktionsspitzen von Repräsentantenhaus und Senat zusammen«, sagte er laut, ohne zu Kercheval hinüberzusehen. »Die erste Videokonferenz ist für nachmittags angesetzt, stimmt's, Ed?«

»Ja, Sir. Mit den Regierungschefs der NATO-Staaten«, antwortete Kercheval, der über die Ausführungen des Präsidenten völlig verblüfft war. »Eine Videokonferenz aus dem Cabinet Room um fünfzehn Uhr. Die Telekonferenz heute um zwanzig Uhr findet mit unseren Verbündeten in Asien statt. Für morgen um zehn Uhr ist dann eine weitere Videokonferenz mit den Regierungschefs der blockfreien Staaten Europas sowie Mittel- und Südamerikas angesetzt.«

»Irgendwelche Trendmeldungen?«

»Allgemein wird angenommen, dass Sie den Abzug amerikanischer Friedenstruppen aus Bosnien, Makedonien und dem Kosovo ankündigen werden«, antwortete Kercheval. »Dieses Gerücht macht seit letzter Woche die Runde. Frankreich und Großbritannien haben angekündigt, dass sie ihre Kontingente abziehen werden, wenn wir das auch tun. Russland hat bereits angekündigt, seine Truppen aus dem Kosovo abzuziehen, dürfte seine Entscheidung jedoch überdenken, sobald unsere Absicht offiziell bestätigt wird. Deutschland wird voraussichtlich in Bosnien und dem Kosovo bleiben.«

»Wieso das?«

»Der Balkan liegt vor seiner Haustür, und Deutschland hat seit Jahrhunderten großes Interesse an diesem Gebiet«, sagte Kercheval. »Leider sind die historischen Beziehungen vielfach negativ belastet – vor allem die aus jüngerer Zeit. Das Dritte Reich hat bei seinem Vernichtungsfeldzug gegen ›minderwertige‹ Rassen wie Juden und Zigeuner auf dem Balkan zahlreiche Sympathisanten gefunden. Deutschland hat Kroatien weiter massiv unterstützt – es hat die Aufnahme Kroatiens in die Vereinten Nationen lange vor seiner Trennung von Jugoslawien gefördert und seine Versuche unterstützt, Teile Bosniens für sich zu beanspruchen. Außerdem sehen die Deutschen sich als einziges Gegengewicht zu den russischen Hegemoniebestrebungen auf dem Balkan. Sie bleiben bestimmt.«

»Das muss ich eindeutig wissen«, sagte Präsident Thorn. »Am besten sprechen wir vor der Telekonferenz mit Außenminister Schramm. Ich bleibe bei meinem Plan, aber ich will unsere Verbündeten nicht im Regen stehen lassen.«

»Mr. President, der Rest der Welt wird unseren Abzug so interpretieren, als zögen die Vereinigten Staaten sich aus einer unlösbaren Situation auf dem Balkan zurück«, sagte Kercheval. »Das wird die amerikanische Außenpolitik in absolutes Chaos stürzen!«

»Das glaube ich nicht, Ed.«

»Unsere Verbündeten werden nur sehen, dass die Vereinigten Staaten kneifen«, fuhr Kercheval erregt fort. »Wir haben dort drüben zu viele Leben aufs Spiel gesetzt, um unser Engagement einfach abzubrechen!«

»*Genug,* Mr. Kercheval«, sagte der Präsident. Im Oval Office herrschte augenblicklich Schweigen. Alle Anwesenden hörten im Tonfall des Präsidenten eine stählerne Entschlossenheit, die sie schon immer unter der Oberfläche geahnt, aber bisher noch nie zu spüren bekommen hatten.

Als ehemaliger Offizier der Special Forces war der Präsident für Kommandounternehmen ausgebildet und hatte Erfahrung darin, Feinde auf vielfältige Weise zu töten – und dies hatte unauslöschliche Spuren in seiner Psyche hinterlassen. Thorns politische Gegner, die darin eine Chance gesehen hatten, den Senkrechtstarter als potenziell unberechenbar hinzustellen, hatten seine militärische Vergangenheit in blutrünstigen Farben geschildert. Sie hatten behauptet – und das Pentagon hatte es schließlich bestätigt –, dass Thorn während des Unternehmens *Wüstensturm* als Zugführer der Special Forces bei über zwei Dutzend Kommandounternehmen in Kuwait, dem Irak und – heimlich – im Iran gewesen war. Natürlich hatte die Tatsache, dass amerikanische Truppen heimlich in den Iran eingedrungen waren, obwohl Amerika versprochen hatte, ihn nicht zu bedrohen, solange er neutral blieb, den Iran und viele andere Staaten am Persischen Golf empört.

Als Oberleutnant hatte Thomas N. »TNT« Thorn einen Zug der Special Forces geführt, der den Auftrag hatte, tief in feindliches Gebiet vorzustoßen und Ziele für Angriffe mit Lenkbomben zu markieren. Seine Männer und er waren ermächtigt, alle erforderlichen Mittel einzusetzen, um so nahe an das jeweilige Ziel heranzukommen, dass sie es mit einem Laserstrahl beleuchten oder mit einem Laserfrequenz-Generator markieren konnten, damit es von Jagdbombern oder Hubschraubern des Heeres, der Luftwaffe oder Marine durch lasergesteuerte Bomben vernichtet werden konnte.

Aus Thorns eigenen Berichten und denen seiner Männer ließ sich rekonstruieren, dass er im Einsatz über hundertmal den Abzug einer Schusswaffe betätigt oder sein Kampfmesser gebraucht und über hundert Männer erledigt hatte. Die meisten mit einer Pistole mit Schalldämpfer aus verhältnismäßig geringer Entfernung, weniger als fünfzehn Meter. Manche mit einem Scharfschützengewehr aus fast eineinhalb Kilometern Entfernung, wobei die Kugel ihr Ziel mit Überschallgeschwindigkeit erreicht. Und einige wenige mit dem Messer im Nahkampf, sodass er den heißen Atem des Opfers auf seiner Hand gespürt hatte, wenn er zustieß.

Aber anstatt die Wähler abzuschrecken, wie Thorns Gegner gehofft hatten, lockten diese Storys sie erst recht an. Anfangs kamen sie natürlich aus Sensationsgier – jeder wollte sehen, wie ein richtiger Killer aussah. Aber wer gekommen war, um das Monster zu sehen, blieb dann, um die Botschaft zu hören. Aus der Botschaft war bald ein Wahlkampf geworden, aus dem Thorn als Präsident hervorgegangen war. Und obwohl die meisten Leute das Monster nie zu sehen bekommen hatten, vermuteten sie doch, es müsse noch existieren.

Gerade eben hatte es sich kurz gezeigt.

»Ich möchte mit Außenminister Schramm nach meinem Treffen mit den Fraktionsspitzen, aber vor der Videokonferenz sprechen«, sagte der Präsident, was diesmal keine Bitte, kein Vorschlag, sondern ein Befehl war. »Bereiten Sie's vor. Bitte.« Damit kam diese Besprechung zu einem abrupten und sehr unbehaglichen Ende.

Büro des russischen Präsidenten
im Kreml, Moskau
(am nächsten Morgen)

»Das kann nicht wahr sein«, sagte der Staatspräsident. Er trank einen Schluck Kaffee, stellte die Porzellantasse auf ihre dünne Untertasse zurück und starrte aus einem Fenster seines Büros in den kalten Regen hinaus. »Erstaunlich, was ein paar Wochen bewirken können.«

»Für die Meldung gibt es noch keine Bestätigung, Gospodin Präsident«, antwortete Armeegeneral Nikolai Denissowitsch Stepaschin, während er sich Kaffee nachgoss. »Vielleicht ist sie nicht wahr. Vielleicht ist sie ein kunstvoller Schwindel, ein Sicherheitstest oder ein schlechter Scherz.« Der General, der einen zu großen Anzug mit zu kleiner Krawatte trug, sah genau wie der im Dienst ergraute Feldkommandeur aus, der er war. Er leerte seine Tasse, die dritte an diesem Morgen, und hätte sich am liebsten gleich wieder nachgeschenkt. »Aber die abgehörte Nachricht klingt so verrückt, und die Reaktion des Bundeskanzlers war so massiv, dass ich die Meldung lieber weiterleiten wollte.«

»Erklärt mir, was das bedeutet«, sagte Walentin Gennadjewitsch Senkow, Präsident der Russischen Föderation. »Irgendjemand soll mir bitte erklären, was zum *Teufel* das bedeutet.« Manchmal hatte Senkow das Gefühl, umso weniger zu wissen, je mehr er dazulernte – und noch weniger zu verstehen.

Der 52-jährige Walentin Gennadjewitsch Senkow war Vorsitzender der Russischen Vaterlandspartei, der Nachfolgerin der Liberaldemokratischen Partei von Präsident Witalij Welitschko, der Senkows Freund und Mentor gewesen war. Nachdem Welitschko bei dem durch Russlands Versuch, die ehemalige Sowjetunion gewaltsam wiederherzustellen, ausgelösten amerikanisch-ukrainischen Angriff auf Moskau umgekommen war, hatte Senkow, ein ehemaliger KGB-Offizier und ehemaliger Ministerpräsident, das Amt des Präsidenten kommissarisch übernommen. Bei den bald danach angesetzten Neuwahlen war er jedoch abgewählt worden;

der Name seiner Partei war so untrennbar mit Welitschkos Fehlschlag verbunden, dass er ihn änderte, damit das russische Volk ihn nicht mit vergangenen Misserfolgen in Verbindung bringen konnte. Seinen Sitz im Föderationsrat, der zweiten Kammer des russischen Parlaments, hatte er nur mit knapper Not behauptet.

Als es Boris Jelzins Reformregierung nicht gelungen war, Russland aus seiner wirtschaftlichen, politischen und moralischen Misere zu führen, war an Senkow und seine neue Russische Vaterlandspartei der Ruf ergangen, die Regierung zu unterstützen und mitzuhelfen, damit sie das Vertrauen der Wähler zurückgewann. Jelzin hatte sich nur an der Macht halten können, indem er Senkow und mit ihm ein paar weitere übrig gebliebene Anhänger eines autoritären Regierungsstils nach alter sowjetischer Art zurückholte. So war Senkow wieder im Kreml angelangt – kein Ausgestoßener mehr, sondern erst Außenminister und dann Ministerpräsident. Als der alkoholkranke Jelzin hatte abdanken müssen, war Walentin Senkow von der Duma einstimmig zum amtierenden Präsidenten gewählt worden. Bei seiner Wahl, nur vier Monate vor den US-Präsidentschaftswahlen, hatten die konservativen Neo-Kommunisten einen erdrutschartigen Sieg errungen.

Senkow schien dort weiterzumachen, wo Welitschko aufgehört hatte, aber diesmal nahm das russische Volk seine politischen Ansichten und Taten positiv auf. Senkow hatte die Rebellion in Tschetschnja sofort unterdrückt; er versprach, das Atomwaffenarsenal Russlands zu modernisieren, und trat aus dem Europarat aus, weil der Rat Russlands Kriegsführung in Tschetschnja verurteilt hatte, während er andererseits zu den NATO-Luftangriffen auf Bosnien und Serbien geschwiegen hatte. Seine Mischung aus unaufdringlicher Härte und konservativen, nationalistischen Idealen kam bei den Russen, die es leid waren, ihr Land zu einer lediglich sehr großen Dritte-Welt-Nation verkommen zu sehen, sehr gut an. Die bald danach abgehaltenen Neuwahlen hatten seiner Russischen Vaterlandspartei im Föderationsrat und in der Duma die absolute Mehrheit gebracht, und Walentin Senkow war zum Präsidenten gewählt worden.

»Was geht hier vor? Was steckt dahinter?«, fragte Senkow. »Die

Amerikaner wollen tatsächlich den Kosovo verlassen, Bosnien verlassen, den Balkan verlassen, die NATO verlassen, *Europa verlassen?*«

»Falls das stimmt, Walentin Gennadjewitsch, bedeutet es, dass die Vereinigten Staaten implodieren – buchstäblich und im übertragenen Sinn«, sagte Stepaschin, der Direktor des Auslandsgeheimdienstes. Er musterte die an dieser improvisierten Besprechung teilnehmenden Mitglieder von Senkows Kabinett: General der Raketentruppen a.D. Wiktor Alexandrowitsch Trubnikow, Verteidigungsminister; Iwan Iwanowitsch Filippow, Außenminister; Sergeij Pawlowitsch Jejsk, nationaler Sicherheitsberater des Präsidenten und Sekretär des Sicherheitsrats; Generaloberst Walerij Tichonowitsch Schurbenko, erster stellvertretender Verteidigungsminister und Chef des Generalstabs. »Seit Jahren, seit all den außenpolitischen Debakeln, der inländischen Stagnation und den persönlichen Eskapaden ihres Präsidenten benehmen die Amerikaner sich wie ängstliche Kinder.«

»Arbeitet die Wanze im Büro des Bundeskanzlers zuverlässig?«, fragte Präsident Senkow.

»So gut wie jede vor über einer Woche installierte Wanze«, antwortete Stepaschin ausweichend. »Die Deutschen werden sie irgendwann aufspüren und stilllegen. Vielleicht haben sie die Wanze schon entdeckt und füttern uns mit fingiertem Material, damit sie zusehen können, wie wir in aller Frühe zu diesen Besprechungen zusammenkommen und uns für ein paar Tage im Kreis drehen. Vielleicht verbringen wir Wochen damit, Unmengen von Informationen und tausende von protokollierten Telefongesprächen auszuwerten, nur um zuletzt festzustellen, dass alles Bockmist ist.« Er überlegte kurz, dann fügte er hinzu: »Wird eine Wanze entdeckt, ziehen der Kanzler und die meisten Minister um oder reisen ins Ausland, damit ihre Büros abgesucht werden können. Diesmal hat außer dem Vizekanzler, dessen Brasilienreise seit Wochen bekannt war, niemand Berlin verlassen. Und das Kabinett ist seit Präsident Thorns gestrigem Anruf zweimal zu Sondersitzungen zusammengetreten. Deshalb halte ich die Informationen für zutreffend.«

»Das kann ich mir kaum vorstellen, General«, sagte Sicherheitsberater Jejsk. »Die Vereinigten Staaten sind die mächtigste Nation der Welt. Ihre Wirtschaft ist stark, das Volk ist glücklich, Amerika ist ein Land, in dem man gut leben und investieren kann, dem man nacheifern sollte. Wie Disneyland.« Er schmunzelte, dann fügte er hinzu: »Aber anscheinend nicht wie EuroDisney.«

»Nikolai Denissowitsch hat Recht«, sagte Außenminister Filippow. »Außerdem ist es eine soziologische und anthropologische Tatsache, dass Nationen umso mehr zur Abkapselung neigen, je reicher sie sind.«

»Die Vereinigten Staaten werden sich von *nirgendwo* zurückziehen«, behauptete Verteidigungsminister Trubnikow. »Dieser Rückzug von der Friedensmission in Bosnien und im Kosovo… hol's der Teufel, darüber haben wir alle schon mal nachgedacht, schon vor dem Tod Gregor Kasakows. Großbritannien und Italien suchen einen eleganten Ausweg; die restlichen NATO-Staaten, die Franzosen und die Blockfreien bleiben nicht allein dort.«

»Damit wären Russland und Deutschland übrig«, sagte Präsident Senkow. »Die Frage ist nur: Wollen *wir* auf dem Balkan bleiben? Sergeij Pawlowitsch? Was denken Sie?«

»Darüber haben wir schon oft diskutiert, Gospodin Präsident«, antwortete Sicherheitsberater Jejsk. »Trotz des Geschwafels Ihres Vorgängers über die Einheit der slawischen Völker haben wir praktisch nichts mit den Serben gemeinsam und keinerlei Interesse an den Bürgerkriegen oder dem Zerfall Jugoslawiens. Die Jugoslawen sind blutrünstige Bestien – sie haben das Wort ›Blutrache‹ erfunden, nicht die Sizilianer. Jugoslawische Partisanen haben der Roten Armee proportional höhere Verluste beigebracht als die Nazis. Marschall Tito war nach diesem arroganten Schwein Churchill der zweitschlimmste Pfahl in Stalins Fleisch. Wir haben den Serben den Rücken gestärkt, weil dieser verbohrte Fanatiker Milosević sich gegen die Amerikaner und die NATO aufgelehnt hat.« Er machte eine Pause, dann fügte er hinzu: »Wir sollten uns ebenfalls vom Balkan zurückziehen, Gospodin Präsident.«

»Nein, wir sollten bleiben«, sagte Trubnikow sofort. »Die Amerikaner werden den Balkan nicht verlassen. Makedonien, Slowenien, Bulgarien – sie alle sollen NATO-Mitglieder werden. Räumen wir den Balkan, breitet die NATO sich nach Osteuropa aus. Und bevor wir's uns versehen, klopft sie an die Kremltore.«

»Immer der Panikmacher, was, Wiktor Alexandrowitsch?«, fragte Außenminister Filippow lächelnd. »Wir sollten einfach deshalb auf dem Balkan bleiben, weil die Amerikaner abziehen. Wir schlachten unsere Entscheidung in einer PR-Kampagne aus und rücken erst ab, wenn wir das der Weltöffentlichkeit verkaufen können. Wir bleiben, um die verfeindeten Gruppen voneinander zu trennen; später gehen wir, nachdem wir Frieden und Stabilität auf dem Balkan wiederhergestellt haben.«

»Das Problem besteht darin, den Rückzug anzutreten, bevor wir weitere Soldaten wie Gregor Kasakow verlieren«, fügte Jejsk hinzu. »Erleiden wir durch Guerillas schwere Verluste und ziehen dann ab, stehen wir als Feiglinge da.«

»Russland flüchtet weder aus Tschetschnja noch vom Balkan«, sagte Senkow resolut. »Mir gefällt die PR-Idee am besten. Verlassen die Amerikaner tatsächlich den Balkan, wird das als Zeichen von Schwäche gedeutet. Das können wir ausschlachten. Aber ein weiteres Verbleiben auf dem Balkan wäre bestenfalls kostspielig und schlimmstenfalls gefährlich. Nach ein paar Monaten, vielleicht nach einem Jahr ziehen wir uns ebenfalls zurück.« Er wandte sich an General Schurbenko. »Was ist mit Ihnen, Generaloberst? Sie sind heute so still. Immerhin geht's hier um Ihre Männer.«

»In der Nacht, in der die Särge nach Moskau gebracht wurden, habe ich mit Pawel Gregorjewitsch Kasakow gesprochen«, sagte Schurbenko ernst. »Er war sehr wütend, weil Sie nicht selbst gekommen waren, um die Gefallenen zu ehren.«

»Pawel Gregorjewitsch«, murmelte Senkow verbittert. »Ein wahrer Sohn seines Vaters, nur dass er sich in die falsche Richtung entwickelt hat. Wir haben ein Persönlichkeitsprofil aller Angehörigen von Gefallenen erstellt, die an der Zeremonie teilnehmen würden, General. Mir ist geraten worden, nicht hinzugehen. Die Analyse war richtig: Kasakows Frau hat vor allen anderen Familien praktisch auf die Fahne gespuckt. Das war eine sehr hässliche

Szene. Sie hat nur die Macht vermehrt, die Pawel Gregorjewitsch schon jetzt in diesem Land besitzt.«

»Ich habe ausführlich mit ihm gesprochen – und meine Adjutantin auch«, sagte Schurbenko. Darüber lächelten einige der Präsidentenberater, denn viele kannten Major Iwana Wasiljewas einzigartige Talente und Vorlieben. »Pawel Gregorjewitsch will keine Macht, er strebt nur nach Reichtum.«

»Und den bekommt er, denke ich – in Moskau gibt's täglich ein Dutzend Drogentote, weil Schweine wie Kasakow die Stadt mit Heroin überschwemmen«, sagte Stepaschin scharf. »Mütter verkaufen ihre Babys für ein Gramm Heroin und eine Einwegspritze. Und Kasakow jettet um die Welt zu seinen Wohnsitzen in Kasachstan, Venezuela und Vietnam und sackt Geld ein, so schnell er nur kann. Er verdient es nicht, Gregor Michailowitschs Namen zu tragen.«

»Hat er Ihnen gedroht? Hat er dem Präsidenten gedroht?«, fragte Sicherheitsberater Jejsk.

»Nein. Er hat uns ein Angebot gemacht«, antwortete Schurbenko ruhig. »Ein wirklich bemerkenswertes, fast unglaubliches Angebot.« Er hatte sich lange den Kopf darüber zerbrochen, ob er dem Präsidenten und dem Sicherheitsrat von Kasakows unglaublichen Vorschlägen berichten sollte. Er hatte mit dem Gedanken gespielt, die Dinge selbst in die Hand zu nehmen, hatte jedoch einsehen müssen, dass das nicht funktionieren würde. Aber mit voller Unterstützung von Regierung und Oberkommando mussten Kasakows Vorschläge sich verwirklichen lassen.

»Er sagt, dass er Rohöl im Wert von zweieinhalb Milliarden Rubel *pro Tag* verkaufen könnte, wenn es eine Pipeline vom Schwarzen Meer nach Albanien gäbe.« Um sich herum sah Schurbenko nur verblüffte Gesichter. »Die Pläne für diese Pipeline existieren, aber mit ihrem Bau ist wegen der ständigen Unruhen in Südosteuropa, vor allem in Makedonien und Albanien, noch nicht begonnen worden. Aber wenn die Unruhen aufhören oder die jeweiligen Regierungen russlandfreundlicher würden, ließe sich der Bau beschleunigt durchführen.«

»Was hat er angeboten, General?«, fragte Senkow leise.

»Mehr Geld, als wir uns alle jemals träumen lassen könnten«, antwortete Schurbenko. »Er will eine Viertelmilliarde Dollar für den Bau der Pipeline und eine weitere Viertelmilliarde in Form von ›Dividenden‹ für Investoren zur Verfügung stellen. Harte Devisen, auf ausländischen Nummernkonten, nicht aufzuspüren. Die Pipeline könnte in etwa einem Jahr in Betrieb gehen. Und er hat noch viel mehr angeboten – er will Russland ermöglichen, sein verlorenes Imperium zurückzugewinnen, wieder eine Supermacht zu werden. Er bietet Russland die Chance, durch Ölverkäufe wie ein Scheichtum am Persischen Golf unzählige Dollarmillionen pro Tag einzunehmen.«

»Wie können Sie diesem degenerierten Scheißkerl auch nur ein Wort glauben?«, fragte Jejsk aufgebracht. »Er ist ein gewöhnlicher Drogenschmuggler, der zufällig reich geworden ist, weil er das halbe Kaspische Meer mit seinen Bohrtürmen verpestet hat. Wo ist Russlands Anteil an den Reichtümern, die er aufgehäuft hat? Er verschiebt sein Geld so schnell über kasachische, asiatische und karibische Banken, dass niemand die Geldströme verfolgen kann, und beschwert sich gleichzeitig lautstark, die von Moskau festgesetzten Abgaben und Gebühren seien viel zu hoch. Er müsste Russland dafür entschädigen, dass er den Kaviarhandel zum Erliegen gebracht hat – von den tausenden von Menschenleben, die er mit seinen Heroinimporten ruiniert hat, ganz zu schweigen.«

»Gospodin Präsident, ich war lange mit Oberst Kasakow befreundet und kenne Pawel Gregorjewitsch seit seiner Kindheit«, sagte Schurbenko. »Ich war Trauzeuge bei seiner Hochzeit, an der sein Vater nicht teilnehmen konnte, weil er in Afghanistan kämpfte. Er ist wirklich zornig, weil er das Gefühl hat, die russische Regierung habe ihn im Stich gelassen und ihre Verpflichtungen ihm und dem Militär gegenüber nicht eingehalten. Russland und seine Streitkräfte sind am Ende, Gospodin Präsident. Nicht nur wegen wirtschaftlich schlechter Zeiten, sondern aus Mangel an Respekt, an Prestige in aller Welt. Das weiß auch Pawel Gregorjewitsch. Und er hat uns einen Ausweg aus dieser Misere angeboten.«

»Ich bezweifle, dass Kasakow sich das Geringste aus Russland oder den Streitkräften macht, Generaloberst, solange er bekommt, was er will«, sagte Geheimdienstchef Nikolai Stepaschin zu Schurbenko. »Auch ich habe Oberst Kasakow gekannt und respektiert, aber sein Sohn war nie etwas anderes als ein ungebärdiger Drogensüchtiger, der kaltblütig gemordet hat, wenn er sich davon mehr Geld oder Macht versprach. Die Leute mögen ihn, weil er ein Original ist, ein Mann wie Al Capone oder Robin Hood – beide Verbrecher in ihren jeweiligen Ländern. Diese ›Dividende‹, Generaloberst, war eine höfliche Umschreibung für Bestechungsgeld. Er will, dass Sie die Streitkräfte für seine Zwecke einsetzen, und ist bereit, Sie dafür gut zu entlohnen.«

Schurbenko musterte die anderen Männer streng. »Ich weiß recht gut, dass Kasakow mich bestechen wollte. Sein Geld interessiert mich nicht – und für ihn ist das die normale Art, Geschäfte zu machen. *Ich* arbeite anders«, sagte er. »Und was die Menschenleben betrifft, Nikolai Denissowitsch, sind wir beide dazu ausgebildet, Menschen auf Befehl und ohne moralische Bedenken zu töten. Er tut's für Geld; wir tun's für die Ehre, Russland dienen zu dürfen. Er mag ein Gangster sein, aber seine Erfolge sprechen für ihn.

Aber lassen wir den Bestechungsversuch beiseite. Denken Sie an die Möglichkeit, einige Staaten in unsere Einflusssphäre zurückzuholen. Dazu können wir die Streitkräfte einsetzen oder Kasakows Geld verwenden – das sind nur unterschiedliche Machtmittel, unterschiedliche Werkzeuge der Außenpolitik. Das Ergebnis ist das Gleiche: mehr Macht und Sicherheit für Mütterchen Russland. Ich finde, darüber sollten wir uns ernsthaft Gedanken machen.«

Die Mitglieder des Sicherheitsrats starrten für lange Augenblicke schweigend zu Boden; es gab keine Ausbrüche von Zorn oder Empörung, keine Proteste, keinen Widerspruch. Zuletzt sahen sie nacheinander Präsident Senkow an.

»Ich werde meine erste Amtszeit als gewählter Präsident dieses Landes *nicht* dadurch beschmutzen, dass ich mich mit blutrünstigen Gangstern wie Kasakow einlasse«, sagte Senkow nachdrücklich. »Ich lasse nicht zu, dass er unsere Außenpolitik diktiert. Generaloberst Schurbenko, ich verbiete Ihnen jeglichen weiteren Umgang mit diesem Ganoven.«

»Aber, Gospodin ...«

»Ich weiß, dass Sie mit seinem Vater befreundet waren, aber für mich ist offensichtlich, dass selbst Oberst Kasakow möglichst wenig mit seinem eigenen Sohn zu tun haben wollte«, sagte Senkow. »Dieser Kerl ist eine mörderische Bestie, und wir haben schon genug mit staatsfeindlichen Terroristen zu tun, als dass wir uns auch noch mit Gangstern und Drogenschmugglern einlassen könnten. Und damit *Schluss!*«

High Technology Aerospace Weapons Center,
Elliott Air Force Base, Groom Lake, Nevada
(am gleichen Abend)

Er war wie erwartet dort drinnen, und ihr Herz sank. Trotzdem sollte ich einen letzten Versuch machen, sagte sie sich, obwohl sie bereits wusste, wie das Gespräch ablaufen würde.

»Hey, Dave«, sagte Hauptmann Annie Dewey, als sie das mit Irisdiagnose arbeitende Sicherheitsschloss aktivierte und das Konstruktionsbüro betrat. »Der Shuttle fliegt in einer Viertelstunde. Bist du fertig?«

Oberst Dave Luger sah von seinem PC auf, warf einen Blick auf die Wanduhr, verglich ihre Anzeige mit seiner Armbanduhr und schüttelte überrascht den Kopf. »*Nein!* Mann, ist's wirklich schon so spät?«, fragte er. »Tut mir Leid. Ich hab gar nicht auf die Zeit geachtet.«

»Kein Problem«, sagte Annie mit bemüht fröhlicher Stimme. »Aber wir sollten uns beeilen.«

»Okay. Diesmal klappt's bestimmt.« Er tippte in rasender Eile weitere Befehle ein, wartete auf eine Antwort, wartete noch etwas länger. Er sah zu Annie auf, grinste verlegen, sah nochmals auf seine Uhr und starrte dann wieder auf den Bildschirm. Einige Sekunden später schüttelte er den Kopf. »Mann, unser Rechner arbeitet heute Abend wieder echt langsam!«

»Dave, wir müssen los. Wir brauchen allein zehn Minuten bis zum Terminal.«

»Ich weiß, ich weiß, aber ich kann nicht abbrechen, bevor diese Subroutine abgeschlossen ist. Das dauert nur noch einen Augenblick.« Sie stellte sich hinter ihn und massierte seine Schultern. Dabei warf sie einen Blick auf den Bildschirm. Sie brauchte nur den Dateinamen zu lesen, um zu wissen, an welchem Projekt er arbeitete – und dass er an dieser Stelle unmöglich abbrechen konnte. Als wollte Dave bestätigen, was sie bereits wusste, schüttelte er den Kopf, murmelte: »Nein, tu mir das nicht an«, und gab weitere Befehle ein.

»Probleme?«

»Tut mir Leid, dass ich dich enttäuschen muss, Annie«, sagte Luger, »aber ich muss den Fehler in dieser Routine finden und sie noch heute ans Hardware-Labor schicken, damit es den Prozessor für den morgigen Testflug ins LRU-Motherboard einbauen kann. Das hier ist eine neue Fehlermeldung, die ich aufspüren muss. Tut mir Leid, aber ich kann heute Abend nicht mitkommen.«

»Ach komm, Dave«, protestierte Annie. »Das wäre das dritte Wochenende nacheinander, an dem du hier festsitzt. In letzter Zeit haben wir vier Einladungen in letzter Minute absagen müssen. Und am Montag fliege ich in die Ukraine, um mitzuhelfen, die beiden Bomber fürs gemeinsame NATO-Manöver zu überführen – da bin ich die ganze Woche unterwegs.«

»Tut mir Leid, Annie, aber diese Arbeit ist dringend.«

»Der Testflug ist erst für Montag angesetzt«, erinnerte Annie ihn. »Heute ist Freitagabend. Ich weiß, dass du morgen und am Sonntag wieder hier arbeitest. Warum willst du dir nicht wenigstens einen Abend freinehmen?«

»Ich tät's gern, Annie. Das weißt du.« Sie wusste nichts dergleichen, aber sie widersprach nicht. »Aber ich stecke mitten in dieser Fehlersuche. Werde ich in der nächsten halben Stunde fertig, kann ich früher aufhören, und wir haben zu Hause ein bisschen Zeit füreinander.«

»Aber der nächste Shuttle geht erst in zwei Stunden! Dann verpassen wir die Party.«

Er hob die Hände, als ergebe er sich, und ließ sie rasch wieder sinken, um weitere Befehle einzugeben. »Ich kann diese Suche jetzt nicht abbrechen, Annie – meine ganze Arbeit ist futsch, wenn ich jetzt aussteige, und ich müsste morgen von vorn anfangen. Ich nehme den nächsten Shuttle, das verspreche ich dir.«

»Das hast du schon gesagt, als wir den Sechs-Uhr-Shuttle verpasst haben.«

»Ich kann's nicht ändern«, sagte er. »Willst du diesmal nicht ohne mich hingehen? Du könntest dich ein bisschen auf der Party amüsieren. Ich fahre mit dem Wagen nach Hause, und wir treffen uns dort. Abgemacht?«

Ihre aufgestaute Wut und Frustration ließen sich nicht länger zurückhalten. »Dave, das ist Unsinn! Du hast in deinem Stab sechs Programmierer und Techniker, die den Fehler am Montagmorgen doppelt so schnell finden können wie du – jedenfalls rechtzeitig vor dem Testflug.« Er wandte sich erneut dem Computer zu, hielt den Kopf gesenkt und ließ beide Hände flach neben der Tastatur liegen. »Du musst zwischendurch auch mal an *dich* denken. Du musst mal ausspannen. Du arbeitest bis zur Erschöpfung. Du isst nicht, du schläfst nicht, du kommst nicht unter Leute.« Er wirkte wie erstarrt, als er so vor dem Bildschirm hockte. »Willst du heute Abend nicht mit mir zusammen sein, Dave?« Keine Antwort. »David? Hörst du überhaupt zu?«

Noch immer keine Antwort – zumindest nicht ihr gegenüber. Als der Computer piepste, um ihm mitzuteilen, er habe ein weiteres Problem entdeckt, reagierte er sofort, indem er einen neuen Befehl eintippte. Eben noch hatte er wie unbeweglich dagesessen und ins Leere gestarrt; im nächsten Augenblick war er lebhaft und hellwach wie in besten Zeiten. Verrückt.

»Also gut.« Es hatte keinen Zweck, mit ihm zu diskutieren oder ihm Vorwürfe zu machen. Sie waren nicht verheiratet – sie waren nicht einmal offiziell ein »Paar«, zumindest nicht in seinen Augen. Wollte er bleiben, konnte sie ihn nicht daran hindern. »Ich muss los. Wir sehen uns zu Hause.«

»Okay, Annie«, sagte David fröhlich. Seine Finger flogen über die Tastatur, und er nickte dabei mit dem Kopf, als lausche er einem Song oder inneren Rhythmus. »Amüsier dich gut. Ich nehme den nächsten Shuttle. Bye.«

Annie Dewey hatte sich noch nie so einsam gefühlt wie in dem Augenblick, als sie an Bord der fast voll besetzten Boeing 727 ging, die sie von Dreamland zur Nellis Air Force Base bringen würde. Eine weitere typische Nacht – allein.

Der Trick hatte seit seiner Schulzeit in Billings, Montana, unfehlbar funktioniert: Die beste Methode, Frauen kennen zu lernen, besteht darin, der Freundin eines guten Freundes zu helfen, eine Party zu organisieren. Da sie natürlich alle ihre Freundinnen einladen will, rückt sie ihre Namen, Adressen und Telefonnummern heraus. *Voilà!* Schon war das kleine schwarze Adressbuch auf dem neuesten Stand. Auf der Party sammelten seine Freunde und er weitere Informationen über die Mädchen, mit denen sie die Angaben im Adressbuch vervollständigten. Hatten sie ein Auto? Eine eigene Wohnung? Liebten sie die Natur? Das Kino? Diners bei Kerzenschein? Wilde Partys? Hatten sie Geld? Legten sie Wert auf eine feste Bindung oder suchten sie nur Geselligkeit und Amüsement? So konnten sie je nach ihrer Planung fürs Wochenende die richtigen Frauen einladen. Und noch wichtiger war, dass sie alle meiden konnten, die Wert auf eine feste Bindung legten.

Duane »Dev« Deverill war seit der High School natürlich älter geworden, aber seiner Einstellung nach war er ein Achtzehnjähriger geblieben, der das Leben genoss. Seine Laufbahn war beispielhaft für einen Mann, der jede gute Gelegenheit ergriff. Er hatte eigentlich nicht studieren wollen, aber sieben Jahre nach dem Ende des Vietnamkriegs hatte die Air Force junge Männer und Frauen mit Collegestipendien geködert, um ihren Personalmangel zu beheben, also hatte Dev dort unterschrieben. Er hatte sich nie für einen Flieger gehalten, war aber Navigator geworden. Er hatte die Ausbildung als Jahrgangsbester absolviert und sich den besten Posten aussuchen können: Waffensystemoffizier des damals ganz neuen Jagdbombers F-15E Strike Eagle. Als junger Hauptmann war er bei dem Unternehmen *Wüstensturm* einer der Rottenführer seiner F-15E-Staffel gewesen, hatte einen eindrucksvollen Effektivitätsindex erzielt und war für überragende Leistungen mit der Air Medal ausgezeichnet worden.

Trotz seines kometenhaften Aufstiegs war er aus der Luftwaffe ausgeschieden und zur Kansas Air National Guard gegangen, die den Bomber B-1B Lancer flog. Als die 111. Bomberstaffel der Nevada Air National Guard begonnen hatte, erfahrene Besatzungsmitglieder für eine neue B-1B-Staffel anzuwerben, hatte Deverill sich sofort gemeldet. Als einer ihrer hauptberuflichen Offiziere hatte er mitgeholfen, diese noch unerfahrene Staffel zu einer der besten Einheiten der U.S. Air Force zu machen. In all diesen Jahren war Dev derselbe Typ geblieben, der er in Montana gewesen war: selbstbewusst, ohne übermäßig arrogant zu sein, sachkundig, ohne damit zu langweilen, und aggressiv, ohne lästig zu werden. Er wusste, dass er gut war, und alle anderen wussten es auch. Vergaßen die anderen diese Tatsache einmal, zögerte er nicht, sie daran zu erinnern, aber ansonsten gab er sich damit zufrieden, die breite Masse um Haupteslänge zu überragen, ohne auf seinem Weg nach oben allzu vielen Leuten auf die Zehen zu treten.

Während die 111. Bomberstaffel »Aces High« zum Testgelände Tonopah abkommandiert war und einige ihrer Bomber in Dreamland modifiziert wurden, teilte Dev sich ein Apartment mit zwei Schlafzimmern mit einem anderen Luftwaffenoffizier, der beim 57. Geschwader auf der Nellis Air Force Base bei North Las Vegas für Öffentlichkeitsarbeit zuständig war. Sie bewohnten eine klassische »Junggesellenbude«, deren Vorteile sie bei jeder sich bietenden Gelegenheit nutzten. Zu ihrem Apartmentkomplex gehörte außer Pool, Hot Tub und Fitnessraum ein hübsches Clubhaus, das den Bewohnern für Partys zur Verfügung stand. Im Augenblick befand Dev sich auf einer Party, die er zum Geburtstag der Freundin seines Mitbewohners organisiert hatte, wieder einmal im »Erkundungsmodus«. Während er neu eintreffende Gäste miteinander bekannt machte und zu Bar und Büffet dirigierte, sammelte Dev zugleich Informationen über die Frauen, die er noch nicht kannte. Er verstand es meisterhaft, jeder allein stehenden Frau das Gefühl zu vermitteln, besonders willkommen zu sein, ohne irgendeine zu vernachlässigen oder zu bevorzugen.

Er war dabei, Gäste miteinander bekannt zu machen, als er auf eine gerade eingetroffene Frau aufmerksam wurde – worauf seine legendäre coole Art sich jäh verflüchtigte.

Was fasziniert mich so an Annie Dewey?, fragte er sich. Zu der Party waren viele attraktive Frauen gekommen, von denen die meisten nicht zur Luftwaffe gehörten; viele waren als Managerinnen oder in freien Berufen erfolgreich, und einige sahen besser aus als Annie. Er konnte nicht wirklich herausfinden, weshalb er sich zu ihr hingezogen fühlte.

Annie war schlank und sportlich, fast dünn – typisch Air Force. Aus Sorge, sie könne diskriminiert werden, weil Frauen weniger Kraft in den Armen hatten als Männer, hatte sie sich zur Stärkung ihres Oberkörpers auf Sportarten wie Klettern und Volleyball verlegt. Der Erfolg zeigte sich bereits deutlich: Dev sah gut ausgebildete Arme und Schultern, einen V-förmigen Rücken, eine schmale Taille, einen niedlichen Hintern und wohlgeformte Beine. Sie hatte keinen sehr großen Busen, aber ihre restliche Erscheinung machte das mehr als wett.

Er glaubte, dass andere Männer Annie aufgrund ihrer Figur, ihrer vielen Freundinnen und wenigen Freunde sowie ihres Berufs für lesbisch hielten. Auch Dev hatte das früher angenommen – wenn er überhaupt mal an sie gedacht hatte. Aber dann war ihm irgendwann aufgefallen, dass Annie und Oberst David Luger, der Leiter der Entwicklungsabteilung im HAWC, ständig zusammen waren, und er hatte beobachtet, wie der Reiz, den sie ausstrahlte, sich zu verstärken schien. Das war der Augenblick gewesen, in dem er endgültig Feuer gefangen hatte.

Und jetzt stellte er fest, dass Luger heute Abend nicht mitgekommen war. Annie trug ein elegantes schwarzes Seidenkleid mit Spaghettiträgern, das ihre schlanke Figur betonte, Sandalen mit den hohen Absätzen, denen sie ihren Spitznamen »Heels« verdankte, und am rechten Fußknöchel ein goldenes Kettchen. Ihr hellbraunes Haar war wie üblich hochgesteckt, was sie in einer Fliegerkombi etwas maskulin aussehen ließ – aber in Verbindung mit diesem Kleid betonte es ihren schlanken Hals und ihre wohlgeformten Schultern und ließ sie noch attraktiver erscheinen. Er sah sehr genau hin, ohne sie auffällig anzustarren, versuchte herauszubekommen, ob sie einen Büstenhalter trug, und stellte leicht überrascht fest, dass das nicht der Fall war. Sie war so schlank, dass unter der schwarzen Seide sehr wenig wippte.

Was war das Besondere an ihr? Nicht bloße Sexualität, obwohl sie unbestritten sexy war. Sie wirkte verlockend, fand Dev, das war's. Faszinierend. Reizvoll charmant. Obwohl sie auf der Suche nach etwas oder jemandem zu sein schien, war sie bereit, sich aus dem Scheinwerferlicht herauszuhalten und zu warten, bis sie's gefunden hatte. In Annie spürte Dev eindeutig eine tiefe, unter der Oberfläche brodelnde Leidenschaft. Auch wenn sie lesbisch gewesen wäre, hätte sie diese animalische Verlockung ausgestrahlt – und seit er wusste, dass sie's wahrscheinlich nicht war, dachte er noch intensiver darüber nach, wie er etwas von dieser Leidenschaft in seine Richtung lenken könnte.

Er konnte nur hoffen, dass Luger nicht ihr Typ war. Offen gesagt hatte Dev keine Ahnung, wessen Typ Luger sein könnte. Er schien ein ganz netter Kerl zu sein, nur ein bisschen in sich gekehrt, geistesabwesend, weltfremd. Annie stand in irgendeiner Beziehung zu ihm. Sie schien etwas an diesem komischen Ingenieur aus Texas zu finden. Oder gab sie sich aus reinem Mitleid mit ihm ab? Ein Liebesverhältnis? Dafür schien Luger nicht der richtige Typ zu sein. Vielleicht war er schwul.

»Heels!«, sagte Dev, als ihre Blicke sich begegneten. Innerhalb der Staffel kannten sich fast alle unter ihren Rufzeichen – es wäre ungewöhnlich gewesen, jemanden in außerdienstlicher Unterhaltung mit seinem Vornamen anzusprechen. Er trat auf sie zu, küsste sie zu Begrüßung auf die Wangen und legte ihr einen Augenblick die Hände auf die Schultern. Großer Gott, dachte er, wären meine Schultern doch auch so straff! »Danke, dass du gekommen bist.«

»Danke, dass ihr uns eingeladen habt.«

Ihm fiel auf, dass sie »uns« sagte, obwohl sie allein gekommen war. Ihr Tonfall verriet Dev ihre Enttäuschung darüber, dass sie allein hier war. »Wo ist Oberst Luger?«

»Noch draußen am See«, sagte sie. Außerhalb von Dreamland war »See« ihre Umschreibung für die Elliott Air Force Base am ausgetrockneten Groom Lake. »Er lässt sich entschuldigen, weil er noch zu arbeiten hat.«

»Ich weiß, dass er einen wichtigen Testflug vorbereitet«, sagte Dev. »Die Jungs im HAWC sind immer kaum ansprechbar, wenn ein wichtiger Test bevorsteht. Sie scheinen sich alle in ihren kleinen Kaninchenbau zu verkriechen, weil sie Angst haben, sie könnten irgendwas tun, das den Erfolg gefährdet. Das Problem ist nur, dass sie *immer* so sind, selbst wenn sie Erfolg gehabt haben.«

»Ausgesprochen gesellig sind sie nicht«, bestätigte Annie. Sie sah sich im Raum um, schaute kurz Dev an und dann zum Swimming-pool hinaus.

»Hoffentlich hast du einen Badeanzug mitgebracht«, sagte Dev. »Der Pool ist frisch gefüllt, und die Hot Tub ist angenehm, wenn's draußen kühl wird.«

»Leider habe ich vergessen, einen mitzubringen.«

Dev hätte seinen Standardspruch »Nun, hier gibt's keinen Badeanzugzwang, weißt du« anbringen können, aber aus irgendeinem Grund verzichtete er bei Annie darauf. Hatte er Angst, sie vor den Kopf zu stoßen, sie gegen sich einzunehmen? Er staunte über seine seltsame Reaktion. Seit wann machte er sich so viel daraus, was andere, vor allem Frauen, von ihm dachten?

»Wir können dir einen besorgen, falls du später ins Wasser möchtest«, bot Dev ihr an, »oder du verzichtest einfach auf den Pool.« Sie lächelte ihn an, und er freute sich darüber, dass er offenbar den richtigen Ton getroffen und fürsorglich und hilfsbereit gewesen war, ohne aufdringlich zu sein. »Möchtest du einen Drink? Ich mixe ziemlich gute Margaritas – heute Abend mit Mango oder Erdbeere.«

»Ach, dieses Zeug mag ich nicht«, sagte sie. Das war eine deutliche Zurückweisung, die seine Hoffnung schwinden ließ. Aber dann sah sie plötzlich nicht mehr an ihm vorbei, atmete tief durch, als habe sie einen Entschluss gefasst, und sagte: »Aber wenn du Margaritas mixt, hast du auch Tequila, und ich sehe ein paar Leute Coronas rauchen, deshalb fange ich mit einem Tequila und einer Corona an.« Sie sah ihn mit ihren unglaublich ausdrucksvollen blauen Augen an, die einen Güterzug hätten zum Stehen bringen können, und fragte: »Hast du Lust, mir dabei Gesellschaft zu leisten?«

Die Party endete kurz vor Mitternacht, aber für Dev und Annie fing sie erst an.

Als die anderen gingen, blieben sie sitzen und unterhielten sich weiter. Sie hatten bald aufgehört, Tequila zu trinken, rauchten aber mit Genuss ihre Coronas und tranken abwechselnd Weißwein und San Pellegrino. Als nach ein Uhr niemand aus den Apartments mehr an den Pool und das Heißwasserbecken kam, beschlossen Sie, es mit einem Bad in der Hot Tub zu versuchen.

Die Umgebung des Pools lag im Halbdunkel, das durch niedrige Lampen an den Gehwegen, beleuchtete Stufen und die Lampen auf dem einige Dutzend Meter entfernten Parkplatz kaum erhellt wurde. Dev und Annie trugen Bademäntel und nahmen Plastikbecher mit Chardonnay mit ans Heißwasserbecken. Die heiße, trockene Wüstenluft war nach Sonnenuntergang rasch abgekühlt, und eine leichte Brise ließ sie noch kühler erscheinen. »Mann, ich bin den ganzen Tag in der heißen Sonne gewesen, aber jetzt freue ich mich aufs heiße Wasser«, sagte Dev. Er schaltete die Whirlpooldüsen ein, stellte den Becher mit Wein auf den gefliesten Beckenrand, streifte seinen Bademantel ab und ließ darunter eine schwarze Nike-Badehose sehen. Dann setzte er sich auf den Rand und tauchte die Füße ein, um die Wassertemperatur zu prüfen. »Perfekt«, sagte er und griff nach seinem Becher. »Ich bin froh, dass du …«

Er sprach nicht weiter, schluckte trocken. Annie ließ ihren geliehenen Bademantel von den Schultern gleiten – und trug darunter nur nackte Haut. Ihre Brüste waren wirklich klein, aber größer, als sie unter dem Kleid ausgesehen hatten, und unglaublich fest. Ihre Schultern und Arme waren nicht nur gut durchtrainiert, sondern wie Bauch- und Oberschenkelmuskulatur schlank und straff. Sie beobachtete Dev unverwandt, als sie mit zuversichtlichem, zufriedenem Lächeln ins warme sprudelnde Wasser glitt.

»Ich… ich hatte dir einen Badeanzug an den Türknopf gehängt«, erinnerte er sie.

»Ich weiß. Ich habe ihn gesehen. Danke«, sagte sie. »Das war sehr nett von dir. Dass ich ihn nicht trage, stört dich hoffentlich nicht, Dev?«

»Soll das ein… ich meine, nein, durchaus nicht, Heels.« Sie lehnte sich zurück, stützte die Ellbogen so auf den Beckenrand, dass ihre Brüste von den sprudelnden Luftblasen reizvoll verdeckt wurden, und trank einen Schluck Wein. Dev, der sich in seiner Badehose jetzt wie ein Idiot vorkam, streifte sie ab, nachdem er ins Wasser geglitten war, und legte sie auf den Beckenrand.

Nachdem er einige Augenblicke lang versucht hatte, einen Blick auf ihre Brüste zu werfen, entspannte er sich und sah wie nachts oft zum Himmel auf. Das Licht aus dem Gebäude und vom benachbarten Parkplatz ließ die Sterne etwas verblassen, aber er konnte noch ein paar Sternbilder erkennen. »Jetzt sind endlich Sommerkonstellationen zu sehen«, sagte er. »Dort oben steht die Wega im Sternbild Leier. Und knapp über dem Gebäude dort drüben ist der Kopf des Skorpions zu sehen.«

»Muss eine Spezialität von Navigatoren sein, dass sie alle Sterne und Sternbilder kennen«, sagte Annie.

»Bei meiner Ausbildung habe ich noch astronomische Navigation gelernt«, sagte Dev, »aber sie wurde kurz danach vom Lehrplan gestrichen. Wir haben gelernt, wie man einen Sextanten benutzt, eine Überschlagsrechnung anstellt – um festzulegen, wo die Sterne stehen *sollten* –, die Entfernung von Sonne, Mond oder Sternen misst und eine durch Gestirnshöhe, Luftdruck und Eigengeschwindigkeit bestimmte Standlinie errechnet. Durch zwei gute Messungen mit einem kleinen Libellensextanten, zu dem ein gleichmäßig funktionierender Autopilot, eine zuverlässige Luftdruckbestimmung und eine zutreffend ermittelte Eigengeschwindigkeit kommen mussten, konnte ein Navigator die tatsächliche Position auf fünf bis zehn Meilen genau bestimmen.«

»Fünf bis zehn *Meilen*?«, rief Annie aus.

»Klingt lächerlich, was?«, bestätigte Deverill. »Das absolut schlechteste Trägheitsnavigationssystem konnte die Position damals auf ein bis zwei Meilen genau angeben, wenn es alle dreißig Minuten aktualisiert wurde. Heutzutage liefert das schlechteste System sie auf eine Viertelmeile genau, wozu es nur eine Aktualisierung braucht, und eine GPS-Position ist bis auf zwei Meter genau. Trotzdem ist es erstaunlich, dass Navigatoren in früheren Zeiten Schlachten auf den Weltmeeren gelenkt haben, ohne mehr als ein paar Sterne als Führer zu haben. Doch das ist eine untergegangene Kunst.«

»Zeig mir, was du siehst«, verlangte Annie. Sie nahm ihren Plastikbecher mit, kam herübergewatet, drehte sich um, setzte sich neben ihn und lehnte den Kopf an seine Brust. Das schockierte und erfreute ihn zugleich. Die verdammten Luftblasen verdeckten noch immer ihre Brüste. Er legte ihr den linken Arm um die Schultern, zog sie an sich, schlang den Arm um ihren Hals, bis seine Hand auf ihrer rechten Schulter lag, und spürte nun ihre Brustspitzen an seinem Arm. Sterne, Dev, ermahnte er sich, du musst jetzt an *Sterne* denken, an astronomische Navigation, Überschlagsrechnungen, Sterntabellen, astronomische Almanache...

»Was siehst du jetzt?«, murmelte sie. Ihren Kopf hatte sie in den Nacken gelegt, sodass ihr Hinterkopf im Wasser ruhte, aber sie sah nicht zu den Sternen auf.

»Ich sehe lieber dich an«, sagte er leise und senkte den Kopf, um sie zu küssen. Ein Stromschlag schien durch seinen Körper zu zucken, die physiologische Reaktion, die er angestrengt zu unterdrücken versucht hatte, ließ sich nicht länger verbergen, und er küsste sie heftiger, leidenschaftlicher. Sie erwiderte seinen Kuss, nahm dann seine Hand von ihrer Schulter und legte sie auf ihre Brust.

»Gott, Annie, du bist so sexy.« Sie sagte nichts, aber ihre rechte Hand glitt zu seinem Bauch hinunter, dann zwischen seine Schenkel und dann zu seinem bereits aufgerichteten Glied. Sie streichelte es kurz. Er stöhnte lustvoll... und merkte dann, dass sie wieder aufgehört hatte. »Annie, *bitte*...«

»Ich kann nicht, Dev«, flüsterte sie. Sie entwand sich ihm widerstrebend, rückte von ihm ab – nicht außer Reichweite auf die andere Seite des Beckens, aber eindeutig von ihm weg –, legte den Hinterkopf auf den Beckenrand und bedeckte ihr Gesicht kurz mit den Händen. »Entschuldige, Dev. Glaub mir, das liegt nicht an dir... *bestimmt* nicht an dir.«

»Woran sonst?« Aber er wusste die Antwort in dem Augenblick, in dem er die Frage stellte: »Luger. Du liebst ihn oder so.«

»Oder so«, sagte sie. »Ich wollte gern, aber … ich möchte nicht, dass daraus ein Racheakt wird.«

»Du meinst, du willst nicht mit mir schlafen, nur um dich an Luger zu rächen.«

Annie nickte. »Entschuldige, Dev«, wiederholte sie. »Ich meine, du siehst toll aus, du hast einen wunderbaren Körper, und mir gefallen deine Augen und dein knackiger Hintern …«

»*Wow!* So reden Frauen wirklich über Männer?«

»Nur über bestimmte Männer«, sagte sie lächelnd. Ihm gefiel ihr herzliches, aufrichtiges Lächeln. Er hatte sich Annie noch nie als Freundin, sondern immer nur als Kollegin und vielleicht als zukünftige Eroberung vorgestellt, aber jetzt redete er mit ihr wie mit einer Freundin, und das gefiel ihm. Er wünschte sich noch immer, sie unter oder über sich zu haben, aber das war kein dringendes Bedürfnis mehr.

»Was läuft also mit euch beiden?«

»Was soll ich dir viel erzählen?«, fragte sie. »Ich habe mich in ihn verliebt und geglaubt, er habe sich in mich verliebt. Aber er hat seine Arbeit, und die ist im Augenblick sein ganzer Lebensinhalt.«

»Du hast ›im Augenblick‹ gesagt, als glaubtest du das selbst nicht recht.« Sie starrte Dev wütend an, als ärgere sie sich darüber, dass er das gesagt hatte – und ärgere sich darüber, dass es stimmte. »Hör zu, Annie, wenn du sagst, dass Frauen über Männer reden, wie Männer über Frauen reden, dann sind Männer und Frauen sich ähnlicher, als man denkt, nicht wahr?« Annie sagte nichts. »Folglich steht fest, dass man einen Menschen nicht ändern kann. Dave Luger wird auf seiner Art beharren, solange er seine Arbeit für wichtiger oder erfreulicher hält als das, was andere Menschen ihm geben können. Das ist beschissen, aber leider nicht zu ändern.«

»Was soll ich also dagegen tun?«

»Annie, jeder tut das Gleiche«, sagte Deverill ernsthaft. »Du bist aus demselben Grund hier in diesem Becken, aus dem Oberst Luger dort im Labor ist – weil das, was du hier gesucht, was du hier zu finden gehofft hast, besser ist, als in deinem Apartment auf einen Mann zu warten, der vielleicht nie kommen wird.«

»Warum fühle ich mich dann so unwohl, wenn ich doch hier sein will?«

»Weil du *Gefühle* hast«, antwortete er. »Er bedeutet dir etwas. Dir macht Sorgen, was er von dir denken könnte. Aber du musst lernen, dich auf dich selbst zu verlassen. Auf deine Gefühle zu vertrauen.« Er machte eine Pause, betrachtete Annie nachdenklich und fragte dann leise: »Du liebst ihn, stimmt's?«

»Ja.«

»Du hast vermutlich noch nie mit ihm geschlafen, aber du liebst ihn trotzdem.« Sie wollte ihn wütend anfahren, aber das konnte sie nicht, denn er hatte Recht, verdammt noch mal. »Vielleicht ist das wahre Liebe«, fuhr er fort. »Vielleicht fühlst du dich schuldig, weil du *wirklich* nicht hier sein willst.«

»Ich soll also meinen Gefühlen folgen?«

»Unbedingt.« Sie rieb sich die Augen und sah dann von ihm weg, als geniere sie sich, hier mit ihm zu sitzen, und habe Angst, er könnte sie für dumm und naiv halten. Er trank seinen Wein aus, griff nach seinem Bademantel und wollte aufstehen. »Sollen wir?«

»Ja.« Statt jedoch das Becken zu verlassen, legte Annie ihm nachdrücklich eine Hand auf den Arm, um ihn am Aufstehen zu hindern. Ihr Gesichtsausdruck war leicht ängstlich, aber auch erregt, als sie näher an ihn heranrückte. Sie griff mit einer Hand ins sprudelnde Wasser und fand sein Glied. Trotz ihres sehr ernsthaften, völlig asexuellen Gesprächs stand es sofort wieder stramm wie der bewährte Kämpe, der es war.

»Annie?«

»Du hast gesagt, ich soll meinen Gefühlen folgen«, sagte sie. Sie kauerte über ihm, klammerte sich an ihn und küsste ihn leidenschaftlich, während sie ihn in sich aufnahm. »Das tue ich gerade. Dies ... ist, wo ich ... jetzt ... sein möchte.«

2

Nellis Air Force Base,
nördlich von Las Vegas, Nevada
(einige Tage später)

»Jee-*sus*, sind die *schnell!*«

Es klang wie ein kollektiver Ausruf der gesamten, ungefähr 2000 Köpfe starken Zuschauermenge, als die beiden eleganten Flugzeuge im Endanflug zur Hauptlandebahn der Nellis Air Force Base auftauchten. Schon aus zehn Meilen Entfernung waren sie deutlich zu sehen. Aber im Gegensatz zu den meisten großen Flugzeugen schienen diese Maschinen ebenso schnell zu fliegen wie ihre Begleitjäger.

Die NATO hatte diesem Typ den Kodenamen »Backfire-C« gegeben, aber in der Ukraine hieß er »Speka« (Hitze), und das war ein sehr zutreffender Name für die Tupolew Tu-22M3. Mit ihrem langen, spitzen Bug, ihren schlanken Linien, Schwenkflügeln mit variabler Geometrie und zwei sehr großen, sehr lauten Triebwerken mit Nachbrenner sah sie wie ein riesiger Jäger oder ein kompakter Bomber aus. Sie konnte eine Vielzahl von Waffen tragen, darunter sämtliche in der Gemeinschaft Unabhängiger Staaten eingeführten Jagdraketen und Abwurflenkwaffen. Ihre Nutzlast war ein Drittel geringer als die des US-Bombers B-1B Lancer, aber ihre Geschwindigkeit und Reichweite waren viel größer – und die Tu-22M konnte in der Luft betankt werden, was bedeutete, dass sie in kürzester Zeit und ohne aufwendige Infrastruktur Ziele in aller Welt angreifen konnte. Alle diese Punkte machten den strategischen Bomber Backfire zu einem der gefährlichsten Kampfflugzeuge der Welt.

Die Ukraine wollte aus verständlichen Gründen nichts mit den Tu-22M3 – oder irgendwelchen anderen teuren Offensivwaffen – zu tun haben. Diese nach Russland größte und bevölkerungsreichste der ehemaligen Sowjetrepubliken hatte mit das niedrigste Bruttosozialprodukt aller europäischen Industriestaaten. Sie musste fast ihre gesamte Wirtschaftsleistung dafür einsetzen, die fragile Infrastruktur aufrechtzuerhalten und ihren Bürgern ein Mindestmaß an Lebensqualität zu ermöglichen, sodass kaum etwas für Exporte, Zukunftsinvestitionen oder Kriegsführung übrig blieb. Trotz ihrer geographischen Lage und strategischen Bedeutung betrug der Verteidigungsetat der Ukraine nur einen Bruchteil dessen, was vergleichbar große Länder für Verteidigung ausgaben, und ihr wäre es schwer gefallen, eine ganze Flotte dieser High-Tech-Flugzeuge zu unterhalten.

Nach ihrer Abspaltung von der GUS hatte sich auch die gesamte strategische Ausrichtung der Ukraine gewandelt: Sie hatte sich zu einem »atomwaffenfreien« Staat erklärt, sich aus den ethnischen und wirtschaftlichen Wirren herausgehalten, die den größten Teil Osteuropas und die russischen Enklaven erfassten, und der Versuchung widerstanden, irgendwelchen Militärbündnissen beizutreten. Da die Ukraine kaum äußere Feinde hatte – wenn man von ihren gespannten Beziehungen zu Russland absah –, hatte sie ihre überschallschnellen strategischen Bomber des Typs Backfire als nicht benötigte, eher gefährliche Goldgrube betrachtet. Tatsächlich hatten viele Staaten, darunter mehrere im Nahen Osten, einen Stückpreis von bis zu einer Milliarde Dollar für diese Flugzeuge geboten. Sie waren also im Einsatz teuer, für die Sicherheit der Ukraine anscheinend nicht unerlässlich und dringend benötigte Milliarden Dollar wert.

Die Zeiten hatten sich jedoch rasch geändert, und die Ukraine hatte erfahren, dass sie es sich nicht länger leisten konnte, derart isoliert zu leben. Russland wurde immer reaktionärer, verhielt sich den ehemaligen Sowjetrepubliken gegenüber aggressiver und setzte seine Nachbarn unter Druck, sich der neuen Gemeinschaft Unabhängiger Staaten anzuschließen – nach Ansicht vieler eine Wiedergeburt des Sowjetimperiums – oder die Konsequenzen zu tragen. Als die Ukraine sich geweigert hatte, wieder in die Gemeinschaft einzutreten, und zugleich einen Antrag auf NATO-Mitgliedschaft gestellt hatte, war Russland explodiert.

Im Jahr 1995 hatte Russland in mehreren früheren Sowjetrepubliken, darunter in Moldawien, Litauen und der Ukraine, Vernichtungsschläge gegen militärische Stützpunkte geführt. Russland hatte diese Stützpunkte als »mutmaßliche Ausbildungslager für Terroristen« und eine Gefahr für Russland und die Gemeinschaft Unabhängiger Staaten bezeichnet und den ehemaligen Sowjetrepubliken vorgeworfen, ihre russischen Minderheiten zu unterdrücken. Die russischen Angriffe waren wuchtig und vernichtend gewesen. Erst als die Russen NATO-Kriegsschiffe im Schwarzen Meer angriffen, hatte irgendjemand versucht, die russische Kriegsmaschinerie aufzuhalten. Rebecca Furness, damals die erste Kampffliegerin der Vereinigten Staaten, und ihre kleine Einheit der Air Force Reserve aus Plattsburgh, New York, waren bei einer Serie von Präzisionsangriffen tief nach Russland hinein vorgestoßen und hatten mitgeholfen, den Konflikt zu beenden, bevor daraus ein osteuropäischer Atomkrieg wurde. Patrick McLanahan, der die ursprüngliche EB-52 Megafortress flog, hatte das Gleiche getan, um Litauen gegen Angriffe seiner Nachbarn Russland und Weißrussland zu verteidigen.

Russland, das unter einer stagnierenden Wirtschaft, fehlenden Investitionen aus dem Ausland und weltweit geringem Vertrauen in die Reformpolitik seiner Regierung litt, hatte schließlich für einige Jahre auf weitere militärische Vorstöße verzichtet. Es war völlig außerstande, Einfluss auf Ereignisse zu nehmen, die ehemalige enge Freunde wie den Irak, Serbien und Nordkorea betrafen. Russland, dessen Gebiet sich über fast die Hälfte der Zeitzonen der Welt erstreckte und das größere natürliche Ressourcen als jeder andere Staat der Welt besaß, sank rasch zu einer drittklassigen Macht herab.

Mit dem Aufstieg von nationalistischen, neo-kommunistischen Politikern wie Walentin Senkow hatte sich das alles geändert. Russland hatte seinen Einfluss wieder geltend gemacht, um das Schicksal Bosniens, Serbiens und des Kosovos mitzuentscheiden, und starke Truppenverbände eingesetzt, um die abtrünnige Republik Tschetschnja zu unterwerfen. Wegen ihrer beherrschenden Position am Schwarzen Meer, ihres hohen russischen Bevölkerungsanteils und ihrer Beteiligung an dem Waffengang im Jahr 1995 konnte die Ukraine sich darauf gefasst machen, das nächste Angriffsziel zu sein, wenn sie sich weiterhin weigerte, auf die Linie der Russen einzuschwenken.

Die Antwort der Ukraine: aufhören, sich wie ein mögliches Angriffsziel zu verhalten, und anfangen, ein richtiger europäischer Staat und Mitglied der weltweiten Staatengemeinschaft zu werden. Sie führte die allgemeine Wehrpflicht ein – alle Schüler höherer Schulen erhielten eine zehnwöchige militärische Grundausbildung, die Voraussetzung für den Schulabschluss war, und alle wehrfähigen Männer blieben bis zum vierzigsten Lebensjahr einer Reserveeinheit zugeteilt – und stockte ihren Verteidigungshaushalt um das Zehnfache auf. Die Ukraine verstärkte ihre Schwarzmeerflotte, begann ihre Landstreitkräfte nach deutschen, türkischen und amerikanischen Vorschriften auszubilden, statt die russische Militärdoktrin beizubehalten, und baute ihre Luftwaffe neu auf – wozu die Reaktivierung der Tu-22M3 gehörte. Seit dem kurzen Krieg gegen Russland waren von den verbliebenen einundzwanzig Backfire-Bombern zwölf wieder in Dienst gestellt worden.

Der wichtigste Wandel: die fortschreitende Angleichung an die Befehlsstrukturen und Verteidigungsdoktrin der NATO. Die vollständige Integration würde noch viele Jahre dauern, aber der wichtige erste Schritt zur Ausdehnung der NATO nach Asien war damit gemacht. Zwei der überschallschnellen Schwenkflügel-Bomber waren jetzt auf der Nellis Air Force Base in Südnevada, um hier mit Maschinen aus NATO-Staaten an Luftkampfübungen teilzunehmen. Sie waren die mit Spannung erwarteten leistungsfähigsten Kampfflugzeuge aus sowjetischer Produktion, die man jemals in den USA zu Gesicht bekommen hatte.

»Wie wär's mit ein bisschen Spaß, Jungs?«, fragte Hauptmann Annie Dewey. Die 35-jährige B-1B-Kommandantin der 111. Bomberstaffel der Nevada Air National Guard saß im Cockpit des

Überschallbombers Tu-22M3 auf dem rechten Sitz. Nach amerikanischen Vorschriften musste jedes mehrsitzige ausländische Kampfflugzeug, das auf einem USAF-Stützpunkt landete, einen US-Militärpiloten an Bord haben. Mit zweimaliger Luftbetankung hatte der Nonstopflug von der Ukraine nach Las Vegas nur neun Stunden gedauert.

»Was haben Sie vor?«, fragte Generalleutnant Roman Smolij, der Kommandant der Maschine. Mit kantigem Kinn, grauem Bürstenhaarschnitt, durchdringend blauen Augen, Adlernase, breiten Schultern und schmaler Taille sah Roman Smolij wie ein Fliegerheld aus einem Hollywoodfilm aus. Smolij war Oberbefehlshaber der ukrainischen Luftstreitkräfte. Vor dem Krieg mit Russland hatte die Ukraine wie die USA eine Flotte von zweihundert strategischen Bombern besessen: Tu-20 Bear mit Propellerturbinen, Tu-22 Blinder, Tu-22M2 Backfire und Überschallbomber Tu-160 Blackjack. Nach dem Krieg waren davon nur etwa fünfzig Maschinen übrig geblieben. Jetzt sollte General Smolij entscheiden, ob die Ukraine überhaupt noch strategische Bomber brauchte – und das bedeutete, dass er neue Einsatzmöglichkeiten erproben musste. »Doch sicher nichts Langweiliges?«

»Wie gut Sie mich schon kennen, General«, sagte Annie. Sie meldete sich über Funk, erhielt die verlangte Freigabe und sagte dann: »Begleitjäger, ihr könnt schon mal landen. Wir sehen uns am Boden.« Die beiden Abfangjäger F-16C Falcon, die die ukrainischen Maschinen auf ihrem Flug über Amerika begleitet hatten, wackelten mit den Tragflächen und drehten ab. »Okay, General, der Luftraum in dreißig Meilen Umkreis – auch über Las Vegas – gehört Ihnen. Zeigen Sie uns, was diese Babys können.«

General Smolij grinste breit, dann griff er über die Mittelkonsole hinweg nach Annies Hand und küsste sie. »Danke, Hauptmann.« Er legte seine Sauerstoffmaske an und fasste den Steuerknüppel fester. »Duze przyjemno, Las Vegas«, sagte er. »Freut mich, dich kennen zu lernen.« Dann drückte er beide Leistungshebel bis zum Anschlag nach vorn, schwenkte die Tragflächen ganz nach hinten und flog in enger Linkskurve nach Las Vegas zurück, wobei sein Rottenflieger etwas versetzt an seiner rechten

Flügelspitze zu kleben schien. Wenig später donnerte die Zweierformation, die inzwischen auf nur dreihundert Meter über Grund heruntergegangen war, den Strip entlang. Als Nächstes flog sie zwei Vollkreise über der Innenstadt, wobei sie den Stratosphere Tower als Kreismittelpunkt nahm.

Nach dem zweiten Kreis, der möglichst viele Zuschauer anlocken sollte, rief Smolij über Funk: »Dwje, drowa, Tup!«, und schaltete die Nachbrenner ein. Die beiden Tu-22M3 durchbrachen mühelos die Schallmauer und ließen in ganz Las Vegas die Fensterscheiben erzittern. Dann hielt er direkt auf die Nellis Air Force Base zu. Die schweren Bomber röhrten in nur sechzig Meter Höhe mit Überschallgeschwindigkeit die Startbahn entlang und erzeugten durch ihre Druckkegel eine doppelte Staubwolke, die noch in zwanzig Meilen Entfernung zu sehen war.

Am nördlichen Bahnende schaltete Smolij die Nachbrenner aus, brachte die Leistungshebel in Normalstellung, legte die Maschine in eine steile Rechtskurve, schwenkte die Tragflächen nach vorn und brachte die Tu-22M3 rasch in den Unterschallbereich zurück. Als er dann die Kurve ausleitete, entsprachen Fahrt und Fluglage exakt den Kriterien für den Gegenanflug, und Smolij und Dewey fingen an, den Bomber für den Quer- und Endanflug zu konfigurieren. Die zweite Tu-22M3 folgte genau 30 Sekunden hinter ihnen.

»Das war *Klasse,* General!«, rief Annie, nachdem sie zum zweiten Mal kontrolliert hatte, dass das Fahrwerk ausgefahren und verriegelt war. »Große Klasse!«

»Danke, junge Frau«, antwortete Smolij. »Es macht immer Spaß, jungen Damen zu imponieren.« Er nickte ihr zu und sagte dann: »Die Maschine gehört Ihnen, Hauptmann.« Annie war überrascht, aber erfreut, übernahm sofort Pedale und Steuerknüppel. Smolij klopfte ihr auf die Schulter, damit sie wusste, dass sie das Kommando über die Maschine hatte. »Sehen Sie zu, dass Sie uns Ehre machen.«

Das tat Annie Dewey. Sie setzte den Bomber mit einer perfekten Dreipunktlandung auf die Hauptlandebahn in Nellis und rollte zu ihrem Abstellplatz, während der Beifall der riesigen Zuschauermenge selbst den Triebwerkslärm übertönte. Als beide Tu-22M3 die Tragflächen halb zurückschwenkten und ihre Triebwerke gleichzeitig abstellten, wurde der Beifall noch stärker. Dann stiegen die acht Besatzungsmitglieder der beiden Maschinen aus, betraten den ausgerollten roten Teppich, und die Begrüßungen mit Umarmungen, Händeschütteln und Schulterklopfen wollten kein Ende nehmen. General Smolij begrüßte Generalmajor Lance »Laser« Peterson, den Kommandeur des Air Warfare Centers, und die meisten anderen Offiziere des Empfangskomitees wie lange vermisste Brüder.

Die ukrainischen Bomberbesatzungen lernten auch weitere ausländische Luftwaffenoffiziere kennen, darunter Generalmajor Erdal Sivarek, den Oberbefehlshaber der türkischen Luftwaffe, der vormittags mit einigen seiner Maschinen und zwei Transportern samt Ausrüstung und Ersatzteilen eingetroffen war. Die großen Backfire-Bomber standen den türkischen F-16 genau gegenüber, und der Größenunterschied war wahrhaft erstaunlich. Dieser Größenunterschied bestand auch zwischen den beiden Kommandeuren – der ukrainische General war gut einen Kopf größer als der Türke. Ihre Begrüßung war höflich, aber eisig; General Smolij begegnete dem türkischen Offizier nicht entfernt mit derselben jovialen Freundlichkeit wie seinen amerikanischen Gastgebern.

»Hallo, General Sivarek«, sagte eine Stimme hinter ihm, als er sich abwandte. »Wie geht es Ihnen?« Das war Rebecca Furness, seit kurzem Oberst, die Chefin der auf der Tonopah Test Range nordwestlich von Las Vegas stationierten 111. Bomberstaffel der Nevada Air National Guard. »Erinnern Sie sich noch an mich, General?«

Der türkische Offizier brauchte nur einen Augenblick, um sie wieder zu erkennen, worauf sein bisher finsterer Gesichtsausdruck sich schlagartig aufhellte. »Major ... nein, Oberst Rebecca!«, rief er aus. »Natürlich erinnere ich mich an Sie! Wie schön, Sie wieder mal zu treffen!«

»Ja, wir haben uns lange nicht mehr gesehen«, sagte Rebecca. »Ich freue mich, Sie wieder zu sehen, aber die damalige Zeit würde ich lieber vergessen.«

Rebeccas Einheit war die einzige Staffel in den Vereinigten Staaten, die das fliegende Schlachtschiff EB-1C flog. Bis ihr neuer Stützpunkt Battle Mountain, Nevada, bezogen werden konnte, waren ihre sechs Bomber EB-1C vorläufig auf der zum Nellis-Komplex gehörenden Tonopah Test Range (TTR) in Westnevada stationiert.

Sie hatte Sivarek vor einigen Jahren im russisch-ukrainischen Krieg kennen gelernt, als ein machtbesessener russischer Präsident versucht hatte, Teile der ehemaligen Sowjetunion mit Gewalt wieder zu vereinigen. Unter dem Vorwand, russische Bürger würden von der Regierung der Ukraine unterdrückt, hatten die Russen mit starken Kräften angegriffen, um die ehemalige Sowjetrepublik zurückzuerobern. Als die Ukraine unerwartet starken Widerstand geleistet hatte, hatte Russland taktische Kernwaffen eingesetzt. Um keinen atomaren Weltkrieg zu riskieren, hatten die Vereinigten Staaten nur einige taktische Luftwaffeneinheiten in die Türkei verlegt – auch eine Staffel der Air Force Reserve aus Plattsburgh, New York: Rebecca Furness' alte Einheit mit Bombern des Baumusters RF-111G Vampire, eines Vorläufers der jetzigen EB-1C Megafortress.

Obwohl Rebeccas Staffel sich damals bei ihren Einsätzen gegen Russland bewährt hatte, herrschte in der Türkei der Eindruck vor, NATO und USA hätten ihre türkischen Verbündeten im Stich gelassen. Obwohl bei russischen Angriffen mehrere Stützpunkte in der Türkei zerstört und ein halbes Dutzend Kriegsschiffe versenkt worden waren, hatten die Vereinigten Staaten sich geweigert, stärkere Verbände gegen Russland einzusetzen. Nur das Heldentum von Rebeccas winziger Einheit und die verzweifelte Tapferkeit der Überreste der ukrainischen Luftwaffe hatten eine Ausweitung des Kriegs verhindert und die Türkei gerettet.

»Die Welt ist wirklich klein«, sagte der türkische General. »Sie sehen gut aus, Oberst Rebecca. Und ich freue mich, dass Sie offensichtlich Karriere gemacht haben.«

»Oh, vielen Dank, General«, antwortete Furness mit einer angedeuteten kleinen Verbeugung.

Sivarek, der sie mit zusammengekniffenen Augen gemustert

hatte, nickte anerkennend. »Und bei welcher Einheit sind Sie jetzt?«

»Ich bin bei der Nevada Air National Guard«, antwortete Rebecca. Sivarek registrierte interessiert, dass sie keine Details nannte. »Wir nehmen an einigen Luftkampfübungen mit Ihrer Staffel und den Ukrainern teil.«

»Ausgezeichnet. Leider fliegt Ihre Luftwaffe keine RF-111 mehr. Wir hätten uns gern mal mit ihnen gemessen.« Er nickte zu den Bombern Tu-22M3 hinüber. »Mit diesen Walen werden wir leicht fertig.«

»Vielleicht haben sie einige Überraschungen für Sie parat.«

»Wir sind ihnen schon früher begegnet, wenn sie zu Ausbildungs- und Patrouillenflügen über dem Schwarzen Meer unterwegs waren«, sagte Sivarek. »Die Ukrainer scheinen eine gewisse Scheu davor zu haben, ihre Möglichkeiten ganz auszureizen. Das ist verständlich, nehme ich an. Aber ich hoffe, dass die NATO sich nicht zu viel von ihnen erwartet.«

»Vielleicht können wir ihnen helfen, ihre Taktik zu verbessern.«

Sivarek nickte, dann verfinsterte seine Miene sich wieder. »Ihre neuen Freunde in Osteuropa, nicht wahr?«, meinte er schmallippig. »Obwohl die Türkei seit über zwanzig Jahren hierher kommt, um an Red Flag und anderen Übungen teilzunehmen, können wir in unserer Region kaum auf amerikanische Unterstützung rechnen. Aber wenn die Ukraine sich der NATO annähern möchte, wird der rote Teppich für sie ausgerollt.«

»Das ist nicht ganz zutreffend, glaube ich«, sagte Rebecca. Aber sie wusste, dass er zumindest teilweise Recht hatte. Im russisch-ukrainischen Krieg hatte die Türkei schwere Verluste erlitten, aber nach Kriegsende waren die Beziehungen zwischen der Türkei und dem Westen auf ihren früheren Stand zurückgefallen, als habe es diesen Krieg nie gegeben. Statt westliche Hilfe bei der Modernisierung seiner Streitkräfte zu erhalten, hatte das östlichste NATO-Mitglied sie allein neu bewaffnen müssen, ohne von USA und NATO mehr als die bisher übliche Militärhilfe zu erhalten.

»Sie sind eine loyale amerikanische Offizierin«, sagte Sivarek lächelnd. »Ich hätte es sehr begrüßt, wenn Sie mit Ihren unglaublichen Jagdbombern RF-111G nach Kriegsende in unserem Land geblieben wären.«

»Das wusste ich nicht.«

»Die RF-111 Vampire wäre das ideale Flugzeug für die türkische Luftverteidigung gewesen«, stellte Sivarek fest. »Eine einzige Maschine, die als Aufklärer, Jäger, Jagdbomber, Bomber, zur Bekämpfung von Schiffszielen und als Elektronik-Störflugzeug eingesetzt werden kann. Wir hätten gern zwei Staffeln davon gehabt. Leider haben Sie sie alle an Australien verkauft. Das war ein schwarzer Tag für die Türkei.«

»Andere Leute würden sagen, das sei ein Glückstag für die Griechen und Kurden gewesen.«

»Wir führen keinen Krieg gegen Griechenland und werden nie einen führen«, sagte Sivarek. »Beide Seiten wissen, dass wir die Zypernfrage friedlich lösen müssen. Aber die Kurden … sie sind ein anderer Fall. Sie sind eine Teufelsbrut aus Mördern, Terroristen und Anarchisten.«

»Fernsehbilder von F-111, die Kurdendörfer bombardieren, hätten die meisten Amerikaner aufgebracht«, stellte Rebecca fest. »Die westlichen Medien zeichnen ein anderes Bild von den Kurden – sie werden als unterdrücktes Volk dargestellt, das von fundamentalistischen Regierungen verfolgt wird und dem weder der Irak noch die Türkei irgendeine Art Autonomie gewähren wollen. Der Staat wird stets als der Unterdrücker gesehen, während die Kurden als heldenmütige Flüchtlinge wie die Juden gelten. Ihre Entbehrungen werden ihrem Freiheitskampf gegen die Tyrannei zugeschrieben.«

»Die Unwürdigen leiden keine Entbehrungen«, behauptete Sivarek. »Aber das NATO-Mitglied Türkei wird vom Westen verachtet. Die Ukraine hatte früher Kernwaffen auf Ihr Land gerichtet. Der Iran hat schon einmal versucht, einen US-Flugzeugträger zu versenken, und steckt hinter unzähligen Terroranschlägen auf US-Einrichtungen, aber ihr umwerbt ihn jetzt, damit ihr iranisches Öl importieren und ein Gegengewicht zu russischen Hegemoniebestrebungen aufbauen könnt. Die Türkei arbeitet seit über fünfzig Jahren mit Amerika zusammen, hat bei der Abwehr russischer Angriffe an vorderster Front gestanden und wird jetzt trotzdem praktisch ignoriert. Was soll die Türkei zu dieser US-Außenpolitik sagen?«

»Eine alte Redensart lautet: ›Passt dir die amerikanische Außenpolitik nicht, brauchst du nur ein paar Tage zu warten, dann ändert sie sich wieder‹«, sagte Rebecca.

»Ah, richtig – der neue amerikanische Präsident, der Althippie von der Jeffersonian Party«, sagte Sivarek amüsiert, leicht spöttisch lächelnd. »Ich glaube, dass er die NATO zerschlagen wird. Dann steht die Türkei Russland allein gegenüber. Sehr bedauerlich. Was tun Sie dann? Kommen Sie zurück, um mitzuhelfen, mein Land zu verteidigen, Oberst Rebecca? Oder eilen Sie lieber Ihren neuen ukrainischen Freunden zur Hilfe?«

»Ich glaube nicht, dass der Präsident die NATO verlassen oder zerschlagen wird«, sagte Rebecca. »Das läge nicht in unserem Interesse. Aber ich würde mich sehr gern mit Ihnen über Ihr Land und Ihre Verteidigungsbedürfnisse unterhalten.«

»Oh?« Sivarek lächelte selbstbewusst ironisch. »Sie haben mir noch nicht verraten, bei welcher Einheit Sie jetzt sind, Oberst Rebecca.«

»Richtig, das habe ich nicht«, bestätigte Furness mit geheimnisvollem Lächeln. Sie streckte ihm die Hand hin, die er herzlich schüttelte. »Bis bald, General.«

Zur selben Zeit wurde Annie Dewey beim Aussteigen aus dem ersten Bomber von Oberst David Luger empfangen und warf sich ihm glücklich in die Arme. »David«, flüsterte sie, »wie ich mich freue, dich wieder zu sehen!«

Luger murmelte irgendeine Begrüßung, aber sie merkte sofort, dass seine Aufmerksamkeit etwas anderem galt. Als sie sich aus seiner Umarmung löste, sah sie, dass er den Bomber Tu-22M3 Backfire mit fast ausdrucksloser Miene anstarrte. »Hey, David«, sagte sie, während sie sein Gesicht mit wachsender Besorgnis studierte. »Alles in Ordnung?«

»Klar… sicher…« Aber das stimmte offenbar nicht. Annie

spürte, wie seine Hände kalt wurden, und sie hätte schwören können, sein Gesicht sei blasser geworden.

»Du siehst diese Dinger nicht zum ersten Mal, stimmt's?«, fragte sie. »Ich dachte, du wüsstest alles, was es über sämtliche Militärflugzeuge der Welt zu wissen gibt.«

»Ja … ja, ich weiß alles über die *Speka.*«

»*Speka?* Was ist das?«

»Hey! Meine Kopilotin! Annie!«, rief jemand hinter ihnen. Das war General Roman Smolij. »Hey, ich wusste nicht, dass Sie auch Augen für andere Männer außer mir haben! Wer ist dieser Usurpator, der es wagt, mit mir um Ihre Zuneigung zu konkurrieren?«

David Luger drehte sich um … und starrte ins Angesicht des Teufels.

»General, das hier ist mein guter Freund Oberst …« Annies Vorstellung wurde jäh unterbrochen, als Luger abrupt kehrtmachte und mit großen Schritten davonging. »David!«, rief sie ihm nach. Aber er verschwand rasch in der Menge, die zusammengeströmt war, um die großen ukrainischen Bomber aus der Nähe zu bestaunen.

Annie wandte sich wieder an Smolij. »Bitte entschuldigen Sie, General, ich weiß nicht, was …« Aber als sie zu dem hünenhaften ukrainischen Piloten aufsah, starrte er die Stelle, an der Luger gestanden hatte, mit einem ganz merkwürdigen Gesichtsausdruck an. »General Smolij? Was haben Sie?«

»Nichts, *Harnij*«, antwortete er geistesabwesend, sprach sie dabei mit dem für sie reservierten Kosenamen »Schöne« an. »Gar nichts. Ich dachte, ich hätte jemanden gesehen, den ich … aber das ist unmöglich.« Er schüttelte den Gedanken ab, ergriff Annies Hand und küsste sie. »Der Oberst bedeutet Ihnen viel?«

»Er bedeutet mir viel, ja.«

»Gut für Sie«, sagte Smolij. »Sehr gut. Kümmern Sie sich gut um ihn.« Annie versuchte, in seinen Augen einen Hinweis darauf zu erkennen, was hier vorging, aber das gelang ihr nicht.

Einige Stunden später wurden die ukrainischen und türkischen Besatzungen nach der Willkommensparty und kurzen Gesprächen mit dem Kommandanten des Air Warfare Center und dem Geschwaderkommodore zu ihren Unterkünften geleitet, und General Peterson betrat im Stabsgebäude seinen abhörsicheren Lageraum. Dort wurde er von zwei Offizieren erwartet. »Sieh mal einer an, dann dürfen Sie also manchmal doch aus Ihrem Sandkasten raus, Earthmover?«, sagte er zu einem der auf ihn wartenden Männer.

»Nur bei besonderen Anlässen, Laser«, antwortete Generalleutnant Terrill Samson, Kommandant des High-Technology Aerospace Weapons Center, breit grinsend. Der große schwarze Dreisternegeneral streckte Peterson eine riesige Pranke hin. »Sie erinnern sich an meinen Stellvertreter Patrick McLanahan?«

»Aber natürlich«, sagte Peterson, während er McLanahan die Hand schüttelte. »Den Job beim Siebenundfünfzigsten Geschwader können Sie noch immer haben, Muck. Auch wenn Sie ein Bomberfreak sind, wären Sie meiner Meinung nach der beste Mann dafür. Sagen Sie zu, dann läuft der Rest von selbst. Ich greife sofort nach dem Telefonhörer und lasse Ihnen einen Studienplatz am Air War College reservieren. Sie brauchen nur ja zu sagen.«

»Danke, General«, sagte Patrick, »aber ich fühle mich in meiner jetzigen Position recht wohl.« McLanahan, ein unauffälliger, stämmiger Mittvierziger, dessen blondes Haar langsam, aber stetig grau wurde, hätte Polizeibeamter oder Ringertrainer einer High School sein können; tatsächlich hatte er den größten Teil seines Berufslebens damit verbracht, High-Tech-Flugzeuge für die U.S. Air Force zu konstruieren und zu erproben. Die Position eines Geschwaderkommodores hatte er nie angestrebt. Was er wirklich wollte, hatte er bekommen: die Anerkennung seiner Fähigkeiten durch seine Vorgesetzten. Vor allem deshalb war er mit seiner Karriere sehr zufrieden.

»Darauf wette ich«, sagte Peterson lächelnd, wobei er Samson zuzwinkerte. Er bat seine Besucher, Platz zu nehmen, und bot ihnen Zigarren an. »Teufel, wir benutzen den Lageraum praktisch nur noch, wenn ihr Jungs aus Dreamland mal einen Ausflug in die reale Welt macht«, sagte er, »deshalb habe ich das Rauchverbot hier drinnen wieder aufgehoben. Ich weiß, dass das nicht zum

Image der rauchfreien Luftwaffe passt, aber das ist mir egal.« Er machte eine Pause, bis Samsons und McLanahans Zigarren brannten. »Ihr wollt euch also die Backfire ansehen, was? Sie soll wohl bald droben bei euch in Dreamland fliegen?«

»Schon möglich«, antwortete Samson. »Vielleicht ist sie bald der einzige strategische Bomber, den die NATO noch besitzt.«

»Was soll das wieder heißen, Earth ...?« Peterson verstummte, und aus seinem offenen Mund quoll bläulicher Zigarrenrauch. »Verdammt! Dann sind die Gerüchte also wahr? Die Vereinigten Staaten werden die NATO verlassen? Sich aus Europa zurückziehen?« Samson nickte. »Wissen Sie schon Näheres?«

»Nicht viel, worüber ich mit Ihnen reden dürfte«, erwiderte Samson. »Amerikanische Einheiten werden ihre Stützpunkte in Europa durch Abnützung räumen, was nichts anderes bedeutet, als dass die Verbände allmählich verringert werden, bis sie nicht mehr einsatzfähig sind, worauf sie abgezogen werden. Einige wenige Verbände, zu deren Bereitstellung wir uns vertraglich verpflichtet haben, werden durch Einheiten von Reserve und Nationalgarde ersetzt, bis die entsprechenden Verträge neu ausgehandelt sind.«

»Unglaublich!«, rief General Peterson aufgebracht. »Die Vereinigten Staaten *ziehen einfach aus Europa ab?* Ignorieren sechzig Jahre Partnerschaft bei der Friedenssicherung und *gehen einfach heim?*«

»Danach sieht's leider aus«, sagte Samson. »Dem Kongress liegen schon Gesetzentwürfe vor, die uns den Rückzug aus der NATO gestatten, und der Präsident hat angekündigt, die Haushaltsmittel für im Ausland eingesetzte Truppen drastisch zu beschneiden. Geht ihnen das Geld aus, können sie ihren Auftrag nicht mehr erfüllen und müssen in die Heimat zurückkehren. Die Haushaltsmittel für die NATO werden über fünf Jahre hinweg auf null reduziert.«

»*Wow!*«, konnte Peterson nur sagen. Er schüttelte den Kopf. »Was ist mit den anderen Gerüchten? Die Army ...?«

»Wird drastisch reduziert«, sagte Samson.

»Keine Truppen mehr in Übersee?«

»Vielleicht gibt's bald überhaupt keine Kampftruppen mehr ...«, sagte Samson. »Nur noch Verwaltung, Logistik, Forschung, Ausbildung und Special Operations. Ansonsten gibt es nur Einheiten von Reserve und Nationalgarde, die aber keine Auslandsstützpunkte unterhalten. Braucht das Land in Zukunft eine Armee, muss der Präsident den Kongress bitten, sie zu bewilligen, und der Kongress muss die Mittel dafür bereitstellen. Die einzigen aktiven Infanterieverbände sind dann Einheiten des Marinekorps, die auf Kriegsschiffen Dienst tun, und Einheiten von Reserve und Nationalgarde bei ihren Einsatzübungen.«

»Großer Gott! Was raucht Thorn eigentlich? Ist er übergeschnappt? Dagegen werden die Amerikaner rebellieren. Und Europa wäre dann reif für den nächsten Eroberer.«

»Das bleibt abzuwarten«, sagte Samson. »Wir bereiten uns jedenfalls auf zusätzliche strategische Einsätze vor. In Zukunft werden hier in Nellis weit mehr ausländische Staffeln mit unseren Jungs üben, weil sie ihr Staatsgebiet nicht nur als Frontverbände, sondern nachhaltig verteidigen müssen, bis die Vereinigten Staaten ihre mobilisierten Reserven einsetzen. Das HAWC interessiert sich für taktische und strategische Bomber – in diesem Fall für die Backfire und andere Baumuster, die Marschflugkörper tragen können. Wir wollen sehen, wie die ukrainischen Bomber gegen die türkischen Jäger abschneiden.«

»Wegen des gespannten Verhältnisses zwischen Smolij und Sivarek erwarte ich ein paar wilde Wochen in den Übungsgebieten«, sagte Peterson. Er studierte Samson einige Augenblicke über seine Zigarre hinweg, dann wandte er sich an McLanahan und fragte: »Haben Sie vor, dabei mitzuspielen? Ein paar Ihrer supergeheimen Spielsachen mitzubringen? Ein bisschen mitzumischen?«

»Welche supergeheimen Spielsachen meinen Sie, Sir?«, erkundigte Patrick sich und verbarg sein Lächeln dabei hinter einer Wolke aus duftendem Zigarrenrauch.

»Ah, markieren Sie nicht den Ahnungslosen, Muck!«, sagte Peterson lachend. »Wollen Sie in meinen Übungsgebieten mitspielen, verlange ich nur, dass Sie die anderen Besatzungen rechtzeitig über die Leistungsparameter Ihrer Flugzeuge informieren. Sie brauchen keine Geheimnisse zu verraten – nur eine grundsätzliche Einweisung, damit niemand zu Schaden kommt. Schließlich wird hier nur geübt. Ich will nicht, dass diese Jungs denken, sie würden von UFOs oder sonst was verfolgt.«

»Abgemacht«, sagte Patrick.

Peterson schüttelte nochmals den Kopf, dann zog er kräftig an seiner Zigarre. »Keine Army mehr. Jetzt übernehmen die Kakerlaken die Küche, das steht fest.«

Später an diesem Abend brachte ein Dienstwagen, der von einem Wagen der Nellis Security Force begleitet wurde, zwei Offiziere der U.S. Air Force zu der Abstellfläche im Ostteil der Nellis AFB, auf der die beiden ukrainischen Bomber Tu-22M3 Backfire standen. Vor dem ersten Bomber wartete General Roman Smolij. Er paffte ungeduldig eine Zigarre, als die Offiziere ausstiegen und herankamen.

»Hey, *Harnij!*«, begrüßte der General Annie Dewey. »Ich hatte nicht erwartet, Sie heute Abend wieder zu sehen – ich dachte, Sie würden die ganze Nacht mit meinen Männern tanzen. Ich habe ihnen von ihren sanften, talentierten Händen vorgeschwärmt.«

Annie Dewey und der andere Offizier salutierten. Smolij erwiderte ihren Gruß mit dem angeschnittenen Ende seiner Zigarre. »Es ist zu spät, und ich bin zu entspannt, um etwas auf militärisches Protokoll zu geben«, sagte der General. Er wandte er sich an den zweiten Offizier. »Wenn Sie nichts dagegen haben, Oberst, möchte ich den Abend bei meinen Männern verbringen. Wir haben einen langen Tag hinter uns.«

Oberst David Luger sagte zunächst nichts, sondern starrte erst Smolij und dann den großen Bomber Tu-22M3 Backfire hinter ihm an. »Ich verspreche Ihnen, Sie nicht lange aufzuhalten, General.«

»Gut, gut«, sagte Smolij. Er studierte Luger einige Sekunden lang mit zusammengekniffenen Augen und runzelte dann die Stirn, als versuche er, sich an längst vergessene Bilder zu erinnern. Er starrte Luger nochmals an, öffnete den Mund, machte ihn wieder zu. Luger erwiderte seinen Blick und nahm dann seine Uniformmütze ab. Smolij schluckte, riss verblüfft Mund und Augen auf und stammelte: »*Iki k shobanej materi …*«

»*Da, General*«, antwortete Luger in bemerkenswert flüssigem Russisch. »*Dobryj wjetscher. On zasal jemu mosgi.*«

Annie Dewey starrte ihn überrascht an. »Ich wusste nicht, dass du Russisch …«

»Oserow!«, keuchte Smolij. »Iwan Oserow. Sie *hier?* Und in amerikanischer Uniform? *Als amerikanischer Oberst?*« David Luger schluckte angestrengt. Er hatte diesen Namen seit Jahren nicht mehr gehört – aber es war tatsächlich seiner.

David Luger aus Amarillo, Texas, war ein Luftwaffenveteran mit fünfzehn Dienstjahren. Seine Ausbildung als Flugzeugbauingenieur, seine CAD-Kenntnisse, seine bei der Entwicklung moderner und modernster Systeme gesammelten Erfahrungen und seine Jahre als Navigator/Bombenschütze von B-52-Bombern hatten ihn zu einem der weltweit gesuchtesten Projektleiter für Neuentwicklungen gemacht. Als Zivilist wäre David Luger bestimmt Vizepräsident bei Boeing oder Raytheon, vielleicht auch Staatssekretär im Verteidigungsministerium gewesen … und wäre das Unternehmen Redtail Hawk nicht dazwischengekommen, hätte er vermutlich eine Erprobungsstelle der U.S. Air Force geleitet.

Aber im Jahr 1988 war Luger nach einem vom High-Technology Aerospace Center inszenierten geheimen Luftangriff mit einem Bomber B-52 auf eine Laserstation in der Sowjetunion vermeintlich tot auf einer verschneiten Landebahn in Sibirien zurückgeblieben, tatsächlich aber in Gefangenschaft geraten und vom KGB wieder aufgepäppelt und dabei einer Gehirnwäsche unterzogen worden. Anschließend war der brillante Ingenieur fünf Jahre lang gezwungen worden, an der Entwicklung der nächsten Generation sowjetischer Langstreckenbomber mitzuarbeiten.

Für die in den USA mit seinem Fall befassten Militär- und Geheimdienstkreise war David Luger ein gewöhnlicher Verräter gewesen. Die CIA sah in ihm nur einen B-52-Navigator der U.S. Air Force, der desertiert und zur anderen Seite übergelaufen war. Die Geheimhaltung im High-Technology Aerospace Center war streng, und niemand – nicht einmal die CIA – wusste, dass Luger an dem Luftangriff mit der EB-52 Old Dog auf die Laserstation Kawasnja teilgenommen hatte und als vermeintlich tot auf dem sibirischen Flugplatz Anadyr zurückgeblieben war. Um sein Verschwinden zu tarnen, hatte Brad Elliott, der vorige HAWC-Direktor, offiziell bekannt gegeben, Luger sei mit einem streng geheimen Versuchsflugzeug abgestürzt. Die CIA vermutete, dass Luger in der Sowjetunion war, und hielt ihn für einen Überläufer. Tatsächlich wusste sie nur, dass ein hoch intelligenter Absolvent der Air Force Academy, US-Bürger, B-52-Besatzungsmitglied und Mitarbeiter einer geheimen Forschungseinrichtung mit Zugang zu streng geheimem Material den Bau von sowjetischen Langstreckenbombern um eine ganze Entwicklungsgeneration vorangebracht hatte.

Luger war von Patrick McLanahan und Madcap Magician, einem Spezialteam der Intelligence Support Agency, das aus Angehörigen der Luftwaffe und des Marinekorps bestand, aufgespürt und gerettet worden, kurz bevor die CIA ihren Plan, ihn zu beseitigen, in die Tat umsetzen konnte. Gleichzeitig hatte das Team damit einen drohenden Krieg zwischen den unabhängig gewordenen baltischen Staaten und Russland verhindert, dessen Militärregierung das Baltikum nach sowjetischem Vorbild unterjochen wollte. Danach hatte es weitere fünf Jahre gedauert, Luger wieder umzuprogrammieren, zu rehabilitieren und in sein Leben als Angehöriger der U.S. Air Force und Flugzeugbauingenieur zurückzuführen.

David Luger hatte es geschafft, wieder voll in die supergeheime Welt des High-Technology Aerospace Weapons Center auf der Elliott Air Force Base am Groom Lake, Nevada, integriert zu werden. Durch Jahre hingebungsvoller Arbeit hatte er sich die Beförderung zum Oberst verdient und die Erinnerung an seine Leidenszeit in russischer Gefangenschaft aus seinem Gedächtnis getilgt. Aber mit der Ankunft der Bomber Tu-22M3 Backfire und ihres Kommandeurs Roman Smolij waren die damaligen Schrecken wieder lebendig geworden …

… denn Roman Smolij, damals ein ans Forschungs- und Technik-Institut Fisikous in der litauischen Hauptstadt Wilna abkommandierter junger Bomberpilot der sowjetischen Luftwaffe, hatte zu Lugers schlimmsten Peinigern gehört.

»Oserow? Wer ist *Oserow?*«, fragte Annie. »Dave, was geht hier vor?«

»Nein, nicht Iwan Oserow, General, sondern David Luger«, sagte er, ohne auf Annies Frage einzugehen, während sein Blick Smolij zu durchbohren schien. »Ich bin nie Iwan Oserow gewesen. Oserow war die Erfindung eines sadistischen KGB-Agenten am Fisikous, der mich *fünf gottverdammte Jahre lang* gequält hat.«

»Ich… das habe ich nicht gewusst!«, stammelte Smolij. »Ich wusste nicht, dass Sie Amerikaner sind.«

»Sie haben mich für einen leicht verrückten Wissenschaftler gehalten, der ans Fisikous versetzt worden war, um zu versuchen, Ihnen beizubringen, wie man einen sowjetischen Bomber fliegt«, sagte Luger. »Sie haben jede Gelegenheit genutzt, mir das Leben zur Hölle zu machen, nur damit Sie als draufgängerischer Pilot glänzen konnten.«

»Komm, lass uns gehen, Dave«, drängte Annie, der diese Konfrontation immer unheimlicher wurde. »Du machst mir richtig Angst.«

»Was bezwecken Sie damit, Oberst?«, fragte Smolij, dessen Tonfall plötzlich bittend klang. »Warum setzen Sie mir jetzt zu? Seither hat sich alles geändert. Das Fisikous existiert nicht mehr. Die sowjetische Luftwaffe existiert nicht mehr. Sie sind hier in Ihrem eigenen Land…«

»Ich wollte nur, dass Sie wissen, wer ich bin, General«, sagte Luger eisig. »Sie sollten wissen, dass ich nie vergessen werde, was Sie und die anderen Schweinehunde am Fisikous mir angetan haben.«

»Aber ich wusste nicht…«

»Sie haben mich für einen russischen Flugzeugbauingenieur gehalten«, stellte Luger fest. »Aber ich war schwächer als Sie, schwach von den Drogen und den Misshandlungen und der Gehirnwäsche, die ich jahrelang ertragen musste. Aus Ihrer Sicht war ich *einer von euch,* und trotzdem haben Sie mich gequält, wo Sie nur konnten!« Er trat einen Schritt näher an den hünenhaften ukrainischen General heran und sagte: »Das vergesse ich nie, das vergebe ich Ihnen nie, Smolij, Sie sadistisches Schwein! Denken Sie daran, dass Sie jetzt in *meinem* Heimatland sind.«

Er machte auf dem Absatz kehrt und marschierte davon. Annie warf Smolij einen verwirrten Blick zu, dann rannte sie hinter Luger her. »Warte, David!«

»Ich will bloß weg, Annie.«

»Was geht hier vor? Woher kennst du ihn? Fisikous? Litauen? Wie kannst du ihn aus einem ehemaligen sowjetischen Forschungszentrum kennen?«

Sie gingen zu dem Dienstwagen zurück. Luger schwieg, bis das Tor der Nellis AFB hinter ihnen lag. »Annie ... Annie, ich war am Fisikous«, sagte er schließlich stockend. »Vor vielen Jahren. Ich ... Gott, das kann ich dir nicht erzählen.«

»Du kannst's mir nicht erzählen? Du warst in einem streng geheimen sowjetischen Forschungszentrum und kannst mir nicht erzählen, wieso und warum?«, fragte Annie ungläubig. »David, es darf kein solches Geheimnis zwischen uns geben. Es betrifft dich offenbar zutiefst persönlich, ist schmerzhaft und sogar ... sogar ...«

»Psychisch? Emotional?«, unterbrach er sie. »Annie, es geht viel tiefer, weit tiefer. Aber ich kann's dir nicht erzählen. Mir tut's Leid, dass ich dich mitgenommen habe.«

»Du hast mich mitgenommen, weil wir uns alles teilen, Dave«, sagte sie. »Wir gehören zusammen. Es geht nicht mehr um dich oder mich, es geht um *uns*. Du hast mich gebeten mitzukommen, weil du dachtest, du könntest meine Unterstützung brauchen. Ich bin für dich da. Sag mir, was ich für dich tun kann. Erzähl mir, was damals passiert ist.« Sie machte eine Pause, dann fragte sie: »Hat es etwas mit der Megafortress-Gedenkstätte im Hangar für geheime Flugzeuge zu tun? Mit dem Kawasnja-Einsatz? Mit diesen Luftfahrtkarten, deiner Pilotenjacke mit Blutflecken und der Geschichte, die General McLanahan uns erzählt hat?«

»Ich kann nicht, Annie«, sagte Luger nur. »Ich ... tut mir Leid, ich kann eben nicht.«

»Du kannst ... oder *willst* nicht?«

Er gab keine Antwort, schwieg auf der gesamten Heimfahrt und begleitete sie stumm zur Tür ihres Apartments, wo sie ihn zum Abschied auf die Wange küsste und ihm tröstend die Hand drückte.

Industrielle Investmentgruppe Metjor,
Flugforschungszentrum N.J. Shukowski, Bykowo
(am nächsten Morgen)

»Danke, dass Sie gekommen sind, Genosse Kasakow«, sagte Dr. Pjotr Fursenko mit zur Begrüßung ausgestreckter Hand. »Willkommen in Ihrem Forschungszentrum.«

Pawel Kasakow war sehr spät abends im Forschungszentrum der IIG Metjor eingetroffen, als die Büroangestellten, die Arbeiter der zweiten Schicht und das Reinigungspersonal des Verwaltungsgebäudes längst gegangen waren. Er wurde von zwei Assistenten und drei Leibwächtern begleitet, alle in langen Seehundmänteln. Als diese beim Durchschreiten der Metalldetektoren am rückwärtigen Ausgang des Gebäudes Alarm auslösten, aber unbeirrt neben Kasakow weitergingen, wusste Fursenko, dass sie schwer bewaffnet waren. Kasakow selbst war so leger gekleidet, als habe er seine Villa zu einem kleinen Spaziergang im dazugehörigen Park verlassen. Er hätte ein Ingenieur oder jemand aus der mittleren Führungsebene sein können, der heute noch etwas länger arbeitete.

»Also, was ist so wichtig, dass ich zu dieser nachtschlafenden Zeit herkommen musste, Doktor?«, fragte Kasakow. Sein Tonfall war streng, aber in Wirklichkeit war er vor Neugier nervös.

»Ich habe lange über unser Gespräch von neulich nachgedacht, Genosse«, sagte Fursenko. »Irgendjemand muss die Bestien bestrafen, die Ihren Vater und meinen Sohn in Prizren abgeschlachtet haben.«

Kasakow sah sich in dem ersten Hangar um, den sie betraten. Die riesige, über 3500 Quadratmeter große Flugzeughalle mit 17 Meter Höhe war blitzblank sauber, gut beleuchtet, frisch gestrichen… und völlig leer. Der junge Finanzier war sichtlich enttäuscht und begann wütend zu werden. »Sie, Doktor?«, fragte er sarkastisch. »Womit denn? Was haben Sie vor? Wollen Sie alle einladen, hier drinnen Volleyball zu spielen?«

»Zerschmettern«, sagte Fursenko. »Vernichten, wie sie unsere Angehörigen vernichtet haben – mit einem Schlag, lautlos, in einer einzigen Nacht.«

»Womit, Doktor? Ich sehe einen Putzeimer und einen Mopp dort drüben in der Ecke und eine Lampe auf dem Schreibtisch des Wachmanns. Oder verwandeln diese Dinge sich auf Ihren Befehl in Waffen?«

»Damit, Genosse«, sagte Fursenko stolz. Er blieb vor der Hallenrückwand stehen. Diese Rückwand war in Wirklichkeit ein Schiebetor, das den riesigen Hangar in eine bewachte und eine streng bewachte Hälfte teilte. Fursenko steckte eine Magnetkarte in ein Lesegerät, tippte einen Zahlenkode ein und drückte auf den Knopf, mit dem das Schiebetor elektrisch geöffnet wurde.

Was dahinter wartete, ließ Pawel Kasakow verblüfft nach Luft schnappen.

Tatsächlich war es schlecht zu sehen, weil das Flugzeug so dünn war. Seine Spannweite betrug über zweiundvierzig Meter, aber Rumpf und Tragflächen waren so dünn, dass es in der Luft zu schweben schien. Die Tragflächen waren *negativ* gepfeilt, sodass ihre Spitzen sich auf Höhe des Flugzeugbugs befanden. Die Deltaflügel verjüngten sich zu einem breiten, flachen Heck, in dem die Schubdüsen von vier Triebwerken mit Nachbrenner saßen, die ebenso flach und dünn wie das gesamte Flugzeug geformt waren. Die Maschine stand auf einem hohen, zerbrechlich wirkenden Bugradfahrwerk. Sie hatte kein sichtbares Leitwerk – das Heck lief einfach zu einer Spitze aus, ohne dass Seiten- oder Höhenruder zu erkennen waren.

»Was … *ist* … dieses Ding?«, flüsterte Kasakow.

»Wir nennen es *Tjeny* – ›Schatten‹«, sagte Fursenko stolz. »Offiziell war dies der Stealth-Bomber Fisikous Fi-179, den wir hier bei Metjor mit aus dem Institut sichergestellten Plänen, Vorrichtungen und Formen gebaut haben. Im Lauf der Jahre haben wir ihn vielfach modifiziert, um ihn im Rahmen unserer Möglichkeiten zu modernisieren.«

»Modernisieren?«, fragte Kasakow ungläubig. »Nennen Sie dieses Ding etwa nicht ›modern‹?«

»Dieses Flugzeug ist fast zwanzig Jahre alt, Genosse«, erklärte Fursenko ihm. »Es war eine meiner ersten Konstruktionen. Damals wusste ich noch nicht genug über Tarnkappen-Design in Verbindung mit aerodynamischen Anforderungen – ich konnte es nicht zum Fliegen bringen *und* zugleich unsichtbar machen. Aber dann ist Iwan Oserow ans Institut gekommen und hat es in einem halben Jahr flugfähig gemacht.«

Kasakow trat an die Maschine heran, um sie genauer zu betrachten. »Wo sind die Steuerflächen?«, fragte er. »Brauchen Flugzeuge nicht Höhen-, Seiten- und Querruder, um steuerbar zu sein.«

»Nicht dieses Flugzeug«, antwortete Fursenko. »Unter der Beplankung sitzen mikrohydraulische Stellmotoren, die durch Formänderung winzige Veränderungen der am Rumpf anliegenden Luftströmung bewirken; dadurch verändern Auftrieb und Widerstand sich in genau dem Umfang, der für das jeweilige Flugmanöver erforderlich ist. Wir haben festgestellt, dass wir ganz ohne Klappen, Ruder oder Spoiler auskommen, wenn wir die Rumpfform innerhalb gewisser Grenzen willkürlich verändern können. Das Ergebnis: Steuerflächen oder Strahlruder sind im Normalbetrieb überflüssig. Das steigert die Stealth-Eigenschaften ums Hundertfache.«

Kasakow setzte seinen Rundgang um das unglaubliche Flugzeug fort und kam nun zu den beiden Bombenkammern. Sie wirkten sehr klein – eben geräumig genug für ein paar große Waffen. »Sie sehen verdammt klein aus.«

»Als reines Experimentalflugzeug sollte die Fi-179 überhaupt keine Bombenkammern haben – diese Kammern waren lediglich für Messinstrumente, Kameras und Telemetriegeräte bestimmt«, erklärte Fursenko ihm. »Aber wir haben sie später zu Bombenkammern umgebaut, die gerade groß genug sind, um je vier Tausendkilobomben aufzunehmen. Unter den Tragflächen befinden sich Aufhängepunkte für Abwurflenkwaffen, die eingesetzt werden, bevor die Maschine in Reichweite feindlicher Radarstationen kommt. Die *Tjeny* trägt auch eine Abwehrbewaffnung, die in die Flügelvorderkanten eingebaut ist, um den Radarquerschnitt zu verringern: vier eigens für sie konstruierte Jagdraketen R-60MK mit Infrarot-Suchkopf.« Obwohl Kasakow genau hinsah, konnte er die Raketen nicht erkennen, so gut waren sie abgedeckt.

Sie stiegen die Fahrtreppe links neben dem Bug zum Cockpit hinauf. Trotz der Größe des Flugzeugs war es darin sehr eng; es gab nur Platz für zwei Schleudersitze hintereinander. Die externe Stromversorgung erfolgte über ein dickes Kabel, und die blasenförmige Cockpithaube war weit zurückgefahren. Die wichtigsten Anzeigen für Flugüberwachung, Navigation und Flugzeugsysteme waren von drei Flachbildschirmen im Instrumentenbrett abzulesen; links und rechts daneben befanden sich nur einige wenige Analoginstrumente mit Zeigern. Pawel Kasakow setzte sich sofort auf den vorderen Pilotensitz.

Fursenko kniete neben ihm auf dem Cockpitrand und erläuterte die einzelnen Anzeigen und Steuerorgane. »Geflogen wird die Maschine mit dem Seitengriffsteuer rechts und dem einzelnen Leistungshebel links neben den Bildschirmen«, sagte Fursenko. »Mit diesen vier Schiebereglern darunter können die Triebwerke notfalls einzeln gesteuert werden.«

»Dieses Flugzeug scheint sonst keine Steuerorgane zu haben«, meinte Kasakow. »Keine Tasten, keine Schalter?«

»Die meisten Befehle werden gesprochen, durch Blicksensoren im Pilotenhelm oder durch Berühren eines der Bildschirme erteilt«, antwortete Fursenko. »Die normalen Flugbedingungen sind vor dem Start größtenteils im Bordcomputer gespeichert – der ursprüngliche Flugplan, alle Ziele, alle Waffenprofile. Der Pilot braucht nur den Anweisungen des Computers zu folgen oder kann die Maschine einfach vom Autopiloten nach Flugplan steuern lassen.

Die Angriffs- und Abwehrsysteme sind weitgehend automatisiert«, fuhr er fort. »Die Fi-179 fliegt selbstständig ins Ziel, öffnet die Bombenklappen und setzt automatisch die zuvor festgelegten Waffen ein. Der Bombenschütze auf dem hinteren Sitz arbeitet normalerweise mit Satellitennavigation, die durch ein Trägheitsnavigationssystem unterstützt wird – beides vom Bordcomputer kontrolliert. Im Zielgebiet kann er ein Laservisier oder Infrarotsensoren benutzen, um seine Waffen ins Ziel zu lenken. Die Abwehrbewaffnung lässt sich manuell oder computergesteuert einsetzen. Auch der Bombenschütze kann die Maschine vom Rücksitz aus fliegen, obwohl sie keine zwei Piloten braucht, um selbst unter Einsatzbedingungen gut beherrschbar zu sein.«

»Ein erstaunliches Flugzeug!«, rief Kasakow aus. »Wirklich verblüffend! So etwas habe ich im Leben noch nicht gesehen!«

»Die von uns verwendete Technologie hinkt mindestens ein Jahrzehnt hinter der des Westens her«, gestand Fursenko ein. »Aber sie ist eingehend erprobt und bietet ein solides, robustes System, das wartungsfreundlich und sehr zuverlässig ist. Wir sind jetzt dabei, Abwurflenkwaffen und Marschflugkörper zu entwickeln, von denen wir hoffen, dass sie die *Tjeny* eines Tages zu einem wirklich kampfstarken Waffensystem machen werden.«

»Wann kann ich damit fliegen?«, fragte Kasakow. »Morgen? Gleich morgen früh. Besorgen Sie mir Ihren besten Testpiloten und einen Druckanzug. Ich will möglichst bald mit ihr fliegen. Wann kann ich das?«

»Niemals«, sagte Fursenko mit Grabesstimme.

»*Niemals?* Was zum Teufel soll das heißen?«

»Diese Maschine ist offiziell noch nie geflogen und wird nie fliegen«, erklärte Fursenko ernst. »Erstens hat sie wegen internationaler Verträge Startverbot. Der SALT-Vertrag legt Art und Anzahl der fliegenden Kernwaffenträger genau fest, und unsere Fi-179 steht nicht auf der Liste. Zweitens sollte sie nie fliegen, sondern nur zur Erprobung dienen – Messung von Radarreflexionen, Stress- und Ermüdungsversuche, Waffeneinbau, Windkanalversuche und Optimierung von Herstellungsverfahren.«

»Aber sie *kann* fliegen? Sie ist schon geflogen?«

»Wir haben ein paar Testflüge mit ihr gemacht...«, räumte Fursenko ein.

»Machen Sie sie flugfähig«, verlangte Kasakow. »Sorgen Sie dafür, dass sie rasch flugfähig wird.«

»Wir haben bei weitem nicht genug Geld, um...«

»Doch, das haben Sie jetzt«, unterbrach Kasakow ihn. »Sie bekommen von mir, was Sie brauchen. Und der Staat braucht nicht zu erfahren, woher Sie das Geld haben.«

Fursenko lächelte, denn genau auf diese Reaktion Kasakows hatte er gehofft. »Wie Sie wünschen, Genosse«, sagte er. »Bekomme ich endlich genug Geld für meine Ingenieure und Techniker, kann die *Tjeny* in sechs Monaten flugfähig sein. Wir können …«

»Was ist mit Waffen?«, fragte Kasakow. »Haben Sie auch Waffen, die wir ausprobieren können?«

»Wir haben bisher nur Versuchskörper mit dem Gewicht und den ballistischen Eigenschaften richtiger Waffen, aber wir könnten versuchen …«

»Ich will, dass die Maschine richtig bewaffnet ist, wenn sie wieder fliegt«, befahl Kasakow, der aufgeregt wie ein Junge mit einem neuen Flugmodell war. »Angriffs- und Abwehrwaffen, alle voll einsatzbereit. Russische oder westliche Waffen, das ist mir gleich. Sie bekommen das Geld für alle, die Sie beschaffen können. Bar auf die Hand. Ich will ausgebildete Besatzungen, Bodenpersonal, Wartungspersonal, Einsatzplaner, Fachleute zur Nachrichtengewinnung – ich will, dass dieses Flugzeug voll einsatzfähig ist. Je früher, desto besser.«

»Wie ich gehofft habe, dass Sie das alles verlangen würden!«, rief Fursenko begeistert aus. Er wandte sich dem Mafioso auf dem vorderen Sitz seiner Schöpfung zu und legte ihm eine Hand auf die Schulter. »Genosse Kasakow, ich habe immer gehofft, dass dieser Tag einmal kommen würde. Ich habe erlebt, wie dieses Flugzeug gestohlen, beinahe zerstört, beinahe verschrottet und beim Zusammenbruch unseres Landes praktisch vergessen wurde. Ich wusste, dass wir hier eines der kampfstärksten Waffensysteme der Welt hatten. Aber im vergangenen Jahrzehnt hat es nichts anderes getan, als Staub anzusammeln.«

»Jetzt nicht mehr«, sagte Kasakow nachdrücklich. »Ich habe viel mit diesem Ungeheuer vor. Ich werde dafür sorgen, dass der größte Teil Osteuropas wieder dem russischen Imperium einverleibt wird.«

Mit mir selbst an der Spitze, dachte er. Mit keinem anderen als *mir* als Staatschef.

Kasakow blieb noch mehrere Stunden bei Fursenko im Luftfahrtforschungszentrum. Während sie miteinander sprachen, telefonierte Kasakow mit seiner Zentrale und forderte Hintergrundinformationen über die wichtigsten Mitarbeiter des Projekts *Tjeny* an. Erfüllten sie bei einer ersten flüchtigen Überprüfung von Bankverbindung, Anschrift, Familienstand, Einstellungsdatum, Vorstrafen und Parteizugehörigkeit alle Kriterien, ließ Kasakow sie zu einem persönlichen Gespräch kommen. Begeisterung und Energie aller Mitarbeiter des Projekts waren beeindruckend, aber auch verständlich: Wer jetzt noch bei Metjor arbeitete, musste wie Dr. Fursenko an diesem Projekt hängen, denn Firmen in Westeuropa florierten besser und boten eine glänzendere Zukunft.

Nach Fursenko war der eindrucksvollste Mann, mit dem Kasakow sprach, der Chefpilot – gegenwärtig der *einzige* Vollzeitpilot bei Metjor – Ion Stoica. Der in Bukarest geborene und aufgewachsene Stoica hatte seine Pilotenausbildung an der sowjetischen Marineakademie in Leningrad erhalten und danach als Marineflieger mit den Bombern Tu-95 Bear und T-16 Badger Aufklärungseinsätze und Einsätze zum Minenlegen, zur Schiffsbekämpfung und mit Lenkwaffen geflogen. Nach einem kurzen Intermezzo als MiG-21-Fluglehrer und Chef einer Jagdstaffel in seiner rumänischen Heimat war er in die Sowjetunion zurückgekehrt und Testpilot bei Dr. Fursenko am Fisikous-Institut geworden. Als die Sowjetunion dann zusammengebrochen war und das Fisikous zugemacht hatte, war Stoica als MiG-21- und MiG-29-Fluglehrer nach Rumänien zurückgegangen, bevor sein alter Freund Pjotr Fursenko ihn 1993 hierher zur IIG Metjor geholt hatte.

Stoica, der sich selbst als Russen betrachtete, war seiner Wahlheimat Russland für seine Ausbildung und politische Schulung dankbar. Und er war dem KGB für seine Rolle beim Sturz des rumänischen Diktators Nicolae Ceauşescu und bei der Einsetzung einer gemäßigten, prosowjetischen Regierung dankbar, die das brutale stalinistische Regime abgelöst hatte, unter dem sein Land gelitten hatte, so lange er zurückdenken konnte.

Pawel Kasakow fand in Stoica einen fleißigen, zielstrebigen, beinahe fanatischen russischen Patrioten, für den seine Mitarbeit an der Schaffung eines High-Tech-Waffensystems, wie es der Stealth-Bomber Fi-179 darstellte, kein bloßer Job, sondern auch eine ehrenvolle Aufgabe war. Als Rumänien in die »Partnerschaft für den Frieden« – eine Gruppe von Staaten des ehemaligen Warschauer Pakts, denen die NATO-Mitgliedschaft in Aussicht gestellt wurde – aufgenommen wurde, war Ion Stoica nach Russland ausgewandert und ein Jahr später dort eingebürgert worden. Wie die meisten Mitarbeiter bei Metjor hatte Stoica sich damit abgefunden, dass sein spärliches Gehalt unregelmäßig ausbezahlt wurde und er von Kantinenessen leben und in der Fabrik schlafen musste.

Als Kasakow mit seinen Inspektionen, Befragungen und Planungsgesprächen fertig war, kam bereits die Frühschicht ins Werk, und der Arbeitstag begann, was bei der IIG Metjor jedoch nicht sonderlich viel Betrieb bedeutete. Kasakow wurde von Fursenko zu seiner am Hinterausgang wartenden Limousine hinausbegleitet. »Doktor, ich bin von dem Flugzeug und Ihren Leuten höchst beeindruckt«, sagte er, indem er dem Direktor die Hand schüttelte. »Ich will, dass Sie alles Menschenmögliche tun, um die *Tjeny* schnellstens flugfähig zu machen, aber Sie müssen Ihre Arbeit streng geheim halten – auch vor staatlichen Stellen. Sollte jemand hier aufkreuzen oder verdächtige Fragen stellen, verweisen Sie ihn sofort an meine Zentrale. Die *Tjeny* dürfen nur Leute sehen, mit denen ich selbst gesprochen und deren Zutritt ich genehmigt habe. Ist das klar?«

»Völlig, *Towarischtsch*«, antwortete Fursenko. »Es ist in der Tat eine Ehre, mit Ihnen zusammenzuarbeiten.«

»Warten Sie mit Ihrem Urteil, bis wir mit unserer Arbeit begonnen haben«, sagte Kasakow finster. »Vielleicht bereuen Sie irgendwann den Tag, an dem Sie mich angesprochen haben.«

Ministerium für Handel und wirtschaftliche Zusammenarbeit,
Tirana, Republik Albanien
(am nächsten Morgen)

Der Sekretär goss bereits starken schwarzen Kaffee ein und stellte ein kleines Silbertablett mit Toast und Kaviar bereit, als der Minister seine Amtsräume betrat. »Guten Morgen, Exzellenz«, begrüßte ihn sein Sekretär. »Wie geht es Ihnen heute?«

»Gut, gut«, antwortete Maqo Solis, der albanische Minister für Handel und wirtschaftliche Zusammenarbeit. An diesem sonnigen und warmen Frühlingstag schien die ganze Hauptstadt guter Laune zu sein. »Was gibt's heute Vormittag zu tun? Ich hatte gehofft, vor dem Mittagessen Zeit für eine Massage und ein Dampfbad zu haben.«

»Durchaus möglich, Exzellenz«, versicherte sein Sekretär ihm eifrig. »Referentenbesprechung um acht Uhr, Dauer eine Stunde, danach Informationen über den Stand türkischer Hafenbauprojekte, Dauer höchstens eine halbe Stunde. Die üblichen Unterbrechungen – Handelsdelegationen, die vorbeikommen, Anrufe von Abgeordneten und natürlich Ihr heutiger Papierkram, der nach Dringlichkeit geordnet auf Ihrem Schreibtisch liegt. Ich telefoniere gleich und melde Sie für elf Uhr zur Massage an.«

»Sorgen Sie dafür, dass die Unterbrechungen kurz sind und der dringende Stapel klein bleibt, Thimio, dann können Sie sich selbst für eine Massage nach Büroschluss anmelden – auf meine Kosten«, sagte Minister Solis. Er begann in den Telefonnotizen zu blättern. »Irgendwas dabei, um das ich mich sofort kümmern muss?«

»Ja, Exzellenz – der Anruf von Pawel Kasakow von der IIG Metjor.« Minister Solis verdrehte die Augen, schnaubte irritiert und spürte, wie seine Laune sich bereits verschlechterte. »Er verlangt eine Besprechung mit dem Amt für Energiewirtschaft, die Sie vereinbaren sollen. Er sagt, dass das Amt ohne Ihre Vermittlung nicht mit ihm zusammenarbeiten will.«

»Es will nicht mit ihm zusammenarbeiten, weil Pawel Kasakow ein verlogener, betrügerischer, diebischer, mörderischer, hinterhältiger Gangster ist«, stellte Solis fest. »Er glaubt wohl, er könnte alle möglichen Leute bestechen, um den Bau seiner Pipeline nach Vlorë genehmigt zu bekommen? Ich habe ihn schon einmal aus meinem Büro hinausgeworfen, und das tue ich notfalls auch ein zweites Mal!«

»Er rechne damit, hat er gesagt, mit dem Bau des bulgarischen Teilstücks Burgas–Samokov innerhalb von drei Monaten beginnen zu können und die Baugenehmigung für den folgenden Abschnitt von Samokov in Bulgarien nach Debar in Makedonien binnen zwei Monaten zu erhalten«, sagte der Sekretär, der aus einer langen Telefonnotiz der Nachrichtenzentrale vorlas. »Er hat gesagt, er empfinde die fehlende Kooperationsbereitschaft der albanischen Behörden als unfair und voreingenommen und befürchte negative Auswirkungen auf die Beurteilung des Projekts durch die von ihm dafür gewonnenen Investoren.«

»Thimio, Sie können aufhören, mir dieses Geschwätz vorzulesen – es interessiert mich nicht«, wehrte Solis ab. »Wer um Himmels willen hat je gehört, dass ein Drogenhändler eine Pipeline baut? Das muss ein Schwindel sein. Fragen Sie bei den bulgarischen und mazedonischen Entwicklungsministerien nach, ob Kasakows Behauptungen zutreffen.«

»Jawohl, Exzellenz.« Der Sekretär legte ihm ein luxuriöses Lederetui hin. »Das ist in seinem Auftrag für Sie abgegeben worden.«

»Ist es vom Sicherheitsdienst überprüft?«

»Ja, Exzellenz, und ich habe es persönlich kontrolliert.« Solis öffnete das Etui. Es enthielt eine Armbanduhr aus Gold und Platin mit Rubinen als Ziffern – eine Rolex-Kopie, aber eine sehr teure.

»Gott, hört er denn nie damit auf? Schaffen Sie mir dieses verdammte Ding aus den Augen«, sagte Solis angewidert. »Ich will es nicht haben. Übergeben Sie's der Stelle, die für Geschenke aus dem Ausland zuständig ist, oder behalten Sie's selbst.«

»*Jawohl,* Exzellenz«, sagte der Sekretär begeistert. Er wusste, dass Minister theoretisch Schwierigkeiten bekommen konnten, wenn sie Geschenke von Ausländern annahmen – aber für ihre

Mitarbeiter galt das nicht. »Exzellenz, die Mitteilung geht noch weiter.«

»Bitte den nächsten Punkt, Thimio.«

»Ich denke, das sollten Sie wissen, Exzellenz«, sagte der Sekretär. »Herr Kasakow sagt, er werde jede Weigerung, die Verhandlungen mit den zuständigen Stellen über die Fertigstellung der Pipeline zu beschleunigen, als höchst unfreundlichen Akt auffassen. Er betont das ›höchst unfreundlich‹. Weiterhin führt er aus …«

»Er wagt es, *mir zu drohen?*« Solis schoss aus dem Sessel hoch und riss seinem Sekretär die Nachricht aus der Hand. »Unglaublich … das tut er wirklich! Er *droht* mir mit Vergeltung, wenn ich das Genehmigungsverfahren für seine Pipeline nicht beschleunige. Er sagt tatsächlich: ›*Sie werden überleben und Ihre Untätigkeit bedauern können, aber die Regierung vielleicht nicht.*‹ Wie kann er das wagen? Wie kann er's wagen, einem albanischen Minister zu drohen? Ich will, dass unser Nationaler Sicherheitsdienst sich sofort mit ihm befasst! Ich verlange, dass das Außenministerium bei der russischen Regierung gegen jeglichen Versuch Kasakows protestiert, einen ausländischen Minister und eine ausländische Regierung unter Druck zu setzen, um sie zur Zusammenarbeit mit ihm zu zwingen!«

»Exzellenz, Kasakow mag ein Verbrecher sein, aber er ist offenbar ein mächtiger Boss der Russenmafia«, sagte der Sekretär warnend. »Er ist jedenfalls kein Mann, der sich von der russischen Justiz aufhalten lässt. Gehen wir jetzt gegen ihn vor, macht er seine Drohungen am Ende noch wahr. Dann kommen Leute zu Schaden, aber Kasakow bleibt weiterhin unbehelligt, weil er von den hohen Beamten, die er in der Tasche hat, beschützt wird. Versuchen Sie lieber nicht, gegen dieses Wiesel vorzugehen. Halten Sie ihn hin, spielen Sie den Kooperationsbereiten und lassen Sie ihn von den Mühlsteinen unserer Bürokratie zermahlen. Sieht er ein, dass er in Albanien nicht zum Zug kommt, baut er seine Pipeline vielleicht nach Thessaloniki, wie er's schon mal angedroht hat, oder weiter nördlich durch den Kosovo und Montenegro nach Dubrovnik oder Bar.«

»Eine russische Pipeline durch Griechenland? Ausgeschlossen!«, behauptete Solis. Dann verzog er das Gesicht. »Nun, es hat schon seltsamere Dinge gegeben. Aber würde er eine durch den Kosovo oder auch nur durch Montenegro bauen wollen? Man müsste jährlich Millionen Dollar aufwenden, um zu versuchen, sie bewachen zu lassen – und weitere Millionen für immer neue Reparaturen. Solange die Serben dort das Sagen haben, werden diese Provinzen nie stabil genug sein, um solche Investitionen zu rechtfertigen. Nicht einmal ein Pawel Kasakow könnte alle kriegführenden Parteien bestechen.

Nein, er will seine Pipeline durch Albanien bauen, und Vlorë ist der logische Endpunkt – ein geschützter Hafen, guter Zugang zur Adria, gute Verkehrsanbindung, Hafen, Tanklager und Raffinerien bereits vorhanden«, fuhr Solis fort. »Aber wir wollen auf keinen Fall, dass ein Monster wie Kasakow in Albanien Fuß fasst. Behindern wir ihn, demonstrieren unseren Widerwillen und errichten genügend Verwaltungshürden, dann verliert er vielleicht die Lust und verkauft seine Pipeline an irgendein amerikanisches oder britisches Konsortium. Das wäre ideal.«

»Soll ich also ein Antwortschreiben aufsetzen, mit dem …«

»Mit dem Sie den Empfang seiner Mitteilung höflich bestätigen – aber erst nachdem er sich in mindestens drei Anrufen über das Ausbleiben einer Antwort beschwert hat«, sagte Solis lächelnd. »Dann schicken Sie es Kasakow mit gewöhnlicher Post, was noch mal eine Woche dauert.«

»Jawohl, Exzellenz«, sagte der Sekretär. »Und soll ich dem NSD und Minister Siradova von der Staatssicherheit einen feindseligen ausländischen Kontakt melden?«

»Zu viel Aufwand«, wehrte Solis lässig ab, während er die Notizen weiter durchblätterte. »Kasakow schreckt vor nichts zurück, aber er ist nur in Russland gefährlich. Versucht er auch nur, einen Fuß auf albanischen Boden zu setzen oder uns mit Gewalt zu drohen, nageln wir sein abgezogenes Fell ans Scheunentor.« Er sah zu seinem Sekretär auf und blinzelte ihm zu. »Viel Spaß mit der Uhr, Thimio.«

Luftwaffenstützpunkt Shukowski, Bykowo
(einige Wochen später)

Pawel Gregorjewitsch Kasakow hatte seinen Vater nie richtig gekannt. Gregor hatte weit mehr Zeit im Dienst und bei seinen Soldaten – erst in der Roten Armee, dann bei der russischen Armee – verbracht als zu Hause bei seiner Familie. Er war kaum mehr als eine schemenhafte Erinnerung, für seine Angehörigen ebenso ein Fremder, wie er für Russland ein Held gewesen war.

Anfangs hatte Pawel ihn nur durch die Briefe gekannt, die er an die Familie schrieb. Sie hatten wie hypnotisiert am Esstisch gesessen und sich angehört, wie der Vater Episoden aus dem Militärleben mitteilte und von Abenteuern bei Auslandseinsätzen oder irgendwelchen Manövern berichtete. Dann erteilte er seinen drei Kindern schriftliche Befehle aus dem Feld – lernt eifriger, arbeitet fleißiger, meldet euch freiwillig für dieses Projekt oder jenen Wahlunterricht. Die Nichtbefolgung seiner Befehle hatte stets harte Strafen nach sich gezogen, obwohl der Familienvater kaum jemals da war, um ihre Befolgung zu erzwingen. Später hatte Pawel vom Leben seines Vaters hauptsächlich durch Anekdoten in Garnisonen oder aus Zeitungsberichten über seine Abenteuer in Europa und Südwestasien erfahren. In den Berichten erschien Gregor Kasakow als überlebensgroße Heldengestalt.

Aber je mehr sein Vater zu einer lebenden Legende geworden war, desto mehr war Pawels Respekt vor ihm geschwunden. Das lag nicht nur daran, dass er nie zu Hause war, sondern Pawel begann zu glauben, seinem Vater sei die eigene Familie nie so wichtig gewesen wie seine Uniform. Für Pawel wurde es viel wichtiger, den Alten durch tolle Streiche bis zur Weißglut zu reizen, als zu versuchen, die Liebe und Achtung eines Mannes zu gewinnen, der niemals da war, um ihm beides zu schenken. Pawel machte allzu früh die Erfahrung, dass man Liebe und Achtung billig auf der Straße kaufen oder sich durch Gewalt sichern konnte. Wozu sie einer nie anwesenden lebenden Legende abbetteln, wenn sie anderswo so leicht erhältlich waren?

Nach dem Tod seines Vaters wurden Pawel jedoch einige Tatsachen klar. Erstens hatte die Regierung sie alle im Stich gelassen. Das war inakzeptabel. Noch wichtiger war jedoch, dass Pawel seinen Vater im Stich gelassen hatte. Gregor Kasakow hatte den Respekt eines ganzen Volkes genossen, weil er ihn verdient hatte – auch von seinem Sohn?

Nein, alles nur Mist, versicherte Pawel sich rasch. Die Regierung hatte Oberst Kasakow gehätschelt, weil er ein verdammter militärischer Roboter war, der jeden beschissenen Job, jeden unsinnigen und selbstmörderischen Auftrag ohne Murren akzeptierte. Weshalb? Weil er zu dämlich war, um die Gefahren zu erkennen. Er war ein hirnloser Landsknecht, der in seiner gesamten Militärlaufbahn gerade *einen* originellen Gedanken gehabt hatte: die Besetzung des Flughafens Priština im Jahr 1999. Das russische Volk hatte ihn geliebt, weil es heutzutage so verdammt wenig Helden gab und er sich gerade angeboten hatte. In Wirklichkeit verkörperte er nicht eine Tugend, die anderen zum Vorbild hätte dienen können. Gregor Michailewitsch Kasakow war ein uniformierter Clown gewesen, der im Dienst einer bankrotten und unfähigen Regierung bei einer undankbaren, ziellosen, nutzlosen Friedensmission in einer beschissenen Ecke des Balkans umgekommen war. Er hatte es verdient, einen schrecklichen, blutigen Tod zu sterben.

Trotzdem fand Pawel Kasakow es nützlich, den Namen seines Alten zu erwähnen, als er in dem jetzt Tag und Nacht streng bewachten Hangarkomplex vor dem erstaunlichen Stealth-Bomber Metjor Mt-179 stehend zu einer kleinen Gruppe von Mitarbeitern sprach:

»Meine Freunde, was ihr alle hier in den letzten Wochen geleistet habt, ist ganz außergewöhnlich. Ich weiß, dass mein Vater, Oberst Gregor Kasakow, auf jeden Einzelnen von euch stolz gewesen wäre. Ihr seid wahre russische Patrioten, wahre Helden unseres Vaterlands.

Wir haben diesen Einsatz sorgfältig geplant, die besten Informationen eingeholt, die beste Ausrüstung beschafft und erprobt, unermüdlich geübt und viele lange Stunden auf diesen Augenblick hingearbeitet. Jetzt steht das Ergebnis eurer harten Arbeit hier vor euch. Ihr seid die Champions. Für mich war es ein Privileg, Seite an Seite mit euch zu arbeiten, um diesen Einsatz Realität werden zu lassen. Und so kann ich euch nur noch eines sagen: Danke und viel Erfolg. Für Gregor Kasakow und Russland – *greift an!*« Die aus ungefähr hundert Ingenieuren, Technikern und Bürogestellten bestehende Gruppe brach in wilden Beifall und Hochrufe aus.

So hat der alte Furzer doch noch einen nützlichen Zweck erfüllt, sagte Pawel sich.

Ion Stoica, der Chefpilot von Metjor Aerospace, und sein Systemoffizier, ein ehemaliger russischer Jagdflieger namens Gennadi Jegorow, kletterten jetzt rasch in den Stealth-Bomber Mt-179 und hakten ihre Checkliste *Vor dem Anlassen* ab. Dann wurde die Hangarbeleuchtung ausgeschaltet, das riesige Schiebetor öffnete sich, und die Triebwerke wurden angelassen. Sämtliche Checklisten waren binnen weniger Minuten abgehakt, weil sie alle computerisiert waren – die Besatzung selbst hatte nur wenige Punkte zu überprüfen, die der Kontrolle des Bordcomputers dienten.

Jetzt wartete sie auf ihr Signal zum Start.

Der Luftwaffenstützpunkt Shukowski südlich von Moskau war ein aktiver Flugplatz der russischen Luftwaffe, die hier mehrere Staffeln schwerer Bomber – Tu-95 Bear und Tu-22M3 Backfire – sowie verschiedene Typen von Schulungsmaschinen, Transportern und Tankflugzeugen stationiert hatte. Geheimhaltung war auf einem Militärflugplatz nicht schwierig, obwohl dies keineswegs eine streng geheime Einrichtung war. Die Platzbeleuchtung wurde immer ausgeschaltet, bevor nachts eine Maschine startete, um Typ und Nummer zu tarnen – ein von der alten Sowjetunion übernommenes und selbst in Friedenszeiten geübtes Verfahren. Obwohl die meisten Flugplatzgebäude sich nördlich der Startbahn befanden und einige Kilometer südwestlich eine kleine Wohnsiedlung stand, lag die Startbahn ziemlich isoliert. Bei Nachtstarts konnte sie niemand beobachten außer dem Personal des Kontrollturms und den Männern des Sicherheitsdiensts, die bei jedem Start entlang der Bahn patrouillierten, um Neugierige fernzuhalten.

Ungefähr drei Stunden nach Sonnenuntergang rollten zwei Bomber vom Typ Tu-22 Backfire zu einem Übungsflug von ihren bewachten Abstellplätzen östlich des Metjor-Hangars zur Startbahn. Diese Bomber flogen ihre Einsätze vom Start bis zur Landung immer paarweise, deshalb rollten sie jetzt beide auf die Bahn und warteten dann etwas versetzt in Startposition, sodass ihre Tragflächenenden kaum fünfzehn Meter voneinander entfernt waren. Hinter ihnen an der Haltelinie stand ein alter Transporter Iljuschin Il-14M mit Kolbenmotoren, der den Spitznamen *Widjorka* – »Eimer« – trug. Obwohl diese Maschinen aus den fünfziger Jahren stammten, waren sie auf den meisten russischen Flugplätzen noch häufig zu sehen und wurden für Kurzstreckentransporte von Post und Ersatzteilen zwischen GUS-Luftwaffenstützpunkten verwendet. Eigentlich war es geradezu komisch, die modernsten russischen Bomber auf derselben Startbahn wie eines der primitivsten russischen Flugzeuge stehen zu sehen.

Nachdem die Backfire ihre Tragflächen mit maximaler Spreizung in Startstellung gebracht hatten, rollten sie zum Start. Der Rottenführer schaltete die Nachbrenner ein, die lange Flammenzungen und schwarze Rauchwolken ausstießen, und nahm die Füße von den Bremspedalen. Genau sechs Sekunden später schaltete sein Rottenflieger die Nachbrenner ein, nahm nach zehn Sekunden die Füße von den Bremspedalen und raste hinter der führenden Maschine her die Startbahn entlang. Trotz der hellen Flammenzungen schienen die schwarzen Rauchwolken, die sie hinter sich herzogen, die Nacht noch dunkler zu machen. Sobald sie die halbe Startbahnlänge zurückgelegt hatten, rollte die Il-14 zur Startlinie. Sie musste nach dem Start der Tu-22 zwei Minuten warten, weil die Wirbelschleppen der eben gestarteten überschallschnellen Bomber den alten Transporter leicht auf den Rücken legen konnten.

Die Il-14 erreichte die Startlinie nie. Vom Turm aus sahen die Fluglotsen am rechten Motor einen hellen Feuerschein aufblitzen, dem Sekunden später eine gewaltige Explosion folgte, die den Motor hochgehen ließ. Dabei platzte der rechte Flügeltank auf, sodass sich viele hundert Liter Flugbenzin auf den Rollweg ergossen. Kaum zwanzig Sekunden später brannte der Transporter lichterloh. Die Fluglotsen lösten sofort Alarm aus, wodurch die Beleuchtung am Unfallort eingeschaltet und die Platzfeuerwehr alarmiert wurde. Sicherheits- und Rettungstrupps rückten sofort aus.

In dem plötzlichen Durcheinander bemerkte niemand, dass ein schlankes, schwarzes, fast unsichtbares Flugzeug über den Rollweg vom Metjor-Hangar in die Mitte der Startbahn rollte und sofort beschleunigte. Die Rauchwolken der gestarteten Bomber verdeckten es teilweise, aber jeder, dem dieser Start aufgefallen wäre, hätte es in dem Chaos am Anfang der Startbahn für eine dritte Backfire gehalten. Und er hätte vielleicht noch bemerken können, dass diese Maschine nur mit halber Nachbrennerleistung, ohne Landescheinwerfer, ohne Warnleuchten und ohne Positionslichter startete. Da sie etwa in der Bahnmitte anrollte, benötigte sie jeden verbleibenden Meter der fast 4500 Meter langen Startbahn des Luftwaffenstützpunkts Shukowski, um in die Luft zu kommen. Nach dem Abheben stieg sie jedoch schneller als die Tu-22 und verschwand rasch in der mondlosen Nacht.

Im Gegensatz zu allen anderen Flugzeugen, die im Moskauer Luftraum unterwegs waren, ließ die Mt-179 ihren Transponder ausgeschaltet, sodass die Flugsicherung nicht automatisch über ihre Position, Höhe und Eigengeschwindigkeit informiert wurde. Stoica und Jegorow meldeten sich auch nicht über Funk bei ihrer Bodenstelle, der Flugsicherung oder dem Luftverteidigungskommando. Sobald der Stealth-Bomber sein hohes, spinnenbeinartiges Fahrwerk eingefahren hatte, war er buchstäblich unsichtbar.

Der Bordcomputer der Mt-179 *Tjeny*, der Informationen von Luftwertegebern und Treibstoffsensoren erhielt, brachte den Stealth-Bomber in achteinhalbtausend Meter Höhe in den Geradeausflug. Von nun an würde der Computer die Flughöhe automatisch regulieren, entsprechend dem optimalen Treibstoffverbrauch und dem Bruttogewicht der Maschine, in Stufen höher gehen, während das Flugzeug leichter wurde, und so perfekte Ausgewogenheit zwischen dem höheren Treibstoffverbrauch im Steigflug und höherer Fahrt bei geringerem Treibstoffverbrauch in größeren Höhen wahren. Die Besatzung brauchte nicht auf andere Flugzeuge zu achten, Sperrgebiete zu umfliegen oder Freigaben zum Überfliegen von Grenzen einzuholen: Ein Verkehrs- und Kollisionswarnsystem zeigte ihr die Position aller mit Transponder ausgerüsteten anderen Flugzeuge an, sodass sie ihnen rechtzeitig ausweichen konnte, und da ihre Mt-179 von keiner Radarstation zu orten war, konnte die Besatzung in jeder beliebigen Höhe jeden beliebigen Kurs fliegen. Im Moskauer Luftraum flog Stoica vorsichtshalber einige Ausweichmanöver, wenn Verkehrsflugzeuge ihnen zu nahe zu kommen drohten, und sie hörten ihren Radarwarner mehrmals laut genug piepsen, um zu wissen, dass sie entdeckt worden waren – kein Stealth-System war hundertprozentig wirksam –, aber ansonsten blieben sie auf dem direkten Kurs. Der Luftverkehr um Kiew, Bukarest und Sofia, den drei größten Städten entlang ihrer Strecke, war nicht so dicht, als dass sie diese Großstädte hätten umfliegen müssen.

Auf dem zweistündigen Flug zu ihrem Zielpunkt waren Stoica und Jegorow damit beschäftigt, Checklisten abzuhaken und ihre Zielinformationen auf den neuesten Stand zu bringen. Im Gegensatz zu vielen amerikanischen und europäischen Kampfflugzeugen besaß die Mt-179 kein Datalink-System, das ihre Angriffscomputer automatisch auf dem neuesten Stand hielt. Stattdessen schickte ihre Bodenstelle einfache verschlüsselte Mitteilungen über einen abhörsicheren Satellitenkanal. Das Personal der Bodenstelle trug Bildmaterial von kommerziellen Fotosatelliten, militärische Aufklärungsergebnisse, zu denen es Zugang hatte, und sogar Informationen aus Nachrichtensendungen im Fernsehen und im Internet zusammen, verschlüsselte sie und übermittelte sie der Mt-179. Die beiden Besatzungsmitglieder entschlüsselten die Mitteilungen und zeichneten die Informationen mit Symbolen auf ihren Kartenstreifen ein.

Im Raum Cluj in Rumänien wies der Bordcomputer Stoica an, die Leistungshebel fast ganz in Leerlaufstellung zurückzuziehen, um Treibstoff zu sparen, und die Mt-179 Tjeny begann einen flachen Sinkflug aus etwa elftausend Metern. Arbeiteten die Triebwerke im Leerlauf, war es im Cockpit sehr leise. Die beiden Männer verstauten ihre Checklisten, benutzten zum letzten Mal nervös ihre Pinkelbeutel, zogen ihre Gurte straff, überzeugten sich, dass ihre Sauerstoffmasken fest saßen, und streiften feuerfeste Handschuhe über. Ihr Einsatz würde bald beginnen.

Der letzte Punkt auf ihren Checklisten: Stoica griff so weit wie möglich über die rechte Schulter nach hinten, und Jegorow beugte sich nach vorn und drückte seine Hand. Worte waren überflüssig. Dies war ein Ritual, das sie bei ihrem ersten gemeinsamen Flug mit dem Stealth-Bomber Mt-179 begonnen hatten.

Bisher hatten sie sich jedoch nur vor jedem Testflug die Hand gedrückt; dieses Mal wollten sie sich vor ihrem ersten Einsatz »alles Gute« wünschen.

Als sie über Westbulgarien nach Makedonien einflogen, begann der Radarwarner im Cockpit der Mt-179 zu piepsen – aber auf dem Bildschirm erschien diesmal statt des S-Symbols, das eine Bodenstation anzeigte, ein »Fledermaus«-Symbol mit einem eingezeichneten Kreis. »NATO-Frühwarnflugzeug, elf Uhr, Entfernung fünfundsechzig Kilometer«, meldete Jegerow. »Wir kommen in den äußersten Erfassungsbereich.«

»Jetzt geht's los«, sagte Stoica. »Klar zum Angriff.« Mit seinem leistungsfähigen Radar AN/APY-2, das sich in einem auf den Rumpf aufgesetzten linsenförmigen Gehäuse mit etwa zehn Meter Durchmesser drehte, konnte das fünfzig Kilometer östlich der makedonischen Hauptstadt in dreißigtausend Fuß Höhe kreisende NATO-Frühwarnflugzeug E-3A Airborne Warning and Control System (AWACS) nicht nur jedes normale Flugzeug über Jugoslawien in jeder Höhe und bei jeder Geschwindigkeit orten, sondern auch den Luftraum über dem größten Teil von Westbulgarien, Bosnien, Teilen von Kroatien, dem größten Teil Nordgriechenlands und eines Teils von Oberitalien überwachen.

Obwohl die Mt-179 *Tjeny* kein normales Flugzeug war, war die russische Stealth-Technologie nicht perfekt, und je weiter sie nach Mittelmakedonien hineinflogen, desto näher kamen sie der AWACS-Maschine. Wenig später piepste ihr Radarwarner fast ununterbrochen. Sie durften keinen Treibstoff vergeuden, indem sie das Radarflugzeug zu umfliegen versuchten, und ein zu frühes

Hinuntergehen in den Tiefflug hätte noch mehr Treibstoff gekostet.

Aber sie hatten die Lösung dieses Problems an Bord: Jagdraketen R-60 mit Infrarotsuchkopf.

»Verstanden. R-60 startklar«, meldete Jegerow. Stoica drückte seine vier Leistungshebel nach vorn, bis die Mt-179 die Schallmauer durchbrochen hatte. Zwei Minuten später sagte Jegerow: »Ziel in Reichweite. Abdeckungen einfahren?«

»Abdeckungen einfahren«, befahl Stoica. Jegorow betätigte einen Schalter, der in den Flügelvorderkanten kleine Jalousien aus Titan hochfahren ließ, sodass die IR-Suchköpfe der R-60 freigelegt wurden. Stoicas Kehle war wie ausgetrocknet, und auf seiner Stirn standen winzige Schweißperlen. In all seinen Dienstjahren bei der russischen und rumänischen Luftwaffe hatte er niemals eine scharfe Jagdrakete abgefeuert – und jetzt war er als Zivilist kurz davor, eines der größten und wichtigsten Flugzeuge im NATO-Arsenal abzuschießen. Im nächsten Augenblick flammte die orangerote Leuchte auf, die ihnen anzeigte, dass die Suchköpfe der Raketen ihr Ziel erfasst hatten. »Feuer frei«, sagte Stoica.

»Fertig, fertig, *jetzt!*« Als Jegerow auf den Feuerknopf drückte, fauchte eine Jagdrakete R-60 aus der linken Tragfläche. Sekunden später schoss Jegerow eine zweite Rakete von rechts ab. »Zwei Raketen gestartet. Bye-bye, AWACS-Flugzeug.«

»O eins, hier C eins«, sagte der erste Controller über die Bordsprechanlage. »Wir haben ein intermittierendes unbekanntes Ziel, Peilung null-zwo-null, Entfernung zwanzig Meilen, keine Höhe. Bitte um Erlaubnis zum Wechsel auf engen Suchstrahl.«

Der Kommandeur der sechzehn Operatoren des NATO-Frühwarnflugzeugs, ein Oberst der britischen Royal Air Force, holte sich das Radarbild des ersten Controllers auf den eigenen Bildschirm. Das Radar konnte kleine oder schwache Ziele manchmal nicht sehr gut orten, bis sie von der Rundsichtabtastung mit großer Reichweite auf einen engen Suchstrahl mit geringerer Reichweite umschalteten, der mehr Energie auf nahe, schwache Ziele konzentrierte. »Genehmigt«, entschied der Kommandeur. »Besatzung, Radar in engem Suchmodus, umkonfigurieren.« Die restliche Besatzung musste wissen, dass der Radarmodus wechselte, weil sie plötzlich mit Zielen überflutet werden würde – auf ihren Radarschirmen würden jetzt von Vogelschwärmen über Wolken bis zu Wetterballons alle möglichen Ziele erscheinen, bis der Computer diese Quasi-Festziele unterdrückte.

Das unbekannte Ziel wurde sofort deutlich sichtbar. »Kontakt, Peilung null-eins-fünf, Entfernung neunzehn Meilen, im Sinkflug durch zwanzigtausend, Fahrt sechs-fünf-null Knoten, IFF negativ, Bezeichnung Feindziel eins. Besatzung, Feindkontakt.«

»Sollen wir ein Patrouillenflugzeug anfordern, das sich das Ziel mal ansieht?«, schlug der neben dem RAF-Oberst an der ersten Konsole sitzende stellvertretende Kommandeur vor.

»Ein Patrouillenflugzeug? Welches Patrouillenflugzeug?«, fragte der Kommandeur. »Unsere Patrouillen haben ihr Zeug zusammengepackt und sind abgehauen. Dank der Amerikaner haben wir keine Patrouillen über der KFOR mehr.«

Das stimmte. Vor einem Monat hatte US-Präsident Thorn angekündigt, die Vereinigten Staaten würden ihre Heeres- und Luftwaffeneinheiten aus der KFOR abziehen und nach Hause holen. Die einzigen gegenwärtig noch in Südeuropa stationierten US-Einheiten waren AWACS-Flugzeuge E-3C der Luftwaffe, Überwachungsflugzeuge vom Typ E-8A Joint STARS, eine Kampfgruppe von U.S. Navy und Marinekorps in der Adria vor der kroatischen Küste und die weiterhin im Mittelmeer operierende Sechste Flotte. Alle übrigen Heeres- und Luftwaffeneinheiten, darunter fast zehntausend Soldaten, die im Kosovo, in Makedonien und Montenegro stationiert gewesen waren, und fünftausend Mann aus Bosnien waren weg…

Und nicht nur vom Balkan zurück, nicht nur wieder in der Heimat, sondern wirklich *weg*: Die Einheiten waren aufgelöst und die Soldaten versetzt, vorzeitig pensioniert oder gegen ihren Willen entlassen worden.

Die Vereinigten Staaten befanden sich mitten im massivsten Truppenabbau, den die Welt je gesehen hatte. Aus Europa und Asien wurden Soldaten in Schwindel erregend hoher Anzahl abgezogen. Ausrüstung im Wert von Milliarden Dollar wurde verkauft, an verbündete Streitkräfte verschenkt oder einfach zurückgelassen. Amerikanische Stützpunkte in Deutschland, Belgien, den Niederlanden und Norwegen leerten sich buchstäblich über Nacht. In ganz Europa lagen die Häfen voller Truppentransporter und gecharterter Frachter, die tausende von Soldaten und Millionen Tonnen von Versorgungsgütern nach Nordamerika zurückbringen sollten.

Die europäischen NATO-Mitglieder und die nicht der NATO angehörenden Staaten in der KFOR waren entschlossen, die UN-Friedensmission im Kosovo und auf dem Balkan fortzusetzen, aber ohne die US-Truppen war dieser Versuch fast aussichtslos. Andererseits hatten die europäischen Staaten ein größeres Mitspracherecht bei Friedensmissionen in Europa gefordert, sodass sie sich eigentlich nicht beschweren konnten, als die Vereinigten Staaten auf einmal nicht mehr mitspielten – nur hatte niemand erwartet, dass das so abrupt passieren würde.

»Wo stehen die nächsten Abfangjäger, die wir anfordern können?«, fragte der Kommandeur.

»Bei der 334. Jagdstaffel in Thessaloniki«, sagte sein Stellvertreter und rief die Funkfrequenzen und Satellitentelefonkanäle der Staffel auf den Bildschirm. »Sie dürfen Makedonien überfliegen. Bei einem Alarmstart können zwei Jäger in zehn Minuten hier sein.«

»Sofort anfordern«, befahl der Oberst. »Komm, C eins, Warnungen auf allen Frequenzen senden, damit das Feindziel abdreht. Skopje und Luftraumüberwachung der U.S. Navy melden, dass wir ein unbekanntes Ziel als ›Feindziel‹ eingestuft haben.«

»Und wenn es nicht abdreht?«

»Dann können wir nicht das Geringste dagegen tun«, sagte der Kommandeur. »Wir könnten versuchen, Italien oder die Türkei dazu zu überreden, ein paar Jäger loszuschicken, die sich den Eindringling ansehen, aber die haben keine große Lust, Treibstoff und Betriebszeit für jemanden zu verschwenden, der ihr Land nicht bedroht. Wir beobachten einfach weiter und …«

»*Schnellziel! Schnellziel!*«, rief einer der Radartechniker. Er markierte das neue Hochgeschwindigkeitsziel sofort mit einem blinkenden Kreissymbol, das gleichzeitig auf allen Bildschirmen erschien. »Benennung Highspeed eins… Schnellziel, Schnellziel, zweites ähnliches Ziel, Benennung Highspeed zwo.«

»O eins, hier C eins«, meldete der erste Controller seinem Kommandeur, »Ziel Highspeed eins steigt durch dreißigtausend, Entfernung drei Meilen und schnell abnehmend, Fahrt achthundert und zunehmend. Highspeed zwo folgt auf gleichem Kurs mit zwei Sekunden Abstand.«

»*Lenkwaffenangriff!*«, rief der Kommandeur. »Sofort Ausweichmanöver! Radar abschalten! Störmaßnahmen aktivieren!« Er drückte die HOT-Taste auf seiner Konsole, um zugleich mit seiner Besatzung und den Piloten sprechen zu können. »Lenkwaffenangriff, Lenkwaffenangriff, Pilot, links neunzig und sinken auf zehntausend, *Ausführung!*« Gleichzeitig begann der Defensive Systems Officer, Radar- und IR-Störsignale zu senden sowie Düppel und Leuchtkörper auszustoßen, um zu versuchen, die heranrasenden Lenkwaffen zu verwirren und abzulenken.

Aber diese Maßnahmen kamen viel zu spät. Hatten Jagdraketen vom Typ R-60 ihr Ziel erst einmal erfasst, konnte ein großes Flugzeug wie eine AWACS-Maschine E-3A ihnen kaum noch ausweichen. Beide Lenkwaffen erzielten Volltreffer: Die erste Rakete traf das Gehäuse der Radarantenne, die zweite detonierte im Rumpfvorderteil.

Er konnte alles ganz deutlich beobachten, obwohl die Entfernung über fünf Kilometer betrug: die aus der AWACS-Maschine fliegenden Köder, die Leuchtkörper, die hundertmal heißer und heller als das Flugzeug waren; das riesige Frühwarnflugzeug, dessen Pilot im Sturzflug abdrehte, der so steil und schnell aussah, dass zweifelhaft war, ob er die E-3A noch hätte abfangen können, selbst wenn sie den Raketenangriff überstanden hätte; dann die beiden Feuerstrahlen, die gewaltigen feurigen Detonationen, die Trümmer der explodierenden Maschine und die rollende, sich überschlagende Masse aus brennendem Metall und Kerosin, die senkrecht in die Tiefe stürzte.

»Ziel vernichtet«, meldete Jegorow.

»Das sehe ich.« Stoica schnappte nach Luft. »Großer Gott. Wie viele?«

»Zwanzig Mann. Sechzehn Operatoren, vier Piloten.«

Stoica schaltete sein Multifunktionsdisplay auf einen anderen Modus um, damit er nicht zusehen musste, wie das Flugzeug nach dem Aufschlag verbrannte. »Sie hätten mitgehen sollen, als die Amis abgehauen sind«, murmelte er. »Wie kann man eine AWACS-Maschine ganz ohne Jagdschutz hier oben kreisen lassen? Das war Selbstmord.«

»Das war Mord – und wir sind die Täter«, sagte Jegorow. »Aber wir haben unsere Arbeit zu tun, genau wie sie ihre getan haben. Dienst ist Dienst, und Schnaps ist Schnaps.«

Die Mt-179 *Tjeny* blieb weiter auf Südwestkurs, weiter in flachem, schnellem Sinkflug. Als sie sich der serbischen Provinz Kosovo näherten, vergrößerte Stoica seine Sinkgeschwindigkeit, bis sie in hundertfünfzig Meter über Grund sechshundert Knoten machten. In KFOR-Gebieten war die Radarüberwachung weit besser, und sie mussten sich längst im Terrainfolgemodus befinden, wenn sie in den Erfassungsbereich der ersten Stationen kamen. Mit dem Infrarotscanner konnte Stoica das Gelände vor sich selbst bei völliger Dunkelheit klar erkennen. Ungefähr zehn Minuten später überflogen sie die albanische Grenze und rasten zwischen den sanften Hügeln des Drin-Tals auf die Kleinstadt Neu-Kukës im Nordosten Albaniens zu.

Neu-Kukës war ein Umsiedelungsprojekt, das erst vor dreißig Jahren mit sowjetischer Unterstützung realisiert worden war; die alte Stadt war nach dem Bau einer Staumauer für ein Wasserkraftwerk am Drin in dem aufgestauten See versunken. Über dem engen, hügeligen Tal des Drin schien ständig Nebeldunst zu liegen, der die Bergkämme und Gipfel in der näheren Umgebung verbarg. Durch Kosovoflüchtlinge war die Einwohnerzahl der Stadt von zwölftausend Menschen auf über hunderttausend gestiegen, aber seit die KFOR im Jahr 1999 in den Kosovo eingerückt war und den Geflüchteten eine sichere Heimkehr garantierte, waren nur einige tausend Flüchtlinge zurückgeblieben. Die riesige

Teppichfabrik Kukës beschäftigte fast tausend Arbeitskräfte, und die Kupfer- und Chrombergwerke in der Umgebung boten noch ein paar tausend Arbeitsplätze. Aber die weitaus größten Arbeitgeber waren die auf dem schwarzen Markt tätigen Waffenhändler, die albanische Mafia, die Drogenbarone und die Zuhälter. Sie alle lebten von den Flüchtlingen und unterstützten die Kosovo-Albaner, die weiter für eine unabhängige muslimische Republik im Kosovo kämpften.

Das Zentrum des legalen und illegalen Handels in Nordostalbanien war die einige Kilometer von der Stadtmitte entfernt liegende Teppichfabrik Kukës, die bei weitem größte Fabrik im gesamten Tal. Das in der Nähe der Fabrik angelegte Flüchtlingslager war heutzutage kleiner als früher, aber der Rest des Lagers hatte sich in eine Budenstadt aus Hütten, Zelten und Holzhäusern verwandelt, die an eine allmählich zu einer Kleinstadt heranwachsende Bergwerkssiedlung im Wilden Westen erinnerte – mit Straßen, die knöcheltief mit Schlamm bedeckt waren, hölzernen Gehsteigen, primitivster Wasserversorgung und fast ebenso vielen Tieren auf den Straßen wie Fahrzeuge. Die ein- oder zweigeschossigen Holzbauten beherbergten im Erdgeschoss Bars, Restaurants oder Läden, im ersten Stock Büros und im zweiten Stock Apartments für wohlhabende Geschäftsleute, das Personal der Lagerverwaltung, für Unterweltbosse und ihre Schergen.

Hinter den Holzhäusern standen die Hütten der Fabrikarbeiter, und dahinter befand sich eine von NATO-Pionieren und internationalen Hilfsorganisationen errichtete Zeltstadt für eine weitere Gruppe von Bewohnern: das Ausbildungszentrum der Kosovo-Befreiungsarmee. Unter Aufsicht und Verwaltung der albanischen Streitkräfte wurden im Lager Kukës ständig über fünfhundert Männer, Frauen und Kinder im Alter zwischen vierzehn und sechzig Jahren durch Kosovo-Albaner ausgebildet. Ihre Ausbildung umfasste Nahkampf, Klettern, taktisches Verhalten und Schießen mit Handfeuerwaffen; dazu kamen politische und religiöse Indoktrinationskurse. Die Besten – etwa zwanzig Prozent jedes Lehrgangs – wurden in Ausbildungslager der albanischen Armee in Shkodër, Gjader oder Tirana geschickt, um eine reguläre Schulung zu erhalten; die Besten dieser Elite, die sich als besonders gute Soldaten erwiesen und sich durch besonderen Hass auf Andersgläubige hervortaten, wurden in Ausbildungslager in Libyen, dem Sudan, Ägypten und Algerien geschickt, um dort zu Terroristen ausgebildet zu werden.

Unter dem Schutz der UN-Friedenstruppe und vor Überfällen durch serbische Milizen und Grenzpolizei sicher, konnte das Ausbildungslager Kukës blühen und gedeihen. Als Gegenleistung für Essen, Unterbringung und Ausbildung arbeiteten die Rekruten in der Teppichfabrik und den Bergwerken, stellten den Personenschutz für Drogenhändler und Schmuggler und erledigten Gelegenheitsarbeiten in der Zeltstadt. Eine Stunde vor Sonnenaufgang, als der erste graue Tageslichtschimmer durch die tief hängende Wolkendecke drang, befanden die Arbeiter der Frühschicht sich auf dem Weg zu ihren Arbeitsstätten, und die Nachtschicht der Teppichfabrik und der Bergwerke war dabei, sich auf den Heimweg zu machen – und genau zu diesem Zeitpunkt begann der Stealth-Bomber Mt-179 *Tjeny* seinen Angriff.

Die ersten Ziele, die ausgeschaltet werden mussten, waren die Flakstellungen. Wie in den meisten Staatsbetrieben aus Sowjetzeiten standen auf den Dächern der Teppichfabrik Kukës mehrere Flakgeschütze, hauptsächlich 37-mm-Zwillingsflak mit optischem Visier, daneben schwerere 57-mm-Flak. Kukës hatte über den gesamten Komplex verteilt sechs 37-mm-Zwillingsflak und zwei 57-mm-Flak, wobei die leichten Geschütze an den Ecken und im Osten und Westen entlang des Flusses aufgestellt waren, während die schweren Geschütze in der Mitte standen. Je zwei zusätzliche 27-mm-Zwillingsflak und 57-mm-Geschütze standen östlich der Stadt in der Nähe des Wasserkraftwerks.

Die meisten dieser Waffensysteme hatten jedoch im albanischen Bürgerkrieg des Jahres 1997 gelitten und waren als Reaktion auf die serbische Aggression im benachbarten Kosovo nur teilweise erneuert worden. Die Radargeräte und elektro-optischen Sensoren waren längst gestohlen und gegen Lebensmittel oder Drogen eingetauscht worden, sodass die Geschütze nur manuell und mit ungeeichten und lächerlich ungenauen Vorhalterechnern ausgerichtet werden konnten. Von den Flakstellungen auf dem Uferdamm ging keine Gefahr aus – sie waren leicht zu umfliegen, und ihr Personal reagierte ohnehin nicht auf den Überflug des Bombers. Von den 37-mm-Zwillingsflak ging vermutlich keine Gefahr aus, vor allem wenn sie nur optisch oder manuell ausgerichtet wurden. Aber die großen 57-mm-Flak konnten gefährlich sein. Sie mussten ausgeschaltet werden.

Jegerow benutzte seine Infrarotsensoren, um die beiden Flakstellungen aus fünfzehn Kilometern Entfernung – weit außerhalb der maximalen Schussweite dieser Geschütze – ins Visier zu nehmen. Der Laserentfernungsmesser/Designator der Mt-179 zählte klickend rückwärts, um die Zielentfernung anzugeben. Bei elf Kilometern begann die Mt-179 Tjeny steil auf tausend Meter über Grund zu steigen. In acht Kilometern Entfernung, noch immer weit außerhalb der Reichweite der 57-mm-Flak, öffnete Jegerow die Klappen der rechten Bombenkammer und warf eine Luft-Boden-Lenkwaffe vom Typ Kh-29L ab.

Die Kh-29L fiel aus dem Bombenschacht, stabilisierte sich nach etwa dreißig Metern und zündete ihren Feststoff-Raketenmotor. Der halbaktive Lasersucher der Lenkwaffe steuerte die reflektierte Energie des Laserdesignators der Mt-179 an. Jegerow brauchte nur sein Fadenkreuz auf das beleuchtete Ziel gerichtet zu lassen, das automatisch vergrößert dargestellt wurde, damit er den Zielpunkt festlegen konnte. Er steuerte die Lenkwaffe zu einem Volltreffer am unteren Rand der Flakstellung, sprengte ein Loch ins Fabrikdach und ließ die 57-mm-Flak auf Dutzende von darunter beschäftigten Arbeitern herunterkrachen. Danach nahm er sofort die andere Flakstellung ins Visier und ließ auch das zweite Geschütz durchs Fabrikdach krachen.

Danach richtete Jegerow seine Infrarotsensoren auf die Fassade der Teppichfabrik, schoss eine weitere Kh-29L auf den Haupteingang des Gebäudekomplexes ab und traf mit der letzten Abwurflenkwaffe das Werkstor, durch das jetzt beim Schichtwechsel hunderte von Arbeitern strömten. Jede Kh-29L hatte einen zweihundertfünfzig Kilogramm schweren Gefechtskopf, und die angerichteten Zerstörungen waren gewaltig. Sekundäre Explosionen ließen Feuerzungen aus leeren Fensterhöhlen schießen und große Teile des Verwaltungsgebäudes einstürzen. Über das Werkstor ging eine Feuerwalze hinweg, als die Detonation der zweiten Abwurflenkwaffe Gas- und Ölleitungen in der Fabrik explodieren ließ.

Stoica zog den Stealth-Bomber hoch und legte ihn in eine Linkskurve, um die Schäden zu begutachten. »Klasse, Gennadi«, sagte er. »Genau wie geplant.«

»Kinderspiel«, antwortete Jegorow. »War unmöglich zu verfehlen.«

Stoica entfernte sich drei Minuten vom Zielgebiet – lange genug, damit die Leute glaubten, der Angriff sei vorbei, und aus ihren Verstecken zu kommen begannen –, bevor er in fünfzehnhundert Meter Höhe in einer weiten Schleife zur Fabrik zurückflog. Jegorows Infrarotsensoren erfassten sofort die noch verbliebenen vier Ziele: das Verwaltungsgebäude des Flüchtlingslagers, das nach Kasakows Informationen ein Ausbildungszentrum für Terroristen war; das vom Roten Halbmond eingerichtete Hilfszentrum, das angeblich als Terroristenzentrale diente, weil es vor jedem Angriff sicher zu sein schien; das Verteilungszentrum, in dem Kleidung und Lebensmittel gelagert, verwaltet und an die Lagerbewohner ausgegeben wurden; und zuletzt das Gebäude mit den größten Läden und Restaurants, in dem es von muslimischen Terroristen wimmeln sollte.

Bei ihrem einzigen Überflug warf die Mt-179 nur zwei Waffen ab: lasergesteuerte Flammölkanister vom Typ PLAB-500. Jeder dieser Flammölkanister erzeugte eine hochexplosive Gaswolke mit hundertfünfzig Metern Durchmesser. Sobald das Gas sich mit Luft vermischt hatte, wurde es durch in die Wolke geworfene Zündladungen zur Explosion gebracht. Die Sprengwirkung dieser Explosion, bei der ein Atompilz en miniature entstand, war hundertmal größer als die einer gleichgroßen Menge TNT.

In den gigantischen Feuerbällen fanden über zweihundert Männer, Frauen und Kinder augenblicklich den Tod; weitere tausend Menschen wurden bei dem folgenden Feuersturm getötet oder verletzt. Viele tausend Menschen wurden obdachlos, als nach den

Flammölexplosionen die gesamte Stadt durch Großbrände in Schutt und Asche gelegt wurde. In der näheren Umgebung vernichteten die tagelang anhaltenden Brände tausende von Hektar Wald. Den sofort nach Kukës entsandten Hilfsmannschaften bot sich ein Bild schrecklicher Verwüstung.

Dienstwohnung des Außenministers, Moskau
(weniger als eine Stunde später)

»Herr Kollege Schramm! Was für eine angenehme Überraschung. Einen wunderschönen guten Morgen.«

»Sparen Sie sich die Höflichkeitsfloskeln, Herr Filippow«, knurrte der deutsche Außenminister Rolf Schramm. Er trug nur einen Jogginganzug und saß, von seinen wichtigsten Beratern umgeben, im Wohnzimmer seiner Berliner Dienstvilla. »Ich sehe gerade die Bilder von Ihrem kleinen Überfall auf Kukës in Albanien. Großer Gott, Mann, hat Senkow den Verstand verloren? Oder ist er nicht mehr Herr im Kreml? Haben die Militärs endlich die Macht übernommen?«

»Bitte beruhigen Sie sich, Herr Minister«, sagte Iwan Iwanowitsch Filippow, Außenminister der Russischen Föderation, in steifem, aber durchaus flüssigem Deutsch. »Albanien? Was …?« Er war zu Hause, noch nicht einmal angezogen. Er lief mit dem schnurlosen Telefon in der Hand aus dem Bad ins Schlafzimmer hinüber und schaltete den Fernseher ein. Im russischen Fernsehen kam nichts über irgendwelche Ereignisse in Albanien. Was zum Teufel war dort passiert? »Ich … ich kann die dortigen Vorgänge leider nicht kommentieren, Herr Schramm«, sagte Filippow. Er konnte nichts bestätigen oder dementieren – und hätte es auch nicht getan, wenn er's gekonnt hätte.

»Ich bestehe auf Ihrer verbindlichen Zusicherung, Herr Minister, dass mit derartigen Angriffen *Schluss* ist«, sagte Schramm. »Keine weiteren Angriffe auf dem Balkan mehr. Sie müssen mir versprechen, dass dies nicht der Auftakt zu einer Offensive auf dem Balkan ist.«

Filippow hatte inzwischen mehrmals den Klingelknopf gedrückt, mit dem er seinen Sekretär rufen konnte – bisher erfolglos. »Ich kann Ihnen gar nichts versprechen, Herr Minister«, antwortete Filippow, der so gut wie möglich improvisierte. Er wollte nicht eingestehen, dass er nicht wusste, was passiert war, aber er wollte auch keine Schuldzuweisungen akzeptieren. »Russland handelt, wie es in seinem besten Interesse liegt. Dieses Grundrecht lassen wir uns von niemandem beschneiden. Niemals.« In diesem Augenblick öffnete seine Haushälterin die Tür, und der Sekretär des Ministers kam mit einem Klarsichtordner hereingehastet. Er sah, dass der Fernseher lief, und schaltete auf CNN International um. Tatsächlich berichtete ein Reporter aus irgendeinem Nest in Makedonien über einen Flugzeugabsturz, der sich dort ereignet hatte.

»Was ich nicht begreifen kann, ist der Angriff auf eine AWACS-Maschine der NATO«, fuhr Schramm fort. »Warum haben Sie das Radarflugzeug abgeschossen? Sind Sie übergeschnappt? Die NATO bekommt natürlich heraus, dass Russland der Angreifer war, und wird einen Vergeltungsschlag führen!«

»Wir verwahren uns entschieden dagegen, mit diesen Ereignissen in Verbindung gebracht zu werden!«, sagte Filippow scharf – das war eine automatische Reaktion auf irgendwelche Anschuldigungen, selbst wenn sie tatsächlich berechtigt waren. Aber er fühlte sich wie vor den Kopf geschlagen. *Jemand hat ein NATO-Frühwarnflugzeug abgeschossen?* Das war ein kriegerischer Akt! »Wie wird Deutschland reagieren, Herr Minister?« erkundigte Filippow sich vorsichtig. »Sie werden natürlich an der Untersuchung des Vorfalls beteiligt sein. Ich vertraue darauf, dass Sie vorschnelle Schuldzuweisungen verhindern werden.«

»Sollte dies der Auftakt zu einer russischen Offensive gewesen sein, Herr Minister«, sagte Schramm streng, »werden Deutschland und die NATO sich gegen Russland wenden.«

Der russische Außenminister Iwan Filippow unterdrückte ein glucksendes Lachen – der Anlass war zu ernst, um sich über die NATO oder Deutschlands Rolle im Bündnis lustig zu machen, so lächerlich oder unrealistisch Schramms Drohung auch klingen mochte. Sein deutscher Kollege war überhaupt nicht in der Lage, Russland mit irgendetwas zu drohen, schon gar nicht mit einem NATO-Gegenschlag.

»Herr Außenminister, ich versichere Ihnen nochmals, dass Russland nach Frieden und Sicherheit für den gesamten Balkan strebt«, sagte Filippow, ohne eine Beteiligung an irgendwelchen dortigen Ereignissen zu leugnen oder zuzugeben. »Unsere auf dem Balkan stationierten Truppen waren in den letzten Wochen wiederholt das Ziel von Angriffen, die sich gegen die NATO und die UN-Friedenstruppe richteten. Wir wissen aus zuverlässiger Quelle, dass der unter deutschem Befehl stehenden Multinationalen Sicherheitsbrigade Süd neue Angriffe drohen. Und wir werden wieder handeln, wenn wir eine Bedrohung als gegeben ansehen.«

»Tatsächlich?«, fragte Schramm skeptisch. »Weshalb haben Sie uns Ihre Informationen nicht zugänglich gemacht? Eine deutsch-russische Kampfgruppe wäre sehr effektiv gewesen und hätte zweifellos die Kritik abgebogen, der Sie sich werden stellen müssen, wenn dieser Angriff bekannt wird.«

Obwohl Filippows Verstand noch damit beschäftigt war, die auf ihn einstürmenden Ereignisse zu verarbeiten, entging ihm der Wechsel in Schramms Tonfall nicht. Sein deutscher Kollege sprach gar nicht mehr über den Vorfall auf dem Balkan. Seine Überlegungen gingen in eine ganz andere Richtung, die das genaue Gegenteil von Konfrontation war. »Mir gefällt die Idee, dass Russland und Deutschland in Zukunft kooperieren sollten«, sagte Filippow, »und ich bin froh, dass Sie den Mut und den Weitblick besitzen, die Vorteile einer solchen Kooperation zu sehen.«

Am anderen Ende entstand eine kurze, aber bedeutungsvolle Pause. »Ich bin seit langem der Auffassung, dass der ganze Balkankonflikt von allen Beteiligten große wirtschaftliche und politische Opfer gefordert hat«, sagte Schramm. »Die von den feindlichen Parteien verübten Gräueltaten mussten unterbunden werden. Aber obwohl NATO-Mitglieder und bündnisfreie Staaten hunderte von Millionen Dollar aufgewendet haben, um eine friedliche Lösung herbeizuführen, ist weiterhin kein Ende der Gewalt abzusehen – sie scheint sogar schlimmer zu werden als je zuvor.«

»Ich bin ganz Ihrer Meinung, Herr Minister.«

»Aber wie soll die Lösung letztlich aussehen?«, fragte Schramm hörbar frustriert. »Die feindlichen Parteien auf dem Balkan kämpfen seit Jahrhunderten gegeneinander. Beide Seiten haben barbarische Grausamkeiten verübt, aber weltweit scheinen die Medien immer nur von Übergriffen der Christen gegen die armen Muslime zu berichten. Aus irgendeinem Grund galten die Muslime als die Unterdrückten, und die Amerikaner schienen ihnen zur Hilfe zu kommen.«

»Wir haben lange darüber diskutiert, weshalb die Amerikaner sich dafür entschieden haben, die Muslime zu unterstützen«, sagte Filippow. »Unserer Ansicht nach wollten sie sich damit die Freundschaft und Unterstützung der ölreichen Golfstaaten in der Hoffnung sichern, dass diese ihnen die Errichtung von Stützpunkten gestatten würden, damit die Amerikaner ihre kostbaren und verwundbaren Flugzeugträger aus dem Persischen Golf abziehen können. Sie hatten solche Angst, der Iran oder der Irak könnten einen ihrer Träger im Golf versenken, dass sie einen Pakt mit den Teufeln in der Arabischen Wüste geschlossen haben und ihnen zugesichert haben, ihre muslimischen Glaubensbrüder auf dem Balkan zu unterstützen.«

»Ich weiß nicht, weshalb die Amerikaner sich auf die Seite der Muslime geschlagen haben«, sagte Schramm. »Aber wenn Amerika spricht, muss der Rest der Welt – vor allem die NATO und Europa – zuhören.«

»Keineswegs«, widersprach Filippow. »Deutschland braucht niemandem zu folgen, nicht einmal den Vereinigten Staaten. Als wirtschaftlich stärkster Staat Europas sollte es eine selbstständige Politik verfolgen.«

»Jedenfalls war Deutschland gezwungen, eine Außenpolitik zu unterstützen, die nicht immer in unserem besten Interesse lag«, fuhr Schramm vorsichtig fort. »Wir mussten untätig zusehen, wie die eigene Friedenstruppe muslimische Terroristen beschützt, die Anschläge auf unsere christlichen Brüder verüben. Muslimische Banditen können sich jetzt ungehindert auf dem Balkan bewegen, unschuldige Christen ermorden und unter dem Schutz der NATO mit Drogen handeln – und erhalten vom Iran und Saudi-Arabien jedes Jahr weiterhin Waffen für viele Millionen Dollar, die sie zum Teil weiterverkaufen. Das alles erscheint mir absolut unsinnig.«

»Mir natürlich auch, Herr Schramm«, sagte Filippow. »Ich bin völlig Ihrer Meinung. Aber wir müssen behutsam vorgehen. Der russische Angriff auf Kukës war ein emotional geprägter Schlag gegen Terroristen. Obwohl ich persönlich Gewalt verabscheue, habe ich dieses Unternehmen gern unterstützt. Aber wir dürfen nicht zulassen, dass die Situation außer Kontrolle gerät. Die Muslime werden zweifellos einen Vergeltungsschlag gegen die KFOR-Friedenstruppe führen. Wir müssen uns davor hüten, Südosteuropa in Brand zu stecken, nur weil wir den Tod unserer Soldaten rächen wollten.«

»Diese Gefahr besteht wirklich, Herr Filippow«, stellte Schramm fest. »Vor allem jetzt, wo die Vereinigten Staaten sich aus der KFOR zurückgezogen haben.«

»Ich stimme Ihnen völlig zu, Herr Minister«, sagte Filippow. »Die einzige Möglichkeit, die Spannungen auf dem Balkan zu vermindern und unseren Nationalstolz zu retten, besteht darin, den letztlich unsinnigen brutalen Kurs zu verlassen, den wir bisher gesteuert haben. Die Blutgier der feindlichen Parteien auf dem Balkan ist das Leben keines einzigen Deutschen oder Russen wert.«

»Ich habe seit langem für ein konstruktives Disengagement auf dem Balkan plädiert«, stellte Rolf Schramm fest. »Damit habe ich jedoch nie gemeint, wir sollten einfach abziehen wie die Amerikaner – das lässt nur ein Machtvakuum entstehen, das Aggressoren beider Seiten für ihre Zwecke auszunutzen versuchen werden. Die ohne Konsultationen getroffene Entscheidung des amerikanischen Präsidenten, die US-Truppen aus Europa abzuziehen, war äußerst unverantwortlich. Aber ich versuche seit langem, einen Plan auszuarbeiten, der uns einerseits den Abzug der Bundeswehr aus dem Krisengebiet gestattet, während er uns andererseits eine aktive, mitbestimmende Rolle beim Aufbau friedlicher Strukturen in dieser Region sichert.«

»Ich weiß, dass das Ihr Anliegen ist, Herr Minister – ich erinnere mich gut, wie Sie als Oppositionsführer die Bereitschaft der vorigen Regierung, alle Winkelzüge der US-Politik mitzumachen, immer scharf gegeißelt haben«, sagte Filippow. Das stimmte nicht ganz, denn politisch stand Schramm unzweifelhaft viel weiter rechts als sein Vorgänger im Auswärtigen Amt; er hatte sich mehrmals für einen deutschen Rückzug aus der KFOR ausgesprochen, aber er war sicher kein Willy Brandt oder Helmut Kohl – seine europäische Vision war auf das beschränkt, was nötig gewesen war, um ihn auf seinen jetzigen Posten zu hieven. »Was haben Clinton oder Martindale schon von europäischer Politik verstanden? Ihnen ist's nur darum gegangen, den US-Kongress und ihre Wähler zufrieden zu stellen. Sie haben die Balkankrise zu ihrem eigenen Vorteil ausgenutzt. Da die Amerikaner sich jetzt verabschiedet haben, fällt Deutschland und Russland die Aufgabe zu, in Europa die Führungsrolle zu übernehmen.«

»Sehr gut gesagt, Herr Filippow: Wir sollten uns aus den Kämpfen zurückziehen, aber trotzdem im Krisengebiet präsent bleiben«, fasste Schramm zusammen. »Die amerikanischen Versuche, eine *Pax americana* zu erzwingen, sind nicht nur auf dem Balkan, sondern auch im Nahen Osten, auf dem indischen Subkontinent und sogar in Irland fehlgeschlagen. Nachdem die Amerikaner nun den Schwanz eingezogen haben und weggelaufen sind, müssen wir in unserem eigenen Hinterhof für Recht und Ordnung sorgen.«

»Gut ausgedrückt, Herr Minister«, stimmte Filippow zu. »Russland ist einzig und allein daran interessiert, unsere slawischen Brüder vor der zunehmenden Woge der Anarchie und Gewalt durch muslimische Separatisten, die fundamentalistische Regime errichten wollen, in Schutz zu nehmen. Ob der Kosovo ein unabhängiger Staat oder eine muslimische Enklave wird, kann uns gleichgültig sein. Versuchen die Muslime jedoch, die Rechte der Christen auf ihre historischen Stätten oder das Land ihrer Vorfahren zu missachten, sind wir zur Hilfeleistung verpflichtet. Und wenn radikalislamische Staaten wie Albanien versuchen, ihr Dogma von Einschüchterung, Mord und Terrorismus in die kleineren, schwächeren Balkanprovinzen zu exportieren, liegt es in unserem Interesse, solche Bestrebungen mit allen notwendigen Mitteln zu unterbinden.«

»Und Deutschland wünscht auf dem Balkan nur Frieden, Sicherheit, stabile wirtschaftliche Verhältnisse sowie Handels- und Informationsfreiheit«, sagte Schramm. »Wir wollen erreichen, dass unsere Freunde in Bosnien und Kroatien vor Schikanen und Bürgerrechtsverletzungen durch Muslime und serbische Extremisten sicher sind. Wir stehen den Serben keineswegs feindlich gegenüber – wir wünschen nur eine friedliche Koexistenz zwischen allen Bevölkerungsgruppen. Wir müssen unseren Beitrag dazu leisten, die überlieferten Feindbilder, die einen Frieden auf dem Balkan schon allzu lange verhindert haben, endgültig abzubauen.«

»Dem schließe ich mich gern an«, sagte Filippow herzlich. »Russland wird alles in seiner Macht Stehende tun, um diese Ziele zu fördern. Wie Deutschland wollen auch wir Frieden auf dem Balkan und sind politisch und kulturell in der Lage, Einfluss auf serbische Aktivitäten zu nehmen, die der friedlichen Lösung des Balkankonflikts entgegenstehen. Wir können sicher dazu beitragen, radikale serbische Elemente daran zu hindern, die Handels- und Informationsfreiheit im Balkanraum zu stören.«

»Das wäre ein großzügiger, äußerst wertvoller Beitrag zum Friedensprozess«, stimmte Schramm zu. »Aber ich finde, es müsste ein Quidproquo geben. Was könnten Sie vorschlagen?«

»Deutschland ist vor allem eine stabilisierende, unabhängig gesinnte, starke Macht in Europa«, behauptete Filippow so aufrichtig wie möglich, während sein Verstand auf Hochtouren arbeitete, um genau die richtige Mischung aus Schmeichelei und Vertraulichkeit zu finden, die Schramm begierig schlucken würde. Filippows Sekretär hörte mit offenem Mund zu, wie sein Chef buchstäblich eine Art deutsch-russischer Allianz erfand, während er im Bademantel in seinem Schlafzimmer stand! »Es ist der bevölkerungsreichste und wirtschaftlich stärkste Staat Westeuropas und verdient eine Führungsrolle, die weit über die hinausgeht, die USA und NATO Ihnen bisher zugebilligt haben. Und nachdem die Vereinigten Staaten dem westlichen Verteidigungsbündnis jetzt den

Rücken kehren, steht für mich fest, dass Deutschland seinen rechtmäßigen Platz als Führer der Europäischen Union einnehmen muss. Soll die North Atlantic Treaty Organization doch zerfallen! Sie hat ihren Zweck erfüllt und ist nur mehr ein in die Jahre gekommener, schwerfälliger, sogar gefährlicher Anachronismus.«

»Wenn Deutschland also die westeuropäischen Staaten kontrolliert, zügelt Russland dann die osteuropäischen Staaten?«, fragte Schramm. »Arbeiten Deutschland und Russland zusammen, um eine dauerhafte europäische Friedensordnung zu schaffen?«

»Genau! Sehr gut ausgedrückt!«, sagte Filippow. »Wir haben keinen Grund, gegeneinander zu arbeiten, wenn gemeinsame Ziele und gemeinsame Feinde uns eigentlich zusammenschweißen müssten.«

»Manche Leute werden sagen, das erinnere zu sehr an den Hitler-Stalin-Pakt vor dem Großen Vaterländischen Krieg.«

»Unsere Staaten haben sich seither radikal verändert – die *Welt* ist anders geworden«, erwiderte Filippow. »Die faschistischen oder kommunistischen Regime in unseren Ländern gehören der Vergangenheit an. Wir leben in stabilen, demokratischen, offenen Gesellschaften, in denen nicht größenwahnsinnige Diktatoren, sondern Recht und Gesetz und das Volk herrschen. Und ich schlage zunächst kein Bündnis vor, obwohl wir darüber in Zukunft sicherlich nachdenken könnten. Ich schlage lediglich vor, dass wir unseren jeweiligen Einfluss geltend machen, um Ost- und Südosteuropa Frieden und Stabilität zu bringen.«

»Ein bestechender Gedanke, Herr Filippow«, sagte Schramm. »Wir vereinigen unsere Kräfte, um dem Balkan Frieden zu bringen. Wir werfen alten Ballast ab und schmieden gemeinsam neue, stärkere Bande.«

»Genau«, bestätigte Filippow. Sein Sekretär, der eifrig Stichworte auf einen Notizblock gekritzelt hatte, zeigte diese jetzt seinem Chef, damit dieser versuchen konnte, weitere Themen anzuschneiden, solange der deutsche Außenminister ihm Gehör schenkte. »Und es gibt viele weitere Felder, auf denen wir ebenfalls kooperieren könnten«, sagte Filippow, dessen Verstand wieder fieberhaft arbeitete, während er versuchte, sich neue gemeinsame Projekte zur Untermauerung dieses außenpolitischen Glücksfalls auszudenken.

»Zum Beispiel?«

Filippow las die dritte oder vierte Zeile der Notizen seines Sekretärs und bekam große Augen.

Dort stand einfach: *Kasakows Erdöl?*

Er machte eine Pause, bevor er sagte: »Zum Beispiel zur Verringerung der Abhängigkeit Europas von Erdöleinfuhren aus dem Nahen Osten. Obwohl Russland zu den großen Ölexporteuren der Welt gehört, kauft Europa weniger als zehn Prozent seines Öls von uns. Deutschland bezieht weniger als zwanzig Prozent seines Öls von Russland – und dabei sind wir Nachbarn! Von einer Korrektur dieser Situation würden beide Volkswirtschaften gewaltig profitieren.«

»Ich denke, das wäre ein Thema für unsere Wirtschafts- und Energieminister, Herr Filippow…«

»Das ist *auch* ein außenpolitisches Thema, Herr Minister«, unterbrach Filippow ihn. »Wir wissen, warum Europa so wenig Öl aus Russland einführt – die neuere Geschichte hält manche Leute in Ost- und Westeuropa davon ab, eine engere Verbindung zu befürworten. Das ist verständlich. Aber denken Sie an die Ereignisse der jüngsten Zeit, Herr Schramm. Europa hat in Bezug auf langfristige wirtschaftliche Stabilität und militärische Sicherheit ganz auf die Vereinigten Staaten gesetzt, und nun scheint dieses Spiel verloren zu sein. Die Vereinigten Staaten brauchen Deutschland nicht mehr.

Russland wäre ein verlässlicherer Partner, Herr Minister. Russland besitzt natürliche Ressourcen, Rohstoffe, mehr als jeder andere Staat der Welt – auch Erdöl, riesige Vorkommen, die nicht einmal in zwei Generationen vollständig sondiert und erst recht nicht gefördert werden können. Allein die *bekannten* Reserven am Kaspischen Meer sind fünfmal größer als die am Persischen Golf, und dabei ist erst ein Viertel der dortigen Ölfelder ganz erforscht.«

»Aber Russland nutzt diese Reserven nur für sich selbst«,

wandte Schramm ein. »Sie sprechen von der Erschließung Ihrer Ölfelder, aber Ihre Pipelines führen alle nur ins Inland, nach Samara oder Noworossijsk.«

»In der Tat, Herr Minister«, stimmte Filippow zu. »Aber eine russische Firma plant bereits, im kommenden Jahr mit Investitionen von über einer Milliarde Dollar eine Pipeline zwischen Schwarzem Meer und Adria zu bauen. Wir haben gewissen Einfluss in Bulgarien; Deutschland hat beträchtlichen Einfluss in Albanien. Verlassen die Vereinigten Staaten die NATO und ziehen aus Europa ab, wie es sich bereits abzeichnet, ist die Planung für einen US-Stützpunkt in Vlorë hinfällig, und Griechenland und die Türkei verlieren ihren großen Geldgeber und müssen in Zukunft sehen, wie sie allein zurechtkommen. Die Türkei wird dann Albanien und Makedonien sicher ihrem Schicksal überlassen.«

»Eine russische Ölgesellschaft soll eine Pipeline zwischen Schwarzem Meer und Adria bauen?«, fragte Schramm ungläubig. »Eine Privatfirma, nehme ich an? Die Gasprom baut nur Pipelines in Russland. Die LUKoil wollte eine Pipeline durch die Ukraine und Polen zur Ostsee bauen, aber ihre Investoren haben nach dem russischen Einfall in die Ukraine kalte Füße bekommen, und die Firma steht am Rand des Bankrotts. Dann bleibt nur …« In der folgenden kurzen Pause hörte Filippow ein leises unterdrücktes Glucksen. »Sie meinen doch nicht etwa *Metjorgaz?* Pawel, den Playboy?«

»Ich darf vorerst noch nicht allzu viele Einzelheiten des Projekts preisgeben, Herr Minister«, wehrte Filippow ab. Er war verdammt überrascht gewesen, als Schramm von Metjorgaz, Kasakows Ölgesellschaft, die zugleich seine Drogengeschäfte tarnte, gesprochen hatte. Andererseits pflegte Deutschland enge Beziehungen zu Albanien und war überall auf dem Balkan stark vertreten. Deshalb würden die Deutschen über alle dort geplanten Großprojekte informiert sein. Und Kasakow war als Mafioso und Geschäftsmann so bekannt, dass sie *bestimmt* auf alles achteten, woran er beteiligt sein könnte. »Ich will nur so viel sagen: Russland hat sich darauf festgelegt, die Ölreserven am Kaspischen Meer zu erschließen und ganz Europa mit preiswertem Erdöl zu versorgen. Davon werden alle Beteiligten sehr profitieren. Russland ist dabei, sich von vielen Seiten Unterstützung für dieses gigantische Projekt zu sichern, und wir hoffen natürlich auch auf die Hilfe der führenden Industriestaaten der Europäischen Union.«

»Das klingt ja, als läsen Sie aus einem Verkaufsprospekt vor, Herr Filippow«, sagte Schramm mit einem nervösen kleinen Lachen. »Deutschland ist in der Tat stets auf der Suche nach zuverlässigen Energiequellen. Unsere Abhängigkeit vom Erdöl aus den Golfanrainerstaaten ist bedauerlich, aber dort sitzen verhältnismäßig preiswerte und zuverlässige Lieferanten …«

»Solange die Vereinigten Staaten den Frieden im Nahen Osten sichern«, unterbrach Filippow ihn. »Was ist, wenn sie von dort ebenso abziehen wie aus Europa? Der Ölpreis würde astronomische Höhen erreichen, und Versorgungssicherheit gäbe es keine mehr. Deutschland braucht eine sichere Ölversorgung – aber aus Europa, nicht aus dem Nahen Osten. Die Ölreserven am Kaspischen Meer könnten die Lösung sein. Das Problem ist nur: Wie viel wird die Türkei für Öltransporte durch Bosporus und Dardanellen verlangen, wenn der Ölpreis explodiert? Und wie wollen Sie Öl aus Asien bekommen? Über Syrien? Über Israel … wenn es in fünf Jahren überhaupt noch existiert? Werden Sie in der Türkei einmarschieren müssen, um wieder Öltransporte durch die Meerengen zu ermöglichen?«

In Berlin entstand eine längere Pause. Filippow wollte sich schon erkundigen, ob Schramm noch da sei, als der deutsche Außenminister schließlich fragte: »Der Angriff auf Albanien war also kein Vergeltungsschlag, sondern lediglich der Beginn eines Feldzugs mit dem Ziel, sich Land und Baurechte für diese Pipeline nach Westeuropa zu sichern?«

»Ich kann mich nicht weiter zu den Ereignissen von heute Morgen äußern«, wehrte Filippow ab. Das konnte er tatsächlich nicht – er hatte keine Ahnung, was passiert war, außer dass irgendwo in Makedonien ein AWACS-Flugzeug der NATO als rauchender Trümmerhaufen lag. Ein heimlicher Angriff auf Albanien, um sich die Rechte für den Bau einer Pipeline zu sichern? Kasakow war bestimmt verrückt genug, um etwas in dieser Art zu versuchen.

»Und was die Rechte für den Bau der Pipeline betrifft … wir wollen kein Blutvergießen. Wir hoffen, die betreffenden Regierungen in Südosteuropa davon *überzeugen* zu können, dass es zu ihrem Vorteil ist, sich an diesem wichtigen und lukrativen Projekt zu beteiligen.«

»Ja, ich verstehe«, sagte Schramm hölzern. Jeder konnte die eigentliche Bedeutung dieser Worte, die kaum verhüllte Drohung verstehen. »Darüber müssen wir noch eingehender sprechen, Herr Minister.«

Als Filippow das Telefon auflegte, fühlte er sich ausgepumpt und zittrig, als habe er eben einen Tausendmeterspurt hinter sich. »Was … zum *Teufel* … geht hier vor?«, brüllte er seinen Sekretär an. »Was zum Teufel ist gerade passiert?«

»Wie ich die Sache verstanden habe, Iwan Iwanowitsch«, antwortete sein Sekretär lächelnd, »haben Sie eben ein Bündnis mit Deutschland zur Aufteilung des Balkans geschlossen.«

»Aber was ist mit Albanien?«, fragte Filippow. »Was ist in Albanien passiert?«

Der Sekretär zuckte mit den Schultern. »Spielt das jetzt noch eine Rolle, Iwan Iwanowitsch?«

3

Flugforschungszentrum N.J. Shukowski
Bykowo bei Moskau
(einige Tage später)

»Halt, keine Bewegung! Dies ist eine Razzia! Niemand bewegt sich!«

Die Männer des uniformierten Speznas-Stoßtrupps drangen eine halbe Stunde nach Mitternacht ohne Vorwarnung und mit schussbereiten Maschinenpistolen ins Gebäude der Firma Metjor Aerospace ein. Sie besetzten rasch das Erdgeschoss des weitläufigen Gebäudes. Ihnen folgten Agenten der *Glawnoje Raswediwatelnoje Uprwalenije* (GRU), des Nachrichtendienstes des Generalstabs, die unter ihren langen Ledermänteln schusssichere Westen trugen und mit Pistolen bewaffnet waren.

Dr. Pjotr Fursenko und Pawel Kasakow saßen in Fursenkos Büro, als die GRU-Offiziere mit schussbereiten Waffen hereinstürmten. Kasakow nippte an einem Glas mit gutem spanischem Sherry und rauchte genießerisch eine Havanna; Fursenko trank nervös Unmengen von Kaffee und rauchte eine bittere ägyptische Zigarette nach der anderen. »Wie lange wolltet ihr uns noch warten lassen?«, fragte Kasakow lächelnd. Die Eindringlinge gaben keine Antwort, sondern packten die beiden Männer, rissen sie hoch und stießen sie vor sich her aus dem Büro und in den großen Hangar hinaus.

Dort standen von GRU-Offizieren in Zivil und uniformierten Speznas-Kommandosoldaten umgeben Sergeij Jejsk, der Sicherheitsberater Präsident Senkows, und Generaloberst Walerij Schurbenko, der Chef des Generalstabs. Fursenko starrte die beiden Männer sichtlich erschrocken an. Pavel Kasakow lächelte nur, während er erst Jejsk, dann Schurbenko direkt ins Gesicht sah.

Als Jejsk nickte, ließ der Offizier, der den Einsatz leitete, seine Männer die beiden Zivilisten grob nach Waffen durchsuchen. Fursenko, der sichtlich eingeschüchtert war, fuhr bei jeder Berührung durch einen Soldaten zusammen; Kasakow ließ sich geduldig durchsuchen, ohne Widerstand zu leisten, und lächelte dabei Jejsk zuversichtlich an. Als die Soldaten mit ihrer ergebnislosen Durchsuchung fertig waren, trat Jejsk erst vor Kasakow, der seinen Blick unerschrocken erwiderte, und baute sich dann vor Fursenko auf, der ihn wie ein hypnotisiertes Kaninchen anstarrte.

Jejsk trat so dicht an Fursenko heran, dass ihre Nasen sich fast berührten, und fragte: »Wissen Sie, wer ich bin?« Der Wissenschaftler nickte. »Wissen Sie, wer diese Männer sind?« Fursenko schüttelte den Kopf. »Das sind die Männer, die dieses Gebäude Stück für Stück einreißen, Sie ins Gefängnis bringen und nackt in eine winzige Einzelzelle werfen werden, wenn mir Ihre Antworten auf meine Fragen nicht gefallen. Haben Sie verstanden?«

Fursenko nickte so nachdrücklich, dass alle Soldaten im Hangar es sehen konnten. Kasakow lächelte nur. »Das war eine leichte Frage«, sagte er. »Sind Sie jetzt fertig? Können wir gehen?« Sein Bewacher rammte ihm die Mündung seiner MP in die Rippen.

»Ich will Ihnen eine leichte Frage stellen, Doktor – wo ist der Bomber?«

»Welcher Bomber?« Diesmal bekam Fursenko eine MP in die Rippen gerammt.

Ein Soldat kam herbeigehastet und flüsterte Schurbenko etwas zu. »Mit welcher Zahlenkombination lässt sich das Tor dort drüben öffnen, Doktor?«, fragte der Generaloberst. Fursenko nannte sie ihm sofort, und binnen einer Minute waren das Tor geöffnet und die Beleuchtung eingeschaltet. In der anderen Hangarhälfte fanden sie lediglich ein Flugzeuggerippe vor, das entfernt an den Stealth-Bomber Metjor Mt-179 erinnerte, und auf dem sauber gekehrten Hallenboden eine Ansammlung von Rumpfsegmenten in Verbundbauweise, Kabelbäumen und Triebwerksteilen. »Was ist *das?*«, fragte Jejsk scharf.

»Unser neuestes Projekt, die Mt-179. Sie hat nicht funktioniert«, antwortete Fursenko unbehaglich.

»Die *richtige* Mt-179. Wo ist sie?«

»Das hier ist sie«, behauptete Fursenko. »Mehr ist nicht von ihr übrig.«

»Wollen Sie mich verarschen?« Jejsk baute sich vor Fursenko auf und schlug ihm mit dem Handrücken ins Gesicht. »Ich frage Sie noch einmal, Doktor – wo ist die verdammte Mt-179?«

»Hören Sie auf, den armen Doktor ins Gesicht zu schlagen, Jejsk«, sagte Kasakow. »Sonst nimmt sein einmaliges Gehirn am Ende noch Schaden.«

»Halten Sie Ihre verdammte Klappe!«, brüllte Jejsk ihn an. »Ich sollte der Welt einen Gefallen tun und Ihnen eine Kugel durch den Kopf jagen!«

»Dazu sind Sie nicht hergekommen, Jejsk, sonst wären wir längst tot«, sagte Kasakow. »Aber Sie dann natürlich auch.« Er senkte den Blick und forderte Jejsk mit einer Handbewegung auf, seiner Blickrichtung zu folgen. Jejsk und Schurbenko sahen an sich hinab und stellten fest, dass sich auf ihrer Kleidung im Genitalbereich kleine rote Punkte abzeichneten. Auch auf den Uniformen aller ihrer Soldaten waren die Lichtpunkte von Laservisieren zu sehen – bei jedem Mann waren es mindestens drei, die jeweils Stellen markierten, die nicht von ihren schusssicheren Westen geschützt waren.

»Sie wagen es, mir zu drohen?«, rief Jejsk aus, während auf seiner Stirn Schweißperlen erschienen. »Ich lasse alles niederreißen, was Ihnen gehört, und ins Schwarze Meer werfen – und Ihre zerschmetterten Leichen hinterher!«

»Aber, aber, General Jejsk, Sie reden ja genau wie ein Gangster«, sagte Kasakow ironisch tadelnd. Dann kniff er die Augen zusammen, und sein lockeres, entspanntes, leicht amüsiertes Lächeln verschwand schlagartig. »Schluss jetzt mit diesem Unsinn, Jejsk. Sie sind im Auftrag des Präsidenten hier, um herauszubekommen, was wir tun, und uns ein Angebot zu machen.« Jejsk funkelte ihn an, aber Kasakow wusste, dass er richtig vermutet hatte. »Ich schlage vor, dass Sie Ihre Männer für heute nach Hause schicken, damit wir zur Sache kommen können.«

»Ich rate Ihnen, sich kooperativ zu zeigen, sonst werden Sie sich wünschen, wieder in Kasachstan bei Ihren Ziegen zu sein«, knurrte Jejsk. Er entließ die GRU-Offiziere und Speznas-Kommandosoldaten mit einer Handbewegung und behielt nur zwei Leibwächter bei sich. Zwischen den Stahlträgern der Dachkonstruktion war keiner von Kasakows Leuten mehr zu sehen – aber die hatten seine Männer auch vorher nicht gesehen. Offenbar stimmten die Gerüchte, dass Kasakow eine Privatarmee aus ehemaligen Speznas-Kommandosoldaten hatte, die gut ausgebildet, jetzt auch gut besoldet und ihm treu ergeben waren.

»Wo ist der Bomber, Pawel Gregorjewitsch?«, fragte Schurbenko, als sie in dem kleinen Büro zusammensaßen. »Wir wissen, dass er zwei Stunden vor dem Luftangriff auf Kukës von hier gestartet ist, und jetzt ist er verschwunden.«

Kasakow zündete sich eine Zigarre an, bot auch Jejsk und Schurbenko die Havannas an. Schurbenko nahm eine. »Er ist in Sicherheit, an verschiedenen Orten in drei oder vier Ländern versteckt.«

»Was zum *Teufel* bilden Sie sich eigentlich ein?«, polterte Jejsk los. »Wollen Sie Außenpolitik auf eigene Faust machen, Ihren eigenen kleinen imperialistischen Krieg führen? Erzählen Sie mir bloß nicht, Sie hätten Ihren Vater so sehr geliebt, dass Sie einen Stealth-Bomber gestohlen und hunderte von Männern, Frauen und Kindern umgebracht haben, um ihn zu *rächen?*«

»Ich würde nicht mal einen Telefonhörer abheben, um meinen Vater zu rächen«, sagte Kasakow bösartig grinsend. »Außerdem ist er genau so gestorben, wie er's sich gewünscht hätte – vielleicht nicht mit seinen Stiefeln an den Füßen, aber wenigstens im Handgemenge mit dem Feind. Wahrscheinlich hat er die Männer, die ihm einen Strick um den Hals gelegt haben, bis zuletzt beschimpft, um ihnen seine Verachtung zu beweisen. Ich habe bessere Verwendung für meine Zeit und mein Geld, als wegen eines Mannes, der sich nie einen Dreck um mich gekümmert hat, einen Rachefeldzug zu führen.«

»Was *machen* Sie also?«

»Ich schaffe ein günstiges politisches und wirtschaftliches Klima für mich – und auch für Russland, wenn dieser Schlappschwanz Senkow und Sie clever genug wären, um diese Chance zu nutzen«, antwortete Kasakow.

»Aber wie? Wollen Sie etwa alle Hauptstädte auf dem Balkan und im Transkaukasus bombardieren, nur um eine Pipeline verlegen zu dürfen?«

»Das brauche ich nicht zu tun«, sagte Kasakow. »Der Angriff auf Kukës war Warnung genug. Unter der Voraussetzung, dass ihr Schwätzer mich nicht vorzeitig verratet, wende ich mich an die Regierungen Albaniens und Makedoniens und mache ihnen ein Angebot. Weisen sie mein großzügiges Angebot zurück, erleiden sie das gleiche Schicksal.«

»Sie spinnen wohl?«, fragte Jejsk empört. »Sie wollen mit einem einzigen Flugzeug die Regierungen zweier Staaten so einschüchtern, dass sie Ihnen erlauben, eine Pipeline durch ihr Gebiet zu bauen?«

»Ich hoffe, dass Russland interveniert«, antwortete Kasakow. »Russland sollte diesen Staaten zu Hilfe eilen und ihre Sicherheit garantieren. Sobald dort russische Truppen diskret, aber unübersehbar stationiert sind, ist die Sicherheit beider Staaten und meiner Pipeline gewährleistet. In einem Jahr ist meine Pipeline betriebsbereit, und wir können alle anfangen, Geld zu verdienen.«

»Das ist die dämlichste Idee, die ich je gehört habe!«, knurrte Jejsk. »Glauben Sie im Ernst, dass die beiden Regierungen sich einfach tot stellen werden? Und was ist mit ...«

»Mit der NATO?«, unterbrach Kasakow ihn. »Sagen Sie mir, Genosse Nationaler Sicherheitsberater, wird die NATO dabei eine Rolle spielen können?« Als Jejsk stumm wegsah, lächelte er versonnen – seine Informationen waren also zutreffend. Die Vereinigten Staaten verließen tatsächlich die NATO und zogen aus Europa ab. Dies war wirklich eine einmalige Gelegenheit, und nun wurden endlich auch einflussreiche Mitglieder der russischen Regierung darauf aufmerksam. »Wer noch? Deutschland? Meinen Informationen nach soll die deutsch-russische Zusammenarbeit auf allen Gebieten erheblich verstärkt werden, um das von den Amerikanern durch ihren Abzug hinterlassene Machtvakuum auszufüllen.«

»Wozu brauchen wir also Sie, Kasakow?«, fragte Jejsk aufgebracht. Woher zum *Teufel* wusste dieser kleine Gangster das alles? »Sie sind nur ein Drogenhändler. Weshalb soll Russland auf Sie und Fursenkos hübsches kleines Spielzeug angewiesen sein?«

»Versuchen Sie's doch!«, forderte Kasakow ihn auf. »Lassen Sie russische Truppen gegen den Willen der dortigen Regierung in Makedonien einmarschieren. Dann erklären Griechenland und die Türkei Ihnen den Krieg, und das könnte sogar die Vereinigten Staaten nach Europa und in die Allianz zurückbringen. Meines Wissens haben die Amerikaner die NATO noch nicht verlassen – und das wäre ein sehr guter Grund, es nicht zu tun. Marschieren Sie in Albanien ein, würden die Deutschen sich bedroht fühlen und Ihnen die neue Zusammenarbeit aufkündigen. Sie *brauchen* mich, Jejsk. Sie brauchen die Metjor Mt-179, die auf dem Balkan und im Transkaukasus präzise, vernichtende und vor allem hundertprozentig abzuleugnende Angriffe fliegen kann. Glauben die betroffenen Staaten, dass Sie hinter diesen Angriffen stehen, ist das Spiel aus. Gelingt es Ihnen jedoch, sie davon zu überzeugen, dass sie Russlands Hilfe brauchen, gelangt Ihr ehemaliger Machtbereich wieder unter Ihre Kontrolle, und ich bekomme die wirtschaftliche, militärische und politische Stabilität, die ich brauche, um in diesen Gebieten zwei Milliarden Dollar zu investieren.«

»Das klingt wie eine Art Schutzgelderpressung, Pawel Gregorjewitsch«, wandte Schurbenko ein. »Wieso sollten wir uns darauf einlassen? Weshalb sollte Russland den Bau dieser Pipeline nicht selbst in die Hand nehmen? Sie von Gasprom oder LUKoil bauen lassen und die Investitionskosten aus Ölverkäufen zurückzahlen?«

»Könnten Sie das, hätten Sie's längst getan«, stellte Kasakow fest. »Diese beiden Firmen sind durch Korruption und drückende Schulden fast bankrott – hauptsächlich wegen der stümperhaften Einmischungen ihres Großaktionärs, des russischen Staats und seiner unfähigen Bürokraten. Mein Plan sieht vor, dass weder Russland noch die anderen Staaten Geld investieren müssen – die Pipeline bezahle ich. Sie gehört dann mir. Die anderen Staaten erhalten eine zuvor ausgehandelte Durchleitungsgebühr, die für sie reiner Gewinn ist, und können zusätzliche Gewinne erzielen, indem sie Rohöl aus der Pipeline kaufen und in eigenen Raffinerien verarbeiten. Für dieses Rohöl mache ich ihnen einen guten Preis.«

»Und was hat Russland davon?«, fragte Jejsk. »Was bekommen *wir?*«

Kasakow lächelte breit – er wusste, dass er sie jetzt an der Angel hatte. Sobald sie an sich selbst und *ihren* Anteil am Geschäft dachten, hatten sie angebissen. »Offiziell erhält Russland eine Durchleitungsgebühr für das Erdöl, das ich durch Russland leite und über Noworossijsk verschiffe«, antwortete er. »Heimlich zahle ich einen gewissen Prozentsatz meines Gewinns für den Schutz meiner Pipeline. Russland ist dann wieder auf dem Balkan präsent und kann die dortigen Staaten aussaugen. Ich weiß, dass Russland sich sehr gut darauf versteht, Staaten, die es zu schützen versprochen hat, zu melken – Makedonien, Bulgarien und Albanien sollten keine Ausnahme darstellen. Ich werde versuchen, alle drei Staaten mit den gleichen… Anreizen zu ködern.«

»*Plomo o plata?*«, fragte Schurbenko. »Wer mitspielt, wird reich gemacht, und wer ablehnt, wird tot gemacht?«

»Bei dieser Konstellation gewinnen alle«, behauptete Kasakow. »Das ist ein Angebot, das niemand ablehnen kann.«

»Wirklich ein Angebot, das niemand ablehnen kann«, murmelte Linda Mae Walentina Masljukowa vor sich hin, als sie auf dem schmalen Kiesbankett der am Ende der Landebahn vorbeiführenden Straße stehend ihre Dehnübungen beendete und mit einer einfachen *Kata*-Übung für Karatekämpfer weitermachte.

Linda Mae war eine Elektronikingenieurin aus St. Petersburg, die Tochter eines russischen Vaters – eines ehemaligen russischen Konsuls und Handelsbeauftragten in New Orleans und Los Angeles – und einer irisch-amerikanischen Mutter aus Monroe, Louisiana. Obwohl sie den größten Teil ihres Lebens in New Orleans verbracht hatte, war sie bereitwillig mitgegangen, als ihr Vater wieder nach Moskau versetzt worden war. Ihre feuerroten Locken und blitzenden grünen Augen hatten die Studenten und Professoren am Joffe-Polytechnikum in St. Petersburg ziemlich beeindruckt, aber sie hatte sich von ihrer Beliebtheit nicht davon abhalten lassen, ihr Studium mit Auszeichnung abzuschließen.

Nach abgeschlossenem Studium hatte Linda Mae im Jahr 1995 auf ihre US-Staatsbürgerschaft verzichtet, was ihr in Russland große Karrierechancen eröffnet hatte. Als Elektronikingenieurin, die nicht nur Russisch, sondern auch fließend Englisch sprach, hatte sie die Wahl zwischen vielen Jobs und Gehältern. Sie schlug jedoch mehrere besser bezahlte Jobs in Moskau und eine Dozentenstelle in St. Petersburg aus, um am Luftfahrtforschungszentrum N.J. Shukowski im Labor für Nachrichtentechnik zu arbeiten. Weil sie früher US-Staatsbürgerin gewesen war, blieb ihre Sicherheitseinstufung auf *Geheim* beschränkt, aber sie lebte trotzdem gut und war bei ihren Kollegen beliebt und angesehen. Sie sprach oft davon, nach Moskau oder St. Petersburg zu gehen, kam aber doch immer wieder davon ab – meistens nachdem sie einen neuen Piloten oder hohen Offizier einer der auf dem Luftwaffenstützpunkt Shukowski stationierten Staffeln kennen gelernt hatte.

Niemand kannte den wahren Grund dafür, dass sie am Flugforschungsinstitut blieb, heiße Affären mit hohen Offizieren hatte, die sie bald wieder abbrach, und sich mit einem verhältnismäßig niedrigen Gehalt zufrieden gab, obwohl sie anderswo weit mehr hätte verdienen können. Der wahre Grund: Linda Mae war eine amerikanische Spionin. Ihr karges Ingenieursgehalt wurde durch Zahlungen auf ein Nummernkonto auf den Cayman Islands reichlich aufgebessert, und dorthin wollte sie sich auch zurückziehen, sobald sie das Gefühl hatte, ihre Tarnung sei aufgeflogen.

Sie hatte gerade eine Aufnahme von dem passiven Rekorder heruntergeladen, den sie vor einigen Wochen im Hangar von Metjor Aerospace installiert hatte. Bis vor kurzem war bei Metjor nicht viel los gewesen – bis der Vater Pawel Kasakows, des Großaktionärs der IIG Metjor, im Kosovo brutal ermordet worden war. Danach hatte bei Metjor Aerospace plötzlich Hochbetrieb geherrscht. Bevor die Sicherheitsvorkehrungen dort drüben erheblich verschärft worden waren, war es ihr gelungen, im Haupthangar und in den Büros Abhörmikrofone zu installieren. Ihr rotes

Haar, ihre grünen Augen, ihre üppige Oberweite und ihre kecke Art zogen alle Männer an, unabhängig davon, ob sie jung oder alt, ledig oder verheiratet waren, sodass sie praktisch freien Zugang zu Metjor hatte. Aber trotz aller Bemühungen war es ihr nicht gelungen, sich Zugang zu dem bewachten Hangarteil zu verschaffen oder an Dr. Pjotr Fursenko, den Direktor des Luftfahrtforschungszentrums N.J. Shukowski, heranzukommen. Der alte Furzer war bestimmt schwul – sie hatte versucht, ihn mit ihren weiblichen Reizen zu umgarnen, aber das hatte nichts geholfen.

Linda Mae hatte ihren Start nicht beobachtet, aber sie wusste, dass die Metjor Mt-179 seit dem Tag nach dem Luftangriff auf Kukës verschwunden war. Für sie stand fest, welcher Bomber diesen Angriff geflogen hatte. Aus den vielen abgehörten Gesprächen hatte sie den gesamten Zeitplan dieses Einsatzes rekonstruieren können: wann die Maschine mit scharfen Waffen beladen worden war, woher die Bewaffnung stammte, welchen Kurs die Mt-179 fliegen würde – und sogar, was die Besatzung tun sollte, wenn sie einem AWACS-Flugzeug begegnete, was offenbar der Fall gewesen war. Ihre Abhörmikrofone waren sehr, sehr empfindlich.

Um die Entdeckungsgefahr zu verringern, mussten sie leider mit ganz geringer Sendeleistung arbeiten, was bedeutete, dass Linda Mae sehr nahe an den Hangar herankommen musste, um die aufgezeichneten Gespräche herunterladen zu können; außerdem musste der an den Rekorder angeschlossene Sender im VLF-Bereich arbeiten, um die stählernen Hangarwände zu durchdringen, sodass die Übermittlung der komprimierten Datenpakete sehr langsam vor sich ging. Sie musste mit ihrem Empfänger bis auf zweihundert Meter an den Sender herankommen, und da der Download eines fünfminütigen Gesprächs mindestens eine Minute dauerte, musste sie sich wenigstens eine halbe Stunde im Empfangsbereich aufhalten.

Linda Mae würde nie ein Apartment auf dem Stützpunkt zugewiesen bekommen, und da sie im Augenblick keinen Freund hatte, der dort wohnte, musste sie den Download tarnen, indem sie sich aufs Joggen verlegte. Von den Hauptgebäuden aus verlief die Ringstraße um die Landebahn des Stützpunkts parallel zu der in

Nord-Süd-Richtung verlaufenden Bahn bis zu der Wohnsiedlung im äußersten Süden. Jeden Tag nach der Arbeit am Schreibtisch oder im Labor zog Linda Mae einen Jogginganzug an, steckte ihren als Walkman getarnten Rekorder aus österreichischer Produktion ein, joggte auf der Ringstraße bis zur Wohnsiedlung, wo sie eine Ruhepause machte oder dort wohnende Freunde besuchte, und joggte dann zurück. Solange sie nicht weiter als zweihundert Meter von dem Metjor-Hangar entfernt war, übermittelte der automatisch abgefragte Sender Datenpakete, die auf der Compact-Flash-Speicherkarte in ihrem Rekorder aufgezeichnet wurden. Obwohl Linda Mae fit genug war, um einen Marathon zu bestreiten, legte sie nach jedem Kilometer eine Pause ein, um ihren Puls zu kontrollieren, wieder zu Atem zu kommen, landende Flugzeuge zu beobachten oder Dehnübungen zu machen. Am Tor von Metjor Aerospace stand oft ein freundlicher Wachposten, bei dem sie Halt machte, um mit ihm zu schwatzen, zu flirten oder ihn sonst wie zu umgarnen, damit sie sich lange genug dort aufhalten konnte, um die aufgezeichneten Gespräche herunterladen zu können.

Sie konnte auch abhören, was sie zuvor heruntergeladen hatte – das war gefährlich, aber es half mit, ihr die Wichtigkeit ihres Auftrags bewusst zu machen, damit sie wusste, weshalb sie ihr Leben riskierte, um den Vereinigten Staaten diese Informationen zu verschaffen. Seit bei Metjor plötzlich Hochbetrieb herrschte, hatte Linda Mae angefangen, die immer unheimlicheren Downloads abzuhören. Aber diese neue Entwicklung war noch beängstigender. Anscheinend sollte die Mt-179 tatsächlich eingesetzt werden, um …

Hinter ihr knirschten Autoreifen über den Kies. Da sie Ohrhörer trug, gab sie vor, dieses Geräusch nicht wahrzunehmen. Sie stellte den Rekorder ab, schaltete wieder auf russische Rockmusik um, zog den Reißverschluss ihres Jogginganzugs weit herunter, während sie angeblich Dehnübungen machte, und nahm dann die Ohrhörer heraus.

»*Prastitje, gaspasha*«, sagte ein Mann hinter ihr. Sie spielte die Überraschte und drehte sich um. Dort stand ein mit zwei Uniformierten besetzter Streifenwagen des Sicherheitsdiensts. Da seine Blinklichter nicht eingeschaltet waren, war dies vielleicht keine Kontrolle, sondern nur eine freundliche …

In diesem Augenblick schaltete der Sicherheitsbeamte am Steuer die rot-blauen Blinklichter ein. *Scheiße, was wollen die Kerle von mir?*

»*Da?*«, fragte Linda Mae mit ihrem entwaffnendsten, verführerischsten Lächeln und ließ etwas von ihrem Südstaatenakzent in ihr Russisch einfließen, um zu versuchen, die beiden zu verwirren. »Was gibt's denn, Jungs?«

»Wir möchten Ihnen ein paar Fragen stellen«, sagte der ausgestiegene Sicherheitsbeamte. »Kommen Sie bitte mit.«

»Aber wozu denn?«

»Das erklären wir Ihnen alles in der Sicherheitszentrale, *gaspasha*«, antwortete der Mann. In diesem Augenblick fiel Linda Mae auf dem Kofferraum des Streifenwagens eine ungewöhnliche Antenne auf, die vermutlich zu einem Scanner zum Aufspüren ungenehmigter Empfänger gehörte. Das war eine Neuerung. Sie musste von außerhalb des Stützpunkts gekommen sein, denn wenn der Kommandeur irgendwelche elektronischen Geräte brauchte, wandte er sich sonst an das Labor, in dem Linda Mae arbeitete.

»*Charascho*«, bestätigte Linda Mae. Sie trat auf den Sicherheitsbeamten zu. Sobald die Scheinwerfer sie nicht mehr blendeten, warf sie einen Blick ins Innere des Wagens. Kein Hund. Der andere Mann saß weiter mit angelegtem Sicherheitsgurt am Steuer, hielt das Mikrofon seines Funkgeräts in der rechten Hand, beobachtete lässig, wie sie herankam, und hatte eine Zigarette zwischen den Fingern der linken Hand. Er rechnete offensichtlich mit einer routinemäßig verlaufenden Festnahme.

Sie wusste, dass sie auf keinen Fall in den Streifenwagen einsteigen durfte.

Der erste Sicherheitsbeamte, der eine lange Stabtaschenlampe in der linken Hand hielt, griff mit der anderen Hand hinter sich, um ein Paar Handschellen vom Koppel loszuhaken. Als Linda Mae sich ihm näherte, reagierte er genau wie erwartet: Er starrte ihre

Titten an, hielt den Strahl seiner Taschenlampe auf den Ausschnitt ihrer Jacke gerichtet. »Bitte legen Sie die Hände auf den Rücken«, befahl der Sicherheitsbeamte ihr in nicht allzu energischem, fast entschuldigendem Tonfall.

»Meinen Sie so?« Linda Mae legte ihre Hände auf den Rücken, ohne sich dabei umzudrehen, was ihre Titten noch stärker hervortreten ließ. Der vor ihr Stehende hatte nur noch Augen für diesen Anblick.

Sie wusste nicht, woher sie die Kraft für ihre Reaktion nahm. Vielleicht daher, dass sie genau diese Situation schon so lange befürchtet hatte. Vielleicht war ihr Verhalten eine heldenhafte Trotzreaktion. Vielleicht hatte sie auch nur zu viele Folgen von *Charlie's Angels* gesehen. Jedenfalls passierte es einfach wie von selbst, ohne dass sie sich den Kopf darüber zerbrochen hätte, ob es sicher oder vernünftig oder sonst etwas war. Gefängnis, Vernehmungszentrum, die Hölle – oder die Cayman Islands. So oder so war sie jetzt unterwegs.

Als der Uniformierte, der weiter nur ihre üppigen weißen Brüste anstarrte, einen Schritt auf sie zumachte, trat Linda Mae blitzschnell nach ihm. Sie verfehlte ihr Ziel und traf nur das Schienbein des Sicherheitsbeamten. Aber der Mann stand einen Augenblick wie gelähmt da, als könne er nicht glauben, was sie getan hatte, was ihr Gelegenheit gab, nochmals zuzutreten und diesmal besser zu zielen. Ihr rechter Laufschuh traf ihn mit voller Wucht zwischen den Beinen. Er stieß einen dumpfen Schmerzenslaut aus und krümmte sich weit zusammen. Sie war sofort neben ihm und trat ihm mit dem linken Fuß seitlich ans linke Knie. Das Gelenk gab nach, und er kippte nach links, sodass seine rechts getragene Pistole in ihrem bereits geöffneten Halfter zugänglich war. Linda Mae riss die Waffe heraus. Er griff nach ihr und bekam sie auch beinahe zu fassen, aber sie entwand sich ihm rasch.

»*Astanawliwatsja*! Stehen bleiben!« Der zweite Sicherheitsbeamte, ein viel jüngerer Mann, wusste offenbar nicht recht, was er tun sollte – aussteigen, Unterstützung anfordern oder seine Pistole ziehen –, deshalb versuchte er, alles gleichzeitig zu tun. Er schien sich wie im Zeitlupentempo zu bewegen, während Linda Mae den Eindruck hatte, alles laufe dreimal schneller als normal ab.

Die Pistole, die sie dem ersten Uniformierten abgenommen hatte, war unerwartet schwer, aber dafür ließ der Abzug sich viel leichter betätigen, als Linda Mae erwartet hatte. Ganz wenig Druck genügte bereits, um zwei Schüsse abzugeben. Der erste Schuss ging durchs Beifahrerfenster in den Wagen, ließ die Seitenscheibe zersplittern und zertrümmerte den Tacho. Der zweite Schuss ging irgendwo übers Autodach. »Raus aus dem Wagen!«, kreischte Linda Mae. »Los, los, aussteigen!«

»Halt! Keine Bewegung!«, befahl der Fahrer ihr. Er drückte die Sprechtaste. »Überfall! Widerstand mit Waffengewalt! Schickt sofort …«

Linda Mae wollte nur das Funkgerät treffen – zumindest redete sie sich das selbst ein. Aber als sie aufhörte, den Abzug zu betätigen, war auch das linke Fenster zersplittert, und der Kopf des Fahrers glich einer zerhämmerten Kokosnuss mit blutgetränkten Haarsträhnen, die ein grässliches blutiges Loch umgaben.

Sie musste ihre gesamte körperliche und emotionale Kraft aufwenden, um an die Fahrertür zu treten, über die Lache aus Blut, Gehirnmasse und Knochensplittern im Schoß des Toten hinweg den Sicherheitsgurt zu lösen und die Leiche aus dem Wagen zu zerren. Vor dem Hintergrundgeräusch des in ihren Schläfen pochenden Bluts hörte sie den ersten Kerl aufgeregt brabbeln – vermutlich in sein Handfunkgerät –, aber das war ihr egal. Sie setzte sich ans Steuer, gab Gas und raste davon. Die erste Abzweigung links brachte sie auf die Straße zum rückwärtigen Tor des Stützpunkts. Unterwegs sah sie rot-blaue Blinklichter, merkte nicht gleich, dass sie von ihrem Wagen stammten, und fuhr noch schneller. Die Scheinwerfer zeigten ihr das rasch näher kommende Wachhäuschen am rückwärtigen Tor. Sie sah das Schnellfeuergewehr in der Halterung zwischen den Sitzen, dachte einen Augenblick lang daran, sich damit den Weg freizuschießen, und war dann am Wachhäuschen vorbei, bevor sie diese Idee in die Tat umsetzen konnte. Sie hörte mehrere kurze Einschläge in die Karosserie –

von den Wachposten am Tor abgegebene Schüsse –, aber der Wagen fuhr weiter.

Am Ende der Zufahrtsstraße bog Linda Mae links ab, um in die nächste Kleinstadt Itslaw zu gelangen. Sie fand endlich auch den Schalter für die Blinkleuchten und stellte sie ab.

Nachdem sie nun auf der Flucht war, wurde ihr tatsächlich klarer, wie es weitergehen würde, denn sie hatte das Verfahren, mit dem sie sich in Sicherheit bringen sollte, jährlich mehrmals geübt und wusste genau, was sie zu tun hatte. Wenn die amerikanische Central Intelligence Agency eines beherrschte, dann war es die Ausarbeitung eines guten Fluchtplans für ihre Agenten.

Um den Luftwaffenstützpunkt Shukowski herum waren insgesamt vier Treffpunkte festgelegt. Sobald Linda Mae mit dem in ihren Walkman eingebauten Geheimsender einen Notruf funkte, der über Satellit weitergeleitet wurde, oder nach jedem bedeutsamen Ereignis – und ein Mord auf dem Stützpunkt würde zweifellos als bedeutsames Ereignis gelten –, begann jemand, die Treffpunkte regelmäßig zu besuchen. Obwohl Linda Mae keine Ahnung hatte, wer das sein, wann er oder sie aufkreuzen und was er oder sie tun würde, war es ihre Aufgabe, die Kontaktperson zu identifizieren und anzusprechen. Handelte es sich tatsächlich um die Kontaktperson, würde Linda Mae an einen sicheren Ort gebracht, identifiziert und von einer eigens für diesen Zweck in Russland aufgebauten Fluchthilfeorganisation außer Landes gebracht werden. Sie brauchte nur den Sender in ihrem Walkman zu aktivieren und…

Aber als sie danach greifen wollte, merkte sie, dass sie ihren Walkman nicht mehr hatte. Der erste Sicherheitsbeamte musste ihn ihr bei dem kurzen Handgemenge vom Gürtel gerissen haben.

Nach einigen herzhaften Flüchen auf Englisch, Kreolisch und Russisch beruhigte Linda Mae sich wieder. Der Notruf war nicht wirklich wichtig. Der Aufruhr in dem Stützpunkt würde die Fluchthilfeorganisation bestimmt längst alarmiert haben. Sie brauchte nur noch einen der vier Treffpunkte zu erreichen, Verbindung mit der Kontaktperson aufzunehmen und dann alle Anweisungen genau zu befolgen, bis sie in Sicherheit war.

Als Erstes musste sie den auffälligen Streifenwagen loswerden. Sie entschied sich für den etwa fünfzehn Kilometer vom Stützpunkt entfernten Abstellplatz eines Entsorgungsunternehmens, auf dem sie ihn zwischen zwei großen Fahrzeugen versteckte, die offenbar schon lange nicht mehr bewegt worden waren. Nachdem sie festgestellt hatte, dass noch drei Patronen im Magazin waren, behielt sie die Pistole, ließ aber das Schnellfeuergewehr, das viel schwerer war, als sie gedacht hatte, im Wagen zurück. Dann überquerte Linda Mae den Abstellplatz und erreichte wieder die Fernstraße. Sie war natürlich versucht, nach Osten zum nächsten Treffpunkt zu trampen, aber davon hatte ihr Führungsoffizier ihr dringend abgeraten, denn bei derartigen Fluchtversuchen wurden viele Leute geschnappt.

Südlich der Straße lag eine Kette von Gewerbebetrieben mit beleuchteten Parkplätzen, aber auf ihrer Nordseite gab es vor allem Felder, auf denen Winterweizen im Schneematsch stand, und weiter nördlich einen kleinen Fluss zwischen kahlen Bäumen. Sie überquerte die Straße an einer dunklen Stelle, stapfte ungefähr einen Kilometer geradeaus weiter und bog dann parallel zur Straße nach Osten ab. Unterwegs kam sie an ein paar Betrieben und Parkplätzen vorbei, die zwischen ihr und der Straße lagen, aber die Lichter und Zäune reichten nicht weit in die Felder hinein, sodass sie keine großen Umwege machen musste. Das hatte ihr Führungsoffizier ihr eingeschärft: Straßen, Flüsse, Eisenbahnen, Überlandleitungen, jegliche Art von Verkehrswegen unbedingt meiden!

Einige Stunden später erreichte sie eine Kreuzung, an der eine Brücke nach Norden über den Fluss führte; dort stand eine Kneipe, in der sie manchmal mit Freunden gewesen war – auch um diese Zeit noch einladend geöffnet. Linda Mae glaubte sogar, auf dem Parkplatz die Autos von Freunden zu sehen, von guten alten Freunden, die sie seit vielen Jahren kannte. Sie war müde, ausgepumpt, hungrig, durchgefroren, von Ästen und Brombeerranken mit Kratzern übersät und hatte Schnittwunden von Stacheldrahtzäunen, die sie hatte überklettern müssen. Sie konnte sich am Rand des Parkplatzes verstecken, auf die Rückkehr ihrer Freunde warten, sie um Hilfe bitten, sich vielleicht bis in die nähere Umgebung des Treffpunkts fahren lassen…

Nein, nein, *nein,* ermahnte sie sich selbst. Auch das hatte ihr Führungsoffizier ihr eingebläut: Sie musste sich von allen Menschen fern halten, so nahe sie ihr auch stehen und so vertrauenswürdig sie auch sein mochten. Also schlurfte sie widerstrebend, vor Schmerzen, Angst und Erschöpfung fast wimmernd, durch den halb gefrorenen knöcheltiefen Schlamm hinter der Kneipe und achtete darauf, möglichst im Schatten zu bleiben. Sie folgte einem Trampelpfad zum Fluss und stieß auf einen weiteren Pfad, der unters Widerlager der Brücke führte. Dort lagerten ein paar Obdachlose, die sich in verschlissene Decken gehüllt an winzigen Feuern in Blecheimern wärmten, Wodka tranken und Reste aus der Mülltonne der Kneipe aßen. Sie überlegte wieder, ob sie diese Leute um Essen oder Kleidung bitten sollte. Sie konnte die Pistole gegen Essen eintauschen oder diesen Leuten drohen, einen von ihnen zu erschießen, wenn sie ihr nicht halfen. Aber sie hielt sich fern, machte einen Bogen um die Obdachlosen, die sie nicht bemerkten, und verzichtete sogar darauf, die den Fluss entlangführende schmale Straße zu benutzen. Selbst auf diese kleine Erleichterung verzichten zu müssen, kostete sie mehr Überwindung als jeder andere Verzicht in ihrem bisherigen Leben.

Aber als sie wieder im Dunkel verschwand, hörte sie hinter sich Sirenen. Zwei Streifenwagen kamen mit eingeschaltetem Blinklicht herangerast und hielten vor der Kneipe. Wäre sie hineingegangen, um sich nur für ein paar Minuten zu wärmen, wäre sie jetzt geschnappt worden. Hätte sie mit den Obdachlosen gesprochen, die unter Umständen von der Polizei vernommen werden würden, hätten sie sie bestimmt verraten. Hey, wie findest du das?, fragte sie sich – vielleicht versteht dein Führungsoffizier seine Sache wirklich!

Als ein grauer Tag zögernd heraufdämmerte, hatte Linda Mae den Treffpunkt erreicht. Neben einer weiteren Nord-Süd-Brücke über den Fluss lag ein unbefestigter Parkplatz, auf dem Sommerurlauber Kajaks und Schlauchboote abluden, um sich dann den Fluss hinuntertreiben zu lassen. Früher hatte es hier auch einen kleinen Zeltplatz für Bootswanderer gegeben, aber dieser Platz war durch mangelnden Unterhalt und Missbrauch durch Drogenhändler und Obdachlose so heruntergekommen, dass dort niemand mehr zelten wollte. Auf einem der etwa zwölf Plätze stand noch ein klappriger Picknicktisch. Das war ihr Treffpunkt.

Der steinige Boden war leicht gefroren, aber am Rand des Parkplatzes stand ein Wäldchen, in dem sie sich verstecken konnte. Ihre Aufgabe war es nun, ein gutes Versteck zu finden und zu warten. Irgendwann im Lauf des Tages würde ihre Kontaktperson am Treffpunkt aufkreuzen und sich ihr irgendwie zu erkennen geben. Sie musste tagsüber und in der kommenden Nacht versteckt bleiben. Bestimmt, sagte sie sich, wurde längst nach ihr gefahndet. Bestimmt, hoffte sie, hatte die Fluchthilfeorganisation von der Bluttat auf dem Stützpunkt erfahren und würde in Aktion treten. Bestimmt, redete sie sich ein, würde ihre Kontaktperson erkennen, dass sie auf der Flucht war, und schon heute Vormittag kommen.

Aber die Stunden verstrichen, ohne dass jemand sich auf dem Zeltplatz blicken ließ. Sie konnte die Tränen nicht mehr zurückhalten, und ihre Lippen zitterten vor Angst und Einsamkeit. Nichts. Sie hatte sich noch nie so allein, so hilflos gefühlt.

Da es jetzt Tag war und sie sich weniger als einen Kilometer von der Straße und der Brücke entfernt befand – wenn sie die Autos sehen konnte, sahen deren Insassen vermutlich auch sie –, blieb Linda Mae nichts anderes übrig, als in den dichtesten Teil des kleinen Wäldchens zurückzuweichen, in den tiefsten und dunkelsten Graben zu kriechen, den sie finden konnte, und dort zu warten. Der Fluss war dort nur wenige Meter von ihr entfernt, aber sie wagte nicht, tagsüber ans Wasser zu gehen, um zu trinken. Auf dem Parkplatz südlich der Straße gab es sogar einen Imbiss-Stand, an dem die Beschäftigten eines Schrottplatzes und eines Sägewerks südlich der Straße vor Arbeitsbeginn Halt machten, um einen Kaffee zu trinken und einen Happen zu essen. Eine leichte Brise trug Kaffeeduft und den Geruch von Schmalzgebackenem bis in ihr Versteck. Linda Maes Frühstück bestand immer aus einem zusammengerollten Pfannkuchen mit Marmelade,

Kompott oder Frischkäse und Kaffee mit Sahne, und diese Gerüche machten ihr erst recht bewusst, wie ausgehungert sie bereits war.

Eine unmögliche Situation!, dachte sie grimmig. Sie hatte jahrelang für ihre Flucht geübt, ihre Anweisungen auswendig gelernt und sich vorgestellt, wie alles genau ablaufen würde, und immer geglaubt, sie werde gut zurechtkommen, wenn es einmal so weit sei. Aber jetzt war sie kaum zwölf Stunden auf der Flucht – und bezweifelte schon, dass sie noch weitere zwölf Stunden würde durchhalten können. Ihr Führungsoffizier hatte gesagt, es könne Tage dauern, bis die Fluchthilfeorganisation aktiviert wurde, und danach müsse die Kontaktperson entscheiden, wann eine Verbindungsaufnahme ungefährdet möglich war. Und Linda durfte nicht automatisch annehmen, dass die erste Person, die auf dem Zeltplatz erschien, ihre Kontaktperson war, sondern musste abwarten und beobachten, um sich zu vergewissern, dass sie oder er wirklich die oder der Richtige war. Schlaf war unmöglich – jeder Laut, jedes Motorengeräusch, jede Stimme, die sie hörte, konnte von jemandem stammen, der sie gefangen nehmen wollte.

Von ihrem Versteck aus konnte sie den Parkplatz und den ehemaligen Zeltplatz überblicken. Zwei Obdachlose kamen vorbeigeschlurft und durchstöberten die Mülltonnen. Zu Linda Maes Entsetzen fuhr im nächsten Augenblick ein Streifenwagen vor, dessen Besatzung sich die beiden Männer schnappte und mitnahm. Die Polizei war überall, aber sie blieb bewusst außer Sicht und stürzte sich auf jeden, der verdächtig wirkte. Nach der Festnahme der Obdachlosen suchten die Polizeibeamten rasch die nähere Umgebung ab. Sie nahmen sich das Unterholz am Waldrand vor, stocherten mit ihren Schlagstöcken in allen Büschen herum, die groß genug waren, um einem Menschen als Versteck zu dienen, und verschwanden danach so schnell, wie sie gekommen waren.

Aussichtslos! dachte Linda Mae. Die Kontaktperson würde es *niemals* wagen, sich hier blicken zu lassen. Ihr Führungsoffizier hatte ihr genau geschildert, was passieren würde. Hunger, Einsamkeit, Entmutigung, Müdigkeit und Angst würden sie dazu bringen, irgendeine Dummheit zu machen, und sie würde geschnappt werden, und das Spiel würde von einer Sekunde zur anderen aus sein.

Sie wühlte sich leise schluchzend noch tiefer ins feuchte Erdreich des Grabens, denn sie hatte Angst davor, auch nur einen Quadratzentimeter ihres Körpers zu zeigen. Es begann zu regnen: große, kalte Tropfen, die bald zu nassen Schneeflocken wurden. Linda Mae hatte ihr Leben lang noch nie so gefroren, und fürchtete, sie könnte an Unterkühlung sterben. Als es allmählich dunkel wurde, wagte sie, ihren Durst mit nassem Schnee zu stillen und Laub und Zweige um sich herum aufzuhäufen, bis sie eine Art Unterschlupf gebaut hatte, in dem sie die Nacht würde überstehen können. Aber das war aussichtslos, zwecklos. Die Polizei war überall, und dass ein Kollege ermordet worden war, ließ sie umso eifriger nach der Täterin fahnden.

Sie rechnete damit, hoffte bald sogar, dass die Polizei sich jeden Augenblick auf sie stürzen und sie in Handschellen abführen würde. Selbst eine Massenvergewaltigung durch rachsüchtige Polizeibeamte in einer MSB-Zelle erschien ihr weniger grausig, als hier zu erfrieren.

High Technology Aerospace Weapons Center (HAWC),
Elliott Air Force Base, Groom Lake, Nevada
(früh am nächsten Morgen)

»Guten Morgen, General Sivarek, General Smolij, meine Damen und Herren«, sagte Brigadegeneral Patrick McLanahan, als sein Bild auf dem Großbildschirm erschien. »Ich bin General McLanahan und habe den Auftrag, Ihnen die Einzelheiten der Übung von heute Morgen zu erläutern. Diese Einsatzbesprechung ist als geheim eingestuft. Unsere Räume sind abhörsicher, und diese Videokonferenz wird über eine abhörsichere Verbindung übertragen.« In dem Raum vor McLanahan saßen die US-Piloten; in dem Konferenzraum auf der Nellis Air Force Base saßen die an der heutigen Übung teilnehmenden Besatzungen aus der Türkei und der Ukraine.

Patrick drückte auf den Knopf seiner drahtlosen Fernbedienung und ließ damit das erste Dia im unteren rechten Drittel des Großbildschirms erscheinen. »Wie Sie alle wissen, ist der offizielle, nicht geheime Grund für Ihre Anwesenheit der, dass Sie sich auf einer Goodwilltour durch die Vereinigten Staaten befinden und an einer NATO-Übung hier in Nevada teilnehmen. Der geheime Grund ist eine Bewertung Ihrer Fähigkeiten im Luftkampf und der Versuch, Ihre Verfahren an einige der technischen Neuerungen anzupassen, die wir hier für die NATO entwickeln. Dies ist der erste von sechs Einsätzen, die wir gemeinsam fliegen werden, um festzustellen, wie gut wir Angriffs- und Verteidigungsoperationen von einer fliegenden Plattform aus koordinieren können.«

»Wir haben schon oft mit AWACS-Controllern zusammengearbeitet, General«, stellte Sivarek fest.

»Wir auch«, warf Smolij ein. »Mit russischen *und* NATO-Maschinen.« Diese Versuche der beiden Generale, sich gegenseitig zu übertrumpfen, klangen noch halbwegs freundlich, aber oft auch etwas kindisch.

»Sie werden mit keinem AWACS-Flugzeug zusammenarbeiten«, sagte Patrick. »Vorläufig können wir noch nicht bekannt geben, um was für ein Flugzeug es sich handelt.«

»Das bekommen wir bald heraus, denke ich«, meinte Sivarek. »Ist es im Übungsgebiet und gerät mit unseren Maschinen in Konflikt, schießen wir es ab.«

»Im Übungsgebiet ist es Freiwild – können Sie es finden und zum Schuss kommen, gehört es Ihnen«, bestätigte Patrick. »Aber wir müssen darauf bestehen, dass alle Beteiligten sich an die Anweisungen des Range Controllers halten. Werden Sie zum Abdrehen aufgefordert oder erhalten Sie den Befehl ›Feuer einstellen!‹, erwarten wir sofortige Ausführung. Wir werden versuchen, Sie daran zu hindern, unser Flugzeug zu sichten, aber Sie sollen natürlich Ihre Chance bekommen.«

»Klingt sehr interessant«, sagte Smolij. »Diese Maschine ist ein amerikanisches Flugzeug, aber wir sollen es möglichst nicht sehen. Es soll uns kontrollieren, aber Sie dürfen uns keine näheren Einzelheiten mitteilen. Sehr geheimnisvoll.«

»Das gesamte Konzept ist vorläufig noch experimentell«, antwortete Patrick. »Obwohl unsere Teilnahme an diesen Übungen gebilligt wurde, ist das Programm als solches noch nicht genehmigt. Sollte es wider Erwarten plötzlich gestrichen werden, ist's umso besser, je weniger Sie darüber wissen.«

»Nicht gerade ein Vertrauensbeweis, Patrick«, sagte Sivarek scharf. »Schließlich sind wir Verbündete – ich denke jedenfalls, dass wir's noch sind.« Sivarek hatte nie verhehlt, wie wenig er von Präsident Thorn und seiner Politik gegenüber Amerikas Verbündeten in Eurasien hielt.

»Ich wollte Sie keineswegs verärgern, Sir«, sagte Patrick rasch. »Bevor Sie Nellis verlassen, werden Sie über das gesamte Programm und die Ergebnisse dieser Übungen informiert. Ob das Programm tatsächlich verwirklicht wird, entscheiden später andere.«

»Das kann ich mir denken«, brummte Sivarek missmutig. »Wo ist hier das Problem?« Dabei nickte er jedoch, um anzudeuten, er habe keine weiteren Fragen mehr und sei bereit fortzufahren. Smolij, der lebhafter und freundlicher wirkte, trank noch einen Schluck von seinem schwarzen Tee und wartete geduldig.

Patrick nannte die genaue Uhrzeit, verlas den Wetterbericht und gab dann die Einsatzaufstellung bekannt. Bei dieser ersten Übung würden beide ausländischen Generale »mitspielen«. Normalerweise versuchte Patrick, das zu unterbinden, aber er hatte es ihnen nicht ausreden können – das gehörte zu den Vorrechten ihres Dienstgrads, und es machte natürlich Spaß, draußen auf den Nellis Ranges Krieg zu spielen. Und weil die beiden ausländischen Generale fliegen würden, hatte Patrick natürlich ein Besatzungsmitglied einer amerikanischen Maschine an die Luft setzen müssen, damit er ebenfalls fliegen konnte. Als General hatte man eben bestimmte Privilegien.

»Die Rotte Ornx eins-null-eins mit zwei Maschinen verteidigt innerhalb des Übungsgebiets«, fuhr Patrick fort. »Sie wählen Ihre Patrouillenhöhe selbst. Während der Übung haben Sie eigene Controller, die Tatil Control bemannen.« Obwohl die meisten NATO-Mitglieder heutzutage AWACS-Flugzeuge einsetzten, wurden die Flugzeuge von Alliierten in den Übungsgebieten von Dreamland noch vom Boden aus mit Radar geführt. »Die Rotte Sila null-eins mit zwei Maschinen fliegt aus Osten an... genauer will ich mich dazu nicht äußern. Vampire fliegt fünf Minuten vor oder nach der Rotte Sila ebenfalls aus Osten an. Alle Übungsteilnehmer haben die Freigabe für Stufe zwei: keine Höhenbegrenzung, Mindesthöhe fünfhundert Fuß über Grund, Höchstfahrt sechshundert Knoten, Begegnungsgeschwindigkeit maximal zwölfhundert Knoten, horizontaler und vertikaler Mindestabstand eine Seemeile. Wir wollen, dass Sie aggressiv, aber nicht gefährlich fliegen.

Von Vampire aus werden operativ bedingte Mindestabstände festgelegt. Bitte beachten Sie, dass Vampire möglicherweise eine ECM-Anordnung schleppt – seien Sie also vorsichtig bei einer Annäherung von hinten. Fordern die Range Controller Sie zum Abdrehen von Vampire auf, haben Sie diese Anweisung sofort und genau auszuführen. Keine Sorge, Sie bekommen genügend Gelegenheiten zum Angriff. Noch Fragen?« Patrick wartete, bis seine Ausführungen übersetzt waren und die beiden Generale den Kopf schüttelten, bevor er zum Schluss sagte: »Ich erinnere nochmals daran, dass diese Einsatzbesprechung als geheim eingestuft ist. Viel Glück, viel Erfolg. Die Besprechung ist abgeschlossen. Ende der Übertragung.«

Patrick war auf dem Weg in sein Dienstzimmer, um seine persönliche Ausrüstung zu holen und dann zur Einsatzplanung hinüberzugehen, wo seine Besatzung auf ihre Anweisungen wartete, als sein abhörsicheres Handy klingelte. Er überlegte, ob er den Anrufer auf seine Mailbox sprechen lassen sollte, aber er wusste, dass nur eine Hand voll Leute diese Telefonnummer hatten, deshalb meldete er sich. »McLanahan.«

»Haben Sie sich schon mal gefragt, was wir machen, wenn wir pensioniert sind, Patrick?«

Patrick erkannte die Stimme sofort, obwohl der Anrufer und er in den vergangenen zwölf Jahren nicht öfter als fünf- oder sechsmal miteinander gesprochen hatten. »Wie geht's Ihnen, Sir?«

»Clever wie immer«, sagte der Anrufer zufrieden, weil McLanahan seine Stimme erkannt hatte. »Danke, mir geht's gut, General. Und Ihnen?«

»Gut, Sir. Was kann ich für Sie tun?«

»Ich habe ein Projekt für Sie und Ihr Team.«

»Entschuldigung, Sir, aber das ist kein Thema, über das man am Telefon sprechen sollte – auch nicht über eine abhörsichere Verbindung.«

»Keine Sorge, das Reden übernehme ich«, sagte der Anrufer. »Haben Sie in letzter Zeit die Geheimdienstmeldungen vom Balkan verfolgt?«

»Nur im Zusammenhang mit dem Abschuss der AWACS-Maschine, Sir.«

»Vor ein paar Stunden ist etwas passiert, das katastrophale Auswirkungen haben kann«, sagte der Anrufer. »Sie werden bald eine Anfrage vom Pentagon bekommen, ob Ihr Team an einem sehr riskanten, sehr wichtigen Unternehmen teilnehmen kann. Ich möchte, dass Sie einen Plan für den Einsatz von einer, möglicherweise zwei Maschinen des Typs Megafortress in Russland vorbereiten und sich bereithalten, ihn möglichst umgehend der National Command Authority vorzutragen.«

»Aber ich …«

»Tun Sie's einfach, Patrick«, sagte der Anrufer drängend, ohne ihm einen ausdrücklichen Befehl zu erteilen. »Arbeiten Sie den Plan schnellstens aus, machen Sie ihn so vollständig, wie's ohne Kenntnis der Einzelheiten möglich ist. Ich möchte, dass Sie bereit sind, ihn der NCA vorzutragen, sobald der Vorwarnbefehl hinausgeht.« Dann wurde aufgelegt.

Da Patrick absolut keine Zeit hatte, sich damit zu befassen – in zehn Minuten würde der Bus zur Flight Line abfahren –, schrieb er in größter Eile eine E-Mail an David Luger, teilte ihm den Inhalt der seltsamen Anfrage mit und forderte ihn auf, etwas auszuarbeiten. Er wusste natürlich nicht hundertprozentig, ob er die Stimme des Anrufers richtig erkannt hatte, aber selbst wenn er sich getäuscht hatte, war dies eine gute Übung für David Luger und die Operational Support Group.

Einige Minuten später klingelte sein Handy erneut. »Hey, Muck, was liegt an?«, fragte David Luger, der seine E-Mail bereits gelesen hatte.

»Ein Projekt, an dem ich arbeite.«

»Haben wir einen Vorwarnbefehl erhalten?«

»Nein, aber der Anrufer hat einen angekündigt. Ich hätte den fertigen Einsatzplan gern in drei Stunden.«

»Kinderspiel, da wir keine konkreten Informationen über Angriffszeitpunkt, Waffenlast, Gefahreneinschätzung oder Einsatzzweck haben«, sagte Luger. »Trotzdem könntest du damit mehr anfangen, wenn wir nähere Angaben hätten.«

»Ich leite alles weiter, was ich an Informationen bekomme«, sagte Patrick. »Lass die OSG inzwischen schon mal einen Plan ausarbeiten.«

»Soll ich den Plan General Samson zur Durchsicht vorlegen, falls du noch fliegst?«

Patrick wusste sofort, was Luger in Wirklichkeit fragte: Ist dieser Job genehmigt? Weiß Samson davon? *Muss* Samson etwas davon erfahren? »Ich informiere ihn persönlich, sobald der Vorwarnbefehl eingeht«, antwortete Patrick. »Bis dahin brauchen wir den Boss nicht damit zu belästigen.«

»Okay, Muck, wird gemacht«, sagte Luger. »Aber du weißt, dass der Boss in seiner Sicherheitsdatei eine rote Warnflagge sieht, sobald wir eine neue Aufklärungsdatei anlegen und Satellitenbilder und Informationen über die Russische Föderation anfordern?«

»Das weiß ich. Fragt er danach, informiere ich ihn. Aber er hat in Nellis genug mit den Türken und Ukrainern zu tun. Vielleicht wird aus diesem Projekt nichts – oder es kommt von selbst ins Rollen, bevor er die Warnflagge sieht und es abblasen kann. Lass deine Jungs erst mal arbeiten.«

»Wird gemacht. Guten Flug!«

Ah, richtig, sagte Patrick sich, als er die Verbindung beendete. Schluss jetzt mit den Intrigen – es wurde Zeit, dass er sich seinen Lebensunterhalt verdiente.

In einem Jäger F-16 der türkischen Luftwaffe
(kurze Zeit später)

»Alles in Ordnung?«, fragte der Rottenführer in einer der beiden türkischen F-16C Fighting Falcon und sah nach rechts zu dem Jäger hinüber, der in lockerer Formation neben seiner Tragfläche hing. »Status-Check, 102.«

»Alles grün, Chef«, meldete sein Rottenflieger. Dann fügte er hinzu: »Spaß pur, Boss.«

Generalmajor Erdal Sivarek, der Rottenführer, musste über diesen Ausdruck lächeln, den sein Rottenflieger von seinen amerikanischen Kameraden übernommen hatte. All die Jahre, in denen sie Jägertaktik, militärische Verfahren und sogar den Lebensstil des Westens studiert hatten, machten sich eben bemerkbar. Obwohl amerikanischer Slang offiziell nichts in ihren Cockpits zu suchen hatte, trug er heute dazu bei, alle auf den bevorstehenden Kampf einzustimmen.

Sivarek nahm auf dem Pilotensitz Platz, kontrollierte rasch seine Instrumente, schaltete den Autopiloten ein und lockerte seine Gurte etwas, wobei er seine geringe Körpergröße verfluchte. Um überhaupt aus dem Cockpit sehen zu können, brauchte der nur knapp einen Meter sechzig große General ein Spezialkissen in der Wanne seines Schleudersitzes und musste die Ruderpedale dann ganz ausfahren, damit er sie noch treten konnte. Mit breiter Brust, muskulösen Schultern und quadratischem Schädel war er stämmig wie ein Hydrant und dicht behaart – mit Haaren auf den Handrücken, Haaren auf den Armen und einem ständigen »Fünfuhrschatten«. Sivarek, Rufzeichen »*Magara oglan*« oder »Höhlenmensch«, erklärte jedem bereitwillig, da er klein und stämmig sei, vertrage er bei Luftkampfübungen höhere Beschleunigungskräfte, was teilweise erklärte, warum er sich und sein Flugzeug immer bis zum Limit belastete – und auch, weshalb er zu den Allerbesten gehörte. Er war nicht nur Kommandeur der türkischen Jagdflieger, sondern der beste Jagdflieger seines Landes und einer der besten F-16-Piloten der Welt.

Bei ausgeschaltetem Hauptwaffenschalter wählte Sivarek nacheinander alle Waffen aus, um sie auf Funktionsfähigkeit zu testen. Bei diesem Patrouillenflug trug seine F-16 eine sehr leichte Waffenlast: nur zwei Lenkwaffen vom Typ AIM-7 Sparrow mit Radarsteuerung, zwei AIM-9 Sidewinder mit IR-Suchkopf, eine 30-mm-Maschinenkanone mit 150 Schuss und einen Zusatztank unter dem Rumpf. Als Nächstes aktivierte Sivarek nacheinander alle Funktionen seines Radars, um sie zu überprüfen. Sein verbesserter Jäger F-16C Block 50, der in der Türkei *Ornx II* hieß, war mit modernster Radar-, Computer- und Waffentechnik ausgerüstet und gehörte zu den besten leichten Jägern der Welt, aber Sivarek fand ihn bereits langweilig. Der Jäger war wendig und modern, leicht zu fliegen und zu warten, aber ihm fehlten Leistung, Geschwindigkeit und wirkliche Nutzlast. Sivarek kannte die F-15 Eagle und hatte jahrelang nach einer gelechzt, aber jetzt standen die neuen Jäger F-22 Raptor zur Auslieferung bereit, und er lechzte nach einem von ihnen.

»Eins-null-zwo im grünen Bereich«, meldete sein Rottenflieger in der identischen F-16C auf der Einsatzfrequenz.

»Eins-null-eins ebenfalls im grünen Bereich«, antwortete Sivarek. Er erwartete nichts anderes als eine hundertprozentig einsatzbereite Maschine. Seine Staffel war klein, sie bestand nur aus sechs Jägern, die aber seiner Überzeugung nach die am besten gewarteten F-16 der Welt waren. »Abstand halten. Waffentest.«

»Verstanden«, sagte der Rottenflieger – einer der jüngsten Offiziere seiner Staffel, aber ein ausgezeichneter Pilot und ein hervorragender Fluglehrer. Normalerweise überließ Sivarek seinen jüngeren Offizieren gern die Führungsrolle, aber dieser Einsatz war wichtiger als gewöhnliche Übungseinsätze. Sie hatten es mit einer unbekannten Anzahl strategischer Bomber zu tun, die den Flugplatz Tolicha angreifen wollten. Sivarek hatte den Auftrag, diesen Angriff zu verhindern. Die Bomber würden unter Umständen mit Jagdschutz – Typ und Anzahl unbekannt – anfliegen.

Im nächsten Augenblick registrierte Sivarek links voraus ein kurzes Aufblitzen seines Radarwarners. Er hielt sofort darauf zu und beorderte seinen Rottenflieger durch Handzeichen in Kampfposition mit leichter Überhöhung leicht rechts hinter ihm. Eindeutig ein feindliches Radarsignal. Es war nur zwei Sekunden lang abgestrahlt worden, aber das genügte. Sivarek musste unwillkürlich grinsen. Selbst wenn in einem Flugzeug noch so viel High-Tech-Gerät oder Stealth-Technologie steckt, dachte er, kann der kleinste Bedienungsfehler den Unterschied zwischen Entkommen und Entdeckung, Flucht und Gefangenschaft, Leben und Tod bedeuten. Die Bomberbesatzung war offenbar leichtsinnig genug gewesen, ihr Radar zu benutzen – und dieser Leichtsinnsfehler würde sie teuer zu stehen kommen.

»Control, Eins-null-eins hat Musik, India-Band-Suchradar«, meldete Sivarek.

»Verstanden, Eins-null-eins«, bestätigte der Controller am Radarschirm. »Radarkontakt, nicht identifiziertes Flugzeug, nordöstlich Ihrer Position, tief, siebzehn Meilen. Schwache Radarechos. Augenblick.« Sivarek wusste, dass der Controller jetzt hastig die Radarmodi wechselte, um zu versuchen, genauere Informationen über die andere Maschine zu bekommen. »Radarechos bleiben schwach, Eins-null-eins. Halten Sie Kurs null-vier-fünf, Flugfläche zwo-null-null, warten Sie auf weitere Anweisungen. Frei zum Abfangen.«

»Verstanden, Control.« Das musste der Stealth-Bomber sein – ein normales Flugzeug hätte ihre Radarstation inzwischen sehen müssen. Sivarek drehte leicht nach rechts ab, hielt etwas vor, um den Himmel hinter dem ersten Ziel nach weiteren Angreifern absuchen zu können, und schaltete sein Zielsuchradar ein. Es zeigte ihm sofort zwei Ziele: Das nächste Flugzeug war bei zehn Uhr, fünfzehn Meilen, groß, tief und schnell; das andere war ungefähr fünfzig Meilen dahinter, hoch und außerhalb ihres Übungsgebiets. Dass es außerhalb war, bedeutete nicht automatisch, dass es kein Mitspieler war, aber aus dieser Entfernung konnte es nicht wirkungsvoll Feuerschutz geben. Natürlich konnte es aus dieser Entfernung Lenkwaffen einsetzen oder den Abstand mit Höchstgeschwindigkeit verringern, um in den Kampf einzugreifen, aber die beiden F-16 hatten reichlich Zeit, sich mit ihm zu befassen, sobald sie das erste Ziel abgeschossen hatten. Sivarek beleuchtete beide

Ziele kurz und aktivierte sein Freund-Feind-Kenngerät. Keine Antwort. Also handelte es sich tatsächlich um feindliche Flugzeuge.

»Control, Rotte eins-null-eins hat zwei Ziele erfasst, Kennung negativ. Bandit eins ist bei zehn Uhr, tief. Bandit zwo ist bei zwölf Uhr, fünfzig Meilen. Wir nehmen uns zuerst Bandit eins vor. Bitte um Erlaubnis, Bandit eins anzugreifen, bitte um Freigabe und Informationen zu Bandit zwo.«

»Verstanden, Eins-null-eins«, bestätigte ihr Controller. »Kennung negativ ist verstanden. Frei zum Angriff. Radarkontakt mit Bandit zwo, schwaches Echo, Entfernung dreiundfünfzig Meilen nordöstlich. Halte Sie über seine Position auf dem Laufenden. Frei zum Angriff auf alle Banditen.«

»Verstanden, Control, wir greifen Bandit eins an«, sagte Sivarek. Er wählte eine Lenkwaffe AIM-9 mit Radarsteuerung aus und stellte sie scharf, indem er den Knopf auf der ihm zugewandten Seite des Leitungshebels drückte. »Radar startbereit«, meldete die synthetische Frauenstimme des Computers. »*Oldurmek!*«, rief der General auf der Einsatzfrequenz und drückte den Feuerknopf. Dann ließ er die Stoppuhr auf seinem Kniebrett mitlaufen, um die Flugzeit der Lenkwaffe zu kontrollieren, und überzeugte sich mit einem raschen Blick, dass sein Rottenflieger noch in Position war.

Der Bandit flog ein paar steile, aber nicht sehr aggressive Ausweichkurven, sodass es leicht war, ihn im Radar zu behalten. Als die vorausberechnete Flugzeit abgelaufen war, meldete Sivarek über Funk: »Ziel abgeschossen Radar, Ziel abgeschossen Radar.«

»Verstanden, Eins-null-eins«, antwortete ihr Controller. »Klasse gemacht! Übungsgebiet ist frei, Mitspieler sind bereit. Frei zum Angriff nach eigenem Ermessen.«

Sivarek überzeugte sich mindestens zum hundertsten Mal bei diesem Einsatz, dass sein Hauptwaffenschalter auf OFF stand, bevor er sagte: »Verstanden, Control. 102, haben Sie mich in Sicht?«

»Positiv, Eins-null-eins.«

»Eins-null-zwo, Sie bleiben auf Sichtweite und übernehmen die Führung. Kontrollieren Sie, ob Ihre Nase kalt ist.« Dieser Befehl sollte sicherstellen, dass der Hauptwaffenschalter der zweiten F-16 ebenfalls auf OFF stand.

»Verstanden, Eins-null-eins, bin von Ihnen aus bei vier Uhr, hoch. Nase ist kalt. Verlasse die hohe Patrouille.«

»Roger.« Erdal sah nach rechts hinten und erkannte seinen Rottenflieger dort hoch über sich. »Ich habe Sie in Sicht, Eins-null-zwo. Haben Sie den Banditen im Radar?«

»Positiv, Eins-null-eins«, sagte der Rottenflieger.

»Frei zum Angriff auf Bandit eins, Eins-null-zwo. Frei zum Angriff mit der Maschinenkanone. Ich übernehme die hohe Patrouille und behalte Bandit zwo im Auge. Viel Erfolg!« Sivarek nahm seine Sauerstoffmaske ab, während er rasch stieg, um Bandit zwo mit dem Radar zu erfassen. Ein schneller Abschuss, glatt und unkompliziert. Bisher hatte die Gastmannschaft sehr eindrucksvoll gepunktet.

General Erdal Sivarek, der zweiundfünfzigjährige Kommandeur der Türk Hava Kuvvetleri (THK), der türkischen Luftstreitkräfte, hatte sehr schnell Karriere gemacht. Begonnen hatte er als Fluglehrer auf verschiedenen Kampftrainern aus amerikanischer Produktion, darunter dem Düsentrainer T-38 Talon, dem Abfangjäger TF-104G Starfighter, dem Jäger F-5E Tiger, dem Jagdbomber F-4E Phantom und dem Jagdbomber F-16 Falcon. Er hatte die begehrten »Scharfschützenschwingen« eines erfahrenen Jagdfliegers ein ganzes Jahr vor den anderen Piloten seines Offiziersjahrgangs verliehen bekommen und war weit vor seinen Altersgenossen Rottenführer, Operationsoffizier, Stellvertreter des Staffelchefs und Chef einer Jagdstaffel geworden. Drei seiner fünf Kinder, auch die jüngere Tochter, waren in seine Fußstapfen getreten und zu den Luftstreitkräften gegangen, worauf er besonders stolz war.

Sivareks »Gastmannschaft« bestand aus den besten Piloten der 2. Taktischen Luftwaffenkommandos der THK, die vorübergehend zur 19. Angreiferstaffel auf der Nellis Air Force Base abkommandiert waren. Dort hatten die türkischen Piloten Gelegenheit, im Kampf mit den modernsten westlichen Jägern zu üben, und die teilnehmenden US- und NATO-Piloten profitierten von Luftkampfübungen mit einigen der besten osteuropäischen Jagdflieger, die modernste Jäger flogen. Der Flugplatz Tolicha lag nicht in der Türkei, sondern war eine riesige Anlage, die in einem Bombenzielgebiet der U.S. Air Force in der Wüste im südlichen Mittelnevada etwa zweihundert Meilen nordwestlich von Las Vegas einen Luftwaffenstützpunkt simulierte. Auf dem »Flugplatz« gab es drei lange unbefestigte Start- und Landebahnen, Sperrholzbauten, die vage an militärische Gebäude erinnerten, ein »Treibstofflager«, das aus hunderten von zusammengeschweißten Zweihundertliterfässern bestand, Radarsender, die Flak- und Fla-Lenkwaffenstellungen simulierten, und sogar hölzerne oder aufblasbare Flugzeugattrappen, um die Illusion eines richtigen Flugplatzes zu erzeugen. Und obwohl die »feindlichen« Flugzeuge real waren und die F-16 tatsächlich scharfe Lenkwaffen trugen, hatte Sivarek zuvor keine AIM-9 Sidewinder abgefeuert, sondern nur ein elektronisches Signal an die Range Controller geschickt – deshalb kontrollierten sein Rottenflieger und er auch alle zwanzig Sekunden, ob ihr Hauptwaffenschalter wirklich in Stellung OFF stand. Aus den Positionen und Flugparametern der beiden Maschinen zum Zeitpunkt der Übermittlung des Angriffssignals errechneten die Range Controller, ob Sivarek tatsächlich einen »Abschuss« erzielt hatte.

»Er hat die Führungsmaschine abgeschossen, Vampire«, meldete Oberst David Luger, der bei dieser Einsatzübung als Senior Controller fungierte, über die abhörsichere Satellitenverbindung. Luger saß im Gebäudekomplex von Nellis Range Control in einem speziell gesicherten Raum und verfolgte die Übung auf mehreren wandgroßen Farbbildschirmen. Da die Nellis-Übungsgebiete an sieben Tagen in der Woche Tag und Nacht von Militärflugzeugen aus aller Welt genutzt wurden, war diese Zentrale zur Koordinierung und Überwachung geheimer Waffentests eingerichtet worden.

»Sila null-eins hat keine auffälligen Ausweichmanöver geflogen, nur ungefähr die Hälfte der normalen Düppelmenge abgeworfen und sich nicht einmal die Mühe gemacht, tiefer als zweitausend Fuß über Grund zu gehen«, berichtete David, dessen gedehnte texanische Sprechweise trotz der Satellitenverbindung mit Scrambler unüberhörbar war. »Einfach keine sehr aggressive Abwehrreaktion.« Luger sah hier immer wieder die besten Bomberpiloten und Jagdflieger der Welt in Aktion – und das »Ziel« bei der heutigen Übung konnte da keineswegs mithalten.

»Verstanden, Dave«, antwortete Brigadegeneral Patrick McLanahan über Funk. Er flog auf dem rechten Sitz im Cockpit einer EB-1C Megafortress-2, eines strategischen »fliegenden Schlachtschiffs«, das durch den Umbau eines überschallschnellen Bombers B-1B Lancer in eine Trägerplattform für eine Vielzahl von Angriffs- und Abwehrwaffen entstanden war. »Das müssen wir bei der Abschlussbesprechung erwähnen. Wo sind Sie jetzt?«

»Aber, aber … würde ich dir das sagen, wäre der Übungszweck verfehlt«, wehrte Luger ab. Normalerweise war David Luger, der den größten Teil seiner militärischen Laufbahn damit verbracht hatte, neuartige Flugzeuge zu konstruieren und zu fliegen, ein stiller, zurückhaltender, fast schüchterner Typ. Aber sobald eines seiner Flugzeuge in der Luft war, übernahm er vollständig die Kontrolle, auch wenn die Dinge manchmal außer Kontrolle zu geraten schienen. »Du hast selbst gesagt, dass diese Übung so realistisch wie irgend möglich ablaufen soll – also musst du sie selbst finden. Und ohne Zugriff auf Satelliteninformationen, verstanden? Denk daran, dass ihr angeblich ohne Sensorunterstützung tief im feindlichen Luftraum operiert.«

»Schon gut, man wird ja mal fragen dürfen«, sagte Patrick und meldete sich mit einem kurzen »Bis später!« ab.

McLanahan erschien es manchmal, als arbeite David besonders verbissen, nur um jedermann zu beweisen, dass mit ihm alles in Ordnung war, dass weder die Gehirnwäsche bei den Russen noch die folgende CIA-Umprogrammierung seine geistigen Fähigkeiten beeinträchtigt hatte. Er hatte keine Hobbys, machte nie Urlaub und kannte außerhalb des High Technology Aerospace Warfare Center kaum einen Menschen. Patrick freute sich darüber, dass sich zwischen Annie Dewey, einer der EB-1-Pilotinnen der Nevada Air National Guard, und David Luger eine engere Beziehung – noch keine Romanze, aber viel versprechend – abzeichnete. Hätte Dave sich nur die Zeit genommen, sie besser kennen zu lernen, hätte er tatsächlich anfangen können, neben seinem Beruf auch ein befriedigendes Privatleben zu führen.

Zu seiner Flugzeugkommandantin, die im Cockpit des Bombers EB-1C Megafortress-2 Vampire neben ihm saß, sagte Patrick: »Luger rückt keine Informationen heraus, deshalb will ich rasch feststellen, wo die Mitspieler sind. Schalte LADAR ein.«

»Okay«, antwortete Oberst Rebecca Furness, die Pilotin, knapp. »Aber nur ganz kurz, General.«

»Verstanden«, sagte Patrick, während er ihr LADAR oder Laserradar aktivierte. Mit seinen winzigen Lasern tastete das LADAR den Himmel, auch in der unmittelbaren Umgebung, fünfzig Meilen weit ab und »zeichnete« ein dreidimensionales Bild des Geländes unter ihnen mitsamt allen Land- und Luftfahrzeugen in diesem Bereich. Binnen fünf Sekunden hatte das LADAR dreihunderttausend Kubikkilometer Luftraum abgesucht, das Resultat mit bekannten Geländemerkmalen und aktuellen Aufklärungsergebnissen verglichen und das Bild gespeichert. Patrick schaltete das System wieder aus und meldete: »LADAR aus, Rebecca.«

Furness sah zu dem großen Multifunktionsbildschirm mit der Darstellung aus der Vogelperspektive hinüber, die Patrick als Mission Commander vor sich hatte. »Wie sieht's aus, MC?«, fragte sie ungeduldig. Von ihren über zwanzig Dienstjahren hatte Rebecca Furness die meisten in der Air Force Reserve und bei der Air National Guard verbracht. Sie war nicht nur die erste Kampfpilotin der amerikanischen Luftwaffe, sondern auch die erste Frau gewesen, die Chef einer Einsatzstaffel, der 111. Bomberstaffel, gewesen war – sogar zweimal. Furness erzählte jedem, der es hören wollte, Patrick McLanahan trage die Hauptschuld daran, dass sie ihr Kommando verloren habe, und gab dann widerstrebend zu, dass sie es in erster Linie durch sein Eingreifen zurückbekommen hatte.

Sie konnte sich hundert andere Dinge vorstellen, die sie lieber getan hätte, als für den jugendlichen General bei einem seiner endlosen Testflüge die Chauffeurin zu spielen. Rebecca musste ihre Staffel neu aufstellen und war sich bewusst, dass sie dabei von vielen einflussreichen Leuten im Pentagon kritisch beäugt wurde.

»Die Falcons haben sich getrennt«, antwortete Patrick. » Nummer zwei verfolgt die Führungsmaschine, während Nummer eins sich in der Höhe hinter ihn setzt. Anscheinend will die zweite Falcon ihrerseits die Sila null-eins mit einer Sidewinder runterholen.«

»Nun, dann schlage ich vor, dass wir nicht abwarten, bis sie beide Bomber abschießen«, sagte Furness. »Wie wär's damit, wenn wir den nächsten Angriff stören würden?«

»Nicht so eilig, Pilotin«, wehrte Patrick ab. »Das haben wir ausführlich besprochen – Sie kennen den Plan so gut wie ich. Wir wollen erst sehen, was die Piloten beider Seiten selbstständig leisten können.«

»Wozu fliegen wir überhaupt solche Unterstützungseinsätze, Sir?«, fragte Rebecca. »Sie haben sich für meine Staffel entschieden, weil wir Spezialisten für taktische Bombenangriffe sind. Die B-1B ist dafür konstruiert, in stark verteidigte Lufträume einzudringen und hochwertige Ziele anzugreifen. Ihre Megafortress kann das besser, als ich je für möglich gehalten hätte. Warum lassen Sie uns nicht einfach unseren eigentlichen Auftrag ausführen?«

»Dies *ist* jetzt unser Auftrag, Rebecca«, sagte Patrick gereizt. »Wir sind hier, um ein taktisches Unterstützungssystem einzusetzen. Die EB-1C Megafortress ist als strategisches fliegendes Schlachtschiff konzipiert – das bedeutet nicht nur Angriff, sondern auch Unterstützung, Überwachung und Aufklärung. Wir werden später unseren Spaß haben.«

Rebecca Furness äußerte sich nicht dazu. Dass der junge General so wenig vom Innenleben einer Staffel verstand, war enttäuschend, aber nicht überraschend. Ihr erstes Kampfgeschwader, das 394. Luftkampfgeschwader der Air Force Reserve, hatte den aus dem überschallschnellen Jagdbomber F-111G Aardvark entwickelten Aufklärer mit dem Spitznamen Jabo RF-111G Vampire geflogen, der vor allem für bewaffnete Aufklärung ausgelegt gewesen war. Rebecca hatte dem Bomber EB-1C ihrer alten Maschine zu Ehren den Namen Vampire gegeben. Damals hatte ihr bewaffnete Aufklärung Spaß gemacht. Jeder Einsatz hatte aus einer Kombination vieler verschiedener Aufgaben bestanden – Angriffe mit

Abwurflenkwaffen auf Schiffe, Radarstationen oder Flugplätze, Minenlegen, ECM-Einsätze, Fotoaufklärung und Datenübermittlung –, und sie hatte diese Herausforderungen genossen. Rebecca war der Überzeugung gewesen, als erste USAF-Kampfpilotin sei sie dem 394. zugewiesen worden, weil die Vampire als sicheres, aus der Ferne einzusetzendes Waffensystem galt, das eigentlich nicht für den Fronteinsatz bestimmt war. Die Wahrscheinlichkeit, abgeschossen zu werden und in Gefangenschaft zu geraten, wurde als sehr gering eingeschätzt. Aber ihre aggressiv und mutig geflogenen Einsätze als Rottenführerin hatten ihr erst Aufmerksamkeit und Belobigungen und später den Befehl über eine eigene Kampfstaffel eingebracht.

Doch die RF-111 hatte keinen großen Erfolg. Sie war schnell, schwierig zu orten, leistungsfähig und wie die EB-1 mit unterschiedlichen Waffenlasten vielseitig verwendbar. Aber sie war wartungsintensiv, brauchte viel Nachschub und viele Luftbetankungen und galt genau wie die B-1 als nicht modern genug und kein guter Kauf fürs Militär. Trotz ihrer Erfolge beim Unternehmen *Wüstensturm* wurden die F-111 bald wieder ausgemustert – zuallererst die RF-111G. Ein einziges Flugzeug für verschiedene Einsatzzwecke zu haben, sah auf dem Papier großartig aus, aber wenn es nicht starten oder einen Einsatz nicht fortführen konnte, war die Kampfkraft des gesamten Verbands stark beeinträchtigt. Tatsächlich war das Waffensystem *zu* leistungsfähig; statt an die unglaubliche Vielseitigkeit dieses Flugzeugs zu denken, machten die Planer sich nur Sorgen darüber, was geschehen würde, wenn es wegen irgendeines Defekts gar nicht erst ins Zielgebiet kam. Das genügte, um dem Programm den Garaus zu machen.

Auch die B-1-Flotte wäre beinahe vollständig eingemottet worden. Sechzig der neunzig Bomber wurden »flugfähig eingelagert«, was bedeutete, dass sie nur nach mehrmonatiger Wiederbelebung erneut einsatzbereit sein würden. Um Kosten zu sparen, wurden die restlichen Maschinen auf Air Force Reserve und Air National Guard verteilt. Patrick McLanahan und seine Projektgruppe in Dreamland hatten andere Ideen für ihre Weiterverwendung. Er hatte sich genügend Haushaltsmittel gesichert, um acht B-1B Lancer in »fliegende Schlachtschiffe« EB-1C Vampire umzubauen, die im Frieden von der Nevada Air National Guard betrieben und im Kriegsfall dem Air Combat Command der Luftwaffe unterstellt werden würden.

Die Vampire konnte jede Waffe im Arsenal der USAF tragen oder abwerfen, auch Lenkwaffen zur Satelliten- und ICBM-Bekämpfung und jeden nur vorstellbaren Marschflugkörper. Ihre drei Bombenkammern konnten über fünfundzwanzig Tonnen Waffen aufnehmen, und an externen Aufhängepunkten hatten zusätzliche Waffen Platz. Rebecca war stolz darauf, Chefin der einzigen US-Staffel mit EB-1C zu sein. Aber die Vampire hatte verdammt viel Ähnlichkeit mit einer sehr großen RF-111, und in diesem Zeitalter der Haushaltskürzungen und sich wandelnden Prioritäten war es sehr wahrscheinlich, dass die wiederauferstandene Vampire dasselbe Schicksal wie die erste erleiden würde.

Unabhängig davon, ob die EB-1C wirklich ein Erfolg wurde – das wusste Rebecca Furness recht gut –, trugen alle diese Versuchsreihen dazu bei, auch Patrick McLanahan ziemlich gut aussehen zu lassen. Sein Gebrauch des Wortes »wir« war nicht ganz aufrichtig, fand sie. Patrick McLanahan schien in Ordnung zu sein, aber alle Einsterngenerale waren gleich – sie wollten Zweisternegenerale werden, und alle mit zwei Sternen wollten nur den dritten Stern und so weiter. Im entscheidenden Augenblick, davon war Rebecca überzeugt, würde McLanahan die nächste Leitersprosse ergreifen und sie und alle anderen in seiner Umgebung als Fußschemel benutzen, um höher hinaufzukommen.

Er verstand es jedenfalls, das Eisen zu schmieden, solange es heiß war, wie die Redensart lautete. Nachdem es ihm gelungen war, die Vereinigte Republik Korea vor einem Einmarsch Chinas zu schützen und gleichzeitig die Volksrepublik China vor Vergeltungsschlägen eines machtbesessenen koreanischen Generals, der über einige Dutzend Kernwaffen verfügte, zu bewahren, war Patrick McLanahan über Nacht zu einem Nationalhelden geworden, der es fast mit Norman Schwarzkopf und Colin Powell aufnehmen konnte. Obwohl McLanahan allgemein als besserer Teamspieler galt, hatten viele ihn sofort mit seinem Freund, Mentor und ehemaligem Kommandeur Brad Elliott verglichen – dem früheren HAWC-Kommandeur, der ein ständiger Pfahl im Fleisch des Pentagons gewesen war. Patricks Beförderung zum Generalmajor, sein zweiter Stern in nur drei Jahren, und seine Ernennung zum Kommandeur des High-Technology Aerospace Warfare Centers – oder zum Kommodore eines Geschwaders – standen praktisch schon fest.

Rebecca erlebte jetzt mit, wie er die Entwicklung aller Waffen vorantrieb, die ihm oder seinem Kumpel Dr. Jonathan Masters gerade einfielen, und für jede einzelne reichlich Haushaltsmittel und viel Anerkennung aus höchsten Kreisen erhielt. Jon Masters war Präsident von Sky Masters Inc., einer kleinen High-Tech-Rüstungsfirma, die militärische Hardware, darunter Satelliten, »intelligente« Marschflugkörper und satellitengestützte Nachrichten- und Aufklärungssysteme entwickelte und baute. Als vor einigen Jahren die meisten höheren HAWC-Offiziere wegen des Spionageskandals um Kenneth Francis James entlassen worden waren, hatten McLanahan und seine Frau Wendy, eine Elektronikingenieurin, bei Jon Masters angeheuert, und Dr. Wendy Tork arbeitete noch heute bei ihm. So hatte Patrick offenbar ein finanzielles Interesse daran, die Systeme von Sky Masters Inc. weiterzuentwickeln. Es schien nicht ganz in Ordnung zu sein, dass eine direkte Verbindung von der militärischen zur zivilen Welt existierte, aber Rebecca war sich sicher, dass das Pentagon diese Beziehung schon x-mal genau unter die Lupe genommen hatte.

Obwohl Rebecca seine engen Kontakte zu Sky Masters Inc. fragwürdig fand, sie ihr sogar widerstrebten, musste sie sich ehrlicherweise eingestehen, dass ihr McLanahans Schwung und Begeisterungsfähigkeit gefielen. Aber sie hatte manchmal das Gefühl, das alles gehe auf Kosten eines anderen. Nämlich auf ihre.

»Vampire, hier Control«, sagte Luger auf der abhörsicheren »blauen« Frequenz, die Furness und McLanahan gerastet hatten. »Muck, die Ukrainer scheinen zu pennen oder sonst was. Ich glaube, ihr müsst ihnen einen Tritt in den Hintern verpassen. Sie scheinen diese Übung etwas zu leicht zu nehmen.«

»Verstanden«, antwortete Patrick. Er machte mit dem LADAR einen weiteren »Schnappschuss« von ihrer Umgebung, studierte ihn einige Sekunden lang und funkte dann auf der Einsatzfrequenz: »Sila null-eins, hier Vampire. Sie haben einen Banditen hinter sich, sieben Uhr, weniger als vier Meilen! Ich sehe Sie in zwotausend Fuß über Grund. Ich schlage vor, dass Sie tiefer gehen, Fahrt aufnehmen, Ausweichmanöver beginnen, das Gelände zur Tarnung nutzen und sich darauf vorbereiten, eine Lenkwaffe mit IR-Suchkopf abzuwehren.«

»Verstanden«, sagte der Pilot einfach.

Patrick wartete, aber nichts passierte. »Sila null-eins, der Bandit hat Sie in fünf Sekunden in Reichweite! Sie müssen abhauen! Sofort!«

»Nennen Sie uns einen Kurs, Vampire«, verlangte der ukrainische Pilot.

»Einen Kurs? Auf *jedem* Kurs! Sie müssen *schnellstens* von ihm weg!«

»Unser Heckwarnsystem Sirena ist ausgefallen«, meldete der Pilot. »Wir haben keinen Kontakt. Bitte geben Sie uns einen Kurs.«

»Verdammt…« Patrick war kurz davor, vor Frustration zu explodieren. Er hatte diesen Kerlen eben sämtliche Informationen gegeben, die sie brauchten. Außerdem waren sie kaum zwei Minuten vom Ziel entfernt – sie hätten sich ohnehin im Tiefflug befinden müssen! »Sila null-eins, Sie drehen nach rechts zur Bergkette hin ab, gehen mindestens fünfzehnhundert Fuß tiefer, gehen zwei Meilen vor dem Grat auf Gegenkurs und beschleunigen. Der Angreifer soll sich Sorgen wegen der Berge machen, statt zu versuchen, zum Schuss auf Sie zu kommen.«

»Verstanden«, sagte der Backfire-Pilot. Er begann eine relativ gemächliche Kurve nach Norden und ging fast sofort wieder auf Gegenkurs. »Ausweichmanöver beendet«, meldete er. »Gehe wieder auf Zielkurs. Hundertsiebzehn Sekunden bis zum Ziel.«

»Ich glaube, er hat mehr Schiss vor den Bergen, als der F-16-Pilot haben wird«, meinte Rebecca.

»Na schön, eine Backfire weniger«, sagte Patrick angewidert.

»Am besten lassen wir den Türken einen Abschuss erzielen und die Ukrainer weiter ihren Bombenabwurf üben.«

»Er tut überhaupt nichts – hält einfach stur auf sein Ziel zu«, meldete der zweite türkische F-16-Pilot. »Offenbar ist sein Heckwarnsystem ausgefallen.«

»Er ist allein, also stellt er sich nicht tot, damit ein Jäger sich hinter Sie setzen kann«, sagte Sivarek. »Versuchen Sie's mit einem Weckruf via Radar, um zu sehen, wie er reagiert.«

»Verstanden«, sagte sein Rottenflieger. Er schaltete kurz sein Angriffsradar ein. Tatsächlich beschleunigte der große ukrainische Bomber etwas, kurvte steil nach Süden weg und stieß Düppel aus den Behältern in seiner Rückflosse aus, als er entdeckte, dass das Radar der F-16 ihn erfasst hatte. Da das Zielsuchradar des Jägers durch die Kombination aus Düppeln und elektronischen Impulsen wirkungsvoll gestört wurde, schaltete der F-16-Pilot es einfach aus. Daraufhin ging der Bomber wieder in den Horizontalflug über und behielt Kurs, Fahrt und Höhe wie zuvor bei, als habe die Bedrohung sich plötzlich in Luft aufgelöst. »Ausweichmanöver Stufe eins. Guter Einsatz von Düppeln und Störsendern, aber wenig Fahrt- und Höhenänderungen. Jetzt ist er wieder auf vorigem Kurs. Kein Problem, ihn wieder zu erfassen.«

»Gut, dann schießen Sie ihn ab und kommen zu mir, damit wir uns den zweiten Banditen vornehmen können«, sagte Sivarek.

»Verstanden«, sagte sein Rottenflieger. Er schaltete sofort auf die Sidewinder-Jagdraketen um, hörte Sekunden später den Signalton, der ihm anzeigte, dass der IR-Suchkopf ein Ziel erfasst hatte – die beiden riesigen Kusnezow-Triebwerke der Backfire, die mit Nachbrenner 25 000 Kilopond Schub lieferten, erzeugten reichlich Hitze – und »schoss«. »Lenkwaffenstart, drei Kilometer«, meldete er. Seine Stoppuhr brauchte er nicht – aus dieser Nähe betrug die Flugzeit nur wenige Sekunden. »Volltreffer!«

»Fliegen Sie an ihm vorbei und schließen Sie dann zu mir auf, null-vier-fünf mit sechshundert, Flugfläche drei-null-null.«

»Mit Vergnügen, Boss«, sagte der zweite F-16-Pilot. Er drückte den Leistungshebel bis in Nachbrennerstellung nach vorn, überflog den Bomber Tu-22M3 mit weniger als zweihundert Fuß Abstand, wartete, bis er frei war, flog unmittelbar vor den Cockpitfenstern der Backfire zwei gesteuerte Rollen und zog seine Maschine dann steil hoch. Ein müheloser Sieg über einen Bomber, der einst als gefährlichstes Kampfflugzeug im sowjetischen Arsenal gegolten hatte.

Der Rottenflieger ließ den Nachbrenner eingeschaltet, bis die F-16 die Schallmauer durchbrach, sodass der Bomber von seiner Druckwelle durchgeschüttelt wurde. Vielleicht weckte *das* die Ukrainer auf. Nach einer weiteren gesteuerten Rolle zur Feier seines Sieges stieg der türkische Jäger steil weg auf Patrouillenhöhe.

Der Radarwarner piepste und erzeugte auf dem dreidimensionalen Bildschirm ein Fledermaussymbol, neben dem Entfernung, Kurs, Flughöhe und Geschwindigkeit eingeblendet waren. »Wir haben Besuch«, sagte Patrick zu Rebecca. Er aktivierte sein LADAR und machte noch einen »Schnappschuss« von ihrer weiteren Umgebung. »Sie sind beide hinter der zweiten Sila her.«

»Sehen wir zu, wie sie die auch abschießen?«, fragte Rebecca sarkastisch.

»Ich schlage vor, dass wir einfach beim Plan bleiben und abwarten, was passiert«, sagte Patrick reumütig.

Aber die nächsten »Schnappschüsse« zeigten deutlich, dass der ukrainische Bomber kein gleichwertiger Gegner war. Als die F-16 die zweite Backfire mit ihrem Radar erfassten, ging diese steil, aber in Normalfluglage tiefer – Tragflächen waagrecht, hohe negative Beschleunigung, die das Sehvermögen der Piloten beeinträchtigen würde, aber weder Steilkurven noch Rückenflug, um die Sinkgeschwindigkeit zu erhöhen. Patrick hatte sogar den Verdacht, der Backfire-Pilot ziehe die Leistungshebel etwas zurück, statt sie bis zum Anschlag nach vorn zu drücken – als habe er Angst, seine Maschine zu stark zu belasten. Die F-16-Piloten konnten einen Angriff wie aus dem Lehrbuch fliegen und meldeten Sekunden später einen Abschuss mit einer radargesteuerten AIM-7 Sparrow.

»Ich habe schon Flugkapitäne erlebt, die mit dreihundert zahlenden Passagieren an Bord aggressiver geflogen sind«, behauptete Rebecca. »Verdammt, *will* er abgeschossen werden? Hat er den Drang, eine F-16 aus der Nähe zu sehen?« Tatsächlich sah es so aus, als würden die Angriffe auf den zweiten ukrainischen Bomber zum Spaziergang für die erstklassig ausgebildeten türkischen Piloten werden. »Worauf warten wir noch, General?«, fragte Rebecca. »Wenn wir nicht bald was tun, sterben die Türken vor Langeweile.«

»Okay, okay, wir machen's«, sagte Patrick schließlich. Auf der Einsatzfrequenz funkte er: »Sila null-zwo, Sie haben Banditen bei zwölf bis ein Uhr, dreißig Meilen, Annäherung mit fünfhundertachtzig Knoten.«

»Verstanden, Vampire. Wir haben sie im Radarwarner. Beginnen unseren Angriff.«

»Zeigt mir was, Jungs«, funkte Patrick. Dem Angriffscomputer befahl er: »Eine Wolverine vorbereiten und sichern, Startroute Alpha, Sensorsteuerung, Datenübertragung aktiv.«

»*Eine Wolverine vorbereiten und sichern*«, sagte die Computerstimme, dann meldete sie: »*Angriffsroute Alpha bestätigt, alle Sensoren aktiv, Sensorsteuerung aktiv, Datenübertragung aktiv. Eine Wolverine starten?*«

»Eine Wolverine starten«, befahl Patrick.

»*Achtung, Startbefehl erhalten, Startvorbereitung beginnt... Startsequenz läuft, mittlere Bombenkammer wird halb geöffnet... Lenkwaffe abgeworfen... Magazin gedreht... Klappen geschlossen.*«

Patrick wartete fünfzehn Sekunden, bis der Marschflugkörper Wolverine abgeworfen und die Bombenklappen wieder geschlossen waren, bevor er auf der abhörsicheren Einsatzfrequenz sagte: »Sila null-zwo, hier Vampire null-eins, Sie können Ihren Zielanflug fortsetzen. Viel Erfolg!«

»Verstanden, Vampire«, antwortete eine Stimme mit starkem slawischem Akzent. »Wir sind im Anflug, Bomben sind scharf.«

Dann beobachteten Rebecca und Patrick, wie die ukrainische Tu-22M3 zum Angriff tiefer ging. »Ein wahres Monster«, meinte Patrick bewundernd.

»Ein Scheißflieger«, widersprach Rebecca.

»Vielleicht auch nicht«, sagte Patrick. »Geben Sie das nötige Geld und ein paar Monate Zeit, dann mache ich was Anständiges daraus.«

»Die Millionendollarfrage ist nur: *Wie?*«, stellte Rebecca fest. »Die Ukraine kann es sich nicht leisten, ihre Bomber Backfire wie eine Megafortress auszurüsten – das kostet pro Stück mindestens dreißig Millionen Dollar –, und diese Flugzeuge sehen nicht so aus, als wären sie's wert. Die Ausbildung der Besatzungen in modernen Angriffsverfahren würde Jahre dauern. Wer soll das alles bezahlen? Unser neuer Präsident, der unsere Streitkräfte wie verrückt verkleinert, hält nichts davon, anderen Staaten zu helfen – *er* zahlt garantiert nicht dafür.«

»Das braucht mich nicht zu kümmern, Rebecca«, sagte Patrick. »Bekäme ich die Mittel zur Verfügung gestellt, um die Bomber Backfire als Megafortress umzubauen und ihre Besatzungen auszubilden, würde ich's tun. Dann hätte ich bald den wildesten Haufen von Draufgängern weit und breit. Garantiert!«

Na gut, sagte Erdal Sivarek sich, jetzt scheinen die Brüder endlich doch aufzuwachen. Kaum hatte er den zweiten ukrainischen Bomber mühelos mit seinem Radar erfasst, ging das Ziel in einen steilen Sturzflug über – mit über fünfzig Metern in der Sekunde und weiter beschleunigend. Sehr eindrucksvoll. Vielleicht verstanden die Ukrainer es doch, Ausweichmanöver zu fliegen.

Das Radarquadrat, das die feindliche Maschine bezeichnete, wanderte rasch an den rechten Rand von Sivareks Blickfelddarstellung, und er musste rechts einkurven, um das Ziel in seinem Radarkegel zu behalten, damit die Lenkwaffe AIM-7 Sparrow es ansteuern konnte. Das war merkwürdig, denn bei dieser Entfernung wanderten Flugzeugsymbole normalerweise nicht so rasch aus. Die feindliche Maschine sendete Störsignale, aber die Elektronik von Sivareks F-16 wechselte blitzschnell auf jeweils nicht gestörte Frequenzen und hielt den Bomber weiter erfasst …

… bis zu dem Augenblick, in dem das Ziel plötzlich nach links abdrehte und in Gegenrichtung über die Blickfeldanzeige wanderte. Sivarek kurvte nach links ein, aber diesmal kam seine Reaktion zu spät – das Ziel verschwand völlig aus der Blickfelddarstellung. Irgendwie war es einem Bomber gelungen, eine F-16, die zu den wendigsten Jägern der Welt gehörte, auszumanövrieren und völlig zu verschwinden!

»Eins-null-eins hat den Kontakt verloren!«, rief Sivarek. »Zwo, haben Sie mich in Sicht?«

»Habe Sie nicht mehr in Sicht!«, meldete sein Rottenflieger. Das war bei diesen jähen Richtungswechseln kein Wunder. »Bin in fünftausend Metern, steige auf Patrouillenhöhe.«

»Verstanden«, sagte Sivarek und verlangsamte seine Atmung bewusst, um Hyperventilation zu vermeiden. Ihre vertikale Staffelung betrug mindestens fünfhundert Meter – sie würden nicht zusammenstoßen. »Versuche jetzt, das Ziel wiederzufinden.« Er ging auf den ursprünglichen Kurs des Ziels zurück, suchte den Himmel mit seinem Radar ab und hoffte, es so wiederzufinden. Ohne Radarkontakt konnte die AIM-7 ihr Ziel natürlich nicht treffen, also hatte er seine letzte Sparrow vergeudet. Er kam sich dämlich vor, weil er das Ziel verloren hatte. Diesen Gedanken verdrängte er jedoch rasch wieder. Jetzt war nicht der richtige Zeitpunkt, sich selbst Vorwürfe zu machen. Sieh zu, dass du den Schweinehund wiederfindest und abschießt, forderte er sich auf. Für die Fehlersuche bei sich selbst war nach der Landung reichlich Zeit.

Zum Glück brauchte er nicht lange zu suchen. Das Ziel war tatsächlich auf seinen ursprünglichen Anflugkurs zurückgekehrt – vorhersehbar, aber bei den meisten Bombern nicht zu vermeiden. Nur wenige Bomberstaffeln bildeten ihre Besatzungen dafür aus, Ausweichrouten für den Fall zu planen, dass ihre erste Anflugroute zu stark verteidigt wurde. Gab es nur einen Angriffskurs, *musste* der Bomber auf ihn zurückkehren, was der Luftabwehr ihre Aufgabe erleichterte, ihn notfalls wiederzufinden. »Eins hat Bandit eins wieder«, meldete Sivarek. »Ziel erfasst, greife an.«

»Lassen Sie ihn nicht wieder entwischen, Höhlenmensch«, ermahnte sein Rottenflieger ihn mit leicht spöttischem Unterton.

»Sie bekommen Ihre Chance noch, Dachs«, antwortete Erdal gereizt. »Hören Sie jetzt auf zu quatschen und schließen Sie zu mir auf.«

»Ich habe Kontakt mit *Ihnen,* Eins-null-eins«, meldete der Rottenflieger, dem es hörbar Spaß machte, seinen Kommandeur ein bisschen aufzuziehen. »Hinter Ihnen ist alles frei.«

Diesmal verfolgte Sivarek den feindlichen Bomber – ein Kinderspiel im Vergleich zu der ersten Frontalbegegnung. Er erfasste ihn sofort mit seinem Zielsuchradar, setzte sich hinter ihn, wählte eine Lenkwaffe mit IR-Suchkopf aus und schoss seine zweite AIM-9 ab, sobald er in Reichweite war. Der Bandit wich erneut nach rechts aus. Sivarek riskierte es, eine Linkskurve einzuleiten, und tatsächlich schlug der Bandit einen Haken nach links. Da Sivarek diese Richtung vorausgesehen hatte, konnte er das Ziel mühelos im Radar behalten, und obwohl der Bandit nochmals auszuweichen versuchte, erzielte er einen Volltreffer.

»Zweiter Abschuss Sidewinder«, berichtete Sivarek. »Haben Sie mich in Sicht?«

»Positiv, Eins«, sagte sein Rottenflieger. »Im Süden ist alles frei. Ich bin nördlich über Ihnen. Greife jetzt an.«

Sivarek drehte nach links ab und behielt seine Höhe bei. Sobald sein Rottenflieger meldete, er sei frei, begann er auf Überwachungshöhe zu steigen.

Bei den Abschlussbesprechungen, die erst gemeinsam und dann für jede Staffel einzeln stattfanden, würde er einiges an Spott einstecken müssen. »Unter vier Augen kritisieren, öffentlich loben« war eine gute Faustregel für seine Leute, aber die Männer wollten immer wissen, ob ihr Kommandeur so gut einstecken wie austeilen konnte. Er würde…

»Boss!«, rief sein Rottenflieger auf der Einsatzfrequenz. »Ich habe Bandit zwo in Sicht! Er ist eine Drohne! Ein unbemannter Flugkörper!«

Eine Drohne, die so schnell wie ein Jäger und noch wendiger als eine F-16 war? Nun, dachte Sivarek, schließlich sind wir hier in Nellis. Sie übten in Gebieten, die an das streng geheime amerikanische Waffenerprobungszentrum Dreamland angrenzten. Die Amerikaner flogen solche exotischen High-Tech-Luftfahrzeuge vermutlich täglich – nur so aus Spaß. Mit dieser Möglichkeit hatte er einfach nicht gerechnet, das war alles.

»Angriff abbrechen, Zwo«, befahl Sivarek. Während er den Himmel absuchte, machte er sich selbst Vorwürfe. Der andere Bandit musste das Trägerflugzeug, das eigentliche Ziel sein. Nur weil das zweite Ziel höher und kleiner gewesen war, hatte er es für nicht bedrohlich gehalten. Er hätte seinen Rottenflieger auf den zweiten Banditen ansetzen sollen. Sivarek schaltete sofort den Nachbrenner ein, begann in enger Kurve zu steigen und flog dorthin zurück, wo er den zweiten Banditen vermutete. »Eins-null-zwo, gehe auf Gegenkurs und versuche, Bandit zwo wiederzufinden«, sagte Sivarek. »Schließen Sie zu mir auf.«

»Zwo.«

Sivarek erfasste das zweite Flugzeug sofort mit seinem Radar. Es befand sich mit ungefähr achthundert Knoten, knapp überschallschnell, in steilem Sturzflug. Das Radar konnte es nicht lange erfasst halten, denn die Störsignale waren diesmal viel stärker. »Dachs, ich habe laute Musik...« Im nächsten Augenblick zeigte das Radar der F-16 eine Fehlfunktion an: Die Störungen waren so stark und die dadurch erzwungenen Frequenzwechsel so häufig, dass das Radar schließlich ausstieg. »Gerät ausgefallen. Ich sehe Bandit zwo bei zwölf Uhr und fünf Kilometern. Er geht im Sturzflug tiefer und kommt in Ihre Richtung. Ich nehme die Verfolgung auf. Ich glaube, dass das ein weiterer Bomber ist. Sie gehen auf Gegenkurs und halten mir den Rücken frei.«

»Verstanden, Eins-null-eins.«

Die AIM-9 Sidewinder der türkischen F-16 konnte sogar anfliegende Flugzeuge abschießen, vor allem wenn das Ziel nach einem überschallschnellen Sturzflug heiß glühte. Bei ihrer hohen Annäherungsgeschwindigkeit war Erdal binnen Sekunden in Schussposition. Er überzeugte sich nochmals davon, dass der Hauptwaffenschalter auf OFF stand, wählte eine AIM-9 aus, sah in seiner Blickfelddarstellung die Anzeige SHOOT blinken und rief auf der Einsatzfrequenz: »Dachs, Ziel in Schussweite, ich...«

In diesem Augenblick plärrte sein Radarwarner los – ein feindlicher Jäger hatte ihn mit seinem Radar erfasst, war bereits in Schussweite! Der andere Pilot war gleich zur Lenkwaffensteuerung übergegangen.

»Eins-null-eins, Überraschungsziel bei drei Uhr, zehn Meilen, tief«, meldete ihr Controller in der Radarstation. »Telemetrie bestätigt Ihren Abschuss mit einer Lenkwaffe. Haben Sie die Maschine in Sicht?«

Sivarek wollte einwenden, aus zehn Meilen Entfernung sei ein anderer Jäger wohl kaum zu erkennen, aber dann sah er die Maschine doch – sie erinnerte an eine Tu-22M3, war aber kleiner. Ein Bomber B-1B? »Ich sehe einen weiteren Schwenkflügelbomber, Control«, sagte Erdal, »aber keinen Jäger.«

»Der hat Sie abgeschossen, Eins-null-eins«, erklärte ihm der Controller. »Und eben hat er auch Ihren Rottenflieger abgeschossen.«

»Abgeschossen? *Womit* abgeschossen? Mit einer Steinschleuder?«

»Schiedsrichter bestätigt, dass dieses Flugzeug mit Luft-Luft-Lenkwaffen ausgerüstet ist«, antwortete der Controller. »Melden Sie, ob Sie zu einer Luftkampfübung bereit sind.«

Erdal riss sich wütend die Sauerstoffmaske ab, aber dann tarnte er seinen Zorn mit lautem Lachen. »Klar sind wir zu einer Luftkampfübung bereit!«, rief er. »Dieses Schwein soll nur versuchen, noch mal in unsere Nähe zu kommen!«

»Verstanden, Eins-null-eins«, bestätigte der Controller. »Fliegen Sie in Patrouillenhöhe zum Wegpunkt Tango und warten sie dort auf Freigabe zum Einflug ins Übungsgebiet. Melden Sie Erreichen von Tango.«

»Verstanden«, sagte Sivarek. »Dachs, zu mir aufschließen.«

»Was ist passiert, Höhlenmensch?«

»Wir sind abgeschossen worden.«

»Von wem? Ich habe niemand gesehen! Mein Radarwarner hat nur einmal kurz gepiepst!«

»Angeblich hat uns ein B-1B abgeschossen«, sagte Sivarek. »Keine Angst, jetzt sind wir dran! Schließen Sie zu mir auf.«

»Hey, Muck, die Türken sind sauer und wollen euch herausfordern«, sagte David Luger hörbar belustigt. »Ich schlage vor, dass ihr mit den Backfires zu Ausgangspunkt D-3 zurückfliegt und in

Zweiminutenabständen die Einflugroute nehmt. Meldet Erreichen.«

Wie Ritter, die zur Ausgangslinie zurückgaloppieren, um dann mit eingelegten Lanzen erneut gegen ihre Turniergegner anzureiten, flogen die beiden Bomber Tu-22M3 und die EB-1C Vampire in die Nordostecke des Übungsgebiets zurück. Als McLanahan ihre Position kurz vor dem Erreichen von D-3 meldete, erhielten sie sofort die Freigabe zum Einflug.

»Sieht so aus, als wollten die Türken sich diesmal nicht mit den Backfires aufhalten«, berichtete Patrick, während er das erste LADAR-Bild studierte. Die türkischen F-16 blieben hoch und schienen die beiden ukrainischen Bomber, die unter ihnen hindurchzufliegen versuchten, buchstäblich zu ignorieren. Er berührte das Supercockpit-Display auf der rechten Seite der großen Instrumententafel der Vampire und befahl ihrem Angriffscomputer: »Waffen gesichert, simuliert, Ziele angreifen.«

»*Achtung, Waffen gesichert, simulierten Angriffsbefehl erhalten, Vorbereitung läuft*«, antwortete die Computerstimme. »*Lenkwaffen Scorpion startbereit, paarweise starten?*«

»Simulierter Start, maximale Entfernung, je zwei Scorpion gegen beide Ziele«, befahl Patrick. »Jetzt haben wir euch, Jungs!«

»*Achtung, Startbefehl erhalten …*«

»Patrick, hier Control, *Notfall! Feuer einstellen! Feuer einstellen!*«, funkte Luger plötzlich. »Übung beenden und so schnell wie möglich zurückkommen.«

»*Feuer einstellen, Feuer einstellen, Feuer einstellen!*«, rief Rebecca auf der Einsatzfrequenz. »Diese Übung ist beendet!« Ihre Warnung wurde von der Übungsleitung und dem Controller der beiden türkischen F-16 wiederholt, und der Computer brach ihren Angriff ab, als die vorderen Bombenklappen der EB-1C sich eben zu öffnen begannen. »Was zum Teufel geht hier vor, Luger?«

»Für uns ist Einsatzbereitschaft befohlen – ab sofort!«, sagte David atemlos. »Seht zu, dass ihr schnellstens zurückkommt.«

»Bitte nehmen Sie Platz«, sagte Generalleutnant Terrill Samson mit dröhnend lauter Stimme, als er im High-Technology Aerospace Warfare Center in den Lageraum getrottet kam, wo die Anwesenden aufgestanden waren und Haltung angenommen hatten. Vor ihm saßen jetzt McLanahan, Hal Briggs, Rebecca Furness, weitere Angehörige der 111. Bomberstaffel und einige hohe Stabsoffiziere aus dem HWAC. »Also gut, also gut, vielleicht erklärt mir freundlicherweise jemand, was zum Teufel hier vorgeht.«

»Wir haben vor zehn Minuten einen Vorwarnbefehl erhalten, Sir«, meldete Patrick. »In Russland hat sich ein Vorfall ereignet, und wir sind aufgefordert worden, uns bereit zu halten, um Unterstützung leisten zu können.«

»Das stimmt nicht *ganz*, Sir«, warf Rebecca ein. »*Wir* haben keinen Vorwarnbefehl. Wir sind bisher zu nichts ermächtigt.«

»Ich sehe eine Chance, dass die Hundertelfte Luftunterstützung leisten kann«, sagte Patrick. »Darauf sollten wir uns sofort vorbereiten. Der Vorwarnbefehl müsste jeden Augenblick kommen.«

Solche Erregung hatte Terrill Samson nicht mehr gespürt, seit er vor zwei Jahren die Leitung des HAWC übernommen hatte. Obwohl die Arbeit anspruchsvoll und spannend war, fehlte hier die Unmittelbarkeit und Vitalität einer kämpfenden Einheit. Gewiss, hier wurden die modernsten heutigen Waffensysteme getestet, aber letztlich schrieb Samson doch nur eine Beurteilung, übermittelte die Testdaten und gab die Hardware dem jeweiligen Hersteller zurück.

Samson betrachtete seinen Stellvertreter Patrick McLanahan, in dessen Gesicht Diensteifer und Kampfeswille leuchteten. Patrick war ein geborener Führer, der schon längst ein eigenes Kommando verdiente. Aber er war schon zu lange am HAWC, hatte zu viel gesehen und machte so viel verrücktes – und wahrscheinlich illegales – Zeug mit seinen High-Tech-Spielsachen, dass es in der real existierenden U.S. Air Force keinen Platz für ihn gab. Wie hätte man ihm anbieten können, ein Geschwader mit Stealth-Bombern B-2A Spirit, den modernsten Kampfflugzeugen der Welt, zu befehligen, wenn er doch *wusste,* dass es in Dreamland Flugzeuge und Waffen gab, die zehnmal moderner und hundertmal tödlicher waren?

Der General war besorgt. McLanahan hatte unter der Obhut –

die meisten Leute hätten gesagt »unter dem Fluch« – von Generalleutnant Brad Elliott, Samsons Vorgänger und Namenspatron ihres Stützpunkts, Karriere gemacht. Elliott war – höflich ausgedrückt – ein eigenwilliger Typ, ein undisziplinierter Draufgänger gewesen. Umgekommen war er bei einem seiner berüchtigten »operativen Testflüge«, als er während des jüngsten Taiwankonflikts mit einem als Versuchsflugzeug dienenden Bomber B-52, den er noch dazu FBI-Agenten geklaut hatte, über China im Einsatz gewesen war. Obwohl er in seiner Zeit beim HAWC durch seine Bemühungen sechs oder sieben weltweite Atomkriege verhindert hatte, musste einem auffallen, dass die meisten Beamten im Pentagon und im Weißen Haus einen Seufzer der Erleichterung ausgestoßen hatten, als Elliott tot war. Schlecht schlafen konnten sie nur bei dem Gedanken, dass seine Leiche nie aufgefunden worden war, sodass es zumindest theoretisch möglich war, dass der alte Schweinehund noch lebte.

Patrick McLanahan hatte von Brad Elliott gelernt, dass man nur dann Erfolge erzielen konnte, wenn man nicht unbedingt auf die Spielregeln achtete, sobald die Schießerei begann und die Welt dem Untergang entgegenzusteuern schien. Patrick war ein weit besserer »Teamspieler«, als Brad Elliott jemals gewesen war, aber er war nicht mehr jung, er war bereits General, besaß mehr Status, als Elliott je besessen hatte, und begann sein zweites Jahrzehnt in dieser isolierten supergeheimen Forschungseinrichtung mitten in der Wüste. Wie McLanahan war auch Terrill Samson ein ehemaliger Schützling Elliotts – er hatte ihn gekannt, er hatte gesehen, wie ein wenig Macht und die Einstellung »Zum Teufel mit den Torpedos, volle Kraft voraus!« einen Menschen verändern konnten. Samson hatte sich dafür entschieden, seinen eigenen Weg zu gehen, und sich seine Sterne durch Befolgung der Spielregeln verdient. Ihm machte Sorgen, dass Patrick McLanahan dem Geist Brad Elliotts auf einem falschen Weg zu folgen schien.

»Langsam, Kinder, ganz langsam«, verlangte Samson nachdrücklich. »Ich habe einen Anruf erhalten, dass ein Vorwarnbefehl eingegangen ist. Wer hat ihn also bekommen?«

»Ich, Sir«, sagte Oberstleutnant Hal Briggs.

»Sie haben ihn?« Samson wusste, dass Hal Briggs ein hervorragend ausgebildeter Infanterist und Kommandosoldat war – sein Job als Chef des Sicherheitsdiensts im HAWC war nur eines der vielen Gebiete, auf denen er glänzte. Er wusste auch, dass Briggs aus irgendeiner Geheimdienstorganisation kam, die so geheim war, dass ein gewöhnlicher General wie er nichts darüber in Erfahrung bringen konnte. Briggs übergab ihm ein in der Nachrichtenzentrale eingegangenes Fax des CIA-Direktors, das Hal Briggs zum Kontaktmann für dieses Unternehmen bestimmte. »Okay, ich bin beeindruckt«, sagte Samson wahrheitsgemäß. »Also, Oberstleutnant, wir warten. Erzählen Sie uns, was wir darüber erfahren dürfen.«

»Ja, Sir«, sagte Briggs. Der große, schlanke, schwarze Offizier, der von allen Anwesenden die längste Dienstzeit in Dreamland aufzuweisen hatte, wirkte so aufgeregt wie ein kleiner Junge, der eben erfahren hat, dass er zum Geburtstag nach Disneyland darf. »Da Patrick schon früher an ähnlichen Unternehmen teilgenommen hat, habe ich ihn über den Vorwarnbefehl informiert. Er hat einige Vorschläge gemacht und mir dann empfohlen, Sie und die Hundertelfte hinzuzuziehen. Als Leiter des Teams habe ich das genehmigt.«

»Bitte weiter.«

Briggs nickte Patrick zu, der auf seiner Tastatur einen Befehl eingab; auf dem großen Bildschirm am Fuß des Konferenztischs erschien eine Karte von Westrussland. »Mein Team hat den Auftrag, an einer Rettungsaktion in Russland mitzuwirken. Die CIA hat offenbar eine wertvolle Agentin, die östlich von Moskau in der Umgebung des Luftwaffenstützpunkts Shukowski auf der Flucht ist. Normalerweise wäre eine Fluchthilfeorganisation innerhalb Russlands aktiviert worden, um sie außer Landes zu bringen, aber diese Organisation hat ihre Tätigkeit eingestellt.«

»Und die CIA hat versäumt, ihre Agentin von diesem winzigen Detail zu unterrichten?«, vermutete Samson.

»Sie sagen es, Sir«, bestätigte Briggs.

»Welches Team meinen Sie, Oberstleutnant?«, fragte Furness, die McLanahan und Briggs misstrauisch beäugte. Obwohl sie als

Chefin der 111. Bomberstaffel zum HAWC gehörte und ungehinderten Zugang zu allen Einrichtungen hatte, wusste sie recht gut, dass sie bisher vermutlich nur die Spitze des Eisbergs kannte. Das HAWC war in so viele streng geheime Abteilungen aufgegliedert, dass sie vermutlich nicht mehr aus dem Staunen herausgekommen wäre, wenn sie gewusst hätte, was hier alles vorging.

»Leider darf ich keine Einzelheiten nennen, Ma'am«, antwortete Briggs. »Ich gebe bekannt, was nötig ist, damit Ihre Leute planen können, aber im Allgemeinen müssen Sie sich auf meine Angaben verlassen. Jedenfalls will die CIA, dass diese Agentin schnellstens rausgeholt wird. Ich fliege sofort ab. Ich hole mir von einem unserer Freunde in Arkansas ein paar Ausrüstungsgegenstände und fliege dann mit meinem Team in die Türkei weiter, um von dort aus zu starten.«

»Dann wünsche ich Ihnen alles Gute«, sagte Samson. »Aber eines verstehe ich noch immer nicht: Welche Rolle spielen wir dabei?«

»Hal hat den Auftrag, zu einer Rettungsaktion tief in den russischen Luftraum einzudringen«, erklärte Patrick ihm. »Ich habe empfohlen, dass wir ihm Deckung aus der Luft gewähren.«

»*Deckung aus der Luft?*«, wiederholte Samson. »Wie meinen Sie das?«

»Dies ist das Zielgebiet«, sagte Patrick und deutete auf den Bildschirm. »In ungefähr vierzig Stunden landet Hals Team hier in der Umgebung des Luftwaffenstützpunkts Shukowski, um zu versuchen, die CIA-Agentin rauszuholen. Hal rechnet mit starkem Widerstand – die Fahndung nach der Agentin läuft offenbar schon seit zwölf Stunden, und die Suche wird intensiviert. Ich habe vorgeschlagen, das gesamte Unternehmen im Schutz von Stealth-Bombern stattfinden zu lassen.«

»Sie wollen Vampires tief nach Russland hinein entsenden, um eine Rettungsaktion der CIA zu schützen?«, fragte Samson ungläubig. »Kommen Sie, Patrick, soll das ein Witz sein? Wir sind nicht in der Lage, irgendwelche Deckung aus der Luft zu gewähren!«

»Ich bin anderer Meinung, Sir«, sagte Patrick. Er rief den Bereitschaftsstand der 111. Bomberstaffel auf und holte ihn auf den Monitor. »Von unseren sechs EB-1C Vampire«, fasste er zusammen, als die Angaben auf dem Großbildschirm erschienen, »sind zwei sofort einsatzbereit, einer ist in der Luft und kann ein paar Stunden nach dem Beladen der ersten Maschinen starten, einer kommt eben aus der Wartung und kann notfalls in ungefähr acht Stunden einsatzbereit sein; zwei werden gerade umgebaut und stehen deshalb nicht zur Verfügung.«

Samson warf einen Blick auf den Datenblock für diese Informationen... und stellte fest, dass Patrick diese Daten vor ein paar Stunden angefordert hatte. Dies war also keine improvisierte Besprechung, auch wenn sie nach einer aussah: McLanahan, vermutlich auch Luger und vielleicht auch Briggs hatten längst von diesem Unternehmen gewusst und ihn nicht darüber informiert.

Samson verzichtete darauf, McLanahan gleich zur Rede zu stellen. »Aber die Hundertelfte ist noch nicht einsatzbereit«, wandte er ein. »Wir stecken noch tief in der Bewertungsphase. Einsätze fliegen kann die Staffel frühestens in einem Jahr.«

Patrick rief die Liste der Besatzungsmitglieder auf, die sich für das fliegende Schlachtschiff qualifiziert hatten. »Wir haben genügend Besatzungen, Sir«, fuhr er hastig fort. »Ich übernehme die Führungsmaschine. Major Cheshire kann als meine Flugzeugkommandantin fungieren.« Major Nancy Cheshire war die Chefpilotin des HAWC. Hätte Terrill Samson sie besser gekannt, hätte er mehr Anlass zu der Befürchtung gehabt, *sie* könnte sich zu einem ideologischen Klon von Brad Elliott entwickeln, als dass er sich wegen Patrick McLanahan oder sonst jemandem im HAWC hätte Sorgen machen müssen. »Oberst Furness und Oberst Luger können die zweite Maschine fliegen, und Dewey und Deverill würden die dritte Vampire übernehmen. Vom ursprünglichen Kader der Hundertelften sind sie mit ihrer Ausbildung am weitesten. Dann...«

»Entschuldigung, Sir«, unterbrach Rebecca ihn sichtlich genervt, »aber Sie gehören nicht zu unserer Staffel.«

»Dies ist ein wichtiger Auftrag für uns alle. Major Cheshire und ich haben die meiste Erfahrung mit...«

»Entschuldigung, Sir«, wiederholte Rebecca nachdrücklicher, »aber bei allem Respekt – Sie haben uns für genau solche Einsätze ausgebildet und müssen uns jetzt die Chance geben, selbst damit zu Rande zu kommen.«

»Was zum Teufel soll das heißen, Rebecca?«

»Sie haben diese Einheit speziell für solche Einsätze geschaffen, Sir«, sagte Furness. »Sie haben uns die Flugzeuge dafür gegeben, uns ausgebildet und auf den Ernstfall vorbereitet. Jetzt müssen Sie uns unsere Arbeit tun lassen.«

»Diese Staffel ist seit weniger als einem Jahr zusammen«, stellte McLanahan fest. »Sie ist noch nicht einsatzfähig, noch lange nicht. Ihre Flugzeuge gehören weiterhin uns. Sobald ein Einsatz nötig wird...«

»Augenblick!«, unterbrach Samson ihn irritiert. »Hören Sie mir jetzt gut zu, Patrick. Einen Einsatz dieser Art bekommen wir niemals genehmigt. Wir haben nur mit Mühe die Genehmigung zur Aufstellung der Hundertelften bekommen, und die liegt erst seit ein paar Monaten vor. Okay, wir haben drei Maschinen einsatzbereit, aber das bedeutet, dass sie für Versuchs- und Ausbildungsflüge über unseren Übungsgebieten freigegeben sind – nicht für Kampfeinsätze und schon gar nicht über *Russland!*«

»Tatsächlich liegt uns die Genehmigung schon vor, Sir«, sagte Patrick.

»*Wie bitte?*«, fragte Samson dröhnend laut und mit vor Wut blitzenden Augen.

»Das habe ich veranlasst, Sir«, warf Briggs ein. »Patrick hat mir seine Idee erläutert, und ich habe CIA-Direktor Morgan angerufen, der anschließend im Weißen Haus mit Verteidigungsminister Goff zusammengetroffen ist. Der Minister hat sich den Vorschlag angehört und wegen dieser Sache mit Patrick telefoniert...«

»Sie haben mit dem Verteidigungsminister gesprochen, Patrick?«, fragte Samson. Unausgesprochen steckte dahinter die Frage: »Ohne mich vorher zu informieren?«

Patrick wusste natürlich, weshalb Samson sauer war. »Ich habe Sie hergebeten, sobald mein Gespräch mit dem Minister, der *mich* angerufen hatte, beendet war«, sagte er erklärend. »Unter der Voraussetzung, dass der Präsident zustimmt, hat er unseren Einsatz vorläufig genehmigt. Im Augenblick dürfte er darüber mit dem Präsidenten sprechen. Das alles ist ziemlich schnell passiert.« Er legte Samson einen Ausdruck der vom Verteidigungsminister unterzeichneten Genehmigung hin. Der HAWC-Kommandeur starrte seinen Stellvertreter an, kniff die Lippen zusammen und äußerte sich nicht dazu. »Ich habe schon den Einsatzplan aufgestellt und veranlasst, dass die Besatzungsmitglieder ihre Ruhepausen einhalten – für mich gilt das natürlich nicht –, und ich werde die erste Einsatzbesprechung in …«

»Entschuldigung, Sir«, warf Long ein, »aber das ist *mein* Job als Operationsoffizier der Hundertelften. Ich wäre Ihnen dankbar, wenn Sie beiseite treten und ihn mir überlassen würden.«

»Major, ich erkenne Ihren Diensteifer an, und was ich tue, bedeutet keine Kritik an den Fähigkeiten oder dem Bereitschaftsstand Ihrer Staffel«, sagte Patrick, während er weitere Befehle eintippte. »Aber ich führe dieses Unternehmen, deshalb übernehme ich diesmal die Planung. Ich möchte, dass Sie schon mal die Wartungs- und Bodenmannschaften zusammenrufen und einweisen, damit wir …«

»Halt, kein Wort mehr, Patrick«, unterbrach General Samson ihn. »Ich habe genug gehört. Patrick, Sie haben Unrecht, und der Major hat in allen Punkten Recht. Sie haben bei der Ausbildung der Hundertelften sehr gute Arbeit geleistet. Die Staffel hat sich besser bewährt, als es die meisten Leute wegen ihrer jüngsten Geschichte und ihres Rufs für möglich gehalten hätten. Auch Oberst Furness hat Recht, wenn sie darauf hinweist, dass Sie ihrer Staffel *nicht* angehören. Und noch etwas anderes: Im Prinzip gehören die Vampires dem Steuerzahler, nicht mir oder Ihnen. Sie sind nicht *Ihr* persönliches Eigentum.«

»Darüber bin ich mir im Klaren, Sir«, antwortete McLanahan. »Ich wollte keineswegs …«

»Ich hätte ehrlich gesagt erwartet, dass Sie ein von Ihnen selbst geschaffenes Team etwas mehr unterstützen, General«, sagte Samson. »Ich weiß, dass Sie unbedingt mitmachen wollen, aber versuchen Sie, keinen der eigenen Leute an die Wand zu drücken, nur um an Bord zu kommen. Sie müssen mir nur eine Frage beantworten, Patrick: Ist die Hundertelfte einsatzbereit?«

Patrick betrachtete Furness und Long, die ihn anfunkelten, und die übrigen Vertreter der 111. Bomberstaffel »Aces High«. Dies war eine der schwierigsten Fragen, die er jemals hatte beantworten müssen: Sagte er »nein«, war er ein Lügner; sagte er »ja«, brachte er sich selbst um einen Platz im Cockpit und die Teilnahme an dem von ihm vorbereiteten Unternehmen. Aber in Wirklichkeit, das wusste er genau, gab es nur eine Antwort auf Samsons Frage.

»Ja, Sir, das ist sie«, bestätigte Patrick nachdrücklich. »Sie hat alle Versuchs- und Übungseinsätze geflogen, die wir von ihr verlangt haben; jetzt ist sie bereit. Ihr ursprünglicher Kader besteht aus einigen der besten Flieger, mit denen ich je zusammengearbeitet habe – sie sind aggressiv, gut ausgebildet und hoch motiviert. Ja, die Hundertelfte ist einsatzbereit.« Er wandte sich an Rebecca. »Ich bitte um Entschuldigung, Oberst. Natürlich ist das *Ihre* Staffel.« Sein Blick war nicht mehr befehlend oder fordernd, aber auch nicht wirklich bittend. »Trotzdem kenne ich die Vampire besser als jeder andere hier und habe schon oft mit der ISA zusammengearbeitet. Lassen Sie mich die Reservemaschine mit Nancy Cheshire fliegen. Sie ist unsere erfahrenste Flugzeugkommandantin.«

»Wir können Ihre Sachkenntnis im virtuellen Cockpit nutzen, Sir«, sagte Long. Der Major genoss es offensichtlich, dass McLanahan von Samson einen Klaps auf die Finger bekommen hatte, und hatte es jetzt sehr eilig, ihn in die Rippen zu boxen.

»Nein, ich halte es für eine gute Idee, ihn die Reservemaschine fliegen zu lassen«, warf Samson ein. »Aber ich werde meine Kommandeursrechte nutzen und Oberst Furness befehlen, als Patricks FK zu fliegen. Für die Dauer des Unternehmens wird das virtuelle Cockpit von Nancy Cheshire und David Luger bemannt.« Zu Long sagte er: »Major, Sie übernehmen die Planung für diesen Einsatz. Ich möchte, dass in vierundzwanzig Stunden eine Einsatzbesprechung für alle Beteiligten stattfindet. Laut Vorwarnbefehl sollen die Flugzeuge in ungefähr vierzig Stunden über dem Patrouillengebiet sein.«

»Ja, Sir. Wir sind rechtzeitig fertig.«

»Oberstleutnant Briggs, Sie haben es bestimmt eilig«, fuhr Samson lächelnd fort. «Sie decken sich wohl noch mit ein paar Wunderwaffen ein?«

»Ja, Sir«, antwortete Briggs. »Es gibt da ein paar Dinge, die wir für einen Einsatz dieser Art brauchen könnten.«

»Das kann ich mir denken«, sagte Samson. Er streckte seine Pranke aus, die Briggs herzlich schüttelte. »Alles Gute und viel Erfolg. Erzählen Sie mir, wie's gelaufen ist, wenn Sie zurückkommen.«

»Wird gemacht, General.«

General Samson entließ seinen Stab und die Offiziere der 111. Bomberstaffel, aber nicht bevor er Patrick McLanahan einen warnenden Blick zugeworfen hatte. Zum ersten Mal in ihrer langen Zusammenarbeit hätte Patrick beinahe eine Disziplinlosigkeit begangen. Dabei stand er in dem Ruf, unbedingt loyal zu sein. Dieser Vorfall bedeutete hoffentlich nicht, dass Schlimmeres bevorstand. Samson nahm sich vor, sich nach diesem Unternehmen mit Patrick zusammenzusetzen und unter vier Augen mit ihm zu reden – kein »Gespräch unter Männern«, sondern eine knallharte Warnung vor zukünftigen Eskapaden dieser Art.

Die meisten Offiziere und Unteroffiziere der Hundertelften gingen sofort in den Planungsraum der Operationsabteilung hinüber, in denen Computer standen, die sie für ihre Einsatzplanung benutzen konnten. Patrick steuerte wie gewohnt auf den Platz am Masterterminal zu – und merkte erst dann, dass er John Long buchstäblich beiseite geschoben hatte. Er wartete einige Sekunden, um zu sehen, ob Long seinem Generalsrang Respekt zollen würde, aber diese Hoffnung wurde enttäuscht. Dies war Longs Chance, allen zu beweisen, was die 111. Bomberstaffel und er leisten konnten, und er brannte darauf, endlich loszulegen. »Entschuldigung, John«, murmelte Patrick und überließ den Platz am Masterterminal dem Operationsoffizier der Hundertelften.

»Kein Problem, Sir«, sagte Long, ohne sich die Mühe zu machen, ein hämisches Grinsen zu verbergen. Die HAWC-Stabsoffiziere folgten Patricks Beispiel und überließen ihre Arbeitsplätze dem

Stab der Hundertelften. Long drückte Patrick einen Computerausdruck in die Hand. »Dies sind die Punkte, die Sie für uns abhaken sollten, Sir. In zwei Stunden treffen wir uns zu einer ersten Besprechung über den Stand der jeweiligen Vorbereitungen. Lassen Sie mich wissen, ob Sie bei diesen Punkten Hilfe brauchen.«

»An der Masterkonsole kann ich besser arbeiten, Major«, sagte Patrick. Aber Long hatte sich bereits abgewandt, loggte sich am Masterterminal ein und war bereit, den Flugplan zu erstellen, die Intervalle für Luftbetankung festzulegen, die Wartung ihrer Maschinen auf ausländischen Plätzen zu planen und Aufklärungsergebnisse herunterzuladen. Seine Flugkommandeure und ihr Personal loggten sich ebenfalls ein, und kurze Zeit später waren alle damit beschäftigt, Daten einzugeben und Checklisten zur Einsatzplanung abzuhaken.

Lässt der kleine Scheißer mich auch noch Kaffee holen, dachte Patrick auf dem Rückweg in sein Dienstzimmer, muss ich ihn leider k.o. schlagen.

Weißes Haus, Arbeitszimmer des Präsidenten
(zur gleichen Zeit)

Das einzig Gute an diesem Präsidenten, sagte sich Verteidigungsminister Robert Goff, ist die Tatsache, dass er immer erreichbar ist – weil er nie irgendwo hingeht. Er arbeitete immer im Büro, meistens in dem Arbeitszimmer neben dem Oval Office, außer wenn er kleine Stabsbesprechungen leitete oder Besucher empfing. Da hinter ihm nur ein sehr kleiner Parteiapparat stand, zeigte er sich selten in der Öffentlichkeit oder bei Veranstaltungen, bei denen Spenden für die Jeffersonian Party eingesammelt wurden. Seine knappe Freizeit verbrachte er ausschließlich mit seiner Familie oben in der Residenz des Präsidenten. Bob Goff wusste, dass er den Präsidenten nicht stören durfte, wenn er meditierte, meistens um 10 und 15 Uhr, aber ansonsten telefonierte Präsident Thorn oder arbeitete an seinem Computer – ganz der Chef einer riesigen Verwaltung.

Manchmal machte Goff sich Sorgen um seinen alten Freund. Er golfte nicht, joggte nicht, segelte nicht, fuhr nur selten auf seinen Landsitz Camp David hinaus, machte nichts von dem, was seine Amtsvorgänger zur Entspannung getan hatten. Seine einzige Erholung vom Leben in Washington waren gelegentliche Wochenendbesuche bei seinen Eltern in Vermont oder bei seiner Schwiegermutter in New Hampshire, damit die Großeltern die Enkel sehen konnten. Andere Präsidenten hatten darüber geklagt, dass ihre Amtspflichten und Verantwortlichkeiten sie im Weißen Haus »gefangen hielten«, aber Thorn schien seinen Schwung und Energie aus der Flut von Besprechungen, Vorträgen, Berichten und Entscheidungen zu ziehen, mit denen er tagtäglich konfrontiert wurde.

Goff wusste, dass er während der Meditationszeit des Präsidenten kam, aber er trat trotzdem ins Arbeitszimmer, nahm in seinem Lieblingssessel am Fenster Platz und beobachtete schweigend seinen Freund, den mächtigsten Mann der Welt. Der Präsident saß mit geschlossenen Augen und flach atmend bewegungslos da und ließ die Hände locker im Schoß ruhen. Goff hatte vor Jahren einen Meditationskurs bei Amelia Thorn mitgemacht und versucht, täglich zweimal zu meditieren, aber davon war er längst wieder abgekommen. Gab er sich große Mühe, konnte er sich an sein Mantra erinnern. Als er Thomas erzählt hatte, er meditiere nach wie vor, hatte Thomas nur lächelnd genickt.

Na ja, sagte Goff sich, vielleicht braucht Thomas nicht zu golfen, zu joggen oder zu segeln. Der Präsident befand sich in außergewöhnlich guter körperlicher Verfassung, obwohl er nach Goffs Informationen nicht regelmäßig trainierte. Wie er so in einem weißen Hemd mit Krawatte und aufgerollten Ärmeln dasaß, sah er schlank und fit aus. Als Bob ihn einmal auf seinen Mangel an Bewegung angesprochen hatte, hatte Thorns Antwort daraus bestanden, dass er im Anzug auf dem Teppich seines Arbeitszimmers fünfzehn Sekunden lang einen Handstand mit parallel zum Fußboden gespreizten Beinen gemacht hatte – erst auf zwei Händen, dann auf einer Hand, dann *auf drei Fingern*. Eine höchst eindrucksvolle Demonstration von Kraft und Gleichgewichtssinn.

Thorn behauptete, das sei Teil der Vedic-Wissenschaften – Harmonie von Seele, Geist und Körper, mit deren Hilfe sein Körper zu allem imstande sei, was der Verstand ihm befehle. Die Möglichkeiten seien unendlich, sagte er, und dies sei nur ein kleines Beispiel gewesen.

Als früherer Offizier der Special Forces hatte Thorn natürlich schon mehr trainiert, als zwanzig gewöhnliche Männer dies ihr ganzes Leben lang tun – vielleicht war es für ihn eine Kleinigkeit, einen Handstand auf nur einem Finger zu machen. Goff fiel es immer schwer, irgendwas von diesem New-Age- und Yoga-Mist zu glauben.

»Haben Sie schon mal bedauert, dass wir uns auf diese Sache eingelassen haben, Bob?«, hörte er Thorn fragen. Er hatte weder gehört noch gemerkt, dass der Präsident seine Meditation beendet hatte.

»Jeden Tag«, antwortete Goff. Der Präsident lächelte nur. »Sie?«

»Nein«, antwortete der Präsident ruhig, und Goff wusste, dass er die Wahrheit sagte. Dann verblasste das entspannte Lächeln und machte einer nüchtern grimmigen Miene Platz. »Irgendwas ist passiert? Meine erste gefährliche internationale Geheimdienstkrise?«

Goff hatte keine Ahnung, wie der Präsident das erraten haben konnte – er hatte selbst erst vor kurzem von dieser Krise erfahren. »Ja, Sir«, sagte der Minister. »Doug Morgan und der Vizepräsident sind auf dem Weg hierher. Die Sache hat mit dem Projekt Sirene zu tun.« Goff wusste, dass er den Präsidenten nie ein zweites Mal über etwas zu informieren brauchte, worüber sie in den letzten sechs bis neun Monaten gesprochen hatten – Thorn besaß eine erstaunliche Fähigkeit, sich an die Einzelheiten jedes Gesprächs oder Vortrags zu erinnern, unabhängig davon, wie informell oder routinemäßig er unterrichtet worden war. Obwohl er über ungefähr drei Dutzend Geheimdienstunternehmen allein in Russland informiert worden war, hatte er die wichtigsten Einzelheiten jedes Unternehmens im Kopf. »Sie hat Hals über Kopf flüchten müssen, und das Netzwerk, das sie außer Landes bringen sollte, ist zusammengebrochen. Die CIA will sie sofort rausholen. Vor allem auch, weil sie vermutlich Informationen über den rätselhaften Luftangriff auf die albanische Stadt Kukës besitzt.«

»Weit innerhalb des russischen Territoriums, im Großraum Moskau – Shukowski, nicht wahr?« Der Minister nickte. »Also kommt nur ein Luftlandeunternehmen in Frage. An wen ist dabei gedacht? Delta Force? Air Force Special Ops?«

»Intelligence Support Agency.«

»Welche Zelle?« Er hob eine Hand. »Madcap Magician, von der Türkei aus.«

»Genau die, Sir.«

»Sie brauchen Luftunterstützung?«

Goff war verblüfft. Man hätte glauben können, der Präsident habe dieses Unternehmen bereits in Gedanken geplant, alle möglichen Gefahren berücksichtigt und einen vollständigen Satz Notfallpläne ausgearbeitet. »Sie haben Unterstützung durch Stealth-Flugzeuge angefordert.«

»Bei einem Vorstoß so weit nach Russland hinein brauchen sie Flugzeuge, die Jagdschutz gewährleisten, Radarstationen ausschalten und Panzer und Infanterie bekämpfen können – also Maschinen aus dem HAWC, stimmt's?«

»Ja, Sir.«

»Setzen Sie sich mit Doug, Lester und General Venti zusammen, lassen Sie das Unternehmen anlaufen«, sagte der Präsident. »Informieren Sie mich, sobald es anläuft.«

»Wollen Sie darüber nicht erst mit den übrigen Ministern, den Stabschefs und den Fraktionsvorsitzenden im Kongress sprechen?«

»Bob, wenn die Verfassung in den letzten zwanzig Minuten nicht außer Kraft gesetzt worden ist, bin ich der Oberbefehlshaber«, sagte der Präsident. »Sie sind mein Verteidigungsminister und nationaler Sicherheitsberater, und der Vizepräsident ist der Chef meines Stabes. Ich kenne das Projekt Sirene und denke, dass ich eine Vorstellung davon habe, wie schwierig eine Rettungsaktion dieser Art tief im Feindesland ist. Deshalb beauftrage ich Sie damit, das Unternehmen mit Unterstützung Ihrer Geheimdienst- und Militärberater zu planen und sofort in die Tat umzusetzen.«

»Aber… aber was ist, wenn irgendwas schief geht?«, fragte Goff. »Wollen Sie ein so brandgefährliches Unternehmen einfach genehmigen, ohne zuvor über alle Gefahren und möglichen Auswirkungen nachzudenken?«

»Hätten wir genügend Zeit, würde ich's tun. Aber ich vermute, dass die Zeit drängt. ISA und HAWC sind gut gewählt. Setzen Sie sie in Marsch.«

Goff, der sich wie vor den Kopf geschlagen fühlte, konnte nur nicken. Der Präsident nickte ebenfalls und setzte sich wieder an den Computer. Goff ging zur Tür, blieb aber noch einmal stehen und sagte: »Dieses Unternehmen könnte eine Katastrophe werden, Mr. President. Wollen Sie wirklich nicht noch etwas länger darüber nachdenken?«

Ohne von seiner Arbeit aufzusehen, fragte der Präsident: »Sie haben in letzter Zeit nicht mehr regelmäßig meditiert, nicht wahr, Bob?«

Goff schüttelte den Kopf und schmunzelte. Hier ging es um Thorns politisches Überleben; das wusste der Präsident, aber es schien ihn nicht sonderlich zu stören. »Ich lasse das Unternehmen sofort anlaufen, Sir.«

4

Unweit des Luftwaffenstützpunkts Shukowski
(zwei Abende später)

»*Nasrat f karman!*«, rief einer der Obdachlosen aus, als die Unbekannte aus dem Schatten auftauchte. »Na, wer kommt denn da?«

Die fünf Obdachlosen unter der Brücke kamen langsam auf die Beine, als die Frau in dem Jogginganzug sich ihrem winzigen Lagerfeuer näherte. Draußen fiel wieder eisiger Regen, den der stärker werdende Wind schräg vor sich hertrieb; bald würde es wieder schneien, und diesmal sah es nach einer geschlossenen Schneedecke aus.

Selbst in dem schwachen Lichtschein konnten die Obdachlosen erkennen, dass die Frau unkontrollierbar zitterte. Sie mochte einmal hübsch gewesen sein, aber jetzt war ihr Gesicht blass und ausgezehrt. Ihr Jogginganzug, ein teurer Importartikel, war schmutzig und mit angefrorenem Schlamm und Laub bedeckt. »Wer bist du denn, *Sika?*«

»*Pamagitje... pamagitje mnje pashalujsta.* Ich... ich brauche Hilfe, bitte«, stammelte die Frau mit zitternden, aufgesprungenen Lippen. »Bitte... bitte helft mir.«

»Einem hübschen jungen Ding wie dir?«, fragte der größte der fünf Kerle, offenbar der Anführer der Gruppe. »Logisch, Schätzchen! Von uns kannst du alles haben.« Er strich sich seinen dichten, verfilzten Bart, fuhr sich mit der Zungenspitze über die Lippen. »Das kostet dich natürlich was. Aber mach dir deswegen keine Sorgen. Es hilft dir, wieder warm zu werden.«

Linda Mae Walentina Masljukowa hob ihre rechte Hand, in der

sie die Polizeipistole hielt. »Keine Bewegung, Arschloch«, sagte sie mit schwacher Stimme. Die Obdachlosen erstarrten, glotzten die Waffe sprachlos überrascht an. »Ich will nur eine Decke und etwas Essen. Mit der Polizei will ich so wenig zu tun haben wie ihr.« Zwei Tage bei eisigem Regen ohne Dach über dem Kopf, ohne Nahrung und warme Kleidung hatten endlich ihren Tribut gefordert. Sie sagte sich, es sei besser, diese Obdachlosen unter der Brücke um Hilfe anzugehen, als zu riskieren, sich in der Kneipe sehen zu lassen. »Gebt mir das Zeug, dann ...«

Ein Stück Treibholz kam aus dem Nichts und traf sie genau am Hinterkopf. Die vor Unterkühlung schon halb ohnmächtige Masljukowa brach lautlos zusammen.

»Bist du meschugge?«, brüllte der Bärtige den Kerl an, der sich in den Schatten versteckt gehalten und Linda von hinten niedergeschlagen hatte. »Warum hast du sie k.o. geschlagen? Ich hab keine Lust, eine Ohnmächtige zu vögeln!«

»Aber ich!«, rief einer der anderen eifrig.

»*Usho bywat!* Kommt gar nicht in Frage! Mir gehört sie zuerst!«, wehrte der Bärtige ab. Er tippte einem Mann auf die Brust. »Du gehst zur Straße rauf und hältst den nächsten Streifenwagen an. Das hier muss das Weibsbild sein, nach dem die Polizei fahndet. Vielleicht kriegen wir eine Belohnung, wenn wir sie melden. Aber lass dir Zeit.« Er beugte sich über die Bewusstlose, steckte die Pistole ein, zog dann den Reißverschluss von Linda Maes Jogginganzug auf und betastete ihre Brüste. »Bringt mir Wasser und etwas Wodka. Mal sehen, ob wir Schneewittchen zum Leben erwecken und uns ein bisschen mit ihr amüsieren können, bevor die Polizei kommt.«

»Stimmt, das ist sie«, sagte der Polizeibeamte und hielt das Fahndungsfoto neben ihr Gesicht. Obwohl das mit Streifen von Schlamm, Blut und Schleim bedeckte Gesicht vor Kälte bleich und ihr Haar ungekämmt und zottig war, war die Ähnlichkeit mit dem Foto unverkennbar. Der Uniformierte zog den Reißverschluss ihres Jogginganzugs auf und tastete nach der Halsschlagader, um den Puls zu fühlen. »Sie lebt noch. Mit knapper Not.« Dann begrapschte er ihre Brüste. »Hoi! Schöne große amerikanische Brüste.«

»Pfoten weg, *pisda*«, forderte ihn sein Kollege auf. »Du kommst wohl bloß an Frauen ran, die halb erfroren sind?« Er ließ den Lichtstrahl seiner Stablampe über den Körper der Bewusstlosen gleiten und registrierte die halb heruntergezogene zerrissene Hose ihres Jogginganzugs und die schmutzigen Handabdrücke auf ihren Brüsten. »Was willst du mit einer Frau, über die sich diese Ganoven schon hergemacht haben? Stirbt sie nicht an Unterkühlung oder irgendeiner Krankheit, die sie sich hier geholt hat, wird sie vor Scham vergehen, wenn sie erfährt, wer sie angegrapscht hat.«

Sie standen am Flussufer einige Meter neben der Brücke, unter der die Obdachlosen hausten. Hier hatten sie die Frau in knöcheltiefem Schnee auf dem Bauch liegend gefunden. Der erste Polizeibeamte leuchtete mit seiner Stablampe unter die Brücke und sah ein paar Gesichter. »Lauter Schweine. Warum zum Teufel hast du ihnen auch noch Geld gegeben?«

»*Schto ty prishimabja ka mnje?* Wir arbeiten seit zwei Tagen in Doppelschichten, um diese Hexe zu finden«, sagte sein Kollege. »Hätten sie uns nicht auf der Straße angehalten, würden wir sie noch immer suchen, und du weißt so gut wie ich, dass wir keine Überstunden bezahlt kriegen. Ein paar Rubel sind ein preiswertes Dankeschön dafür, dass sie uns die Frau lebend übergeben haben. Hätten sie sie umgebracht, würde ich dafür sorgen, dass sie alle an die Wand gestellt werden. Hör jetzt auf, sie zu begrapschen, und melde, dass wir sie gefunden haben. Je eher du die Finger von ihren Titten lässt und dafür sorgst, dass der MSB sie abholt, desto eher können wir einen trinken gehen.«

Während der erste Polizeibeamte sein Handfunkgerät herauszog, um ihren Erfolg zu melden, durchsuchte sein Kollege die Bewusstlose und deckte sie dann mit seinem Mantel zu, damit sie nicht an Unterkühlung starb.

»Krankenwagen und Ermittler des Innenministeriums sind hierher unterwegs«, berichtete der erste Beamte. »Geschätzte Ankunftszeit zwanzig Minuten.«

»Scheiße, bis dahin kann sie tot sein«, sagte der erste Polizeibeamte. »Dann bringen wir sie lieber ins Lazarett auf dem Stützpunkt.« Die beiden Uniformierten wollten Linda Mae gerade einige Dutzend Meter weit durchs Unterholz zu ihrem an der Brückenauffahrt geparkten Streifenwagen schleppen, als sie das laute Rotorengeräusch eines anfliegenden Hubschraubers hörten. »Na, das ist aber schnell gegangen! Da können wir gleich hier bleiben.«

»Klingt nach einem schweren Hubschrauber – muss einer vom Militär sein«, sagte der erste Polizeibeamte. Der Hubschrauber war von ihnen aus nicht zu sehen, aber sie hörten ihn schweben und dann in der Nähe landen. Er setzte ohne Landescheinwerfer auf – bei diesem miserablen Wetter eine sehr beachtliche Leistung. Einige Minuten später hörten die beiden ein Rascheln im Unterholz, konnten aber niemanden erkennen. »Wo zum Teufel sind sie? Wo stecken sie so lange?«

»Ich gehe mal los und...« In diesem Augenblick zeigten ihre Stablampen ihnen jedoch eine Gestalt, die eine unförmige Fliegerkombi oder einen Kampfanzug und dazu einen Fliegerhelm zu tragen schien. »Das scheint der Pilot zu sein. Aber wo ist seine Besatzung? Oder ist er allein hier?« Er erhob seine Stimme und rief: »*Wy shdotje kuwo-nibud?* He, auf wen warten Sie? Kommen Sie schon her!«

Plötzlich hörten sie hinter sich eine Stimme in abscheulichem, elektronisch erzeugtem Russisch sagen: »*Ja plocho gavarju porusski, towarischtsch.* Ich spreche schlecht Russisch, Genosse. Und mein Freund dort drüben ebenfalls.« Sie drehten sich um und sahen eine Gestalt, die einen stumpfgrauen Ganzkörperanzug und eine Art Raumfahrerhelm mit Vollvisier und mehreren auf Stielen sitzenden Sensoren trug.

»Wer zum Teufel seid ihr?«, rief der erste Polizeibeamte erschrocken.

Wie als Antwort auf diese Frage schossen bläulich weiße Lichtblitze aus kleinen Elektroden an den Schultern der Gestalt. Der Polizeibeamte schrie auf, verkrampfte sich, als habe er eine Hochspannungsleitung berührt, fiel nach vorn in den Schnee und blieb zuckend liegen, als lieferten sämtliche Nervenenden seiner Muskulatur unkontrollierbare Signale.

»*Jop twaju mat!*« Der zweite Polizeibeamte ließ die umgehängte Maschinenpistole nach vorn in seine Hände gleiten und gab aus nicht mehr als fünf Metern einen kurzen Feuerstoß ab. Aus dieser Entfernung konnte er nicht danebenschießen – aber zu seiner Verblüffung ging der Unbekannte nicht zu Boden, sondern taumelte nur einige Schritte rückwärts. »*Ja nje panimaju…*«

»*Spakojnij notschi,* Kumpel«, sagte der Unbekannte und traf den zweiten Polizeibeamten mit einem weiteren Energiestrahl. Von der Maschinenpistole sprangen bläuliche Funken auf den Körper des Uniformierten über, bis auch er bewusstlos zusammenbrach.

Der Unbekannte bückte sich rasch, um Linda Maes Gesicht zu begutachten. »Das ist sie, Chris«, teilte er seinem Partner über Funk mit. Er hievte die Frau hoch und zog sie mit dem Rettungsgriff eines Feuerwehrmanns über eine Schulter. »Ich trage sie, und Sie geben uns Feuerschutz. Sorgen Sie dafür, dass unsere schmuddeligen Freunde dort hinten nicht zu tapfer werden.«

»Verstanden. Folgen Sie mir«, antwortete der zweite Unbekannte und machte sich auf den Rückweg zu dem gelandeten Hubschrauber.

Aber sie waren noch nicht weit gekommen, als sie das Heulen mehrerer heranrasender Sirenen hörten. »Das ist wieder eine schöne Bescherung, die Sie uns da eingebrockt haben, Ollie«, sagte die seltsam gekleidete Gestalt, die Linda Mae trug, mit elektronisch erzeugter Stimme. Die Blickfelddarstellung ihres Helmvisiers zeigte ihr nicht nur eine zweidimensionale Abbildung der Fahrzeuge, sondern auch Geschwindigkeit, Fahrtrichtung und den vermutlichen Fahrzeugtyp auf Grundlage der Stärke des zurückgeworfenen Radarechos im Millimeterbereich. »Aces, wir haben ein paar Besucher, von mir aus bei drei Uhr, dreihundertzwanzig Meter, zwei Fahrzeuge, die auf uns zukommen. Eines ist gepanzert, vielleicht ein Schützenpanzer.«

»Verstanden, Zinnsoldat«, bestätigte Duane Deverill, der als Mission Commander in einem in der Nähe kreisenden Bomber

EB-1C Vampire saß. Sekunden später war eine gewaltige Detonation zu hören, und der Schützenpanzer verschwand in einem Feuerball.

»Gut gemacht, Aces«, sagte Briggs. »Los, Sarge, wir müssen weiter.«

»Um Gottes willen, Sir«, knurrte der Partner der seltsamen Gestalt aufgebracht in sein Mikrofon. Der hünenhafte Kommandosoldat, dessen mit schwarzer und grüner Tarnfarbe bemaltes Gesicht unter seinem Multifunktionshelm wie eine Totenmaske aussah, wandte sich ihm verächtlich grinsend zu. Der Marinekorps-Veteran sah wie eine Art Monsterkäfer aus, denn außer seinem futuristischen Helm mit großen elektronischen »Augen« trug er einen mit Panzerplatten aus dünnem Keramikmaterial besetzten Kampfanzug, ein Webkoppel mit Segeltuchtaschen, in denen alle möglichen Geräte steckten, und Gurtzeug, an dem mehr Sensoren als Waffen hingen. »Es muss heißen *Stan,* nicht Ollie. Oliver Hardy sagt das zu Stan Laurel. Und es ist keine *schöne* Bescherung, sondern eine *nette* Bescherung. ›Wieder eine *nette* Bescherung, die du mir eingebrockt hast, *Stan.*‹ Verwechseln Sie die beiden weiter, Sir, muss ich Sie irgendwann umlegen.«

Oberstleutnant Hal Briggs, USAF, der Linda Mae trug, zuckte mit den Schultern, was seine sehr unsoldatische Erscheinung noch betonte. Während sein Partner, Master Sergeant Chris Wohl, U.S. Marine Corps, mit seinem insektenartigen Exoskelett merkwürdig aussah, wirkte sein Kommandeur noch weit seltsamer. Briggs trug einen glatten dunkelgrauen Ganzkörperanzug, der an einen Nasstaucheranzug erinnerte, und dazu nur einen schmalen Rückentornister, kugelförmige Geräte auf den Schultern und einen Gerätegürtel mit mehreren kleinen Modulen. Auch sein Helm wies große elektronische Stielaugen auf, aber er war durch ein Visier völlig geschlossen. Briggs hatte Kampfstiefel mit dicken Profilsohlen an den Füßen und eigenartige Verdickungen auf den Rückseiten seiner Waden.

»Stan, Ollie, Sergeant Chris Wohl – für mich ist das eine Bande alter Furzer«, behauptete Briggs. Er ignorierte Wohls finstere Miene. Seine elektronischen »Augen« zeigten ihm den Hubschrauber, der sie ausfliegen würde. »Los, mitkommen!« Ohne krampfhaft zu versuchen, in Deckung zu bleiben, rannte Hal Briggs in die Richtung davon, die ihm sein Navigationssystem anzeigte. Wohl, der ihm auf den Fersen blieb, achtete etwas mehr auf Deckung, wollte aber natürlich nicht zurückbleiben.

Major John »Trash Man« Weston, USAF, hätte schwören können, er habe die Hitzewelle des detonierenden russischen Schützenpanzers noch im Cockpit seiner MV-22 Pave Hammer gespürt, obwohl der Kampfzonentransporter mit Schwenkrotoren einige Meilen von der Stelle entfernt stand, an der mitten in einer osteuropäischen Winternacht ein Fahrzeug hochging. »Zinnsoldat, Meldung«, funkte Weston. »Wart ihr für die Explosion verantwortlich?«

»Wir sind unterwegs, Hammer«, meldete Briggs. »Das war unser Schutzengel, der kurz ausgeholfen hat. Wir sind in zwei Minuten da.«

Weston und seine sechsköpfige Besatzung gehörten zu einem Team, das sich »Madcap Magician« nannte und eine Geheimzelle der Intelligence Support Agency darstellte. Die ISA bestand aus vielen solcher Zellen, die einander nicht kannten und über die ganze Welt verteilt waren, um die CIA bei gefährlichen Rettungsaktionen, riskanten Überfällen, Aufklärung und Nachrichtenbeschaffung oder anderen Einsätzen zu unterstützen, die für CIA-Agenten zu »heiß« und fürs Militär aus politischen Gründen nicht ratsam waren.

Dies war der bei weitem riskanteste Einsatz, den Weston und seine Leute jemals als Special-Ops-Besatzung geflogen hatten: Start vom U.S. Special Operations Command auf der Batman Air Base in der Osttürkei, dann übers Schwarze Meer und in die Ukraine hinein, Luftbetankung im Tiefflug durch eine MC-130P über dem Osten der Ukraine bei Charkow und anschließend fünfhundert Meilen durch Südwestrussland weiter bis vor die Tore Moskaus.

Aber nach diesem Zwölfhundertmeilenflug begann Westons Einsatz erst richtig. Der Major und seine Crew mussten sich zwischen militärischen und zivilen Radarstationen um Moskau und den Luftwaffenstützpunkt Shukowski hindurchschlängeln und an vier verschiedenen Treffpunkten Ausschau nach einer einzelnen Agentin halten, die sich wahrscheinlich versteckt hielt. Die Suche begann immer mit dem IR-Scanner der MV-22: Zeigte ihnen der Sensor, dass sich im Zielgebiet Menschen aufhielten, setzte Weston Briggs und Wohl ab, die das Gebiet um den Treffpunkt nach der Agentin absuchten. Sie hatten weniger als eine Stunde Zeit, sie zu finden, bevor ihre Treibstoffreserve erschöpft war und sie zu ihrem über dem Nordosten der Ukraine kreisenden Tanker MC-130P Hercules zurückfliegen mussten, um betankt zu werden. Pro Nacht konnten sie nur zweimal je eine Stunde lang suchen, bevor sie vor Tagesanbruch zur Batman Air Base zurückfliegen mussten.

Ihr einziger Vorteil: Sie wussten, dass die Agentin an einem der vier Treffpunkte warten würde.

Der 32-jährige Flugzeugkommandant, verheiratet und zweifacher Vater, war über Wichtigkeit und Risiken dieses Einsatzes belehrt worden, aber er hatte sich trotzdem freiwillig dafür gemeldet. Auch wenn ihm sein Job manchmal beschissen vorkam, musste der Job einer amerikanischen Spionin noch viel beschissener sein. Besaß er die Fähigkeiten, die für einen Rettungsversuch gebraucht wurden, fühlte er sich verpflichtet, sie einzusetzen. Und mit dem Kampfzonentransporter MV-22E Pave Hammer verfügte er über genau das richtige Gerät für diesen Auftrag. Im Vergleich zu ihren Vorgängern wies die MV-22E zahlreiche Modifikationen auf: stärkere Triebwerke und für Tiefflug verstärkte Tragflächen; eine Betankungssonde für Luftbetankung; verstärktes Fahrgestell für Landungen auf unbefestigtem Gelände; ultragenaue Systeme zur Satelliten- und Trägheitsnavigation, Nachtsichtgeräte, nach vorn gerichtete IR-Scanner und ein Terrainfolgeradar für Tiefstflüge in Baumhöhe bei jedem Wetter, bei Tag und Nacht; dazu eine vollständige Ausrüstung für elektronische Schutzmaßnahmen wie Radarwarner, Störsender und Köder, um die Besatzung vor feindlichem Flakfeuer zu schützen.

Natürlich konnte Weston niemals seine Familie fragen, ob er den Auftrag übernehmen sollte oder nicht. Vor allem seine Frau lebte in seliger Unwissenheit, was den Job ihres Mannes betraf. Die ISA setzte ihre Leute das ganze Jahr über weltweit ein, und die Familien erfuhren nie irgendwelche Einzelheiten. Jede Zelle kam turnusgemäß an die Reihe, ihre Angehörigen verschwanden über Nacht und kamen irgendwann – nach Tagen, Wochen oder Monaten – wieder nach Hause. Die Ehepartner verfolgten die Fernsehnachrichten und spekulierten darüber, ob ihr Mann oder ihre Frau bei der Lösung dieser oder jener Krise eingesetzt wurden, aber sie wussten es nie genau. Die einzigen Hinweise darauf, dass sie vielleicht Schreckliches durchgemacht hatten, waren der starre Blick in die Ferne und die häufige Geistesabwesenheit beim Abendessen.

Manchmal kamen sie nicht zurück. Statt des freudigen Wiedersehens mit geliebten Menschen gab es Beileidsbezeugungen, Tränen und eine dreieckig zusammengefaltete Nationalflagge. Hatte die Familie Glück, bekam sie den Leichnam zur Bestattung. Aber selbst dann gab es keine Erklärungen. Es gab nie Erklärungen.

Ohne sich deswegen zu genieren, war Weston von einer weiteren Tatsache überzeugt: Die ISA verstand es, für jeden Job den richtigen Mann zu finden. John Weston, ehemaliger ROTC-Kadett und Schulschachmeister aus Springfield, Illinois, war im Grunde eher ein Langweiler, der gern Bücher las und daheim bei den Kindern blieb, aber er besaß ein unbestreitbares Talent: Er konnte einen Kampfzonentransporter MV-22E Pave Hammer tanzen lassen.

Im Augenblick schien es allerdings so, als könnte alle Tanzerei der Welt sie nicht aus diesem Schlamassel befreien. »Wie sieht's aus, Flex?«, fragte Weston.

»Beschissen, Boss«, antwortete Master Sergeant Ed »Flex« Fratierie, der Erste Lademeister. Der hünenhafte Bodybuilder und Veteran zahlreicher Special-Ops-Einsätze stand an der linken Kabinentür der MV-22, war dort mit eingehaktem Gurtzeug gesichert und trug eine Nachtsichtbrille. »Der Zinnsoldat ist nirgends zu sehen. Aber ich sehe weitere schwere Militärfahrzeuge auf der Straße anrollen. Geschätzte Ankunftszeit fünf Minuten.«

»Zinnsoldat, Hammer, wir kriegen Besuch«, funkte Weston. »Noch vier Minuten. Beeilt euch lieber.«

»Unsere Leute kommen aus Osten und Südost zurück, Crew«, funkte Fratierie auf der abhörsicheren Einsatzfrequenz, während er Briggs und Wohl durch seine Nachtsichtbrille beobachtete. »Identität bestätigt.«

»Sicherung aufstellen!«, befahl Weston. Fratierie schickte drei Kommandosoldaten hinaus, damit sie das Schwenkrotor-Flugzeug MV-22 Pave Hammer während der Beladung sicherten. »Haltet euch bereit...«

»Schweres Feuer aus Westen!«, rief einer der Lademeister. »Von einem der anrollenden Militärfahrzeuge. Entfernung vier Kilometer!«

»Aces kommt in zwanzig Sekunden heiß rein«, meldete Deverill. »Können Sie ihn erledigen, Zinnsoldat?«

»Positiv«, antwortete Chris Wohl. »Aber ich brauche Entfernung und Richtung zum Ziel, Sir.«

Hal Briggs blieb stehen, blickte nach Westen und suchte ihre Umgebung mit seinen Helmsensoren ab. Dann zeigte er die Straße entlang. »Drei Komma vier Kilometer, Stan«, funkte er. »Groß, ziemlich schnell – könnte ein gepanzerter Mannschaftstransportwagen sein.«

»Das war endlich mal richtig, Sir«, sagte Wohl. Er hob seine große Waffe, die an eine Kombination aus einem Maschinengewehr M60 und einer Strahlenpistole erinnerte, zielte durch das große elektronische Multispektralvisier und betätigte den Abzug. Mit einem lauten Summen, das wie ein kurzes Husten klang, zischte ein Hypergeschwindigkeitsprojektil von der Größe einer Zigarre, das fünfmal schneller als eine Gewehrkugel war, aus der Mündung der Waffe. Dabei gab es keinen spürbaren Rückstoß, denn die gleichen elektromagnetischen Impulse, die das Projektil beschleunigten, dämpften auch den gewaltigen Rückstoß.

Genau dreitausendsiebzehn Meter entfernt durchschlug das Hypergeschwindigkeitsprojektil aus Uran die eineinhalb Zentimeter starke Stirnpanzerung des Führungsfahrzeugs, eines russischen Radpanzers BTR-27, der die Straße entlanggerast kam, wurde auch von dem 600-PS-Dieselmotor und dem Treibstofftank kaum verlangsamt, trat wieder aus, bohrte sich in den Motorraum eines Streifenwagens, der dem BTR-27 im Abstand von fünfzig Metern folgte, und blieb darin stecken. Motor und Treibstofftank des Radpanzers explodierten fast gleichzeitig. Der Streifenwagen wurde wie ein Kinderspielzeug in den Straßengraben geschleudert.

Wohl suchte das Gelände weiter mit seinem elektronischen Visier ab. »Infanterie im Anmarsch«, meldete er. »Entfernung drei Kilometer. Sie scheint einen Granatwerfer in Stellung zu bringen. Wir sollten uns beeilen, denke ich.«

»Nebelkerzen, Nebelkerzen!«, befahl Weston. Unmittelbar danach trieben dichte graue Nebelschwaden, die für IR-Entfernungsmessgeräte undurchdringlich waren, an seinem Cockpit vorüber und ließen nur das Gelände in Startrichtung frei. Dieser künstliche Nebel würde der Granatwerferbedienung hoffentlich das Einschießen erschweren. Los, los, dachte Weston, *beeilt* euch!

»Granatwerferfeuer! *Achtung!*« Weston spürte, wie die Detonation sein Flugzeug erzittern ließ, während Erdschollen und Eisbrocken gegen den Rumpf prasselten. Trotz der künstlichen Nebelwand schoss der fachmännisch bediente Granatwerfer sich rasch ein. Noch ein bis zwei Schüsse, dann würden die Russen die richtige Zielentfernung gefunden haben. Weston glaubte fast zu sehen, wie die bösen Jungs die tödliche Werfergranate von oben ins Rohr gleiten ließen, und hörte förmlich das schmetternde Krachen, mit dem sie das Rohr verließ. Die MV-22E schwankte auf dem Fahrwerk, und die beiden Triebwerke verschluckten sich rasselnd, als eine Detonation ganz in ihrer Nähe die Luft in Gegenrichtung durch die Propellerturbinen drückte.

Aber während Fratierie die anrollenden russischen Militärfahrzeuge beobachtete, wurde eines nach dem anderen von unsichtbaren Waffen in die Luft gejagt. Das letzte getroffene Fahrzeug ging mit einer gewaltigen Explosion hoch, als seine Ladung aus Werfergranaten detonierte. Aber die nichtmilitärischen Fahrzeuge – ein zweiter Streifenwagen und ein Krankenwagen – blieben unbeschädigt.

»*Was war das?*«, fragte Weston auf der abhörsicheren Frequenz. »Meldung!«

»Unser Schutzengel hält uns den Besuch vom Hals«, meldete einer der Lademeister. »Jede Menge Sekundärdetonationen. Auf der Straße stehen nur noch ein Streifenwagen und ein Krankenwagen.«

Da schießt jemand verdammt gut, sagte Weston sich. Wind und starker Regen lösten die Nebelwand bereits auf – sie durften also keine Zeit mehr verlieren. »Wie lange dauert's noch, bis unsere Passagiere an Bord kommen?«

»Alle sind an der Heckrampe. Verwundete wird an Bord gebracht.«

»Verstanden.« Weston schob die Leistungshebel schon mal etwas nach vorn, um schneller abheben zu können. »Sicherung zurückziehen. Beeilung, wir müssen abhauen!«

Als die zur Sicherung der MV-22 ausgeschwärmten Lademeister sich zum Flugzeug zurückzogen, blieben sie abrupt stehen und warfen sich dann zu Boden. Wegen des Triebwerkslärms konnte Weston das schrille Pfeifen einer anfliegenden Werfergranate erst im letzten Augenblick hören. Und während er hilflos nach draußen starrte, verschwand einer seiner Männer in einem Lichtblitz, der von einer schmetternden Detonation begleitet wurde – keine dreißig Meter vom Flugzeug entfernt!

»*Jesus!*«, rief der Kopilot. »Candy hat's erwischt! Triggerman, Flex, er liegt östlich von euch, seht nach, ob ihr Candy helfen könnt!«

»Negativ«, widersprach Weston sofort. Das war die schwierigste Entscheidung seines Lebens, aber er traf sie, ohne eine Sekunde zu zögern. »Candy hat einen Volltreffer abgekriegt. Seht zu, dass ihr an Bord kommt. Beeilung!«

»Boss, wir dürfen keinen unserer Männer zurücklassen …«

»Geht nicht anders«, entschied Weston knapp. »Alle Mann an Bord! Flex, woher ist diese Granate gekommen?«

»Aus Norden, von der anderen Seite des Flusses«, meldete Fratierie. »Die Stellung ist nicht genau zu erkennen, aber sie muss nördlich des Flusses, wahrscheinlich jenseits der Brücke liegen. Aces, Aces, können Sie den Granatwerfer nördlich unserer Position ausmachen?«

»Flex, geben Sie mir einen Countdown, wann alle an Bord sind.«

»Zwanzig Sekunden, Boss… fünfzehn… zehn… Heckklappe schließt sich, alle an Bord! *Start frei! Los!*«

Weston schob beide Leistungshebel bis zum Anschlag nach vorn, und die MV-22 hob ab. Sein Daumen betätigte den Schalter, der die Triebwerksgondeln leicht nach vorn neigte, sodass die Maschine rasch schneller wurde. Bei zunehmender Vorwärtsgeschwindigkeit lieferten die Tragflächen der MV-22 mehr Auftrieb, aber da Weston nachdrückte und das Schwenkrotor-Flugzeug nicht über Baumhöhe steigen ließ, stieg seine Geschwindigkeit dramatisch an. Wenig später schwenkte Weston die Triebwerksgondeln ganz in waagrechte Position, wodurch die MV-22 sich aus einem Hubschrauber in ein Flugzeug verwandelte. Schon beim Start hatte er das Terrainfolgeradar und die TV-Sensoren mit Restlichtverstärker aktiviert, um das Gelände in Flugrichtung überblicken und etwaigen Hindernissen ausweichen zu können.

»Verdammt, wir haben's geschafft«, sagte der Kopilot erleichtert. »Ich dachte, wir würden nie…«

In diesem Augenblick meldete der Radarwarner im Cockpit sich mit einem schrillen Geräusch. Am oberen Rand der Blickfelddarstellung erschien ein Symbol, und der für elektronische Kampfführung zuständige Offizier rief: »Radargesteuerte Flak, vier Uhr, *sofort* links wegkurven!« Rechts hinter ihnen hämmerte eine Vierlingsflak los, deren Leuchtspurgeschosse nach ihnen griffen. Weston kurvte steil links weg, aber seine Reaktion kam zu spät. Die 23-mm-Geschosse der Maschinenkanonen eines Fla-Panzers ZSU-23/4 einer auf dem Luftwaffenstützpunkt Shukowski stationierten Fla-Batterie der russischen Luftwaffe durchsiebten den vorderen Rumpfteil der MV-22. Durch die Wucht der großen Geschosse, die den Flugzeugrumpf und den Sitz des Kopiloten durchschlugen, wurde dieser förmlich hochgeworfen, sodass es aussah, als wollte er aufspringen, um seinem blutigen Schicksal zu entgehen. Hinter sich hörte Weston Detonationen und das Knallen herausfliegender Sicherungen; die meisten elektronischen Anzeigen vor seinem Platz fielen aus, und der stechende Brandgeruch verschmorter Isolierungen füllte das Cockpit. Aus der Bordsprechanlage drang gellendes Kreischen, und Weston musste sich den Helm vom Kopf reißen, weil es sich nicht abstellen ließ. In der Kabine wurde es schlagartig um zwanzig Grad kälter, als von außen eisige, mit Feuchtigkeit gesättigte Luft eindrang. Auf den Innenseiten aller Cockpitscheiben setzte sich sofort Eis an, das bald eine undurchdringliche Schicht bilden würde.

Als Weston den zerfetzten Körper seines Kopiloten von der Mittelkonsole mit den Leistungshebeln stieß, war sein zitternder Arm augenblicklich bis über den Ellbogen mit Blut bedeckt. »Scheiße!«, rief er laut. »Flex! Ich brauche Sie! Helfen Sie mir!« Der Erste Lademeister kam nach vorn gehastet, schnallte den Kopiloten los und legte ihn hinter den Pilotensitzen auf den Boden. Das gesamte Cockpit schien in Blut zu schwimmen. »Flex, Sie setzen sich auf seinen Platz und helfen mir, diese Kiste in der Luft zu halten.« Weston drückte nach, aber die Fahrt ging stetig zurück, und die Vibrationen des rechten Triebwerks wurden stärker. »Kontrollieren Sie die Anzeigen, Flex. Was ist alles ausgefallen?«

»Schwankende Propellerdrehzahl rechts«, meldete der Lademeister. Weston nahm die Leistung etwas zurück, aber die Vibrationen wurden trotzdem nicht schwächer. »Die meisten Anzeigen fürs rechte Triebwerk tanzen wie wild. Die Vibrationen werden auch stärker.«

»Scheiße, ich muss Nummer zwo abstellen.« Weston betätigte das Transmissionssystem der MV-22, damit nun beide Rotoren vom linken Triebwerk angetrieben wurden, isolierte die elektrischen, pneumatischen und hydraulischen Systeme des rechten Triebwerks und unterbrach rasch die Treibstoffzufuhr, um es abzustellen. »So machen wir ungefähr vierzig Knoten weniger«, sagte er, »aber ich habe die Maschine unter Kontrolle. Auch die Vibrationen sind viel schwächer.« Er wusste, dass das eine sehr, sehr optimistische Aussage war. »Sonst noch Schäden?«

»Jede Menge Schutzschalter, die in AUS-Stellung bleiben, und eine durchgebrannte Sicherung im Inverter und Spannungsregler Nummer drei«, berichtete der Lademeister. »Soll ich die Sicherung ersetzen?«

»Im Flug nicht zugänglich«, antwortete Weston. »Wir müssen alle nicht benötigten Stromverbraucher ausschalten und den Betrieb auf nur einen Inverter umstellen. Scheiße, was kann jetzt noch schief …?«

Plötzlich schien der gesamte Horizont vor ihnen in feurige Eruptionen von Flakfeuer auszubrechen. Das Flugzeug war versehentlich fast über den Luftwaffenstützpunkt Shukowski geraten, dessen gesamte Flak jetzt schlagartig das Feuer eröffnete. Weston kurvte sofort steil nach links weg, aber das feindliche Feuer schien aus allen Richtungen zu kommen. Die glühenden Bahnen der Leuchtspurgeschosse kamen mit jeder Sekunde näher. Dann flammte ein Suchscheinwerfer auf, der sie praktisch sofort erfasste.

Schluss der Vorstellung, dachte Weston. Keine Schleudersitze, nicht genug Fallschirme für alle an Bord. Ihre einzige Chance war eine Notlandung, aber wenn eine dieser Flak sich auf sie einschoss, würde von der MV-22 nicht mehr genug für eine Landung übrig bleiben. Weston dachte an seine Familie, dachte an den Trauergottesdienst, an dem seine Kinder würden teilnehmen müssen, dachte an …

Im nächsten Augenblick sah er mehrere grelle Lichtblitze, die nacheinander aufleuchteten und das Cockpit wie einzeln gezündete Blitzlichtbirnen erhellten. So ist's also, dachte Weston, wenn man einen Flak-Volltreffer abkriegt? So ist's also, wenn man stirbt …

»Verdammt!«, murmelte Major Duane »Dev« Deverill, Mission Commander im Cockpit der EB-1C Megafortress II. »Das war der *hundertprozentig* falsche Turn. Dafür gibt's nur zwei mögliche Erklärungen: Trash Man hat die Orientierung verloren, oder er ist einfach dämlich.«

Etwa zwanzig Meilen östlich des Luftwaffenstützpunkts Shukowski kreisten Deverill und Hauptmann Annie Dewey, die Flugzeugkommandantin, mit ihrem Bomber über dem alptraumhaften Geschehen. Sie hatten das gesamte Drama in sicherer Höhe oberhalb der Schussweite der russischen Flak verfolgen können, weil das LADAR der Megafortress ihnen ein dreidimensionales Bild des An- und Abflugs der MV-22 geliefert hatte. Gleichzeitig hatte das LADAR die im Anmarsch befindlichen russischen Kräfte abgebildet und als Ziele dargestellt.

»Fliegt die Pave Hammer noch?«, fragte Annie.

»Jep«, sagte Duane. »Die Longhorn ist gerade noch rechtzeitig gekommen. Wieder ein Sieg für die Bomber.« Als sie sahen, dass die MV-22 in Richtung Shukowski abdriftete, hatte Deverill eine Lenkwaffe AGM-89D Longhorn abgeworfen, die eine Flakstellung, die eben das Feuer auf sie eröffnen wollte, mit einem Volltreffer zerstört hatte. Die Abwurflenkwaffe Longhorn, eine Weiterentwicklung der altbewährten AGM-89 Maverick, war mit einem Infrarot-Suchkopf und einem im Millimeterbereich arbeitenden Radar ausgerüstet, das Fahrzeuge bis hinunter zur Größe eines Personenwagens orten und ansteuern konnte. Sie hatte fünfzig Kilometer Reichweite und war groß genug, um einen Kampfpanzer zu zerstören oder eineinhalb Meter Stahlbeton zu durchschlagen. Außer einem Revolvermagazin mit acht dieser Lenkwaffen in der mittleren Bombenkammer und einem Zusatztank in der hinteren trug die Vampire auch ein Revolvermagazin mit acht Jagdraketen in der vorderen Bombenkammer.

»Gib ihnen 'ne Chance, Dev«, sagte Annie. »Sie sind beim Start in Flakfeuer geraten, glaube ich. Vielleicht ist ihre Maschine schwer beschädigt.«

Duane schnaubte, stimmte ihr aber aus Höflichkeit zu. »Du hast Recht, Heels. Mir wär's zuwider, sie einfach für dämlich halten zu müssen.«

Annie sah zu Deverill hinüber und musterte ihn prüfend. Wie, fragte sie sich, kann ein so verdammt gut aussehender Kerl bloß so verdammt unempfindlich sein?

Trotz seiner oft frechen, arroganten, überheblichen Art fühlte Annie sich fast gegen ihren Willen zu ihm hingezogen. Wäre Dev nicht so beliebt und hoch qualifiziert gewesen, hätte er das größte Arschloch auf dem Stützpunkt sein können. Aber er beherrschte sein Metier wirklich und hatte entscheidend zu den bisherigen Erfolgen der 111. Bomberstaffel »Aces High« beigetragen.

»Er hat Probleme, glaube ich«, sagte Annie, nachdem sie die MV-22 auf dem großen MFD des Mission Commanders beobachtet hatte. »Wir müssen ihm helfen.«

»Du weißt, dass wir das nicht dürfen«, wehrte Deverill ab. »Offiziell sind wir überhaupt nicht hier. Wir sind Gespenster.«

»Gespenster, die ein Land, mit dem wir uns nicht im Krieg befinden, mit Marschflugkörpern angegriffen haben«, stellte Annie fest.

»Hey, Heels, damit rennst du bei mir offene Türen ein«, versicherte Duane ihr. »Ich wäre der Letzte, der nicht liebend gern eingreifen würde, um unsere Jungs dort unten rauszuhauen. Aber wir haben den Auftrag, nicht tiefer als fünfzehntausend Fuß zu gehen und unter keinen Umständen zu riskieren, unsere Position zu verraten. Würde jemals bekannt, dass wir losgeschickt worden sind, um Begleitschutz für eine MV-22 zu fliegen, die eine amerikanische Spionin aus Russland rausholen soll, wäre die ganze Welt sauer auf Amerika. Lenkwaffen aus großer Höhe, ja. Aber wenn wir Pech haben und von der russischen Flak runtergeholt werden, haben wir gegen einen klaren Befehl verstoßen, und die USA müssen die Folgen tragen.«

»Frag mich, ob mir das scheißegal ist«, sagte Annie. Sie schaltete auf die Einsatzfrequenz um und drückte die Sprechtaste. »Hammer, Hammer, hier Terminator auf Rot vier. Hören Sie mich?« Keine Antwort. Sie versuchte es noch mehrmals und glaubte, einen kratzigen Trägerton zu hören, als drücke jemand eine Sprechtaste, ohne dass seine Stimme übertragen wurde. »Das ist er, glaube ich, aber irgendwas stimmt da nicht. Vielleicht ist seine Maschine schwer beschädigt. Wir müssen zu ihm aufschließen, sie uns gründlich ansehen und ihn notfalls nach Hause lotsen.«

»Ein Bomber B-1, der mit einem Schwenkrotor MV-22 in Formation fliegt? Das kommt einem irgendwie vor wie eine Dogge, die einen Chihuahua ficken will, nicht wahr?«

»Dev, ich denke nicht daran, hier oben zu sitzen und zuzusehen, wie die Pave Hammer mit Leuten an Bord, die ich kenne, von russischer Flak in Stücke geschossen wird«, sagte Annie resolut. Sie schaltete den Autopiloten aus, der sie in ihrer bisherigen Höhe gehalten hatte. »Halt dich bereit, zu der MV-22 aufzuschließen.«

»Heels, denk erst mal einen Augenblick darüber nach, verdammt noch mal!«, sagte Deverill nachdrücklich. Annie funkelte ihren Mission Commander aufgebracht an, aber dann wurde ihr klar, dass das kein Befehl, sondern nur ein Vorschlag gewesen war. Aus seinem Tonfall sprach keine Angst, sondern nur die ernsthafte Sorge, ihre tapferen Bemühungen könnten letztlich vergebens sein. Dev nickte zu dem Bildschirm hinüber, der ihnen die Umgebung aus der Vogelschau zeigte. »Er ist in sechshundert Fuß und macht nur zweihundert Knoten. So langsam können wir nur fliegen, wenn wir die Tragflächen ganz spreizen und sämtliche Auftriebshilfen ausfahren – und damit verlieren wir unsere Stealth-Eigenschaften. Außerdem können wir dann keine Waffen und keine elektronischen Kampfmittel mehr einsetzen, außer vielleicht den nachgeschleppten Täuschkörper, der aber wertlos wäre, weil unser Radarquerschnitt ihn verschwinden ließe. Wir sind so verwundbar wie die MV-22, vielleicht noch verwundbarer. Im Langsamflug in Bodennähe verbrauchen wir Unmengen von Treibstoff, aber wir haben keinen Tanker angefordert, der uns über dem Schwarzen Meer entgegenkommt. Unter solchen Umständen können wir von Glück sagen, wenn wir den nächsten türkischen Flugplatz erreichen.«

Annie starrte ihn aufgebracht an, aber ihr Zorn richtete sich nicht gegen ihn. Dev hatte natürlich Recht. Sie hatte keine dieser Tatsachen bedacht, und das machte sie noch wütender – auf sich selbst. Annie Dewey war stolz darauf, dass sie alles Wissen und alle Fertigkeiten besaß, die eine Flugzeugkommandantin brauchte, und ganz oben auf dieser Liste musste die Fähigkeit stehen, Tatsachen zu analysieren und daraus die richtigen Schlüsse zu ziehen. Aber genau daran hatte sie es fehlen lassen.

»Ich verstehe, was du sagst, Dev«, sagte Annie, »und bin völlig deiner Meinung. Du hast in allen Punkten Recht. Aber das spielt keine Rolle. Ich will trotzdem dort runter.«

Deverill machte ein grimmiges Gesicht, dann nickte er jedoch langsam. Sie hatte das Gefühl, er werde mitmachen, aber sie wusste nicht, ob er hundertprozentig hinter ihr stand – und das war ihr wichtig. Annie schwieg einen Augenblick, bevor sie sprach, ohne ihre Sprechtaste zu drücken: »Genesis, hier Terminator... Terminator für Genesis.«

Einen Augenblick später kam die Antwort: »Bitte weiter, Annie. Die Verbindung ist abhörsicher.«

»General, haben Sie unsere Situation beobachtet?«

»Positiv«, antwortete Generalleutnant Terrill Samson. Er sprach mit Annie über Satellit und den implantierten Mikrosender, den alle im High-Technology Aerospace Weapons Center Beschäftigten trugen. Mit dem winzigen Sender unter der Haut konnten sie jederzeit und an jedem Ort der Welt miteinander reden. »Augenblick, Annie.« Sie hörten Samson sagen: »Zinnsoldat, hier Genesis. Hören Sie mich, Hal?«

»Ich höre Sie jetzt, Sir«, antwortete Hal Briggs. Chris Wohl und er trugen die gleichen subkutanen Minisender wie jeder andere Mitarbeiter der HAWC. »Wir stecken echt in der Scheiße. Das Flugzeug ist stark beschädigt, und der Kopilot und ein Lademeister sind tot. Trash Man muss mit ein paar Analoginstrumenten fliegen, weil die meisten Cockpitanzeigen ausgefallen sind. Wir brauchen sofort Hilfe, bevor wir aus Versehen über die nächste Flakstellung geraten.«

»Augenblick, Hal, ich schalte Annie und Duane zu... Verbindung mit Dewey und Deverill herstellen... Annie, Duane, hier Samson. Wie hören Sie mich?«

»Laut und klar, General«, sagte Deverill offensichtlich verwundert. Als Anerkennung für seine Leistungen als Bombenschütze und Fluglehrer hatte der Major zu den ersten Angehörigen der 111. Bomberstaffel der Nevada Air National Guard gehört, denen der subkutane Minisender eingepflanzt worden war. Aber die dafür erforderliche Technologie verblüffte ihn noch immer. Er hörte Samson so deutlich, als käme seine Stimme aus der Bordsprechanlage. Deverill wusste, dass ihre Gesprächsrunde sich bei Bedarf um Dutzende von Teilnehmern erweitern ließ; General Samson konnte jederzeit ihren genauen Standort feststellen, ihren physiologischen Zustand überwachen und über Palmtops Informationen mit ihnen austauschen.

»Hammer hat zwei Mann verloren und ist stark beschädigt. Was haben Sie vor?«

»Mit LADAR zu der MV-22 aufschließen, um sie hoffentlich in Sicht zu bekommen.«

Samson machte eine nachdenkliche Pause. »Die aktuellen Satellitenbilder zeigen sehr schlechtes Wetter«, sagte er dann. »Sicher keine idealen Bedingungen. Wie ist die Sicht bei Ihnen? Halten Sie's für möglich, die Hammer wenigstens aus einer halben Meile Entfernung zu sehen?«

»Ziemlich unwahrscheinlich.«

»Dann ist ein Aufschließen nicht genehmigt.«

»Boss, wenn wir unseren Leuten nicht helfen, werden sie höchstwahrscheinlich abgeschossen«, sagte Annie. »Den Russen wird es nicht gefallen, wenn ein amerikanisches Special-Ops-Flugzeug bei ihnen notlandet – außer sie schießen es brennend ab, versteht sich.«

»Und sie wären noch aufgebrachter, wenn sie wüssten, dass die Vereinigten Staaten einen Stealth-Bomber über ihrem Territorium einsetzen«, antwortete der General. »Einsatz nicht genehmigt. Sie halten Ihre Höhe, versuchen weiter, Funkverbindung mit der Hammer herzustellen, und unterbinden feindliche Angriffe mit allen verfügbaren Mitteln. Aber versuchen Sie nicht, zu der MV-22 aufzuschließen.«

»Sir, mit dem Laser-Radar können wir problemlos auf eine Viertelmeile rangehen – das haben wir schon geübt«, sagte Deverill. »Lassen Sie's uns wenigstens versuchen. Haben wir bei einer halben Meile keinen Sichtkontakt, brechen wir die Annäherung ab.«

»Und ich müsste mit meinen Sensoren mithelfen können«, warf Briggs ein. Die elektronische Rüstung, die er trug, war mit modernsten Infrarot- und Radarsensoren mit einer Reichweite von drei Meilen ausgerüstet.

Nun folgte wieder eine längere Pause. »Also gut, Einsatz genehmigt«, sagte Samson schließlich. »Haben Sie bei einer halben

Meile keinen Sichtkontakt, brechen Sie ab und steigen wieder auf Patrouillenhöhe.«

»Danke, Boss«, sagte Annie. Sie wandte sich an Duane und fügte hinzu: »Danke für deine Unterstützung, Dev. Ich tu's nur, wenn du hinter mir stehst.«

Duane musterte sie mit leicht besorgter Miene, aber dann reckte er lässig grinsend den linken Daumen hoch. »Ich bin dabei, Heels«, sagte er. »Ich stehe immer hinter dir.« Annie spürte, dass sie verlegen errötete, und war froh, dass er ihr zufriedenes Lächeln unter der Sauerstoffmaske nicht sehen konnte. »Komm, wir zeigen den Trotteln von Madcap Magician den Heimweg.«

»Das habe ich gehört«, warf Briggs ein.

»Also los, Dev«, sagte sie.

»Ich bin dabei, Heels«, wiederholte Deverill lächelnd, während er seine Sauerstoffmaske befestigte und das Helmvisier herunterklappte. »Führ mir ein paar deiner Pilotenkunststücke vor.«

Das tat Annie nur allzu gern. Sie stellte die Tragflächen auf maximale Pfeilung, legte den Bomber auf den Rücken, ging im Sturzflug hinunter und fing die Maschine erst vierzehntausend Fuß tiefer ab. Als sie danach wieder in den Horizontalflug überging, waren sie nur fünf Meilen hinter der MV-22 Pave Hammer und schlossen rasch zu ihr auf. Deverill hatte inzwischen sein LADAR aktiviert, das die MV-22 mühelos erfasste. Die Besatzung der Vampire brauchte nur ihre elektronischen Helmvisiere herunterzuklappen, um ein virtuelles dreidimensionales Bild der MV-22 zu sehen – mit eingespiegelter Entfernung, wenn sie in ihre Richtung sahen, und winzigen Pfeilen, die bei anderen Blickrichtungen angaben, wo sich das Ziel befand. Annie schloss so mühelos zu dem anderen Flugzeug auf, als könnte sie es trotz Nacht und Wolken sehen.

»Achtung, Hammer«, sagte Annie Dewey. »Wir schließen zu euch auf.«

»Verstanden«, antwortete Briggs. Er hatte mit Fratierie den Platz getauscht, saß jetzt seitlich auf dem zerschossenen Kopilotensitz und suchte den Himmel durchs rechte Cockpitfenster mit seinen Anzugsensoren ab. »Wir erwarten euch.«

»Klar bei Köder und Abwehrmaßnahmen, Dev.« Er schluckte trocken, während er gespannt die LADAR-Anzeige beobachtete. Als die Entfernung nur noch weniger als drei Meilen betrug, sagte Annie: »Okay, Dev, jetzt müssen wir's riskieren.«

»Von mir aus kann's losgehen«, bestätigte er. »Täuschkörper eingezogen, Störsender und Abwehrmaßnahmen in Bereitschaft. Fertig.« Ihre Radarwarner zeigten ihnen weiter Flakstellungen und Radarstationen, aber kein auf sie gerichtetes Zielsuchradar. »Ich muss dir ehrlich sagen, Heels, dass ich mich hier oben nackt fühle.«

»Ich mich auch«, gab Annie zu.

»Das kommt nur daher, dass ich dich mit Blicken ausziehe.«

»Ha-ha!«, sagte sie ironisch – aber Dev hatte so aufrichtig geklungen, dass sie wieder lächeln musste.

Annie ging mit der Fahrt auf zweihundertfünfzig Knoten zurück, stellte die Tragflächen auf maximale Spreizung und fuhr Klappen und Vorflügel in Anflugstellung aus. Hundertsechzig Knoten. Noch immer etwas zu schnell, deshalb fuhr Annie die Klappen eine Stufe weiter aus. Daraufhin nahm die Vampire automatisch ihre Landefluglage mit hochgerecktem Bug ein. Es war ziemlich seltsam, mit diesem steilen Anstellwinkel neben einer anderen Maschine herzufliegen, die sich im Horizontalflug befand.

Das LADAR zeigte ihnen die MV-22 erstaunlich detailliert – auch das stillgelegte Triebwerk, das ihre Sensoren blau-kalt darstellten, und die Beschädigungen durch Flakbeschuss. »Heiliger Scheiß!«, rief Annie aus. »Die hat's schwer erwischt! Das rechte Triebwerk steht, aber der Propeller ist nicht in Segelstellung. Die ganze rechte Seite ist durchlöchert.«

»Die Sicht scheint hier weniger als eine halbe Meile zu betragen«, sagte Deverill. »Wenn wir ihnen wirklich helfen wollen, müssen wir auf Sichtweite rankommen.« Im nächsten Augenblick schlug der Radarwarner Alarm. »Russische Flak, vermutlich ein ZSU-23/4, elf Uhr, Entfernung ungefähr zehn Meilen. Wir fliegen genau in seinen Wirkungsbereich ein. Du musst Trash Man innerhalb von zwei Minuten zum Abdrehen bringen, sonst sind wir beide Schweizer Käse.«

»Verdammt«, murmelte Annie. Sie senkte den Bug und unterflog rasch die MV-22, um sich zwischen sie und den Fla-Panzer zu setzen. So hatte Deverill die andere Maschine rechts neben sich und konnte versuchen, sich mit ihrer Besatzung zu verständigen, während Annie den Bomber flog. Sie nahm noch etwas mehr Leistung weg und setzte sich mit dem fliegenden Schlachtschiff EB-1C neben das beschädigte Turboprop-Flugzeug. Bei diesem Formationsflug musste sie quer durchs Cockpit aus Devs Fenstern sehen, aber dank des virtuellen 3-D-Bilds, das in Orange- und Gelbtönen vor ihren Augen stand, konnte sie praktisch durch Dev hindurchsehen und trotz Nacht und Wolken genau beobachten, wie sie dem Kampfzonentransporter MV-22 allmählich näher rückte.

»Wohin seid ihr abgehauen, Leute?«, fragte Briggs.

»Wir sind jetzt links von Ihnen, Hammer«, sagte Annie. »Vor uns liegt eine Flakstellung. Trash Man, Sie müssen verdammt rasch auf Sichtweite herankommen.«

»Verstanden, Heels«, bestätigte Weston. Im Gegensatz zur Besatzung der EB-1C sah er vor den Cockpitfenstern nur dunkle Nacht, in der gelegentlich Flakfeuer aufblitzte.

Duane kramte in der Kartentasche im Fach neben seinem Sitz herum und zog eine Stablampe heraus. »Sonderangebot aus dem K-Mart«, sagte er grinsend. »Hoffentlich habe ich daran gedacht, die verdammten Batterien zu wechseln.« Die Lampe funktionierte, und er richtete ihren bleistiftdünnen Halogenstrahl aus dem Seitenfenster.

Normalerweise war dieser Lichtstrahl so hell, dass er damit selbst bei einer nächtlichen Vorflugkontrolle die dunkelsten und höchsten Fahrwerksschächte des Bombers EB-1C inspizieren konnte, aber heute reichte er kaum bis zu den Flügelenden der Vampire. »Auf den Tragflächen scheint sich Eis anzusetzen«, sagte Deverill. »Die Schicht ist schon ungefähr einen Zentimeter dick.« Er sah kurz nach links, um sich zu vergewissern, dass die thermische Enteisung mit warmen Triebwerksabgasen in Betrieb war. Unter normalen Umständen wären sie nicht lange unter diesen Bedingungen geflogen – der Bomber B-1 setzte sehr leicht Eis an und reagierte schon auf dünne Schichten mit einer dramatischen Verschlechterung seiner Flugeigenschaften.

»Ist die Hammer schon zu sehen?«

»Nö«, antwortete Deverill. Er konnte die MV-22 durch sein elektronisches Visier »sehen«, aber bevor er sie nicht tatsächlich sah, konnte die Besatzung der anderen Maschine *sie* auch nicht sehen. »Abstand genau eine halbe Meile, Heels.«

»Ich gehe noch näher ran, Dev.«

»Habe ich was dagegen gesagt? Also weiter!«

»Terminator, hier Genesis«, sagte General Samsons körperlose Stimme in ihren Köpfen. »Genesis für Terminator. Status-Check.«

»Wir sind bei einer halben Meile, General«, meldete Deverill. »Kein Kontakt.«

»Wir haben Sie und die MV-22 im JTIDS«, erinnerte Samson sie. Das Joint Tactical Information Distribution System gestattete den Informationsaustausch vieler verschiedener Nutzer. Sobald das LADAR der Vampire die MV-22 erfasst hatte, war ihre Position übers JTIDS augenblicklich allen berechtigten Nutzern angezeigt worden – auch General Samson, der deutlich sehen konnte, dass sie bereits näher als eine halbe Meile an die andere Maschine herangegangen waren. »Haben Sie keinen Sichtkontakt, brechen Sie das Manöver ab und steigen auf Patrouillenhöhe.«

»General, Sie haben den Zeus-23/4 links voraus gesehen«, wandte Deverill ein. »Die Hammer fliegt direkt darauf zu. Wir haben noch eine Chance, sie von diesem Kurs abzubringen – und die wollen wir nutzen!«

»Umso mehr Grund, von dort zu verschwinden«, sagte Samson. »Steigt weg, schießt den Fla-Panzer ab und versucht erneut aufzuschließen, sobald die Sichtverhältnisse sich bessern. Ausführung!«

»Wir haben aber nur einen Versuch, General«, sagte Annie zögernd.

»Verstanden Annie, aber ich darf nicht zwei meiner besten Leute riskieren«, antwortete Samson. »Abbrechen und wegsteigen. Das ist ein Befehl.«

Annie fluchte halblaut, dann rammte sie die Leistungshebel

plötzlich nach vorn in Nachbrennerstellung. Sobald zweihundert Knoten angezeigt wurden, fuhr sie die Auftriebshilfen ein und schwenkte die Tragflächen in die Pfeilstellung für bestes Steigen. »Dev, sieh zu, dass du diesen Zeus-23 erledigst!«, rief sie.

»Scheiße, da haut unser Rückflugticket ab«, knurrte Weston enttäuscht. Das Röhren der Nachbrenner der EB-1C ließ die Cockpitscheiben klappern, und die langen Flammenzungen der vier Nachbrenner erhellten das Cockpit. Sie sahen nur die vier hellen Feuerstrahlen, die Sekunden später erloschen, nahmen stechenden Kerosingeruch wahr und spürten die Hitze dieser nahen Begegnung. »Wir sind hier oben stumm, taub und blind«, sagte er, als könnte die Konstatierung des Offensichtlichen ihnen helfen, einen Ausweg zu finden. Kam die Vampire nicht zurück, würden Weston, seine Besatzung, seine Passagierin und sein Flugzeug es wahrscheinlich nie mehr nach Hause schaffen.

»Schon dabei, Heels«, sagte Deverill. Da der Bomber sich nun nicht mehr in der Start- und Landekonfiguration befand, konnte er den Angriffscomputer wieder programmieren. Er wählte eine weitere AGM-89D Longhorn aus, gab ihrem Computer die Koordinaten der Flakstellung ein und warf die Lenkwaffe ab. Dann beobachtete er auf seinem großen Multifunktions-Display, wie das durch Radar verbesserte Infrarotbild des Fla-Panzers ZSU-23/4 immer größer wurde. Bei nur fünf Meilen Zielentfernung war die Longhorn nicht lange unterwegs. Ihr im Millimeterbereich arbeitendes Radar steuerte die Hauptmasse des russischen Fla-Panzers an und vernichtete ihn sekundenschnell.

Aber damit war das Problem noch nicht gelöst. »Eben ist ein weiterer Zeus-23 aufgetaucht«, meldete Duane. »Elf Uhr, zehn Meilen. Scheint zum selben Regiment zu gehören. Wir sollten … Augenblick, ein weiteres Ziel, SAM-6, zwei Uhr. Sie müssen gesehen haben, wie ihr Kamerad in Rauch aufgegangen ist, und machen jetzt Jagd auf uns. So können sie uns in die Zange nehmen. Ich glaube, wir haben sie erst auf die Weston aufmerksam gemacht. Uns können sie nicht sehen, aber *ihn* natürlich schon.«

»Klasse. Wir haben gerade sein Todesurteil unterschrieben«, sagte Annie. Sie schaltete die Nachbrenner aus und begann um die MV-22 zu kreisen. »Wir können nur versuchen, ihn auf Gegenkurs zu lotsen und danach alle diese Flakstellungen zu erledigen.«

»Bin schon dabei«, sagte Duane. Seine Finger flogen über die Tastatur des Angriffscomputers, bewegten Trackballs, berührten Bildschirme, wiesen Ziele zu und programmierten die Lenkwaffen. Als sie ihren ersten Vollkreis beendeten, öffnete der Angriffscomputer die Klappen der mittleren Bombenkammer und warf die erste Longhorn ab. »Achtung, mehrere Lenkwaffenstarts!«

Aber ihr Glück hielt nicht mehr lange vor. Die Lenkwaffe AGM-89D Longhorn hatte einen großen Nachteil: Ihr starkes Raketentriebwerk, das wenige Sekunden nach dem Abwurf gezündet wurde, beleuchtete das Trägerflugzeug für kurze Zeit strahlend hell. Die anderen Fla-Panzer waren nun gewarnt und wichen in andere Feuerstellungen aus. Bei jedem Start einer Longhorn griffen feurige Bahnen von 23-mm-Leuchtspurgeschossen nach ihnen, sodass Annie ständig Ausweichmanöver fliegen musste.

Deverill tat sein Bestes, aber das funktionierte nicht. Die AGM-89D Longhorn konnte ihr Ziel nach dem Abwurf selbstständig ansteuern, aber ohne Kurskorrekturen durch den Bombenschützen nahm ihre Treffsicherheit merklich ab. Er konnte einfach nicht mit sechs gestarteten Lenkwaffen gleichzeitig jonglieren. Nach dem zweiten Vollkreis war noch ein Fla-Panzer ZSU-23/4 unbeschädigt. »Lenkwaffen verschossen«, meldete Deverill atemlos. »Eine Flak weiter aktiv, elf Uhr, Entfernung unbekannt. Sorry, Annie.«

»Ich lasse nicht zu, dass diese MV-22 abgeschossen wird«, sagte Annie.

»Terminator, hier Genesis«, meldete Samson sich. »Wir sehen, dass alle Luft-Boden-Lenkwaffen verschossen sind. Für Sie ist für heute Nacht Schluss. Fliegen Sie zum Treffpunkt mit dem Tanker zurück.«

»Sprechverbindung deaktivieren«, wies Annie den Satelliten-Server an.

»Er kann deinen Befehl aufheben«, stellte Deverill fest. »Dem General kannst du nicht das Wort verbieten.«

»Gib mir Kurs und Höhe zu Weston«, verlangte Annie. »Ich versuch's noch mal.«

»Du willst Samson ignorieren? Der reißt dir den Kopf ab!«

»Muss ich alles allein machen, Dev? Gib mir den verdammten Kurs zu Weston.« Deverill schüttelte den Kopf, gab Annie Kurs, Höhe, Geschwindigkeit und Entfernung zu der MV-22 Pave Hammer und verfiel dann in Schweigen.

Sofern das überhaupt möglich war, hatte das Wetter sich noch mehr verschlechtert – zu Vereisungsgefahr, Dunkelheit und schlechter Sicht kamen jetzt noch starke, bockige Turbulenzen. Die Vampire wurde mehrmals so durchgerüttelt, dass sie glaubten, Flaktreffer abbekommen zu haben. Dazu kam, dass die MV-22 sich in einem leichten Turn befand. Anfangs wies er in eine günstige Richtung – nach Nordwesten, von der russischen Flak weg –, aber dann kurvte sie weiter, bis sie wieder geradewegs in die Gefahrenzone flog.

Annie begann wieder, zu der MV-22 aufzuschließen. Diesmal brachte sie die Klappen gleich in Landestellung, um den Bomber schneller zu stabilisieren. Aber schon nach wenigen Augenblicken zeigte sich, dass dieser Anflug nicht leichter sein würde – das durch Turbulenzen verursachte Rütteln wurde mit jeder Minute heftiger. »Verdammt, ich schaff's nicht«, sagte Annie entmutigt. »Die Turbulenzen sind zu stark. Ich bekomme einen Krampf in der Hand.«

»Du darfst jetzt nicht aufgeben, Annie. Flieg so weiter. Fass den Griff ganz locker.«

»Ich kann nicht, Dev...«

»Halt die Klappe, Heels, und flieg näher ran«, verlangte Deverill. »Nicht zu schnell, aber zügig und gleichmäßig. Uns bleiben noch ungefähr zwei Minuten, bevor wir in Reichweite dieses Zeus-23 kommen.«

Annie steuerte die Vampire näher und näher an die MV-22 heran... »Dreitausend Fuß... zweieinhalbtausend... gute Annäherungsgeschwindigkeit... fünfzehnhundert...« Dann geriet der Kampfzonentransporter plötzlich in Turbulenzen und scherte weit nach links aus. Annie blieb nichts anderes übrig, als steil wegzukurven, wodurch ihr Abstand sich wieder auf eine Dreiviertelmeile vergrößerte.

»Warum fliegt er eine Linkskurve?«, fragte Annie mit vor Anstrengung heiserer Stimme. »Merkt er nicht, dass sie kurz davor sind, den Arsch weggeschossen zu kriegen?«

»Macht nichts, Annie«, sagte Deverill beruhigend. »Jetzt wieder nach rechts. Du kannst's schaffen. Viertausend Fuß … komm schon, Annie, wir haben's eilig, rüber mit dir … hey, das war etwas zu schnell, zwotausend … gute Korrektur, fünfzehnhundert … eintausend … gut, fünfhundert Fuß … noch eine winzige Kleinigkeit …« Er suchte den Nachthimmel mit seiner Stablampe ab und richtete sie dorthin, wo der elektronischen Darstellung nach das Cockpit sein musste. »Trash Man hat bestimmt nur Augen für seine Instrumente, damit er seine Kiste in der Luft halten kann. Los, Jungs, seht herauf, seht *herauf!*«

»Scheiße, Scheiße, *Scheiße*«, fluchte Weston vor sich hin. Der primäre elektronische künstliche Horizont war durch die Flaktreffer ausgefallen, und jetzt begann auch der zweite künstliche Horizont, ein normales Kreiselgerät, merklich unruhig zu werden. Er sah zur Druckluftanzeige hinüber und stellte fest, dass sie zwei Punkte unterhalb des grünen Bogens stand – also würde das Kreiselgerät vermutlich bald ausfallen. Passierte das, war er auf den elektronischen Wendezeiger, den barometrischen Höhenmesser, das Stauscheiben-Variometer und den »Whiskey«-Kompass angewiesen: Instrumentenflug mit primitivsten Mitteln.

Er wusste, dass ihre Lage verdammt ernst war. Unter diesen Umständen musste er sein gesamtes fliegerisches Können aufwenden, um den großen Transporter in der Luft zu halten. Jede Störung, jeder Notfall, jeder Angriff, der ihn jetzt von seiner Aufgabe als Flugzeugführer ablenkte, konnte sie in einer Todesspirale abstürzen und zerschellen lassen. Weston atmete tief durch und bemühte sich, den Steuergriff weniger krampfhaft zu umklammern.

»Wo seid ihr, Leute?«, fragte Briggs, der angestrengt aus dem Cockpit starrte. »Mein Pilot wird ziemlich nervös – und seine Anzeigen auch.«

»Bei neun Uhr, weniger als eine Viertelmeile«, antwortete Deverill. »Schließen rasch zu euch auf.«

In dieser Sekunde sah Weston etwas, das… wie der Lichtstrahl einer Taschenlampe aussah, die durch den Nebel leuchtete. Sein Blick wechselte mehrmals zwischen Seitenfenster und Instrumenten hin und her. Dann hatte er plötzlich alle Mühe, eine unerwartete Linkskurve abzufangen. Scheiße, die war aus dem Nichts gekommen! Die kurze Ablenkung hatte bereits genügt, um einen heftigen Steuerausschlag zu bewirken. Weston erkannte rasch, dass er nicht so weitermachen durfte; sein Flugzeug kam bei jedem Blick aus dem Fenster vom Kurs ab.

Plötzlich sah er die Vampire, die nur wenig tiefer links neben ihnen flog – in einem Abstand, der kaum länger als ein Footballfeld zu sein schien. Wie sie soeben einen Zusammenstoß vermieden hatte, konnte er sich nicht vorstellen. »Horrido! Horrido!«, krähte Weston. »Hab euch in Sicht!«

»*Da ist sie!*«, krähte Deverill. »Siehst du sie, Heels?«

»Horrido!«, rief Annie begeistert. Es hatte tatsächlich geklappt. Ihre Einstellung änderte sich schlagartig. Bevor die MV-22 in Sicht gekommen war, hatte sie nur daran denken können, wie sie von ihr wegbleiben konnte. Nachdem sie nun Sichtkontakt zu dem anderen Flugzeug hergestellt hatten, würde Annie es unter keinen Umständen mehr aus den Augen verlieren, selbst wenn Deverill sein Fenster öffnen musste, damit er Weston die Hand reichen konnte. »Jetzt hab ich dich, Lümmel.«

Ihr fliegerischer Instinkt und ihr Können traten sofort in Aktion. Noch vor wenigen Sekunden waren ihr fünfhundert Fuß Abstand in dieser Suppe viel zu nahe erschienen – aber jetzt kamen ihr fünfzig Fuß keineswegs unvernünftig vor. Sie setzte sich rasch links neben Westons Cockpit – zum Glück erleichterte der steile Anstellwinkel der Vampire, die ihren Bug hoch über den Horizont reckte, es der Pilotin, viel näher an die MV-22 heranzugehen, als sie je für möglich gehalten hätte.

Aber im nächsten Augenblick ließ der Radarwarner des Bombers ein schrilles Alarmsignal hören, während auf dem Warndisplay ein Flaksymbol aufleuchtete. »Flak, zehn Uhr, in Reichweite!«, rief Deverill. Und dann kamen die Geschosse: hellgelbe Lichtpunkte, die von dem unsichtbaren Erdboden aus nach ihnen griffen. Duane wusste, dass um jedes dieser Leuchtspurgeschosse herum zehn weitere Granaten in der Luft waren. Die Schlange aus 23-mm-Geschossen schwenkte abrupt in ihre Richtung. Die beiden Flugzeuge waren sich zu nahe, als dass die EB-1C hätte wegkurven können.

»Tiefer gehen!«, rief Duane. Aber für eine Reaktion war es zu spät. Dewey und Deverill hörten ein Geräusch, das wie ein dumpfer Trommelwirbel auf der linken Tragfläche klang; fast gleichzeitig waren starke Vibrationen dieser Tragfläche und des linken Höhenleitwerks zu spüren. Die zentrale Warnleuchte flammte auf und war sofort von gelben Leuchtfeldern umgeben. »Störung Treibstoffversorgung... Konfigurationswarnung... Störung Flugregler«, sagte Deverill. »Anscheinend hat's die linke Tragfläche erwischt, und das Höhenleitwerk ist...« In diesem Augenblick leuchtete die erste rote Warnleuchte auf. »Scheiße, die Hydraulik von Triebwerk eins ist überhitzt.«

»Annie, hier ist Dave«, sagte eine körperlose Stimme. Sie gehörte Oberst David Luger, der auf der Elliott Air Force Base im »virtuellen Cockpit« des Bombers EB-1C saß, in dem mehrere Piloten und Ingenieure alle Flugparameter der Vampire während des Einsatzes überwachen konnten. »Annie, ich lege jetzt die primäre und sekundäre Hydraulik von Triebwerk eins still, bevor das gesamte System auf Einzelmodus umschaltet. Außerdem habe ich ein Testsignal an die Klappen, Vorflügel, Spoiler und Flossenruder eurer linken Tragfläche geschickt, aber keine Antwort bekommen, was darauf schließen lässt, dass sie sämtlich ausgefallen sind. Lediglich Höhen- und Seitenleitwerk scheinen noch zu funktionieren, sodass die Maschine begrenzt steuerfähig bleibt. Ist das alles verstanden?«

»Verstanden«, bestätigte Annie. »Von links kommen ziemlich starke Vibrationen.«

»Das kann an einer zerschossenen Flügelspitze oder an einer Beschädigung von Klappen, Spoilern oder Flossenruder liegen«, sagte Luger. »Rührt jedenfalls weder Klappen noch die Tragflächenverstellung an, sonst kann's passieren, dass das Hydrauliksystem auf Einzelmodus umschaltet und ihr in einem Feuerball endet.«

»Verstanden.«

»Hauptmann Dewey«, warf General Samson ein, »ich bestehe darauf, dass Sie diesen Einsatz sofort abbrechen. Das ist ein Befehl. Sie kehren zum Warteraum Alpha zurück, und wir schicken Ihnen einen Tanker.«

»Ich lasse die MV-22 nicht im Stich, nachdem wir jetzt Kontakt haben, Sir«, widersprach Annie energisch. »Weston ist neben mir, und dort bleibt er auch. Soll ich diesen Einsatz abbrechen, müssen Sie ein anderes Flugzeug schicken, das die Führung übernimmt. Sonst kann er sich nicht in der Luft halten.«

Danach folgte eine lange Pause. »Hilfe ist bereits unterwegs«, sagte Samson mit abgrundtiefer Stimme, die erkennen ließ, wie zornig er war. »Eine MC-130P ist unterwegs, um die MV-22 zu betanken. Bleiben Sie bei ihr, bis der Tanker eintrifft.«

»Danke, Boss«, sagte Annie. General Samson gab keine Antwort. Sie war sich darüber im Klaren, dass er sie wegen Befehlsverweigerung zum Rapport bestellen würde. »Ich glaube, er ist verdammt sauer«, sagte sie zu Duane.

»Das hast du klasse gemacht, Heels«, versicherte Deverill ihr. Er streckte die linke Hand aus, klopfte ihr anerkennend auf die Schulter und rieb sie dann freundschaftlich. »Lass den Boss ruhig sauer sein – das ist sein gutes Recht. Ich bin dein MC, und ich finde, dass du richtig gehandelt hast.« Die Berührung seiner Hand war förmlich elektrisierend und schickte warme Wellen durch ihren Körper. Sie riskierte es, kurz den Blick von der MV-22 zu wenden, um ihn anzusehen, und er lächelte ihr quer durchs abgedunkelte Cockpit zu.

Eine Stunde später traf der Special-Ops-Tanker MC-130P über dem Sredneruskaja Oblast im Südwesten Russlands mit den beiden Flugzeugen zusammen. Mit dem Abzug des Schlechtwettergebiets nach Osten hatte die Sichtweite sich auf etwas über eine Meile verbessert. Kurz bevor die MC-130P in Sicht kam, vergrößerte Annie den Abstand des Bombers EB-1C Vampire zu dem beschädigten Kampfzonentransporter auf knapp eine Meile, sodass sie die Pave Hammer gerade noch beobachten konnten. Wenige Minuten später setzte der Tanker sich vor die MV-22, die ihre Tanksonde in den nachgeschleppten Fülltrichter einführte und sich während der Betankung an den Positionslichtern der vorausfliegenden Hercules orientierte, um die korrekte Fluglage beizubehalten.

»Vielen Dank, Leute«, sagte Hal Briggs mit seiner körperlosen Stimme. »Auch Trash Man und seine Besatzung lassen euch herzlich danken. Ohne euch hätten wir's nie geschafft. Kommt ihr jetzt allein zurecht?«

»Das stellt sich gleich raus, Hal.« Annie schob die Leistungshebel etwas nach vorn, um die Steuerwirkung zu erhöhen, aber je schneller sie flog, desto stärker wurden die Vibrationen. Sie konnte nur etwa fünfzig Knoten zulegen, ohne zu riskieren, dass die EB-1C in der Luft zerbrach. »Scheiße«, sagte sie unwillig. »So sind wir die ganze Nacht unterwegs.«

»Wenn wir Glück haben«, sagte Duane.

Annie musste den Autopiloten zum dritten Mal wieder einschalten, nachdem er herausgeflogen war. »Autopilot steigt dauernd aus.«

»Ich glaube, dass die Vibrationen stärker werden. Mir ist aufgefallen, dass du die Leistung immer weiter zurücknimmst. Wir machen nur noch zweihundertzwanzig Knoten. Ich fürchte, dass sich ein strukturelles Problem entwickelt.«

»Ich weiß, ich weiß«, wehrte Annie ab. Sie machte eine Pause und versuchte zu überlegen, welche Möglichkeiten sie noch hatten, aber deren Zahl war dramatisch geschrumpft. Sie glaubte ein lautes Brausen zu hören, als ihr bewusst wurde, dass ihnen vielleicht nur eine einzige Möglichkeit blieb. »Ich möchte, dass du deine Schutzkleidung für kaltes Wetter anziehst. Sofort.«

»Nein, du zuerst«, sagte Deverill mit bemerkenswert ruhiger Stimme. »Ich kann die Maschine inzwischen halten.«

»Du sollst deine Schutzkleidung für kaltes Wetter anziehen und kontrollieren, ob deine Notausrüstung am Mann ist. *Sofort.*« Annie beobachtete mit halb zornigem, halb besorgtem Blick, wie Deverill nickte, seinen Schleudersitz sicherte und seine Gurte zu lösen begann. Dann sagte sie: »Genesis, hier Terminator.«

»Bitte weiter, Annie«, antwortete General Samson.

»Die Vibrationen werden stärker«, meldete sie. »Wir müssen damit rechnen, Teile der linken Tragfläche zu verlieren, fürchte ich. Ich habe Dev angewiesen, seine Schutzkleidung für kaltes Wetter anzuziehen.«

»Steht's so schlimm?«

»Positiv. Tut mir Leid, Sir. Ich fürchte, ich werde mit einem Ihrer Flugzeuge Bruch machen.«

»Hey, das ist *Ihr* Flugzeug, Hauptmann – Sie haben dafür unterschrieben«, witzelte der General. Dann wurde er sofort wieder ernst. »Bis zur ukrainischen Grenze sind's nur noch sechzig Meilen. Steigen Sie möglichst nicht vorher aus. Sehen Sie irgendwo bewohnte Gegenden?«

»Wir können unter uns überhaupt nichts erkennen«, berichtete Annie. »Ich fliege schon ewig lange nur nach Instrumenten.« Sie machte eine kurze Pause. »Von visuell auf Bebauung umschalten.« Auf diesen Befehl hin schaltete das elektronische Visier um und zeigte nun Bebauungsformen wie Groß- und Kleinstädte, Straßen und Brücken. Die größte Stadt in näherer Umgebung war Kursk mit ungefähr 430 000 Einwohnern, das rechts querab lag. Und die ostukrainische Provinzhauptstadt Charkow lag siebzig Meilen weit entfernt vor ihnen.

»Wir haben die ukrainische Armee und die dortige Grenzpolizei alarmiert, die Such- und Rettungskräfte in der Ostukraine mobilisieren«, berichtete Samson. »Das Hauptquartier der ukrainischen Dritten Armee befindet sich in Charkow, und dort gibt es einen Regionalflughafen, auf dem Sie landen können, wenn Sie's bis dorthin schaffen. Aber die Russen haben einen Stützpunkt ihrer Luftverteidigungskräfte in Belgorod – von Ihnen aus bei elf Uhr, vierzig Meilen. Die Gruppe des U.S. Special Operations Command auf unserer Batman Air Base in der Türkei ist alarmiert und verlegt ein Team in die Ukraine, das für den Fall bereitsteht, dass Sie über russischem Gebiet aussteigen müssen.«

Annie hatte eine Computerkarte des russisch-ukrainischen Grenzgebiets vor sich. Die noch hinter dem Horizont liegende ukrainische Stadt Charkow wurde durch einen elektronischen Pfeil markiert, auf den sie jetzt zuhielt. »Ich fliege direkt nach Charkow«, meldete sie. »Falls die Maschine nicht durchhält oder wir Besuch bekommen, bleibe ich weiter östlich von Belgorod.« Sie machte eine Pause, dann fügte sie hinzu: »Tut mir Leid, dass ich Scheiße gebaut habe, General.«

»Nun, es wird Sie freuen zu hören, dass die MV-22 und die MC-130P gut vorankommen«, sagte Samson. »Die Pave Hammer fliegt weiterhin. Sie ist betankt und auf dem Flug durch den ukrainischen Luftraum. Da das Wetter nach Westen hin besser wird, will sie erst in Kiew landen. Die Besatzung drückt Ihnen beiden die Daumen. Sie weiß, dass sie ihre Rettung Ihnen verdankt. Na, fühlen Sie sich jetzt besser?«

»Fragen Sie mich noch mal, wenn ich wieder daheim bei einem kalten Bier sitze, Sir«, antwortete Annie.

Plötzlich ertönte ein Warnsignal. Annie sah auf. In ihrem elektronischen Visier erschien das Fledermaussymbol für ein feindliches Flugzeug. »Feindliches Flugzeug, fünf Uhr, dreißig Meilen, Kurs Süd«, meldete sie.

»Suchoi Su-27 Flanker«, stellte eine andere Stimme fest. Sie gehörte Major Nancy Cheshire, die auf der Elliott Air Base mit im »virtuellen Cockpit« saß, um Annie als »virtuelle Kopilotin« zu unterstützen. »Scheint bisher nur ein Jäger zu sein … nein, warte.« In diesem Augenblick tauchte eine zweite Maschine auf, die leicht versetzt einige tausend Fuß höher flog. »Er hat einen Rottenflieger, der ihm etwas erhöht den Rücken freihält. Eine weitere Flanker. Ist Unterstützung angefordert und unterwegs, General?«

»Die Ukrainer haben von Kiew aus zwei Abfangjäger losgeschickt«, antwortete Samson. »Geschätzte Ankunftszeit sechzehn Minuten. Haltet durch!«

Unterdessen war Duane Deverill dabei, wieder in seinen Schleudersitz zu klettern. Statt seiner Fliegerstiefel trug er jetzt dick isolierte Stiefel mit bis zu den Knien hinaufreichenden Gamaschen, eine Daunenweste, dicke Fausthandschuhe mit Schlitzen für die Zeigefinger, damit er Knöpfe drücken konnte, eine Wollmütze unter seinem Fliegerhelm und eine Überlebensweste und das Fallschirmgurtzeug über seinem Parka. Er brauchte eine zusätzliche Minute, um die Sitzgurte an seine voluminöse Notausrüstung anzupassen.

Sobald er angeschnallt war und sein elektronisches Visier wieder eingeschaltet hatte, meldete er die neue Gefahr ebenfalls. »Zieh jetzt deine Schutzkleidung an, Annie«, drängte er. »Ich behalte die Banditen im Auge.«

»Nein. Sie fliegen von uns weg.«

»Umso mehr Grund, aufzustehen und dich umzuziehen«, sagte er. »Ich hab die Maschine. Los jetzt!«

Annie nickte und machte sich daran, ihren Schleudersitz zu sichern, als sie plötzlich eine Radarwarnung in ihrem Kopfhörer hatte. Sie sah auf. Aus der oberen Spitze des Fledermaussymbols für den ersten feindlichen Jäger ragte jetzt ein gelbes Dreieck, das die von ihrem Computer berechnete Radarreichweite des Abfangjägers darstellte – und es umgab die Flugzeugsymbole des Tankers MC-130P und des Kampfzonentransporters MV-22. Die gelbe Farbe signalisierte, dass der Jäger sie mit seinem Radar erfasst hatte.

»Die Flanker hat unsere beiden Maschinen erfasst!«, rief Deverill.

»Wir müssen etwas unternehmen!«, stellte Annie resolut fest. »Wir haben sie in Anaconda-Reichweite. Mach sie startklar!« Die AIM-152 Anaconda war die neueste Luft-Luft-Lenkwaffe der U.S. Air Force – noch so neu, dass sie erst in einigen Jahren eingeführt werden würde. Diese Jagdraketen, die sie in einem Revolvermagazin in der vorderen Bombenkammer mitführten, waren einzigartig, weil sie als erste Luft-Luft-Lenkwaffe nicht von ihrem Trägerflugzeug aus gesteuert werden musste: Die AIM-152 konnte gegen ein Ziel eingesetzt werden, das von einem anderen Flugzeug oder einer Bodenstation markiert wurde. Ihr Staustrahltriebwerk gab ihr eine extrem große Reichweite – über hundertdreißig Kilometer – und beschleunigte sie auf fünffache Schallgeschwindigkeit, sodass sie selbst gegen anfliegende ballistische Raketen oder die Gefechtsköpfe von ICBMs beim Wiedereintritt in die Erdatmosphäre eingesetzt werden konnte. Sobald die Anaconda in die Nähe des feindlichen Flugzeugs gelangte, aktivierte sie ihr Radar und ihre IR-Sensoren, um das Ziel zu finden; doch sie konnte auch weiterhin Sensorsignale anderer Flugzeuge ansteuern.

»Wir können keine Lenkwaffen einsetzen – die Bombenklappen sind im Start- und Landemodus automatisch verriegelt«, erklärte Deverill ihr.

»Dann schalt die verdammte Automatik ab!«, rief Annie.

»Es geht trotzdem nicht«, widersprach Nancy Cheshire aus dem »virtuellen Cockpit«. »Wir haben noch keinen Lenkwaffenstart bei diesem Anstellwinkel oder in dieser Konfiguration erprobt. Wir wissen nicht, ob die Anaconda unter diesen Bedingungen überhaupt startet. Sie könnte sich nicht stabilisieren, eure Wirbelschleppe oder Luftwirbel von Auftriebshilfen könnten sie ins Trudeln bringen, sie könnte vorzeitig scharf werden ... Dutzende von Möglichkeiten. Sie ist einfach noch nicht ausreichend erprobt!«

»Das ist mir scheißegal! Schalt die Automatik ab und sieh zu, dass du die verdammten Dinger in die Luft kriegst!«

»Moment«, sagte Cheshire nach kurzer Pause. Einige Sekunden später: »Versuchen Sie, die Waffen startklar zu machen, Dev.«

»Lenkwaffen Anaconda startklar«, befahl Deverill dem Angriffscomputer.

»*AIM-152 startklar*«, bestätigte der Computer und ließ in seinem elektronischen Visier ein Zielrechteck erscheinen. Deverill brachte das Fledermaussymbol des angreifenden feindlichen Jägers mitten ins Zielrechteck und sagte: »Angriff!«

»*Warnung, Flugzeug falsch konfiguriert*«, antwortete der Computer und fügte gleich hinzu: »*Kein Angriff, Stand-by-Betrieb.*«

»Falsche Konfiguration ignorieren, Angriff«, sagte Duane.

»*Warnung, ignoriere falsche Konfiguration; Startparameter nicht erfüllt*«, meldete der Computer. »*AIM-152 in Reichweite. Empfehle Doppelstart. Startbereit.*«

»Zwei Anacondas starten«, befahl Deverill.

»Achtung, Startbefehl erhalten... Bombenklappen halb geöffnet... Lenkwaffe eins abgeworfen, sieben übrig... Magazin wird gedreht... Lenkwaffe zwei abgeworfen, sechs übrig... Bombenklappen geschlossen«, antwortete der Computer in rascher Reihenfolge. Als die Bombenklappen aufgingen, schien die gesamte Rumpfunterseite der EB-1C Vampire sich losrütteln zu wollen. Aber Sekunden später waren die beiden Lenkwaffen AIM-152 Anaconda für kurze Zeit zu sehen, als sie – anfangs noch schwankend – in den Nachthimmel davonrasten. Und als die AIM-152 wenig später auf Mach 2 beschleunigten, hörten sie zweimal einen scharfen Knall, als die Staustrahltriebwerke der Lenkwaffen gezündet wurden.

Im nächsten Augenblick wechselte die Farbe des Fledermaussymbols von Gelb zu Rot. »Scheiße, Lenkwaffen!«, rief Annie aus. »Dieser Dreckskerl... los, Anaconda-Baby, hol ihn runter!« Einige Sekunden später wurde das rote Dreieck erst gelb, dann wieder grün. »Wie kommt das?«

»Störsender«, sagte Deverill. »Die MC-130P hat fast so viele Störsender wie ein Bomber. Die können sie jetzt gerettet haben.«

Er behielt Recht. Siebenunddreißig Sekunden nach dem Abwurf der AIM-152 meldete der Computer: *»Ziel eins zerstört.«* Dann folgte seine Empfehlung: *»Ziel zwo angreifen.«*

Der Pilot der zweiten Su-27 Flanker wechselte mehrmals Kurs und Höhe, als wisse er nicht recht, was geschehen sei oder was er tun solle. Er flog einen Vollkreis und suchte den Himmel um sich herum ab. Das Dreieck verschwand und wurde durch einen erst grünen, dann gelben Kreis um das Fledermaussymbol ersetzt. »Er hat *uns* erfasst!«, sagte Annie laut. »Hol den Scheißkerl runter!«

Deverill verschob sein Zielrechteck auf die zweite Flanker. »Angriff«, befahl er. Der Computer warnte ihn erneut, aber Deverill wies ihn an, die falsche Konfiguration zu ignorieren, und befahl: »Zwei Anacondas starten.«

»Achtung, Startbefehl erhalten... Bombenklappen halb geöffnet... Lenkwaffe drei abgeworfen, fünf übrig... Magazin wird gedreht...«

Aber die erste AIM-152 wurde nicht unter dem Rumpf sichtbar.

In dem Augenblick, in dem die Lenkwaffe aus dem Revolvermagazin ausgestoßen wurde, sackte der Bomber in starken Turbulenzen durch. Die Abwärtsbewegung der Jagdrakete wurde neutralisiert, sodass sie nicht richtig aus der Bombenkammer herauskam. Anstelle des dumpfen Brausens eines glatten Lenkwaffenstarts hörten und spürten sie einen gewaltigen Knall. Statt frei aus der Bombenkammer zu fallen, prallte die AIM-152 in der durch die ausgefahrenen Klappen und den steilen Anstellwinkel des Flugzeugs verwirbelten Luft gegen die halb geöffneten Bombenklappen.

»Lenkwaffe vier …«

»Stopp!«, kreischte Deverill erschrocken.

Aber sein Befehl kam zu spät. »*… abgeworfen, vier übrig*«, meldete der Computer. Die aus dem Magazin ausgestoßene zweite AIM-152 traf die erste Lenkwaffe, die noch unter der Bombenkammer festhing. Die erste Anaconda schepperte gegen die Unterseite des Bombers, bis sie den Lufteinlass des zweiten Triebwerks erreichte, schlug krachend dagegen und hätte fast die Triebwerksgondel von der Tragfläche gerissen. Wegen der starken Verwirbelungen blieben die Verdichter der Triebwerke eins und zwei stehen: In ihren Brennkammern verbrannte weiter Treibstoff, aber der Luftstrom durch die Triebwerke war abgeschnitten. Die sofort angezeigte Überhitzung veranlasste den Triebwerkscomputer, sie automatisch abzustellen.

Die plötzliche Schräglage nach dem Ausfall zweier Triebwerke ließ den Bomber EB-1C steil über die linke Tragfläche abkippen. Dabei schrammte die zweite Anaconda unter dem Rumpf nach hinten, bis sie die heiße Schubdüse des zweiten Triebwerks erreichte, wo sie detonierte. Zum Glück hatte der Computer die Triebwerke bereits stillgelegt, sonst hätte die Detonation des fünfundfünfzig Pfund schweren Sprengkopfs der AIM-152 und des Kerosins aus dem Triebwerken das Flugzeug augenblicklich zerstört.

Selbst mit vollem Steuerausschlag rechts und durchgetretenem rechtem Ruderpedal konnte Annie Dewey die Maschine nicht wieder aufrichten – der Bomber hing stark nach links, so sehr sie auch kämpfte und trimmte. Duane umfasste sein Seitengriffsteuer, um ihr zu helfen, und erschrak, als er tiefe, unaufhörliche Vibrationen spürte. »Annie ...?«

»Ich hab sie, Dev, ich hab sie«, versicherte sie ihm. Ihre vor Anstrengung heisere Stimme war kaum wiederzuerkennen. »Kontrollier die Warnleuchten und -anzeigen, damit wir wissen, was wir noch haben.«

»Der Computer hat Nummer eins und zwei abgestellt«, sagte Deverill. »Bei beiden wurde die Feuerlöschanlage aktiviert, also können wir sie nicht mehr starten. Das Hydrauliksystem hat auf Einzelversorgung umgestellt. Drei Generatoren sind ausgefallen... Augenblick, wir haben noch zwei, also sind Notstromversorgung und Primärbus gesichert. Die vorderen Bombenklappen stehen weiter halb offen – sie ragen in den Luftstrom und scheinen Hydraulikflüssigkeit zu verlieren. Die Navigations-, Waffen- und ECM-Systeme melden Neustart. Der Autopilot bleibt ausgeschaltet. Navigation nur mit GPS, bis unsere Kurskreisel wieder stabilisiert sind. Wir sind schwer beschädigt, Heels, aber wir haben noch zwei gute Triebwerke.«

»Mit denen wir aber nicht besonders schnell sind«, sagte Annie. »Ich versuche jetzt, mit der Leistung von Nummer vier etwas zurückzugehen, um vielleicht wieder in Normalfluglage zu kommen.« Sie zog den vierten Leistungshebel etwas zurück und trimmte vorsichtig nach, als die Vampire schwerfällig reagierte. So gewann sie wenigstens ein Minimum an Steuerfähigkeit zurück. Sie machten nur noch hundertfünfzig Knoten – kaum dreißig Knoten mehr als die Landegeschwindigkeit der EB-1C, im Geradeausflug knapp vor dem Überziehen –, aber sie flogen noch. »Okay, jetzt brauche ich nur noch einen Kurs, der aus dem Niemandsland hinausführt, und eine Landebahn, die groß genug für diesen Vogel ist.«

»Annie, die ukrainischen Jäger sind in fünf Minuten da«, funkte Nancy Cheshire. »Sie überfliegen eben die Grenze und sind zu euch unterwegs. Haltet euren gegenwärtigen Kurs und schaltet Transpondermodi eins, zwei und vier. Die Kavallerie kommt! Haltet durch.«

»Kurs eins-sieben-null, Annie, direkt nach Charkow«, sagte Duane. »Wir sind rund tausend Fuß gesunken – vielleicht kannst du etwas Höhe gewinnen.«

Annie begann sehr langsam zu steigen. Normalerweise stieg die EB-1C bei maximaler Zuladung mit fünfzig Meter und mehr in der Sekunde; jetzt konnte sie von Glück sagen, wenn die Vampire zweieinhalb Meter in der Sekunde stieg, ohne dass das schwerfällige Rütteln des beginnenden Überziehens sich bemerkbar machte. Ein Überziehen mit zwei stehenden Triebwerken auf einer Seite bedeutete, dass die Maschine ins Trudeln geriet, und der Bomber B-1 war dann nur sehr schwer wieder in den Griff zu bekommen. Annie hatte das Trudeln bisher nur im Simulator geübt und wusste, dass sie dabei jedes Mal mindestens fünfzehntausend Fuß Höhe verloren hatte.

»Sieht so aus, als hätte ich wirklich Scheiße gebaut, was?«, fragte sie.

»Wie kommst du darauf?«, lautete Duanes Gegenfrage. »Wir sollten dafür sorgen, dass die ISA eine Spionin aus Russland rausholen konnte. Du hast die MV-22 und ihre Besatzung heute Nacht dreimal gerettet. Nicht schlecht für eine Nacht.«

»Wenn wir wieder zurück sind, reißt Samson mir den Kopf ab, fürchte ich.«

»Du bist eine Heldin, Annie«, sagte Deverill.»Du solltest stolz darauf sein, was du geleistet hast. Du solltest ... *oh, Scheiße!*«

Als Duane plötzlich verstummte, sah Annie fragend zu ihm hinüber und stellte fest, dass er aus dem rechten Seitenfenster starrte. Sie sah genauer hin und erkannte, *was* er anstarrte. Der zweite Jäger vom Typ Su-27 Flanker hing keine dreißig Meter neben ihnen. Da auch ihr Radarwarner ausgefallen war, hatte die Flanker unbemerkt zu ihnen aufschließen und sich neben sie setzen können.

»Scheiße«, murmelte Annie. »Jetzt hat er uns.«

»Verdammt gut gemacht, das muss man ihm lassen«, sagte Deverill.

»Ziemlich gut für einen Kerl, der versucht hat, zwei unbewaffnete Transporter abzuschießen«, fügte Annie hinzu. Als der Jagdflieger jetzt sah, dass die Bomberbesatzung ihn in Sicht hatte, schaltete er alle seine Lichter ein. Die hellsten Scheinwerfer beleuchteten sein Doppelleitwerk, das den roten Stern der russischen Luftwaffe trug. »Ein russischer Abfangjäger«, sagte Annie. »Klasse!«

»Ich möchte wetten, dass er sauer ist, weil wir seine Führermaschine abgeschossen haben.«

»Wie weit ist's bis zur ukrainischen Grenze?«

»Neununddreißig Meilen.«

»Mein Gott«, sagte Annie, »wo bleiben die ukrainischen Jäger? Sie müssten längst hier sein.«

»Noch sechzig Sekunden«, meldete Cheshire. Sie haben euch und die Flanker im Radar.«

»Der Kerl ist unmittelbar neben uns, auf unserer rechten Seite«, berichtete Annie aufgeregt. »Wenn hier jemand husten muss, rammen wir uns gegenseitig. Die Ukrainer sollen endlich kommen und uns helfen!«

In diesem Augenblick verringerte der Pilot der Su-27 den Abstand auf weniger als fünfzehn Meter und gab aus der Maschinenkanone in der rechten Tragfläche einen kurzen Feuerstoß ab. Annie kreischte unter ihrer Sauerstoffmaske. Der russische Jagdflieger schien direkt neben ihrem Mission Commander zu sitzen. Sie sahen beide deutlich, wie er mit einer Taschenlampe eine Auf-und-Ab-Bewegung machte – das internationale Folgen-Sie-mir-Zeichen für von Militärflugzeugen angesteuerte Flugzeuge.

»Du kannst mich mal, Boris«, sagte Annie. »Kommt nicht in Frage.«

Als habe der Russe das gehört, setzte er sich vor die Vampire und schaltete die Stufe eins seiner Nachbrenner ein. Die weiß glühenden Flammenzungen drohten ihre Cockpitscheiben einzudrücken. Dann ließ die Su-27 sich wieder zurückfallen und setzte sich mit noch geringerem Abstand als zuvor neben sie, während ihr Pilot erneut das Lichtsignal »Folgen Sie mir!« gab.

»Genesis, hier Terminator«, funkte Annie mit vor Angst belegter Stimme. »Wo zum Teufel bleiben die ukrainischen Jäger?«

»Wir sehen ihn«, antwortete General Samson. »Von Kiew aus

sind drei weitere Jäger im Anflug, ungefähr hundert Meilen südöstlich, geschätzte Ankunftszeit fünf Minuten.«

»Wie wär's mit etwas Hilfe hier oben?«

»Warten Sie«, antwortete Samson.

»Wir sollen warten?«, fragte Deverill erregt. »Boss, wir brauchen *sofort* Hilfe, sonst schießt der Kerl uns ab!«

»Wir haben bestimmte... diplomatische Schwierigkeiten«, sagte Samson zögernd.

»Bitte wiederholen, Genesis.«

»Halten Sie einfach Ihren Kurs und fliegen Sie in Richtung Grenze weiter«, sagte Samson. Seine Stimme klang ungewohnt barsch. Normalerweise sprach Terrill Samson nie so grimmig.

»Reden Sie mit uns, General«, verlangte Annie fast bittend.

»Die... die ukrainische Regierung fragt nach der Art Ihres Einsatzes und den Ereignissen, die zu dieser Situation geführt haben«, sagte Samson. »Die Ukrainer wollen russische Jäger nur abfangen, wenn sie die Grenze überfliegen. Ich bezweifle allerdings, dass sie es mit einer russischen Flanker aufnehmen würden, selbst wenn sie über die Grenze käme. Die ukrainischen Piloten sind gut ausgebildet, aber sie sind natürlich nicht dumm.«

»Soll das heißen, *dass sie uns nicht helfen werden?*«

»Sie müssen einfach durchhalten. In ein paar Minuten unterrichte ich das Pentagon und das Weiße Haus in einer Videokonferenz.«

»Irgendwelche Vorschläge?«

»Klar. Aber die wollen Sie nicht hören.«

»Scheiße«, murmelte Annie. »Aber ich lasse nicht zu, dass sie diese Maschine kriegen.«

»Versuchen Sie, über die Grenze zu kommen«, sagte Samson. »Tun Sie, was nötig ist, um sich diesen Jäger vom Leib zu halten. Lassen Sie sich eine plausible Story einfallen. Setzen Sie Ihren weiblichen Charme ein, betören Sie ihn, versprechen Sie ihm eine unvergessliche Nacht oder was Ihnen sonst einfällt. Vielleicht ist er so verblüfft, wenn eine Frau mit ihm redet, dass er euch in Ruhe lässt. Vielleicht wartet er noch auf Befehle.«

»Und wenn das nicht funktioniert?«

»Wir können nur hoffen, dass es funktioniert. Sie müssen die Nerven behalten. Wir alle drücken euch die Daumen.«

Annie wies den Computer an, das zweite Funkgerät auf die internationale Notfrequenz 243,000 Mhz einzustellen, und drückte ihre Sprechtaste. »Russischer Jäger rechts neben uns, hier ist Annie. Wie geht's Ihnen heute Nacht?«

»Unidentifizierter amerikanischer Bomber, hier Maschine zwonull, Vierundfünfzigstes Luftabwehrregiment, *Wojska Protiwowosduchnoj Oborony,* Shukowski«, antwortete der Su-27-Pilot. »Sie haben den Luftraum der Russischen Föderation verletzt. Sie werden hiermit angewiesen, mir zur Landung auf dem Luftwaffenstützpunkt Shukowski zu folgen. Haben Sie verstanden? Kommen.«

»Bin ich etwa über Russland?«, fragte Annie so unschuldig wie möglich. »Mein Navigationssystem scheint heute *wirklich* verrückt zu spielen. Du liebe Güte, das ist mir echt peinlich. Am besten zeigen Sie mir einfach den Kurs zum Schwarzen Meer, damit ich schnellstens verschwinden kann. Tun Sie mir diesen kleinen Gefallen, Commander?«

»Ich habe beobachtet, dass Sie Lenkwaffen auf ein Flugzeug der russischen Luftstreitkräfte abgeschossen haben, und sehe, dass eine ihrer Bombenkammern halb geöffnet ist«, antwortete der Flanker-Pilot aufgebracht. »Ich habe Sie in Verdacht, russische Truppen angegriffen und einen russischen Jäger abgeschossen zu haben. Das ist ein kriegerischer Akt, und ich habe den Auftrag, Sie zu einem geeigneten Flugplatz zu geleiten, wo Ihre Maschine interniert und die Besatzung vernommen werden kann. Dabei stehen Ihnen alle Rechte zu, die das Warschauer Abkommen auch Luftraumverletzern garantiert. Ich bin meinerseits berechtigt, alle für nötig erachteten Mittel einzusetzen, um die Befolgung meiner Anordnungen zu erzwingen. Ich befehle Ihnen jetzt, sofort auf Kurs eins-fünf-null zu gehen, sonst werden Sie abgeschossen.«

»Hey, Schätzchen, da irren Sie sich aber gewaltig«, sagte Annie zuckersüß. »Ich habe niemanden angegriffen. Mein Flugzeug ist beschädigt und fliegt nur noch mit zwei Triebwerken. Ich habe keine Waffen an Bord – dies ist ein unbewaffneter Übungsflug.

Sehe ich etwa wie ein Jäger aus? Ich wollte bald landen und bin anscheinend vom Kurs abgekommen. Sind Sie mir behilflich, zeigt meine Firma sich bestimmt erkenntlich. Dafür sorge ich dann *persönlich*. Lassen Sie mich einfach nach Nordwesten abdrehen, dann veranlasse ich, dass Sie sehr großzügig belohnt werden. Das verspreche ich Ihnen, Commander.«

Keine Antwort. Die Su-27 ließ sich nur außer Sicht zurückfallen.

»Hey, Nancy«, sagte Annie, »wo ist der Kerl geblieben?«

»Bei vier Uhr, leicht überhöht«, antwortete Nancy Cheshire. »Lässt sich weiter zurückfallen … jetzt bei sechs Uhr, eine Meile.«

»Haben wir unsere Waffen wieder, Dev?«

»Waffen sind gerade wieder verfügbar«, bestätigte Deverill. Zu seinem Waffencomputer sagte er: »Lenkwaffen Anaconda startklar. Ziel Flugzeug bei sechs Uhr, eine Meile. Angriff!«

»*Warnung, Flugzeug falsch konfiguriert*«, antwortete der Computer. »*Warnung, Bombenklappen nicht bereit. Warnung, Eigengeschwindigkeit zu niedrig für sicheren Waffenabwurf. Kein Angriff, Stand-by-Betrieb.*«

»Falsche Konfiguration ignorieren«, befahl Deverill. »Zu niedrige Eigengeschwindigkeit ignorieren. Notöffnung vordere Bombenklappen. Zwei Anacondas starten.«

»*Warnung, ignoriere falsche Konfiguration … Warnung, ignoriere zu niedrige Eigengeschwindigkeit … Warnung, Bombenklappen ungesichert.*« Warnleuchten zeigten an, dass die Bombenklappen geöffnet waren, als der Computer den Schließmechanismus deaktivierte, sodass die Klappen sich durch ihr Gewicht öffneten. »Achtung, Startbefehl erhalten, Bombenklappen geöffnet …«

»Annie! Dev!«, rief Cheshire erschrocken. »Aussteigen! *Sofort* aus …«

Dann kam ein Schlag, als seien sie gegen eine Mauer gekracht. Der russische Pilot hatte zwei Jagdraketen R-60 mit Infrarotsuchkopf auf die EB-1C Vampire abgeschossen, die jeweils eines der noch arbeitenden Triebwerke in der rechten Tragfläche getroffen hatten. Die Triebwerke explodierten und setzten die Treibstofftanks in der Tragfläche und hinten im Rumpf in Brand.

Annie Dewey und Duane Deverill wussten, dass die Zeit für sie gekommen war. Als Nancy Cheshire ihre Warnung rief, lagen ihre Hände bereits auf den Abzuggriffen ihrer Schleudersitze, und als ein Feuerball die EB-1C einhüllte, hatten ihre Sitze sie schon längst aus der Maschine katapultiert.

5

High-Technology Aerospace Weapons Center (HAWC)
(kurze Zeit später)

»Ich habe die Waffenwarte alarmiert, Sir!«, rief David Luger, als er in den Lageraum gestürmt kam. Dort standen General Samson, Major Long und mehrere Stabsoffiziere aus dem HAWC und der 111. Bomberstaffel schon über computerisierte Karten und Satellitenbilder des Abschussgebiets gebeugt. »Sie halten sich bereit, jede unserer Vampires sofort mit voller Waffenlast zu beladen. Und ich habe veranlasst, dass die Operationsabteilung sofort mit der Zusammenstellung des Kartenmaterials und der Ausarbeitung einer Angriffsroute zum Abschussgebiet beginnt, damit wir die Besatzungen in drei Stunden zur Einsatzbesprechung zusammenrufen können. Und ich lasse eine abhörsichere Videokonferenz mit der ISA schalten, damit wir einen gemeinsamen Schlachtplan entwerfen können.«

»Augenblick, Oberst, warten Sie einen gottverdammten Augenblick!«, protestierte Long aufgebracht. »Ihr HAWC-Leute vergesst wieder mal, dass euch die Hundertelfte nicht untersteht. Wir legen nicht einfach einen Alarmstart mit Bomben und Lenkwaffen hin und schießen alles in Grund und Boden – vor allem keine Russen. Wir brauchen eine Genehmigung, wir brauchen einen Vorwarnbefehl und einen Einsatzbefehl. Wir müssen unsere Mobilmachung koordinieren. Ich denke überhaupt nicht daran, unsere Vampires ohne exakt ausgearbeiteten Einsatzplan starten zu lassen.«

»Dafür reicht die Zeit nicht«, wehrte Luger ab. Er trat an den nächsten Computer, loggte sich ein und rief den Wartungsstatus ihrer Flugzeuge auf. »Wir können drei Maschinen in ungefähr sechs Stunden in der Luft haben. Inzwischen können wir Patrick und Rebecca zum Betanken über die Ostsee beordern. Und wir können …«

»Hey, Luger, das ist *mein* Job«, unterbrach Long ihn. »Sie sind nicht bei Aces High.«

»Machen Sie sich nicht lächerlich, Major!«, fuhr Luger ihn an. »Annie und Dev haben über Russland aussteigen müssen, verdammt noch mal! Wir müssen sie dort *sofort* rausholen!«

»Oberst, Major, Schluss jetzt!«, sagte General Terrill Samson energisch. »Ich bitte mir aus, dass alle Ruhe bewahren und …«

»*Ruhe bewahren?* Das können wir nicht!«, explodierte Luger. »Ist Ihnen nicht klar, was Annie und Dev blüht, wenn sie von den Russen geschnappt werden? Wissen Sie, was die Russen mit gefangen genommenen Fliegern machen? Ha? Wissen Sie das?«

»Dave, beruhigen Sie sich …«

»Sie unterziehen Gefangene einer Gehirnwäsche, programmieren sie um und benutzen Drogen sowie körperliche oder mentale Folter, damit man zuletzt alles, woran man jemals geglaubt hat, ablehnt oder leugnet.«

»Wovon zum Teufel quatschen Sie da, Luger?«, fragte Long verächtlich. »Sie haben anscheinend zu viele Spionagefilme gesehen.«

Im Gegensatz zu John Long wusste Terrill Samson, dass David Luger aus leidvoller persönlicher Erfahrung sprach, wenn er von Gehirnwäsche und Folter durch die Russen berichtete. Er legte seinem Chefingenieur eine Hand auf die Schulter. »Ruhig, David, ganz ruhig …«

»Ich *will* nicht ruhig sein, Sir!«, widersprach Luger erregt. »Sie *müssen* sofort alle Geheimdienst- und Special-Ops-Teams in tausend Meilen Umkreis um das Abschussgebiet alarmieren – sie anweisen, *schnellstens* eine Such- und Rettungsaktion in die Wege zu leiten.«

Long schüttelte irritiert den Kopf. Sieh dir bloß an, wie dieser hoch gelobte HAWC-Klugscheißer durchdreht, dachte er. Lauter Waschlappen, einer wie der andere. »Werfen Sie lieber 'ne Beruhigungspille ein, Oberst …«

»*Klappe halten*, Long!«, knurrte Samson. »David ...«

»Wenn Sie nichts unternehmen, General, *tue ich's!*«

»*Oberst!*«, brüllte Samson ihn an. Luger hielt endlich den Mund, aber er atmete schwer, als habe er gerade drei Sparringrunden im Boxring hinter sich.

Samson starrte seinen Chefingenieur ernstlich besorgt an. Luger hatte ihm seine beiden Kontakte mit dem ukrainischen Luftwaffengeneral gemeldet, der zufällig einer der Testpiloten in der Forschungseinrichtung gewesen war, in der Luger vor Jahren gefangen gehalten worden war. Um weitere Komplikationen zu verhindern, hatte Samson überlegt, ob er Luger in Urlaub schicken sollte, solange die Ukrainer in Nellis übten. Dann hatte er sich jedoch umstimmen lassen, weil Luger ganz normal wirkte. Aber diese beiden kurzen Begegnungen hatten offenbar viele sehr schlimme Erinnerungen geweckt. »Reißen Sie sich gefälligst zusammen! Das ist ein Befehl!« Samsons dröhnender Bass schien Luger endlich aus seinem fast panischen Entsetzen wachzurütteln. »Wir werden ihnen helfen, Oberst, das verspreche ich Ihnen. Aber wir müssen als Erstes einen Plan ausarbeiten, den Washington genehmigen muss. Lassen Sie die Maschinen startbereit machen und mit Waffen beladen, aber ich will keine ohne ausdrücklichen Befehl starten sehen. Ist das klar?«

»Ja, Sir«, sagte Luger. Er atmete tief durch und wischte sich Schweißperlen von der Stirn. Sein gepeinigter Verstand begann rasch wieder normal zu denken. »Für den Fall, dass entschieden wird, eine Rettungsaktion anlaufen zu lassen, sollten wir die Besatzungen einweisen und möglichst viele Vampires auf vorgeschobene Stützpunkte verlegen. Können Annie und Dev sich einer Gefangennahme lange genug entziehen, können wir sie vielleicht rausholen – aber dazu müssen sofort ISA-Teams in Marsch gesetzt werden. Nehmen die Russen Annie und Dev gefangen und lassen sie umgehend wieder frei, können wir die Teams wieder nach Hause schicken. Tun sie's nicht, müssen wir in der Lage sein, die beiden zu befreien, bevor sie nach Moskau verlegt werden.«

»Es bleibt dabei: Keine Maschine startet ohne meinen ausdrücklichen Befehl. Ende der Diskussion.« Zu Long sagte der General: »Ich werde in Kürze den Nationalen Sicherheitsrat informieren. Dabei sorge ich dafür, dass Sie die Freigabe so schnell wie möglich bekommen.«

»Ja, Sir«, sagte Long nur.

»Wir empfangen noch Lebenszeichen«, stellte Luger mit einem Blick auf die Verbindungsdaten des Satellitenfunk-Servers fest. »Weiterhin keine Sprechverbindung. Je länger die beiden dort unten unterwegs sind, desto größer ist die Gefahr, dass sie geschnappt werden. General, geben Sie uns wenigstens die Chance, Furness und McLanahan mit der Reservemaschine übers Abschussgebiet zu schicken. Wir brauchen nur ein paar Minuten, um eine Luftbetankung für sie zu arrangieren.«

»Kommt nicht in Frage«, entschied Samson. »Furness und McLanahan kommen wie vorgesehen hierher zurück – keine Änderungen ihres Flugplans ohne Genehmigung des Weißen Hauses. Das war's vorläufig. Major, Sie bleiben bei mir. Die Videokonferenz mit dem Weißen Haus müsste jeden Augenblick beginnen.« Da Luger hier nichts mehr zu tun hatte, wollte er den Lageraum verlassen.

»Oberst, alles in Ordnung mit Ihnen?«, fragte Samson, kurz bevor Luger die Tür erreichte.

»Alles in Ordnung, Sir«, bestätigte er ruhig.

»Ich möchte, dass Sie mithelfen, die verfügbaren Vampires für den Fall, dass wir die Freigabe bekommen, mit Waffen zu beladen und startklar zu machen«, sagte Samson. »John muss mir hier helfen, die Informationen für den Sicherheitsrat zusammenzustellen. Es wäre bestimmt nützlich, wenn Major Cheshire und Sie den Wartungsbereich beaufsichtigen würden.« John Long nickte nur schweigend.

»Ich bin drüben, falls Sie mich brauchen, Sir«, sagte Luger.

»Noch etwas, David. Informieren Sie General McLanahan und Oberst Furness darüber, was passiert ist.« Er machte eine Pause und starrte Luger durchdringend an, als wolle er seinen Befehl unterstreichen: »Sie sollen ihren Rückflug fortsetzen. Sie dürfen unter keinen Umständen ohne vorherige Genehmigung eine Rettungsaktion versuchen. Ist das klar?«

»Ja, Sir. Das teile ich ihnen mit.«

»Die beiden können sich direkt über Satellit an mich wenden, falls sie weitere Informationen haben oder Empfehlungen aussprechen wollen, aber ansonsten bleibt es dabei, dass sie zurückkommen«, sagte Samson. Aus irgendeinem Grund hatte er das Bedürfnis, Luger diesen Befehl besonders einzuschärfen. »Keine Heldenstückchen! Ich will kein weiteres Flugzeug über Russland verlieren.«

»Verstanden, Sir.«

David Luger fuhr zum Hangarkomplex hinüber, um den Chefmechaniker, den Chefelektroniker und den Unteroffizier vom Dienst über den bevorstehenden Einsatz zu informieren, und war klug genug, sie ihre Arbeit tun zu lassen, ohne zu versuchen, sie zu beaufsichtigen. Außerdem war er zu frustriert und zornig – auf Samson, auf Long, auf sich selbst –, um klar denken und effektiv organisieren zu können.

In Gedanken war er wieder bei seiner Freundin und Geliebten, die nach dem Aussteigen mit dem Schleudersitz irgendwo in Russland umherirrte. Er aktivierte seinen subkutanen Satellitensender und sagte: »Dev, hier ist Luger … Heels, hier ist David – kannst du mich hören? Melde dich bitte, Annie. Kannst du mich hören?« Seine Stimme klang gepresst, als er daran dachte, dass sie auf der anderen Seite der Erde in irgendeinem Versteck kauerte und er zu weit entfernt war, um ihr helfen zu können. »Annie, melde dich bitte … melde dich bitte, verdammt noch mal …«

Keine Antwort.

Er verstand General Samsons Befehl. Samson wollte sicherstellen, dass Patrick zurückkehrte – weil er damit rechnete, dass Patrick sofort umkehren und über Annie und Dev kreisen würde, um ihnen Feuerschutz zu geben. Luger wusste, was ihm drohte, wenn er sich über den ausdrücklichen Befehl des Generals hinwegsetzte, aber er wusste auch, dass Patrick McLanahan am ehesten verhindern konnte, dass Annie und Dev in Gefangenschaft gerieten. Samson hätte sich über seinen Satellitensender mit McLanahan in Verbindung setzen und ihm diesen Befehl persönlich erteilen können. Aber er hatte sich bewusst vage ausgedrückt.

Wollte er, dass Patrick den Schutz der beiden übernahm – oder ging es ihm nur darum, die Verantwortung auf seinen Stellvertreter abzuschieben?

Luger aktivierte nochmals den Satellitensender, mit dem er weltweit jeden HAWC-Angehörigen erreichen konnte. »McLanahan für Luger.«

»Was gibt's, Dave?«

»Wir haben ein Problem, Muck!«, sagte Luger und schilderte es ihm.

»*Sofort* neuer Kurs eins-zwo-fünf«, sagte Patrick drängend. Seine Kehle war wie ausgetrocknet, und seine Finger zitterten, als sie über den großen Touchscreen des Supercockpits flogen. »So kommen wir zu unserem Überflugpunkt zurück. Der Kurs ist gut. Ausführung!« Der Überflugpunkt war ein in ihrem Flugplan bezeichneter spezieller Punkt, an dem Flüge »entlassen« oder »angenommen« wurden, ohne dass die Flugsicherungsstelle wusste, wohin die Maschine flog oder woher sie kam – hauptsächlich bei geheimen Militäreinsätzen. Im Augenblick befanden sie sich über Südnorwegen außer Reichweite irgendwelcher Radarstationen; trotzdem benutzten sie noch GPS und Satellitenfunk, um den transatlantischen Controllern ihre Position zu melden. »Ich rufe Oslo Transoceanic und hole eine Freigabe ein.«

»Freigabe? Wovon reden Sie eigentlich, verdammt noch mal?«, fragte Rebecca Furness. Sie musste den Autopiloten abschalten, damit der Bomber EB-1C Vampire nicht selbsttätig den von Patrick angegebenen neuen Kurs steuerte. »Ich denke nicht daran, umzukehren und hunderte von Meilen weit in den russischen Luftraum hineinzufliegen. Sind Sie verrückt geworden?»

»Rebecca, eines unserer Flugzeuge ist gerade abgeschossen worden – eines *Ihrer* Flugzeuge, worauf Sie erst neulich sehr energisch bestanden haben«, antwortete Patrick. »Zwei Ihrer Leute *sind mit dem Fallschirm in Russland gelandet.* Werden sie gefangen genommen, wäre das ein katastrophales Sicherheitsrisiko für die Vereinigten Staaten. Für die Russen wäre das der Aufklärungserfolg des Jahrzehnts!« Er überflog die auf seinem Bildschirm angezeigten Informationen. »Wir können in weniger als zwei Stunden über dem Abschussgebiet sein. Ich lade Annies und Devs Position vom Satellitenserver herunter, und Dave übermittelt uns den endgültigen Einsatzplan, sodass wir ...«

»Augenblick, General«, sagte Rebecca. »Warum haben wir diesen Einsatzbefehl nicht von General Samson oder jemandem aus dem Pentagon bekommen?«

»Die Verantwortlichen überlegen wahrscheinlich noch, was sie tun sollen«, erwiderte Patrick. »Terrill wird nicht zuständig sein – eher jemand bei USAFE, wenn die Sache nicht gleich dem CIA-Direktor übergeben wird. Bis genau feststeht, wer das Unternehmen leiten soll, können Stunden vergehen. Unterdessen können wir längst über dem Abschussgebiet sein und Annie und Dev helfen. Wollen Intelligence Support Agency oder U.S. Special Operations Command eine Rettungsaktion von der Türkei aus starten, können sie gleichzeitig mit uns über dem Abschussgebiet sein, und wir können ihnen Feuerschutz geben. Also *los,* Rebecca!«

»Ich weiß nicht recht ...«

»Rebecca, Sie dürfen jetzt nicht zögern«, ermahnte Patrick sie. »Das dort unten sind *Ihre* Leute. Wir können ihnen helfen. Wir sind eben erst betankt worden, deshalb brauchen wir keinen Treibstoff, sondern können gleich ...«

»Wir haben seit einer Viertelstunde Funkverbindung zu Oslo Transoceanic«, wandte Rebecca ein. »Wir haben unseren Flugzeugtyp angegeben. Kehren wir jetzt um, können sie feststellen, wohin wir fliegen.«

»Nicht, wenn wir tief bleiben«, sagte Patrick. »Wir haben genug Treibstoff, um sofort tiefer zu gehen. Aber wir müssen *sofort* umkehren, Rebecca. Jedes Kilogramm Treibstoff, das wir auf Westkurs vergeuden, kann uns über dem Abschussgebiet fehlen.« Als Furness weiter zögerte, fügte Patrick hinzu: »Ich weiß, dass ich einer Flugzeugkommandantin nichts befehlen kann, was sie für zu riskant hält ...«

»Verdammt richtig!«

»... aber ich befehle Ihnen jetzt als Ihr Vorgesetzter, Oberst: Gehen Sie in einer Rechtskurve auf Kurs eins-zwo-fünf und halten

Sie sich bereit, ab dem ursprünglichen Überflugpunkt die Verfahren zum Eindringen in feindlichen Luftraum anzuwenden. Führen Sie meinen Befehl sofort aus, sonst sorge ich dafür, so wahr mir Gott helfe, dass die ganze Härte des Gesetzes Sie nach unserer Rückkehr trifft!«

»Sie sind übergeschnappt, McLanahan!«, warf Rebecca ihm vor. »Sie glauben doch selbst nicht, dass Sie mich drankriegen können, weil ich diesen Befehl verweigert habe. Sie würden mit Hohnlachen aus dem Gericht gejagt – wahrscheinlich kämen Sie selbst vors Kriegsgericht.«

»Wollen Sie meinen Befehl verweigern?«

»Bis wir das Abschussgebiet erreichen, ist's Tag«, wandte Furness ein. »Dann sind wir ein leichtes Ziel …«

»Das wissen Sie nicht«, stellte Patrick fest. »Wir wissen nur, dass Annie und Dev *jetzt* leichte Ziele sind. Nur wir können ihnen helfen, sich durchzuschlagen oder herausgeholt zu werden. Ich befehle Ihnen zum letzten Mal: Gehen Sie *sofort* auf den zugewiesenen Kurs.«

Rebecca Furness blickte in Patrick McLanahans Augen und sah darin nur weiß glühenden Zorn, wie sie ihn während ihrer kurzen, aber intensiven Zusammenarbeit noch nie erlebt hatte. Sie wusste recht gut, dass sein Befehl zwar wahrscheinlich ungenehmigt, aber nicht illegal war. Laut Verhaltenskodex des militärischen Strafgesetzbuchs war sie nicht verpflichtet, illegale oder im Widerspruch zu ihren Moralvorstellungen stehende Befehle auszuführen. Beides traf hier nicht zu. Führte sie diesen Befehl aus, konnte sie deswegen vermutlich nicht vors Kriegsgericht kommen.

Verdammt, Rebecca, ermahnte sie sich, hör auf, über die juristische Seite nachzudenken, und stell dir lieber vor, was passiert, wenn du's *nicht* tust! Annie und Dev konnten in Gefangenschaft geraten. Sie waren nur wenige Meilen von der ukrainischen Grenze entfernt; hatten sie den Ausstieg aus ihrer brennenden Maschine unverletzt überstanden, dann hatten sie eine Chance, über die Grenze zu gelangen. Die Russen würden Jagd auf sie machen, aber genau deshalb brauchten die beiden ihren Schutz aus der Luft.

Rebecca ließ den Kippschalter an ihrem Steuerknüppel los, sodass der Autopilot der EB-1C die Steuerbefehle des Bordcomputers befolgen konnte. Sie waren wieder nach Russland unterwegs.

Über der Sredneruskaja-Ebene bei Obojan,
Kurskaja Oblast, Russische Föderation
(zur gleichen Zeit)

Das Aussteigen mit dem Schleudersitz aus einem explodierenden Flugzeug ließ sich nur als reiner, unverfälschter Gewaltakt beschreiben.

Für Annie Dewey kam die einzige Warnung vor dem Bevorstehenden, als das Kabinendach über ihr weggesprengt wurde, die Schulter- und Bauchgurte sich strafften, die Beinrückholgurte ihre Beine fesselten, damit sie beim Hinausschießen nicht herumschlenkern konnten, und der Schleudersitz nach der Betätigung des Trennhebels nach hinten gegen die Startschiene rutschte. Dann ging ein äußerst schmerzhafter Schlag durch ihren Körper, als der Hauptraketenmotor sie aus dem Flugzeug schoss. Die beim Schleudervorgang auf den menschlichen Körper einwirkende Kraft entsprach etwa der eines Autos, das mit zwanzig Meilen gegen eine Mauer prallte, aber Annie kam sie mindestens doppelt so groß vor.

Der Himmel, der die ganze Nacht lang kalt, düster und stürmisch gewesen war, glich einem Meer aus heißen gelben und roten Flammen. Annie verlor sofort ihre Sauerstoffmaske – das wird dich lehren, sie in Zukunft gut festzuziehen, konnte sie selbst in diesem Chaos noch denken –, und der Helm wäre beinahe ebenfalls weggeflogen. Gehalten wurde er nur durch den Kinnriemen, der sich an ihrer Nase verfing. Sie war sich sicher, dass ihr Nasenbein gebrochen war. Eine gute Gelegenheit für die Nasenkorrektur, die sie sich immer gewünscht hatte – vielleicht konnte sie jetzt doch endlich eine Nase wie Nicole Kidman bekommen.

Da die Vampire fast mit Landegeschwindigkeit flog und sie verhältnismäßig niedrig waren, lief der Schleudervorgang schnell und brutal ab. Der zweite Treibsatz – das Beschleunigertriebwerk – zündete gleich mit, was die auf ihren Körper einwirkenden Kräfte verdreifachte. Zum Glück dauerte diese Phase nur weniger als zwei Sekunden. Dann bekam sie einen Eselstritt in den Rücken, als der starke Nylongurt des Lösesystems sich straffte und sie aus der Sitzwanne schnellte. Dann entfaltete sich der Steuerschirm, der ihren Körper ruckartig in die Senkrechte brachte, und fast unmittelbar darauf folgte der Entfaltungsstoß des großen Hauptschirms. Zum Glück flog die Vampire weiterhin von ihr weg, sodass ihr Fallschirm sich nicht in dem sich rasch ausbreitenden Feuerball entfaltete, der einmal ihr Bomber gewesen war. Annie fühlte ihren Fallschirm ein halbes Dutzend Male heftig pendeln, bevor sie in typischer Pilotenmanier auf den steinhart gefrorenen Erdboden knallte: Füße, Hintern, Hinterkopf.

Der Wind zerrte an ihrem noch halb gefüllten Fallschirm, als wolle er sie zum Aufstehen bewegen, aber Annie dachte vorerst nicht daran, sich zu rühren, obwohl sie fast mit dem Gesicht nach unten im Schnee lag. Sie konnte Blut riechen und schmecken, also wusste sie, dass zumindest zwei ihrer Sinne funktionierten. Einige Augenblicke später setzte auch ihr Hörvermögen wieder ein, als sie hörte, wie ihr Bomber gegen einen nicht allzu weit entfernten niedrigen Hügel prallte. Der Boden unter ihr zitterte und schwankte wie bei einem Erdbeben – ihr Tastsinn war also auch in Ordnung. Sie versuchte es mit dem fünften Sinn, aber ihr Sehvermögen schien noch nicht recht zu funktionieren. Vier von fünf, das war nach dem Aussteigen aus einem brennenden Bomber gar nicht schlecht.

Ihr schönes Flugzeug war zertrümmert, war Geschichte. Eine unglaublich starke, fast überwältigende Kombination aus Angst, Schrecken und Schuldbewusstsein flutete über sie hinweg. Was habe ich getan?, fragte sie sich. Hätte sie Samsons Befehl befolgt, würde sie weiterhin in großer Höhe fliegen – außerhalb der Schussweite der russischen Flak und vor russischen Jägern sicher. Sie hätte das Special-Ops-Team weiterhin mit ihren Waffen schützen, die ukrainischen Jäger zu ihm führen, die russischen Radare stören oder dem Team auf alle mögliche andere Weise helfen können. Vielleicht hätte Weston die MV-22 Pave Hammer allein in die Ukraine fliegen können. Und was war, wenn der russische Jäger, der sie abgeschossen hatte, auch den Kampfzonentransporter *und* den Tanker MC-130P erwischt hatte? Dann wäre ihr Rettungsversuch vergebens gewesen. Was war, wenn alle ihre Bemühungen letztlich sinnlos gewesen waren?

Angst und Kälte ließen sie zittern. Daran war die einsetzende Unterkühlung schuld. Annie war das gleichgültig. Sie hatte versagt. Sie hatte wahrscheinlich Devs Tod verursacht, und durch ihre Schuld war ein viele Millionen Dollar teurer Bomber zerstört worden. Die Russen würden das Flugzeugwrack natürlich entdecken und dann herausbekommen, wer und was sie waren. Ihr Geheimnis würde enthüllt werden. Sie würde inhaftiert werden; Dev würde in einem primitiven kleinen Leichenschauhaus aufgebahrt und vielleicht sogar im Fernsehen gezeigt werden, damit seine armen Eltern seinen verstümmelten Leichnam sehen konnten. Die Vereinigten Staaten würden den seit der Iran-Contra-Affäre peinlichsten außenpolitischen und militärischen Rückschlag erleiden. Unter Umständen würde die US-Regierung sogar bestreiten, irgendetwas von ihrem Einsatz gewusst zu haben. Viele Leben und Karrieren würden ruiniert sein. Was die Vereinigten Staaten im kommenden Jahrzehnt sagten oder taten, würde alles mit dem Makel dieses Misserfolgs behaftet sein.

Vielleicht wär's besser, wenn ich sterben würde, sagte Annie sich. Bestimmt war es besser, tot zu sein, als mit der Schande leben zu müssen, die ihre in dieser Nacht getroffenen Entscheidungen über sie bringen würden. Schließlich war sie ja bereits offenbar erblindet. Falls sie überlebte, würde sie nicht nur mit Schimpf und Schande überhäuft werden, sondern auch pflegebedürftig sein. Sie würde durch einen Schlauch ernährt werden, wie ein Säugling in ihre Windeln machen, im Rollstuhl auf die Terrasse in die Sonne geschoben werden, damit sie nicht verschrumpelte und starb, und ihr Pfleger würde natürlich wissen, wer sie war, und sich genieren, weil er eine Loserin wie Annie, die er vielleicht sogar verabscheute, versorgen musste … oh Gott warum hab ich das bloß getan warum habe ich mich nicht an Samsons Befehle gehalten oh Jesus ich möchte sterben bitte lass mich sterben lass mich nicht von den eigenen Eltern gehasst und querschnittsgelähmt dahinvegetieren oh Mom oh Dad entschuldigt bitte es tut mir schrecklich Leid ich wollte nur helfen ich dachte ich täte das Richtige…

Erst ein Klumpen Schnee, der von einem Ast geweht wurde und knapp vor ihrem Gesicht aufschlug, riss sie schließlich aus ihrer Verzweiflung. Das hatte wie das Auftreten eines schweren Stiefels geklungen und ließ erneut panische Angst durch ihren Kopf zucken. Ich bin nicht tot. Sie werden mich gefangen nehmen. Soll ich vorgeben, tot oder bewusstlos zu sein? Aber was ist, wenn sie mich mit ein paar Schüssen durchlöchern, um sicherzustellen, dass ich wirklich tot bin? Was ist, wenn ich…?

NEIN!, brüllte sie sich selbst an. Schluss damit! Hör auf, dir einzureden, du seist so gut wie tot! Irgendwo in der Nähe war vielleicht Dev und brauchte Hilfe. Sie war es sich selbst und ihrem Land schuldig, sich aufzuraffen und wenigstens zu versuchen, über die Grenze zu kommen. Hör auf, dich selbst zu bemitleiden, Annie Dewey, sieh zu, dass du auf die verdammten Beine kommst, und *marschier los!* Stirbt Dev Deverill, weil du zu sehr damit beschäftigt warst, dich selbst zu bemitleiden, hast du's *verdient*, auch zu sterben. *Steh auf, Schlampe*, und benimm dich wie eine richtige amerikanische Fliegerin statt wie ein verwöhntes Frauchen.

Sie hörte keine Stimmen, keine weiteren »Schritte«. Also los! Hände und Arme ließen sich bewegen. Gut. Versuch jetzt, dich auf den Rücken zu wälzen… nein, das war schlecht, *sehr schlecht*, grässliche Rückenschmerzen, als würden ihr glühende Nägel in die Wirbelsäule getrieben. Um die Schmerzen zu mildern, wollte sie in die Ausgangslage zurückkehren, aber ihr Körper sagte ihr: Zu spät, Annie, es gibt keine schmerzfreie Bewegung mehr. Sie schrie auf, als sie sich auf den Rücken wälzte. Die Schmerzen schienen ihr die Kehle zuzuschnüren, schnitten ihr die Luft ab und ließen sie nach Atem ringen. Nun setzte wieder Panik ein. Sie bekam keine Luft mehr, konnte nichts sehen und hatte grausige Rückenschmerzen. Vor ihren Augen erschienen Sterne, und sie hoffte, sie würde ohnmächtig werden, um diese Schmerzen nicht länger ertragen zu müssen.

Das passierte leider nicht. Etwas schmerzlindernd war nur der nasskalte Schnee unter ihrem Rücken. Die Schmerzen blieben so stark wie zuvor, aber sie konnte sie wenigstens fühlen, konnte sich wenigstens bewegen. Sie war nicht gelähmt. Etwas Hoffnung regte sich in ihr. Vielleicht würde sie doch überleben.

Annie tastete nach ihren Augen und stellte sofort fest, worauf ihre Seh- und Atemschwierigkeiten teilweise beruhten: Ihr Helm war ihr weit ins Gesicht gerutscht. Obwohl jede kleinste Bewegung die Schmerzen noch mehr steigerte, konnte sie den Kinnriemen lösen und sich den Helm vom Kopf ziehen. Auf der linken Seite entdeckten ihre Fingerspitzen eine tiefe Schramme – der Helm hatte ihr das Leben gerettet. Ihr ungeschützter Kopf wäre eingedrückt worden.

Der Schnee an ihrem Hinterkopf fühlte sich gut an, und einige Augenblicke später begann sie weitere Dinge wahrzunehmen: Feuerschein in der Ferne unter einem Himmel voller Schneewolken, den beißenden Geruch von brennendem Kerosin, das Knacken, Knistern und Ächzen des in Flammen aufgehenden Bombers Vampire, nassen Schnee, der ihr ins Gesicht fiel, und feuchte Kälte, die sie trotz ihrer warmen Kleidung zu spüren begann – zuerst am Hintern. Sie trug keine spezielle Kälteschutzkleidung, aber unter ihrer Fliegerkombi doch isolierende lange Unterwäsche, dicke Wollsocken, einen Rollkragenpullover und Thinsulate-Pilotenhandschuhe für kaltes Wetter. Die Rückenschmerzen schienen etwas nachzulassen. Da sie zu fürchten begann, sie könnte in einen Schock fallen, wenn sie zu sehr auskühlte, war es wichtig, dass sie sich bewegte. Steh auf, Annie, befahl sie sich selbst. Sieh zu, dass du Dev findest. Dass du deine Notausrüstung findest. Dass du ein Versteck findest. Sieh zu, dass du von der Absturzstelle wegkommst und dich versteckst.

Sobald sie aufzustehen versuchte, kehrten die Schmerzen unvermindert zurück, aber Annie wusste, dass ihr keine andere Wahl blieb: Sie musste aufstehen, wenn sie eine Überlebenschance haben wollte, oder sie konnte liegen bleiben und erfrieren oder gefangen genommen werden. Sie wusste, dass schon Suchmannschaften unterwegs sein würden.

Sie schien eine halbe Stunde zu brauchen, um sich auf Hände und Knie aufzurichten, aber sie schaffte es. Nach oben zu greifen, um die Fangleinen ihres Fallschirms auszuhaken und das Gurtzeug zu lösen, schien fast übermenschliche Anstrengung zu erfordern, aber sie schaffte es. Die Nylonleine zu sich heranzuziehen, an der ihr am Gurtzeug befestigtes Notpaket hing, schien so unmöglich zu sein, als sollte sie ein Kreuzfahrtschiff an seinen Liegeplatz ziehen, nachdem jemand ihr eine Leine zugeworfen hatte, aber sie schaffte auch das. Sobald sie das Notpaket sicher in ihren Armen hielt, fühlte sie sich besser. Ich bin zu Boden gegangen, sagte sie sich, und ich habe Schmerzen, aber ich bin noch längst nicht aus dem Spiel.

Gehen kam nicht in Frage, also kroch Annie. Da sie nicht wusste, wohin sie sich wenden sollte, beschloss sie, sich einfach vom Feuerschein der Absturzstelle zu entfernen. Das schien eine gute Wahl zu sein, denn in dieser Richtung fiel das Gelände sanft ab. Nach einigen Dutzend Metern kam sie zu einer großen Kiefer. Als sie die Wurzeln abtastete, stellte sie fest, dass der Erdboden unter den dichten unteren Zweigen trocken war, und kroch darunter. Hey, dachte sie, unsere Ausbilder beim Überlebenstraining hatten Recht – hier ist's erstaunlich behaglich. Es roch gut, und nach kurzer Zeit schien es sogar warm zu werden. Endlich hatte sie einmal Glück. Sie hörte etwas weghuschen und wusste, dass sie vermutlich den Winterschlaf eines Erdhörnchens gestört hatte, aber im Augenblick war ihr ziemlich egal, mit wem sie sich diese windgeschützte, mit Kiefernnadeln weich gepolsterte Höhle teilte.

Als Erstes musste sie sich um sich selbst kümmern. Annie öffnete das Notpaket: eine acht Zentimeter hohe quadratische Nylontasche mit knapp einem halben Meter Seitenlänge, die ungefähr zehn Kilogramm wog. Obenauf lag eine kleine Stablampe mit roter Streuscheibe, mit der sie die restliche Notausrüstung begutachten konnte. Schon diese winzige Lichtquelle *made in USA* trug dazu bei, Annie aufzumuntern. Sie hatte ihre Umgebung endlich wieder unter Kontrolle, zumindest andeutungsweise.

Vier Halbliterflaschen Wasser: Eine trank sie sofort, die Übrigen steckte sie in die Beintaschen ihrer Fliegerkombi. Wasserfeste

Sturmstreichhölzer: Die kamen unter ihren Nomex-Anzug zwischen T-Shirt und Rollkragenpullover. Überlebensrationen: Salamiriegel, Müsliriegel, Obstriegel, Schokoriegel. Ein Salamiriegel und ein Obstriegel in ihre Fliegerkombi, die Übrigen wieder ins Notpaket. Taschenmesser: in ihren Overall. Eine dünne Rettungsdecke, auf einer Seite silbern, auf der anderen schwarz: in ihre Fliegerkombi. Vakuumverpackter Schlafsack, der eine zwanzig Zentimeter lange Röhre mit sieben bis acht Zentimeter Durchmesser bildete: wieder ins Notpaket. Ziemlich erstaunliches Zeug. Signalspiegel: mit dem Magnetkompass um ihren Hals. Wollmütze: auf ihren Kopf. Dann das beste Stück, ein mit einem GPS-Empfänger kombiniertes Satellitenfunkgerät: in eine Brusttasche ihrer Fliegerkombi, während die Ersatzbatterien unter ihr T-Shirt kamen, damit sie warm und leistungsfähig blieben.

Leuchtfackeln, Rauchkörper, Leuchtpistole mit Spezialmunition zum Einsatz in Wäldern: wieder ins Notpaket. Broschüren mit Überlebenstipps, Angelzeug, Erste-Hilfe-Kasten, Fausthandschuhe, Druckverbände, Drahtschlingen für Wildtiere, eine Drahtsäge, Aspirin, Tabletten zur Wasserreinigung, eine als Zelt verwendbare kleine Nylonplane, Nylonzwirn, ein Strahlentester, zwei eingeschweißte Paar Socken, eine Feldflasche … das alles blieb vorläufig im Notpaket bis auf zwei Aspirin, die sie mit etwas Wasser hinunterschluckte, um die Schmerzen in Rücken und Schultern zu mildern. Das Paket schien wirklich alles zu enthalten außer Nylonstrümpfen, Kaugummi, Goldstücken, russischen Rubeln und Kondomen … doch im nächsten Augenblick fand sie die Kondome. Auch sie blieben im Notpaket.

Annie fühlte sich unendlich besser, als sie den Reißverschluss des Notpakets zuzog. Irgendwo hatte sie einmal gelesen, dass die meisten Überlebenden, die nach Flugzeugabstürzen starben, sich nie die Mühe gemacht hatten, die einfachsten Dinge zu tun: sich einen Unterschlupf zu suchen oder ihre Überlebensausrüstung zu öffnen. Sie waren benommen, standen unter Schock oder konnten einfach nicht fassen, in welcher Situation sie sich befanden. Meistens ließen sie ihre ganze Ausrüstung fallen und irrten im Kreis umher, bis sie an Erschöpfung, Unterkühlung oder Schock starben. Eine alte Redensart behauptete, Absturzopfer stürben vor Verlegenheit. Diese häufige Reaktion konnte sie jetzt sehr, sehr gut verstehen.

Für eine Überprüfung ihrer selbst brauchte sie nicht lange. Die weiterhin grässlichen Rückenschmerzen strahlten von der Wirbelsäule in Hals, Arme und Beine aus. In ihrer Nase knirschte es wie Zellophan, und ein Blick in den Signalspiegel zeigte Annie, dass sie angetrocknetes Blut im Gesicht und an der Nase hatte, aber falls der Nasenbeinbruch wehtat, ging dieser Schmerz in den Rückenschmerzen unter. Ihr ganzer Körper fühlte sich wie zerschlagen an, und sie wusste, dass sie großflächige Prellungen und Blutergüsse hatte. Ihr Gesäß schmerzte ebenfalls, sodass sie auf ein gebrochenes Steißbein tippte. Sonst keine sichtbaren Verletzungen. Annie war sich darüber im Klaren, dass sie verdammt Glück gehabt hatte. Sie hätte ohne weiteres ...

»Annie, hier McLanahan. Hören Sie mich? Annie?«

»General!«, rief sie laut. Der Satellitensender, den man ihr eingepflanzt hatte und der seine Energie wie ein futuristisches OnStar-Gerät von einem dick gummierten Knöchelband erhielt ... großer Gott, er funktionierte selbst hier am Ende der Welt! »Ich höre Sie! Ich höre Sie!«

»Ich höre Sie auch laut und klar, Annie«, sagte Patrick McLanahan. »Sie können leiser sprechen. Ich nehme an, dass Sie vorerst ungefährdet sind. Wie ist Ihre Situation?«

»Ich bin unter einem Baum«, berichtete Annie. »Ich habe mich ausgeruht und meine Überlebensausrüstung kontrolliert. Mir geht's einigermaßen gut. Ich habe starke Rückenschmerzen, eine gebrochene Nase und vielleicht ein gebrochenes Steißbein, aber sonst geht's einigermaßen.«

»Gut. Sie haben das Richtige getan«, sagte Patrick. »Die Überlebensausrüstung können Sie später aufteilen.«

»Das habe ich bereits getan. Ich habe sogar etwas Wasser getrunken und zwei Aspirin geschluckt.«

»Gut gemacht. Okay, wir haben jetzt Ihre Position, und Hilfe ist unterwegs. Sie müssen erst Dev und dann ein möglichst sicheres Versteck finden, in dem Sie bleiben können, bis wir die Rettungsteams schicken können.«

Annie wäre beinahe in Tränen ausgebrochen, als McLanahan von den »Rettungsteams« sprach – nun durfte sie erstmals hoffen, hier lebend rauszukommen. »Was ist mit Dev?«, fragte sie. »Haben Sie ihn auch gefunden? Können Sie mit ihm reden?«

»Wir empfangen Lebenszeichen von Dev, aber er antwortet nicht«, sagte McLanahan. »Er ist ungefähr zweihundert Meter östlich von Ihnen, aber das lässt sich nicht genau angeben. Ich möchte, dass Sie nach Möglichkeit versuchen, ihn zu finden, ihn zu versorgen, sich mit ihm zu verstecken und ihm zu helfen. Trauen Sie sich das zu?«

»Ich denke schon«, sagte Annie.

»Wir wissen, dass das Wetter schlecht ist, aber das hilft Ihnen, unentdeckt zu bleiben«, sagte Patrick. »Der Weg wird mühsam sein, aber Sie sollten trotzdem versuchen, Dev zu erreichen. Ich dirigiere Sie so gut wie möglich, aber Sie müssen sich erst ein paar Meter weit bewegen, bevor Ihre Position neu angegeben wird. Vorläufig ist sie noch ungenau. Ich möchte nicht, dass Sie bei dem Versuch, ihn nachts zu finden, in eine Schlucht fallen, und ich möchte erst recht nicht, dass Sie gefangen genommen werden. Erscheint Ihnen der Weg also unsicher, gehen Sie am besten unter Ihren Baum zurück oder suchen sich ein anderes Versteck und schlüpfen dort unter.«

»Keine Sorge, ich finde ihn.«

»Gut. Wir sind im Augenblick dabei, die Rettungsaktion zu organisieren. Die gesamte Intelligence Support Agency brennt darauf, sich an eurer Rettung zu beteiligen. Ihr seid Helden, weil ihr Weston und seine Besatzung nicht im Stich gelassen habt, Heels. Die ISA wird Himmel und Erde in Bewegung setzen, um euch dort rauszuholen.«

»Danke, Sir«, sagte Annie, ohne sich der Freude und Erleichterung in ihrer Stimme zu schämen. »Vielen Dank! Ich … es tut mir Leid, was passiert ist. Ich habe befehlswidrig gehandelt, deshalb sind wir abgeschossen worden. Ich übernehme die volle Verantwortung und bin bereit, alle Konsequenzen zu tragen.«

»Die Kosten für die Vampire werden Ihnen vom nächsten Gehalt abgezogen, Annie«, witzelte McLanahan. »Bis Sonnenaufgang sind's nur noch drei Stunden, also sollten Sie lieber aufbrechen. Lassen Sie sich Zeit, überhasten Sie nichts. Wir melden uns, falls wir von Dev hören. Viel Erfolg!«

Annie klemmte sich das Notpaket unter den rechten Arm, zog sich die Wollmütze tief ins Gesicht und über die Ohren und kroch unter der Kiefer hervor. Sie hatte weiter Rückenschmerzen, aber dank der Schmerztabletten und ihrer eigenen verbesserten Einstellung waren sie jetzt fast erträglich. Draußen fiel bei auffrischendem Wind dichter Schneeregen. Die Sichtweite betrug manchmal keine fünf Meter. Zum Glück lag der Schnee nur etwa fünfzehn Zentimeter hoch, sodass er sie verhältnismäßig wenig behinderte.

»General, ich bin jetzt nach Osten unterwegs«, sagte sie in die eisige Luft. »Ein Schwenkrotor-Flugzeug über mir wäre jetzt ein höchst erfreulicher Anblick.«

»Wir begleiten Sie bei jedem Schritt, Annie«, lautete die Antwort. »Die Kavallerie ist unterwegs.« Annie fragte nicht, wie weit sie noch entfernt war oder wie lange es dauern würde, bis sie eintraf – es hatte keinen Zweck, Fragen zu stellen, wenn sie schon im Voraus wusste, dass ihr die Antwort vermutlich nicht gefallen würde.

Sie kam nur langsam voran. Mit Hilfe des umgehängten Kompasses marschierte sie einfach von Baum zu Baum – jedes Mal ungefähr zehn Meter. Die kleine Stablampe benutzte sie sparsam und leuchtete damit immer nur zwei bis drei Meter weit, um sich nicht zu verraten. Anfangs versuchte sie, die Schritte zu zählen, aber das gab sie auf, nachdem sie einige Male über Felsbrocken gestolpert war. Sie verließ sich ganz auf den subkutanen Empfänger und Patrick McLanahans sonore, beruhigende Stimme, die sie dirigierte.

Annie hatte ungefähr fünfzig Meter zurückgelegt, als sie ein Geräusch hörte. Sie drehte sich um und sah ein Paar Autoscheinwerfer, deren Strahlen den Schneeregen durchdrangen. Als die Scheinwerfer näher kamen, merkte sie, dass sie sich nur einige Meter über einer Asphaltstraße befand. Der Fahrer des Lastwagens, zu dem die Scheinwerfer gehörten, schaltete herunter und wurde langsamer. »Scheiße«, sagte Annie halblaut, »gerade ist ein Lastwagen aus dem Nichts aufgetaucht. Der Fahrer hat mich gesehen, fürchte ich.«

»Können Sie sich verstecken?«, fragte Patrick

»Ich werd's versuchen«, sagte Annie. Der Lastwagen rumpelte eine leichte Steigung herauf und hielt geradewegs auf sie zu. Annie rannte von der Straße weg, wagte aber nicht, ihre Stablampe zu benutzen. Sie hielt beide Arme vor sich ausgestreckt, kollidierte aber trotzdem mit Bäumen, prallte gegen Felsblöcke und stolperte über Felsbrocken. Die Schmerzen waren wieder so schlimm wie zuvor, aber Annie ignorierte sie und rannte weiter. Die Richtung war ihr egal, sie wollte nur von diesem Lastwagen weg. »Ich... höre kein... Motorengeräusch mehr«, keuchte sie. »Er muss angehalten haben.«

»Laufen Sie weiter, so lange Sie können, und suchen Sie sich dann ein Versteck«, sagte Patrick.

»Wird gemacht«, sagte Annie schwer atmend. »Ich kann...« Sie stolperte erneut, schlug hin und fiel im Schnee auf den Bauch. Als sie aufspringen und weiterlaufen wollte, merkte sie, dass sie nicht über etwas gestolpert war, sondern sich mit einem Fuß in etwas verhakt hatte, das... das ein Leinenbündel zu sein schien, das...

... wie Fangleinen aussah!

Annie warf sich herum, ging in die Hocke, griff nach der obersten Leine und zog daran. Unter dem Schnee kamen weitere Leinen zum Vorschein. Großer Gott, das waren *wirklich* Fangleinen! »Ich habe einen Fallschirm gefunden! Ich habe einen Fallschirm gefunden!«, rief sie aufgeregt.

»Leiser, Annie. Ich höre Sie sehr gut«, sagte McLanahan. »Ist das Devs Fallschirm?«

»Augenblick!« Sie zerrte in verzweifelter Hast an sämtlichen Leinen, die sie finden konnte, sodass der Schnee nach allen Seiten davonflog. Nein, falsche Richtung – sie hatte die weiße Fallschirmkappe gefunden. Sie warf sich herum und begann den Leinen in Gegenrichtung zu folgen. Bitte, lieber Gott, bitte lass mich Dev finden. Bitte lass ihn noch am Leben sein...

Sie fand ihn auf dem Rücken liegend und mit fünf Zentimeter

Neuschnee bedeckt. Dev trug noch immer seinen Helm mit heruntergeklapptem Visier und angeschnallter Sauerstoffmaske. Seine Fangleinen waren um einen benachbarten Baum gewickelt, was bedeutete, dass er im Baum gelandet und heruntergefallen war oder nach der Landung von seinem Fallschirm mitgeschleift wurde und gegen den Baum geprallt war. Annie benutzte die rot leuchtende Stablampe, um die Bajonettverschlüsse der Sauerstoffmaske an den Seiten von Devs Helm zu finden. Als sie die Verschlüsse öffnete, stieg eine leichte Dampfwolke auf. »General, ich habe ihn gefunden!«, sagte sie atemlos. »Ich habe ihn gefunden! Ich glaube, er lebt!«

»Gott sei Dank«, sagte Patrick. »Untersuchen Sie ihn so gut wie möglich, bevor Sie ihn bewegen.«

»Ihm scheint nichts zu fehlen, er ist nur bewusstlos«, berichtete Annie, während sie ihn abzuleuchten begann. Dev steckte in seiner Schutzkleidung für kaltes Wetter, die er auf ihre Anweisung hin angezogen hatte. Sie sah eine tiefe Schramme auf der linken Stirnseite seines Helms und vermutete, dass er mit dem Kopf voraus an den Baum geknallt war. »Ich sehe keine Knochenbrüche. Er ist nur bewusstlos«, wiederholte Annie.

»Hängt er noch am Schirm, dann haken Sie die Fangleinen aus und schleifen ihn möglichst weit von der Landestelle weg«, wies Patrick sie an.

Annie hakte die Fangleinen von Devs Gurtzeug los, legte ihm sein Notpaket auf die Brust, packte das Gurtzeug in Schulternähe und zog daran. Trotz seiner Größe war Dev nicht schwer, aber er bewegte sich trotzdem nicht. Sie zerrte mit aller Kraft an ihm, bis er aus dem Schnee heraus war und sie ihn rückwärts gehend mitschleifen konnte. Aber sie kam immer nur einen halben Meter weit voran und konnte dabei nicht verhindern, dass er hangabwärts in Richtung Straße rutschte. Schleifte sie ihn so weiter, würde er irgendwann ganz auf die Straße hinunterrutschen, und dann würden die Lastwagenfahrer oder eine Suchmannschaft, die zum Absturzort der Vampire unterwegs war, sie dort…

Der Lichtstrahl einer Taschenlampe glitt über Annie hinweg. Sie kamen! Sie waren noch mehrere Dutzend Meter entfernt, aber sie kamen mit jeder Sekunde näher. Annie hörte Stimmen, zornige Männerstimmen. Sie waren hinter ihr her.

Sie konnte nur dem Hang folgen, zur Straße hinunter. Annie drehte Devs Körper in die neue Richtung und zerrte ihn weiter. Jetzt ließ er sich viel leichter bewegen, deshalb kam sie schneller voran. Der Lichtstrahl schwenkte erneut in ihre Richtung, diesmal schon viel näher. Sie prallte rückwärts gehend an einen Baum, stieß einen leisen Fluch aus, zerrte Dev um den Baum herum und zog ihn weiter.

Laute, aufgeregte Stimmen, die hektisch durcheinander redeten. Annie erriet, dass die Männer den Fallschirm gefunden hatten. Jetzt war alles nur noch eine Frage von Minuten...

Dann war sie plötzlich im Straßengraben, stolperte, fiel rückwärts und knallte auf die hart gefrorene Straße. Bei dem Versuch, auf den Füßen zu landen, vertrat sie sich den linken Knöchel und konnte einen Schmerzensschrei nicht unterdrücken. Der Lichtstrahl schwenkte sofort in ihre Richtung.

Jetzt waren sie erledigt...

Luftwaffenstützpunkt Borispol, Kiew
(zur gleichen Zeit)

Die Landung war alles andere als eine Augenweide – tatsächlich war sie mehr ein kontrollierter Absturz als irgendetwas anderes. Da das Hydrauliksystem zum größten Teil ausgefallen war, besaß Major John Weston praktisch keine Kontrolle über die Klappenruder, die Verstellung der Triebwerksgondeln und das Fahrwerk. Es gelang ihm, das Fahrwerk allein durch die Schwerkraft aus den Fahrwerksschächten fallen und sich verriegeln zu lassen, aber das würde nicht viel nützen. Da die Triebwerksgondeln sich nicht schwenken ließen, konnte er zur Landung nicht in den Hubschraubermodus übergehen. Sie würden hart aufsetzen, selbst wenn der Trash Man sich noch so viel Mühe gab.

Borispol war ein großer Luftwaffenstützpunkt, der von der ukrainischen Luftwaffe und den Heeresfliegern gemeinsam genutzt wurde. Über die Anordnung der jeweiligen Bereiche hatte Weston sich in seinem Flugplatzhandbuch informiert. Der Nordosten des Stützpunkts gehörte den Heeresfliegern mit einigen Staffeln Transporthubschrauber vom Typ Mil Mi-8 und Mi-6 sowie einer Staffel Kampfhubschrauber Mi-24; im Süden waren Abfangjäger, Jagdbomber, Bomber und Transportflugzeuge stationiert. Weston orientierte sich an der langen Startbahn und schwebte dann über dem Rollweg, der parallel zu den Strahlabweisern am Rand der großen Abstellfläche für Hubschrauber verlief, zur Landung ein. Falls er Teile seiner Pave Hammer verlor, würden sie wenigstens keine ukrainischen Maschinen treffen, und er würde vor allem nicht die Startbahn unbenutzbar machen, indem er dort eine Bruchlandung hinlegte.

»Alle gut festhalten!«, rief Weston nach hinten. Er musste schreien, um die Windgeräusche und den Triebwerkslärm zu übertönen. »Vorsicht, harte Landung!« Normalerweise hätte er gesagt: »Vorsicht, Kopilot landet!«, aber dem Geist seines toten Kopiloten hätte diese Art Humor vermutlich nicht gefallen. Als er aufsetzte – mit mindestens dreißig Knoten über der normalen Landegeschwindigkeit, um die Steuerfähigkeit der Maschine zu erhalten –, hatten zuerst die Blattenden seiner Rotoren Bodenberührung und frästen tiefe Doppelfurchen in den Rollweg. Sobald die Rotoren standen, verschwand schlagartig aller Auftrieb, und die MV-22 knallte auf den Asphalt. Das Fahrwerk knickte sofort ein, und die Pave Hammer schlitterte Funken sprühend auf dem Bauch weiter und kam erst nach über hundert Metern im Gras zwischen Rollweg und Startbahn zum Stehen.

Sekunden vor dem Aufsetzen hatte Weston alle Systeme der MV-22 abgeschaltet. Jetzt ignorierte er den Notausstieg im Cockpit, sprang aus seinem Sitz auf, stieg behutsam über die Leiche seines Kopiloten auf dem Gang hinweg und ging nach hinten, um der Besatzung zu helfen, die Maschine zu evakuieren. Aber Wohl, Briggs, Fratierie und die anderen Männer hatten Linda Masljukowa über die schon herabgelassene Heckrampe von Bord gebracht, sobald das Flugzeug zum Stehen gekommen war, und sie gegen den Wind hundert Meter weit von der Maschine weggetragen.

Da das Flugzeug nicht brannte, sondern nur aus den Triebwerken qualmte, übernahm Weston die grausige, aber wichtige Aufgabe, die Leiche seines Kopiloten ins Freie zu schaffen. Er schleppte und schleifte sie ins Luv der Maschine, so weit er konnte, und legte sie behutsam ins Gras. Dann ließ er sich – erschöpft, von dem hohen Adrenalinspiegel in seinem Blut zitternd, aber glücklich darüber, mit dem Leben davongekommen zu sein – neben dem Toten ins Gras fallen. Jetzt brauchte er nur noch ein Bier und seine Frau und die Kinder an seiner Seite.

Ukrainische Flieger kamen aufgeregt durcheinanderschreiend auf sie zugerannt. Einige von ihnen, die Englisch sprachen, beeilten sich, bei der Notfallversorgung der Agentin Sirene zu helfen. Ein Sanitäter hängte die Dehydrierte sofort an einen Tropf und machte sich daran, ihre Verletzungen zu verbinden. Die Flugplatzfeuerwehr überzog die qualmenden Triebwerke der MV-22 rasch mit einem Schaumteppich. Mit Major Weston, dem sich als Erster der Sergeant vorgestellt hatte, der die Wache befehligte, wollten ständig höhere Offiziere sprechen, bis zuletzt der Flugplatzkommandant erschien.

Hal Briggs und Chris Wohl, die aussahen, als gehörten sie zu einer Raumschiff-Crew aus einer Science-fiction-Serie, kamen auf die beiden zu. Da sie soeben auf einem Flugplatz der Gemeinschaft Unabhängiger Staaten notgelandet waren und weiterhin von der russischen Luftwaffe verfolgt werden konnten, waren sie beide wachsam: Briggs trug seinen Helm und suchte den Himmel und den Stützpunkt nach irgendwelchen Bedrohungen ab; Wohl hielt seine riesige elektromagnetische Rail Gun zur Panzerabwehr schussbereit. »Leute, dies ist der Flugplatzkommandant, Brigadegeneral Michail Jefimowitsch Sachan, Kommandeur der zweiten Luftwaffendivision hier in Borispol«, sagte Weston. Briggs salutierte, während Wohl unbeweglich mit vor der Brust gehaltener Waffe neben ihm stand.

»Und wer sind *Sie?*«, fragte Sachan, nachdem er den Gruß erwidert hatte. Er starrte ihre seltsamen Anzüge und Waffen verwundert an.

»Unser Deckname ist ›Zinnsoldat‹, Sir«, antwortete Briggs mit seiner elektronisch erzeugten Stimme. »Wir sind amerikanische Soldaten. Mehr darf ich Ihnen nicht mitteilen.«

»*Nitschewo*«, sagte Sachan. »Das US-Außenministerium hat uns Ihre Ankunft angekündigt, aber von landenden Raumfahrern war dabei nicht die Rede.«

»Wir brauchen einen Ihrer Hubschrauber, um damit nach Russland zurückzufliegen, Sir«, erklärte Briggs dem ukrainischen General.

»Was ist passiert?«, fragte Weston.

»Unser Begleitflugzeug ist abgeschossen worden. Die beiden Piloten mussten aussteigen. Wir müssen sie rausholen.«

»Verdammt, ich wollte, meine Maschine wäre unbeschädigt.« Und das meinte Weston ernst – alle Gedanken daran, sich bei einem kalten Bier im Familienkreis zu entspannen, waren verflogen. Dewey und Deverill hatten ihr Leben riskiert, um seine Besatzung und ihn zu retten. »Also los, Jungs! Wir kommen hier schon zurecht.«

»Leider kann ich Ihnen nicht behilflich sein«, sagte Sachan. »Mir liegt keine Weisung meiner Vorgesetzten vor, Sie bei der Verletzung des russischen Luftraums zu unterstützen. Ich weiß, dass Menschenleben auf dem Spiel stehen, aber Ihre Regierung hat uns die Gründe für all diese Aktivitäten bisher nicht plausibel erläutert. Vielleicht können Sie mir erklären, wer Sie sind und was Sie in Russland gemacht haben, damit ich diese Informationen an meine Vorgesetzten weiterleiten kann.«

»Bedaure, das kann ich nicht, Sir«, sagte Briggs. »Aber ich versichre Ihnen, dass meine Regierung die Verantwortung für unser Tun übernimmt und der Ukraine alle Kosten ersetzen wird.«

»Würden Sie mir Ihre seltsame Ausrüstung verkaufen, sie mir zeitweise vermieten oder sich mit der Versicherung zufrieden geben, dass Sie nicht dafür verantwortlich sind, was immer ich damit tue?«, fragte Sachan lächelnd.

»Nein, Sir.«

Sachan hob die Hände. »Da haben wir's. Ein Vertreter der US-Botschaft wird in Kürze hier eintreffen; wir sichern inzwischen das Wrack Ihres Flugzeugs und versorgen Ihre Verletzten.«

»Schade, dass wir keine freiwillige Unterstützung erhalten konnten, Sir«, sagte Briggs.

Der Flugplatzkommandant kniff die Augen zusammen. »Was soll das heißen, Soldat?«

Briggs und Wohl gingen den Rollweg entlang und zum Abstellplatz für Hubschrauber hinüber. Sachan, einige seiner Offiziere und zwei Wachsoldaten folgten ihnen erstaunt. Die beiden Amerikaner schritten die Reihen der Helikopter ab, bis sie einen startbereiten Kampfhubschrauber Mi-8MTV mit zwei Gasturbinen sahen, der ein Maschinengewehr im Bug, aber keine Raketenbehälter an den dafür vorgesehenen Auslegern trug. »Wir nehmen den hier«, entschied Briggs.

»*Prostschuju?*«, rief Sachan aufgebracht. »Sie ›nehmen‹ diesen Hubschrauber? Was soll das heißen?«

»Das heißt, dass ich mit dieser Mi-8 zu einem Rettungseinsatz nach Russland fliegen werde – oder dass mein Partner sie zerstören wird.«

»*Zerstören?* Wie können Sie's wagen, mir damit zu drohen?«

Briggs wandte sich Wohl zu. »Vorführen!«, befahl er ihm.

Wohl drehte sich um, schoss aus der Hüfte und jagte ein Projektil mit einem Kern aus schwach radioaktivem Uran in einen etwa hundert Meter entfernt abgestellten anderen Hubschrauber. In der feuchten Luft vor Sonnenaufgang zog das Geschoss einen Kondensstreifen von drei Zentimetern Durchmesser hinter sich her, der selbst auf dem hell beleuchteten Abstellplatz deutlich zu sehen war. Mehrere große Teile der Triebwerksverkleidung flogen weg, und die Rotorwelle kippte so weit zur Seite, dass eine Blattspitze den Asphalt berührte.

»*Gawnuk!* Diese unangebrachte kleine Machtdemonstration hat Ihre Regierung gerade fünf Millionen Dollar gekostet und wird Ihnen ein Jahr Haft einbringen!«, brüllte Sachan wütend. Er drehte sich zu seinen Wachsoldaten um und erteilte ihnen auf Ukrainisch einen Befehl.

Aber als die beiden Soldaten ihre Sturmgewehre auf Briggs und Wohl richteten, schickte Briggs sie mit kurzen Stromstößen aus seinen Elektroden sofort auf den Asphalt. Wohl gab ihm mit seiner großen Rail Gun Feuerschutz, ohne auf jemanden zu zielen. Die Offiziere um Sachan standen wie erstarrt und wagten keine Bewegung. Briggs nickte zu einem weiteren Hubschrauber hinüber. »Jetzt den dort.«

»*Nje! Zgoda! Zgoda!* Schon gut, schon gut!«, rief Sachan und hob abwehrend die Hände. »Sind Sie willens, Dutzende meiner Leute zu verwunden oder zu töten, nur weil Sie Ihr Leben und das einer meiner Hubschrauberbesatzungen über Russland aufs Spiel setzen wollen, kann ich Sie nicht daran hindern. Aber ich warne Sie: Damit verstoßen Sie gegen ukrainische Gesetze, und ich werde dafür sorgen, dass Sie streng bestraft werden.«

»Danke, Sir«, sagte Briggs. Wohl und er trabten zu dem Hubschrauber hinüber, dessen Triebwerke bereits warm liefen; inzwischen hatte Sachan der Besatzung über sein Handfunkgerät einige knappe Befehle erteilt. Als die beiden Amerikaner die Mi-8 erreichten, gingen mehrere Besatzungsmitglieder von Bord, sodass nur Pilot und Kopilot zurückblieben.

Briggs schnallte sich auf dem Sitz des Flugingenieurs hinter dem Kopiloten an und drehte ihn dann so, dass er zwischen den beiden Ukrainern saß. Er sah ihre ungläubige Reaktion, als sie seine Aufmachung anstarrten. »Warten Sie auf meine Anweisungen«, forderte er den Piloten auf. Der andere nickte – er verstand offenbar Englisch. Briggs aktivierte seinen Satellitensender. »Luger für Briggs, abhörsicher.«

»Bitte weiter, Hal.«

»Der Master Sergeant und ich haben uns gerade einen Hubschrauber besorgt«, berichtete Briggs. »Wahrscheinlich müssen wir die Ukrainer anschließend besänftigen, aber das hat Zeit bis später. Ich brauche möglichst genaue Informationen über das Abschussgebiet.«

»Die bekommen Sie noch. Eine schlechte Nachricht: Dewey und Deverill sind gefangen genommen worden.«

»Scheiße!«

»Annie hat noch Verbindung zu uns«, fuhr Luger fort. »Sie sind von Einheimischen geschnappt und der Grenzpolizei übergeben worden. Im Augenblick sind sie nicht unterwegs – wir glauben, dass sie in einem Fahrzeug sind, das aber steht. Deverill ist bewusstlos. Augenblick... dein Kurs ist eins-eins-sieben Grad, Entfernung zwo-zwo-drei nautische Meilen. Tausend Fuß über Grund müsste eine gute Sicherheitshöhe sein.«

»Die Sicht ist schon ziemlich gut«, sagte Briggs. »Okay, wir heben ab, geschätzte Ankunftszeit in siebzig Minuten.« Die ukrainischen Piloten hatten keine Nachtsichtbrillen, aber Briggs konnte mit seinen elektronischen Sensoren alles klar und deutlich erkennen. »Kurs eins-eins-sieben, Jungs!«, rief er den Piloten zu. »Und haltet euch ran!«

»Ranhalten. *Bystro. Ochen bystro.* Immer Vollgas, richtig, Mr. Robot?«, wiederholte der Pilot lachend. Sein Kopilot und er fanden diesen Einsatz offenbar viel spannender als der Flugplatzkommandant. Sie hoben ab, gingen auf Kurs und blieben dabei kaum über Baumhöhe.

Codlea, Rumänien
(zur gleichen Zeit)

Bei Codlea, das ungefähr zweihundert Kilometer nordnordwestlich der rumänischen Hauptstadt Bukarest in den Ausläufern der Südkarpaten lag, gab es ein ehemaliges Bombenabwurfgebiet des Warschauer Pakts mit dazugehörigem Flugplatz, den Pawel Kasakow schon vor langem gekauft hatte. Er hatte nie erklärt, wozu ein russischer »Geschäftsmann« einen ganzen Militärstützpunkt in den Südkarpaten brauchte, und die rumänische Regierung hatte nie danach gefragt, als sie sah, wie viel Kasakow für diesen zu einer Geisterstadt gewordenen verlassenen Stützpunkt zu zahlen bereit war.

Rumänien war eine sprudelnde Quelle für Waffen, Treibstoff, Wartungspersonal, Geheimdienstoffiziere und Söldner – man brauchte nur genug Geld, dann schienen die Vorräte unbegrenzt zu sein. Unter dem Regime von Nicolae Ceauşescu hatte Rumänien, das einst nur ein unbedeutendes Mitglied des Warschauer Pakts gewesen war, eine beachtliche Rüstungsindustrie aufgebaut, die

Lizenz- und Nachbauten sowjetischer und chinesischer Waffen aller Art von Handfeuerwaffen bis zu Düsenjägern herstellte. Als Russland und China nach dem Zerfall der Sowjetunion den Weltmarkt mit Waffen überfluteten und in ganz Osteuropa wirtschaftlich schwere Zeiten herrschten, verlegten diese Rüstungswerke sich auf Geschäfte mit illegalen Waffenhändlern, um überleben zu können. In Rumänien war Pawel Gregorjewitsch Kasakow ein regelmäßiger und willkommener Kunde.

Äußerlich wirkte der große Hangar ebenso vernachlässigt und vom Einsturz bedroht wie alle Gebäude auf dem ehemaligen Stützpunkt. Bei näherer Betrachtung wäre einem als Erstes aufgefallen, dass der fünf Meter hohe Stacheldrahtzaun, der den Hangar umgab, offensichtlich ganz neu war. Kam man noch näher heran, zeigte sich, dass sich hinter dem abblätternden Anstrich, den losen Profilblechen und den rostigen Schrauben der Flugzeughalle eine schalldichte stählerne Innenschale verbarg und das alte Hangartor auf gut geölten Rollen lief. Obwohl aus Rissen im Asphalt der Rollwege und Start- und Landebahnen weiterhin Gras wuchs, war es an einigen Stellen niedergedrückt und zerquetscht, was darauf schließen ließ, dass dort erst vor kurzem schwere Fahrzeuge unterwegs gewesen waren.

In diesem fünfzig Jahre alten Hangar stand eines der modernsten Flugzeuge der Welt: der Stealth-Jagdbomber Metjor Mt-179 *Tjeny*. Auf Kasakows Anweisung waren Stoica und Jegorow nach ihrem Angriff auf Kukës auf diesem einsamen, buchstäblich in Vergessenheit geratenen Flugplatz gelandet, wo Treibstoff, Waffen und Techniker auf sie warteten. Ein Team aus dreißig Ingenieuren und Mechanikern stand dort bereit, um die Mt-179 zu überprüfen, die in ihren Computern gespeicherten Einsatzdaten auszuwerten und das Flugzeug für den nächsten Einsatz vorzubereiten.

Auch nach ihrem ersten Einsatz befand die Mt-179 sich in fast perfektem Zustand. Bei einer Inspektion am frühen Morgen begutachteten Pilot Ion Stoica und Waffenoffizier Gennadi Jegorow die Maschine gemeinsam mit dem Chefmechaniker. »Das hier ist das Schlimmste, Towarischtschi«, sagte der Wartungschef. Er deutete auf die Flügelvorderkante in der Umgebung der zylinderförmigen Schächte, aus denen die Jagdraketen abgefeuert wurden. »Die Lenkwaffen werden durch komprimierten Stickstoff aus ihren Röhren ausgestoßen. Um Schäden durch den Gasstrahl an der Tragfläche zu verhindern, soll das Treibgas sie dreißig bis vierzig Meter weit nach vorn befördern, bevor der Raketenmotor zündet. Aus irgendeinem Grund werden die Lenkwaffen jedoch nur zehn bis fünfzehn Meter weit ausgestoßen, bevor der Motor zündet. Die Abdeckung aus Titan schützt den Zylinder vor Beschädigungen, aber der Gasstrahl lässt die Flügelvorderkante stark korrodieren, und da die Abdeckung offenbar noch nicht ganz geschlossen ist, wenn der Raketenmotor zündet, sind im Röhreninneren Hitzeschäden zu erkennen.«

»Was schlagen Sie vor?«, fragte der Pilot.

»Mehrere Maßnahmen gleichzeitig: größere Gasflaschen, die unter höherem Druck stehen, größere Leitungsdurchmesser für den Stickstoff, umgebaute Dichtungen innerhalb der Röhren, vielleicht schneller schließende Abdeckungen zum Schutz der Zylinder und zusätzliche Titanbleche um die Mündungen zum Schutz der Flügelvorderkanten«, sagte der Wartungschef.

»Wie schnell geht das alles?«

»Sehr schnell – wenn wir im Shukowski wären«, antwortete der Chefmechaniker. »Hier draußen mitten in Transsylvanien gibt's wahrscheinlich in dreihundert Kilometer Umkreis kein einziges Stück Titanblech. Es wird seine Zeit dauern, das Material zu beschaffen und die Teile herzustellen. Und falls Kasakow uns erneut verlegt, hält das die Instandsetzung wieder auf.«

»Können wir die Flügelbehälter noch verwenden?«, fragte Gennadi Jegorow.

»Sie sehen, welche Schäden ein einziger Start angerichtet hat«, sagte der Chefmechaniker. »Der nächste Start könnte die in Verbundbauweise hergestellte Tragfläche erheblich beschädigen – die Folge wären langwierige, komplizierte Reparaturen. Käme es um die Mündungen herum zu strukturellen Schäden, müssten wir den gesamten Innenflügel auswechseln, was Wochen, wenn nicht sogar Monate dauern könnte.«

»Um wie viel Prozent verändern Außenlasten unseren Radarquerschnitt?«, erkundigte Stoica sich.

»*Ja nje znaju*«, antwortete Jegorow. »Ich tippe auf zehn bis fünfzehn Prozent – bei Luft-Boden-Lenkwaffen sogar mehr. Aber wenn die Stealth-Eigenschaften einmal wichtiger sind als Lenkwaffen, können wir die Außenlasten jederzeit abwerfen; wir werden praktisch unsichtbar und haben für Notfälle noch immer die Jagdraketen in den Flügelbehältern.«

»Die bei Ihrem Flug nicht benutzten R-60-Behälter sind einsatzbereit«, meldete der Wartungschef. »Die Schäden in den anderen Zylindern müssen wir erst beseitigen, bevor wir sie mit neuen Lenkwaffen beladen können. Die Abdeckungen sind einwandfrei beweglich, aber wir müssen erst feststellen, ob's innere Schäden gegeben hat.«

»Damit fangen Sie am besten gleich an«, riet Stoica ihm. »Ich weiß nicht, was der Boss mit uns vorhat, aber ich möchte wieder flugbereit sein, sobald …«

In diesem Augenblick kam einer der Planungsoffiziere herangerannt. »Hey, habt ihr das schon gehört, Jungs? Bei der Luftverteidigung entlang der russisch-ukrainischen Grenze herrscht Alarmstufe eins. Die russische Luftwaffe hat Dutzende von Maschinen starten lassen. Das klingt, als sei dort ein Krieg ausgebrochen!«

Sie hasteten alle zur Operationsabteilung hinüber, die dank Generaloberst Schurbenko mehrere UHF-, HF- und Satellitenkanäle des russischen Militärs empfangen konnte. Tatsächlich schien dort Krieg zu herrschen. Mehrere russische Flugzeuge sowie Fla- und Radarstellungen waren bereits vernichtet. Bei der Luftverteidigung im gesamten Militärbezirk Südwest herrschte Alarmstufe eins.

»*Wy schutitje!*« rief Jegorow aus. »Da würde ich gern mitmischen! Wir würden allen zeigen, was ein *richtiges* Kampfflugzeug kann!«

Stoica zuckte mit den Schultern, dann nickte er dem Wartungschef zu. »Also los! Hängen Sie Lenkwaffen unter die Tragflächen, geben Sie uns eine volle Ladung mit. Wir wollen sehen, was dann passiert.«

»Sind Sie übergeschnappt?«

»Wir müssen testen, wo unsere Entdeckungsschwelle mit Abwurflenkwaffen an den Aufhängepunkten liegt«, sagte Stoica. »Es ist noch lange genug Nacht – wir können vor Tagesanbruch wieder über den Karpaten sein. Los jetzt!«

Alle dachten das Gleiche – was wird Pawel Gregorjewitsch Kasakow sagen, wenn wir seinen Stealth-Jagdbomber ohne seine Erlaubnis eingesetzt haben –, aber alle wollten mitmachen, wenn Ion Stoica den Einsatzbefehl erteilte. War er bereit, die Verantwortung dafür zu tragen, hatte die anderen nichts zu befürchten.

Die Wartungsmannschaft hatte die Aufhängepunkte unter den Tragflächen bereits für die Aufnahme von Waffen vorbereitet; jetzt brauchte sie die Waffen nur noch aus dem Munitionsdepot zu holen – mehrere Stahlbetonbehälter, die eine Transportmaschine gebracht hatte – und in den Hangar zu schaffen. Stoica suchte die Lenkwaffen selbst aus: an jedem Aufhängepunkt zwei Jagdraketen R-60 mit Infrarotsuchkopf und darunter eine Abwurflenkwaffe R-27 zur Radaransteuerung. Die von Metjor Aerospace entwickelte R-27 war dafür bestimmt, Frühwarn- und Elektronikstörflugzeuge aus großen Entfernungen anzugreifen; sie konnte feindliche Funk-, Radar- und ECM-Signale ansteuern, aber auch über das Zielsuchradar der Mt-179 gesteuert werden.

Obwohl die *Tjeny* mit ihren weit gespannten, negativ gepfeilten Tragflächen die Waffen an den Aufhängepunkten förmlich zu verschlucken schien, störten die angehängten Lenkwaffen ganz offensichtlich die glatten, eleganten Linien des Stealth-Flugzeugs. »Unsere Stealth-Eigenschaften werden bestimmt leiden«, sagte Stoica. »Aber wir müssen feststellen, wie sehr sie beeinträchtigt sind. Können wir in den Luftraum um Belgorod eindringen und dort unentdeckt kreisen, wissen wir, dass wir ein gutes System haben.«

»Und vielleicht können wir einen ukrainischen oder türkischen Jäger abschießen«, schlug Jegerow vor. Er wedelte mit einem Stück Papier. »Hier sind die neuesten Kurse und Positionen aller nicht identifizierten Maschinen. In zwanzig Minuten können wir dort sein!«

An Bord des ukrainischen Hubschraubers Mi-8

Als der Himmel im Osten gerade hell zu werden begann, überflog der ukrainische Hubschrauber die russische Grenze. »Dave, wie ist unser Kurs?«, fragte Briggs über den Satellitensender.

»Fünf Grad rechts, dann geradeaus, einunddreißig Meilen«, antwortete Luger. »Das Luftraumüberwachungsradar Belgorod steht vierzig Meilen südlich von euch, aber ich glaube, dass ihr zu tief seid, um erfasst werden zu können. Bleibt also weiter im Tiefstflug. Dewey und Deverill sind in Bewegung. Sie scheinen sich in einem Fahrzeug zu befinden, das nach Südosten in Richtung Belgorod fährt. Seiner Geschwindigkeit nach ist es auf der Fernstraße M2 unterwegs – im Augenblick etwa zwanzig Meilen nördlich von Jakowlewo-Porkrowka. Wir versuchen, ein gutes Satellitenbild von diesem Gebiet zu bekommen, um das Fahrzeug vielleicht identifizieren zu können, nur glaube ich nicht, dass die Zeit dafür reicht. Ich führe euch so nahe wie möglich an die beiden heran, aber den Rest muss ich euch überlassen.«

Die Verfolgungsjagd dauerte nur noch wenige Minuten. Die Fernstraße, auf die sie in spitzem Winkel zuflogen, war die wichtigste Straßenverbindung zwischen Moskau und Sewastopol, die ganz Westrussland durchschnitt. Mit Beginn des Tages wurde der Verkehr rasch stärker. »Als wollte man eine Nadel in einem Heuhaufen suchen«, berichtete Briggs grimmig. »Wir sehen schon jetzt mehrere Dutzend Fahrzeuge.«

»Zwölf Uhr, fünf Meilen«, sagte Luger. »Geschwindigkeit achtundvierzig Knoten ... vier Meilen, geradeaus ... noch drei Meilen ... Geschwindigkeit fünfundvierzig Knoten ...«

Briggs benutzte sein elektronisches Visier, um ein Fahrzeug nach dem anderen zu begutachten. Je näher die Stadt kam, desto stärker wurde der Verkehr, sodass die Fahrzeuge etwas langsamer wurden. Aber in der ganzen Kolonne war kein militärisch aussehendes Gefährt zu erkennen.

»Annie, hier ist Hal, abhörsicher«, sagte Briggs. »Sie brauchen mir nicht zu antworten. Ich kann Ihr Fahrzeug nicht identifizieren. Sie müssen irgendetwas tun, um den Fahrer abzulenken, damit der Wagen schlingert, langsamer fährt oder auf dem Seitenstreifen hält. Sie müssen loskreischen, einen Wutanfall bekommen, ihn beschimpfen, irgendetwas. Wir sind dann blitzschnell da.«

»Zwei Meilen. Haben Sie etwas gesehen, Hal?«

»Nichts. Die Fahrzeuge bleiben alle in der Kolonne. Keines schlingert, keines schert aus, keines wird schneller oder langsamer.«

»Eine Meile«, meldete Luger. »Entfernung und Geschwindigkeit werden unzuverlässig, Jungs. Das System arbeitet einfach nicht genau genug, um ein bestimmtes Fahrzeug zu identifizieren. Seht ihr irgendwas?«

»Nichts. Nichts, was wie ein Häftlingstransporter, ein Militärfahrzeug oder sonst wie ungewöhnlich aussieht. Ein paar Busse, eine Hand voll Kombis, dazwischen Vans und Limousinen.«

»Dann müssen wir's mit Gewalt machen«, sagte Chris Wohl. Er schlug dem Piloten auf die Schulter. »Noch etwas tiefer und parallel zur Straße, okay?« Sobald der große Hubschrauber sich neben die Autokolonne gesetzt hatte, beugte Wohl sich aus der linken Kabinentür, hob seine Rail Gun, zielte kurz und drückte ab. Die hinteren Zwillingsreifen eines großen Reisebusses explodierten. Der Bus schlingerte, brach nach links aus und kam so zum Stehen, dass er beide Fahrbahnen blockierte. »Jetzt langsam über die Kolonne zurück, während wir auf eine Reaktion achten.«

Die ließ nicht lange auf sich warten. Briggs sah einen Soldaten, der einen Tarnanzug trug, ein Sturmgewehr AK-74 in den Händen hielt, aus einer großen, aber ansonsten ganz unauffälligen schwarzen Limousine sprang und zu dem tief fliegenden Hubschrauber aufsah. »Horrido!«, rief Briggs. »Das muss der Wagen sein! Haben Sie ihn im Visier, Sarge? Er darf nicht zum Schuss auf unsere Maschine kommen.«

»Verstanden«, antwortete Wohl. Er zielte bereits auf den Soldaten, und Briggs konnte nur hoffen, dass er nicht würde abdrücken müssen – ein menschlicher Körper, der von einem stumpfen Geschoss getroffen wurde, das ein halbes Kilo wog und über neunhundert Sekundenmeter schnell war, würde wie eine überreife Melone zerplatzen.

Briggs wartete nicht ab, bis die Mi-8 neben dem verdächtigen Fahrzeug schwebte oder aufsetzte, sondern lief einfach zur offenen Kabinentür und sprang aus dem Hubschrauber, der in etwa dreißig Meter Höhe noch dreißig Meilen machte. Kurz bevor seine Füße den Erdboden berührten, bremste ein heißer Gasstrahl aus seinen Stiefeln den Fall ab. Ein weiterer Gasstrahl ließ Briggs einen Riesensatz machen, nach dem er genau neben dem verblüfften Soldaten landete. Ein Stromstoß aus einer Elektrode lähmte den Mann im Tarnanzug, bevor er auch nur daran denken konnte, mit seinem Gewehr auf Briggs zu zielen.

Obwohl die Scheiben der Limousine aus dickem Panzerglas bestanden, konnten sie der elektronisch gesteuerten Rüstung, die Briggs' Fäuste in Rammböcke verwandelten, nicht widerstehen. Er schlug zuerst die hintere rechte Scheibe ein und warf einen Blick ins Innere des Wagens. Als er zwei Gestalten in schwarzen HAWC-Fliegerkombis erkannte, trat er in Aktion. Den zweiten Bewacher, der im Fond der Limousine saß, setzte er ebenfalls mit einem Stromstoß außer Gefecht. Im selben Augenblick ließ ein weiteres Geschoss aus Wohls Rail Gun den Motor der Limousine in einer gewaltigen Detonation zerplatzen, bevor der Fahrer Gas geben und versuchen konnte, sich an dem querstehenden Bus vorbeizuschlängeln. Als Nächstes steckte Briggs eine Hand ins Wageninnere, ruckte kräftig und riss die schwere gepanzerte Tür heraus.

Briggs sah sofort, warum Annie nicht hatte reagieren können: Deverill und sie waren geknebelt; man hatte ihnen die Augen verbunden und sie mit Handschellen an den Wagenboden gefesselt. Ein kurzer Ruck genügte, um die Handschellen aus ihrer Verankerung zu reißen, und dann zerrte Briggs die beiden Flieger aus der demolierten Limousine.

»Augenblick, Sir, wir landen bei Ihnen«, funkte Wohl.

»Beeilt euch!«, antwortete Briggs. Aber als er den Himmel beobachtete, während die ukrainische Mi-8 zur Landung ansetzte, sah er etwas, das ihm das Blut in den Adern stocken ließ: vier schwer bewaffnete russische Kampfhubschrauber Mi-24 Hind im Anflug. Gleichzeitig röhrten zwei russische MiG-29 Fulcrum, die diesen Hubschraubern Feuerschutz gaben, über ihn hinweg.

Das Spiel war aus. Ihr Rettungsunternehmen war zu Ende. Die Kampfhubschrauber kamen rasch näher: zwei blieben hoch, um die ukrainische Mi-8 am Start zu hindern, während die beiden anderen im Tiefflug herankamen, um Briggs und die befreiten Gefangenen von ihrem Fluchthubschrauber abzuschneiden. Angesichts dieser Übermacht konnten sie sich nur noch ergeben …

Plötzlich begannen die beiden hoch anfliegenden Kampfhubschrauber Mi-24 zu schwanken, beschrieben Zickzackkurse über den Himmel und gingen dann, Rauchspuren hinter sich herziehend, steil in die Tiefe. Die Mi-24 im Tiefflug flogen Ausweichmanöver, stießen Leuchtkörper aus und warfen Düppelwolken ab. Den beiden ersten Kampfhubschraubern gelang in einigen hundert Metern Entfernung mit Autorotation eine harte Landung, die ihre Besatzungen jedoch überlebten. Die tief weiterfliegenden Mi-24 verschwanden bereits hinter dem Horizont. Dann hallte ein lauter Doppelknall über den Himmel, als die MiG-29 davonrasten – auf der Flucht vor einer Bedrohung oder, um den Angriff zu suchen.

»Zinnsoldat, hier Terminator zwo«, hörte Briggs General Patrick McLanahans Stimme über seinen Satellitenempfänger sagen. »Zwei Hinds abgeschossen. Wir sind defensiv, weil die zwei MiGs hinter uns her sind. Sehen Sie zu, dass Sie möglichst schnell starten. Wir versuchen, die MiGs abzuwehren und Ihnen die Mi-24 vom Hals zu halten.«

»Wir haben wirklich einen Schutzengel!«, rief Briggs begeistert aus. »Los, Sarge, die Maschine soll landen und uns an Bord nehmen, bevor unsere Glückssträhne zu Ende geht.«

Lageraum im Weißen Haus, Washington, D.C.
(zur gleichen Zeit)

»Ich fürchte, Mr. President«, sagte US-Verteidigungsminister Robert G. Goff ernst, »dies könnte der schlimmste militärische Zwischenfall in Friedenszeiten sein, seit damals Francis Powers mit dem Spionageflugzeug U-2 abgeschossen wurde.«

Verteidigungsminister Goff erstattete Präsident Thomas N. Thorn seinen spätabendlichen Bericht im Lageraum des Weißen Hauses, der sich von einem gewöhnlichen Konferenzraum vor allem durch seine Kommunikationsmöglichkeiten unterschied: Der Präsident konnte den Hörer des vor ihm stehenden Telefons abnehmen und buchstäblich mit jedem Menschen auf der Welt telefonieren – auch an Bord von Schiffen und Flugzeugen. Ebenfalls anwesend waren Außenminister Edward Kercheval, Luftwaffengeneral Richard W. Venti, der Vorsitzende der Stabschefs, und CIA-Direktor Robert R. Morgan. Vizepräsident Lester R. Busick hatte seinen Platz neben dem Präsidenten.

»So schlimm ist's bestimmt nicht, Robert«, sagte der Präsident gelassen. »Meines Wissens hat die Erde nicht aufgehört, sich um ihre Achse zu drehen. Berichten Sie uns, was passiert ist.«

Auf die meisten Leute wirkten die ruhige Art des Präsidenten, sein beherrschter Tonfall und seine fast immer spürbare kontrollierte Energie beruhigend. Aber unter den gegenwärtigen Umständen fanden diese Männer sie eher irritierend. Robert Goff empfand das – um es gelinde auszudrücken – fehlende Engagement seines alten Freundes, des Präsidenten, als zunehmend ärgerlich.

»Ja, Sir«, begann Goff, nachdem er tief durchgeatmet hatte. »Das Rettungsunternehmen für Sirene war erfolgreich. Bedauerlicherweise wurde der Bomber EB-1C Vampire, der dieses Unternehmen aus der Luft schützen sollte, kurz vor der russisch-ukrainischen Grenze von einem russischen Abfangjäger abgeschossen.«

»Vielleicht ist diese Vampire doch nicht so unverwundbar, wie man uns einzureden versucht hat«, knurrte der Vizepräsident.

»Die bestüberlegten Pläne, Les, die bestüberlegten Pläne«, meinte der Präsident mit sanftem Tadel in der Stimme. »Wirklich versagt hat nur der, der's gar nicht erst versucht hat.«

Der Vizepräsident schwieg mürrisch. Ganz Amerika wusste inzwischen, wie unterschiedlich Thomas Thorn und Lester Busick waren, und die meisten Leute fragten sich, wie diese beiden Männer als Führungsteam im Weißen Haus zusammenarbeiten konnten. Thorn war in Washington völlig neu; Busick war der typische Washingtoner Insider. Busick arbeitete am besten in einer Krisensituation; Thorn behandelte jeden Vorfall von harmlosen politischen Querelen bis hin zu einer Weltkrise mit derselben ruhigen, unaufgeregten Gelassenheit. Er hatte etwas von Jimmy Carters Unschuld an sich und schien es ähnlich wie Ronald Reagan zu verstehen, sich vom Ernst eines bestimmten Vorfalls abzukoppeln, während sein scharfer Verstand dafür sorgte, dass sein Stab und seine Berater koordiniert zusammenarbeiteten und im Allgemeinen am selben Strang zogen.

Lester Busick hatte sich viele Jahre lang als den begabtesten Drahtzieher Washingtons gesehen – als den Mann, der hinter den Kulissen die Fäden zog. Aber sobald Thomas Nathaniel Thorn die Bühne betreten hatte, hatte er erkennen müssen, dass er deklassiert war. Der Unterschied bestand vor allem darin, dass Thorn die Puppen tanzen ließ, ohne auch nur eine Hand zu heben – zumindest hatte es nach außen hin diesen Anschein.

»Was ist mit der Besatzung der Vampire?«, fragte der Präsident.

»Sir, Generalleutnant Terrill Samson, der für den Geleitschutz zuständig war, ist uns in einer abhörsicheren Videokonferenz zugeschaltet. Ich möchte ihn gern zu unserer Diskussion hinzuziehen.« Als Thorn nickte, aktivierte eine Assistentin die Verbindung. Samson saß in Dreamland mit Major Long in seinem Lageraum. »General Samson, hier ist Verteidigungsminister Goff. Ich bin mit dem Präsidenten und dem Nationalen Sicherheitsrat im Lageraum des Weißen Hauses. Wen haben Sie bei sich, General?«

»Dies ist Major John Long, Operationsoffizier der 111. Bomberstaffel, die Besatzungen und Flugzeuge gestellt hat; er führt gegenwärtig die Staffel. Oberst Rebecca Furness, die Staffelchefin, ist Kommandantin des Reserveflugzeugs und befindet sich auf dem Rückflug hierher.«

»Also gut, General. Wie lauten die neuesten Nachrichten über das Schicksal der Besatzung?«

»Hauptmann Dewey und Major Deverill leben«, berichtete Samson. »Deverill ist noch immer bewusstlos. Die Besatzung wurde von russischen Milizionären gefangen genommen und der Grenzpolizei übergeben; sie wird gegenwärtig mit unbekanntem Ziel abtransportiert – vermutlich ins regionale Grenzpolizeikommando Belgorod.«

»Der Bomber ist beim Absturz zerstört worden, General?«, fragte der Präsident.

»Unsere Telemetrie lässt erkennen, dass die Maschine völlig zerstört wurde, Sir«, sagte Samson.

»Telemetrie?«

»Wir überwachen hunderte von Parametern aller bei Unternehmen eingesetzten Waffensysteme über Satellit, Sir.«

»Nur schade, dass Sie Ihre menschlichen ›Waffensysteme‹ nicht auf gleiche Weise überwachen können, General«, witzelte Busick.

»Tatsächlich können wir das, Sir«, antwortete Samson. »Wir stehen in ständiger Sprechverbindung mit allen unseren Leuten und überwachen viele ihrer Körperfunktionen ständig über Satellit.«

»Das tun Sie?«, fragte der Präsident ungläubig. »Sie wissen, wo sie sind, was sie sagen, ob ihre Herzen schlagen oder nicht?«

»Genau, Mr. President«, bestätigte Samson. »Mein Stab hat sie bei diesem Unternehmen ständig überwacht. Obwohl wir im Augenblick keine Sprechverbindung haben, wissen wir aus unserer Überwachung der Körperfunktionen, dass sie leben. Außerdem können wir ihren Standort einigermaßen genau bestimmen und haben festgestellt, dass sie sich tatsächlich in Bewegung befinden.«

Thorn zog überrascht die Augenbrauen hoch. »Ihre Lage ist ziemlich verzweifelt, fürchte ich. Sie befinden sich in russischer Gewalt und dürften bald in ein Militärgefängnis überstellt werden.«

»Wirklich erstaunlich«, meinte Busick. »Sie wissen also genau, wo Ihre Leute im Augenblick sind? Warum greifen wir dann nicht ein und holen sie dort raus?«

»Genau!«, stimmte Verteidigungsminister Goff begeistert zu. Er wandte sich an den Vorsitzenden der Stabschefs. »General Venti?«

»Im Rahmen seiner Einsatzplanung hat General Samson auch Szenarien für Notfälle ausarbeiten lassen – unter anderem für ein bewaffnetes Rettungsunternehmen«, sagte Venti. »Wie ich General Samson und seinen Stab kenne, ist es bereits angelaufen.«

»Ganz recht, Sir«, bestätigte Samson. »Wir hoffen, dass Dewey und Deverill nicht von regulären Truppen oder einer paramilitärischen Einheit, sondern von Reservisten oder der dortigen Polizei abtransportiert werden. Die Russen haben nicht allzu viele Truppen entlang der russisch-ukrainischen Grenze. Lassen wir ein Rettungsunternehmen anlaufen, bevor die Besatzung dem Militär übergeben oder aus dem Grenzgebiet abtransportiert wird, hat es vielleicht Aussicht auf Erfolg.

Die Zelle der Intelligence Support Agency, zu deren Rettung die später abgeschossene Vampire-Besatzung entscheidend beigetragen hat, befindet sich jetzt auf einem ukrainischen Militärflugplatz bei Kiew«, fuhr Samson fort. »Sie will versuchen, einen Hubschrauber zu bekommen und ins Abschussgebiet zurückzufliegen. Sie ist der dem Krisengebiet nächste Special-Ops-Trupp und kann je nach Transportmittel in ungefähr zwei Stunden vor Ort sein. Das zweitnächste Team befindet sich in der Türkei – mindestens drei Flugstunden weit entfernt, wozu noch die Zeit für Alarmierung und Einsatzbesprechung käme.«

»Wir scheinen uns für ein Rettungsunternehmen entschieden zu haben«, bemerkte der Präsident. Niemand antwortete. »Was ich jetzt sage, mag unglaublich naiv klingen, Gentlemen, aber weshalb fordern wir die Russen nicht einfach auf, uns unsere Leute zurückzuschicken?«

»Ich fürchte, dass die Russen wenig Kooperationsbereitschaft zeigen werden, sobald sie merken, wer ihnen da in die Hände gefallen ist, Sir«, sagte Robert Goff, der sich sehr bemühte, sich sein Entsetzen über die kindisch wirkende Frage des Präsidenten nicht anmerken zu lassen. »Schließlich waren unsere Leute feindliche Angreifer – genau wie in einem Krieg. Sie haben Russland mit einem strategischen Bomber überflogen, russische Flugzeuge abgeschossen und russisches Staatseigentum zerstört. Die Russen haben keinen Grund, nett zu uns zu sein. Ich rechne damit, dass sie Dewey und Deverill erst zurückschicken, wenn sie Zeit gehabt haben, sie gründlich zu verhören. Dann werden sie das Wrack der Vampire untersuchen und die Besatzung zu der Technologie befragen, die sie zweifellos entdecken werden. Das könnte bedeuten, dass die beiden sehr, sehr lange in Gefangenschaft bleiben.«

»Die beste Gelegenheit, Dewey und Deverill zu befreien, bietet sich *jetzt,* Sir«, unterstrich Venti. »Sie sind offenbar von Milizionären geschnappt worden, aber noch nicht ans Militär überstellt. Schlagen wir sofort zu, haben wir die beste Chance, sie zu retten.«

»Und sobald die Besatzung nicht mehr in russischer Gewalt ist, kann unsere eigene Verzögerungstaktik einsetzen«, fuhr Goff fort. »Dann haben die Russen zwar das Bomberwrack, aber nicht die weit wichtigere Besatzung. Sie werden uns bohrende Fragen stellen, alles Mögliche vorwerfen und uns wegen kriegsähnlicher Handlungen verurteilen. Aber sie haben nichts in der Hand.«

Der Präsident nickte, schien jedoch nicht überzeugt zu sein. Er hob den Kopf und sah Samson mit einem weiteren Offizier diskutieren, der neben den General getreten war. Die Diskussion bei abgeschaltetem Mikrofon schien ziemlich hitzig zu werden. »Probleme, General Samson?«, fragte er. Samson sah kurz in die Kamera, wandte sich aber sofort wieder an den Offizier neben ihm. »General?«

»Vielleicht ein potenzielles Problem«, antwortete Samson. »Augenblick, bitte.« Der Präsident und sein Stab warteten, während Samson sich einige Minuten lang mit seinem Stab besprach. Dabei war unübersehbar, dass Samson Mühe hatte, seinen Zorn zu beherrschen. Zuletzt blickte er wieder in die Kamera. »Sir, ein Rettungsunternehmen ist bereits angelaufen – tatsächlich ist die Vampire-Besatzung schon lebend befreit worden.«

»*Was?*«, riefen die im Lageraum Versammelten wie aus einem Mund.

»Wir haben keine Rettungsaktion genehmigt«, stellte Vizepräsident Busick fest. »General Samson, ich habe mich viele Jahre lang über die Trickserei von euch Leuten in Dreamland ärgern müssen. Geht die jetzt weiter, obwohl Brad Elliott nicht mehr da ist? War das wieder einer Ihrer patentierten Geheimangriffe mit Stealth-Flugzeugen?«

»Gott, das will ich nicht hoffen«, murmelte Venti aufgebracht. »Was zum Teufel geht bei Ihnen vor, Earthmover?«

»Ruhig, Leute, ganz ruhig«, sagte der Präsident, der seine Hände vor sich auf dem Tisch gefaltet hatte und als Einziger gelassen auf diese Nachricht zu reagieren schien. »Vor ein paar Minuten habt ihr alle für ein Unternehmen dieser Art plädiert – und jetzt seid ihr empört, weil ihr nicht den Startschuß dafür geben durftet. Bitte weiter, General.«

General Samson holte tief Luft und erstattete dem Nationalen Sicherheitsrat Bericht. »Das Unternehmen ist genau wie vorhin besprochen abgelaufen: Die auf einem Militärflugplatz bei Kiew gelandeten Männer der Intelligence Support Agency haben sich einen ukrainischen Hubschrauber beschafft, sind in den russischen Luftraum eingedrungen und haben Dewey und Deverill über ihre persönlichen Mikrosender geortet«, sagte Samson.

»Mein Gott, das ist unglaublich!«, rief Robert Goff aus. »Kaum zu fassen! Wer hat das organisiert, General? Sie?«

»Nein, Sir – Offiziere meines Stabs und die Kommandeure vor Ort«, antwortete Samson. »Es gibt allerdings eine Komplikation. Einheiten der russischen Luftwaffe haben die Verfolgung aufgenommen. Sie...« Er machte eine Pause, dann sagte er halblaut: »Briggs für Genesis... McLanahan zuschalten... Luger zuschalten... okay, bitte warten.«

»General, soll das heißen, dass Sie tatsächlich mit Ihren Männern reden, die in diesem Augenblick irgendwo über Russland im Einsatz sind?«, fragte der Präsident ungläubig. »Sie berufen eine Art globaler Telefonkonferenz ein und hören live mit – ohne Funkgerät, ohne Mikrofon vor den Lippen, ohne Lautsprecher?«

Samson musste sich von dem Luftkampf auf der anderen Seite der Welt losreißen, um die Frage seines Oberbefehlshabers zu beantworten: »Ja... ja, Sir. Zur Sicherheitsinfrastruktur meiner Einheit gehört auch ein zur Ortsbestimmung dienender Satellitensender, der … der jedem Mitglied meiner Organisation implantiert wird.«

»*Implantiert?*«

»Ein subkutaner Satellitensender«, fügte Samson erklärend hinzu. »Wir überwachen unsere Leute ständig – das ganze Jahr über, weltweit. Wir können ihre Gespräche mithören, mit ihnen reden, sogar ihre Körperfunktionen aufzeichnen.«

»Unglaublich!«, sagte Verteidigungsminister Goff beeindruckt. »Ich habe schon von solchen Geräten gehört, aber ich hätte nie gedacht, dass sie schon einsatzbereit sind.«

»Lassen wir dieses High-Tech-Zeug mal beiseite – was zum Teufel ist dort drüben los?«, warf Busick aufgebracht ein. »Und ich möchte endlich wissen, warum der Nationale Sicherheitsrat nichts von diesem Unternehmen erfahren hat? Wer hat den Nerv, einen Einsatz dieser Art zu befehlen, ohne vorher unsere Erlaubnis einzuholen?«

»Sir, ich übernehme die volle Verantwortung dafür, was dort drüben passiert«, sagte Samson. »Beteiligt sind meine Leute und meine Flugzeuge. Die gesamte Verantwortung liegt bei mir.«

»Ich sehe schon etliche Köpfe rollen – aber der erste ist garantiert *Ihrer,* General Samson. Verlassen Sie sich drauf! Also, was zum Teufel geht dort drüben vor?«

Seit dem Vietnamkrieg, in dem Terrill Samson als 17-jähriger Wehrpflichtiger mit einer Pionierkompanie Unterstände, Schützengräben, Latrinen und Müllgruben ausgehoben hatte, hatte er sich nicht mehr so hilflos und unbedarft gefühlt. Damals hatte er dieses Gefühl gehabt, weil er ein ahnungsloser Rekrut gewesen war. Diesmal waren Patrick McLanahan und David Luger daran schuld. McLanahan und Luger hatten dieses hirnrissige Unternehmen hinter seinem Rücken eingefädelt, ohne ihrem Vorgesetzten ein Wort davon zu sagen. Das war Verrat von der schlimmsten Sorte. Samson fühlte sich gedemütigt, von den eigenen Leuten kastriert.

McLanahan war kein Genie, kein Held, keine lebende Legende – er war ein gemeiner Verräter, der Samson in den Rücken gefallen war.

»Wir… wir haben ein weiteres Flugzeug, das dem Team der Intelligence Support Agency Feuerschutz gibt«, sagte Samson und legte möglichst viel Kraft und Autorität in seine Stimme, obwohl ihm bewusst war, wie sehr beides geschwunden war. »Auch dabei handelt es sich um eine meiner Maschinen. Oberst Furness von der 111. Bomberstaffel und General Patrick McLanahan, mein Stellvertreter, fliegen einen als Reserve eingesetzten zweiten Bomber EB-1C Vampire. Sie haben offenbar von dem Abschuss gehört, sind umgekehrt, sind nochmals in den russischen Luftraum eingedrungen und befinden sich jetzt im Kampf mit russischen Angreifern…«

»Mein *Gott!*«, rief jemand aus – Samson konnte nicht feststellen, wer das gewesen war.

»Zwei russische Kampfhubschrauber sind bereits abgeschossen… nein, Augenblick, soeben wurde auch ein russischer Jäger abgeschossen«, berichtete Samson, der weiterhin alles mithören konnte, was sich im Cockpit der EB-1C abspielte. »Der ukrainische Hubschrauber mit der Besatzung der ersten Vampire befindet sich auf dem Rückflug und ist schon fast wieder in ukrainischem Luftraum. Bedroht wird er von zwei weiteren Kampfhubschraubern und einem oder mehreren Jägern. Die zweite Vampire befindet sich im Gefecht mit ihnen allen.«

»Ein Bomber, der… der *Jäger* bekämpft?«, rief Außenminister Kercheval aus. »Wie kann er das?«

»Ich will trotzdem wissen, wer *zum Teufel* die Genehmigung erteilt hat, Russen abzuschießen«, wetterte Busick. Das war eine rhetorische Frage, die weder General Samson noch Verteidigungsminister Goff, sondern unmittelbar dem Präsidenten der Vereinigten Staaten galt.

Aber Präsident Thorn dachte gar nicht daran, sich jetzt auf eine Auseinandersetzung mit jemandem einzulassen – nicht einmal mit seinem Freund und engstem Berater, der zugleich sein schärfster Kritiker war. Er stützte seinen Kopf in die linke Hand, tippte sich mit dem Zeigefinger an den Mundwinkel und sah auf den Bildschirm, von dem Terrill Samson ihn sichtlich erregt und verwirrt anstarrte. Er hatte das Gefühl, einen Videofilm von einem schweren Verkehrsunfall, einem Hahnenkampf oder einem anderen potenziell gewalttätigen Ereignis zu sehen – am liebsten hätte er alle fünf Sekunden gefragt: »Was geht hier eigentlich vor?«

Zuletzt nahm der Präsident den Hörer seines Telefons ab und sagte zum Wachleiter in der Telefonzentrale: »Verbinden Sie mich mit dem russischen Präsidenten.« Als wenige Sekunden später die Verbindung zum Kreml hergestellt war, meldete er sich: »Hier ist Präsident Thorn. Ich bin mit Angehörigen meines Nationalen Sicherheitsrats im Weißen Haus.«

»Hier ist Präsident Senkow«, antwortete die Stimme eines russischen Dolmetschers. »Ich konferiere hier mit meinem Verteidigungsminister und meinen Generalen, die einen Überfall durch die Vereinigten Staaten vermuten. Sie rufen wegen der Verletzung unseres Luftraums im Grenzgebiet zur Ukraine an, nicht wahr? Ist das ein erstes Geplänkel vor einem Krieg, Mr. President? Was hat das alles zu bedeuten?«

»Das erkläre ich Ihnen gern, Herr Präsident«, antwortete Thorn. »Die Vereinigten Staaten haben in Russland – in der Nähe von Moskau – ein Spionageunternehmen durchgeführt.«

Die Männer im Lageraum starrten sich sprachlos an. Senkow schien dieses Eingeständnis ebenfalls verblüfft zu haben, denn er brauchte einige Sekunden, um sich von seinem Schock zu erholen. »Bitte noch mal, Mr. President.«

»Ich habe gesagt, dass die Vereinigten Staaten in der Nähe von Moskau ein Spionageunternehmen durchgeführt haben«, wiederholte Thorn gelassen. »Heute haben wir versucht, eine Agentin rauszuholen, die eine Ihrer militärischen Einrichtungen ausgekundschaftet hat. Wir haben ein Special-Operations-Team nach Russland geschickt und zu seinem Schutz ein Stealth-Flugzeug mit großer Reichweite eingesetzt.«

»Mr. President!«, warf Lester Busick ein. »*Was sagen Sie da?* Solche Informationen dürfen Sie den Russen unter keinen Umständen geben!«

Thorn schaltete sein Telefon für einen Augenblick stumm. »Les, glauben Sie nicht, dass die Russen das alles schon lange wissen?«, fragte er. Dann ließ er die Taste los. »Wie Sie wissen, Herr Präsident, ist das Special-Ops-Team in die Ukraine gelangt, aber Ihre Luftabwehr hat den Stealth-Bomber abgeschossen. Daraufhin haben unser Special-Ops-Team und ein weiteres Stealth-Flugzeug versucht, die Besatzung des ersten Bombers zu retten, bevor Ihre Sicherheitskräfte sie einsperren konnten.«

»Bitte einen Augenblick, Mr. President«, sagte der Dolmetscher. Die Männer im Lageraum konnten nur versuchen, sich vorzustellen, was in den Köpfen des russischen Präsidenten, seines Ministers und seiner Generale vorging. »Präsident Senkow dankt Ihnen für Ihre Freimütigkeit, Mr. President«, sagte der Dolmetscher schließlich, »aber er besteht trotzdem darauf, dass die Vereinigten Staaten die volle Verantwortung für alles übernehmen, was die amerikanischen Angreifer angerichtet haben.«

»Genau das habe ich vor«, bestätigte Thorn. »Bitte lassen Sie mich fortfahren: Im Augenblick liefern unsere jeweiligen Streitkräfte sich Luftkämpfe. Zwei Ihrer Hubschrauber und ein Jäger sind bereits abgeschossen worden. Ich will jedoch nicht, dass weitergekämpft wird. Ich befehle der Besatzung des Stealth-Bombers hiermit, die Kampfhandlungen einzustellen, wenn Sie Ihrer Luftwaffe befehlen, sie nicht mehr anzugreifen.«

»Mit Verlaub, Mr. President«, sagte Senkow durch seinen Dolmetscher, »das russische Volk hätte kein Verständnis dafür, wenn unsere Streitkräfte den Kampf abbrechen würden, solange feindliche Flugzeuge unseren Luftraum verletzen. Sie sind entschlossen – und werden es immer sein –, bei der Verteidigung unseres Vaterlands bis zum letzten Mann zu kämpfen.«

»Ich werde befehlen, die Kampfhandlungen einzustellen, Herr Präsident, aber ich werde der Besatzung auch gestatten, sich zu verteidigen, wenn sie angegriffen wird«, erwiderte Thorn. »Ich bin zuversichtlich, dass sie es schaffen kann, Russland heil zu verlassen, aber ich will weiteres Blutvergießen vermeiden. Ich empfehle Ihnen dringend, meinen Vorschlag anzunehmen und den Kampf abzubrechen.« Ohne den Hörer aufzulegen, sagte Thorn in Richtung Bildschirm: »General Samson, weisen Sie die Besatzung der Vampire sofort an, die Kampfhandlungen einzustellen. Sie darf ihre Waffen nur einsetzen, wenn sie angegriffen wird.«

Wenige Sekunden später meldete Samson: »Befehl erhalten und bestätigt, Sir. Die Vampire ist im Tiefflug mit Höchstgeschwindigkeit zur ukrainischen Grenze unterwegs.«

»Ich habe meinen Befehl erteilt, Herr Präsident, und er ist bestätigt worden«, sagte Thorn. »Wollen nicht auch Sie befehlen, die Kampfhandlungen einzustellen?«

»Das ist eine Beleidigung. Das ist völlig inakzeptabel.« Der Dolmetscher sprach gleichmäßig monoton, obwohl deutlich zu hören war, dass Präsident Senkow im Hintergrund mit sich überschlagender Stimme brüllte. »Sie verüben einen kriegerischen Akt gegen das russische Volk und erwarten von uns, ihn stillschweigend zu ignorieren?«

»Ich bin bereit, Ihnen hundert Millionen Dollar als Wiedergutmachung für die von meinen Streitkräften angerichteten Schäden anzubieten«, fuhr Thorn fort. Die mit ihm im Lageraum sitzenden Männer starrten ihn verblüfft an. »Außerdem biete ich Ihnen fünf Millionen Dollar für jeden von meinen Streitkräften getöteten Russen, ein öffentliches Schuldbekenntnis und eine öffentliche Entschuldigung im Fernsehen an.«

»Mr. President, was ... was *um Himmels willen ...?*«, flüsterte Busick. »*Das dürfen Sie nicht!*«

»Doch, das darf ich«, bekräftigte Thorn. »Ich verspreche feierlich, dass ich heute Nachmittag zur besten Sendezeit im russischen Fernsehen eine Erklärung abgeben werde.«

»Eine öffentliche Entschuldigung?«, fragte der russische Präsident. »Ein öffentliches Schuldbekenntnis? Ohne Bedingungen?«

»Ohne Bedingungen«, sagte Thorn. »Ich habe meine Streitkräfte angewiesen, alle Kampfhandlungen einzustellen – sie dürfen sich jetzt nur noch verteidigen. In jedem Fall werde ich mich heute Vormittag um zehn Uhr Washingtoner Zeit öffentlich entschuldigen und mein Angebot, Wiedergutmachung zu leisten, erläutern. Teilt Russland mir bis dahin mit, wie viele Todesopfer es durch unsere Schuld gegeben hat, nenne ich auch die Gesamtsumme der Entschädigungszahlungen. Ich will nur, dass nicht noch weitere Menschenleben gefährdet werden.«

»Sie ... Sie wollen alles zugeben, Mr. President?«, fragte Senkow.

»Alles.«

»Sie wollen auch bekannt geben, welche Flugzeuge an diesem Unternehmen beteiligt waren?«

»Gewiss«, antwortete Thorn. »Das Rettungsunternehmen im Großraum Moskau wurde von einem Schwenkrotor-Flugzeug MV-22E Pave Hammer durchgeführt. Dieser Kampfzonentransporter hat sechs Mann Besatzung, ist mit mehreren Maschinengewehren bewaffnet, trägt in einem Waffenbehälter Luft-Luft-Raketen und kann Störsender und Täuschkörper einsetzen. Ihre Besatzung gehört zur Intelligence Support Agency, einer auf Einsätze dieser Art spezialisierten CIA-Unterorganisation.

Die Begleitflugzeuge waren Stealth-Bomber EB-1C Vampire – erheblich modifizierte Bomber B-1, die dafür ausgelegt sind, in stark verteidigte Lufträume einzudringen und eine Vielzahl von Zielen …«

»Sie haben Kernwaffenträger übers Gebiet der Russischen Föderation entsandt? Wie konnten Sie das wagen? Das kommt einer Kriegserklärung gleich!«

»Das waren einfach die für den Schutz des Rettungsflugzeugs am besten geeigneten Maschinen«, stellte Thorn nüchtern fest. »Sie glauben doch wohl nicht im Ernst, dass unsere Flugzeuge Kernwaffen an Bord hatten?«

»Ich weiß nicht, was ich glauben soll!«, übersetzte der Dolmetscher die hörbar erregten Worte des russischen Präsidenten. »Sie erzählen mir das alles so beiläufig, als unterhielten wir uns übers Wetter! Sind Sie übergeschnappt? Sind Sie geisteskrank?«

»Denken Sie meinetwegen, was Sie wollen, Herr Präsident«, sagte Thorn gelassen. »Gestatten Sie mir, dass ich fortfahre. Die Vampires gehören zur 111. Bomberstaffel, einer gegenwärtig auf der Tonopah Test Range in Nevada stationierten Einheit der Nevada Air National Guard. Bewaffnet waren sie mit einer Mischung aus Jagdraketen, Abwurflenkwaffen und Lenkwaffen zur Radaransteuerung – die genaue Zusammensetzung kenne ich nicht, aber ich kann Ihnen diese Informationen auf Wunsch gern besorgen. Normalerweise haben sie den Auftrag, die feindliche Luftabwehr zu bekämpfen und ballistische Raketen abzuschießen. Diesmal sollten sie Feuerschutz bei einem Unternehmen gewährleisten, durch das eine US-Agentin, die auf einem russischen Militärstützpunkt bei Moskau spioniert hat, in Sicherheit gebracht werden sollte. Zwei Mann der Besatzung der MV-22 haben auf einem ukrainischen Luftwaffenstützpunkt einen Hubschrauber gekapert und sind damit nach Russland zurückgeflogen, um die mit dem Fallschirm abgesprungene und in Gefangenschaft geratene Bomberbesatzung zu befreien.«

»Höchst interessant. Mr. President«, sagte Senkow. Robert Goff glaubte förmlich zu sehen, wie Senkows Berater diese Informationen eifrig mitschrieben. Das alles waren zuverlässige Informationen aus bester Quelle – direkt vom Präsidenten der Vereinigten Staaten! »Und der Zweck dieser Spionagetätigkeit?«

»Dadurch sollte das Ausmaß der Verwicklung Russlands in den Luftangriff auf die albanische Stadt Kukës festgestellt werden, bei dem neulich mehrere hundert Männer, Frauen und Kinder brutal ermordet wurden«, sagte Thorn scharf.

»Der Verwicklung *Russlands?*«, wiederholte Senkow. »Das ist lächerlich, Mr. Thorn! Ermittler von NATO und Vereinten Nationen, darunter auch amerikanische FBI-Agenten, haben keinerlei Hinweise gefunden, wer für diesen Massenmord verantwortlich war. Konkurrierende Drogenbarone, makedonische Söldner, die sich an albanischen Waffenschmugglern für Angriffe über die Grenze hinweg rächen wollten, und sogar rivalisierende muslimische Sekten sind dafür verantwortlich gemacht worden. Aber Russland hat absolut nichts damit zu tun gehabt.«

»Die Vereinigten Staaten besitzen Informationen, nach denen ein aus dem Luftfahrtforschungszentrum N.J. Shukowski gestarteter russischer Stealth-Bomber diesen Angriff geflogen hat. Ich werde nicht versäumen, der Weltöffentlichkeit auch *das* mitzuteilen, Herr Präsident.«

Am anderen Ende entstand eine sehr lange Pause. Zuletzt sagte der Dolmetscher: »Sie wollen also Lügen verbreiten, um von Ihrer Schuld an den heutigen Vorfällen abzulenken.«

»Ich werde die Wahrheit sagen, Herr Präsident – die *ganze* Wahrheit«, stellte Thorn richtig. »Ich werde zugeben, dass wir in

Russland spioniert und unerlaubt in den russischen Luftraum eingedrungen sind. Ich werde öffentlich Entschädigungszahlungen anbieten und auch unsere Bereitschaft erklären, die Angehörigen russischer Soldaten, die bei unseren Angriffen gefallen sind, zu entschädigen, sobald Sie uns die genaue Zahl mitteilen.« Das war ein geschickter Schachzug: Um sich möglichst hohe Zahlungen zu sichern, würde Russland zugeben müssen, dass viele Soldaten gefallen waren, was ein schlechtes Licht aufs russische Militär werfen würde. »Anschließend werde ich die von unserer Agentin beschafften Informationen präsentieren, die nicht nur beweisen, dass der Luftangriff aus Russland gekommen ist, sondern auch von der russischen Regierung gebilligt wurde.«

»Lügen! Nichts als Lügen!«

»Herr Präsident, ich bin bereit, *alles* zuzugeben«, sagte Thorn nachdrücklich. »Ich werde der Weltöffentlichkeit die volle Wahrheit sagen. Ich werde Aufnahmen unserer Flugzeuge zeigen, ihre Bewaffnung erläutern und ihren Auftrag bekannt geben. Ich werde mich für schuldig erklären, illegales Eindringen in den russischen Luftraum und Angriffe auf Streitkräfte der Russischen Föderation befohlen zu haben. Und anschließend lege ich das Beweismaterial vor, das unsere Agentin bei ihrer Überwachung gesammelt hat. Die Welt wird *mir* glauben, Herr Präsident, das garantiere ich Ihnen!«

Das war eine unglaublich gewagte, verblüffende Taktik. Die anderen Männer im Lageraum des Weißen Hauses hielten unwillkürlich den Atem an. Würde der Präsident damit wirklich durchkommen …?

»Mr. Thorn«, sagte der Dolmetscher nach einer weiteren langen Pause mit gewohnt leidenschaftsloser Stimme, »unserer Überzeugung nach wäre eine öffentliche Verlautbarung unnötig aggressiv und würde das russische Volk aufhetzen. Deshalb müssen wir darauf bestehen, dass Sie auf ein derartiges Propagandaspektakel verzichten. Wir nehmen Ihr Angebot an, eine Entschädigung von hundert Millionen Dollar zu zahlen. Die russische Regierung erwartet den prompten Eingang Ihrer Zahlung. Das Eingeständnis Ihrer Schuld reicht aus und wird zur Kenntnis genommen.

Präsident Senkow hat die russische Luftverteidigung angewiesen, ihre Angriffe einzustellen, aber alle ausländischen Flugzeuge scharf zu überwachen, um sofort zurückschlagen zu können, falls es nochmals zu feindseligen Handlungen ausländischer Flugzeuge kommen sollte«, fuhr der Dolmetscher fort. »Damit betrachtet die russische Regierung diese Angelegenheit als erledigt, sieht sich jedoch zu einer abschließenden Warnung veranlasst. Sollten die Vereinigten Staaten irgendwelche Informationen über diesen Vorfall oder andere damit in Verbindung stehende Vorfälle verbreiten, wird Russland alles in seiner Macht Stehende tun, um die Vereinigten Staaten zu zwingen, die Konsequenzen ihres Verhaltens zu tragen.«

Die Verbindung wurde abgebrochen.

Die Mitglieder des Nationalen Sicherheitsrats starrten sich verblüfft schweigend an. Schließlich fragte Verteidigungsminister Goff halblaut: »Habe ich … habe ich das richtig mitgekriegt? Hat Präsident Senkow eben gestattet, dass ein bewaffneter amerikanischer Stealth-Bomber durch den russischen Luftraum fliegt?«

»Klar – für hundert Millionen Dollar«, antwortete Vizepräsident Busick. »Kein schlechtes Geschäft für ihn.« Er wandte sich an den Präsidenten, der zufrieden lächelnd am Konferenztisch saß. »Das Geld wäre nicht nötig gewesen, Mr. President. Die Vampire hat den russischen Luftraum schon fast verlassen. Die Besatzung der ersten Vampire ist in Sicherheit, und …«

»Die Millionen sind nur ein Beweis für unseren guten Willen – eigentlich ein Bestechungsgeld«, sagte der Präsident. »Senkow wusste, dass wir gewonnen hatten, musste aber vor seinen Generalen das Gesicht wahren, und dazu können hundert Millionen Bucks sehr gut beitragen. Außerdem weiß er jetzt, was wir gegen ihn in der Hand haben. Die Sache ist erledigt, weil alle Beteiligten es so wollen. Also zurück an die Arbeit.« Thorn stand auf, ging zur Tür, blieb aber noch einmal stehen und sah zu dem Bildschirm hinüber. »General Samson?«

»Ja, Sir?«

»Ich erwarte einen ausführlichen Bericht von Ihnen und General McLanahan, sobald er von seinem kleinen Ausflug nach Russland zurückkommt. Diesmal *kommt* er doch wohl hoffentlich zurück?«

»Dafür sorge ich, Sir.«

»Die einzige Sache, die wir noch besprechen müssen, ist die Frage, was mit Offizieren geschehen soll, die ohne meine Genehmigung Militäreinsätze im Ausland planen und durchführen«, sagte der Präsident grimmig. »Ungehorsamer, illegaler *Bockmist* dieser Art muss sofort und endgültig abgestellt werden. Ich hoffe, ich habe mich klar genug ausgedrückt.«

Über Südrussland
(zur gleichen Zeit)

Über Funk ging eine wilde, verwirrende Vielzahl von Meldungen ein, und Gennadi Jegorow hatte große Mühe, sie auseinander zu halten. »Ich kann einfach nicht rauskriegen, was hinter dieser ganzen Aufregung steckt«, sagte er zu Ion Stoica. Beide hörten den Funkverkehr der Radarstation Belgorod ab, die sich bemühte, die Flugwege und Abwehrsektoren von mindestens sechs russischen Abfangjägern und einer Batterie Fla-Lenkwaffen SAM-10 zu koordinieren. »Ich kriege nicht raus, ob sie den Eindringling nicht finden können, ihn entdeckt, aber wieder verloren haben, oder ihn gefunden haben, aber nicht angreifen dürfen.«

Stoica, der den Stealth-Jagdbomber Metjor Mt-179 *Tjeny* flog, fasste den Steuerknüppel fester und rutschte besorgt in der Sitzwanne seines Schleudersitzes hin und her. »Ich glaube, wir kommen zu spät«, sagte er. »Falls etwas hier war, ist's längst weg.«

»Nicht unbedingt«, widersprach Jegorow. »In einem Funkspruch war gerade die Rede von einem nicht identifizierten Flugzeug auf Südwestkurs.«

»Dann müsste es genau auf uns zukommen«, sagte Stoica. »Vielleicht haben wir Glück. Wie funktioniert der Infrarotsensor heute morgen?«

»*Atlitschno*«, antwortete Jegorow. »Besser als meistens – die Luftfeuchtigkeit muss ziemlich gering sein. Reichweite ungefähr fünfzehn Kilometer.« Er machte eine Pause, konzentrierte sich wieder auf die aus dem Funkgerät dringende Kakophonie und rief dann aufgeregt: »Da, schon wieder! Eine Verkehrswarnung an ein anderes Flugzeug vor einem unidentifizierten intermittierenden Radarziel, etwa zehn Kilometer südlich von Boriskow auf Westkurs, Höhe unbekannt.« Stoica kurvte sofort links ein und hielt auf diesen Punkt zu. »Sehr undeutliche Radarechos – die Maschine ist keine fünfzig Kilometer von Belgorod entfernt, aber die dortige Radarstellung kann sie nicht erfassen.«

»Muss ein Stealth-Flugzeug sein«, meinte Stoica. »Vielleicht ein amerikanischer Stealth-Bomber?«

»Sie können es nicht richtig orten, aber auf Nordostkurs kommen *wir* immer mehr in Reichweite«, warnte Jegorow seinen Kommandanten. »Noch dreißig Kilometer, dann können sie uns sehen.«

»Diese Waffenpylonen sind die reinsten Radarreflektoren«, sagte Stoica.

»Damit ist die Frage beantwortet: Fliegen wir mit Waffen unter den Tragflächen, sind unsere Stealth-Eigenschaften futsch«, fasste Jegorow zusammen. »Ich schlage vor, dass wir heimfliegen und dem Genossen Kasakow sein Flugzeug zurückbringen, bevor wir einen Kotflügel zerbeulen.«

»Du sagst, dass wir noch dreißig Kilometer haben, bevor wir nach Süden abdrehen müssen – die wollen wir ausnützen«, sagte Stoica. »Mein Jagdinstinkt kribbelt wie verrückt. Das andere Flugzeug muss ganz in der Nähe sein.«

»Habe ich dir schon mal erzählt, was ich von deinem sogenannten Jagd…« Aber Jegorow sprach nicht weiter, denn ihr Infrarotsensor hatte soeben ein Ziel erfasst. »Augenblick… Kontakt!«, krähte er. »Elf Uhr, tief, Entfernung unbekannt. Nur schwaches Infrarotecho, das aber keinem der Radarziele entspricht.« Er klopfte Stoica auf die rechte Schulter. »Nie wieder ein böses Wort über deinen Jagdinstinkt!«

»Gratulieren kannst du mir später – erst wollen wir versuchen, uns diesen Kerl anzusehen«, sagte Stoica. Er hielt etwas nach Süden vor.

»Sehen wir ihn auf dem IR-Bildschirm, ist er längst in Reichweite der R-60«, stellte Jegorow fest. »Von mir aus kann's losgehen!«

»Ich möchte ihn mir lieber erst ansehen«, wehrte Stoica ab. »Ich will keine Lenkwaffen an einen Transporter verschwenden.«

»Wir sind nicht im Einsatz, Ion, sondern mit einem sündteuren Stealth-Jagdbomber auf einem Rundflug über die Ukraine und Südrussland«, erklärte Jegorow ihm. »Wir sind hergekommen, um zu sehen, wie nahe wir mit Außenlasten unter den Tragflächen an Radarstellungen heranfliegen können. Das wissen wir jetzt – nicht sehr nahe. Ich bin dafür, dass wir umkehren, bevor irgendwas passiert.«

»Wir haben endlich diese Maschine entdeckt – was der russischen Luftwaffe offenbar nicht gelungen ist –, und du willst sie entkommen lassen und einfach heimfliegen?«, fragte Stoica ohne eine Spur von Humor in der Stimme. »Was ist aus dem blutgierigen Jagdbomberpiloten geworden, der in Afghanistan ganze Dörfer ausradiert hat?«

»Der verdient jetzt zu viel Geld und hat zu viel Angst, sein Gangsterboss könnte ihn umlegen lassen«, antwortete Jegorow.

»Dieser Kerl hat etliche Jäger und Kampfhubschrauber abgeschossen«, erklärte Stoica seinem Waffensystemoffizier. »Wenn du sagst, dass dich kein bisschen interessiert, wer er ist, kehren wir sofort um.« Jegorow gab keine Antwort. »Ha! Ich hab's gewusst! Also los!« Als das Ziel links an ihnen vorbeizufliegen begann, legte Stoica die Mt-179 in eine leichte Linkskurve, um sich hinter die andere Maschine zu setzen und ihre heißen Triebwerksauslässe vor sich zu haben.

»*Slischkom pobolsche*«, sagte Jegorow, als er das Infrarotbild begutachtete. »Mann, ist der groß! Vier Triebwerke? Ich glaube, er hat vier Triebwerke!«

»Vier Triebwerke – das muss ein Stealth-Bomber sein!«, sagte Stoica. »Das erklärt nicht, wer die russischen Jäger abgeschossen hat, aber dieser Bomber ist eine fette Beute. Mit seinem Begleitjäger befassen wir uns, nachdem wir ihn abgeschossen haben. Was hältst du davon, Partner?«

»Ich bin dabei«, bestätigte Jegorow aufgeregt. Er tippte einen Befehl in den Waffencomputer ein und sah sofort die Anzeige ZIEL ERFASST aufleuchten. »Zwei externe R-60 feuerbereit und in Reichweite. Dein Feuerknopf ist heiß.«

»Lenkwaffenstart!« Stoica schob die Abdeckung über dem Feuerknopf am Steuerknüppel beiseite und drückte mit dem rechten Daumen auf den Knopf. Zwei Jagdraketen R-60, je eine von beiden Aufhängepunkten unter den Tragflächen, schossen fauchend davon und rasten hinter dem weniger als fünf Kilometer entfernten Ziel her…

Sobald die Raketenmotoren der beiden R-60 gezündet wurden, entdeckte das supergekühlte elektronische Auge im Heck des Bombers EB-1C Vampire sie und ließ die Warnung LENKWAFFEN-START aufblinken, während es automatisch Täuschkörper ausstieß und das ECM-System des Bombers aktivierte. »*Lenkwaffenstart! Links wegkurven! Schnell!*«, rief Patrick.

Die Vampire besaß das modernste Abwehrsystem der Welt: An Stelle von Düppelwolken und Leuchtkörperbündeln stieß sie kleine zylindrische Gleiter aus, deren Breitbandsender die Wärme- und Radarsignaturen eines richtigen Flugzeugs simulierten. Außerdem konnte sie einen Störkörper nachschleppen, von dem alle Signale zur Radarstörung ausgingen; setzte der Gegner Lenkwaffen zur Ansteuerung von Störsignalen ein, trafen sie nicht die Vampire, sondern nur den Störkörper.

Aber die Mt-179 war schon zu nahe, sodass die Köder keine Zeit mehr hatten, ihre volle Sendeleistung zu erreichen. Die erste Jagdrakete R-60 verfehlte das Ziel um einige Dutzend Meter, aber die zweite R-60 ließ sich nicht genügend täuschen. Sie drehte kurz nach rechts ab, um einen der Gleiter anzusteuern, hielt dann aber wieder aufs ursprüngliche Ziel zu. Als sie das Leitwerk der Vampire überflog, entdeckte ihr Abstandszünder einen Fehltreffer und zündete den drei Kilogramm schweren Gefechtskopf. Ein Hagel von Metallsplittern riss die obere Hälfte des Seitenleitwerks der EB-1C oberhalb des Höhenleitwerks weg.

Die Detonation rüttelte den Bomber wie eine Riesenfaust durch und warf ihn beinahe auf den Rücken. Ohne Seitenruder hatte Rebecca keine Möglichkeit, die Seitenstabilität durch Steuerausschläge zu beeinflussen. Sie waren dem Schicksal ausgeliefert. Stabilisierte die Fluglage sich von selbst, waren sie gerettet – andernfalls blieb ihnen nur das Aussteigen mit dem Schleudersitz.

Irgendwie gelangte die schlingernde Maschine doch wieder in den Horizontalflug. Sie hatten zweitausend Fuß Höhe verloren und befanden sich nur noch tausend Fuß über Grund. »Ziehen, Rebecca«, sagte Patrick warnend. »Wir sind auf tausend Fuß.«

»Schon dabei«, bestätigte Furness. Sie konnte die Maschine kaum im Geradeausflug halten und merkte, dass sie immer mehr Seitenruderausschlag links brauchte. »Die Klappenruder scheinen bei einer Rechtskurve zu klemmen. Ich denke, das lässt sich austrimmen... nein, ich kann es nur teilweise austrimmen. Verdammt, überprüfen Sie meine Anzeigen.«

»Seitenruder-Servo, Klappenruder-Servo A, Autopilot-Seitenruderkanäle A und B, sekundäre Hydraulik, Heckradar, Heckradarwarner und geschleppter Störkörper ausgefallen«, meldete Patrick. »Uns scheint's am Heck erwischt zu haben. Triebwerke, elektrisches System, primäre Hydraulik und Computer sind in Ordnung. Können Sie die Maschine halten?«

»Ich denke schon«, antwortete Rebecca. »Wo zum Teufel ist der hergekommen?«

»Als Erstes müssen wir zusehen, dass wir ihn loswerden«, sagte Patrick. »LADAR ein!« Das Laserradar entdeckte die feindliche Maschine sofort in weniger als drei Meilen Entfernung. Patrick berührte ihr Symbol auf dem Supercockpit-Display. »Ziel angreifen.«

»*Achtung, Angriffsbefehl erhalten... Bombenklappen teilweise geöffnet... Lenkwaffe abgeworfen...* « Die vorderen Bombenklappen öffneten sich halb, und eine einzelne Lenkwaffe AIM-120 AMRAAM wurde in den Luftstrom abgeworfen. Sobald sie sich nach einigen Sekunden stabilisiert hatte, wurde der Raketenmotor ihrer ersten Stufe gezündet. Die Lenkwaffe schoss voraus, beschrieb einen weiten »Über-die-Schulter«-Bogen und steuerte dann den Stealth-Jagdbomber Mt-179 an.

Normalerweise erhielt die Lenkwaffe ihren Anfangskurs zum Ziel vom Heckradar der Vampire. Da es ausgefallen war, hatte die AIM-120 nur Informationen über die letzte bekannte Position, Kurs, Höhe und Geschwindigkeit des Ziels. Als sie den Punkt erreichte, an dem das feindliche Flugzeug sich befinden sollte, aktivierte sie ihr eigenes Radar und begann das Ziel zu suchen.

»Treffer!«, rief Stoica aus. Das plötzliche *POP!* des detonierenden Gefechtskopfs einer R-60 und die kurz aufleuchtende Spur von Feuer und brennendem Metall waren unverkennbar. »Achtung, ich verpasse ihm noch ein paar…« In diesem Augenblick sah er in der Ferne etwas kurz aufblitzen, das wie eine waagrecht fliegende Feuerwerksrakete aussah. »Verdammt, was war das?«

»*Eine Lenkwaffe!*«, rief Jegorow. »*Rechts wegkurven! Los, weg von hier!*«

Stoica zögerte keine Sekunde lang. Er legte die Mt-179 in eine steile Rechtskurve, drückte die Leistungshebel in Nachbrennerstellung nach vorn und zog den Steuerknüppel bis an den Bauch. Gleichzeitig stieß Jegorow Düppel und Leuchtkörper aus. Ihr verzweifeltes Ausweichmanöver hatte Erfolg. Da die Scorpion keine zuverlässige Zielposition hatte, reagierte ihr Suchradar auf das größte Ziel, das sie im Sturzflug entdecken konnte – die weit auseinander gezogene Düppelwolke –, sodass die Lenkwaffe harmlos einige hundert Meter hinter dem Stealth-Jagdbomber detonierte.

»Er hat eine Lenkwaffe auf uns abgeschossen!«, rief Stoica hörbar schockiert. »Dieser Scheißkerl hat *eine Lenkwaffe auf uns abgeschossen!*«

»Das ist der größte Jäger, den ich je gesehen habe«, sagte Jegorow, »oder amerikanische Stealth-Bomber tragen jetzt auch Jagdraketen.«

»Dieser Scheißkerl ist *tot!*«, brüllte Stoica. Er rollte nach links und schaltete das Angriffsradar ein. Diesmal erschien die feindliche Maschine sofort auf dem Radarschirm. »Eure Tarnkappe hat Löcher, was? Wir *haben* euch getroffen. Lenk…« Aber bevor er zwei weitere R-60 abschießen konnte, startete der Bomber eine zweite Lenkwaffe, die in hohem Bogen auf sie zukam. Stoica kurvte fluchend nach links weg, während Jegorow rechts Düppel und Leuchtkörper ausstieß. Auch die zweite Lenkwaffe verfehlte ihr Ziel, aber diesmal nur knapp.

»Ion, wir müssen abhauen, verdammt noch mal!«, rief Jegorow. »Dieser Hundesohn kann zurückschießen!«

»Ich lasse ihn nicht entkommen!«

»Schluss jetzt, Ion! Du hast den Kerl bereits erwischt. Er haut ab. Lass ihn fliegen, bevor er uns mit einem glücklichen Treffer erwischt.«

»*Pisda, tebja radila!*«, fluchte Stoica auf Russisch. Aber er wusste, dass Jegorow Recht hatte. Dieser Kerl, wer immer er sein mochte, konnte sich kräftig wehren. Außerdem zeigte ein Blick auf die Treibstoffanzeigen Stoica, dass die zweimalige Benutzung der Nachbrenner und der durch die Waffenpylonen erhöhte Luftwiderstand wirklich viel Treibstoff gekostet hatten. Es wäre noch genug für einen weiteren Angriff gewesen – aber er entschied sich dafür, auf ihn zu verzichten. Stattdessen drehte er widerstrebend und zornig nach Süden ab, um nach Rumänien zurückzufliegen.

»Er haut ab«, berichtete Patrick, während er den Angreifer auf seinem Supercockpit-Display aus der Vogelperspektive beobachtete. »Er fliegt nach Süden … in die Ukraine.«

»Verdammt, General, das hat uns gerade noch gefehlt!«, sagte Furness aufgebracht. »Dieser Einsatz ist ungenehmigt, wahrscheinlich illegal – und jetzt haben wir Gefechtsschäden, *schwere* Gefechtsschäden! Ich weiß nicht mal, ob wir ohne Seitensteuer und mit beschädigten Klappenrudern eine Luftbetankung durchführen können.«

»Wohin er wohl unterwegs ist?«, meinte Patrick nachdenklich. »Müsste ein russischer Jäger nicht in entgegengesetzte Richtung fliegen?«

»Hören Sie mir denn nicht zu, McLanahan? Wir wären beinahe abgeschossen worden. *Durch Ihre Schuld* wären wir beinahe abgeschossen worden.«

»General Samson hat uns mitgeteilt, dass die Russen bereit sind, uns ungeschoren zu lassen«, stellte Patrick fest. »Alle russischen Maschinen sind auf ihre Stützpunkte zurückgekehrt – bis auf einen Jäger mit sehr geringem Radarquerschnitt. Jetzt ist er nach Süden in die Ukraine unterwegs. Wie lässt sich das erklären?«

»Wir können von Glück sagen, dass wir noch leben, unser ganzes Heck ist zerschossen, und Sie interessiert nur, wohin dieser Kerl, der uns fast erledigt hat, jetzt abhaut?«

»Schalte LADAR ein«, sagte Patrick. Er verfolgte das unbekannte Flugzeug einige Minuten lang, bis es nur fünfzehn Meilen entfernt vom Radarschirm verschwand. Eindeutig ein Stealth-Jäger, dachte Patrick – schließlich hatte ihr Laserradar eine Reichweite von fünfzig Meilen. »Er fliegt weiter nach Süden. Bisher keine Kursänderung. Vielleicht sollten wir ihm folgen und versuchen, ihn wieder zu erfassen.«

»Klar, warum denn nicht?«, fragte Rebecca sarkastisch. Ihre Stimme klang unüberhörbar zornig. »Wir sind ohnehin erledigt, wenn wir jetzt heimkommen.« Sie behielt ihren bisherigen Kurs bei, und Patrick widersprach nicht.

6

Über der Ostsee (einige Tage später)

Äußerlich glich das Flugzeug einer gewöhnlichen Frachtmaschine Boeing DC-10 Model 30F ohne Fenster und mit großen Frachtluken statt Fluggasttüren. Zollinspektoren in Aberdeen hatte ihren riesigen Laderaum vor zwei Tagen bis auf einige Dutzend Sitze, die vorn in Dreierreihen festgeschraubt waren, und zwei chemische Toiletten leer vorgefunden. Im hinteren Teil dieser DC-10 waren ungewöhnliche Geräte installiert – riesige Laufkatzen und Greifer, unter denen große Luken angebracht waren –, aber die Umbauzertifikate auf dem FAA-Vordruck 337 und die Logbucheintragungen waren tadellos in Ordnung.

Nach zweitägigem Aufenthalt in Schottland, wo Arbeiter die Maschine mit Fracht beladen hatten, gab die Besatzung einen Flugplan auf, um mit siebenundzwanzig Tonnen Ölbohrausrüstung direkt nach Al-Manamah in Bahrain zu fliegen. Auch diesmal waren alle Papiere in Ordnung, und die Frachtstücke wurden von Zollbeamten, Vertretern der bahrainischen Ölgesellschaft, für die diese Fracht bestimmt war, und einem Inspektor der deutschen Versicherungsgesellschaft, die sie auf dem sechseinhalbtausend Kilometer langen Flug versicherte, sorgfältig kontrolliert. Dabei zeigte sich, wozu dieses ungewöhnliche Flugzeug mit seinen ungewöhnlichen Einrichtungen gebraucht wurde: Einige der Teile – darunter massive Bohrturmrohre, Verteilerstücke und Absperrventile – waren so riesig, dass sie nicht durch die seitlichen Frachtluken gepasst hätten. Diese Teile waren einfach durch die Bodenluken ins Flugzeug gehievt worden. Nach dreistündiger Verzögerung wegen

Schlechtwetters und einer weiteren Stunde, die erforderlich war, um einen neuen internationalen Flugplan mit den zehn Staaten zu koordinieren, über die der neunstündige Flug hinwegführen würde, hob die Maschine endlich kurz vor Sonnenuntergang ab.

Aber sobald die DC-10 in der Luft war, machten die zwanzig Ingenieure und Techniker an Bord sich an die Arbeit. Die Ölbohrausrüstung, die aus schweren Gussteilen zu bestehen schien, wurde leicht und rasch demontiert – in Wirklichkeit bestand sie aus Leichtstahlhüllen über Styroporkernen. Aus Verteilerstücken wurden Kontrollkonsolen, Absperrventile verwandelten sich in Prüfgeräte und Werkzeugkästen, und die Bohrturmrohre wurden zu zwei ungewöhnlich geformten Abwurflenkwaffen.

Der Rumpfquerschnitt dieser Lenkwaffen war nicht wie üblich zylinderförmig, sondern glich einem dreiblättrigen Kleeblatt mit etwas breiterer Unterseite, sodass ihre Rümpfe als aerodynamische »Auftriebskörper« zusätzlichen Auftrieb lieferten. Sie hatten weder herkömmliche Tragflächen noch Steuerelemente wie Stabilisierungsflossen oder Ruder. Als die Flugregler der Lenkwaffen nach dem Zusammenbau getestet wurden, schien ihre Beplankung sich wie die Haut eines schwimmenden Fischs in wellenförmigen Bewegungen zu verformen. Die Ein- und Auslässe ihrer Triebwerke waren schmale Schlitze auf der Oberseite und am Heck dieser Lenkwaffen. Gruppen von winzigen Sensoren, die in alle Richtungen blickten, bedeckten ihren Rumpf. Jede Lenkwaffe wog ungefähr sechzehnhundert Kilogramm. Sie wurden in eine Druckkammer über den eigenartigen Bodenluken der DC-10 geschoben.

Bis die Lenkwaffen startbereit waren, befand das Frachtflugzeug sich siebzig Kilometer westlich der Stadt Witebsk über dem Norden Weißrusslands. Die Techniker in der Druckkammer im hinteren Teil der Maschine setzten Helme auf, zogen Parkas und Handschuhe an, legten Sauerstoffmasken an und meldeten über die Bordsprechanlage, sie seien für den nächsten Schritt bereit. Der Mission Commander nickte, nahm einen Schluck Pepsi aus einer großen PET-Flasche, drückte auf seine Sprechtaste, wartete kurz, bis die Verbindung über Satellit hergestellt war, und sagte dann: »Hey, Erzengel, hier Mad Dog.«

»Ich höre, Mad Dog.«

»Wir könnten loslegen. Wir warten nur auf den Einsatzbefehl.«

»Also los!«

»Wird gemacht. Rufen Sie mich, falls Sie sich die Sache anders überlegen.«

»Verstanden. Ich wünsche Ihnen viel Erfolg!«

»Überflüssig, aber trotzdem vielen Dank. Also, dann bis später.« Dr. Jon Masters aktivierte wieder das Mikrofon der Bordsprechanlage »Okay, Jungs, der Countdown läuft. T minus zwo, Uhr läuft. Vorflugkontrollen durchgeführt, Überprüfung der Ringlaser-Kreisel läuft, erwarte Betriebsbereitschaft in zweiundvierzig Sekunden. Achtung, Kammer wird auf atmosphärischen Druck umgestellt.«

Jon Masters war in seinem Labor oder an einem CAD-System am glücklichsten, aber er genoss es auch, ab und zu unterwegs zu sein und ein paar seiner Waffen zu verschießen. Der jungenhaft, fast lausbübisch wirkende Anfangsdreißiger war der Bill Gates der US-Rüstungsindustrie. Er hatte in dem Alter promoviert, in dem die meisten Kids den Führerschein machen, hatte der NASA geholfen, ein weltweites System zur Bahnverfolgung und Datenübertragung aufzubauen, und war bereits Präsident einer kleinen High-Tech-Waffenschmiede in Kalifornien geworden, als seine Altersgenossen sich noch um ihren ersten richtigen Job bemühten. Einige Jahre später gehörte die Firma praktisch ihm, und er war weltweit als genialer Erfinder und innovativer Konstrukteur bekannt. Für das amerikanische Militär hatte Sky Masters Inc. hunderte von verschiedenen strategischen und taktischen Systemen entwickelt – von miniaturisierten Aufklärungs- und Fernmeldesatelliten bis hin zu modernsten Flugzeugen, Sensoren und Abwurflenkwaffen.

Das meiste Geld hatte er immer mit streng geheimen Aufträgen verdient: mit Kleinsatelliten, die für spezielle Aufgaben in den Weltraum geschossen wurden, Stealth-Flugzeugen und High-Tech-Waffen à la Buck Rogers. Tatsächlich baute seine Firma nur wenige seiner Konstruktionen selbst – er hatte festgestellt, dass es lohnender war, sie von anderen High-Tech-Firmen in Lizenz bauen zu lassen. Aber bei diesem Projekt war das anders, denn er hatte sämtliche Aspekte ihres Einsatzes persönlich überwacht. Dies war die größte Bewährungsprobe, die größte Herausforderung – er würde niemanden im Stich lassen. Jon Masters blickte auf eine so lange Liste von Erfolgen bei streng geheimen Projekten zurück, dass er es sich leisten konnte, leicht überheblich zu sein, aber er wusste aus Erfahrung, dass Dinge, die schief gehen konnten, meistens auch schief gingen, sodass er sich seiner Sache nie sicher war, bis der Einsatz vorüber war.

Der Countdown lief störungsfrei ab. Es dauerte weniger als dreißig Sekunden, um den Ringlaser-Kreisel auf Touren zu bringen und zu kalibrieren, damit er den Autopiloten und Navigationscomputern der beiden Lenkwaffen supergenaue Fluglage- und Kursinformationen geben konnte. Sobald der Kurskreisel angelaufen war, erfolgte der Druckausgleich in der Lenkwaffenkammer, und die letzte Datenübertragung begann. Position, Eigengeschwindigkeit, Höhe und Kurs des Trägerflugzeugs, die Zielkoordinaten und neueste Informationen über bekannte feindliche Luftabwehrkräfte wurden sekundenschnell auf die Bordcomputer der Lenkwaffen heruntergeladen, überprüft und vom Bordcomputer der DC-10 nochmals kontrolliert. Nach einem weiteren Selbsttest begann das Trägerflugzeug leicht zu steigen, die Frachtluken unter dem Rumpf öffneten sich, und die Lenkwaffen wurden nacheinander in den Luftstrom abgeworfen.

Die beiden Lenkwaffen waren erst wenige Minuten in der Luft, als ein Alarmsignal ertönte. »Grant Two meldet einen teilweisen Steuerungsausfall«, berichtete einer der Techniker. »Anscheinend sind die Stellmotoren für die Rumpfverformung an Backbord ausgefallen.«

»Haben Sie versucht, sie zurückzurufen?«

»Sie hat den Empfang bestätigt, ist dann aber vom Kurs abgekommen«, antwortete der Techniker. »Sie versucht, zu uns zurückzukehren, aber sie kann nicht steuern.«

»Mist!«, sagte Masters halblaut. »Und dabei war sie unser bestes Pferd im Stall. Haben wir die Daten schon?«

»Ja, Sir. Als die Steuerung ausgefallen ist, hat Grant Two sämtliche Daten übermittelt, und ich habe sie nochmals angefordert und erhalten. Auch Blytheville hat die Fehlfunktion und den Empfang bestätigt.« Wie der Flugschreiber eines Verkehrsflugzeugs speicherten die Lenkwaffen ständig die Umgebungs-, Triebwerks-, System-, Fluglage- und Computerdaten der letzten halben Stunde und übermittelten sie via Satellit ans Trägerflugzeug und die Zentrale von Sky Masters Inc. in Blytheville, Arkansas. Diese Übertragungen erfolgten in regelmäßigen Abständen, kurz vor Erreichen des Zielgebiets ... und bei jeder auftretenden Panne.

Jon Masters streckte eine Hand nach einem roten Plastikdeckel aus, klappte ihn hoch, steckte seinen Schlüssel ins Schloss, drehte ihn nach rechts und betätigte dann einen Schalter. Zwanzig Kilometer von ihm entfernt detonierte die zweite Lenkwaffe. »Achtzehn Millionen futsch«, knurrte er missmutig. Für experimentelle Lenkwaffen gab es keine Versicherung – vor allem nicht, wenn sie illegal eingesetzt wurden. »Was ist mit Grant One?«

»Funktioniert tadellos, auf Kurs, alle Systeme im grünen Bereich.«

Jon nickte. Nun, sagte er sich bedauernd, deshalb starten wir auch von den besten Systemen immer zwei gleichzeitig – und er hatte die besten Systeme. Das hätte er jedem bereitwillig erklärt.

Grant One (Jon Masters benannte seine Lenkwaffen immer nach US-Präsidenten) setzte ihren Flug fort, blieb mit Batterieantrieb im Sinkflug aus zwölftausend Metern und steuerte nach Osten. Als die Batterie einige Minuten nach dem Abwurf halb leer war, zündete sie automatisch ihr Strahltriebwerk, blieb aber im antriebslosen Gleitflug, bis sie in fünfzehnhundert Metern über den Ebenen Westrusslands angelangt war. Das Triebwerk begann zu arbeiten, als Grant One in den Horizontalflug überging und dem Trägerflugzeug ihre Betriebsdaten meldete. Jon antwortete darauf mit dem endgültigen Einsatzbefehl.

Die Lenkwaffe beschleunigte auf vierhundertachtzig Knoten und ging auf dreihundert Meter über Grund hinunter, als sie nördlich an Moskau vorbeiflog, um nicht von militärischen oder zivilen Luftraumüberwachungsradaren, von denen die russische Hauptstadt umgeben war, erfasst zu werden. Alle zwölf Sekunden kalibrierte sie ihr Trägheitsnavigationssystem mit einer Positionsbestimmung über GPS-Satelliten, aber da sie sich erst seit einer Dreiviertelstunde im Tiefflug befand, lag ihr Navigationsfehler bei unter fünf Metern.

Vierzig Kilometer nordöstlich von Moskau steuerte sie nach Süden, ging auf hundertfünfzig Meter über Grund hinunter und beschleunigte auf fünfhundertvierzig Knoten, als sie den Flakstellungen in der Umgebung des Luftwaffenstützpunkts Shukowski näher kam. Ihr einprogrammierter Kurs führte an bekannten Hindernissen wie hohen Gebäuden oder Sendemasten vorbei, aber die Lenkwaffe aktivierte jetzt ihr im Millimeterbereich arbeitendes winziges Radar, das sie vor unerwartet auftauchenden Hindernissen warnen würde. Dieses Radar war empfindlich genug, um den hohen Blei- und Schwefelgehalt des aus manchen Fabrikkaminen aufsteigenden Rauchs zu entdecken, und ließ Grant One davor ausweichen, als seien die Rauchsäulen feste Hindernisse.

Siebzig Sekunden vor dem Ziel schaltete die Lenkwaffe ihre Infrarotkameras ein und übermittelte die Bilder an Jon Masters an Bord des Trägerflugzeugs. Die Aufnahmen zeigten den Stützpunkt in Rot-, Rosa-, Purpur- und Orangetönen und waren kontrastreich genug, um einzelne Gebäude erkennen zu lassen. Ein weißes Rechteck bezeichnete den Hangar, den der Bordcomputer für das beabsichtigte Ziel hielt. Aus fünfzehn Kilometern Entfernung war schwer zu beurteilen, ob dies das richtige Gebäude war, aber in weniger als einer Minute würde er mehr wissen.

Der Computer lag daneben, aber nicht allzu sehr. In die Navigation hatte sich ein Fehler von einigen Dutzend Metern eingeschlichen, und das weiße Rechteck lag auf einem benachbarten Hangar. Jon gab die nötigen Korrekturen ein, fixierte das Bild im Computerspeicher, benutzte dann einen Trackball, um ein Fadenkreuz über den Zielpunkt im rückwärtigen Drittel des Dachfirsts zu schieben, und befahl der Lenkwaffe, genau diesen Punkt zu treffen. Zuletzt überzeugte er sich davon, dass der Endanflug als ein PUP – Pull Up, Push Over – programmiert war, was bedeutete, dass die Lenkwaffe in den letzten Sekunden vor dem Einschlag steil hochziehen und fast senkrecht aufs Ziel stürzen würde. Mehrere

Feuerleitradare in der Umgebung des Stützpunkts hatten Grant One erfasst – oder vielmehr hatten sie *irgendetwas* entdeckt –, aber die Stealth-Eigenschaften der Lenkwaffe machten es unmöglich, sie richtig zu erfassen.

Die letzten Sekunden des fast fünfhundert Kilometer langen Fluges der Lenkwaffe waren die spektakulärsten. Acht Sekunden vor dem Einschlag begann Grant One steil hochzuziehen, wobei ihre Infrarotkameras aufs Ziel gerichtet blieben. Kurz bevor die Lenkwaffe dreihundert Meter über Grund erreichte, ging sie in einen noch steileren Sturzflug über. Jon konnte das Dach des Hangars von Metjor Aerospace einige Sekunden lange sehen, bevor die Lenkwaffe einschlug.

Das Radar im Bug der Lenkwaffe lieferte die exakte Entfernung bis zum Aufschlagspunkt, und im richtigen Augenblick zündete der Computer einen kleinen Treibsatz im Bug, der einen Gefechtskopf mit einer zweihundertfünfzig Kilo schweren Hohlladung durch das massive, mit Stahlplatten verstärkte Hangardach schoss, wobei ein Loch entstand, durch das der größte Teil der Lenkwaffe passte. Erst im Gebäudeinneren detonierte der eigentliche Gefechtskopf: ein neunhundert Kilo schwerer Spreng- und Brandsatz, der im streng bewachten Teil des Forschungshangars der IIG Metjor einen riesigen, fünfzehnhundert Grad heißen Feuerball erzeugte. Die durch explodierenden Treibstoff und ausströmendes Erdgas verstärkte Detonation war so gewaltig, dass der gesamte Hangar wie ein Ballon unter Überdruck zerplatzte. Alles innerhalb des Hangars und in fünfhundert Metern Umkreis um den Nullpunkt wurde augenblicklich zu Asche.

Als sein Bildschirm schwarz wurde, juchzte Jon Masters wie ein kleiner Junge beim Rodeo, denn er wusste, dass seine Lenkwaffe einen Volltreffer erzielt hatte. »Hey, Erzengel«, sagte er ins Leere hinein, während er seinen Sieg aus weiter Ferne genoss, »sehen Sie sich das bloß an! Mann, das war echt Klasse!« Dann schaltete er die Bordsprechanlage ein. »Volltreffer, Jungs«, gab er bekannt. »Grant Two hat in den Staub gebissen, aber auf Grant One können wir stolz sein. Kommt nach vorn und seht euch das Video an, wenn ihr wollt, aber dann müssen wir unser Zeug wieder zusammenbauen – bis zur Landung haben wir nur drei Stunden Zeit, um diese Kiste wieder in ein Frachtflugzeug zu verwandeln, das Ölbohrgerät transportiert.«

Radomir, Bulgarien
(später am gleichen Morgen)

»Halt! *Stop! Astanawliwatsja!*«, brüllte der bulgarische Offizier in allen Fremdsprachen, die ihm einfielen, während er mit hoch über dem Kopf erhobenem Sturmgewehr AK-74 auf den Sattelschlepper mit dem Bürocontainer zurannte. »Halt, im Namen des Gesetzes!«

Pawel Gregorjewitsch Kasakow, der zu einem langen schwarzen Ledermantel – zugleich eine diskrete Tarnung für die kugelsichere Kevlarweste darunter – eine schwarze Pelzmütze trug, blickte von den auseinander gerollten Bauplänen und Geländeprofilen auf, sah den zornig heranstürmenden Offizier, der sein Gewehr schwenkte, und verdrehte irritiert die Augen. Er stand mit seinen Assistenten und einer Gruppe von Ingenieuren auf der Plattform vor dem rückwärtigen Teil des Bürocontainers, den ein Sattelschlepper in den Südwesten Bulgariens transportiert hatte – zu einer Stelle, die nur fünfundfünfzig Kilometer westlich der Hauptstadt Sofia lag und kaum achtzig Kilometer von der makedonischen Grenze entfernt war. »Was soll das wieder?«, fragte er aufgebracht.

»Er ist bewaffnet, Towarischtsch«, sagte einer der Ingenieure nervös.

»Was ist bloß mit diesen Arschlöchern aus dem Innenministerium los?«, murmelte Kasakow. Er nickte einem seiner Leibwächter zu, der in seiner Nähe stand. »Weiß er nicht, dass es gefährlich ist, so mit einer Waffe herumzufuchteln? Dabei könnte jemand zu Schaden kommen. Oder er könnte für einen Terroristen gehalten und versehentlich erschossen werden.«

Der Leibwächter grinste, zog eine deutsche Maschinenpistole MP5K mit einem zwanzig Zentimeter langen Schalldämpfer von

Sionics unter seinem Mantel hervor und richtete sie auf den Offizier, ohne dass dieser die Waffe sehen konnte. »*Gatowy, rukawaditel*«, sagte er halblaut, während er die MP von Einzelfeuer auf Feuerstöße zu je drei Schuss umstellte. Einige der Assistenten und Ingenieure machten große Augen. Will er den Offizier tatsächlich erschießen?, fragten sie sich. Der Bulgare war bewaffnet und wirkte erregt, aber eigentlich nicht bedrohlich.

Kasakow überlegte, ob er den Befehl dazu erteilen sollte, aber dann schüttelte er den Kopf. »*Njet. Shdatch*«, sagte er gereizt. Sein Leibwächter nahm den Finger vom Abzug, ließ die MP jedoch auf den näher Kommenden gerichtet. Solange der bulgarische Offizier ein Gewehr in der Hand hielt, war er potenziell gefährlich, deshalb ließ der Leibwächter seine eigene Waffe nicht sinken und behielt den Offizier scharf im Auge. »Er hat so viel Lärm gemacht, dass halb Bulgarien ihn gehört haben muss. Wenn's sein muss, können wir ihn immer noch erledigen.« Der Offizier brüllte einige Worte auf Bulgarisch und deutete dabei mit dem Gewehrlauf auf die Berge und den in der Nähe liegenden Staudamm. »Können die Offiziere aus dem Innenministerium kein Russisch mehr? Was zum Teufel sagt er eigentlich?«

»Das ist Hauptmann Todor Metodiew. Er ist nicht aus dem Innenministerium, sondern vom Baukorps des bulgarischen Heeres«, sagte ein Dolmetscher.

»Baukorps? Was ist das?«

»Eine Art Pioniertruppe, die aber auch für zivile Projekte eingesetzt wird«, antwortete einer seiner Assistenten.

»Ein weiterer verdammter Bürokrat in Uniform und mit einer Waffe«, sagte Kasakow angewidert. »Was will er … als ob ich das nicht schon wüsste!«

»Er verlangt, dass wir unsere Arbeiten sofort einstellen, die Baustelle räumen, alles Material aus den Bergen abtransportieren und das Baubüro nach Sofia zurückverlegen«, übersetzte der Dolmetscher. »Er sagt, dass wir nicht die erforderlichen Genehmigungen für diese Arbeiten haben.«

»Alles Material abtransportieren?«, rief Kasakow empört aus. »Wir haben hier oben *über dreihundert Tonnen Dynamit* eingebaut und mindestens zehn Kilometer Zündleitungen verlegt. Kann er nicht sehen, dass Radlader, Planierraupen und Muldenkipper auf der Straße – die *ich* bauen musste, um weitere gesetzliche Auflagen zu erfüllen – eine fünf Kilometer lange Schlange bilden, um mit den Erdarbeiten zu beginnen? Ist der Kerl verrückt? Wir haben längst alle erforderlichen Genehmigungen! Wir *ersticken* in Genehmigungen!«

Metodiew sprach ohne Rücksicht auf die Übersetzung und Kasakows Bemerkungen weiter. »Er sagt, dass wir nicht die notwendige Genehmigung des Baukorps haben, das für die Renovierung des Staudamms zuständig ist«, übersetzte auch der Dolmetscher weiter. »Er sagt, dass die beabsichtigte Sprengung den Damm durch Muren oder das ausgelöste Erdbeben gefährden kann. Er fordert uns auf, alles Material sofort abzutransportieren, sonst fordert er Einheiten des Baukorps an, die uns diese Arbeit abnehmen, und stellt uns anschließend die Kosten in Rechnung.«

»Er will uns eine Rechnung schicken, wie?«, fragte Kasakow höhnisch. »Was kostet es wohl, wenn er uns gleich jetzt in Ruhe lässt?«

Dies war ein im Geschäftsleben, aber ganz besonders hier in Bulgarien übliches Ereignis: eine amtliche Erpressung. Gaunerei und Korruption waren weltweit verbreitet, aber die Bulgaren schienen auf diesem Gebiet unschlagbar zu sein. Auf Kasakows vielen Baustellen waren in den vergangenen Monaten zahllose kleine Bürokraten, Offiziere und andere Wichtigtuer aufgekreuzt, um irgendeine amtlich aussehende Mitteilung oder Verordnung vorzulegen … und anschließend die Hand aufzuhalten. Manche hatten *sogar nur Letzteres getan* und erwartet, ein Schmiergeld in die Hand gedrückt zu bekommen.

Für Pavel Kasakow waren Schmiergelder ein normaler, routinemäßiger Aspekt seiner Art, Geschäfte zu machen – er berücksichtigte sie sogar in seiner Finanzplanung. Im Allgemeinen lagen sie umso niedriger, je näher Russland war, je weniger entwickelt das betreffende Gebiet war oder je stärker der russische Einfluss war. In Russland, dem Transkaukasus, Süd- und Mittelamerika, dem Nahen Osten und Afrika waren zehn bis zwanzig Prozent erfahrungsgemäß ein guter Satz; in Süd- und Osteuropa, auf dem indischen Subkontinent und in Asien musste man zwanzig bis dreißig Prozent einkalkulieren; in Westeuropa waren es vierzig Prozent, in Nordamerika vierzig bis fünfzig Prozent. Das war einer der Gründe dafür, dass er nicht viele Geschäfte im Westen machte: Die Schmiergelder waren immer hoch, und die dortige Mafia war meistens besser organisiert, besser geschützt und gefährlicher, wenn man sich mit ihr anlegte. Auch war in Osteuropa und Westasien sein Ruf besser – was nichts anderes bedeutete, als dass er dort gefürchtet wurde.

Aber es gab auch ungeschriebene Gesetze, die einzuhalten waren. In den meisten anderen Weltgegenden gingen Schmiergelder nur an den Gewerkschaftsboss, den Chef der städtischen oder staatlichen Baubehörde, den Polizeichef, an Inspektoren, Baukontrolleure, Steuerprüfer oder den Standortkommandeur. In Bulgarien hielt dagegen jeder die Hand auf. Der jeweilige Boss sollte nur einen Teil des Schmiergelds behalten – nicht mehr als zwanzig bis dreißig Prozent – und den Rest dafür verwenden, seine wichtigsten Untergebenen, seine unmittelbaren Vorgesetzten und weitere einflussreiche Personen bei Laune zu halten. Schmiergelder waren dafür da, mit anderen geteilt zu werden – nur so konnten Gaunerei und Korruption blühen und gedeihen. Aber manche Bosse vergaßen, dass sie teilen mussten, und bildeten sich ein, als Bosse seien sie zu mächtig, um Strafmaßnahmen fürchten zu müssen.

Solange alle Beteiligten die Regeln verstanden und sich an sie hielten, war Kasakow stets gern bereit, Schmiergelder zu zahlen, um ein Projekt voranzubringen. Und er hatte Spaß daran, Lektionen im richtigen Umgang mit Schmiergeldern zu erteilen.

»Er soll seinen Papierkram hier lassen, dann füllen wir die Formulare aus und reichen sie bei seinem Vorgesetzten ein«, wies Kasakow den Dolmetscher an. In Gedanken hatte er den Offizier bereits abgeschrieben.

»Er sagt, dass er Befehl hat, unsere Genehmigungen zu kontrollieren. Legen wir sie nicht vor, ruft er seine Männer und lässt uns verhaften und die gesamte Baustellenausrüstung beschlagnahmen.«

Kasakow, der allmählich Kopfschmerzen bekam, schloss die Augen. »Verdammt noch mal ...« Er machte eine lange Pause, in der er mit fest zusammengekniffenen Augen am Zeichentisch lehnte, dann fragte er: »Wie viele Männer hat er bei sich?«

»Ungefähr fünfzig, Towarischtsch. Alle schwer bewaffnet.«

Zu viele für meinen Sicherheitsdienst, dachte Kasakow – und nahm sich vor, dieses Personal erheblich aufzustocken. »Also gut«, sagte er seufzend. »Er soll sich mit seinen Leuten beim Bauleiter in Container siebzehn melden. Ich telefoniere mit Lechenow und weise ihn an, Hauptmann Metodiew seinen ›Papierkram‹ auszuhändigen. Und jetzt fort mit ihm!«

Als der bulgarische Offizier sich entfernte, trat einer von Kasakows Assistenten an ihn heran und sagte halblaut: »Container siebzehn steht ...«

»Ich weiß.« Er beobachtete, wie der Hauptmann seine Männer sammeln ließ und mit ihnen auf der unbefestigten Straße in den Wald hinaufmarschierte. Zehn bis zwölf Soldaten mit Sturmgewehren blieben zurück – offenbar mit dem Auftrag, den Bürocontainer bis zur Rückkehr ihres Vorgesetzten zu bewachen. »Plebejer«, sagte Kasakow verächtlich. »An die Arbeit, Leute!« Aber bevor sie weitermachen konnten, klingelte das Satellitentelefon seines Assistenten. Kasakow meldete sich selbst, denn diese Rufnummer kannte nur eine Hand voll Leute. »*Schto?*«

»Sie wissen es«, sagte eine Stimme. »Die Amerikaner, der Präsident, alle wissen es.«

»Hören Sie auf, in Rätseln zu sprechen«, verlangte Kasakow. Er hatte die Stimme des Anrufers sofort erkannt: Sie gehörte Generaloberst Walerij Tichonowitsch Schurbenko, dem Generalstabschef der Streitkräfte der Russischen Föderation, der zugleich sein inoffizieller Verbindungsmann zum Kreml war. Er machte seinen Assistenten ein Zeichen, die Ingenieure hinauszuschicken. Sobald sie den Container verlassen hatten, sagte Kasakow: »Diese Verbindung ist abhörsicher, General. Reden Sie also Klartext.«

»Metjor war verwanzt«, sagte Schurbenko knapp. »Die Amerikaner haben letzte Nacht eine Agentin rausgeholt, die Gespräche innerhalb der Montagehalle aufgenommen hat.«

Kasakow war wie vor den Kopf geschlagen und ließ sich auf einen Stuhl sinken. »Woher wissen Sie das?«

»Weil der amerikanische Präsident es Senkow *erzählt* hat«, antwortete Schurbenko ungläubig. »Thorn hat ihm gegenüber zugegeben, dass sie eine Spionin bei Metjor hatten, dass er ein Spezialteam entsandt hat, um sie aus Russland rausholen zu lassen, und dass sie – das werden Sie nicht glauben – zum Schutz dieses Unternehmens ein Stealth-Flugzeug, einen *überschallschnellen Stealth-Bomber* eingesetzt haben!«

»Was?«, fragte Kasakow scharf. »Die Amerikaner haben einen Stealth-Bomber nach Russland entsandt? *Letzte Nacht?*«

»Nicht bloß einen, sondern gleich *zwei* Stealth-Bomber!«, sagte Schurbenko. »Einer davon wurde kurz vor der ukrainischen Grenze abgeschossen. Zum Schutz des Teams, das die Bomberbesatzung rausgeholt hat, haben die Amerikaner offenbar einen zweiten Bomber entsandt. Und der US-Präsident hat Senkow gegenüber erwähnt, sie wüssten, dass ein Flugzeug von Metjor den Angriff auf Kukës geflogen hat.«

»Unglaublich«, murmelte Kasakow. »Nun, das bedeutet, dass wir unsere Arbeit etwas beschleunigen müssen.«

»Beschleunigen? Sie meinen einstellen, nicht wahr?«

»*Einstellen?* Kommt gar nicht in Frage!«, widersprach Kasakow energisch. »Ich habe bereits zweihundertdreiundsechzig Kilometer Leitungen und Straßen durch einige der beschissensten Balkangegenden bauen lassen. In weiteren zwei Monaten kann ich anfangen, die Pipeline durch Bulgarien zu verlegen, und in Makedonien sind wir auch bald so weit. Röhrenwerke in sieben Ländern haben den Auftrag, ab dem nächsten Ersten über einen Zeitraum von sieben Monaten hinweg insgesamt achthundertfünfundneunzig *Kilometer* Röhren zu liefern! Ich liege genau im Zeitplan, General. Aber ich kann unmöglich überleben, wenn der Leitungsbau sich auch nur um einen Monat verzögert – von einer Einstellung ganz zu schweigen! Ich habe bereits Schecks über eine Viertelmilliarde Dollar ausgestellt, ohne einen einzigen Zentimeter Leitung verlegt oder einen einzigen Liter Erdöl transportiert zu haben! Ich kann's mir nicht leisten, einen Dollar oder eine Stunde zu vergeuden.«

»Wir werden nicht nur verdächtigt oder überwacht, Kasakow – wir werden angegriffen!«, sagte Schurbenko. »Begreifen Sie das nicht? Die Amerikaner waren praktisch ungehindert im russischen Luftraum unterwegs! Wir können sie nicht stoppen.«

»Wozu auch? Was haben sie schon getan?«, fragte Kasakow. »Sie haben ein routinemäßiges Rettungsunternehmen ziemlich vermurkst. Sie haben dabei einen Stealth-Bomber verloren – ein herber finanzieller Verlust, das dürfen Sie mir glauben. Was sie gemacht haben, beeinflusst unsere Pläne überhaupt nicht. Das Einzige, worauf ich noch warte, General, ist die Zusage, dass russische Truppen im richtigen Augenblick zum Eingreifen bereitstehen.«

»Es dauert seine Zeit, die benötigten Kontingente bereitzustellen«, sagte Schurbenko. »Generaloberst Toporow hat mir mitgeteilt, dass er die ersten drei Brigaden mobilisiert hat und das erste Luftlandebataillon einsetzen kann, sobald …«

»Nur ein Bataillon? Das reicht *bei weitem* nicht!«, sagte Kasakow. »Wenn's so weit ist, muss eine ganze Luftlandebrigade einsatzbereit sein. Sobald die Einladung kommt, russische Truppen zu stationieren, verlange ich mehr als nur ein kümmerliches Bataillon – ich will mindestens eine Brigade, der schnellstens Panzer- und Luftabwehrkräfte folgen. Und die gesamte Verlegung muss binnen drei Tagen abgeschlossen sein. Alles andere wäre Zeitverschwendung.«

»Das ist unmöglich.«

»Sie haben keine Ahnung, welche Möglichkeiten sich uns hier bieten, General«, knurrte Kasakow. »Das Fiasko der Amerikaner fördert unser Vorhaben geradezu. Warum ist die Meldung von diesen Ereignissen nicht schon längst um die ganze Welt gegangen? Warum haben wir die ›feindlichen Übergriffe‹ der Amerikaner nicht öffentlich angeprangert?«

»Würde der amerikanische Präsident der Weltöffentlichkeit im internationalen Fernsehen mitteilen, welchen Zweck dieses Unternehmen hatte, wäre das nach Präsident Senkows Überzeugung für Moskau noch peinlicher als für Washington«, erklärte Schurbenko ihm.

»Allerdings!«, stimmte Kasakow zu. »Aber der Präsident Thorn hat auf seinen Fernsehauftritt verzichtet, nicht wahr? Er hat einen Deal mit Senkow geschlossen, um ihm zu helfen, das Gesicht zu wahren. Das war sein entscheidender Fehler. Aktivieren Sie alle Ihre Kontakte zu den Medien und informieren Sie die Journalisten über sämtliche Einzelheiten des amerikanischen Unternehmens. Lückenlos! Wird es aufgedeckt und von Präsident Thorn geleugnet, verlieren die Vereinigten Staaten weltweit jegliche Unterstützung.

Und wenn der Stealth-Bomber dann in anderen Teilen Osteuropas zuschlägt«, fuhr Kasakow triumphierend fort, »wird die Weltöffentlichkeit die Vereinigten Staaten umso nachdrücklicher verurteilen. An die Arbeit, Schurbenko! Und richten Sie diesem Dummkopf Toporow aus, dass er seinen fetten Hintern hochwuchten und seine Kommandeure in den Arsch treten soll, damit sie die Besatzungstruppen mobilisieren, sonst könnte es passieren, dass er ein Schläfchen macht – auf dem Boden des Kaspischen Meeres.«

Kasakow brach das Gespräch mit Schurbenko ab, indem er verärgert die rote Taste drückte. Verdammte Feiglinge, dachte er. Unser ganzes Land bricht um sie herum zusammen, und denen fällt nichts anderes ein, als auf Nummer Sicher zu gehen. Gehen die Amerikaner etwa auf Nummer Sicher? In dem Augenblick, in dem die ganze Welt den neuen US-Präsidenten für einen Schlappschwanz zu halten beginnt, entsendet Thorn zwei Stealth-Bomber nach Russland. Sehr mutig von ihm.

Er benutzte das abhörsichere Satellitentelefon, um seinen Stützpunkt in Rumänien anzurufen. »Doktor, ich möchte, dass die Abdeckung von unserem Kabrio entfernt wird. Lassen Sie alles für einen kleinen Ausflug vorbereiten.« Am anderen Ende entstand eine merkliche Pause, und Kasakow glaubte, ein erschrockenes Atemholen zu hören. »Pjotr, ist irgendwas passiert?«

»Die… äh, die Jungs sind schon mit dem Kabrio unterwegs gewesen, Towarischtsch.«

Kasakow wäre beinahe das Telefon aus der Hand gefallen. »*Schto?*«, fragte er atemlos. »*Nu ni mudi,* Doktor.«

»Nein, das soll kein Witz sein«, sagte Fursenko. »Einige bei der letzten ... äh, Ausfahrt entstandenen Schäden waren repariert worden. Danach wollten sie eine kleine Probefahrt machen, um ...«

»Sie können offen sprechen, Doktor. Ich kann's nicht. Erzählen Sie mir, was zum Teufel passiert ist.«

»Stoica und Jegerow erfuhren von einer Luftverteidigungsnotlage an der russisch-ukrainischen Grenze. Sie sind gestartet und haben den Funkverkehr russischer Radarstellungen mitgehört. Angeblich wollten sie nur die Stealth-Eigenschaften ihres Flugzeugs mit Waffenlasten unter den Tragflächen testen. Das haben sie mir jedenfalls erzählt ...«

»Was ist *passiert,* Doktor?«

»Sie haben sich in einen Luftkampf verwickeln lassen«, gab Fursenko zu. »In einen Luftkampf mit einer Maschine, die ein amerikanischer Stealth-Bomber gewesen zu sein scheint – ein Stealth-Bomber, *der zwei Jagdraketen auf sie abgeschossen hat.*«

»Was? Soll das ein *Witz* sein? Soll das ein *gottverdammter Witz* sein?« Keine Antwort, nur angestrengte, erregte Atemzüge. »Alles in Ordnung mit den beiden? Sind sie mit heiler Haut davongekommen?«

»Beiden geht's gut. Dem Flugzeug fehlt auch nichts. Sie haben sich tapfer geschlagen. Sie haben den amerikanischen Bomber getroffen. Er ist zwar entkommen, aber sie waren siegreich!«

»Wie konnten sie's wagen ... was ... wieso zum Teufel haben sie ...« Seine Assistenten konnten nicht anders, als Kasakow anzustarren – ihrem Boss drohten die Augen aus den Höhlen zu quellen, und seine Stimme klang vor Erregung eine halbe Oktave höher. »Ich komme so rasch wie möglich zu Ihnen rüber. Ich will selbst mit unseren beiden Jungs sprechen. Rühren sie sich von der Stelle, sind sie auch nur auf dem verdammten Klo, wenn ich ankomme, sind sie tot. Ist das Kabrio beschädigt?«

»Minimal beschädigt, aber das ist schon beim vorigen Einsatz passiert«, erklärte Fursenko ihm. »Die Zylinder, aus denen die Lenkwaffen ausgestoßen werden, müssen umgebaut werden – der Abgasstrahl der Raketenmotoren beschädigt die Flügelvorderkanten. Zusätzliche Titanplatten als Verstärkung, vielleicht größere Gasflaschen ...«

»Gut, gut. Lassen Sie das nötige Material ›von zu Hause‹ kommen und machen Sie sich sofort an die Arbeit.«

»Von zu Hause?«, wiederholte Fursenko unsicher. Aus seinem Tonfall sprachen Verwirrung und Panik. »Sie meinen von Metjor? Aus der Fabrik?«

»Natürlich meine ich …« Kasakow machte eine Pause, weil ihm plötzlich die Stimme versagte. »Was gibt's *jetzt* wieder, Doktor?«

»Sie haben nicht gehört, was auf dem Luftwaffenstützpunkt Shukowski passiert ist?«

»Ich bin hier im gottverdammten Bulgarien mitten in der Wildnis. Spucken Sie's schon aus, Doktor!«

»Meine … ich wollte sagen, unsere … ich meine, *Ihre* Fabrik ist letzte Nacht zerstört worden«, stammelte Fursenko mit derart bebender Stimme, dass Kasakow ihn kaum verstand.

»*Was?*«

»Das Militär sagt, aus einer undichten Leitung sei Erdgas ausgetreten«, erklärte Fursenko. »Das explodierende Gas hat offenbar auch Kerosin und andere Petroleumderivate entzündet und das gesamte Gebäude in Brand gesetzt. Der Hangar ist restlos zerstört. *Restlos.* Im Umkreis von fünfhundert Metern um die Fabrik steht kein Stein mehr auf dem anderen.«

»Eine Erd … gas … explosion!«, brüllte Kasakow aufgebracht. »Erzählen Sie mir keinen Scheiß! Dafür muss es eine Erklärung, eine *wirkliche* Erklärung geben!«

»Towarischtsch, im Hangar sind sechs unserer Männer umgekommen: Dmitrij Rochardow, Andreij …«

»Die paar Wachleute sind mir scheißegal!«, brüllte Kasakow. »Ich verlange, dass Sie sofort hinfliegen. Engagieren Sie die besten Brandfahnder und Spurensicherer, die Sie finden können. Ich will, dass die Explosionsstelle abgeriegelt und überdacht wird, ich bestehe darauf, dass jeder Einzelne, der sie betritt, von mir persönlich überprüft und zugelassen wird, und ich verlange, dass jeder kleinste Trümmerrest unters Mikroskop kommt. Gasexplosion, dass ich nicht lache – das war ein Sabotageakt oder ein militärischer Angriff. Ich will wissen, was für eine Explosion das war, und ich möchte die Beweise dafür sehen – keine Spekulationen, keine Vermutungen, keine Hypothesen. Mir ist's egal, ob diese Leute bis zum Winter dort draußen arbeiten. Ich will genau wissen, was passiert ist – und das *schnellstens!*« Kasakow beendete das Gespräch mit einem wütenden Druck auf die rote Taste.

Einige Sekunden lang hatte er das Gefühl, um ihn herum gerate alles außer Kontrolle. Dieses Gefühl hatte er manchmal, und sein Instinkt hatte ihn noch nie getrogen – Kasakow wusste immer, wann er sich engagieren, wann er Druck machen, wann er nachgeben und wann er schnellstens aussteigen musste. Eine innere Stimme riet ihm, auch diesmal schnellstens auszusteigen. Die amerikanische Luftwaffe und militärische Nachrichtendienste hatten sein Unternehmen entdeckt. Es war einfach nicht möglich, nur an eine absurde Verkettung unglücklicher Umstände zu glauben. Die Stimme sagte: »*Steig aus. Sieh zu, dass du wegkommst. Lauf, bevor's zu spät ist.*«

Pawel Kasakow sah sich um. Das Problem war nur, dass er zu schnell unterwegs war, um abrupt stoppen zu können. Er hatte bereits eine Viertelmilliarde Dollar investiert, um das Projekt in Gang zu bringen. Eine weitere Viertelmilliarde Dollar würde er aus seinem Privatvermögen beisteuern müssen. Banken und Investoren in zwei Dutzend Staaten in aller Welt standen Schlange, um ihm zu helfen, weitere eineinviertel Milliarden Dollar für den Bau der gesamten Pipeline aufzubringen. Diese Nachricht hatte sich wie Lauffeuer verbreitet.

Mindestens ein Jahr lang würde er eine weitere Viertelmilliarde Dollar für Schmiergelder, Zinszahlungen und Dividenden für alle diese Investoren aufbringen müssen, bevor das Erdölgeschäft die ersten Gewinne abwarf. Er war tief in diese Sache verstrickt. Einige dieser Investoren waren große Waffenhändler, Drogenbarone, Industrielle, Militärmachthaber und Diktatoren. Sie hatten hohe Renditezusagen erhalten und würden keineswegs froh sein, wenn sie erfuhren, dass das Projekt aufgegeben war – selbst wenn sie ihr eingesetztes Kapital zurückbekamen.

Aber diese neueste Entwicklung – dieser Luftkampf mit dem amerikanischen Stealth-Bomber – konnte sein Trumpfass werden. Die Amerikaner hatten die russische Luftverteidigung durchbrochen, als sei sie überhaupt nicht existent. Aber dann war sein Stealth-Jagdbomber auf sie gestoßen und Sieger geblieben. Stoica und Jegerow waren typische Jagdflieger, frech und arrogant, für die alles ein Sieg war, aber Fursenko hätte ihn nie belogen. Wenn er sagte, seine Jungs seien Sieger geblieben, stimmte das auch.

Das bedeutete, dass die Metjor Mt-179 es mit den gefürchtetsten Waffensystemen des Westens aufgenommen hatte – erst mit dem AWACS-Flugzeug der NATO, dann mit einem amerikanischen Stealth-Bomber, der Jagdraketen getragen hatte – und siegreich geblieben war. Sie war in der Luft unbesiegt. Die Mt-179 war zwischen Waffensystemen von NATO, USAF und russischer Luftwaffe herumgeflogen, ohne einen einzigen Treffer abbekommen zu haben.

Aus diesem Grund beschloss er weiterzumachen. Zum ersten Mal in seinem Leben ignorierte er die leise Stimme in seinem Kopf. Sie ermahnte ihn weiter auszusteigen, seine Verluste zu minimieren und abzuhauen, aber er blendete sie aus. Der Stealth-Bomber *Tjeny* war der Schlüssel zu allem. Damit war ihm der Sieg sicher. Kasakow musste sich energisch ums Geschäft kümmern und konnte nur hoffen, dass Stoica und Jegerow mit der NATO und den inkompetenten Amerikanern fertig werden würden.

Energisch ums Geschäft kümmern. Wie immer mit den bewährten Methoden.

«Towarischtsch?«, sagte einer seiner Assistenten zögernd. »Der bulgarische Hauptmann und seine Soldaten warten bei Container siebzehn. Sie beschweren sich, dass der Bauleiter nicht dort ist.«

Kasakow schüttelte den Kopf. Verdammte Feiglinge. Manchmal brauchte man den Mut, seine Interessen offensiv zu vertreten.

Er trat an den auf einem der Schreibtische stehenden Metallkasten, sperrte ihn auf und klappte den Deckel hoch. Darunter wurden eine Reihe Schalter und ein großer roter Knopf unter einer Abdeckung sichtbar. Kasakow betätigte einen Schalter nach dem anderen und drehte danach den Schlüssel um, der rote Signalleuchten aufflammen ließ.

»Äh … Towarischtsch? Sie haben die Zündmaschine scharf gestellt.«

»Das weiß ich.«

»Aber diese bulgarischen Soldaten? Sie sind dort oben. Sie ...«

»Maul halten«, knurrte Kasakow. Er klappte die Abdeckung hoch und drückte den roten Knopf. Im nächsten Augenblick schwankte der Boden unter ihren Füßen wie bei einem Erdbeben, dessen Epizentrum sich genau unter ihnen befand.

Hoch in den Bergen über ihnen verschwanden hunderte von Hektar Wald plötzlich in einer Wolke aus Staub und Gesteinstrümmern. Neun Quadratkilometer Bergland wurden schlagartig eingeebnet, als sei eine riesige Eiszange darüber hinweggefahren und habe eine tiefe Furche im Land hinterlassen.

Kasakow nickte seinem Leibwächter zu und deutete durchs Fenster auf die kleine Gruppe bulgarischer Soldaten, die zurückgeblieben waren, um ihn zu bewachen. Der Leibwächter quittierte seinen unausgesprochenen Befehl mit einem Grinsen und verließ den Container. Die Soldaten sahen zu der gewaltigen Detonation hoch, die ihre Kameraden verschlungen hatte, waren vor Schock und Angst wie gelähmt und fragten sich, was sie tun sollten. Der Leibwächter postierte sich einfach hinter ihnen, stellte seine Maschinenpistole MP5K auf Dauerfeuer und mähte sie um. Dann winkte er einen gigantischen Radlader heran, der die Leichen auf seine riesige Schaufel nahm und dann mit laut aufheulendem Motor die Zufahrtsstraße hinaufbrummte, um sie unter Gesteinstrümmern zu begraben.

Kasakow warf dem Assistenten einen warnenden Blick zu, als er gelassen den Deckel der Zündmaschine zuklappte und ihn wieder absperrte. »Vertrottelte Bulgaren«, sagte er zu den Ingenieuren und Technikern, die aufgeregt hereingestürmt kamen. »Diese Idioten müssen einen Teil der Sprengladungen gezündet und den halben Berg über sich zum Einsturz gebracht haben. Sehr bedauerlich.« Seine Leute starrten ihn mit offenen Mündern an, schwiegen aber klugerweise. Als Kasakow das Baubüro verlassen wollte, piepste sein Handfunkgerät. «Ja, was gibt's?«

»Hier ist Milos auf dem Nordgrat«, funkte einer der Bauingenieure. »Es gibt ein Problem. Durch die Sprengung hat der Staudamm einen großen Riss bekommen. Sieht so aus, als könnte er brechen. Ich habe einen Mann ins Dorf unterhalb des Damms geschickt, damit er die Bewohner warnt und nach Sofia telefoniert.«

»Gut, gut«, sagte Kasakow. »Wieder ein Beispiel für bulgarische Qualitätsarbeit.« Er warf das Funkgerät auf den Zeichentisch und verließ den Container, um zu seinem Privathubschrauber zu gehen. Wer hätte das gedacht?, sagte er sich – vielleicht hat dieser Offizier vom bulgarischen Baukorps *doch* gewusst, wovon er redet.

High-Technology Aerospace Weapons Center,
Elliott AFB, Nevada
(zwei Tage später)

Das aus Ankara kommende Transportflugzeug C-141 Starlifter landete kurz nach Sonnenuntergang. Wie die meisten landenden Maschinen wurde es angewiesen, direkt in einen Hangar zu rollen, um seine Fracht und die Passagiere unter dem Schutz eines Daches auszuladen. Aber in diesem Fall gab es einen speziellen Grund dafür, die C-141 in einen Hangar zu beordern – es hätte eigenartig gewirkt, wenn Spionagesatelliten Aufnahmen von einer Willkommensparty gemacht hätten.

Das gesamte Militärpersonal und alle Zivilbeschäftigten der Elliott Air Force Base, insgesamt fast zweitausend Männer und Frauen, waren gekommen, um Hauptmann Annie Dewey, Major Duane Deverill, Oberstleutnant Hal Briggs und Master Sergeant Chris Wohl mit donnerndem Applaus und Hochrufen zu empfangen, als sie aus der Tür der Starlifter traten. Das Begrüßungskomitee bestand aus General Terrill Samson, Brigadegeneral Patrick McLanahan und Oberst Rebecca Furness. McLanahan und Furness waren am Abend zuvor angekommen und vom Personal des Stützpunkts weniger lärmend, aber ebenso erleichtert begrüßt worden.

Die jubelnde Menge drängte nach vorn, denn jeder wollte die von ihrem ersten erfolgreichen Einsatz mit einer EB-1C zurückkehrenden Flieger aus der Nähe sehen, sie berühren und sie beglückwünschen. Obwohl sie ihr Flugzeug verloren hatten – und die Intelligence Support Agency zwei Gefallene zu beklagen hatte –, befand die Agentin, die sie hatten herausholen sollen, sich in Sicherheit, und vor allem waren alle Beteiligten aus Dreamland heil zurückgekehrt. Das war Grund genug, ihre Rückkehr zu feiern.

»Willkommen daheim, ihr alle, willkommen daheim«, sagte General Samson. »Gott sei Dank, dass ihr heil zurückgekehrt seid.« Nachdem er die Heimgekehrten einzeln mit einem Händedruck begrüßt hatte, drehte er sich zu der Menge um und hob die Hände, um Ruhe zu verlangen. »Leute, hört mir zu«, fuhr er fort. »Bevor wir diesem Quartett zu ihrem erfolgreichen Unternehmen gratulieren, wollen wir erst den Kopf senken und den Herrn bitten, die beiden ISA-Kommandos in sein Reich aufzunehmen. Wir danken ihnen, dass sie das höchste Opfer gebracht haben, das Menschen bringen können.«

Nach einer Schweigeminute mit gesenkten Köpfen, während der es in dem riesigen Hangar still wie in einer Kirche war, sagte Samson zu den Heimgekehrten: »Tut mir Leid, dass ich Ihnen allen das mitteilen muss, aber für Sie gibt's statt einer Feier nur eine weitere Runde Befragungen durch Nachrichtendienste, Operationsabteilung und Technischen Dienst.«

»Haben wir nicht mal ein paar Stunden Zeit, um auszuspannen und vielleicht zu duschen, Sir?«, fragte Annie Dewey. Sie suchte weiter die Menge ab, als hoffe sie, ein bestimmtes Gesicht zu entdecken. »Ich glaube nicht, dass jemand es länger als sechzig Sekunden im gleichen Raum mit mir aushalten könnte.«

»Ich weiß, dass ihr bereits langwierige Befragungen auf zwei Erdteilen hinter euch habt«, sagte Rebecca. »Aber wir brauchen diese Informationen, um noch mehr Fragen formulieren zu können, die wir euch in Zukunft stellen werden. Ihr wisst ja, wie's ist – jeder Einsatz ist zugleich ein Testflug. Willkommen daheim. Gut gemacht!«

»Vielleicht müssen Sie Ihre restliche Dienstzeit damit verbringen, sich befragen zu lassen«, sagte Patrick, als er einem nach dem anderen die Hand schüttelte. »Wir halten ein paar Erfrischungen für Sie bereit, und ich verspreche Ihnen, dass wir die Befragungen so kurz halten werden, wie das bei einer militärischen Befragung überhaupt möglich ist.«

Annie Dewey gab sich nicht mit einem einfachen Händedruck zufrieden – als sie zu Patrick und Rebecca kam, umarmte und küsste sie beide. »Ihr habt uns das Leben gerettet«, sagte sie dabei. »Dafür kann ich euch nie genug danken.«

»Bedanken Sie sich bei Hal und Chris – die haben's wirklich verdient.«

»Halten Sie uns die beiden bitte vom Leib, Sir«, knurrte Master Sergeant Wohl in seiner charakteristisch brummigen Art. »Ich kann mich nicht mehr im selben Gebäude mit ihnen aufhalten, ohne dass einer der beiden sich bei mir bedankt, mich anfasst, mich bewundernd anstarrt oder mir anbietet, etwas für mich zu tun. Mir ist schon ganz schlecht davon.« Wie um seine Beschwerde zu unterstreichen, musste er einen weiteren Kuss von Annie ertragen.

»So spricht ein wahrer amerikanischer Held, Sarge«, witzelte Briggs.

Annies Blick suchte erneut die Menge ab. »Wo ist David?«, fragte sie halblaut.

»Er bereitet die Befragung durch die Operationsabteilung vor, denke ich«, antwortete Patrick. »Sie treffen ihn dann drinnen.«

»Komm, Pilotin, wir müssen *los!*«, sagte Duane Deverill, schlang einen Arm um Annies Taille und ergriff ihre Hand, um sie wie beim Tango durch den überfüllten Hangar zu führen. »Je eher wir die verdammten Befragungen hinter uns bringen, desto früher können wir feiern, dass wir noch mal davongekommen sind.« Annie blieb nichts anderes übrig, als sich von Deverill durch die Menge aus Gratulanten führen zu lassen.

Die Befragungen waren kurz und verliefen glatt. Annie und Dev wussten recht gut, dass die eigentliche Arbeit noch vor ihnen lag, deshalb versuchten sie, sich zu entspannen, so hilfsbereit wie möglich zu sein und sich so klar und präzise auszudrücken, wie ihre strapazierte Geduld und die einsetzende Übermüdung es zuließen. Da jedes Flugzeug seine Betriebsdaten in kurzen Abständen in verschlüsselter, komprimierter Form nach Dreamland übermittelte, lagen reichlich Informationen vor, aber die Aussagen der Besatzung waren nötig, um das reine Zahlenmaterial durch die Wahrnehmung und Perspektive der Operatoren zu ergänzen. Noch wertvoller würden ihre Beobachtungen sein, wenn es darum ging, neue und bessere Systeme zu entwickeln, um bei diesem Einsatz aufgetretene Mängel zu beheben. Solange Menschen Kriegsflugzeuge flogen, würden sie stets ebenso viele – vielleicht sogar mehr – Informationen von den Besatzungen wie von den Maschinen selbst brauchen.

Nachdem mehrere Stunden lang immer wieder neue Teams in den Besprechungsraum gekommen waren, um sie mit Fragen zu löchern, waren die Befragungen schließlich überstanden – und Annie fiel ein, dass David Luger sich nicht hatte sehen lassen. Sie sammelte ihre Notizen und Checklisten ein und trank bedrückt einen letzten Schluck Wasser.

»Was ist los, Pilotin?«, fragte Dev. Er war noch immer so lebhaft und aufgekratzt, wie er von Bord der C-141 gegangen war – als habe er die Kraft und das Durchhaltevermögen eines Geparden. »Du siehst niedergeschlagen aus. Müde?«

»Ein bisschen«, sagte sie ausweichend.

»Was kann ich tun, um dich aufzuheitern?«, fragte Dev. Er begann mit einer sanften Massage, die hinter ihren Ohren anfing und dann Hals und Schultern erreichte. »Ich muss dich warnen, meine Hände sind staatlich geprüft.«

»Yeah, natürlich.«

»Doch, das stimmt – ich bin staatlich geprüfter Chiropraktiker«, sagte Dev. »Glaubst du, dass man als Radarnavigator einer B-1 der Air National Guard viel Geld verdient? Ich arbeite jedes Jahr sechs Monate lang in Kurorten für Singles, verdiene das Zehnfache meines Gehalts als Navigator und habe den ganzen Tag schöne Frauen unter meinen Händen. Das ist große Klasse!«

Annie spürte, wie ihr Körper sich bei Devs Berührung zunächst etwas verkrampfte, aber schon nach wenigen Sekunden war klar, dass er tatsächlich sehr geschickte Hände hatte. Er schien genau zu wissen, wo er fest zupacken musste und wo er nur sanft kneten durfte. Sie merkte, wie ihre Verspannungen sich unter Deverills warmen, starken Händen lösten. »Ah, das fühlt sich gut an, Dev.«

»Danke«, sagte er leise. Er massierte sie weiter und konzentrierte sich jetzt auf die unzähligen Verhärtungen in ihren Rückenmuskeln. Unter seinen Fingern schienen sie dahinzuschmelzen wie Eis unter einem Schweißbrenner. »Ich hab's schon mal gesagt, aber ich möchte es noch mal sagen: Danke, dass du mich aus dem Schnee ausgegraben und gerettet hast.«

»Du hättest das Gleiche für mich getan – nur besser, hoffe ich«, sagte Annie. »Danke, dass du meine Entscheidungen mitgetragen hast, auch wenn sie manchmal unüberlegt waren. Ich weiß, dass du nicht mit allen einverstanden warst, aber du hast mich trotzdem unterstützt. Das hat mir sehr viel bedeutet.«

»Du bist die Flugzeugkommandantin – ich habe dich zu unterstützen und notfalls meine Meinung zu äußern, aber du bist dafür verantwortlich, die Entscheidungen zu treffen«, sagte Dev. »Du hast alles getan, was du zu tun hattest, und sogar noch mehr. Du hast mir und vielen anderen das Leben gerettet. Du solltest stolz auf dich sein. Ich zumindest bin sehr stolz auf dich.« Annie spürte, wie seine Lippen ihren Nacken berührten, und hatte das Gefühl, sie schickten Stromstöße durch ihren Körper.

»Weißt du eigentlich«, fuhr er in völlig verändertem Tonfall fort, »dass unsere Muskeln bei Anstrengung und Übermüdung große Mengen Milchsäure speichern – ein Nebenprodukt anaerober Atmung, durch die sie bei Sauerstoffmangel Glukose verbrennen. Milchsäure ruft Müdigkeit hervor und kann sogar Krämpfe und Muskelschwund auslösen. Sie wird im Lauf der Zeit wieder abgebaut, aber eine fachmännische Massage unterstützt den raschen Milchsäureabbau.«

»Fühlt sie sich deswegen sooo verdammt gut an?«, gurrte Annie.

»Genau.«

»Mmmm. Nun, das stimmt wirklich.« Sie ließ ihn weiterarbeiten. Eigentlich war sie sehr kitzlig, aber Dev konnte sogar ihre Rippen massieren, ohne dass sie im Geringsten darauf reagierte. Seine Hände wanderten ihr Rückgrat hinunter bis fast zu ihrem Gesäß, aber Annie dachte nicht daran, ihn aufzufordern, das zu lassen. »Sag mal, Dev, warum hast du's für nötig gehalten, mir diesen Fachvortrag zu halten? Hast du geglaubt, ich würde besser auf die Massage reagieren, wenn sie in einer eher wissenschaftlichen Atmosphäre stattfindet? Einmal Testpilotin, immer Testpilotin?«

»Es funktioniert doch, stimmt's?« Als er spürte, wie ihr Körper aus Protest steif wurde, fügte er rasch hinzu: »Nein, nein, das war nicht der Grund. Ich hab nur Spaß gemacht.« Sie schnitt eine Grimasse, entspannte sich jedoch und ließ ihn weitermassieren. »Vielleicht habe ich dir die medizinischen Grundlagen erläutert, um von der Tatsache abzulenken, dass ich dich berühre – und jeden Augenblick genieße.«

Annie wandte sich von ihm ab, beendete damit die Behandlung und bedachte ihn mit einem schwachen Lächeln. »Danke, Partner«, sagte sie. »Ich weiß die Massage zu schätzen – und die Idee dahinter.«

»Ich höre ein Aber«, sagte Dev. Er ergriff ihre Hände und sah ihr tief in die Augen. »Hör mir zu, Annie. Ich muss dir etwas sagen, bevor ich platze.«

«Dev, dies ist nicht der richtige Augenblick für …«

»Doch, das ist er. Ich bin verrückt nach dir. Das bin ich schon lange, schon seit du zu unserer Staffel gekommen bist. Wir sind ein paarmal miteinander ausgegangen, aber du hast dich immer so verhalten, als wolltest du dich mit einem höheren Offizier leger über Fliegerei unterhalten oder kumpelhaft mit einem älteren Bruder ein Bier trinken. Ansonsten bist du immer zu beschäftigt gewesen, um mich richtig wahrzunehmen. Du benimmst dich, als sei unsere einzige gemeinsame Nacht ein Fehler gewesen, als sollte ich mich ihretwegen schämen.

Aber ich warne dich, Annie: So kann's nicht weitergehen. Was wir hinter uns haben, hat mich etwas gelehrt, das ich den Befragern nicht erzählt habe – dass das Leben zu kurz ist. Wünscht man sich etwas, muss man sich gleich darum bemühen, denn morgen liegt man vielleicht schon bewusstlos auf dem Bauch im Schnee, nachdem man über feindlichem Gebiet mit dem Schleudersitz aus einem Überschallbomber ausgestiegen ist.«

Annie musste unwillkürlich lachen. Wäre ihnen das nicht selbst passiert, hätte sie diese Idee tatsächlich für witzig gehalten.

»Dev…«

»Du liebst Oberst Luger, stimmt's?«, fragte Deverill. Annie sah ihm in die Augen und nickte. »Entschuldige, Annie, aber der Kerl ist irgendwie komisch, findest du nicht auch? Ich meine, ich habe schon andere Workaholics kennen gelernt, aber er schlägt sie alle um Längen. Man könnte glauben, er sei besessen oder so.« Er merkte, dass sie seine Worte innerlich zurückwies, spürte aber auch, dass sie seine Beobachtungen als richtig erkannte. »Wo ist er heute Abend, Annie? Warum ist er nicht hier bei dir, wenn er dein Geliebter ist? Alle anderen sind zu unserer Begrüßung gekommen – aber wo war Luger?« Darauf konnte sie keine Antwort geben, weil sie's nicht wusste und nicht verstand.

»Ich will den Kerl nicht herabsetzen, und ich werde nur noch eines sagen: Ich will dich, Annie«, fuhr Deverill fort. »Ich denke, wir haben viel gemeinsam. Das möchte ich herausbekommen. Ich glaube, dass du das auch möchtest. Und falls Oberst Luger dich wirklich will, zeigt er's auf eine sehr merkwürdige Weise. Du verdienst mehr, viel mehr. Ich kann's dir geben. Kann *er* das auch?« Er küsste sie auf die Stirn. Seine Lippen waren sanft und warm wie seine Hände. »Ich will dir jetzt keine Entscheidung abfordern, Annie«, sagte er ernst. »Aber ich muss dich an etwas erinnern: Ich bekomme, was ich will. Und ich glaube, du willst auch mehr.« Danach ging er mit einem Lächeln und einer flüchtigen Berührung ihrer Wange. »Ich rufe dich an«, sagte er noch.

Annie blieb sekundenlang unbeweglich stehen, während sie sich vergebens bemühte, all die widersprüchlichen Emotionen, die ihr durch den Kopf und durchs Herz gingen, zu klassifizieren. Es gab eine Entscheidung zu treffen, Fragen zu beantworten. Aber heute Abend würde sie offenbar keine Antworten bekommen, weil der Mann, den sie liebte, nicht da war, um sie ihr zu geben. Annie überlegte, ob sie ihren subkutanen Sender benutzen sollte, um ihn zu rufen, ließ es dann aber doch bleiben. Sie griff nach ihrer Helmtasche und machte sich auf den Weg zur Unterkunft für ledige Offiziere, um endlich ihren wohlverdienten Schlaf zu bekommen.

Aus dem Besprechungsraum gegenüber sah ihr ein Augenpaar mit traurigem, gequältem Blick nach.

Im Konferenzraum nebenan hatte Generalmajor Roman Smolij, der Oberbefehlshaber der ukrainischen Luftwaffe, seine Unterlagen durchgearbeitet und wollte eben gehen, als ihm auffiel, dass im Besprechungsraum gegenüber noch Licht brannte. Er warf einen Blick hinein und sah zu seiner Überraschung Oberst Luger allein am Tisch sitzen. Seine Arme hingen gerade herab, sein Kopf war gesenkt, seine Füße standen parallel zueinander auf dem Fußboden.

Smolij erkannte diese Haltung: So saßen Häftlinge, wenn ihnen erlaubt wurde, Platz zu nehmen und sich auszuruhen.

»Oberst Luger?«

David hob ruckartig den Kopf und legte dann seine Arme so auf den Tisch, dass die Handflächen flach auf der Tischplatte lagen. Ebenfalls eine Häftlingshaltung, die als sitzende Habachtstellung bezeichnet wurde. Luger gab sie jedoch rasch auf und drehte sich zu der Tür um. Als er Smolij erkannte, verdüsterte sich sein Blick, und er stand auf. Seine Körpersprache war herausfordernd und zugleich defensiv. »Was tun Sie hier, General?«

»Mir ist gestattet worden, Oberstleutnant Briggs, Master Sergeant Wohl, Major Weston und die übrigen Besatzungsmitglieder des in Borispol gelandeten Flugzeugs zu befragen«, antwortete der Ukrainer. »Ich arbeite an einer Analyse der russischen Luftverteidigung und der Effektivität der amerikanischen Stealth-Technologie im Einsatz gegen verschiedene Waffen- und Sensorsysteme.« Er musterte Luger mit hochgezogenen Augenbrauen. »Darf ich fragen, was *Sie* hier machen?«

»Nein, das dürfen Sie nicht.«

»Wieso haben Sie weder an der Begrüßung im Hangar noch an der Befragung durch die Operationsabteilung teilgenommen?«, erkundigte Smolij sich.

»Das geht Sie nichts an.«

Der General nickte. »Meinetwegen. Ich bin nicht Ihr Vorgesetzter – ich kann Sie nicht dazu zwingen, mir zu antworten.«

»Allerdings nicht!«

»Die Entscheidung liegt bei Ihnen.« Smolij beobachtete Luger scharf, während er hinzufügte: »*Sdjes ujesshaju sejtschas.* Sie können gehen.«

Lugers Blick veränderte sich in erstaunlich raschem Wechsel – er wurde nachgiebig und passiv, dann funkelte er zornig, dann wurde er sofort wieder passiv. Es war, als sei Luger für einen Augenblick in das scheußliche Loch zurückgekehrt, in dem er vor Jahren in Litauen gefangen gehalten worden war, und reagiere roboterhaft auf Befehle der brutalen, sadistischen Aufseher; dann schien er kurz aufbegehren zu wollen, versank fast im selben Augenblick wieder in einen passiven, schützenden Dämmerzustand und wurde zuletzt fast mörderisch zornig. Alles binnen weniger Sekunden. »*Idi k shobanjej materi*«, knurrte er.

Er wollte an Smolij vorbei den Raum verlassen, aber der hünenhafte ukrainische General verwehrte ihm mit erhobener Hand den Durchgang. »Sie sind kein Gefangener mehr, Oberst«, sagte er. »Sie sind ein freier Mann, ein Amerikaner. Sie sind ein Oberst und Ingenieur der United States Air Force.« Luger starrte ihn mit zornig funkelnden Augen an. »Und ich bin nicht länger Ihr Feind. Ich bin nicht länger Ihr Peiniger. Ich habe es nicht verdient, dass Sie solche Bemerkungen über meine Mutter machen.«

»Für mich bleiben Sie immer der perverse Mutterficker, der am Fisikous einen hilflosen, verwirrten Mitmenschen gequält hat«, stellte Luger fest. »Ich würde Sie umbringen, wenn ich könnte!«

»Ich weiß, wie Ihnen zumute ist, Oberst ...«

»Das können Sie nicht wissen!«

»Ich weiß es aber«, sagte Smolij. »Unser Wiedersehen nach all diesen Jahren hat mich daran erinnert, was für ein herzloser, grausamer Scheißkerl ich damals war. Ich kann seither an nichts anderes mehr denken, Oberst, an *nichts* anderes mehr. Die Erinnerung daran, wie ich Ihnen damals das Leben zur Hölle gemacht habe, quält mich Nacht für Nacht.« Er musterte Luger prüfend, dann fügte er hinzu: »Wie ich sehe, ist's Ihnen nicht anders ergangen. Und deshalb konnten Sie's nicht ertragen, mit Hauptmann Dewey oder Major Deverill zu sprechen, weil Ihnen die Vorstellung, *Sie* sollten einen Mitgefangenen der Russen verhören, schrecklich erschienen ist. Auch wenn alles zu anderer Zeit, an einem anderen Ort und auf völlig andere Weise stattgefunden hätte, wäre es doch ein Verhör gewesen – und dazu wären Sie nie imstande.«

»*Idi k tschortu,* Smolij! Sie können mich mal!«, rief Luger auf Russisch und Englisch, bevor er den großen Ukrainer beiseite stieß und davonstürmte.

HAWC-Stabsgebäude, Elliott AFB, Nevada (am folgenden Morgen)

»Kommt rein, Leute«, sagte Generalleutnant Terrill Samson, als Patrick McLanahan und David Luger an seiner Tür erschienen. Es war noch früh am Morgen. Alle drei hohen Offiziere waren früher als sonst zum Dienst gekommen; Patrick und David hatten in ihren Computern eine E-Mail mit der Aufforderung vorgefunden, sich sofort beim Kommandeur einzufinden. Sie waren ernst gestimmt, denn Terrill Samson hatte offenbar etwas mit ihnen vor.

Dann folgte die Aufforderung, vor der sie sich gefürchtet hatten: »Bitte schließen Sie die Tür.« Verdammt. Ein Gespräch unter sechs Augen bedeutete nichts Gutes.

Nachdem Patrick die Tür geschlossen hatte, bot ihr Vorgesetzter Luger und ihm mit einer Handbewegung zwei Besuchersessel an und nahm selbst hinter seinem Schreibtisch Platz. Der Sitz der Macht, die Position der Autorität, dachte Patrick. In Samsons Dienstzimmer standen weitere Sessel: Er hätte sich zu seinen Offizieren setzen und so eine freundlichere, kollegialere Atmosphäre schaffen können. Die Zeichen standen nicht gut.

Die beiden Offiziere brauchten nicht lange zu warten, bis das Fallbeil fiel: »General McLanahan, Oberst Luger, ich möchte Ihre Abschiedsgesuche heute bei Dienstschluss auf meinem Schreibtisch haben«, sagte Samson einfach.

»*Was?*«, rief Luger aus.

»Darf ich nach dem Grund dafür fragen, Sir?«, sagte Patrick sofort.

»Weil ich sonst gezwungen wäre, aus folgenden Gründen ein Verfahren gegen Sie zu eröffnen: Ungehorsam, Erteilung eines illegalen Befehls, unerlaubte Benutzung von Staatseigentum, unerlaubter Einsatz von tödlichen Waffen, unerlaubtes Eindringen in ausländische Lufträume sowie Verhalten, das eines Offiziers nicht würdig ist. Da ich gegen Oberst Furness aus denselben Gründen ein Verfahren eröffnen müsste, würden Sie sie mit sich reißen. Oberst Luger hätte sich in folgenden Punkten zu verantworten: bewusste Befehlsverweigerung, Ungehorsam, Dienstpflichtverletzung und Verhalten, das eines Offiziers nicht würdig ist. Sollten Sie schuldig gesprochen werden, stehen auf diese Vergehen bis zu fünfzehn Jahre Haft, Verlust aller Gehalts- und Pensionsansprüche, Degradierung und unehrenhafte Entlassung. Das alles möchte ich vermeiden, deshalb gebe ich Ihnen die Chance, freiwillig Ihren Abschied zu nehmen.«

»Sind Sie zu diesen Maßnahmen entschlossen«, fragte Luger, »oder können wir darüber erst mit Ihnen diskutieren?«

»Heraus mit der Sprache, wenn Sie etwas zu sagen haben, Oberst. Aber Sie werden mich nicht von meinem Entschluss abbringen. Ich habe seit dem Russlandeinsatz über diese Sache nachgedacht. Dies ist die beste Lösung für Sie, diese Organisation und mich. Ich möchte, dass Sie mein Angebot annehmen, um das HAWC aus weiteren Turbulenzen herauszuhalten. Milliarden Dollar und Dutzende von wichtigen Programmen sind in Gefahr. Aber sprechen Sie sich ruhig aus.«

»Ich habe befohlen, umzukehren und das Rettungsunternehmen zu schützen, Sir«, sagte Patrick. »Und Davids Job war es, mich auf dem Laufenden zu halten und mich mit Informationen über die taktische Lage zu versorgen. Es gibt keinen Anlass, Oberst Luger und Oberst Furness wegen irgendwelcher Pflichtverletzungen zu maßregeln. Sie können den beiden keinen Vorwurf daraus machen, dass sie rechtmäßige Befehle ausgeführt haben.«

»Ich habe Oberst Luger ausdrücklich befohlen sicherzustellen, dass Sie auf der geplanten Route zurückkehren – es sei denn, Sie erhielten einen anders lautenden Einsatzbefehl«, stellte Samson fest. »Luger hat diesen Befehl nicht nur nicht weitergegeben, sondern Sie noch dazu durch Informationen bei Ihrem illegalen Einsatz unterstützt. Solchen Ungehorsam kann ich nicht dulden.

Was Oberst Furness betrifft, spielt es keine Rolle, ob sie nur Ihre Befehle ausgeführt hat, das wissen Sie genau«, fuhr Samson verärgert fort. »Sie war die *Flugzeugkommandantin*. Sie musste selbst entscheiden, ob sie Ihre Befehle ausführen wollte oder nicht. Sie hätte sich weigern und damit ein Strafverfahren riskieren können – und ich bin sicher, dass sie in allen Punkten freigesprochen worden wäre. Aber Sie haben ihr einen unrechtmäßigen Befehl erteilt, sie hat gewusst, dass er illegal war, und sie hat ihn trotzdem ausgeführt. Deshalb muss Furness sich wegen derselben Vergehen verantworten.«

»Aber wenn ich freiwillig gehe, droht ihr kein Strafverfahren?«

»Darüber entscheide ich nach eigenem Ermessen«, antwortete Samson. »Ich kann ihr einen dienstlichen Verweis erteilen. Der steht ein Jahr lang in ihrer Personalakte. Lässt sie sich in dieser Zeit nichts zuschulden kommen, wird er automatisch getilgt. Sie kann aber auch ein Abschiedsgesuch einreichen, und ich sorge dafür, dass es bewilligt wird. Nach allem, was sie für Sie getan hat, General, hat sie keinen unehrenhaften Abschied verdient.«

»Sir, der Einsatz von General McLanahan und Oberst Furness war von Ihnen selbst genehmigt«, stellte Luger fest.

»Richtig – wir waren bei diesem Unternehmen als Reservemaschine eingesetzt«, sagte Patrick. »Also war ich jederzeit zum Eingreifen berechtigt.«

»Negativ«, widersprach Samson. »Eine Reservemaschine hat den Zweck, das *beste* Flugzeug den Einsatz fliegen zu lassen; sie wird nicht mitgeschickt, damit gleich *zwei* Maschinen in den feindlichen Luftraum eindringen können.«

»Ich werde darlegen, dass ich genau das getan habe«, sagte Patrick. »Annie und Dev waren abgeschossen worden. Ich werde darlegen, dass es meine Pflicht war, den Einsatz fortzuführen ...«

»Sie hatten den Auftrag, Madcap Magician dabei zu unterstützen, Sirene aus Russland rauszuholen«, stellte Samson fest. Sein Tonfall verriet, wie sehr er sich darüber ärgerte, mit seinem sonst so respektvollen und vernünftigen Untergebenen diskutieren zu müssen. »Das hatten Annie und Dev schon getan, bevor sie abgeschossen wurden. Sie waren nicht berechtigt, irgendwelche weiteren Einsätze über Russland zu fliegen.«

»Unser ›weiterer Einsatz über Russland‹ hat mitgeholfen, Annie und Dev zu retten«, sagte Patrick mit leicht ungläubigem Unterton in der Stimme. »Ich habe von dem Abschuss erfahren und sofort reagiert, um den beiden alle erforderliche Unterstützung zu gewähren.«

»Und was ist mit dem Angriff aufs Shukowski? Wollen Sie etwa behaupten, der habe auch zu dem befohlenen Unternehmen gehört?«

Patrick machte ein verständnisloses Gesicht. »Welcher Angriff aufs Shukowski?«

»Ziemlich genau zum Zeitpunkt Ihres Wiedereinflugs in den russischen Luftraum hat sich im Luftfahrtforschungszentrum Shukowski eine gewaltige Explosion ereignet«, sagte Samson. »Dabei sind die Forschungseinrichtungen von Metjor Aerospace völlig zerstört worden. Die zuständigen Stellen sprechen von einer Erdgasexplosion, aber die CIA hat von den russischen Brandfahndern genauere Informationen erhalten. Der Hangar wurde durch einen mindestens tausend Kilo schweren Gefechtskopf zerstört – zum Beispiel durch einen von einem Bomber abgeworfenen Marschflugkörper. Und das Hangardach wurde vor der eigentlichen Detonation von einer Hohlladung durchschlagen, was erst recht auf eine Abwurflenkwaffe hindeutet. Was können Sie mir darüber erzählen?«

»Von diesem Angriff weiß ich nichts, Sir.«

»Ich lasse unseren Waffenbestand genauestens kontrollieren, Patrick«, sagte Samson warnend. »Ich überprüfe jede Anforderung, jede Ausgabe, bis ich die Wahrheit weiß.«

»Ich sage die Wahrheit, Sir – ich weiß nichts von einem Angriff aufs Shukowski«, versicherte Patrick ihm. »Ich habe nichts damit zu tun gehabt. Aber ich verwahre mich gegen Ihren Tonfall, Sir. Für Sie scheint bereits festzustehen, dass ich diesen Angriff geflogen habe.«

»General, mir ist scheißegal, ob Ihnen mein Tonfall oder sonst was nicht passt«, knurrte Samson. »Sie haben die unglaubliche Frechheit besessen, Russland ohne Erlaubnis, ohne Freigabe, mit einem Bomber zu überfliegen, russische Soldaten zu töten und russisches Staatseigentum zu zerstören. Dabei wären Sie beinahe abgeschossen worden. Ich hätte zwei wertvolle Piloten und einen weiteren streng geheimen Bomber über Russland verlieren können. Schlimm genug, dass Sie sich über meinen Kopf hinweg an den Nationalen Sicherheitsrat gewandt und ihn beschwatzt haben, diesen Einsatz zu genehmigen ...«

»Sir, ich habe niemanden ›beschwatzt‹, den Einsatz zu genehmigen«, stellte Patrick richtig. »Ich gebe zu, dass ich meinen Plan direkt dem Verteidigungsminister vorgelegt habe, ohne ihn von Ihnen abzeichnen zu lassen, aber Sie wissen, dass ich bei erster Gelegenheit darüber mit Ihnen sprechen wollte ...«

»Nein, das weiß ich nicht – und das ist das Problem«, unterbrach Samson ihn. »Ich glaube *absolut nicht,* dass Sie damit zu mir gekommen wären, wenn Sie geglaubt hätten, das ließe sich vermeiden. Das beweist Ihre Rückkehr in den russischen Luftraum ohne meine Erlaubnis. Sie hätten mich jederzeit rufen und Ihre Argumente vorbringen können. Aber Sie sind eine Stunde lang in die falsche Richtung geflogen, ohne sich bei mir zu melden. Auch Oberst Furness hat wohlweislich den Mund gehalten. Sie haben mich nicht gerufen, weil Sie dachten, Sie würden vielleicht nicht die gewünschte Antwort bekommen. Sie haben mich bewusst nicht informiert, weil Sie dachten, ich würde Ihren Einsatz nicht genehmigen.«

»Hätten Sie ihn denn genehmigt?«

»Spielt das jetzt noch eine Rolle, General?«, fragte Samson scharf. »Sie haben sich über meine Befehle hinweggesetzt und Ihren eigenen kleinen Privatkrieg geführt.«

»Warum tun Sie das, Sir?«, fragte Patrick. Das war keine Bitte um Gnade, sondern eine ehrlich und aufrichtig gestellte Frage. »Wir haben Dewey und Deverill sicher nach Hause gebracht ...«

»Nein, der *Präsident* hat sie sicher nach Hause gebracht«, widersprach Samson. »Der Präsident hat zehn Minuten lang mit dem russischen Präsidenten Senkow telefoniert und ihn dazu gebracht, das Rettungsunternehmen ungehindert ablaufen zu lassen. Tatsächlich hat er Senkow sogar das Zugeständnis abgerungen, *Sie* nicht abschießen zu lassen – damit hat er nicht nur Dewey und Deverill, sondern auch Briggs und Wohl, Furness und Sie gerettet. Ziemlich erstaunlich, wenn man bedenkt, dass Sie zu diesem Zeitpunkt illegalerweise schon drei russische Jäger abgeschossen hatten.«

»Für Sie steht also fest, dass wir uns strafbar gemacht haben, Sir?«, fragte Luger. »Für Sie steht fest, dass wir schuldig sind, deshalb legen Sie uns nahe, unser Abschiedsgesuch einzureichen, damit wir nicht vor Gericht gestellt werden?«

»Das ist jetzt eine müßige Frage, Oberst. Meiner Überzeugung nach haben Sie den Treueeid mir, den Männern und Frauen, mit denen Sie gemeinsam dienen, der Air Force und Ihrem Land gegenüber gebrochen«, antwortete Samson. »In diesem Punkt *habe* ich Sie schuldig gesprochen. Das alles teile ich Ihnen mit, weil ich finde, dass Sie beide die Chance verdient haben, in allen Ehren verabschiedet zu werden. Ich rate Ihnen dringend, mein Angebot anzunehmen. Selbst wenn Sie wider Erwarten freigesprochen würden, könnten Sie nie mehr hier arbeiten, und ich bezweifle ernsthaft, dass es in der Air Force noch einen Platz für McLanahan oder Sie gäbe.«

Patrick stand auf und trat einen Schritt auf den Schreibtisch zu. »Darf ich offen sprechen, General?«

»Jetzt haben Sie zum letzten Mal Gelegenheit dazu.«

»Wovor haben Sie wirklich Angst, Sir?«, fragte Patrick. »Was habe ich getan, das Sie dazu zwingt, mich fristlos zu entlassen? Haben Sie Angst, durch meine Schuld in den Augen des Präsidenten schlecht dazustehen?«

»Dafür haben Sie allerdings gesorgt, General«, bestätigte Samson. »Ich habe als der dämliche Nigger-General dagestanden, der seine draufgängerischen Offiziere nicht in der Hand hat, das steht verdammt fest. Aber diese Vorstellung hatten Sie den maßgeblichen Leuten in Washington bereits durch Ihre Einmannshow über China und die Entführung der Bomber der Hundertelften hierher nach Dreamland suggeriert. Sie machen genau dort weiter, wo Brad Elliott, dieser Verrückte, aufgehört hat. Sie sind Patrick McLanahan. Sie sind der geniale Techniker, der Einzelgänger. Alle in Ihrer Umgebung sind nur Statisten in Ihrer Show, mit der Sie unsere Demokratie praktisch im Alleingang retten. Meine Karriere war in dem Augenblick beendet, in dem ich hier Ihr Kommandeur geworden bin.

Vor allem habe ich Angst vor der Richtung, McLanahan, in die Sie sich entwickeln«, fuhr Samson fort. »Ich habe Brad Elliott gut gekannt. Er war mein Freund, mein Lehrer und mein Mentor. Aber er hat sich in etwas verwandelt, das meine Air Force zu fürchten hat – in einen blindwütigen Draufgänger, in einen rechthaberischen Einzelgänger. Alle anderen Methoden außer der seinen waren grundsätzlich falsch. Ich habe mich von ihm getrennt, sobald ich konnte, und weiß heute, dass das die einzig richtige Entscheidung war.«

»Ich bin stolz darauf, mit ihm zusammengearbeitet zu haben«, sagte McLanahan.

»Ich auch«, stimmte Luger zu. »Er hat mir das Leben gerettet. Zweimal.«

»Aber Sie sind beide zu lange bei ihm geblieben und haben sich von seinen verqueren Ansichten über Gut und Böse, Recht und Unrecht, Pflichtbewusstsein und Eitelkeit, Verantwortung und Bigotterie anstecken lassen«, behauptete Samson. »Gewiss, Brad hat in seiner tatkräftig zupackenden Art viel erreicht. Ja, er war ein Held – in meinen Augen und in denen vieler anderer Leute. Aber er hat mit *völlig falschen* Methoden gearbeitet. Er hat unverantwortlich gehandelt. Er hat ungesetzlich gehandelt. Unser Held – Ihrer und meiner – hat falsch gehandelt. Das haben Sie entweder nicht erkannt oder bewusst ignoriert. Oder vielleicht hat es Ihnen gefallen. Sie haben die Macht und die Freiheit genossen, die Ihnen dieser Job gebracht hat. ›Absolute Macht korrumpiert absolut‹, und nichts lässt sich mit der Power einer zweihundertfünfzig Tonnen schweren B-52 im Zielanflug vergleichen, habe ich Recht?«

Samson stand auf, beugte sich über seinen Schreibtisch und starrte McLanahan durchdringend an. »Er konnte nur gestoppt werden, Patrick, indem er *starb*. Dürften Sie weiterhin machen, was Sie über Russland vorgeführt haben, könnten Sie sich drei oder vier Sterne anheften, würden vielleicht Verteidigungsminister oder Sicherheitsberater des Präsidenten, am Ende sogar selbst Präsident, wären Sie für den Weltfrieden ebenso gefährlich, wie Brad es war.

Sie sind nur zu stoppen, Patrick, wenn jemand, der genügend Autorität besitzt, Ihnen gewaltig die Flügel stutzt – oder indem Sie ebenfalls sterben. Das ist das traurige Ende, vor dem ich Sie zu bewahren versuche: als mit Fehlern behafteter, verzweifelter, schizophrener Mann wie Brad Elliot zu sterben. Als Ihr Kommandeur besitze ich die Autorität, etwas gegen Sie zu unternehmen, bevor Sie die Welt mit Ihrer Guerillataktik korrumpieren. Damit ist jetzt Schluss, verstanden? Ich wünschte nur, irgendjemand hätte Brad zurückgepfiffen, bevor er ins Irrationale abgedriftet ist.«

»Brad... Brad war nichts dergleichen, General Samson«, widersprach David Luger mit leiser, bebender Stimme. Die beiden anderen bekamen nicht mit, dass er noch etwas auf Russisch murmelte.

»Sie behaupten, ihn gut gekannt zu haben – ich sage, dass das nicht stimmt«, knurrte Patrick. »Sie *glauben* nur, ihn gekannt zu haben. Ich denke, Sie wollten vor allem ein nettes, bequemes Kommando, um Ihre Sterne tragen zu können, ohne das System allzu sehr aufzurütteln. Brad Elliott hat genau entgegengesetzt gehandelt. Er hat drei Sterne und dieses Kommando bekommen, *obwohl* er regelmäßig halb Washington gegen sich aufgebracht hat. Er hat Waffensysteme geschaffen und Flieger ausgebildet, die wirklichen Mut und wirklichen Kampfgeist bewiesen haben. Sogar als er zwangspensioniert wurde, ist er als Held zurückgekehrt. Er hat unser Land ein Dutzend Mal gerettet, Sir. Sind Sie wegen meines Ungehorsams zornig – oder sind Sie nur frustriert, weil Sie niemals mit Ihren Bombern in die Schlacht geflogen sind?«

»Ich bin nicht frustriert, weil ich niemals gekämpft habe, General«, antwortete Samson vielleicht etwas zu nachdrücklich. »Kein richtiger Soldat wünscht sich einen Krieg, und ich bedaure ganz sicher nicht, nie einen geführt zu haben. Mir genügt es, meinem Land auf dem Posten zu dienen, auf den es mich stellt – ganz gleich, ob ich in Thailand bei fünfunddreißig Grad im Schatten eine Startbahn asphaltiere oder hier die größte militärische Versuchseinrichtung der Welt leite. Ich laufe nicht herum und *provoziere* Kriege, um wieder einmal kämpfen zu können.« Diese Bemerkung traf Patrick. Er senkte den Kopf und trat von Samsons Schreibtisch zurück.

»Schluss der Debatte«, sagte Samson. »Die Anklagepunkte bleiben bestehen, General, Oberst. Liegen Ihre Abschiedsgesuche nicht bis siebzehn Uhr auf meinem Schreibtisch, übergebe ich den Fall dem Chef des Heeresjustizwesens.«

»So lange brauchen Sie nicht zu warten, Sir«, sagte David Luger. »Meine Antwort können Sie gleich haben: Ich trete nicht freiwillig in den Ruhestand. Ich habe in der Vergangenheit zu viel durchgemacht, um jetzt alles hinzuwerfen. Wollen Sie Anklage gegen mich erheben, müssen Sie's einfach tun.«

»Ich rate Ihnen, sich die Sache noch mal zu überlegen«, sagte Samson streng. »Sie können es sich kaum leisten, auf eine ehrenhafte Entlassung und Ihre Ruhestandsbezüge zu verzichten, glaube ich. Ihr Werdegang und… weitere Faktoren dürften nicht gerade zur Folge haben, dass private Firmen oder andere staatliche Stellen sich um Sie reißen.«

»*Wie bitte,* General?«, fragte Luger viel höflicher, als Patrick es an seiner Stelle getan hätte. »*Ty schto, ahuyel?*«

»Wie war das? Was haben Sie eben gesagt, Luger?«, explodierte Samson. David gab keine Antwort, aber er schien unter Samsons dröhnender Stimme zusammenzuschrumpfen, senkte den Blick und hielt seine herabhängenden Arme gestreckt. »Ich habe Sie in den letzten Wochen beobachtet, Oberst Luger, vor allem seit der Ankunft dieses ukrainischen Generals. Sie haben Ihre früheren Kontakte zu Smolij gemeldet und einige Ihrer Erlebnisse in Litauen geschildert, aber danach haben Sie sich geweigert, Urlaub zu machen, solange das ukrainische Kontingent hier ist. Das war eine schlimme Fehleinschätzung, die Sie meiner Ansicht nach aus dem emotionalen und psychischen Gleichgewicht gebracht hat.«

»Unsinn!«, schnaubte McLanahan.

»Sie könnten sich selbst und das HAWC gefährden, Oberst«, fuhr Samson fort. »Darüber sind Sie sich offenbar nicht im Klaren – auch McLanahan nicht. Reichen Sie kein freiwilliges Abschiedsgesuch ein, bin ich gezwungen, Sie im Interesse der nationalen Sicherheit und der Sicherheit dieser Einrichtung unter Hausarrest stellen zu lassen.«

David Luger wirkte weder betroffen noch überrascht, zornig oder auch nur enttäuscht, sondern völlig teilnahmslos. Er stand mit gesenktem Kopf und schlaff herabhängenden Armen unbeweglich da, als habe er sich bedingungslos ergeben oder sämtliche Emotionen abgeschaltet.

Patrick McLanahan explodierte förmlich. »Hey, Dave, mach dir nichts daraus! Er redet sowieso nur Scheiß!«, sagte er laut. Keine Reaktion. Er packte David an den Schultern und schüttelte ihn, anfangs nur sanft, dann energischer. »Dave! Alles in Ordnung, Texas?«

In diesem Augenblick betrat Hal Briggs mit zwei Mann vom Sicherheitspersonal Samsons Dienstzimmer. In Dreamland wurden sämtliche Räume mit Kameras und Mikrofonen überwacht, und das Sicherheitspersonal hatte Anweisung, bei jeder Andeutung von Gewalt und jedem kleinsten Verstoß gegen Geheimschutzvorschriften einzugreifen. Einer der Sicherheitsbeamten trug seine Maschinenpistole MP5K in beiden Händen vor der Brust; der zweite Mann hatte die rechte Hand auf seiner MP liegen, um sie sofort in Schussposition bringen zu können. Hal Briggs ließ seine Rechte auf dem Perlmuttgriff seiner Pistole Kaliber 45 ruhen – der Waffe, die einst Generalleutnant Brad Elliott, seinem Mentor, gehört hatte –, zog sie aber ebenfalls nicht.

»Dave! Dave, alles in Ordnung mit dir?«, fragte McLanahan seinen Freund und Partner. Aber Luger befand sich in einem halb katatonischen Zustand und schien zu keiner Reaktion oder Bewegung imstande zu sein. »Jesus, Hal, sein gesamtes Zentralnervensystem scheint blockiert zu sein. Lassen Sie ihn *sofort* mit dem Hubschrauber nach Las Vegas bringen!« Briggs und der zweite Sicherheitsbeamte sicherten ihre Waffen und drängten McLanahan und Luger rasch und energisch aus Samsons Dienstzimmer, während der dritte Mann diesen Vorgang mit schussbereiter Maschinenpistole überwachte.

Als MacLanahan hinausgeführt wurde, drehte er sich noch einmal um und sagte: »Wir sind noch nicht fertig miteinander, Samson.«

»Siebzehn Uhr, General«, sagte der Kommandeur. »Auf meinem Schreibtisch. Oder Sie müssen die Folgen tragen.«

An der albanisch-makedonischen Grenze
(am selben Abend)

Die heutige Republik Makedonien, unter Alexander dem Großen ein Weltreich, hatte über zwei Jahrtausende lang fast ständig im Krieg und unter der Herrschaft brutaler Unterdrücker und Kolonisatoren gelebt: Römer, Byzantiner, Hunnen, Westgoten, Türken, Bulgaren, Griechen, Deutsche und Serben. Erst nachdem Josip Broz – der als Marschall Tito bekannte starke Mann Jugoslawiens – im Jahr 1980 gestorben und die Sowjetunion im Jahr 1992 zusammengebrochen war, hatte Makedonien sich endlich aus dem Würgegriff regionaler Herrscher befreien und seine Unabhängigkeit als demokratische Republik ausrufen können.

Aber diese Unabhängigkeit blieb nicht konfliktfrei. Makedonien war seit Jahrtausenden ein Schmelztiegel für viele Ethnien und Religionen gewesen, die jetzt alle Kurs und Zukunft der unabhängig gewordenen Republik mitbestimmen wollten. Alle diese Kräfte – Albaner, Griechen, Serben, Türken und Bulgaren – strebten danach, die neue Nation aufzuspalten und sich Teile davon einzuverleiben.

Das hatte dazu geführt, dass die Grenzen Makedoniens schwer befestigt waren und der Staat Unsummen für den Kampf gegen Aufständische und die Grenzsicherung ausgeben musste. Erbitterte Grenzgefechte, vor allem zwischen muslimischen Albanern und christlich-orthodoxen Makedoniern, waren so häufig, dass praktisch sofort nach der Aufnahme Makedoniens in die Vereinten Nationen eine Friedenstruppe entsandt worden war, die versuchen sollte, dort für Ruhe zu sorgen und die Grenzstreitigkeiten mit den Nachbarstaaten zu regeln. Eine bevorzugte Route albanischer Waffenschmuggler zur Belieferung der Kosovo-Befreiungsarmee führte durch Makedonien, und es war schon zu vielen Gefechten zwischen makedonischen Grenztruppen und gut bewaffneten Schmugglern gekommen.

Die Regierung Makedoniens war entschlossen, ihre Grenzen gegen jeden Staat zu verteidigen, der ihre Unabhängigkeit und Neutralität missachtete, aber Makedonien war ein armes Land, das nur eine kleine Armee aus Wehrpflichtigen hatte, sodass es Hilfe von außerhalb anfordern musste. Während des Kosovokonflikts wurde der NATO gestattet, von makedonischen Flugplätzen aus Aufklärungs-, Überwachungs- und Versorgungsflüge durchzuführen. Im Gegenzug wurde Makedonien als potenzielles NATO-Mitglied in die »Partnerschaft für den Frieden« aufgenommen, erhielt westliche Militär- und Wirtschaftshilfe im Wert von vielen Millionen Dollar und durfte seine Kandidatur für die Europäische Union und die Welthandelsorganisation (WTO) anmelden.

Einige der blutigsten Gefechte zwischen albanischen Waffenschmugglern sowie makedonischer Polizei und Grenztruppen hatten in der Nähe der Stadt Struga am Nordufer des Ohridsees stattgefunden, der im Südwesten Makedoniens im Vardartal liegt. Die Schmuggelroute führte durch dieses Tal nach Norden in die jugoslawische Provinz Kosovo und von dort aus weiter nach Mitteleuropa oder nach Süden zum Ohridsee und letztlich zum Ägäischen Meer. Die ungefähr zwanzig Kilometer entfernte Stadt Ohrid war wegen ihrer Ansammlung von christlichen und muslimischen Heiligtümern, Kirchen, Moscheen, Klöstern, Kathedralen, Burgen und Befestigungsanlagen, die zum Teil noch aus der Zeit Alexanders des Großen stammten, als das »Jerusalem des Balkans« bekannt.

Seit dem Angriff auf Kukës herrschte entlang der albanisch-makedonischen Grenze fieberhafte Spannung. Als Vergeltung für albanische Überfälle und Feuergefechte im Grenzgebiet sollten angeblich makedonische Truppen in der Teppichfabrik Kukës zwei gewaltige Explosionen herbeigeführt haben, bei denen es hunderte von Toten gegeben hatte. Nun befand die albanische Armee sich auf einem Rachefeldzug. Heckenschützen-, Guerilla- und Sabotageangriffe entlang der Grenze nahmen an Häufigkeit und Intensität zu und drohten, in einen regelrechten Krieg auszuarten. Dank amerikanischer Rüstungshilfe in den vergangenen Jahren verfügte die winzige Armee der Republik Makedonien über mehr moderne Waffen als der Gegner im Westen, aber Albanien war taktisch und zahlenmäßig überlegen. Die dreimal größere albanische Armee besaß viermal mehr Artillerie und sechsmal mehr Schützenpanzer – und ihre Truppen hatten den Vorteil, aus Stellungen in den Bergen entlang der Grenze auf die Makedonier herabzublicken.

Deshalb konnte eigentlich niemand verstehen, weshalb die makedonische Armee plötzlich mit der Beschießung mehrerer albanischer Grenzposten westlich von Struga begann. Augenzeugen berichteten, kurz vor Mitternacht hätten zwei 105-mm-Geschütze auf Selbstfahrlafetten das Feuer auf albanische Beobachtungsposten eröffnet, auf zwei kleine Unterstände aus Holz und Felsbrocken mit Blick über den Ohridsee.

Die albanische Armee erwiderte das Feuer sofort. Da die Grenzposten nicht mit modernen Sensoren oder Spezialgeräten für nächtliche Artillerieduelle – keine Nachtsichtgeräte, kein Feuerleitradar – ausgerüstet waren, war es höchst erstaunlich, dass die beiden Geschütze auf Selbstfahrlafetten, die zuerst geschossen haben sollten, gleich von der ersten Salve des albanischen Abwehrfeuers getroffen und völlig zerstört wurden. Damit gaben die Albaner sich jedoch nicht zufrieden. Nachdem die Geschütze zerstört waren, kam die nächste makedonische Feuerstellung an die Reihe, dann folgte die übernächste Stellung, und zuletzt wurde Struga beschossen. Die albanische Artillerie beschoss die Stadt drei Stunden lang mit Granaten und Raketen aus elf hoch gelegenen Feuerstellungen, von denen einige bis zu dreizehn Kilometer weit entfernt waren.

»Perfekt«, sagte Gennadij Jegorow, der Waffenoffizier des Stealth-Jagdbombers Metjor Mt-179. »Die Albaner reagieren noch besser als erwartet.«

Der Plan war einfach gewesen. Einige von Pawel Kasakows Leuten in Makedonien hatten aus einem Artilleriedepot in Bitola zwei Geschütze auf Selbstfahrlafetten gestohlen – beide fahrbereit, aber nicht imstande, auch nur einen einzigen Schuss abzugeben. Die selbstfahrenden Geschütze waren gerade überholt worden; mit abgenommenen Rohren sahen sie wie gewöhnliche Panzerfahrzeuge aus, als sie die Fernstraße entlangrumpelten. Nach nur drei Stunden erreichten sie den Raum Struga und wurden dort abgestellt.

Unterdessen war die Mt-179 auf ihrem geheimen Stützpunkt bei Codlea gestartet. Da die NATO kein neues AWACS-Flugzeug über dem Balkan stationieren würde, bis feststand, wer die Maschine einige Wochen zuvor abgeschossen hatte, war ihr Flug über Rumänien, Bulgarien, den Kosovo und Makedonien nach Ohrid ein Kinderspiel. Für diesen Einsatz war der Stealth-Jagdbomber mit vier Jagdraketen mit Infrarotsuchköpfen in den Tragflächen und vier lasergesteuerten Abwurflenkwaffen in ihrer Bombenkammer bewaffnet. In einem einziehbaren Bugbehälter trug die Mt-179 einen leistungsfähigen Infrarotsensor, eine Fernsehkamera mit Restlichtverstärker und einen Laser-Illuminator zur Zielmarkierung.

Sobald Kasakows Männer die Geschütze auf Selbstfahrlafetten in die angebliche Feuerstellung gefahren und sich in Sicherheit gebracht hatten, begann der Angriff. Zwei Abwurflenkwaffen, die aus fünfundzwanzig Kilometern Entfernung die albanischen Beobachtungsposten zerstörten, ein Zwei-Minuten-Turn, zwei weitere Abwurflenkwaffen gegen die Geschütze, um alles Beweismaterial zu vernichten – und schon war das Täuschungsmanöver komplett. Auf den Geschützen und in der Nähe der Grenzposten hatten Kasakows Leute Infrarotsender aufgestellt, damit Jegorow die Ziele leichter aus maximaler Entfernung finden und angreifen konnte.

»*Eto letschi tschem dwa paltza abassat.* War einfacher, als auf zwei Finger zu pissen«, sagte Ion Stoica, als die ersten Funkmeldungen über die rasch an Intensität zunehmenden Grenzgefechte zwischen Albanien und Makedonien eingingen. »Aber ist dir auch klar, dass dieser Angriff eigentlich nicht hätte funktionieren dürfen? So wenig wie unser erster Start vom Shukowski und unser Angriff auf Kukës.«

»Wir haben Glück gehabt«, stimmte Jegorow ihm zu. »Hier spielt reiner Verfolgungswahn mit. Außerdem wollten die beiden Nachbarn schon seit fast zehn Jahren aufeinander losgehen. Wir haben nur den Anstoß dazu gegeben.«

»Wir tragen also zur natürlichen Ordnung und der Förderung des politischen und kulturellen Austauschs zwischen benachbarten Balkanstaaten bei, was?«, fragte Stoica lachend. »Das gefällt mir! Wir sind Menschenfreunde, die sich bemühen, die Welt zu verbessern, indem sie dafür sorgen, dass die natürliche Harmonie und der Rhythmus dieser Region sich ungehindert entfalten können.« Ihr zweiter Kampfeinsatz war offenbar noch erfolgreicher als der erste Flug – er lieferte den Zündfunken, den Kasakow brauchte, um den Balkan in Brand zu setzen.

Statt nach Rumänien zurückzukehren, flogen Stoica und Jegorow diesmal über Bulgarien und das Schwarze Meer zu einem Flugplatz der IIG Metjor in der Nähe der georgischen Stadt Batumi, wo eine weitere Pipeline Kasakows endete. Der Rückflug verlief glatt und ohne Zwischenfälle. Über dem Schwarzen Meer profitierte die Mt-179 von starkem Rückenwind, mit dem sie selbst in Marschflugstellung der Leistungshebel gut über neunhundert Stundenkilometer machte. In ihrer Flughöhe von zwölftausendfünfhundert Metern war der Nachthimmel wolkenlos klar, und die Sterne schienen fast zum Greifen nahe. Später würde ein Halbmond aufgehen, der jedoch keine Rolle spielte – sie würden längst gelandet sein, bevor jemand ihr Flugzeug bei Mondschein sehen konnte. Um Treibstoff zu sparen, hatten sie sich bereits für einen steilen Abstieg mit im Leerlauf arbeitenden Triebwerken durch den georgischen Luftraum entschlossen, statt den Erfassungsbereich des türkischen Küstenradars tief zu durchfliegen und darauf zu vertrauen, dass die Stealth-Eigenschaften der *Tjeny* sie unsichtbar machen würden.

Jegorow erbot sich, die Wache zu übernehmen, und Stoica machte dankbar ein Nickerchen, während der Waffenoffizier seinen Einsatzbericht ausfüllte, die Computeraufzeichnungen speicherte und es dem Autopiloten überließ, die Maschine zu fliegen. Da der Autopilot ohne Höhenbegrenzung auf konstante Reisegeschwindigkeit bei geringstem Treibstoffverbrauch eingestellt war, ließ er die Mt-179 bei abnehmendem Gesamtgewicht allmählich auf ihre Dienstgipfelhöhe von vierzehntausend Metern steigen.

Stoica hatte versäumt, dem Autopiloten eine Höchsthöhe einzugeben. Hätte er sich die Mühe gemacht, seinen Wetterbericht bei der Einsatzbesprechung genau durchzulesen, hätte er gesehen, dass das für ihren Rückflug über dem Schwarzen Meer vorhergesagte Kondensstreifenniveau bei knapp über zwölftausendfünfhundert Metern lag. Jegorow hatte im rückwärtigen Cockpit keine Möglichkeit, den Autopiloten zu korrigieren – er konnte ihn nur ausschalten –, und war sowieso zu beschäftigt, um auf ihre Höhe zu achten. Die Sicht nach hinten war von seinem Sitz aus ohnehin sehr schlecht, deshalb hätte er selbst bei einem Blick nach draußen nicht bemerkt…

…dass die Metjor Mt-179 einen langen, dicken weißen Kondensstreifen durch den Nachthimmel über dem Schwarzen Meer hinter sich herzog. Dieser Kondensstreifen war hell genug, um fast hundert Kilometer weit sichtbar zu sein – hell genug, um von einer Zweierrotte türkischer F-16, die im Übungsgebiet Samsun vor der türkischen Nordküste zu einer nächtlichen Abfangübung unterwegs waren, gesehen zu werden.

Die beiden türkischen Jäger, einsitzige F-16C Block 50, gehörten zur 151. Düsenstaffel auf dem Luftwaffenstützpunkt Merzifon, ungefähr hundertfünfzig Kilometer südwestlich von Samsun. Wegen schlechten Wetters war ihr nächtlicher Einsatz um einige Stunden verschoben worden. Um auf dem vorgeschriebenen Übungsstand zu bleiben, mussten beide Piloten mit Radarunterstützung mehrere Abfangübungen in großen und geringen Höhen fliegen; einschließlich ihres An- und Abflugs zum Übungsgebiet und der notwendigen Treibstoffreserve brauchten sie Sprit für fast vier Stunden, was bedeutete, dass beide zwei riesige Zusatzbehälter mit sich herumschleppen mussten, die nicht nur die Wendigkeit der F-16 herabsetzten, sondern den Piloten auch fast den Spaß am Fliegen verdarben. Jeweils einer der Jäger musste in festgelegter Höhe von außen ins Übungsgebiet einfliegen, damit der andere versuchen konnte, ihn zu entdecken und abzufangen. Die Radarlotsen in Merzifon überwachten das Abfangen und konnten dabei behilflich sein, aber da der Zweck der Übung war, dass der Pilot den »Feind« selbst fand, verlangten die Piloten selten einen Abfangkurs von ihrer Bodenstelle.

Jetzt stand die letzte Abfangübung dieser Nacht bevor, und nach mehreren Stunden Verzögerung und fast drei Stunden anstrengender Luftkampfübungen wollten die beiden Piloten nur noch möglichst schnell nach Hause – wenige Stunden nach der Landung würde ihr normaler Dienst beginnen, und je früher sie zurückkamen, desto mehr Schlaf würden sie bekommen. Zodiak eins, der Rottenführer, war der Abfangjäger, und Zodiak zwo, sein Rottenflieger, war der »feindliche« Eindringling. Zodiak zwo befand sich in zwölftausend Metern, um ein Eindringen im Sturzflug zu simulieren, während Zodiak eins die normale Patrouillenhöhe von neuntausend Metern einhielt. Ihre Positionslichter waren ausgeschaltet; Zodiak eins suchte den Himmel unter sich mit seinem Radar ab, während Zodiak zwo als Angreifer sein Radar ausgeschaltet hatte.

Da der Rottenführer wusste, dass der letzte Scheinangriff im Tiefflug erfolgen sollte, konzentrierte er sich bei der Suche nach der anderen F-16 auf den Sektor unter sich. Nach wenigen Minuten wurde ihm jedoch klar, dass sein junger Rottenflieger ihm irgendwie einen Strich durch die Rechnung gemacht hatte, und er fing an, den Himmel über sich abzusuchen. Er brauchte mehrere Radarumläufe, um endlich die zweite F-16 zu entdecken. »Scheißkerl«, fluchte er. »Hast wohl geglaubt, du könntest mich reinlegen, was?« Er zog den Steuerknüppel zurück, drückte den Leistungshebel in Nachbrennerstellung nach vorn und nahm die Verfolgung auf. »Leitstelle, Zodiak eins, Radarkontakt, Bandit auf Abfangkurs null-zwo-null, Entfernung dreizehn Kilometer, im Sinkflug aus zwölftausend. Ich werde …«

Im nächsten Augenblick sah der Rottenführer einen leuchtenden Kondensstreifen, der mit hoher Geschwindigkeit nach Osten zog. Er schien so nahe zu sein, dass Kollisionsgefahr mit Zodiak zwo bestand – die andere Maschine flog eindeutig durch ihr Übungsgebiet. »Abbruch! Abbruch!«, rief der Rottenführer über Funk. »Unbekanntes Flugzeug im Übungsgebiet. Eins in zehn im Horizontalflug.«

»Verstanden«, antwortete Zodiak zwo. »Bin in zwölf im Horizontalflug.«

»Leitstelle hat Ihren Abbruchbefehl verstanden, Zodiak eins«, bestätigte die Radarstation. »Aber wir haben kein Flugzeug auf dem Schirm, Eins. Geben Sie Fahrt und Höhe des Banditen an.«

»Verstanden.« Der Rottenführer versuchte, die unbekannte Maschine mit seinem Radar zu erfassen, aber das gelang ihm nicht. »Radar negativ, mein Gerät muss defekt sein«, meldete er. »Aber ich sehe seinen Kondensstreifen ganz deutlich. Höhe schätzungsweise dreizehn, Kurs Ost.«

»Warten Sie, Zodiak eins.« Der Rottenführer wusste, dass ihre Leitstelle jetzt mit der Luftverteidigungszentrale im Verteidigungsministerium telefonierte. Kurze Zeit später: »Zodiak eins, Leitstelle, wenn Sie Sichtkontakt halten können, sollen Sie sich den Banditen mal ansehen. Achtung: Wir haben keinen Radarkontakt und können keine Abfangkurse nennen oder eine sichere Staffelung garantieren. Geben Sie Ihren Status durch.«

»Zodiak eins hat Treibstoff für nullkommasieben Stunden«, meldete der Rottenführer. »Ansonsten alles grün.«

»Zodiak zwo hat noch Treibstoff für nullkommasechs Stunden. Ebenfalls alles grün.«

»Verstanden. Zodiak zwo, Ihr Rottenführer ist bei ein Uhr, elf Kilometer, zehn. Schließen Sie mit Kurs null-vier-fünf zu ihm auf, halten Sie elf. Sonstiger Verkehr negativ. Rotte Zodiak frei zur taktischen Ansteuerung eines unbekannten Flugzeugs. Zodiak eins, squawken Sie normal. Zodiak zwo, squawken Sie normal und Ident… Radarkontakt. Zodiak zwo, Kontakt mit Zodiak eins melden und ab fünf Kilometern normal squawken.«

»Rotte Zodiak verstanden«, sagte der Rottenführer. »Beeilung, Zwo!«

»Zwo hat Radarkontakt. Ich bin dabei.«

Ion Stoica schreckte auf, weil der Radarwarner wie verrückt piepste und Gennadij Jegorow verzweifelt rief: »Bandit! Bandit! Zwölf Uhr, siebzehn Kilometer!«

»Bandit? Was zum Teufel…?« Stoica machte sich Vorwürfe, weil er so fest geschlafen hatte; er hätte ein paar Amphetamine einwerfen sollen, um wach zu bleiben. Als Erstes überprüfte er die Triebwerksanzeigen, alle Systeme und die Fluginstrumente – und sah sofort, dass sie viel zu hoch flogen. »Verdammt noch mal, Gennadij, wir sind auf vierzehntausend! Die Meteorologen haben uns ausdrücklich davor gewarnt, über zwölfeinhalbtausend zu steigen!»

»Ich habe hier hinten nur die Signalleuchten des Autopiloten, Ion«, stellte Jegorow fest. »Danach war alles in Ordnung. *Du* hast den Autopiloten eingestellt, nicht ich!«

Stoica wusste, dass er Recht hatte – Jegorow hatte keine Anzeigen, sondern nur grüne Signalleuchten und rote Warnleuchten vor sich. Für die Einstellungen war *er* verantwortlich. Irgendein anderes Flugzeug hatte sie offenbar mit einem IR-Scanner entdeckt oder ihren Kondensstreifen gesehen. Sie mussten machen, dass sie *schnell* wegkamen.

»Doppler-Impuls-Zielsuchradar, X-Band, zwölf Uhr, sechzehn Kilometer… Scheiße, ich glaube, eine türkische F-16 hat uns erfasst«, sagte Jegorow. Er sah in seinen Rückspiegel. »Kondensstreifen! Wir ziehen einen Kondensstreifen hinter uns her!«

»Es geht los!« Stoica zog die Leistungshebel in Leerlaufstellung zurück, legte die Mt-179 fast auf den Rücken und ging in einer steilen Linkskurve tiefer. Er drehte um genau neunzig Grad von ihrem bisherigen Kurs ab, um das gegnerische Doppler-Radar zu täuschen. Kühlten die Triebwerksauslässe genügend ab und gelang es ihnen, das Jägerradar zu täuschen, konnten sie im Sturzflug übers Schwarze Meer hinweg entkommen. Das war ihre einzige Chance. Einer F-16 konnten sie nicht davonfliegen, und so nahe der türkischen Küste hatte der Jäger vermutlich mehr Treibstoff als sie.

Eine verdammt ungemütliche Situation.

»Er ist ausgewichen, sobald wir ihn mit dem Radar erfasst haben«, funkte der Rottenführer auf der Einsatzfrequenz. »Er muss einen Radarwarner haben. Er versucht, nach links von der Küste weg auszuweichen und unser Radar zu täuschen.« Der F-16-Pilot hatte schon damit gerechnet, dass die unbekannte Maschine nach links abdrehen würde, und entsprechend vorgehalten. So blieb das Ziel auf seinem Radarschirm.

»Zodiak zwo hat Musik«, meldete sein Rottenflieger. Störsignale. Eindeutig ein feindliches Flugzeug.

»Leitstelle, Rotte Zodiak, unser Bandit ist als Reaktion auf die Erfassung durch unser Radar steil links weggekurvt und versucht jetzt offenbar, unser Radar zu stören«, funkte der Rottenführer. »Bitten um Unterstützung.« In Wirklichkeit sollte das heißen: »Wir sind unbewaffnet, verdammt noch mal! Wann schickt ihr uns endlich Hilfe?«

»Verstanden, Rotte Zodiak, Alarm ist ausgelöst«, antwortete die Leitstelle. »Cekic eins-null-eins mit zwei Maschinen ist gestartet, voraussichtliche Ankunftszeit zehn Minuten.«

»Verstanden«, sagte der Rottenführer. Die Tag und Nacht in Alarmbereitschaft stehenden Abfangjäger waren schnell in der Luft, aber zehn Minuten waren viel zu lang. In zehn Minuten konnte dieser Kerl über Russland oder Georgien sein. Aber im Augenblick hatten sie ihn noch – und sie würden ihn nicht entkommen lassen, bevor sie ihn sich angesehen hatten. »Rotte Zodiak hat noch Treibstoff für gut zwanzig Minuten. Wir bleiben also bei ihm, bis Cekic uns ablöst.« Er schaltete auf sein zweites Funkgerät um und stellte die internationale Wachfrequenz ein. »Ich rufe ihn mal, um zu sehen, ob er in Stimmung ist, mit uns zu reden.«

»Bandit bei vier Uhr, achtzehn Kilometer … siebzehn Kilometer«, sagte Jegorow. »Ich denke, er hat uns mit seinem Radar erfasst. Er verfolgt uns. Er … Scheiße, da kommt noch einer! Bandit zwo bei drei Uhr, neunundzwanzig Kilometer, abnehmend. Ich glaube, er …«

»Achtung, Achtung, nicht identifiziertes Flugzeug«, hörten sie auf der internationalen Wachfrequenz, »hundertachtzig Kilometer nördlich von Samsun auf Kurs drei-fünf-null, hier spricht die türkische Luftwaffe, antworten Sie mit Rufzeichen, Flugzeugtyp und Zielort, squawken Sie normal und Ident.«

»Wir sind außerhalb seines Luftraums!«, sagte Jegorow. »Er kann uns nichts anhaben, stimmt's? Hier draußen kann er uns nicht abschießen! Wir sind im internationalen Luftraum!«

»Richtig, aber wenn er sich uns aus der Nähe ansieht und seine Beobachtungen meldet, ist's vorbei mit unserer Tarnung«, antwortete Stoica grimmig. Nun, wenn er uns unbedingt sehen will, soll er merken, was wir können, dachte er. »Mach unsere R-60 startbereit!«

»Augenblick, Ion!«, protestierte Jegorow. »Wir haben nur interne Lenkwaffen. Die dürfen wir nur im äußersten Notfall einsetzen.«

»Willst du etwa, dass dieser türkische Wichser sich uns genau ansieht?«, fragte Stoica aufgebracht. »Gib mir sofort die R-60!«

Jegorow aktivierte widerstrebend ihre Waffensysteme. Sie hatten noch alle vier in den Tragflächen steckenden Jagdraketen mit Infrarotsuchkopf. »Lenkwaffen klar… Abdeckungen geöffnet. Bandit eins ist bei sechs Uhr, vierzehn Kilometer, Bandit zwo bei vier Uhr, siebenundzwanzig Kilometer. Gib mir ein Ziel.«

»Also los!« Stoica zog die Mt-179 steil hoch, legte sie auf den Rücken und hielt auf die erste F-16 zu, als er wieder in die Normalfluglage überging. Der Abstand zwischen den beiden Maschinen schrumpfte sekundenschnell.

»Ziel erfasst!«, rief Jegorow. »Feuer!« Sein Pilot schoss zwei Jagdraketen R-60 ab, sobald sie in Reichweite waren.

Das alles ereignete sich so blitzschnell, dass der türkische Rottenführer es kaum richtig mitbekam: die schnelle Höhenänderung, die schnelle Abnahme der relativen Geschwindigkeiten und Entfernungen, die plötzlich noch schnellere Abnahme der relativen Entfernung und die zwei hellen Lichtblitze. »Lenkwaffenangriff!«, rief er. »Ausweichen! Wir werden angegriffen!« Der Rottenführer stieß sofort Düppel und Leuchtkörper aus – bevor er merkte, dass er keine Düppel oder Leuchtkörper hatte –, rammte den Leistungshebel in Nachbrennerstellung, kurvte steil links weg, hielt seinen Steuerknüppel gezogen, bis die Überziehwarnung ertönte, ging in den Geradeausflug über und riss den Leistungshebel in Leerlaufstellung zurück.

Dies war ein verzweifelter letzter Rettungsversuch, bei dem er wider besseres Wissen hoffte, die feindlichen Jagdraketen würden die Stichflamme seines Nachbrenners ansteuern und dann völlig vom Kurs abkommen, wenn er den Nachbrenner ausschaltete. Aber der türkische F-16-Pilot wusste, dass er erledigt war, lange bevor die beiden R-60 von hinten in sein Triebwerk rasten und detonierten, sodass der Jäger in einer gewaltigen Wolke aus fliegenden Metallteilen und brennendem Kerosin zerstob.

»Leitstelle, Leitstelle, Zodiak eins ist getroffen! Zodiak eins von zwei Lenkwaffen getroffen!«, kreischte der junge Pilot von Zodiak zwo auf der Einsatzfrequenz. »Ich habe keinen Radarkontakt! Ich bin völlig defensiv! Haben Sie den Banditen im Radar?«

»Negativ, Zodiak zwo, negativ!«, antwortete sein Radarlotse. »Radarkontakt negativ! Empfehle Kurs eins-neun-null, Höchstfahrt, Sturzflug auf Basishöhe. Ausführung! Rotte Cekic ist in neuntausend im Anflug, geschätzte Ankunftszeit acht Minuten.«

Der Rottenflieger überlegte einen Augenblick, ob er seinen Führer rächen, ob er den Himmel mit Radar und seinen Augen absuchen sollte, um den Scheißkerl zu finden, der seinen Kameraden und Lehrer abgeschossen hatte. Aber dann drehte er im Sturzflug in Richtung Küste ab und schaltete den Nachbrenner ein. Obwohl er lieber gekämpft hätte, war er sich darüber im Klaren, dass er unbewaffnet war und so nichts ausrichten konnte.

»Bandit dreht ab! Er haut ab!«, krähte Jegorow. »Mit vollem Nachbrenner – zieht den Schwanz ein und haut mit Mach eins ab. Leb wohl, großer türkischer Krieger.« Aber seine Siegesfreude hielt nicht lange vor, denn beide Raketenzylinder in der Tragfläche zeigten eine Fehlfunktion an, die sich nicht beseitigen ließ. Offenbar hatten die Raketenmotoren die Abdeckungen aus Titan beschädigt, sodass sie sich jetzt nicht mehr schlossen oder halb geöffnet klemmten.

Stoica ging sofort wieder auf Ostkurs, blieb mit nur im Leerlauf arbeitenden Triebwerken im Sinkflug, um möglichst wenig Wärme abzustrahlen und zu versuchen, sich in den vielen Radarechos über dem Schwarzen Meer zu verstecken, bis sie außer Reichweite der Küstenstationen waren. »Lach nicht zu laut, Gennadij«, sagte er dabei. »Diesmal hätte es auch uns erwischen können. Jetzt müssen wir beten, dass uns der Treibstoff bis Batumi reicht – sind wir nicht vorsichtig, können wir noch immer auf dem Meeresgrund enden.«

Sie hatten verdammt viel Glück: Ein Triebwerk ging unmittelbar nach dem Aufsetzen aus, und sie hatten kaum noch genug Treibstoff, um von der Landebahn aufs Vorfeld zu rollen, bevor die restlichen Triebwerke ausgingen. Die Bodenmannschaft musste in verzweifelter Hast einen Schlepper organisieren, der die Mt-179 in ihren Hangar zog, bevor irgendjemand das Flugzeug sah. Die Treibstofftanks waren buchstäblich knochentrocken.

Das Unternehmen war ein voller Erfolg gewesen – aber weder Stoica noch Jegorow hatten Lust, etwas anderes als ihr eigenes Überleben zu feiern.

7

KFOR-Hauptquartier, Camp Bondsteel, Priština, Kosovo (später am selben Morgen)

»Die Lage gerät vor unseren Augen außer Kontrolle, Gentlemen«, sagte Generalleutnant Sir Edmund Willoughby, Oberbefehlshaber der NATO-Truppen im Kosovo (NATO-KFOR). »Ich habe die unangenehme Pflicht, Ihnen mitzuteilen, dass die Republik Makedonien soeben der Republik Albanien den Krieg erklärt hat – und umgekehrt.«

In dem großen Konferenzraum, einem ehemaligen Filmtheater, brach erregtes, schockiertes Gemurmel aus. Willoughby leitete eine frühmorgens angesetzte Strategiebesprechung aller KFOR-Kommandeure in Camp Bondsteel, dem Hauptquartier der NATO- und UN-Friedenstruppen, das in der Nähe des Flughafens Priština auf dem Gelände eines ehemaligen Filmateliers untergebracht war. Ebenfalls anwesend war der UN-Sondergesandte und Leiter der UN-Mission, Botschafter Sune Joelson aus Schweden. Diese UN-Mission war das militärisch-zivile Kommando, das 1995 die Schutztruppe der Vereinten Nationen in Makedonien abgelöst hatte und sich seither bemühte, die Grenzstreitigkeiten zwischen Albanien und Makedonien zu schlichten, bevor sie in einen regelrechten Krieg ausarteten.

»Gibt's schon irgendwelche Informationen darüber, was die gegenseitige Kriegserklärung ausgelöst hat?«, fragte General Rudolf Messier, der deutsche KFOR-Kommandeur.

»Nichts«, antwortete Willoughby. »Nach Aussagen von Augenzeugen soll makedonische Artillerie das Feuer eröffnet und mehrere albanische Grenzposten zerstört haben. Makedonien bestreitet das und behauptet, in diesen Posten seien in Wirklichkeit vorgeschobene Artilleriebeobachter stationiert gewesen. Die Makedonier wollen von dort kommende Funksprüche aufgefangen haben, die ihrer Überzeugung nach verschlüsselte Zielkoordinaten enthielten.«

»Das scheint mir keine Provokation zu sein, die für eine Feuereröffnung ausreicht«, sagte General Mischa Simorow, der Oberst Kasakows Posten als russischer KFOR-Kommandeur übernommen hatte.

»Richtig – und für Albanien gilt das erst recht«, warf Luftwaffenoberst Timothy Greer, der amerikanische KFOR-Kommandeur, ein. »Allein aus Struga werden bisher über hundertsechzig Tote gemeldet. Die Albaner haben auch mehrere historische Stätten getroffen.«

»Ich bin mir sicher, dass das eine verzögerte Reaktion auf den makedonischen Angriff auf Kukës war«, meinte Simorow. »Dort war die Zahl der Todesopfer zwei- bis dreimal so hoch.«

»Ich bestreite nicht, dass beide Angriffe schwerwiegend waren, Sir«, sagte Greer zu ihm. »Aber wozu eine Stadt fast vier Stunden lang mit Granaten und Raketen beschießen, nur weil irgendein hitzköpfiger Artillerieoffizier ein paar Granaten über die Grenze geschossen hat?«

»Sie scheinen sehr darauf bedacht zu sein, die darin liegende Gefahr kleinzureden, Oberst«, stellte Simorow fest. »Makedonien hat einen kriegerischen Akt verübt – es hat einen Präventivschlag gegen Beobachtungsposten entlang einer wichtigen Verkehrsroute geführt. Der konnte ohne weiteres als Vorbereitung zu einer Invasion gedeutet werden.«

»*Invasion?*«, wiederholte Greer ungläubig. »Makedonien sollte in Albanien einmarschieren? Womit denn? Die albanische Armee ist dreimal größer als die makedonische, und Makedonien hat praktisch keine Panzer oder Artillerie. Das ist eine lachhafte Vorstellung!«

»Lachhaft oder nicht, Oberst, jedenfalls könnte ein Artillerieüberfall …«

»*Mutmaßlicher* Artillerieüberfall«, stellte General Messier richtig. »Bisher gibt es noch keine eindeutigen Beweise dafür, dass Makedonien im Raum Struga überhaupt Artillerie stationiert hatte.«

»... ein Artillerieüberfall in diesem Gebiet könnte leicht als Vorbereitung zu einer Invasion gedeutet werden«, fuhr Simorow unbeirrbar fort. »Die Fernstraße, entlang der die Kämpfe ausgebrochen sind, ist die Hauptroute zwischen der Adria und der Ägäis, zwischen Albanien und Griechenland. Bringt Makedonien sie unter seine Kontrolle, können seine Panzer in wenigen Stunden vor Tirana stehen. Sie können Tirana mühelos einschließen.«

»*Tirana einschließen?*«, fragte Greer ungläubig. »Das ist Unsinn, Oberst Simorow. Albanien wird von niemandem bedroht, schon gar nicht von Makedonien.«

»Von wem denn sonst, Oberst?«, fragte Simorow erregt. »Wer könnte sonst noch ein Interesse daran haben, Albanien zu schaden?«

»Niemand versucht, Albanien ...«

»Makedonien wird von der NATO unterstützt und bewaffnet«, sagte Simorow. »Einzig die NATO profitiert davon, wenn Albanien destabilisiert und Makedonien gestärkt wird. Vielleicht sollte Russland beim NATO-Generalsekretär nachfragen, was er mit Albanien vorhat?«

»Oberst Simorow, als KFOR-Oberbefehlshaber und stellvertretender Stabschef im NATO-Oberkommando kann ich Ihnen versichern, dass es bei der NATO keinerlei Angriffspläne gegen Albanien gibt«, antwortete Willoughby. »Die NATO und ganz Europa würden im Gegenteil von engeren Bindungen zu Albanien profitieren. Makedonien ist ein Freund und potenzieller Partner des Bündnisses, aber es wird von der NATO weder aufgerüstet noch in einen Stellvertreterkrieg getrieben.«

»Sir, nur die NATO und Makedonien würden Vorteile aus einer erfolgreichen Invasion in Albanien ziehen«, sagte Simorow beharrlich. »Makedonien will nicht nur den Waffen- und Drogenschmuggel über seine Grenzen unterbinden, sondern auch die Voraussetzungen für eine Ausweisung der in Makedonien ansässigen Albaner schaffen. Gibt es eine bessere Methode, die albanische Regierung zu stürzen und sich einen sicheren Zugang zur Adria zu verschaffen, als entlang der Hauptverbindungsstraße zwischen zwei Meeren mysteriöse Terrorangriffe gegen Albanien durchzuführen und sie anschließend von der NATO entschuldigen und rechtfertigen zu lassen?«

»Ich weiß nicht, was Sie damit meinen, General«, wehrte der britische Oberbefehlshaber ab, »und wäre Ihnen sehr dankbar, wenn Sie statt wilder Spekulationen konstruktive Empfehlungen äußern würden. Also, was sollen wir tun, Gentlemen? Vereinte Nationen und Europäische Union warten auf unsere Vorschläge.«

»Im besten Interesse aller liegt es offenbar, die Kampfhandlungen nicht eskalieren zu lassen, nicht wahr?«, sagte der deutsche General Messier. Er wandte sich an den UN-Sondergesandten Joelson. »Bei allem Respekt, Herr Botschafter, die UN-Mission in Makedonien war ein grandioser Fehlschlag. Mir wär's fast lieber, wir hätten die Schutztruppe dort stationiert gelassen. Nicht einmal Ihre schwedischen Blauhelme können in dieser Situation etwas ausrichten. Wir müssen in Albanien *und* Makedonien Truppen stationieren, um zu verhindern, dass der Konflikt zu einem Balkankrieg eskaliert und zuletzt vielleicht auf Mitteleuropa übergreift.«

»Ich bin völlig Ihrer Meinung – und die Schutztruppe war bei allem Respekt ebenfalls ein Fehlschlag«, stellte General Simorow fest, wobei er dem italienischen KFOR-Kommandeur zunickte. Vor nicht ganz einem Jahrzehnt hatte Italien den größten Teil der UN-Friedenstruppe in Albanien gestellt. »Außerdem hat Italien sich ohnehin fast ganz von den Friedensbemühungen der NATO auf dem Balkan abgekoppelt.«

»Italien findet es sicherer und für uns vorteilhafter, die eigenen Grenzen schärfer zu überwachen«, sagte der italienische General. »Vielleicht wäre es besser, wenn Makedonien das auch täte.« Er wandte sich an Oberst Greer und fügte spöttisch lächelnd hinzu: »Ihr Land könnte natürlich eine respektable Streitmacht entsenden, wenn der US-Präsident sich dazu entschließen würde, mehr als nur ein paar symbolische Luftwaffen- und Versorgungseinheiten auf den Balkan zu schicken. Aber ausgerechnet in dem Augenblick, in dem es auf dem Balkan wieder brennt, beschließt ihr Amerikaner, Kriegsdienstverweigerer zu werden!«

»Die Vereinigten Staaten sind bereit, ihren Beitrag durch Entsendung von Truppen zum Schutz von NATO-Mitgliedern zu leisten«, versicherte Oberst Greer. »Sie sagen sich in einer potenziell kritischen Situation nicht von ihren Verbündeten los ...«

»Nein, Sie lassen sich nicht scheiden, aber ihre *Frigidität* ist schlimm genug!«, rief der Italiener aus. Darüber mussten die meisten KFOR-Kommandeure schmunzeln – natürlich alle außer Greer.

»Sehr witzig, Sir«, sagte Greer mit einem entwaffnenden Lächeln, das die wachsende Spannung im Konferenzraum hoffentlich entschärfen würde. »Ich gestatte mir, Oberst Simorow zu widersprechen: Die italienische Schutztruppe in Albanien war ebenso effektiv wie die UN-Mission in Makedonien. Ich kann mir diesen plötzlichen Ausbruch von Feindseligkeiten nicht erklären. Makedonien und die KFOR haben relativ erfolgreich versucht, den Waffenschmuggel durch Makedonien in den Kosovo zu unterbinden. Aber von Albanien aus werden weiterhin Waffen in den Kosovo geschmuggelt, mit denen die Kosovo-Befreiungsarmee die Provinz destabilisiert. Die KFOR braucht Zeit, um effektiv arbeiten zu können, bis eine politische Lösung gefunden wird.«

»Sie haben gut reden, Oberst – Ihr Kommandeur ist nicht von Freischärlern auf den Straßen von Prizren ermordet worden«, sagte Simorow scharf. »Wir Russen haben die Hälfte aller KFOR-Verluste im Kosovo durch Angriffe muslimischer Aufständischer hinnehmen müssen. Diese Übergriffe nehmen von Tag zu Tag zu. Unsere Truppenstärke im Kosovo reicht offensichtlich nicht aus – wir müssen die Guerillas von Waffenlieferungen abschneiden und ihre Organisation zerschlagen. Das bedeutet, dass wir Friedenstruppen in Albanien stationieren müssen. Und da Makedonien nicht bereit oder fähig zu sein scheint, den Zustrom von muslimischen Kämpfern und Waffen in den Kosovo zu unterbinden, muss jemand Truppen zur Grenzsicherung nach Makedonien entsenden.«

»Dem können die Vereinigten Staaten keineswegs zustimmen,

Sir«, stellte Greer fest. »Ich verstehe nicht, weshalb es plötzlich nötig sein soll, die friedenssichernden Maßnahmen flächendeckend auszudehnen. Zwei kleine Grenzzwischenfälle signalisieren noch keine gravierende Verschlechterung der politischen Gesamtlage. Ich warne vor vorschnellen Entscheidungen.«

»Entschuldigen Sie, Oberst«, sagte Simorow schroff, »aber ich finde, dass die Vereinigten Staaten kein Mitspracherecht mehr haben, was Stationierung und Verwendung der KFOR-Truppen betrifft. Die Bereitstellung einiger Transportflugzeuge und Aufklärungssatelliten genügt nicht, um sie zu gleichberechtigten Partnern zu machen.«

»Vergeuden wir doch keine Zeit mit kleinlichen Streitereien«, schlug General Messier vor. »Lehnen Amerikaner und Italiener eine Beteiligung ab, müssen andere in die Bresche springen, um die Lage rasch zu stabilisieren. Vorbehaltlich der Genehmigung meiner Regierung kann ich meine Truppen von Pec im Kosovo nach Albanien in Marsch setzen. Da die albanische Regierung uns in der Vergangenheit relativ wohlgesonnen war, müsste es Vereinten Nationen und NATO gelingen, sie dazu zu überreden, der Stationierung deutscher Friedenstruppen im Grenzgebiet zuzustimmen. Wir könnten uns beispielsweise darauf beschränken, das im Süden durch die Fernstraße Elbasan–Thessaloniki begrenzte Gebiet zwischen dem Kloster Bigorski und dem Ohridsee zu überwachen. Mit Einverständnis der albanischen Regierung könnten wir unser Einsatzgebiet natürlich auf große Teile des Landes ausweiten.« Messier stand auf und tippte auf die große Wandkarte. »Selbst eine Stationierung beiderseits der Grenze wäre denkbar.«

»Deutsche Truppen sollen in Albanien *und* Makedonien einrücken?«, fragte Simorow. »Entschuldigung, General, aber ich muss energisch auf einer ausgewogeneren Verteilung bestehen. Außer dem deutschen und vielleicht dem britischen Kontingent stellt Russland das weitaus stärkste auf dem Balkan verbliebene Kontingent. Ich werde meiner Regierung vorschlagen, dass Russland einen Teil seiner Friedenstruppe aus Prizren nach Süden an den Ohridsee verlegt, vielleicht in den Raum Bitola. Dort sind wir nahe genug, um beim Ausbruch weiterer Feindseligkeiten eingreifen zu können, ohne jemandem ständig im Nacken zu sitzen.« Er nickte zu Messier hinüber und fügte hinzu: »Nach den Deutschen dürften wir Russen in diesem Teil der Welt heutzutage den schlechtesten Ruf genießen.«

»Ich denke, diese Ehre fällt jetzt den Amerikanern zu«, sagte der italienische General. Einige Kommandeure lachten – aber die Bemerkung des Italieners war ernst gemeint.

»Die englischen und französischen Truppen können in ihren Stellungen im Kosovo bleiben«, fasste der deutsche Kommandeur zusammen. »Mit Unterstützung der übrigen beteiligten Staaten ist Deutschland meiner Überzeugung nach in der Lage, die Albaner von weiteren Kampfhandlungen abzuhalten, und sobald jenseits der Grenze in Makedonien russische Einheiten stehen, dürfte die Lage sich erheblich entspannen. Wir halten uns im Hintergrund, solange es keine Kämpfe gibt oder wir illegale Aktivitäten wie Waffenschmuggel beobachten. Das erscheint mir als praktikable Zwischenlösung, bis die Diplomaten einen dauerhafteren Mechanismus zur Friedenssicherung ausgearbeitet haben.«

Da kein anderer Staat fähig oder bereit war, eine bessere Lösung vorzuschlagen, wurde der deutsche Plan einstimmig angenommen. Und durch diese einfache mündliche Abstimmung wurde der Balkan wieder einmal in Interessensphären aufgeteilt.

Ministerratsgebäude, Skopje, Republik Makedonien
(zur gleichen Zeit)

»Bestellen Sie diesem Dreckskerl Kasakow, er soll sich zum Teufel scheren – und lassen Sie sofort sein Visum sperren!«, rief Branco Nikolow, der makedonische Ministerpräsident, erregt aus. »Ich sage alle Besprechungstermine mit ihm jetzt und für alle Ewigkeit ab!«

Nikolow hasste Gangster wie Kasakow – und das aus einem sehr einfachen Grund: Makedonien gehörte zu den weltweit nur sieben Staaten, die pharmazeutisches Opium legal anbauen, ernten, lagern, verkaufen und exportieren durften. Obwohl der Mohnanbau finanziell sehr lohnend und für ein Agrarland wie Makedonien ideal geeignet war, musste der Staat sich ständigen scharfen Kontrollen unterziehen und gewaltigen Aufwand treiben, um sicherzustellen, dass das Opium nicht in die Hände von Drogenhändlern geriet. Makedonien wandte einen beträchtlichen Teil seines Bruttosozialprodukts für interne Kontrollen und die Sicherung seiner Grenzen auf, um Männer wie Kasakow daran zu hindern, den Mohnanbau unter seine Kontrolle zu bringen.

Dass Kasakow über etwas ganz anderes verhandeln wollte – über eine Lizenz und Pachtverträge für den Bau einer riesigen Pipeline quer durch Makedonien nach Albanien –, spielte keine Rolle. Kasakow war und blieb ein Verbrecher.

In diesem Augenblick klingelte das Telefon. Nikolow nahm den Hörer ab und meldete sich. Sein Assistent beobachtete, wie er die Schultern hängen ließ und den Mund nicht mehr zubekam. »Herr Ministerpräsident?«

Auf Nikolows Zügen zeigte sich ungläubiges Erstaunen, als er zu seinem Assistenten aufsah. »Lassen Sie ... nein, *bitten* Sie Genosse Kasakow, er möchte eintreten.«

»*Wie bitte?*«, fragte der Assistent verblüfft. »Sie haben doch eben gesagt ...«

»Tun Sie's einfach«, verlangte Nikolow mit leiser, fast ängstlich klingender Stimme. »Das war der Präsident. Der Sicherheitsrat der Vereinten Nationen stimmt heute am späten Vormittag über eine Resolution ab, russische Friedenstruppen aus dem Kosovo nach Makedonien zu entsenden.«

»*Was?* Russische Truppen in Makedonien? Unmöglich!«

»Sie sind schon auf dem Marsch«, sagte Nikolow. »Die Resolution dürfte am frühen Nachmittag verabschiedet werden. Dreitausend russische Soldaten aus Prizren, dazu weitere fünftausend Mann, die im Lauf der kommenden Woche auf dem Luftweg eintreffen und in den Raum Bitola verlegt werden, um Beobachtungsposten entlang der albanischen Grenze einzurichten. Und auf der albanischen Seite werden die gottverdammten *Deutschen* patrouillieren ...«

»Aber ... aber was ist mit Kasakow? Was hat er mit dieser Sache zu tun?«

»Keine Ahnung, aber ich spüre irgendwie, dass er im Hintergrund die Fäden zieht«, sagte Nikolow bedrückt.

»Wie das, Herr Ministerpräsident?«

»Sehen Sie das nicht? Die Marschroute der aus dem Kosovo einrückenden russischen Truppen verläuft genau entlang der Trasse für Kasakows projektierte Pipeline. So ist sichergestellt, dass praktisch jeder Zentimeter seiner Pipeline von russischen Truppen bewacht wird.«

»Aber das muss ein Zufall sein«, wandte sein Assistent ein. »Und die Duplizität der Ereignisse hört an der albanischen Grenze auf. Albanien erteilt Kasakow niemals die Genehmigung für den Weiterbau seiner Pipeline bis zur Adria.«

Branco Nikolow war so besorgt, dass er auf einem Fingernagel herumkaute, was sein Assistent noch nie erlebt hatte. »Tut er's aber doch, erhält er wirklich die Baugenehmigung, können wir in Makedonien nichts dagegen tun, solange russische Truppen unser halbes Land besetzt halten«, sagte er. »Da ist's besser, sich jetzt mit Kasakow zu einigen – je weniger Feinde wir haben, desto besser.«

Bei Resna, Makedonien
(am nächsten Tag)

»Auf geht's, Leute, an die Arbeit!«, rief Chief Master Sergeant Ed Lewis, Staffelfeldwebel im 158. Jagdgeschwader der Vermont Air National Guard, ins Kantinenzelt. »Draußen ist herrliches Wetter, wir amüsieren uns alle prächtig, und das Frühstück war heute außergewöhnlich gut! Also los jetzt!« So begrüßte der Chief seine Truppe jeden Morgen um 6.45 Uhr. Er stand meistens als Erster in der Schlange, wenn die Kantine um 6.00 Uhr öffnete, hatte zuvor bereits den morgendlichen Geländelauf angeführt und sich bei einer Tasse Kaffee mit seinen Sergeanten besprochen.

Im Kantinenzelt waren einige ruppige Kommentare zu hören, als die Männer und Frauen von den Holztischen aufstanden, ihre Tabletts zurückbrachten und ins Freie kamen. Lewis, der ein paar Brocken Makedonisch sprach, begrüßte jeden makedonischen Soldaten in seiner Muttersprache, obwohl er wusste, dass das wegen seines starken New-England-Akzents sehr komisch klang. Das Wetter war wieder einmal miserabel, ihre Unterkünfte waren primitiv, die Arbeitstage waren lang und anstrengend, das Essen war reichlich, aber nicht besonders schmackhaft, und sie waren sechstausend Meilen von der Heimat entfernt – aber Ed Lewis und seine Green Mountain Boys hatten Spaß daran, hier Aufbauhilfe zu leisten.

Im Rahmen der »Partnerschaft für den Frieden« nahmen Angehörige der Vermont Air National Guard nun schon im zweiten Jahr an einem Programm namens Cornerstone teil, bei dem Einheiten von NATO und makedonischer Armee Seite an Seite arbeiteten, ihr schweres Gerät gemeinsam nutzten, voneinander lernten, miteinander übten und zugleich Gutes für die einheimische Bevölkerung taten. Für Cornerstone 2002-4 hatten sie ihr Lager in einem ländlichen Gebiet fünfundzwanzig Kilometer nördlich von Resna im Südwesten Makedoniens eingerichtet. Dort hatte eine Frühjahrsüberschwemmung in mehreren Dörfern beträchtliche Schäden angerichtet, daher waren Pioniertrupps der U.S. Navy Seabees und des U.S. Marine Corps unter Führung der Green Mountain Boys vom 148. Jagdgeschwader der Vermont Air National Guard entsandt worden, um die Bevölkerung mit Trinkwasser zu versorgen, Schulen, Straßen und Brücken wieder aufzubauen und die einheimischen Elektrizitäts- und Wasserwerke wieder in Gang zu bringen.

Dies war schon das zweite Mal, dass Chief Master Sergeant Ed Lewis im Rahmen einer Einsatzübung in Makedonien war, wo es ihm ausnehmend gut gefiel. Der Süden Makedoniens hatte viel Ähnlichkeit mit der Umgebung seiner Heimatstadt Milton, Vermont: ländlich, unwegsam, einsam, üppig grün, ein bisschen rückständig, feucht, manchmal kalt und grau, dann aber wieder sonnig und atemberaubend schön. Die Einheimischen waren entgegenkommend und sehr gastfreundlich. Fast jeder sprach Englisch, jedenfalls viel besser, als er Makedonisch oder Griechisch beherrschte, was für Lewis und sein Kontingent aus hundert Männern und Frauen der Vermont Air National Guard sowie die anderen hier eingesetzten GIs ein großer Vorteil war.

Die Amerikaner wurden hier überall wie Gäste behandelt. Blieb ein Soldat oder eine Soldatin einmal etwas länger als gewöhnlich auf der Straße stehen, kam garantiert eine Frau aus dem nächsten Haus und lud ihn oder sie ein, hereinzukommen und sich bei Kaffee und Kuchen auszuruhen. Die Einheimischen erklärten einem nie einen Weg – sie begleiteten einen immer bis zum Zielort, ganz gleich wie groß der Umweg war, den sie dazu machen mussten. Erwies ein Amerikaner einem oder einer Einheimischen die geringste Höflichkeit – selbst wenn er ihm nur den Vortritt ließ oder ihr eine Tür aufhielt –, konnte er sicher sein, dass der oder die Betreffende ihm bei ihrer nächsten Begegnung anbot, mit ihm eine Stadtrundfahrt zu machen, ihm seine Uniform zu bügeln oder ihn zu einer Familienfeier einzuladen, auf der er dann die gesamte Verwandtschaft kennen lernte. Obwohl das Lagerleben für alle beschwerlich war, taten die Einheimischen, was sie konnten, damit sie sich wie zu Hause fühlten.

Das letzte und größte Projekt von Cornerstone 2002 war die Wiederherstellung eines überfluteten Schulgeländes. Der Komplex mit Grund-, Mittel- und Oberschule, zu dem auch eine Ambulanzklinik, eine Kindertagesstätte, eine Tierklinik und eine Berufsschule gehörten, war im Frühjahr schwer beschädigt worden, als der Fluss Csur nach schweren Regenfällen über die Ufer getreten war. Bei dieser Überschwemmung waren auch das benachbarte Wasserwerk und die Kläranlage so in Mitleidenschaft gezogen worden, dass die Einheimischen seither ihr Trinkwasser abkochen mussten. Chief Master Sergeant Lewis hatte den Auftrag, aus den Green Mountain Boys, einigen Soldaten anderer NATO-Staaten, makedonischen Wehrpflichtigen und einheimischen Freiwilligen effektiv arbeitende Baubrigaden zu bilden.

Als Erstes hatte Lewis diesen Mischmasch aus Ausländern, Soldaten verschiedener Waffengattungen und Einheimischen organisieren müssen, aber das war etwas, das er erstklassig beherrschte. Er hatte sein Leben lang alles Mögliche organisiert – seine Sammlung von Baseballkarten, sein Little-League-Team, als Klassensprecher seine Abschlussklasse in der High School und das Holzlager des Sägewerks, in dem er seit zehn Jahren Vorarbeiter der

Tagschicht war. Er benutzte eine wirkungsvolle Kombination aus Umgänglichkeit, Überredungskunst, Humor, Überzeugungskraft, handgreiflicher Gewalt und scharfer Beobachtungsgabe, um Führer, Mitläufer und Faulenzer zu identifizieren und jeden an den richtigen Platz zu stellen. Nach fünfzehn Jahren in der Air National Guard, von denen er beim Unternehmen *Wüstensturm* zwei Monate in Saudi-Arabien stationiert gewesen war, verstand er sich darauf, junge Leute – die makedonischen Wehrpflichtigen waren achtzehn bis zwanzig Jahre alt – mit Veteranen zusammenzuspannen und den alten Furzern die Führung zu überlassen.

Sobald die einzelnen Brigaden ihren Tagesauftrag erhalten hatten, rückten sie selbständig ab. Insgesamt bestand ihre Aufgabe darin, stehendes Wasser vom Schulgelände abzupumpen, durchweichte Trennwände und Fußböden herauszureißen, die Gebäude auf Schäden zu überprüfen, sie wieder herzurichten, die Außenanlagen wieder zu planieren und die Gebäude bezugsfertig zu übergeben. Über ein Drittel des Geländes stand noch bis zu einem halben Meter unter Wasser, deshalb hatte Lewis bei Feuerwehren in der Umgebung und einer Pioniereinheit starke Pumpen auf Lkw-Anhängern organisiert, die heute ihre Arbeit aufnehmen sollten.

Seine Baubrigaden rückten eben zur Arbeit ab, als Lewis in der Ferne Hubschrauber hörte. Das war an sich nichts Ungewöhnliches – UN-Truppen waren auf dem militärischen Teil des internationalen Flughafens Ohrid einige Dutzend Kilometer weit im Westen stationiert, und da in der Umgebung in Grenznähe zahlreiche historische Stätten lagen, waren häufig Hubschrauber zu Patrouillenflügen unterwegs –, aber Lewis blieb trotzdem stehen, um sie im Anflug zu beobachten. Makedonien besaß ein paar UH-1 Hueys aus amerikanischen Überschussbeständen und einige alte russische Transporthubschrauber Mil Mi-17, aber diese Hubschrauber schienen noch größer zu sein – und dem Lärm nach waren gleich mehrere im Anflug.

Seine Vermutung stimmte. Die anfliegenden Maschinen erwiesen sich als drei Kampfhubschrauber Mil Mi-24V Hind-D, die in Baumhöhe mit hoher Geschwindigkeit in keilförmiger Formation herangerast kamen. Sobald die großen Hubschrauber die Bäume am Rand des Schulkomplexes überflogen hatten, gingen sie wieder tiefer und nahmen dabei Fahrt auf. Lewis konnte deutlich sehen, wie ihre großen Kinntürme mit den vierläufigen Revolver-MGs von einer Seite zur anderen schwenkten, nach Zielen suchten und jedes große Fahrzeug oder militärisch aussehende Gebäude ins Visier nahmen. Er hätte sogar beschwören können, dass der Bordschütze des vordersten Kampfhubschraubers *ihn* erfasste und im Visier behielt. In seiner Dienstzeit auf dem Balkan hatte Lewis schon viele russische Hubschrauber gesehen, aber alle waren unbewaffnet gewesen. Diese hier waren bis an die Zähne bewaffnet: mit Raketenbehältern, Lenkwaffen zur Panzerbekämpfung, Bomben, Minen und sogar Luft-Luft-Lenkwaffen an sämtlichen dafür vorgesehenen Aufhängepunkten. Das war nicht nur ein klarer Verstoß gegen die von NATO und Vereinten Nationen erlassenen Bestimmungen, sondern vor allem auch verdammt beängstigend.

Obwohl Lewis noch nie einen russischen Kampfhubschrauber im Angriffsflug gesehen hatte, konnte er sich vorstellen, dass ein Angriff so aussehen musste. Er riss sein Handfunkgerät aus der Gürtelhalterung und drückte die Sprechtaste: »Cornerstone Alpha, hier Cornerstone Eins.« Alpha war sein Boss, Oberst Andrew Toutin, der Kommodore des 158. Jagdgeschwaders, der sich im Augenblick im Cornerstone-Hauptquartier in Skopje aufhielt.

»Was gibt's, Chief?«

»Sir, ich habe drei große russische Kampfhubschrauber in Sicht, die auf den Schulkomplex Resna zufliegen. Alle drei sind schwer bewaffnet. Ich wiederhole: Sie sind bis an die Zähne bewaffnet.«

»*Was?*«, brüllte Toutin. »Was haben Sie da gesagt? *Bewaffnet?* Soll das heißen, dass Sie an Bord dieser Hubschrauber deutlich Waffen erkennen?«

»Positiv, Sir. Viele Waffen. Jede Menge Waffen.«

Er konnte sich vorstellen, wie sein Boss kurz die Sprechtaste losließ, um laut und herzhaft zu fluchen – Toutin, ein knorriger Jagdfliegerveteran, der nach gut zwanzig Dienstjahren in der Air Force nun schon über zehn Jahre bei der Vermont Air Guard war, würzte selbst gewöhnliche Unterhaltungen oft mit Kraftausdrücken, die er ausgesprochen kreativ einsetzte. »Ich verständige das hiesige NATO-Hauptquartier, Chief«, sagte Toutin. »Sie rufen den makedonischen Unteroffizier vom Dienst und sorgen dafür, dass seine Leute nicht mit ihren Waffen herumfuchteln. Versuchen die Hubschrauber zu landen, halten Sie alle Zivilisten von ihnen fern.«

»Verstanden, Sir«, bestätigte Lewis. »Trennung, Trennung. Sieben, hier ist Eins.«

»Eins, hier Sieben«, antwortete der makedonische Unteroffizier vom Dienst in passablem Englisch. »Ich sehe die Russen auch, Chief. Ich habe verstanden, dass wir unsere Waffen außer Sicht halten sollen, und weise den Polizeichef an, alle Zivilisten in ihre Häuser zu schicken. Ich frage die Kontrollposten ab und lasse mir den Empfang von Alphas Befehl bestätigen. Melde mich sofort wieder.«

Nachdem die russischen Kampfhubschrauber den Schulkomplex in niedriger Höhe überflogen hatten, teilten sie sich auf und verschwanden hinter dem Horizont, wobei sie im Tiefstflug sofort hinter Bäumen unsichtbar wurden. Das Röhren ihrer Triebwerke tarnte den Anflug weiterer anfliegender Hubschrauber. Jetzt tauchten Mil Mi-8T auf: von je zwei Propellerturbinen angetriebene riesige Transporthubschrauber, die bis zu achtundzwanzig Infanteristen befördern konnten und an externen Aufhängepunkten Zusatztanks statt Waffen trugen. Lewis zählte sechs Maschinen, die aus drei Richtungen im Tiefstflug und mit Höchstgeschwindigkeit anflogen. Die Mi-8T verteilten sich übers Schulgelände, zogen plötzlich hoch, um Fahrt wegzunehmen, und setzten dann mit etwa hundert Metern Abstand zueinander rasch in drei Paaren auf. Wenige Sekunden nach der Landung schwärmten russische Soldaten mit zur Tarnung geschwärzten Gesichtern in dunkelgrün gefleckten Kampfanzügen und mit schussbereiten Waffen aus, um die Hubschrauber zu sichern, und gingen hinter den nächsten Gebäuden in Deckung. Während die Transporthubschrauber aufsetzten, patrouillierten die Kampfhubschrauber Mi-24D in der Nähe, um zum Eingreifen bereit zu sein, falls den landenden Maschinen feindliches Feuer entgegenschlug.

Verdammt gut gemacht, dachte Lewis grimmig. Wohin er auch sah, entdeckte er einen russischen Infanteristen. Rechnete er die Makedonier dazu, waren seine Leute vielleicht nicht zahlenmäßig, aber an Feuerkraft eindeutig unterlegen.

Einer der russischen Soldaten zündete auf dem Schulparkplatz einen Rauchkörper, um den Bodenwind anzuzeigen, und wenige Augenblicke später tauchte eine einzelne Mi-8T auf. Dieser Hubschrauber unterschied sich von den anderen: Er setzte nur acht Soldaten zur Sicherung ab und war über und über mit Antennen bestückt. Sobald die Infanteristen ausgeschwärmt waren, kletterte ein Offizier – ebenfalls im Kampfanzug – mit einigen weiteren Uniformierten und einem Zivilisten aus der Maschine. Aha, sagte Lewis sich, der Boss ist angekommen.

Aus irgendeinem Grund hatte Chief Master Sergeant Lewis ein schlechtes Gefühl bei dieser Sache. Er wusste natürlich von den Grenzgefechten zwischen Albanien und Makedonien, den gegenseitigen Kriegserklärungen und dem Beschluss des UN-Sicherheitsrats, russische Friedenstruppen nach Makedonien zu entsenden, aber so hatte er sich die Stationierung nicht vorgestellt. Die Russen sollten auf dem Flughafen Ohrid ankommen und sich entlang der albanisch-makedonischen Grenze nach Norden und Süden verteilen. Was hatten sie hier zu suchen? Und wozu dieser Überfall aus der Luft – weshalb waren sie nicht einfach mit Lastwagen gekommen?

Obwohl Lewis wusste, dass es korrekt gewesen wäre, diese Sache Toutin zu überlassen, steckte er sein Handfunkgerät in die Gürtelhalterung zurück und machte sich auf den Weg zu dem Offizier, der eben aus dem Hubschrauber gestiegen war. »Chief, was haben Sie vor?«, fragte einer seiner Schreiber besorgt.

»Ich will mit ihm reden.«

»Aber sollen wir nicht lieber warten, bis der Oberst da ist?«

»Das dauert mindestens noch eine Stunde.«

»Was ist mit dem Major?« Ihr Kommandeur in Resna war Major Bruce Kramer, der Nachrichtenoffizier des 158. Jagdgeschwaders. Kramer hasste Makedonien, um es zurückhaltend auszudrücken. Wie jeder wusste, hockte Kramer die meiste Zeit in seinem

Zelt und schrieb Briefe an seinen Abgeordneten, um ihn aufzufordern, gefälligst dafür zu sorgen, dass er nicht länger auf dem Balkan bleiben musste.

»Den brauchen wir nicht«, entschied Lewis. »Ich werde mit ihnen reden. Ruft der Oberst inzwischen an, sagen Sie ihm, dass die Russen gelandet sind und hier anscheinend den Laden übernehmen wollen.« Er wünschte sich, er hätte seine Kevlarweste und sein Webkoppel mit Waffen. Obwohl die Green Mountain Boys zur kämpfenden Truppe gehörten, waren sie hier in Makedonien nicht dafür ausgerüstet, gegen irgendjemanden zu kämpfen – schon gar nicht gegen diese Russen. Lewis konnte nur hoffen, dass es ihm gelingen würde, den kampfbereiten Krieger zu spielen, auch wenn er gerade nicht wie einer aussah.

Die russischen Soldaten ließen ihn herankommen, behielten ihn dabei aber scharf im Auge und suchten gleichzeitig ihr Schussfeld nach verdächtigen Bewegungen ab. Alle Waffen wurden vor der Brust getragen oder so gehalten, dass ihre Mündungen nach oben zeigten – keine war auf NATO-Soldaten oder Makedonier gerichtet. Immerhin ein beruhigendes Zeichen. Als Lewis bis auf ungefähr fünf Schritt an den Offizier herangekommen war, machte er freiwillig Halt, weil einer der Sicherungsposten ihm einen warnenden Blick zuwarf und sich etwas zur Seite drehte, sodass er nur noch den Lauf seines Sturmgewehrs senken musste, um ihn durchsieben zu können. Keine Frage, was passieren würde, wenn Lewis nicht sofort stehen blieb.

Chief Master Sergeant Lewis grüßte militärisch, behielt die Hand aber nicht lange am Mützenschirm. Der russische Offizier machte sich nicht die Mühe, seinen Gruß zu erwidern. Lewis musste schreien, um das Pfeifen der im Leerlauf arbeitenden Triebwerke der Mi-8 zu übertönen. »Wer sind Sie und was wollen Sie?«

Ein Adjutant brüllte dem Kommandeur die Übersetzung ins Ohr, erhielt eine Antwort und übersetzte sie Lewis. »Major Rokow führt das Kommando«, sagte er. »Er hat befohlen, dass alle hier stationierten NATO-Soldaten und Makedonier sich sofort sammeln sollen.«

Lewis fiel auf, dass der Major sich weder für seinen Namen interessiert noch den Wunsch geäußert hatte, seinen Kommandeur zu sprechen – anscheinend war ihm egal, wer dieser kleine Sergeant oder sonst jemand war. »Wozu, Sir?«, fragte Lewis.

»Sie führen diesen Befehl aus, Sergeant«, beschied ihn der Adjutant knapp.

»Ich habe keinen Befehl, Ihre Anweisungen zu befolgen, Sir«, antwortete Lewis. »Wenn Sie einverstanden sind, warte ich lieber meine Befehle ab.«

»Wer ist Ihr Kommandeur, Sergeant?«

»Der Kommandeur dieser Einheit bin ich«, behauptete Lewis. Das stimmte nicht ganz, aber praktisch hatte er im Augenblick die Befehlsgewalt. »Ich stehe in direkter Verbindung mit KFOR- und NATO-Kommandeuren in Skopje. Erhalte ich den Befehl, Ihre Anweisungen zu befolgen, führe ich ihn aus, aber bis dahin muss ich darauf bestehen, dass Sie Ihre Männer aus meinem Zuständigkeitsbereich abziehen. Wir haben unsere Befehle, und ich werde dafür sorgen, dass sie ausgeführt werden.«

»Welche Befehle haben Sie, Sergeant?«, fragte der Adjutant. »Wie weit erstreckt sich Ihr gegenwärtiger Zuständigkeitsbereich?«

»Für Sie bin ich ›Chief Master Sergeant‹ oder ›Chief‹, Sir«, erklärte Lewis ihm. »Tut mir Leid, aber über meine Befehle kann ich nicht mit Ihnen diskutieren. Mein Zuständigkeitsbereich umfasst Teile der Provinz Bitola; seine genauen Abmessungen können Sie gern im NATO-Hauptquartier in Skopje erfragen. Und jetzt möchte ich Sie bitten, Ihre Männer vom Schulgelände abzuziehen. Sie stören uns bei der Arbeit und ängstigen die Zivilbevölkerung. Ich schlage vor, dass Sie die Hubschrauber zurückholen und Ihre Soldaten zum internationalen Verkehrsflughafen Ohrid bringen lassen. Dort finden Sie ohnehin weit bessere Unterkünfte vor.«

»Vielleicht akzeptieren Sie etwas Unterstützung von unseren Leuten?«, fragte der Adjutant, nachdem er die Aufforderung übersetzt und die Antwort des Majors gehört hatte. »Sagen Sie uns, wo wir mit anpacken können, dann stellt Major Rokow im Sinne kameradschaftlicher Zusammenarbeit einen Teil seiner Männer ab.«

»Sagen Sie dem Major, dass ich ihm für das Angebot danke, aber im Augenblick keinen Bedarf habe.«

In diesem Augenblick war hinter ihnen Geschrei zu hören. Zwei russische Soldaten schleppten Major Kramer aus einem der Schulgebäude. Er war schlimm zusammengeschlagen worden, und einer der Soldaten hatte Nasenbluten.

»*Schto tebje?*« Der Zivilist, der mit Rokow aus dem Hubschrauber Mi-8 gestiegen war, trat auf den gefangen genommenen Offizier zu.

»Hey! Lasst ihn in Ruhe!«, rief Lewis. Zwei Soldaten bauten sich mit schussbereit gehaltenen Gewehren vor ihm auf.

Der Zivilist packte Kramer an den Haaren, riss seinen Kopf hoch und kreischte etwas Unverständliches. Die Soldaten, die den Major hergeschleppt hatten, brüllten Rokow etwas zu. Der als Dolmetscher des Kommandeurs fungierende Adjutant erklärte Lewis: »Sie sagen, dass er sich mit einem Funkgerät in einem der Gebäude versteckt und einen Luftangriff auf unsere Stellung angefordert hat.«

»Blödsinn!«, widersprach Lewis. »Wir sind nur eine Bautruppe, die den Makedoniern hilft, diesen Schulkomplex wieder aufzubauen!«

Der Zivilist kreischte Kramer weiter an, aber der Major schien nur halb bei Bewusstsein zu sein. Dann zog der Zivilist eine Pistole aus der Manteltasche und drückte sie an Kramers Schläfe.

»Nein!«, rief Lewis. Er schaffte es, die Soldaten, die ihm den Weg blockierten, zur Seite zu stoßen, und wollte Kramer zur Hilfe kommen. Major Rokow zog seine Dienstpistole, lud die Waffe durch und streckte Chief Master Sergeant Lewis aus weniger als fünf Metern Entfernung mit zwei Schüssen in den Rücken nieder. Lewis war tot, bevor er den Boden berührte. Der Zivilist, der Kramer an den Haaren gepackt hielt, grinste zufrieden, wandte sich dem benommenen Amerikaner zu und jagte ihm mit aufgesetzter Pistole zwei Kugeln in den Kopf.

»Feuer einstellen! Alle Mann, *Feuer einstellen!*«, brüllte Rokow. Der Zivilist ließ Kramer los und wischte sich Blut und Gehirnmasse von seinem Mantel. Die Soldaten, die nicht wussten, was sie mit dem Toten machen sollten, ließen ihn einfach fallen. »Alle Mann sollen das Gelände durchkämmen und die NATO-Soldaten und Makedonier zusammentreiben«, befahl Rokow seinen Offizieren, während er die Pistole ins Halfter zurücksteckte. »Wer sich ergibt, wird gefangen genommen, wer sich wehrt, wird erschossen. Sobald das Gelände geräumt ist, lassen Sie die zweite und dritte Welle einfliegen und nach Süden zur Route sechsundzwanzig vorstoßen. Ich verlange, dass die Straße bis Mittag in beiden Richtungen gesichert ist.« Die Offiziere hasteten davon, um seine Befehle auszuführen.

Der Major drehte sich um, bückte sich und betrachtete den Mann, den er erschossen hatte. Für ihn war dies das erste Mal gewesen. Aber er hätte niemals einen Mann von hinten erschießen wollen. Und noch schlimmer war, dass der Tote unbewaffnet war. Er hatte einen unbewaffneten Soldaten von hinten erschossen. Darüber würde er sein Leben lang nicht hinwegkommen.

Rokow riss einen Aufnäher von Lewis' Kampfjacke ab und hielt ihn seinem Nachrichtenoffizier hin. »Welche Einheit ist das?«

»Das ist … das ist erwartungsgemäß das hundertachtundfünfzigste Jagdgeschwader, Major«, antwortete der durch den Doppelmord offensichtlich verschreckte Offizier nervös. »Ein mit Abfangjägern F-16A ausgerüstetes Geschwader der amerikanischen Air National Guard in der Provinz Vermont im Nordosten der USA. Ein für Heimatverteidigung zuständiges Reservegeschwader, das manchmal auch auf Island oder in Kanada übt.«

Der Major hatte Mühe, sich wieder auf die Gegenwart zu konzentrieren. Zwei unbewaffnete amerikanische Soldaten waren tot. Welcher Teufel hatte sie dazu gebracht, sofort zu schießen? Aber nun war es zu spät, sich deswegen aufzuregen. »Ein amerikanisches Jagdgeschwader, das hierher verlegt worden ist? Wozu?«

»Ich glaube nicht, dass diese Leute richtige Jagdflieger sind, Major«, antwortete der Nachrichtenoffizier. »Ich denke, dass sie eine Vorausabteilung sind, die in Südmakedonien die Voraussetzungen für Luftverteidigungs- und Überwachungsflüge schaffen soll.«

»Aber wozu dann in diesem Flusstal?«, fragte Rokow. »Warum nicht im Bergland ein paar Kilometer weiter westlich, von dem aus die Grenze zu überblicken ist? Dies ist der schlechteste Platz, den sie sich für eine Radarstation oder ein auf quasi-optischer Sichtweite basierendes Kommunikationssystem hätten aussuchen können.«

»Ich glaube trotzdem, dass sie einen Aufklärungsauftrag hatten, Major«, sagte der russische Nachrichtenoffizier resolut, obwohl sein Blick von Verwirrung und Unsicherheit zeugte. »Sie haben diesen Komplex als Horchposten eingerichtet und sehr geschickt als irgendein humanitäres Hilfsprojekt getarnt.«

»Dann halten Sie sich ran, finden Sie die Offiziere, finden Sie die Geräte, finden Sie die Schlüsselunterlagen – und das schnellstens!«, befahl Rokow und riss seinem verdutzten Nachrichtenoffizier den Aufnäher des toten Sergeanten aus der Hand. »Die Masse des einundfünfzigsten Luftlanderegiments kommt heute Nacht hier durch, und ich will nicht, dass dann noch irgendwelche Erkundungs- oder Aufklärungseinheiten aktiv sind. Los, Ausführung!« Der junge Offizier hastete davon und war froh, außer Reichweite seines zunehmend wütenden Vorgesetzten zu kommen.

Rokow stopfte den Aufnäher in seine Brusttasche. Irgendwo in der Nähe ratterte ein Feuerstoß los, dann brüllten russische Stimmen »*Stoj!*«, bevor weitere Schüsse fielen, die Männer und Frauen entsetzt aufschreien ließen. Weitere Schüsse, weitere Schreie – diesmal von Kindern, von vielen Kindern.

Völlig unverständlich, sagte er sich. Ein Aufklärer hatte gemeldet, um russische Truppenbewegungen verfolgen zu können, hätten die Amerikaner hier im Csur-Tal einen Beobachtungsposten der Special Forces eingerichtet, und sein Nachrichtenoffizier hatte diese Meldung bestätigt. Dann waren Berichte eingegangen, diese Gruppe sei gar kein Erkundungsteam, sondern arbeite unter dem Namen Cornerstone an zivilen Hilfsprojekten. Doch, sie betreibe Aufklärung, hatte sein Nachrichtenoffizier bekräftigt, sie tarne sich nur sehr geschickt. Und dann war gemeldet worden, die Amerikaner gehörten zu einem Jagdgeschwader, das F-16 Fighting Falcons flog, was wiederum alle möglichen neuen Fragen aufwarf.

Rokow wandte sich an ihren zivilen Fluggast und fragte: »Nun,

Genosse Kasakow? Ich sehe hier nichts, was auf amerikanische Aufklärer oder Special Forces hinweist. Hier stehen keine Hubschrauber, ich sehe keinen Antennenwald, und dieser Komplex liegt an denkbar ungünstiger Position.«

»Haben Sie etwa erwartet, dass die Amerikaner im Freien Spalier stehen und Ihnen beim Einschweben zur Landung zuwinken würden?«, fragte Pawel Kasakow verächtlich. Er war damit beschäftigt, das Gelände grob mit einem Laser-Nivelliergerät zu vermessen, bestimmte die Höhen und Entfernungen zwischen Schule und Fluss und überschlug in Gedanken, wo er seine Pipeline verlegen würde. Es war nie gut, eine große Leitung nahe einer Fernstraße zu verlegen, aber sie musste trotzdem gut zugänglich sein. Dies war der ideale Ort für eine Pump- und Messstation. Das Frühjahrshochwasser machte ihm etwas Sorgen, deshalb musste er feststellen, bis wohin das Wasser gereicht hatte, damit er seine Karten berichtigen und einen entsprechend hohen Schutzdamm vorsehen konnte. »Klingt ganz so, als seien Ihre Männer dabei, jetzt die wirklichen feindlichen Truppen aus ihren Verstecken zu holen.«

»Ich sehe nichts, was darauf hinweist, dass hier jemals ein ganzes Bataillon stationiert war«, stellte Rokow fest. »Ich sehe keine Panzer, keine Artillerie, keine Fla-Stellungen, kein Treibstofflager und keinen Fuhrpark. Wo sind all die Großgeräte, von denen Sie gesprochen haben?«

»Sie sind erst seit einer Viertelstunde hier, Rokow – erwarten Sie wirklich, dass alle Antworten sich Ihnen sofort präsentieren?«

Der Major betrachtete Kasakow argwöhnisch. »Ich finde es interessant, Genosse«, sagte er misstrauisch, »dass Sie sich trotz des starken feindlichen Widerstands, der hier zu erwarten sein sollte, trotz aller Gefahren, die ein Luftlandeunternehmen wie dieses mit sich brachte, dazu entschlossen haben, selbst mitzukommen. Das war ein sehr großes Risiko. Deswegen frage ich mich, ob es hier überhaupt jemals schwere Waffen gegeben hat.«

»Haben Sie auf ein Feuergefecht gehofft, Major? Wollten Sie sich einen Orden verdienen?«

»Ich erwarte nur ein paar ehrliche Antworten …«

»Ich bin nicht hier, um Ihre Fragen zu beantworten, Major«, fauchte Kasakow. »Ich habe die Genehmigung, Sie bei diesem Einsatz zu begleiten, und mehr brauchen Sie nicht zu wissen. Sie haben den Auftrag, dieses Gelände zu säubern, anschließend nach Süden zur Fernstraße bei Resna vorzustoßen und diesen Abschnitt zu sichern, damit das einundfünfzigste Luftlanderegiment aus dem Raum Bitola kommend hier einrücken kann.«

Major Rokow starrte ihn sichtlich überrascht an. »Und woher wissen Sie, dass der Bereitstellungsraum des Einundfünfzigsten bei Bitola liegt?«, fragte er langsam. »Das habe ich erst bei der Einsatzbesprechung unmittelbar vor unserem Abflug erfahren.«

»Nichts als dumme Fragen«, wehrte Kasakow ab, ohne diese Frage zu beantworten. Er befestigte ein Bandmaß an einem in den Boden gerammten Pflock und begann es Schritt für Schritt abzuspulen. »Ich habe meine Arbeit, Major, und Sie haben Ihre.«

»Augenblick, Kasakow …«

»Für Sie immer noch *Gospodin* oder *Towarischtsch* Kasakow, Major!«, knurrte Pawel. »Ich warne Sie – strapazieren Sie meine Geduld nicht zu sehr. Kümmern Sie sich *sofort* um Ihren eigenen Kram.«

»Und wenn nicht, *Gospodin* Kasakow?«

»Sie halten sich wohl plötzlich für einen großen Helden, Major Rokow?«, fragte Kasakow sarkastisch. »Vergessen Sie nicht, dass Sie der Mann sind, der einen unbewaffneten amerikanischen Sergeanten von hinten erschossen hat. Mit Ihrer Karriere ist jetzt Schluss.«

»Das war eine Disziplinlosigkeit, eine abscheuliche Tat, unter der ich für den Rest meines Lebens leiden werde«, sagte Rokow. »Aber was ist mit Ihnen? Welches Interesse haben Sie an diesem Unternehmen?«

»Das geht Sie nichts an.«

»Anscheinend stimmen die Gerüchte doch, Towarischtsch, dass Sie das Land, durch das Sie Ihre Pipeline bauen, von der Armee besetzen und sichern lassen«, sagte Rokow. »Sie erfinden Schauermärchen über amerikanische Spione und makedonische Saboteure, damit eine ganze Kompanie Luftlandetruppen Sie hierher begleitet, und fangen gleich an, das Gelände zu vermessen. Und wie geht's weiter? Fordern Sie als Nächstes einen schweren Hubschrauber Mi-28 an, damit er Ihre Bagger und Planierraupen transportiert?«

»Worüber ich mir an Ihrer Stelle Gedanken machen würde, Major«, knurrte Kasakow halblaut, indem er sich dicht vor dem Infanterieoffizier aufbaute, »ist Ihre reizende Verlobte, die in Rostow einen neuen Arbeitsplatz bei den SIL-Werken gefunden hat. Meines Wissens hat sie sich zur Nachtschicht versetzen lassen, damit sie arbeiten kann, während ihr vierjähriges Töchterchen schläft. Es wäre doch jammerschade, wenn ihr auf der Heimfahrt von der Nachtschicht etwas zustieße, nicht wahr?«

»Woher zum Teufel ...?« Dann verstummte Rokow abrupt. Von seiner Verlobten und ihrer kleinen Tochter wusste Kasakow über die gleichen Kanäle, über die er den Bereitstellungsraum des Einundfünfzigsten erfahren hatte: Er verfügte über ausgezeichnete Beziehungen oder gute Spione, und in beiden Fällen war ein kleiner Major machtlos.

»Wie ich sehe, verstehen wir uns jetzt«, sagte Kasakow nickend und mit einem verschlagenen, wissenden Lächeln. »Sie haben heute Morgen ausgezeichnete Arbeit geleistet, Major. Das Unternehmen war exakt geplant, gut koordiniert und wurde präzise ausgeführt. Mein Vorschlag dazu: Sie melden, dass diese schurkischen amerikanischen Spione Sie überfallen haben, nachdem Ihre Soldaten ihr Netzwerk aufgespürt hatten, sodass Sie nicht anders konnten, als sich Ihrer Haut zu wehren. Vielleicht werden Sie sogar noch dafür belobigt, dass Sie diese beiden Spione erledigt haben. Ich bin sicher, dass Ihre Männer sich etwas einfallen lassen können, das Ihre angebliche Notwehr beweist – vielleicht schaffen sie die Leichen in den Wald und durchlöchern sie mit ein paar Schüssen *von vorn*. Wir wollen uns jedenfalls nicht länger streiten. Sie wissen jetzt, dass Sie mir nicht mehr in die Quere kommen dürfen ...«

»Und Sie gehen mir in Zukunft besser aus dem Weg, Kasakow«, knurrte Rokow.

»*Sametschatelnyj*«, sagte Kasakow. »Meinetwegen. Wie ich sehe, verstehen wir uns vollkommen.«

Der Major starrte Kasakow noch sekundenlang an, wandte sich dann aber ruckartig ab, um die Säuberung des Geländes zu beaufsichtigen. Wenige Minuten später transportierten die Hubschrauber die zweite Welle Luftlandetruppen heran, und seine Männer trieben die ersten amerikanischen Soldaten, die ihre Hände wie Kriegsgefangene auf dem Kopf behalten mussten, auf dem Parkplatz zusammen.

Ja, dieses Unternehmen klappte wirklich tadellos. Kasakow sah die Pump- und Messstation, die er bauen lassen würde, bereits vor sich. Unmittelbar westlich von hier stieg das Gelände in Richtung Ohridsee ziemlich steil an, sodass eine Pumpstation nötig war, um das Erdöl über die Berge zu fördern. Riss man diese vom Hochwasser beschädigten Gebäude ab und verwendete den Bauschutt, um Unebenheiten des Geländes auszugleichen, waren die Voraussetzungen ideal. Wozu brauchten diese Bauernlümmel hier eine Schule? Nach Resna waren es nur fünfundzwanzig Kilometer – dort gab es genügend Schulen, die sie besuchen konnten.

Mit etwas Glück konnte er seinen ursprünglichen Zeitplan doch noch einhalten und bald mit dem Bau der Pipeline beginnen. Er dachte nicht daran, sich von ein paar Amerikanern aufhalten zu lassen.

Coronado, Kalifornien
(am folgenden Abend)

Die Augen seines kleinen Sohns glänzten wie zu Weihnachten, als Patrick seine Uniform aus dem Kleidersack zog. Im Licht der Deckenlampe funkelten die Sterne auf den Schulterstücken und die Schwingen auf der linken Brusttasche. »Ohhh«, sagte Bradley. »Du hast 'n schönen Anzug, Daddy.«

»Danke, mein Großer«, sagte Patrick.

Der Kleine deutete auf das Emblem des Command Navigators: von einem umkränzten Stern gekrönte silberne USAF-Schwingen. »Gehst du zum Fliegen?«, fragte Bradley.

»Damit fliege ich nach Washington.«

»Wieder zu Sprechungen? Zu Brief-lings?« Bradley wartete die Antwort nicht ab, denn er wusste längst, dass Daddy zu Besprechungen und Briefings musste, wenn er statt der grünen Uniform die blaue mitbrachte. Er griff sich einen von Patricks Corfam-Schuhen, gab vor, ein Flugzeug in der Hand zu halten, und ließ es über der Uniform und Patricks Rollenkoffer gewagte Manöver ausführen. »Wieder mal Zeit für Brief-lings?«

»Was machst du, während ich in Washington bin?«, fragte Patrick. »Wie lautet dein ständiger Befehl, wenn ich unterwegs bin.«

»Mich um Mami kümmern, alles tun, was Mami sagt, ein braver Junge sein und… und…«

»Noch ein Punkt. An wen sollst du denken?«

»Und an Daddy denken!«, rief Bradley triumphierend aus.

»Sehr gut, mein Großer«, sagte Patrick. Er streckte eine Hand aus, und Bradley klatschte dagegen.

Der kleine Junge ließ den Schuh, mit dem er Flugzeug gespielt hatte, achtlos fallen, und umklammerte Patricks linkes Bein. »Ich liebe dich, Daddy«, sagte er undeutlich.

Patrick hob seinen Sohn auf und drückte ihn fest an sich – er wusste genau, was der Kleine gesagt hatte. »Und Daddy liebt dich auch, Sohn«, antwortete er.

»Mach's gut in Wash-ton«, sagte Bradley und unterstrich seine Ermahnung mit erhobenem Zeigefinger.

Patrick rang sich ein Lächeln ab. »Ich werd's versuchen, mein Großer.«

Bradley wand sich aus seiner Umarmung, griff erneut nach dem Schuh, ließ ihn wieder fallen, rieb sich dann mit der freien Hand die Augen und gab Patrick den Schuh. »Ich bin *wirklich* müde«, sagte er und ging ins Kinderzimmer voraus. »Ich will ins Bett.«

»Gute Idee, Tiger.« Patrick folgte dem Kleinen ins Kinderzimmer und beobachtete, wie er vorn in seine Windelhose sah, um zu kontrollieren, ob sie nass war, den Hocker ans Waschbecken zog, um sich die Zähne zu putzen, und danach den Hocker ans Gitterbett trug, damit er hineinklettern konnte. Patrick versuchte ihn zuzudecken, aber sein Sohn rollte sich automatisch auf der Decke zusammen und nahm seine Schlafhaltung mit hochgerecktem Po ein.

Bradley kam noch einmal hoch, um sich von seinem Vater einen Gutenachtkuss geben zu lassen, bevor er sich wieder zusammenrollte. »Mach's morgen gut, Daddy«, murmelte er. »Und mach bitte das Licht aus.«

»Gute Nacht, mein Großer.« Der Kleine lächelte schläfrig, als Patrick sich an der Tür stehend mit hochgerecktem Daumen verabschiedete, bevor er das Licht ausknipste.

Mach's morgen gut, Daddy, hatte er gesagt. Yeah, natürlich, dachte Patrick.

Patrick ging zu Wendy ins Wohnzimmer zurück. Ihre Eigentumswohnung lag in einem Hochhaus mit Blick über die Großstadt San Diego. Wendy Tork McLanahan hatte die Beleuchtung so weit gedämpft, dass der Raum fast nur von den Lichtern der Großstadt erhellt wurde, die durch den dünnen Nebel drangen, der von der San Diego Bay hereingekommen war. Sie hatte zwei Gläser Silver Oak Cabernet Sauvignon eingeschenkt und ihr lockiges brünettes Haar gelöst, sodass es bis auf das Baseballtrikot von den Sacramento Kings herabfiel – und Patrick stellte grinsend fest, dass sie außer diesem Trikot und einem Lächeln nichts trug. Er durchquerte das Wohnzimmer, brachte Wendy ihr Glas und setzte sich neben sie. Ihre Gläser berührten sich, dann ihre Lippen.

»Ich staune immer wieder darüber, wie viel Bradley schon zu wissen und zu verstehen scheint«, sagte Patrick. »Manchmal kommt's mir vor, als könnte er Gedanken lesen.«

»Er ist dein Sohn – was hast du anderes erwartet?«, fragte sie lächelnd. Dr. Wendy Tork hatte als zivile Elektronikingenieurin in Dreamland gearbeitet, als sie Patrick McLanahan kennen gelernt hatte, und seit damals war ihr gemeinsames Leben eng mit der streng geheimen Forschungseinrichtung in der Wüste Nevadas verwoben. Hätte jemand vorausgesagt, Bradley werde der nächste Thomas Alva Edison oder Bill Gates werden, hätten die meisten Leute, die ihn kannten, dem nicht widersprochen. »Erst neulich hat das kleine Monster deiner Mutter eine E-Mail geschickt.«

»*Was* hat er getan?«

»Er hat eine E-Mail verschickt«, sagte Wendy. »Im Ernst. Ich weiß, dass er schon tausendmal zugesehen hat, wie ich Jon am Computer E-Mails und Berichte maile, aber ich habe immer gedacht, er würde nur darauf warten, ›Freddie Fish‹, ›Pajama Sam‹ oder irgendein anderes Spiel spielen zu dürfen. Er hat mir alles abgeschaut, was er wissen musste, und hat deiner Mutter eine Seite Unsinn gemailt – mit einem Deckblatt, auf dem *Geheim!* stand.«

»Typisch Bradley«, meinte Patrick stolz. Er trank einen Schluck Wein und versuchte, sich zu entspannen.

»Hast du heute mit Dr. Cranfield telefoniert?«, fragte sie.

»Ja – sogar zweimal«, antwortete Patrick. Oberst Bruce Cranfield war Direktor des Zentrums für Luftfahrt-Neuropsychologie auf der Brooks Air Force Base bei San Antonio, Texas, in dem David Luger nach dem Zwischenfall in Dreamland untersucht wurde. »Die Tests sind noch nicht abgeschlossen, aber er glaubt, dass David an etwas leidet, das er als verzögerte Anpassung bezeichnet. Davids Erinnerungen an seine Leidenszeit in der Sowjetunion – erstmals vermutlich durch das Aufkreuzen der ukrainischen Bomberbesatzungen aktiviert und dann durch Samsons Vorwurf, er sei labil und brauche psychologische Hilfe, verstärkt – haben in seinem Kopf einen Stressabwehrmechanismus ausgelöst. Er hat's geschafft, alle externen Sinneseindrücke abzuschalten, um sich vor physischen, emotionalen und psychischen Schäden zu bewahren.«

»Mein Gott, das klingt grässlich! Glaubt Cranfield, dass er ihn wieder hinkriegt?«

»Das muss sich erst rausstellen«, sagte Patrick. »Solche Anpassungsschwächen werden zunächst mit Medikamenten behandelt, was automatisch bedeutet, dass David nicht mehr fliegen oder im Labor arbeiten darf. Aber Cranfield sagt auch, dass David nach erfolgreicher Behandlung wieder voll dienstfähig sein dürfte – auch als Pilot. Diese Störung tritt bei Soldaten relativ häufig auf, und nach Cranfields Auskunft sind Medikation und Therapie im Allgemeinen sehr erfolgreich. Die meisten Patienten werden vollständig geheilt.«

»Das ist wunderbar.« Wendy schwieg einen Augenblick, dann

lehnte sie sich an Patrick und legte seinen Arm um ihren Körper. »Ich habe mal nachgefragt – im Flugzeug wäre noch Platz für Bradley und mich«, sagte sie.

»Ich habe ihn gerade erst zu Bett gebracht, Sweetheart.«

»Bradley wäre zu jeder Tages- und Nachtzeit selig, wenn er mit dir fliegen dürfte«, stellte Wendy fest. »Das Apartment von Sky Masters in Crystal City wäre auch gerade frei. Ich kann jederzeit weg. Also, was meinst du?«

»Sweetheart, diese Sache kann in einem Tag vorbei sein – oder sie hat erst angefangen, sodass ich sofort wieder nach Hause komme«, wandte Patrick ein. »Es hat keinen Sinn, dich aus deiner Arbeit herauszureißen – und Bradley aus dem Kindergarten –, nur damit ihr zwei Tage in Flugzeugen verbringen könnt. Lass mich mit meinem von der Air Force gestellten Anwalt reden, die ersten Gespräche führen und rauskriegen, wo ich stehe.«

»Jon hat noch einmal angerufen und dir die Dienste seiner Firmenanwälte angeboten«, fügte Wendy hinzu. »Der Chef der Rechtsabteilung des Militärbezirks Washington ist bestimmt gut, aber Jon kann dir mit einem einzigen Anruf Dutzende der besten Anwälte und juristischen Rechercheure zur Seite stellen. Willst du nicht wenigstens mal mit ihnen reden?«

Patrick schüttelte den Kopf. »Du weißt, dass ich mit Auftragnehmern der Air Force nicht über dienstliche Dinge sprechen oder irgendwelche Geschenke oder Gefälligkeiten annehmen darf«, sagte er. »Würde ich im Apartment von Sky Masters wohnen – selbst in deiner Begleitung –, sähe das ziemlich verdächtig aus. Unsere Beziehung zu Jon und Sky Masters ist sowieso schon zu eng, auch ohne dass er mir seine Rechtsverdreher schickt, damit sie mir helfen, die Air Force in die Mangel zu nehmen.«

»Das würde nicht passieren – und das bietet Jon auch gar nicht an.«

»Ich weiß, ich weiß. Aber trotzdem… « Er zuckte mit den Schultern. »Irgendwas passiert hier. Die Dinge ändern sich.«

»Wie meinst du das, Patrick?«

Er dachte einen Augenblick über seine Empfindungen nach, trank dann einen weiteren Schluck Wein und zuckte erneut mit den Schultern. »Wendy, ich habe nur getan, was ich immer getan habe: Ich habe vor einem Problem, einer Krise gestanden und versucht, nach besten Kräften und mit den mir zur Verfügung stehenden Mitteln etwas dagegen zu tun. Vor zehn Jahren wäre das noch in Ordnung gewesen. Heute habe ich deswegen ein Disziplinarverfahren am Hals. Die Dinge haben sich verändert. Ich habe das Gefühl, mich mit ihnen ändern zu müssen, sonst… sonst ist meine ganze Existenz gefährdet.« Patrick starrte blicklos ins Leere, als rufe er sich die Gesichter seiner toten Freunde in Erinnerung, um sie zu bitten, ihm zu helfen, die richtige Antwort zu finden. »Ich weiß selbst nicht, ob ich mich gegen das Verfahren wehren und in den Ruhestand treten, ob ich mich dagegen wehren und gewinnen oder ob ich mich dagegen wehren und ins Gefängnis gehen will.«

Wendy starrte ihn ehrlich überrascht an. »Warum zum Teufel weißt du das nicht?«

»Weil ich das Gefühl habe, außerhalb der Air Force könnte es ein alternatives Leben geben – einen neuen Weg, der vor mir zu liegen scheint und den ich verpasse, wenn ich tue, was alle von mir erwarten, und mich gegen das Verfahren wehre. Ich glaube, dass ich glücklicher wäre, wenn ich einfach geschehen ließe, was nun mal geschieht.«

»Das klingt nicht gerade nach dem Patrick McLanahan, den ich kenne.«

»In meinen Ohren auch nicht«, gab Patrick aufrichtig zu. »Ich weiß, dass ich Freunde habe, glaube sogar, so viele mir unbekannte Freunde zu haben, dass ich's auch mit dem Pentagon aufnehmen könnte. Aber wenn ich den Weg, der mir zu gehen bestimmt ist, nicht sehen kann, glaube ich nicht, dass ich ihn eher finde, wenn ich einen Buschbrand lege.« Er drückte Wendy fester an sich. »Ich weiß, dass ich mit dir darüber reden müsste, was ich tun und sagen werde, wenn ich in Washington bin, dass wir gemeinsam darüber diskutieren und entscheiden sollten. Ich weiß auch, dass ich einen Plan haben und eine Vorstellung davon haben sollte, was ich von meiner Karriere und meinem Leben erwarte. Aber wenn ich ganz ehrlich sein soll, habe ich keine Ahnung, was ich tun werde. Sicher weiß ich nur, dass ich nicht mit einem Haufen Anwälte ins Pentagon marschieren und versuchen will, die Bonzen zum Kampf herauszufordern. Ich habe keine Angst davor, dass ich unterliegen könnte – ich fürchte mich nur davor, so viel Rauch und Verwirrung zu erzeugen, dass ich den für mich richtigen Weg nicht mehr sehen kann.« Wendys Haltung war leicht verkrampft, und ihre Finger, die seinen Oberschenkel streichelten, wirkten steif und leblos. »Was hast du, Sweetie?«

»Ich habe das Gefühl, dass du… dass du alles satt hast«, antwortete Wendy. »Du hast die Bürokratie satt, du hast die Kämpferei satt, du hast es satt, immer wieder unter strenger Geheimhaltung dein Leben zu riskieren. Ich wollte, du könntest dich ausruhen, aber ich weiß auch, dass es dafür noch zu früh ist. Ich sehe nur das Gute, das du bewirkt hast, und den Beitrag zur nationalen Sicherheit, den du leisten könntest.« Sie wandte sich ihm zu. »Terrill hat dir die Chance geboten, in den Ruhestand zu treten: eine ehrenhafte Entlassung, ungekürzte Bezüge und Löschung aller Verweise aus deiner Personalakte. Ich weiß, dass du den von ihm gesetzten Termin hast verstreichen lassen, aber angesichts deiner Leistungen und Verdienste um unser Land dürfte sein Angebot noch eine Weile gültig sein. Ich denke, du solltest es annehmen.«

»Um in Arizona für Jon, Helen und dich zu arbeiten?«

»Du wärst wieder Vizepräsident einer bedeutenden High-Tech-Firma, würdest das Doppelte deines Gehalts als Brigadegeneral verdienen, hättest höhere Pensionsansprüche und bekämst Aktien, die ihren Wert alle zwei Jahre verdoppeln«, sagte Wendy. »Jon erzählt mir täglich sechsmal, dass er dich zurückhaben möchte – er hat ein Büro, einen Dienstwagen, ein Flugzeug, eine E-Mail-Mailbox und einen Spind im Fitnessraum für dich reserviert. Du bekämst sofort ein halbes Dutzend Mitarbeiter und zur Einarbeitung ein paar Projekte zur Auswahl. Ja, er will dich unbedingt zurückhaben, würde ich sagen.« Wendy senkte kurz den Blick, als suche sie die richtigen Worte, und sah ihren Ehemann danach wieder an. »Ich weiß, dass du nicht hochmütig bist, Patrick, aber mir drängt sich der Eindruck auf, dass diese Sache zum Teil damit zusammenhängt, dass du das Gefühl hast, *richtig* gehandelt zu haben, als du umgekehrt und nach Russland zurückgeflogen bist, um Annie und Dev zu helfen, und dass du dafür nicht bestraft werden solltest. Ich glaube, du kämpfst diese Sache um deiner Prinzipien willen durch.«

»Findest du, dass ich falsch gehandelt habe?«

»Begreifst du das nicht, Patrick?«, fragte Wendy fast bittend. »Das spielt keine Rolle. Du hast's getan und deine Freunde gerettet. Nur *das* ist wichtig. Du erzählst mir ein Dutzend Mal im Jahr, der Kongress oder die Luftwaffe könnten Dreamland jederzeit schließen und euch alle zwangsweise pensionieren. Du sprichst davon, dass der nächste Fehler, der nächste Absturz, der nächste Geheimnisbruch das Ende bedeuten könnte. Du legst die Hälfte jedes Monatsgehalts in Pfandbriefen und Investmentfonds an, um für den Tag vorzusorgen, an dem plötzlich alles vorbei ist. Als Thomas Thorn ins Weiße Haus eingezogen ist, hast du gefürchtet, deine Entlassung stehe unmittelbar bevor.«

»Und?«

»Du warst also die ganze Zeit emotional und geistig auf ein jähes, vielleicht unerfreuliches Ende vorbereitet. Und jetzt bist du plötzlich nicht mehr bereit, es zu akzeptieren. Du kämpfst dagegen? Weshalb? Nicht wegen deiner Familie – du hast Vorsorge für den Tag getroffen, an dem du den Dienst quittieren müsstest oder vielleicht von einem Einsatz nicht mehr zurückkehren würdest. Jetzt bist du auf einmal nicht mehr bereit. Was hat sich geändert?« Patrick leerte verärgert sein Glas und stand auf. Wendy sah seinen strengen Gesichtsausdruck und wusste, dass sie zur Ursache seines Zorns vorgedrungen war. »Terrill Samson, stimmt's? Du fühlst dich von ihm verraten. Er war ein Zögling Brad Elliotts, genau wie du, und jetzt leitet er das HAWC, und du dachtest immer, ihr wärt ideologisch auf gleicher Wellenlänge. Das steckt dahinter, nicht wahr?«

»Vielleicht teilweise«, gab Patrick zu. »Mir war von Anfang an klar, dass Terrill nicht Brads Feuer in sich hatte – Teufel, wer hat das schon?«

»Du hast es in dir.«

»Aber sie haben nicht mich zum HAWC-Kommandeur ernannt – sie haben ihn zum Kommandeur gemacht«, sagte Patrick verbittert. »Trotzdem fühle ich mich nicht von *ihm* verraten.«

»Wer hat dich verraten, glaubst du?«

»Thorn – Thomas Nathaniel Thorn, der verdammte Präsident der Vereinigten Staaten!«, sagte Patrick aufgebracht. »TNT, der Jungtürke, der New-Age-Präsident, der Elitesoldat aus dem Golfkrieg, der sich in einen pazifistischen Isolationisten verwandelt hat. Er macht sich nicht die Mühe, sich dem amerikanischen Volk zu zeigen. Bleibt seiner Amtseinführung fern, hält auch keine Rede zur Lage der Nation. Dieser ganze Scheiß, dass er die Armee abschaffen, keine Truppen mehr in Übersee stationieren und keine Sicherheitsgarantien für andere Staaten mehr abgeben will, macht mich verrückt. Ich habe das Gefühl, dass mein Land baden geht, ohne das ich das Geringste daran ändern kann. Thorn ist der Kerl, der Kommandeure wie Terrill Samson ermutigt, sich von alten Freunden abzuwenden und ihren Kriegern den Laufpass zu geben, genau wie er sich selbst von unseren Verbündeten abwendet und unsere Soldaten auf die Straße setzt.«

»Du willst also nach Washington aufbrechen, um gegen den Präsidenten der Vereinigten Staaten zu kämpfen?«, fragte Wendy ungläubig. »Patrick, das musst du dir noch genau überlegen. Du kannst in Washington keinen Rachefeldzug beginnen. Dort gibt's zu viele Leute mit zu vielen Sternen auf ihren Schulterklappen, die bereit – manche nur zu bereit – sind, dir ein Bein zu stellen, bevor du auch nur in der Nähe der Adresse Pennsylvania Avenue 1600 gelangst. Selbst Brad Elliott hat sich nie getraut, es mit dem Weißen Haus aufzunehmen.«

Sie stand ebenfalls auf, ergriff seine Hände und sah ihm tief in die Augen. »Ich bin jetzt egoistisch, Patrick, aber ich glaube, dass ich das Recht habe, dir Folgendes zu sagen: Denk an deine Familie, bevor du morgen auch nur ein Wort sagst. Vergiss deinen gekränkten Stolz, deinen Zorn und denk an deinen Sohn und mich. Unterliegst du in diesem Kampf, wanderst du ins Gefängnis. Dann besucht dein Sohn dich in Leavenworth, sieht dich zwischen all diesen gescheiterten militärischen Existenzen und setzt dich mit ihnen gleich. Wie willst du ihm erklären, dass du für eine gerechte Sache gekämpft hast? Wie lange wird selbst unser intelligenter Sohn brauchen, um das zu verstehen? Dein Kampf mag gerecht sein, und du hast vielleicht sogar wirklich Recht, aber du wanderst ebenso sicher hinter Gitter, als hättest du Unrecht gehabt. *Julius Cäsar* ist ein Heldenstück, aber trotzdem eine Tragödie, weil der Held letztlich untergeht.«

Patrick konnte sie nicht ansehen, aber das war auch gar nicht nötig. Sie umarmte ihn liebevoll und küsste ihn zum Abschied. »Du musst jetzt los«, sagte sie einfach, wandte sich ab und verschwand im Schlafzimmer.

Nellis AFB bei Las Vegas, Nevada
(zur gleichen Zeit)

»*Schto wy sachotitje?* Was zum Teufel wollen Sie von mir?«, rief David Luger am Telefon. »Weshalb rufen Sie mich hier an? Wollen Sie vielleicht, dass ich mich vor einen Zug werfe?«

»Beruhigen Sie sich, Oberst«, sagte Generalleutnant Roman Smolij, der Oberbefehlshaber der ukrainischen Luftstreitkräfte, in seiner VIP-Suite auf der Nellis Air Force Base. »Ich rufe wegen einer wichtigen Sache an, die nichts mit Ihnen persönlich zu tun hat.« Er telefonierte über die angeblich abhörsichere Verbindung von seinem Zimmer aus – hörten die Amerikaner sie trotzdem ab, konnte er's nicht ändern.

»Okay, was gibt's?«, fragte Luger. Als er sich auf sein Bett fallen ließ, konnte er sich kaum bewegen und wollte andererseits auch kein Wort versäumen. Auf der Brooks Air Force Base bei San Antonio, Texas, wohnte Luger in der Unterkunft für Offiziersbesucher, während er sich dreitägigen Tests durch den Luftfahrtmedizinischen Beratungsdienst unterzog, bevor die eigentliche Untersuchung in der Abeilung für Luftfahrt-Neuropsychiatrie des Air Force Hospitals begann, bei der die Ursachen seiner plötzlichen Lähmungserscheinungen festgestellt werden sollten. »*Schto eto snatschit?*«

»Verdammt noch mal, hören Sie auf, Russisch mit mir zu reden, Oberst«, knurrte Smolij. »Sie sind nicht mehr in sowjetischer Gefangenschaft, und ich arbeite nicht mehr in einem sowjetischen Forschungslabor. Sie sind Amerikaner, und ich bin Ukrainer.«

Luger atmete tief durch und machte sich im Stillen Vorwürfe wegen dieser unerklärlichen Verwechslung von Ort und Zeit. »Was wollen Sie von mir?«

»Ich brauche Informationen«, sagte Smolij. »Die Türken hauen von hier ab, so schnell sie ihren Kram zusammenpacken können, aber ich kann nichts in Erfahrung bringen. General McLanahan ist fort – er ist zu Hause, glaube ich –, und General Samson hält eisern dicht. Hier geht alles drunter und drüber. Sie sind der einzige hohe Offizier, den ich finden konnte.«

»Ich bin gegenwärtig auch nicht gerade auf dem Laufenden, General«, sagte Luger.

»Wo sind Sie? Warum sind Sie nicht hier?«

Luger hätte Smolij am liebsten gesagt, wohin er sich seine Fragen, seine gespielte Anteilnahme stecken konnte, aber er war zu sehr damit beschäftigt, über die Situation in Dreamland nachzudenken, als er abgereist war: Samson auf dem Kriegspfad, Patrick und Rebecca vermutlich auf dem Weg vors Kriegsgericht... insgesamt eine beschissene Situation.

Zu seiner eigenen Überraschung begann Luger, dem Ukrainer alles zu erzählen. Er ließ nichts aus: die CIA-Agentin in Russland, die Entdeckung des Hangars mit einem Stealth-Jagdbomber, die Rettungsunternehmen, die gegen sie erhobenen Anklagen, das drohende Kriegsgerichtsverfahren und seine eigene psycho-paralytische Reaktion. »Der Schlüssel zu allem ist dieser Stealth-Jagdbomber, General, das weiß ich«, schloss Luger. »Irgendjemand ordnet diese Angriffe auf Albanien und Makedonien an. Das AWACS-Flugzeug der NATO war rein zufällig im Weg. Die Frage ist nur: Weshalb werden diese Angriffe durchgeführt?«

Zu Lugers wirklicher Verblüffung fragte Smolij als Erstes: »Und wie geht's Ihnen, Oberst?«

Luger war wie vor den Kopf geschlagen. Statt besorgt nach weiteren europäischen Angriffszielen des russischen Stealth-Flugzeugs zu fragen, hatte der ukrainische General sich nach *ihm* erkundigt. »Mir… mir geht's so weit gut«, hörte Luger sich antworten.

»Was sagen die Ärzte? Was machen sie?«

»Sie führen Unmengen von Tests durch«, sagte Luger. »Lauter Standardtests und eine Untersuchung auf Herz und Nieren als Auftakt. Das ganze übliche Zeug, aber am wichtigsten sind natürlich die psychiatrischen Tests.«

»Ah, psychiatrische Tests. Als ich Sie neulich abends gesehen habe, ist mir eine Art Dissoziation aufgefallen. Ich hätte nie gedacht, dass Sie an einer Psychose leiden könnten. Glauben Sie, dass sie in Zusammenhang mit den Ereignissen am Fisikous und der Tatsache steht, dass Sie mich hier wiedergesehen haben?«

»Schon möglich.« Irgendwo in Lugers Hinterkopf entstand ein seltsamer Verdacht, der sich rasch in seinem Bewusstsein ausbreitete. Was Smolij eben gesagt hatte, klang vernünftiger als alles, was Luger in jahrelangen Therapien oder stundenlangen Tests und Befragungen hier in Brooks gehört hatte. Es klang vernünftig, weil niemand etwas von seiner Zeit am Fisikous erfahren durfte – weil das zu Enthüllungen über den Einsatz gegen Kawasnja führen konnte, die wiederum zu Enthüllungen über Dreamland hätten führen können. Smolij wusste nicht viel über Dreamland, aber er wusste alles über das Fisikous und war jetzt bestimmt imstande, eine Verbindung zwischen beiden Einrichtungen herzustellen. Der Schlüssel zu allem, was in Lugers Kopf vorging, würde für ewig vergraben werden. Die zuständigen Regierungsstellen würden ihn lieber für den Rest seines Lebens ins Irrenhaus sperren lassen, als zu riskieren, dass er etwas über Dreamland ausplauderte.

»Könnte es sein…« Smolij versagte die Stimme. Er räusperte sich und fuhr heiser fort: »Könnte es sein, dass *mein* damaliges Verhalten an Ihrem jetzigen Zustand schuld ist?«

Er tat Luger augenblicklich Leid – was ein seltsames Gefühl war, denn es schien eine Ewigkeit her zu sein, dass David Luger *irgendetwas* für *irgendjemanden* empfunden hatte. Tatsächlich war Luger seit seiner Rettung aus dem Fisikous nicht mehr imstande gewesen, eine emotionale Bindung zu einem anderen Menschen einzugehen. Er hatte es bei Annie Dewey versucht … oder wenn er ganz ehrlich sein wollte, hatte Annie es bei *ihm* versucht. Er hatte nie sehr viel zu ihrer Beziehung beigetragen.

Annie.

Er hatte das Gefühl, als habe der dichte Nebel, der sein Gehirn bisher eingehüllt hatte, sich plötzlich gelichtet. Annie hatte versucht, ihm näher zu kommen – sie hatte seine Hand gehalten, ihn zum Essen eingeladen, oft seine Nähe gesucht, wenn er im Hangar oder im Labor arbeitete. Luger hatte plötzlich das Gefühl, sich selbst im Fernsehen zu sehen. Er hatte sie praktisch die ganze Zeit ignoriert. Hatte er jemals versucht, ihre Freundlichkeit, ihre Herzlichkeit zu erwidern? *Wusste* er überhaupt, wie man das machte? In dieser ganzen Zeit hatte er sie mit seiner emotionslosen Haltung zurückgestoßen. Jetzt bemühte Deverill sich um sie, und David sah untätig zu, wie sie aus seinem Leben verschwand. Warum? Hatte er das Gefühl, nichts anderes verdient zu haben? Wollte er einsam sein, weil er glaubte, er habe nichts anderes als Einsamkeit verdient, weil er die schmerzlichen Demütigungen, die er im Fisikous erlitten hatte, nur so verbergen zu können glaubte?

Seltsam … einer seiner größten Peiniger hatte mit ihm über sein inneres Leid reden müssen, damit er den Grund für seine selbst gewählte Einsamkeit erkannte.

»Ich … ich weiß nicht … nein, das glaube ich nicht«, sagte David. Noch vor wenigen Augenblicken hatte er diesen Mann gehasst, hätte ihn mit bloßen Händen erwürgen können – und jetzt hatte er nicht nur Mitleid mit ihm, sondern entschuldigte sich sogar bei ihm! »Das ist alles schon lange her, General. Ich habe seit damals einiges durchgemacht. Machen Sie sich deswegen keine Vorwürfe.«

»Ich könnte den Gedanken nicht ertragen, einen Mitmenschen auf dieser Ebene verletzt zu haben«, fuhr Smolij fort. »Ich bin dafür ausgebildet, den Feind rasch und effizient zu erledigen, aber ich hätte nie gedacht, ich könnte jemanden mental verletzen, ihm mentale Schmerzen zufügen. Diese Vorstellung ist ebenso schaurig, als sollte ich mich in die Gedankenwelt eines KZ-Aufsehers versetzen, der während des Holocaust einen jüdischen Häftling ermordet hat.«

»Reden wir nicht mehr davon, General... Roman«, sagte Luger. »*Ich* bin hier der Spinner, oder haben Sie das vergessen?«

Er hörte den Ukrainer leise lachen; dann musste er den Hörer vom Ohr weghalten, als der General schallend zu lachen begann. »Ihr Amerikaner könnt einen wirklich verblüffen«, sagte er. »Sie sind in einer Nervenklinik – und trotzdem reißen Sie Witze.«

»General, Sie müssen rauskriegen, was passiert ist, warum die Türken plötzlich abhauen«, sagte Luger.

»Die Lage auf dem Balkan ist förmlich explodiert...«

»Das habe ich gehört«, bestätigte Luger. »Albanien und Makedonien haben sich gegenseitig den Krieg erklärt. Wegen irgendeines Grenzkonflikts.«

»Aber das ist noch nicht alles. Russische und deutsche Friedenstruppen rücken in den Kosovo, in Albanien und Makedonien ein. Die KFOR hat sich praktisch aufgelöst. Die Briten und Franzosen stehen noch im Kosovo, aber die beiden anderen Mächte stoßen nach Süden vor. Die NATO scheint das Schicksal des Balkans in die Hände Russlands und Deutschlands legen zu wollen.«

»Das klingt alles zu inszeniert«, sagte Luger. »Genau wie dieser Angriff auf Kukës. Ein kleiner Krisenherd löst einen Flächenbrand aus, und Russen und Deutsche stehen Gewehr bei Fuß bereit, um sofort die Kontrolle zu übernehmen.«

»Glauben Sie, dass da ein Drahtzieher am Werk ist? Genauer gesagt ein russischer Drahtzieher?«

»Ein russischer Drahtzieher mit einem Stealth-Jagdbomber«, bestätigte Luger. »Ich gehe jede Wette ein, dass dieses geheimnisvolle Flugzeug wieder zugeschlagen hat. Die Russen...« Luger verstummte, brachte sekundenlang kein Wort heraus und konnte zuletzt nur »O Gott!« flüstern.

»Was haben Sie, David?«

»Roman, unsere aus Russland herausgeholte Spionin hat auf dem Luftwaffenstützpunkt Shukowski in einem Werk der Firma Metjor Aerospace gearbeitet.«

»Richtig, das haben Sie gesagt.«

»Verstehen Sie nicht, was das bedeutet, Roman? Erinnern Sie sich nicht mehr, was die Firma Metjor früher war?«

»Woher sollte ich das wissen? Wer …?« Dann machte auch Smolij eine Pause, und Luger hörte ihn erschrocken tief Luft holen. »Großer Gott … Sie meinen das *Fisikous*? *Metjor* ist das *Fisikous*? Wollen Sie etwa behaupten …?«

»Der Stealth-Jagdbomber, der vom Shukowski gestartet ist und vermutlich Kukës angegriffen hat, ist die am Fisikous entwickelte Fi-179«, sagte Luger nachdrücklich. »Es gibt keine andere Möglichkeit! Er ist der einzige Stealth-Jagdbomber, der solche Einsätze in ganz Europa fliegen kann.«

»Aber die Stealth-Flugzeuge sind beim Angriff auf das Fisikous zerstört worden.»

»Sie sind damals nicht zerstört worden, Roman. Ich habe die Fi-170 *Tuman* selbst entführt. Gemeinsam mit General McLanahan.«

»Unmöglich!«

»Doch, das ist wahr. McLanahan hat ein Rettungsunternehmen angeführt, er und Oberstleutnant Briggs, nachdem die CIA entdeckt hatte, dass ich am Fisikous war. Russland wollte damals Litauen besetzen und die Sowjetunion wiederherstellen, und wir mussten rasch handeln. Wir haben die Fi-170 entführt, nach Schottland geflogen und dort demontiert. Aber das Unternehmen hatte nie den Zweck, das Fisikous zu zerstören – McLanahan und Briggs waren nur auf der Suche nach *mir*. Die Einrichtungen des Instituts sind praktisch unbeschädigt geblieben.«

»Unglaublich … fantastisch!«, sagte Smolij hörbar beeindruckt.»Dann muss diese Maschine der zweite Prototyp sein – die damalige Fi-179.«

»McLanahan und ich haben den Prototypen mit Trapeztragflächen entführt, also muss dies die Maschine mit negativ gepfeilten Tragflächen sein«, sagte Luger. »Wir hatten den Auftrag, ein Flugzeug zu entwickeln, das Luft- und Bodenziele gleich gut bekämpfen konnte. Aber es hatte noch nicht einmal den Roll-out hinter sich – es war noch Jahre von seinem Erstflug entfernt.«

»Wer weiß, vielleicht hat der Käufer des Fisikous die Fi-179 fertig gestellt und lässt sie jetzt fliegen«, vermutete Smolij.

»Fursenko«, sagte Luger. »Pjotr Fursenko. Er leitet die neue Forschungseinrichtung. Ich glaube, unsere Spionin hat seine Stimme auf Tonband aufgenommen – im Gespräch mit Pawel Kasakow.«

»Kasakow? Sie meinen den Drogenhändler? Das Fisikous gehört jetzt diesem Gangster?«

»Ihm gehört die Firma Metjor Aerospace«, stellte Luger richtig. »Und ihm gehören noch viele andere Firmen.«

»Allerdings! Ihm gehören Baufirmen, Reedereien, Banken, Ölgesellschaften, Exportfirmen, Bergwerke …«

»Ölgesellschaften? Ich erinnere mich, irgendwo gelesen zu haben, dass er eine Pipeline vom Kaspischen Meer zum Schwarzen Meer bauen wollte.«

»Ganz recht. Die ist seit ungefähr einem Jahr fertig. Er fördert am Kaspischen Meer fast eine Million Barrel pro Tag und pumpt das Rohöl durch Aserbaidschan und Georgien. Die Ukraine kauft viel davon. Er …« Smolij machte wieder eine Pause, und Luger hörte ihn erschrocken Luft holen. »Und ich habe gehört, dass er eine weitere riesige Pipeline vom Schwarzen Meer nach Westeuropa bauen will, um Engpässe wie Bosporus und Dardanellen zu umgehen und die hohen türkischen Transitgebühren zu vermeiden.«

»Vom Schwarzen Meer nach Westeuropa«, wiederholte Luger nachdenklich. »Also durch Bulgarien …«

»… und Makedonien nach Albanien!«, stellte Smolij ungläubig fest.

»Ausgeschlossen«, widersprach Luger. »So einfach können die Dinge nicht liegen.«

»Wie man hört, hat Kasakow seine Pipeline wegen der unsicheren Lage im Kosovo, den labilen Beziehungen Albaniens zum Westen und der vermehrten Interventionen der NATO in Makedonien – vielleicht bis hin zu einer NATO-Mitgliedschaft Makedoniens – bisher nicht gebaut«, sagte der Ukrainer. »Aber da Thorn sich aus der NATO zurückziehen und Russland seine Stellung auf dem Balkan festigen will, bietet sich nun vielleicht doch eine Möglichkeit, die Pipeline zu bauen …«

»Unter dem Schutz russischer Waffen«, sagte Luger. »Russische

›Friedenstruppen‹ überfluten den Balkan, und Kasakow kann ungestört seine Pipeline bauen. Und jede Regierung, die sich querstellt, erlebt bald, dass eine Großstadt oder vielleicht sogar ihre Hauptstadt aus der Luft angegriffen wird.«

»Von einem Stealth-Jagdbomber – unsichtbar, lautlos und nicht aufzuspüren«, bestätigte Smolij. »Die russische Regierung kann behaupten, nichts von den Angriffen zu wissen, und westliche Aufklärungssatelliten liefern keine Hinweise darauf, wo dieses Stealth-Flugzeug stationiert ist oder wann es wieder zuschlagen wird.«

»Es muss in der Türkei zugeschlagen haben«, sagte Luger. »Daher wollen die Türken so eilig nach Hause – ihr Land ist angegriffen worden.«

»CNN hat keinen Angriff auf die Türkei gemeldet«, stellte Smolij fest. »Mehr kann ich leider nicht herausbekommen.«

»Ich kann mehr in Erfahrung bringen, denke ich«, sagte Luger. »Vielleicht wird's schwierig, hier rauszukommen, aber ich werd's versuchen.«

»Sind Sie als Gefangener dort?«

»Nein«, antwortete Luger, »aber ich kann auch nicht ohne weiteres weg.«

»Wer sagt das, David?«, fragte Smolij. »Dieselben Leute, die Sie vors Kriegsgericht stellen wollen? Die Sie in eine Nervenklinik einweisen, weil Sie den Verstand zu verlieren scheinen? Verlieren Sie ihn, bleiben Sie für den Rest Ihres Lebens eingesperrt, verlieren Sie ihn nicht, kommen Sie vors Kriegsgericht? Wie viel Loyalität sind Sie solchen Leuten schuldig?«

»Gutes Argument«, antwortete David. »Aber ich muss mich irgendwie wieder ins Informationsnetzwerk in Dreamland einklinken.«

»Und ich weiß jemanden, der Ihnen dabei behilflich sein kann«, sagte Smolij. »Gedulden Sie sich noch kurze Zeit. Wir melden uns wieder.«

Dutzende von Lastwagen rollten aufs Vorfeld der Nellis Air Force Base, und Teams aus vielen Nationen halfen mit, zwei türkische

Transportflugzeuge C-135B Stratolifter mit Paletten zu beladen. Gleichzeitig waren die Wartungsmannschaften damit beschäftigt, bei den türkischen Jägern F-16 Fighting Falcon die Vorflugkontrollen durchzuführen und sie startbereit zu machen. Und die Jäger wurden auch bewaffnet – jede F-16 trug zwei AIM-9M Sidewinder, vier AIM-7F Sparrow und fünfhundert Schuss für die 20-mm-Maschinenkanone. Die Transporter würden auf dem gesamten Rückflug von Jägern begleitet werden. Alle Männer und Frauen packten rasch und entschlossen zu, manche arbeiteten sogar fieberhaft …

… als bereiteten sie sich auf einen Krieg vor.

Im Stabsgebäude war soeben die allgemeine Einsatzbesprechung zu Ende gegangen, und die Besatzungen teilten sich auf, um ihre speziellen Anweisungen zu erhalten. Die Türken legten ein ungeheures Tempo vor, sprachen nur Türkisch und nahmen sich nicht einmal die Zeit, ihre Absichten ins Englische zu übersetzen. Die amerikanischen Crews halfen, wo sie konnten, und blieben ansonsten im Hintergrund. Dies war nicht ihr Kampf. Das hatte ihr Oberbefehlshaber verkündet. Ihre Verbündeten, ihre Fliegerkameraden kehrten in ihre Heimat zurück, um allein gegen einen unbekannten, unsichtbaren Feind zu kämpfen.

Generalleutnant Roman Smolij, der Oberbefehlshaber der ukrainischen Luftstreitkräfte, erschien an der Tür eines Konferenzraums, in dem eben eine Einsatzbesprechung zu Ende gegangen war. Generalmajor Erdal Sivarek, der Oberbefehlshaber der türkischen Luftwaffe, war noch dabei, seine Unterlagen zusammenzupacken. »Ich muss mit Ihnen reden, Sir«, sagte Smolij auf Englisch.

Sivarek sah zu dem hünenhaften Ukrainer auf. »Tut mir leid, General, aber ich habe es sehr eilig.«

»Ich weiß von dem Zwischenfall über dem Schwarzen Meer«, sagte Smolij. »Ich habe Informationen, die Sie sich anhören müssen, und möchte Ihnen einen Vorschlag machen, den …«

»Welchen Zwischenfall meinen Sie?«, fragte Sivarek. »Ich weiß von keinem Zwischenfall über dem Schwarzen Meer. Und jetzt müssen Sie mich bitte entschuldigen.«

»General, ich weiß, dass Sie vergangene Nacht eine F-16 verloren haben, die zu einer Abfangübung über dem Schwarzen Meer unterwegs war«, fuhr Smolij fort. »Ich weiß auch, dass weder Ihre Piloten noch Ihre Radarstellungen gesehen haben, wer oder was den Jäger abgeschossen hat. Aber weil hier einige der besten türkischen Jagdflieger versammelt sind, hat Ihre Regierung angeordnet, dass Sie sofort in die Türkei zurückkehren und sich auf einen Krieg vorbereiten sollen, obwohl Sie nicht wissen, gegen wen – Kurden, Russen, Griechen, Iraner, Syrer, Marsianer.«

Sivarek machte ungläubig große Augen, aber er war sich darüber im Klaren, dass weiteres Leugnen zwecklos war. »Woher wissen Sie das alles, General?«

»Weil ich ihn darüber informiert habe, Sir«, sagte Major Nancy Cheshire. Sie betrat den Konferenzraum und schloss die Tür hinter sich. »Ich habe die Satellitenmeldungen und Radardaten abgefangen und sie mit den Aufzeichnungen von CIA-Horchposten verglichen, um den Zwischenfall zu rekonstruieren. Ich weiß nicht, weshalb Sie es vorgezogen haben, die NATO nicht davon zu informieren …«

»Die NATO? Was sollen wir mit der NATO?«, knurrte Sivarek, indem er die Testpilotin zornig anfunkelte. »Die NATO hat die Türkei seit ihrem Eintritt in das Bündnis praktisch ignoriert. Man hat uns nur gestattet, das einzige nichtchristliche Mitglied Ihrer exklusiven europäischen Allianz zu werden, weil befürchtet wurde, wir könnten in den russischen Einflussbereich geraten oder vielleicht selbst kommunistisch werden. Meine Regierung hat offenbar genug von Ihrer schwachen Führungsrolle in der NATO. Zunächst haben Sie ziellos und ausschließlich politisch motiviert auf dem Balkan interveniert und nun verweigern Sie Ihre Hilfe bei Problemen, die Ihre europäischen Verbündeten direkt betreffen. Die Türkei wird sich auch ohne amerikanische Unterstützung selbst helfen.«

»General, ich will nicht behaupten, unsere Beziehungen zur Türkei seien beispielhaft gewesen«, sagte Cheshire. »Ich werde mich nicht entschuldigen oder irgendwelche Erklärungen anbieten. Aber ich will Ihnen eines sagen: Wir glauben zu wissen, wer heute Nacht Ihre F-16 abgeschossen hat, und können Ihnen wahrscheinlich helfen, sich gegen weitere Angriffe zu verteidigen.«

»Wer war also der Angreifer?«

»Wir glauben, dass es ein Stealth-Jagdbomber war«, antwortete Smolij. »Ein sowjetisches Stealth-Flugzeug, das vor vielen Jahren gebaut, aber erst in letzter Zeit reaktiviert wurde. Dieser Jagdbomber kann Luft- und Bodenziele gleich gut bekämpfen. Seine Stealth-Technologie ist nicht gerade auf dem neuesten Stand, aber gegen Standardsysteme zur Luftverteidigung, wie Ihr Land und meines sie einsetzen, äußerst wirkungsvoll.«

»Wie können Sie das alles wissen?«

»Weil ich mitgeholfen habe, ihn zu bauen«, sagte Smolij. »Vor vielen Jahren in einer sowjetischen Forschungseinrichtung in Litauen.« Sivarek machte große Augen, als der Ukrainer rasch erläuterte, an welchen Projekten er am Fisikous mitgearbeitet hatte. »Wir glauben, dass dieser Jagdbomber das AWACS-Flugzeug der NATO abgeschossen, den Luftangriff auf Albanien geflogen und auch Ihre F-16 abgeschossen hat. Wir können Ihnen helfen, es zu finden.«

»Aber wie? Wie soll man ein Stealth-Flugzeug finden, außer man stolpert zufällig darüber?«

»Weil wir alles über Entwurf, Bau, Erprobung und Leistungen dieses Flugzeugs wissen«, sagte Cheshire.

»Der General war damals nur Testpilot – er hat selbst gesagt, dass er diese Maschine nie geflogen hat. Wie kann er dann alles darüber wissen?«

»Weil wir auch ihren Chefkonstrukteur haben, Sir«, antwortete Cheshire. »Oberst Luger.«

»*Luger?* Der Mann ist in Wirklichkeit ein russischer Flugzeugbauingenieur? Er ist mir schon immer etwas eigenartig vorgekommen.«

»Luger ist ein Amerikaner, der… unfreiwillig Gast der Sowjetunion war«, erklärte Cheshire ihm. »Er wurde gezwungen, sein Fachwissen beim Bau sowjetischer Militärflugzeuge einzusetzen – dazu gehörte auch dieser Jagdbomber, der jetzt offenbar reaktiviert worden ist.«

»Unglaublich!«, rief Sivarek aus. »Und das alles, nur damit ein geldgieriger Gangster eine *Pipeline* quer durch den Balkan legen kann?«

»Was täten Sie alles für hundert Millionen Dollar pro Tag, Sir?«, fragte Cheshire. »So viel kann Kasakow nämlich verdienen, wenn er seine Pipeline baut. Aber noch gravierender ist, dass Russland den Balkan unter seine Kontrolle bekommt.«

»Und wer sollte Russland daran hindern, gegen weitere Staaten vorzugehen, damit es weitere Pipelines bauen und so seinen Machtbereich ausdehnen kann, wenn dieser Plan einmal Erfolg gehabt hat?«, fragte Smolij. »Sie wissen so gut wie ich, welche benachbarten Staaten die nächsten Ziele dieses Stealth-Flugzeugs und der russische Armee wären …«

»Die Türkei und die Ukraine«, antwortete Sivarek. »Sind diese beiden Staaten neutralisiert, gehört das Schwarze Meer wieder Russland – genau wie in der Sowjetära.« Sivarek verstummte, dachte aber offensichtlich angestrengt nach.

»Sie denken an Ihr Heimatland, nicht wahr, General?«, fragte Smolij. »Sie überlegen, wer der Türkei beistehen würde? Glauben Sie mir, Sir, ich habe in letzter Zeit in Bezug auf mein Heimatland an kaum etwas anderes gedacht. Uns steht niemand bei. Die Ukraine ist bereits von der Russischen Föderation abhängig, was Rohstoffe, Außenhandel, Kredite und politische Einflussnahme betrifft. Aber wer würde uns beistehen, wenn wir uns gegen das russische Vormachtstreben zur Wehr setzen wollten? Wir haben schon einmal schreckliche Verluste durch russische Luftangriffe erlitten und es noch nicht geschafft, in die NATO aufgenommen zu werden.«

»Warum tut Ihr Präsident uns das an?«, fauchte Sivarek Cheshire an, während er sich frustriert und verständnislos mit allen zehn Fingern durchs Haar fuhr. »Warum ist Amerika so schwach geworden? Genießt ihr euren Wohlstand so sehr, dass ihr bereit seid, untätig zuzusehen, wie Verrückte die Welt zerstören, bloß damit ihr euch nicht mehr engagieren müsst?«

»Sie wissen, dass das nicht der Fall ist, Sir«, widersprach Cheshire. »Ich glaube, dass unser Präsident der Welt zeigen will, wie stark unser Land ist – nicht durch die Stationierung von zehntausenden von Soldaten im Ausland, als seien wir die einzige Supermacht der Welt, sondern indem er unseren Freunden, Verbündeten und Feinden ihre eigene Identität ohne amerikanischen Druck, ganz ohne Einflussnahme Amerikas lässt.«

Sivarek schnaubte verächtlich. »Schöne Worte … um Isolationismus zu bemänteln. Oder Feigheit.«

»Man kann Präsident Thorn alles Mögliche nennen, aber ein Feigling ist er nicht«, sagte Cheshire. »Er ist seit über hundert Jahren der erste amerikanische Präsident, der darauf verzichtet, unsere außenpolitischen Interessen mit militärischen Mitteln durchzusetzen. Denken Sie einmal darüber nach, General: Einerseits beklagen Sie, dass Amerika sich zurückzieht, andererseits befürchten Sie eine Invasion durch ein anderes Land. Wollen Sie ausländische Truppen auf Ihrem Boden oder nicht?«

»Sie verstehen unsere besondere Lage nicht, Major«, antwortete Sivarek schroff. »Die Türkei ist von Feinden umgeben. Um überleben zu können, haben wir uns für eine Anlehnung an den Westen entschieden. Aber jetzt müssen wir fürchten, der Westen habe sich von uns abgewandt. Deutschland scheint sich mit Russland verbündet zu haben, um seinen Einfluss in Europa zu stärken – aber wer wird sich mit der Türkei verbünden?«

»Die Ukraine, General«, sagte Smolij. »Ich denke, Sie beurteilen Thorn falsch. Will er seine Soldaten heimholen, soll er's in Gottes Namen tun – ich wäre auch dagegen, ukrainische Soldaten ständig auf ausländischem Boden zu stationieren. Aber wenn Sie einen Verbündeten wollen, der Ihnen im Gebiet ums Schwarze Meer zuverlässig gegen die Russische Föderation beisteht, können Sie auf die Ukraine setzen.«

Sivarek starrte ihn nachdenklich an. »Ein Bündnis … zwischen der Türkei und der Ukraine?«, fragte er. »Wäre das möglich? Können wir uns gemeinsam gegen die russische Militärmacht behaupten?«

»Ich habe in der sowjetischen Armee gedient, ich habe die russische Armee im Einsatz erlebt und kann Ihnen versichern, dass sie maßlos überschätzt wird«, antwortete Smolij zuversichtlich.

»Sie dürfen die russische Propaganda nicht für bare Münze nehmen. Außerdem geht es nicht darum, es mit der gesamten russischen Armee aufzunehmen – wir brauchen nur unseren Einfluss im Gebiet des Schwarzen Meeres geltend zu machen. Dieser Gangster Kasakow will Erdöl übers Schwarze Meer verschiffen, um seine durch den Balkan verlaufende Pipeline zu füllen – das kann er nur mit unserem Einverständnis. Sobald es Probleme mit Russland oder diesem Stealth-Jagdbomber gibt, werden die Metjor-Ölterminals in Georgien und Bulgarien ausradiert!«

»Was würde die Russen davon abhalten, unsere beiden Staaten zu überrennen, wenn wir's wagen, uns gegen sie zusammenzuschließen?«

»Die Russen sollen sich erst mal den Kopf über ihr weiteres Vorgehen zerbrechen«, sagte der Ukrainer. »Sie treten sehr forsch auf und halten sich für sehr clever, weil sie sich nicht vorstellen können, dass andere Staaten sich gegen sie verbünden könnten. Überleben können wir nur, wenn wir eisern zusammenhalten. Einen Staat, selbst einen so großen wie die Ukraine oder die Türkei, kann Russland vielleicht überrennen. Aber bei zwei Staaten dieser Größe sieht die Geschichte ganz anders aus.«

Sivarek nickte langsam, denn was Smolij ausführte, leuchtete ihm ohne weiteres ein. Plötzlich fühlte er sich nicht mehr so verlassen wie noch vor wenigen Minuten. Er wandte sich an Cheshire und fragte: »Und was ist mit Ihnen, Major? Was ist mit den Vereinigten Staaten?«

»Ich glaube, es wäre ein großer Fehler, Amerika bereits abzuschreiben, Sir«, antwortete Nancy. »Präsident Thorn ist ein Mann mit Prinzipien und starken persönlichen Überzeugungen; er ist intelligent und hat die Macht des Gesetzes auf seiner Seite – er sieht Politik keineswegs nur als Spiel. Und er ist ein noch junger Präsident, der vielleicht davon überzeugt werden kann, dass nicht alle Bündnisse mit anderen Staaten schlecht für Amerika sind. Er kennt militärische Bedrohungen und kann strategisch denken.«

»Ihr Vertrauen und Ihre Loyalität zu Ihrem Hippie-Präsidenten bauen mich nicht im Geringsten auf, Major«, wehrte Sivarek mit finsterem Lächeln ab. »Leider hat er meinem Land nur noch sehr wenige Alternativen gelassen.« Er wandte sich Smolij zu, nahm die Schultern zurück, nickte einmal knapp und streckte dann dem hünenhaften ukrainischen General die Rechte hin. »Ich übermittle Ihre Überlegungen und Anregungen gern meiner Regierung, General«, sagte er dabei. »Ich verspreche Ihnen, alles in meinen Kräften Stehende zu tun, damit unsere beiden Staaten unter Wahrung ihrer jeweiligen Interessen in Freundschaft zusammenarbeiten. Es wäre mir eine Ehre und eine Freude, am Entstehen eines Bündnisses zwischen unseren Staaten mitgewirkt zu haben.«

Smolij schüttelte dem türkischen General die Hand, umarmte ihn dann plötzlich wie ein Bär und küsste ihn auf beide Wangen. »*S welikim sadowoleniem!* Das verschafft mir viel Hoffnung und Vergnügen, Sir! Und falls wir beide von dieser Erde weggefegt werden, ist es ein gutes Gefühl, jetzt zu wissen, dass wir gemeinsam verglühen werden!« Er wandte sich an Nancy Cheshire. »Ich werde dem Standortkommandanten mitteilen, dass unsere Bomber ebenfalls bald in die Heimat zurückkehren. Aber bevor wir abfliegen, habe ich noch ein paar Bitten an General Samson.«

»Darf ich einen Vorschlag machen, Sir?«, fragte Cheshire. »Lassen Sie mich vorher mit General McLanahan telefonieren.«

»Oh? Da gibt's wohl kleine Meinungsverschiedenheiten?« Smolij lachte glucksend. »Oder führt in Wirklichkeit General McLanahan das Kommando?«

»Nein, der Kommandeur ist *eindeutig* General Samson«, antwortete Nancy. »Aber für das, was Sie beide aushecken, dürfte Patrick McLanahan genau der richtige Mann sein – wenn er die Tortur in Washington überlebt.«

8

Pentagon, Washington, D.C.
(am folgenden Morgen)

Anfangs kam er sich dämlich vor, weil alle ihn zu beobachten schienen. Im Pentagon herrschte Gedränge, und die meisten Leute schienen nichts Besseres zu tun zu haben, als ihn zu beobachten. Oder glaubte er das nur, weil er hier war, um die Quittung für sein allzu eigenmächtiges Handeln zu bekommen, und sich einbildete, jeder müsse ihm das ansehen?

Die fast zweihundertvierzig Hektar große Pentagon-Reservation glich einer eigenen kleinen Stadt, sodass es im Allgemeinen sehr leicht war, sich zwischen den sechsundzwanzigtausend Soldaten und Zivilangestellten des Verteidigungsministeriums und den dreitausend Männern und Frauen des Hauspersonals zu verlieren. Man kam sich automatisch anonym vor, sobald man den Riesenbau betrat. Das Pentagon selbst war ein imposantes Bauwerk, das auf einer Fläche von dreizehneinhalb Hektar über 370 000 Quadratmeter Bürofläche enthielt und damit zu den größten Bürogebäuden der Welt gehörte. Das zu Beginn des Zweiten Weltkriegs in nur sechzehn Monaten auf einer ehemaligen Müllkippe und einem Sumpfgelände errichtete Gebäude war angeblich so effizient geplant, dass man es in weniger als zehn Minuten von einem Ende zum anderen durchqueren konnte (obwohl es bis zu einer halben Stunde dauern konnte, es lediglich vom Parkplatz aus zu erreichen). Gehörte man zu den tausenden, die zum North Parking Entrance hinaufgingen, konnte es leicht passieren, dass man sich unbedeutend vorkam – wie eine winzige Ameise, die einen riesigen Ameisenhügel erklomm.

Schon um sechs Uhr morgens war der Pentagon Officers Athletic Club am Ende von Korridor acht fast voll besetzt. Patrick McLanahan hätte gern ein Laufband oder ein Trimmrad benutzt; es gab so viele davon, dass er sich darauf weit weniger auffällig gefühlt hätte. Aber alle diese vielen Dutzend Geräte waren schon besetzt, sodass er sich mit einer der bewährten Kraftmaschinen begnügen musste. Außerdem legten sogar die älteren Soldaten auf den Laufbändern ein derart hohes Tempo vor, dass Patrick davon fast schwindlig wurde. Der POAC hatte keine modernen Kraftmaschinen, bei denen der Widerstand, der Gewichte simulierte, sich elektronisch regeln ließ, deshalb ging Patrick nach der alten Methode vor: Er wählte ein Gewicht, probierte, bis er das richtige gefunden hatte, und stemmte es dann in drei Übungseinheiten je zehnmal. Sobald er seinen Rhythmus gefunden hatte, störte es ihn nicht mehr, dass er an diesem Morgen hier der Einzige war, der Gewichte stemmte.

Er war nicht mehr beim High-Technology Aerospace Weapons Center, sondern nach zwölf gelegentlich turbulenten, manchmal gefährlichen und meistens spannenden Jahren aus Sicherheitsgründen vom Dienst suspendiert, während er auf sein Kriegsgerichtsverfahren wartete. Als er 1989 dort angefangen hatte, hatte das HAWC – damals einfach als Groom Lake Test Range bekannt – nur aus einer Ansammlung alter, verwitterter Holzbauten der Atomenergiekommission bestanden sowie einigen hölzernen Flugzeughallen aus dem Zweiten Weltkrieg, in denen Vögel nisteten und zwischen denen quer durch den längst ausgetrockneten See eine gut getarnte Start- und Landebahn verlief. Erst Generalleutnant Brad Elliott, der erste HAWC-Kommandeur, hatte das Testzentrum mit elektronischen Sicherheitsanlagen umgeben, um das Interesse militärischer Wissenschaftler und der Programmplaner im Pentagon zu wecken. Im Lauf der Jahre war Dreamland unter Brad Elliott gewachsen, war ausgebaut und modernisiert worden und hatte schließlich die Führung bei der Entwicklung und Erprobung futuristischer Flugzeuge und Waffensysteme übernommen. Alles das hatte Patrick zum größten Teil miterlebt.

Nach Brads Tod hatte Patrick gehofft, eines Tages die Führung im HAWC übernehmen zu können. Kommandeur von Dreamland zu sein galt als Garantie für eine spätere Beförderung zum Viersternegeneral. Das stimmte tatsächlich – wenn man sich an die strengen Sicherheitsvorkehrungen, die strikte Abschottung aller Abteilungen untereinander und die Tatsache gewöhnen konnte, dass man während seiner Jahre am HAWC und noch einige Zeit danach für den Rest der Welt praktisch unsichtbar war. Man musste sich rasch damit abfinden, dass dieses Engagement für die Zukunft der US-Streitkräfte das eigene Leben unwiderruflich veränderte.

Patrick hatte diese Tatsache akzeptiert, er hatte sogar gelernt, sie als Vorteil zu empfinden. Dass seine Frau früher am HAWC gearbeitet hatte, war dabei sehr nützlich gewesen. Aber man brauchte eine bestimmte Veranlagung, um in Dreamland zu arbeiten, genau wie man eine bestimmte Veranlagung brauchte, um in dem fünfeckigen Rätselpalast am Potomac tätig zu sein. Patrick war die heiße, trockene, weite Landschaft am Groom Lake viel lieber als die klimatisierte, einengende, gefängnisartige Atmosphäre dieses Riesenbaus.

Zwischen den Übungseinheiten konnte er einen Blick auf einen der vielen im POAC aufgestellten Fernseher werfen. In den Nachrichten dominierten Reportagen über den vor kurzem zwischen Albanien und Makedonien ausgebrochenen Krieg, das Zerbrechen des Friedensabkommens von Dayton und des Waffenstillstands im Kosovo sowie der Verstärkung deutscher und russischer Friedenstruppen auf dem Balkan, um das durch den raschen Abzug der Amerikaner entstandene Vakuum auszufüllen. Viele Berichte handelten jedoch auch vom radikalen Abbau der US-Streitkräfte und dem Prestigeverlust Amerikas durch den Verzicht auf seine bisherige Rolle als Beschützer von Freiheit und Demokratie in aller Welt.

Vielleicht ist's gut, dass ich ausscheide, dachte Patrick grimmig, während er dazu überging, Gewichte senkrecht nach unten zu ziehen. Die US-Streitkräfte schienen sich mitten in einer vollständigen kulturellen und ideologischen Umstrukturierung zu befinden – dank des neuen Hippie-Präsidenten und seiner Ideen aus dem 18. Jahrhundert, die aber im 21. Jahrhundert nichts verloren hatten. Leider würden die Vereinigten Staaten die Konsequenzen am eigenen Leib verspüren.

Erst als immer mehr Leute zu ihm hinübersahen, merkte Patrick, dass er wie ein Wahnsinniger trainierte. Je länger er den überhasteten, schockierenden Abbau und die Verunglimpfung des Militärs beobachtete, in dem er den größten Teil seines Erwachsenenlebens verbracht hatte, desto zorniger wurde er. Dieses Fitnesstraining sollte entspannend wirken, bevor er zu seinen Terminen im Pentagon ging, aber leider hatte es die entgegengesetzte Wirkung. Es wurde Zeit, das Training abzubrechen und sich aufzumachen, um zu erfahren, wie seine Zukunft aussehen würde.

Zum Teufel mit der ganzen Bande!, dachte Patrick. Sollen sie doch versuchen, mir meine Sterne wegzunehmen oder mich vors Kriegsgericht zu stellen! Ich werde mich bis zum Ende wehren. Das Militär ist einen Kampf wert… zumindest wäre das *alte* Militär, das Patrick zu kennen glaubte, einen Kampf wert gewesen.

Nachdem er geduscht hatte, zog er seinen Dienstanzug an und betrachtete sich erstmals seit vielen Jahren in einem wandhohen Spiegel. Weil er diese Uniform aus blauem Baumwoll-Polyester-Mischgewebe nicht oft trug, wirkte sie einerseits sehr neu und wies andererseits merkwürdige kleine Knitterfalten auf, die auf unsachgemäße Lagerung zurückzuführen waren. Die beiden silbernen Sterne, die Kevin Martindale, der vorige US-Präsident, ihm persönlich verliehen hatte, und das glänzende Abzeichen eines Command Navigators, das er von Brad Elliott erhalten hatte, sahen sehr gut aus, aber alles andere wirkte eher schlicht. Nur zwei Reihen Orden, die ihm seit seiner Zeit als junger Luftwaffenhauptmann verliehen worden waren – Brad Elliott hatte nichts von Auszeichnungen gehalten und stets verhindert, dass irgendetwas über Dreamland, das Aufschluss über ihre dortigen Aktivitäten hätte geben können, an die Öffentlichkeit gelangte.

Eine ziemlich schlichte Uniform, dachte er. Vielleicht stellte seine Karriere in der Air Force ähnlich wie seine Uniform nichts Besonderes dar. Obwohl er viele sehr coole, sehr aufregende Dinge getan hatte, waren sie letztlich vielleicht ebenso unwichtig, wie er es im Vergleich zu all den militärischen Superstars im Pentagon war.

Als er die Uniformjacke zuknöpfte, um zur ersten Besprechung zu gehen, erkannte Patrick überrascht, dass er diese Uniform heute vermutlich zum letzten Mal trug – außer vielleicht vor dem Kriegsgericht.

Nachdem er sich angezogen hatte, ging er direkt zum H.H. »Hap« Arnold Executive Corridor hinüber, in dem die Büros des Luftwaffenministers und des Führungsstabs der Luftwaffe lagen. Obwohl das HAWC »offiziell« dem Air Force Research Laboratory, Air Force Materiel Command, auf der Wright-Patterson Air Force Base bei Dayton, Ohio, unterstand, war der überwiegende Teil der dort geleisteten Arbeit so geheim, dass Luftwaffenminister Steven C. Bryant für die meisten das HAWC betreffenden Angelegenheiten zuständig war.

Patricks Termine hingen mit dem gegen ihn laufenden Verfahren zusammen – wie Terrill Samson ihnen angedroht hatte, war am selben Tag bei Dienstschluß Anklage gegen David Luger und ihn erhoben worden –, sodass er als Erstes den Führungsstab der Luftwaffe aufsuchte. Als Pflichtverteidiger war Patrick ursprünglich der Area Defense Counsel, ein Oberst aus dem Air Force Materiel Command, zugewiesen worden, der seinen Fall auch mit ihm besprochen hatte. Aber das war natürlich alles nur Theater gewesen, denn dieses Verfahren würde niemals den gewöhnlichen Gang gehen. Tatsächlich blieben die Akten keine vierundzwanzig Stunden auf der Wright-Pat, bevor sie an den Chef der Militärjustiz der Luftwaffe, einem Zweisternegeneral, im Pentagon weitergeleitet wurden.

Seine Besprechung um 7.30 Uhr mit dem Chef der Militärjustiz dauerte fünf Minuten. Der Zweisternegeneral riet ihm zur Annahme des vorliegenden Angebots: Patrick sollte freiwillig um seinen vorzeitigen Abschied bitten und diese Sache mit einer ehrenhaften Entlassung als General bei vollen Ruhestandsbezügen aus der Welt schaffen. Alle nötigen Erklärungen waren unterschriftsreif vorbereitet, und der Area Defense Counsel, ein Einsternegeneral, hielt sich bereit, etwaige Fragen zu beantworten.

Als »Strafverteidiger« der Luftwaffe unterstanden die ADCs nur General Victor Hayes, dem Generalstabschef der Air Force. Auch Hayes empfahl die vorgeschlagene Einigung; er hatte den Fall McLanahan mit dem Luftwaffenminister besprochen und war sich mit ihm darüber einig, das Angebot einer ehrenhaften Entlassung als General bei vollen Ruhestandsbezügen sei annehmbar und angesichts der Schwere der Anklage sogar großzügig.

Patricks einfache Antwort: »Nein, Sir.«

Seine nächste Station war das Dienstzimmer des stellvertretenden Personalchefs, eines Dreisternegenerals. Dort wurde ihm – ebenfalls wieder hinter verschlossenen Türen – mitgeteilt, seine Sicherheitseinstufung sei widerrufen worden, er habe keine Berechtigung mehr zum Umgang mit Kernwaffen, dürfe nicht mehr als Besatzungsmitglied von Militärflugzeugen fliegen und dürfe keine Waffen – von einem Flugzeuglaser bis hinunter zu einer gewöhnlichen Pistole – mehr bedienen oder gebrauchen. Weiterhin erfuhr Patrick, die Air Force habe seinen Spezialistenkode von XO, «Kommandeur und Direktor«, in OX, »andere«, abgeändert, wobei »andere« in seinem Fall jemanden bezeichnete, dem ein Kriegsgerichtsverfahren drohte – einen Offizier ohne Spezialausbildung, ohne Zuständigkeitsbereich, ohne Einheit und ohne Team. Dieser Wechsel würde in seine Personalakte eingetragen werden, wo ihn jeder sehen konnte, was praktisch garantierte, dass er nie mehr eine neue Aufgabe erhalten, nie wieder befördert werden und nie mehr einen Orden oder eine Auszeichnung erhalten würde. Da Außenstehende diesen Teil seiner Personalakte einsehen konnten, würden auch etwaige Arbeitgeber ihn sehen, wodurch sichergestellt war, dass Patrick niemals in den Verwaltungsrat einer Firma gewählt werden oder irgendeine Stelle im In- oder Ausland bekommen würde, die eine Sicherheitsüberprüfung voraussetzte.

Bei jeder neuen Überraschung, die Patrick erfuhr, musste er eine Erklärung unterschreiben, mit der er bestätigte, alles verstanden zu haben, was ihm mitgeteilt worden war, und sich über alle möglichen Folgen völlig im Klaren zu sein. Immer wenn er vor irgendwelchen schlimmen Konsequenzen gewarnt oder auf eine weitere möglicherweise peinliche oder stressreiche Etappe des Kriegsgerichtsverfahrens aufmerksam gemacht wurde, erhielt er eine weitere Chance, durch seine freiwillige Erklärung als General, mit vollen Ruhestandsbezügen und einer ehrenhaften Entlassung auszuscheiden – eindeutig die Methode »Zuckerbrot und Peitsche«. Aber seine Antwort blieb immer die gleiche: »Nein, Sir.«

Noch bevor Patrick mit dieser Runde fertig war, kam er sich vor, als sei er einer Schlägerbande in die Hände gefallen. Sein Aktenkoffer quoll von Durchschlägen und Kopien aller Vordrucke, Briefe, Memos und Weisungen über, die den Anfang vom Ende seiner siebzehnjährigen Laufbahn in der Air Force darstellten.

Als Patrick das Dienstzimmer des stellvertretenden Personalchefs der Air Force verließ, erwartete ihn draußen vor der Tür ein Oberstleutnant mit Goldpaspeln an den Schulterstücken. »Sir, General Hayes möchte Sie sprechen«, sagte er einfach und ging voran. Nun, dachte Patrick, der Generalstabschef kann mir auch nicht mehr anhaben als alle Stabsoffiziere, mit denen ich bisher zu tun gehabt habe. Am besten bringe ich's gleich hinter mich.

General Victor »Jester« Hayes hatte ein riesiges Dienstzimmer mit einem Dreieckstisch, an dem bei Videokonferenzen zwölf Personen Platz hatten, und einer bequemen Sitzgruppe vor seinem Schreibtisch, aber es war eher schlicht eingerichtet, mit Bildern und Gegenständen, die in Bezug zur Geschichte und den Erfolgen der U.S. Air Force standen und nicht an die Karriere des Generals erinnerten. Obwohl Hayes die Air Force Academy als Flugzeugbauingenieur verlassen hatte, war sein großes Hobby die amerikanische Geschichte des 20. Jahrhunderts, vor allem in Bezug auf Luftfahrt. Sein Dienstzimmer glich einem kleinen Luftfahrtmuseum – zu den Ausstellungsstücken gehörten ein Exemplar der Patenturkunde der Brüder Wright für das erste motorgetriebene Flugzeug, ein Maschinengewehr aus einem Curtis-Jenny-Doppeldecker aus dem Ersten Weltkrieg, ein Norden-Bombenvisier, ein Steuerknüppel aus seiner geliebten F-15 Eagle und zahlreiche gerahmte Fotos von Luftfahrtpionieren, Jagdfliegerassen und Piloten, die mit der Air Force Medal of Honor ausgezeichnet worden waren.

Der Amateurhistoriker saß jetzt an der Grundlinie des dreieckigen Tischs, sodass er die Dreiecksspitze und die an der Wand aufgereihten großen Bildschirme vor sich hatte. Neben ihm saßen General Tom »Turbo« Muskoka, der stellvertretende Generalstabschef, und Generalleutnant Wayne »Wombat« Falke, der stellvertretende Chef der Operationsabteilung. Alle drei saßen vor Computerterminals, lasen E-Mails und Berichte. Muskoka und Falke musterten McLanahan grimmig, als er hereingeführt wurde; Hayes sah ihn nicht an, sondern konzentrierte sich auf die Bildschirme und telefonierte gleichzeitig.

Wie Patrick dies im vergangenen Jahrzehnt in allen militärischen Einrichtungen beobachtet hatte, lief auch hier auf einem der Bildschirme CNN. Das Logo »Breaking News« wurde mehrfach eingeblendet. Patrick McLanahan hielt die gezeigte Szene zunächst für die Archivaufnahme von einem Flugzeugabsturz, aber dann schluckte er trocken, als er die Bildunterschrift »Bei Moskau, Russische Föderation« sah. Er musste sich beherrschen, um nicht auf den Großbildschirm zu starren, während er in strammer Haltung vor dem Konferenztisch und den drei hohen Luftwaffengeneralen stand.

Hayes blaffte etwas ins Telefon, knallte den Hörer auf die Gabel, trank einen Schluck Kaffee und sah erst dann zu Patrick hinüber. »Wir haben Ihre Vampire gefunden, General«, knurrte er. Er drückte zornig die ENTER-Taste seines Terminals, um seine Weisungen zu erteilen, und deutete dann auf den Bildschirm. »Stehen Sie bequem. Sehen Sie sich das an. Erkennen Sie irgendetwas?«

»Ja, Sir. Das ist Vampire One.«

»Wie können Sie das sicher sagen?«

Patrick trat an den Großbildschirm und drückte die Wiederholungstaste – heutzutage konnten die meisten Fernseher die beiden letzten Programmstunden digital speichern –, bis die Bilder erschienen, die er beim Hereinkommen gesehen hatte. »Ich habe diese Aufnahme vom Heck gesehen. Unsere Flugzeuge haben kein sehr hohes Seitenleitwerk, und Vampire One hatte kein Höhenleitwerk – bei ihr war das Höhensteuer durch Vorrichtungen zur Veränderung der Flügelgeometrie ersetzt worden.«

»Wie funktioniert das?«, fragte General Falke.

»Wir haben festgestellt, dass herkömmliche Steuerflächen bei Flugzeugen überflüssig sind, Sir«, erklärte Patrick ihm. »Um die gewünschte Steuerwirkung zu erzielen, braucht man nur die an Rumpf und Tragflächen anliegende Luftströmung zu verändern. Wir benutzen winzige hydraulische Stellmotoren, die von Luftwertrechnern gesteuert werden, um die Form der Beplankung zu verändern. Winzige Veränderungen, die mit bloßem Auge nicht sichtbar sind, genügen bereits, um jede Oberfläche Auf- oder Abtrieb erzeugen zu lassen. Wir experimentieren bereits mit der Möglichkeit, einen B-1-Bomber mit doppelter Geschwindigkeit und Reichweite bei halber Flügelfläche zu bauen, indem wir den gesamten Rumpf in eine Tragfläche verwandeln. Mit dieser Technologie können wir einen Ziegelstein wie einen Papierflieger fliegen lassen.«

Die drei Generale starrten ihn sorgenvoll an. »Die Russen könnten Teile des Leitwerks abgesägt haben, damit das Wrack wie eine unserer Maschinen aussieht«, vermutete General Muskoka.

»Woher sollten sie wissen, wie es im Original aussieht, Sir – und wozu würden sie sich die Mühe machen?«, fragte Patrick. Er spielte weitere Aufnahmen ab. »Hier ist der eindeutige Beweis, Sir: LADAR-Antennen. Die Vampire benutzt sechs dieser Laser-Radare zur Zielerfassung, als Terrainfolgeradar, als TCAS-System, zur Lenkwaffensteuerung, zum Abfangen anderer Flugzeuge, zur Luftraumüberwachung, praktisch für alles. Die Reichweite beträgt fünfzig Meilen nach allen Richtungen – sogar in den Weltraum hinauf. Die Anordnung dieser Antennen war eines unserer bestgehüteten Geheimnisse.«

»Und jetzt haben es die Russen – und sie führen ihre Beute der ganzen Welt vor«, sagte Muskoka scharf. »Hätte Ihr Hauptmann Dewey nicht eigenmächtig gehandelt, McLanahan, wäre das nie passiert.«

»Bekäme ich Gelegenheit dazu, Sir, würde ich ihr das wieder genehmigen«, antwortete Patrick.

»Genau wegen dieser Einstellung, Mister, sind Sie heute hier!«, knurrte Muskoka. »Deshalb sind auch *Sie* fast abgeschossen worden, deshalb hat Ihr Freund Terrill Samson ein Verfahren gegen Sie eröffnet, und deshalb wird Ihre Karriere leider ein abruptes Ende nehmen. Aber Sie scheinen nicht mal zu begreifen, was passiert ist.«

»Darf ich offen sprechen, Sir?«

»Ich rate Ihnen, den Mund zu halten, General«, sagte Muskoka.

»Genau«, stimmte Hayes zu. »Aber reden Sie meinetwegen, wenn Sie wollen.«

»Major Deverill und Hauptmann Dewey haben bei der Rettung von Madcap Magician und Sirene Hervorragendes geleistet«, sagte Patrick. »Die Agentin hatte wertvolle Informationen über russische Aktivitäten, die sich eben jetzt auf Südosteuropa auswirken. So besitzen wir jetzt eindeutige Beweise dafür, dass der experimentelle russische Stealth-Jagdbomber aus dem Werk von Metjor Aerospace auf dem Luftwaffenstützpunkt Shukowski die albanische Stadt Kukës bombardiert und wahrscheinlich auch …«

»Dass der Zweck die Mittel heiligt, ist eine falsche Auffassung, Patrick«, unterbrach Hayes ihn. »Ich hätte gedacht, dass Sie das nach siebzehn Dienstjahren in der Air Force begriffen hätten – vor allem nachdem Sie zwölf Jahre lang miterlebt haben, wie Brad Elliott von Washington zurechtgewiesen wurde. Leider werden Sie's jetzt auf die harte Tour lernen müssen.«

»Scheiße, seht euch das an!«, rief Falke aus. Patrick sah auf den Großbildschirm. CNN zeigte jetzt aktuelle zivile Satellitenbilder der Elliott Air Force Base. Die Aufnahmen waren ziemlich detailliert: Patrick konnte mühelos die oberirdischen Hangars und sonstigen Gebäude zählen und den mobilen Kontrollturm erkennen, der nur für Starts herausgerollt wurde, was bedeutete, dass diese Aufnahme unmittelbar vor oder nach einem der seltenen tagsüber angesetzten Testflüge entstanden war. Der eingeblendete Text beschrieb den abgebildeten Stützpunkt als eine streng geheime Forschungseinrichtung der U.S. Air Force nördlich von Las Vegas, auf dem der von den Russen abgeschossene B-1-Bomber gestartet war. Amateuraufnahmen – manche schon einige Jahre alt – von »UFO-Jägern«, die sich manchmal in der weiteren Umgebung von

Dreamland herumtrieben, zeigten Einzelheiten der größten Gebäude; in ein weiteres Satellitenbild war die Lage der Start- und Landebahn im Groom Lake eingetragen. Eine verdammt genaue Darstellung, fand Patrick, nur dass die wirkliche Bahn viel breiter und länger war.

»Woher zum Teufel wissen die Russen, dass der Bomber aus Dreamland gekommen ist?«, fragte Falke.

»Weil Präsident Thorn es ihnen erzählt hat, Sir«, antwortete Patrick.

»*Was?*«

»Er hat Recht«, sagte Hayes rasch. »Der Präsident hat dem russischen Präsidenten Senkow alles erzählt, als er ihn angerufen hat, um zu erreichen, dass die Russen unsere Leute nicht abschießen.« Er sah erst seine Stabsoffiziere und danach Patrick an, bevor er hinzufügte: »Aber das sollte alles geheim bleiben. Das war der Deal – wir erzählen nicht, was wir über die Metjor Mt-179 wissen, und sie geben nicht bekannt, dass unsere Vampires Russland überflogen haben.«

»Das hat der Oberbefehlshaber davon, wenn er versucht, mit den Russen einen Deal auszuhandeln«, sagte Muskoka erbittert. »Okay, was empfehlen wir den Stabschefs und dem Verteidigungsminister?«

»Als Erstes brauchen wir eine Liste aller geheimen Subsysteme an Bord der Vampire«, stellte Hayes fest. »Was werden die Russen außer dem LADAR noch alles finden?«

»Ich kann Ihnen alle Subsysteme der Vampire erläutern – ich habe jahrelang an ihnen gearbeitet«, sagte Patrick. Hayes funkelte ihn nur an. Er wusste, dass McLanahan ihre beste Quelle war, wenn sie rasch Informationen brauchten, aber er wollte sich nicht auf einen Mann verlassen müssen, den sie möglicherweise vors Kriegsgericht stellen würden.

»Wie wär's, wenn wir das Wrack zerstören lassen würden?«, schlug Falke vor. »Könnten wir nicht ein Special-Ops-Team hinschicken, das die geheimen Geräte zerstört?«

»Das dürfte nicht nötig sein, Sir«, antwortete Patrick. »Die russischen Techniker können unsere Geräte bestenfalls demontieren, um ihren Aufbau zu kopieren. Falls sie versuchen, eines der aus dem Wrack geborgenen Geräte in Betrieb zu nehmen, ist die Hardware so programmiert, dass sie die Analysecomputer mit falschen Kodes und Viren infiziert. Sind diese Computer vernetzt – und unsere Systeme halten still, bis sie an ein Netzwerk angeschlossen werden –, breiten die Viren sich in Millisekunden durchs gesamte Netzwerk aus. Wir könnten sogar überlegen, ob wir ein Team losschicken sollen, das die Russen *glauben* macht, wir wollten die Geräte zerstören. Es müsste sich bemerkbar machen und dann rechtzeitig rausgeholt werden, damit die Russen denken, sie hätten unseren Bergungsversuch gestoppt. Aber es lohnt sich wahrscheinlich nicht, das Risiko einzugehen, ein Team in ein russisches Geheimdienstlabor eindringen zu lassen.«

Hayes betrachtete McLanahan, studierte ihn mit zusammengekniffenen Augen. Er schien beeindruckt und zugleich enttäuscht zu sein. »Gutes Argument – und gute Planung von Ihrer Seite aus, General«, sagte er.

»Trotzdem bleibt die Kernfrage offen, Sir«, stellte McLanahan fest. »Was ist mit dem russischen Stealth-Jagdbomber?«

»Was ist mit dem?«, fragte Muskoka.

»Er ist weiterhin dort draußen unterwegs und stellt eine große Gefahr dar«, antwortete McLanahan. »Wir haben nachgewiesen, dass er den Luftangriff auf Kukës geflogen hat, wir wissen, dass er davor in der Nähe des AWACS-Flugzeugs der NATO war, das über Makedonien abgeschossen wurde, und wir haben glaubhafte Beweise dafür, dass er an den Angriffen auf albanische und makedonische Grenztruppen beteiligt war, die den Krieg zwischen den beiden Staaten ausgelöst haben. Hat der Präsident bei seinem Deal mit Senkow vereinbart, Stillschweigen über die Existenz des Stealth-Jagdbombers zu bewahren, haben die Russen das Abkommen gebrochen. Wir sollten nicht nur bekannt geben, was wir über dieses Flugzeug wissen, sondern auch Jagd darauf machen.«

»›Jagd darauf machen‹«, wiederholte Muskoka gereizt. »Das scheint Ihre Universallösung zu sein, McLanahan – jagen, vernichten, zerstören. Alles in Grund und Boden bomben.«

»Wie sollen wir ›Jagd darauf machen‹?«, fragte Hayes.

»Wir müssen eine Möglichkeit finden, es in einen Kampf zu verwickeln.«

»Wie stellen Sie sich das vor? Bombardieren wir russische Luftwaffenstützpunkte in der Hoffnung, es dabei zufällig zu treffen? Bombardieren wir Moskau, bis Senkow es uns freiwillig ausliefert?«

»Präsident Senkow weiß unter Umständen nichts von diesem Flugzeug«, sagte Patrick. »Wir wissen, dass es kurz nach Oberst Kasakows Tod im Kosovo reaktiviert wurde. Wir wissen, dass die Fabrik, in der es gebaut wurde, Kasakows Sohn Pawel gehört. Der Stealth-Jagdbomber war eingelagert, bis Kasakow das Luftfahrtforschungsinstitut Shukowski besucht hat, um mit Fursenko zu sprechen. Danach ist die Maschine gestartet und nie mehr aufgetaucht – aber es haben all diese Luftangriffe auf dem Balkan stattgefunden.«

»Ich kann Ihnen nicht folgen, McLanahan«, stellte Hayes fest. »Wie kommen Sie darauf, die russische Regierung könnte nichts von diesem Stealth-Jagdbomber wissen?«

»Sie könnte von ihm wissen, ihn aber nicht unter ihrer Kontrolle haben«, antwortete Patrick. »Der Stealth-Jagdbomber bei Metjor ist nie an die sowjetische oder russische Luftwaffe ausgeliefert worden. Die einzigen Piloten, die ihn geflogen haben, waren Werkspiloten von Metjor, keine Militärpiloten.«

»Oder das Ganze könnte ein einziges großes Hirngespinst von Ihnen sein«, sagte Muskoka. »Ich glaube nicht, dass irgendjemand – nicht die Russen, nicht Kasakow, niemand – verrückt genug wäre, um mit einem Stealth-Bomber über Südosteuropa herumzufliegen und ohne die entsprechende Genehmigung höchster Regierungsstellen zivile und militärische Ziele anzugreifen. Die politischen und militärischen Konsequenzen wären unabsehbar. Das wäre wirklich ein Spiel mit dem Feuer.«

Patrick sah General Muskoka ins Gesicht und sagte mit leichtem Grinsen, das Hayes als boshaft bezeichnet hätte: »Ich hab's getan, Sir.«

Muskoka lief vor Zorn puterrot an. »Und sehen Sie sich an, was Sie davon haben, McLanahan – Sie stehen kurz davor, einen Tritt in den Hintern zu kriegen!«

»Sir, glauben Sie, dass ein Gangster wie Pawel Kasakow sich Sorgen darüber macht, er könnte ›einen Tritt in den Hintern kriegen‹?«

»Ich denke, Sie sollten sich lieber Sorgen um *sich selbst* machen, McLanahan«, knurrte Muskoka.

»Schluss jetzt«, sagte General Hayes rasch, als er merkte, dass weder Muskoka noch McLanahan freiwillig einlenken würden. Er stand auf, verließ seinen Platz am Konferenztisch, ging in sein Büro hinüber und bedeutete Patrick, ihm zu folgen. Dann machte er einen halben Schritt auf ihn zu und sagte halblaut: »Sie und Ihre Teams haben gut gearbeitet, McLanahan, gute Arbeit.«

»Sir, irgendjemand muss etwas gegen diesen Stealth-Jagdbomber unternehmen«, wiederholte Patrick. »Ich weiß, dass er der Schlüssel zu allem ist, was gegenwärtig auf dem Balkan passiert.«

»Damit befassen wir uns, wenn's soweit ist, Patrick«, wehrte Hayes ab. »Im Augenblick befassen wir uns mit Ihnen.« Patrick war ernüchtert und sichtlich enttäuscht, weil seine Bemühungen vergeblich gewesen waren. »Wie ich höre, weigern Sie sich, Ihre Papiere einzureichen und auszusteigen. Weshalb?«

»Weil ich noch viel Arbeit zu tun habe, Sir«, antwortete Patrick. »Ich muss eine Staffel ausbilden und ein Zentrum leiten, und irgendwo dort draußen ist ein russisches Militärflugzeug unterwegs, das Südosteuropa in Brand zu setzen versucht, während wir Däumchen drehen und so tun, als ginge uns das nichts mehr an. Ich bin bereit, sofort wieder an die Arbeit zu gehen.«

»Dazu wird's nicht kommen, McLanahan«, sagte Hayes ernst. »Der Verteidigungsminister und die Stabschefs haben die Entscheidung, was mit Ihnen geschehen soll, der Air Force überlassen, und der Luftwaffenminister hat sie wiederum mir überlassen. Sie haben Außergewöhnliches für die Vereinigten Staaten und die Air Force geleistet, McLanahan. Sie haben weit Besseres verdient.

Andererseits gehört Terrill Samson ebenfalls zu unseren besten Offizieren. Hätte ich den Eindruck, die Anklage gegen Sie sei im Geringsten böswillig, würde ich sie augenblicklich fallen lassen. Wie die meisten meiner Mitarbeiter habe ich gestern und vorgestern mindestens ein halbes Dutzend Mal mit Terrill gesprochen, und wir sind uns alle einig: Die Anklage ist berechtigt, weil Sie sich tatsächlich strafbar gemacht haben. Tut mir Leid um Sie, McLanahan.

Lassen Sie mich den Vorschlag wiederholen, den Sie heute sicher schon ein Dutzend Mal gehört haben: Reichen Sie Ihren Abschied ein, dann bekommen Sie ihn als General – mit vollen Ruhestandsbezügen, ehrenhafter Entlassung und vollständiger Tilgung dieser Anklage aus ihrer Akte. Setzen Sie sich dagegen zur Wehr, wenden sich an die Presse oder reichen Gegenklage ein, wandern Sie für fünf bis sieben Jahre nach Leavenworth, müssen die Gerichtskosten tragen und werden degradiert und unehrenhaft entlassen.« Eine unehrenhafte Entlassung war die größte denkbare Katastrophe für einen ehemaligen Offizier, der im Zivilleben eine Stellung oberhalb eines Pizzabäckers suchte. Hayes sah Patrick unschlüssig zögern. »Sie sind noch immer der Überzeugung, nichts Unrechtes getan zu haben, stimmt's, McLanahan?«

»Ja, das bin ich, Sir«, antwortete Patrick.

»Dann waren Sie eindeutig zu lange in Dreamland«, meinte der Generalstabschef. »Hätte irgendein anderes Besatzungsmitglied seinem Geschwaderkommodore so übel mitgespielt, hätte es binnen vierundzwanzig Stunden vor dem Kriegsgericht gestanden, das wissen Sie genau. Hätte einer Ihrer Offiziere Ihnen so mitgespielt, würden Sie dafür sorgen, dass er für immer Flugverbot erhält. Habe ich Recht?«

»Nein, Sir«, sagte Patrick. Hayes starrte ihn überrascht an, dann kniff er misstrauisch und verärgert die Augen zusammen. »Sir, in meiner Welt belohnen wir Flieger, die Mut, Kreativität und Eigeninitiative beweisen. In der Welt der Testpiloten stellen wir einen Ablaufplan auf, bevor wir losfliegen und ihn zu erfüllen versuchen – aber wir überlassen den Piloten die Entscheidung, ob es Zeit ist, die Betriebsgrenzen ein wenig zu überschreiten. Alle unsere Besatzungen sind zäh, clever und sehr erfahren. Haben sie Anweisung, einen Lenkwaffenstart bei Mach 1,2 zu versuchen, und stellen dann fest, dass Flugzeug und Waffe auch Mach 1,5 aushalten müssten, versuchen sie's bei 1,5. Und wir würden sie nie dafür bestrafen, dass sie sich nicht ans Programm gehalten haben.«

»Aber Sie waren auf keinem Testflug, McLanahan…«

»Sir, für uns ist jeder Einsatz gleich – wir erfüllen unseren Auftrag, egal was es kostet. Wir in Dreamland sind mehr als nur Manager oder Ingenieure. Wir haben den Auftrag, die nächste Generation von Flugzeugen und Waffen auf jede nur denkbare Weise zu erproben. Tun wir unsere Arbeit richtig, wird später irgendeine Flugzeugbesatzung im Einsatz *nicht* abgeschossen, weil sie glaubt, langsamer fliegen oder steigen zu müssen, um ihre Waffen einsetzen zu können.«

»Ich wiederhole nochmals, McLanahan: Sie waren auf keinem Testflug«, unterstrich Hayes. »Sie hatten einen Unterstützungsauftrag, bei dem es darauf ankam, unsichtbar zu bleiben und sich strikt an Ihren Einsatzauftrag zu halten.«

»Sir, wenn Sie strikte Beachtung aller Vorschriften wollten, hätten Sie den Auftrag nicht uns erteilen dürfen«, sagte Patrick.

»Unsinn, McLanahan!«, wehrte Hayes ab. »Von meinen Einsatzeinheiten erwarte ich Disziplin und Professionalität, sonst sind sie weg vom Fenster! Wer sich nicht an die Spielregeln hält, ist draußen.«

»Das HAWC hält sich an keine Spielregeln, Sir«, argumentierte Patrick. »Das haben wir noch nie getan. General Elliott war im Pentagon verhasst – dort sind alle zusammengezuckt, wenn sein Name fiel. Aber dass sein Name so oft erwähnt wurde, hatte einen guten Grund: Elliott war effektiv. Er hat jeden Auftrag ausgeführt, so unmöglich er auch sein mochte. Er war nicht vollkommen, er war kein Teamspieler – aber er war der Beste. Männer wie Terrill Samson halten sich an die Spielregeln.«

»Ich bedaure, dass Sie so denken, Patrick«, sagte der Generalstabschef, dem Enttäuschung und Frustration deutlich anzuhören und anzusehen waren. »Ich mag Sie. Sie sagen, was Sie denken, treten für Ihre Überzeugungen ein und führen erteilte Aufträge tatkräftig aus. An sich besitzen Sie ein großes Potenzial. Aber Ihre Loyalität gegenüber Brad Elliott und seiner verqueren Art der Kriegsführung macht Sie allmählich zu einem Sicherheitsrisiko. Terrill Samson hat Recht: Sie sind gefährlich und passen nicht mehr zu uns.

Ich habe Ihnen die Angelegenheit aus den Händen genommen, Patrick, und zugleich dafür gesorgt, dass das militärische Strafgesetzbuch keine Anwendung findet«, fuhr Hayes fort. Diese Sammlung von Bundesgesetzen war der Kodex, der Verhalten und Pflichten aller Männer und Frauen in den US-Streitkräften regelte. »Für den Fall, dass Sie nicht freiwillig Ihren Abschied einreichen, habe ich Ihre Zwangspensionierung empfohlen, und der Verteidigungsminister hat ihr zugestimmt. Der Verteidigungsminister will kein Kriegsgerichtsverfahren, und ich persönlich möchte ebenfalls nicht, dass Sie vor Gericht gestellt werden. Deshalb sind Sie heute Morgen um acht Uhr in den vorzeitigen Ruhestand versetzt worden. Damit ist Ihr Dienstverhältnis beendet.« Er streckte ihm seine Rechte hin. »Tut mir Leid, Sie gehen zu sehen, General.«

Patrick wollte ihm gerade die Hand schütteln, als im Vorzimmer ein typisches Telefonklingeln ertönte. »Batphone!«, rief jemand, aber der Hörer wurde vor dem zweiten Klingeln abgehoben. Im selben Augenblick meldete sich Hayes' Piepser. Der General bestätigte den Empfang, ohne die Nachricht zu lesen. Sekunden später erschien sein Adjutant an der Tür. »Besprechung im Gold Room in fünfzehn Minuten, Sir.« Der Gold Room war der Konferenzraum der Stabschefs. Dies war eine außerplanmäßige Besprechung – Patrick wusste, dass sich irgendetwas ereignet hatte.

Das wusste auch Hayes. »Danke.« Er wandte sich an General Falke. »Wombat, ich brauche sofort die neueste Nachrichtenlage.«

Falke hatte nach dem Telefonhörer gegriffen, sobald das »Batphone«, die Direktverbindung zwischen dem Büro des Vorsitzenden der Stabschefs und dem Büro des Generalstabschefs der Air Force, geklingelt hatte. »Bereits angefordert, Sir«, sagte er. »Sie bekommen sie schnellstens auf den Schreibtisch.« Wenige Augenblicke später betrat ein Offizier Hayes' Dienstzimmer mit einem Ordner, auf dem *Streng geheim* stand und der außer minütlich aktualisierten Geheimdienstmeldungen aus aller Welt auch die soeben angeforderten aktuellen Statusmeldungen der acht Befehlsbereiche der Air Force enthielt. Im nächsten Augenblick kam ein weiterer Offizier mit den neuesten Meldungen für den Single Integrated Operations Plan (SIOP) und die mit Atomwaffenträgern ausgerüsteten Einheiten. Obwohl die amerikanischen Kernwaffen theoretisch dem aus allen Teilstreitkräften gebildeten U.S. Strategic Command unterstanden, war die Air Force für den normalen Betrieb der Flugzeuge, die Nuklearwaffen tragen konnten, und der landgestützten ICBMs und ihrer Gefechtsköpfe zuständig, bis das Strategic Command sie übernahm.

Hayes schlüpfte in seine Uniformjacke und machte sich bereit, zum »Tank« hinüberzulaufen, wie der Gold Room im Pentagon allgemein genannt wurde. Er nickte Patrick zu, als er an ihm vorbei zur Tür hastete. »Wir sehen uns, McLanahan. Alles Gute!« Ein weiterer Adjutant kam ins Dienstzimmer des Generalstabschefs gestürmt, um ihm einen weiteren Ordner zu übergeben. Dann lief General Hayes von seinem Stellvertreter und seinem Chef des Operationsstabs gefolgt hinaus.

Der Adjutant wandte sich an Patrick. »Ich habe eine Nachricht für Sie, Sir«, sagte er. »Ihr Zivilanwalt erwartet Sie unten an der Mall Entrance.«

»Mein Zivilanwalt?«, fragte Patrick. »Ich habe keinen Zivilanwalt.« Der Adjutant zuckte mit den Schultern, ging hinaus und ließ ihn in dem großen Raum allein.

Es war ein langer, einsamer Weg im diesigen Sonnenschein zum Mall Entrance. Patrick hatte das Gefühl, die Mütze abnehmen und die Jacke mit den Generalssternen und der Ordensspange ausziehen zu müssen. Dass im Dienstgrad unter ihm stehende Offiziere ihn grüßten, kam ihm seltsam vor – als sei er eine Art Spion in Uniform, der sich hier eingeschlichen habe. Ohne es zu ahnen, war er praktisch schon beim Betreten des Gebäudes nicht mehr bei der Air Force gewesen. Das Pentagon erschien ihm jetzt fremd. Erst vor wenigen Stunden hatte er den Riesenbau besorgt, aber mit dem Gefühl betreten, durchaus ein Teil der Organisation zu sein, deren Zentrale das Pentagon war. Das alles war ihm jetzt weggenommen worden.

An dem Eingang, den der Adjutant ihm genannt hatte, sah Patrick niemanden, der nach ihm Ausschau zu halten schien. Aber er brauchte ohnehin mit keinem Anwalt zu reden: Es würde kein Gerichtsverfahren, keine Aussage vor dem Kriegsgericht und keine Gelegenheit geben, die gegen ihn erhobenen Vorwürfe zu entkräften. Er war stillschweigend abserviert worden.

Im Halteverbot vor dem Mall Entrance parkte eine Stretch-Limousine, neben der eine Secret-Service-Agentin mit Sonnenbrille und langem Mantel wartete, und Patrick vermutete, die Limousine stehe für den Vorsitzenden der Stabschefs oder den Verteidigungsminister bereit, um ihn schnellstens ins Weiße Haus zu bringen.

Dies war in der Tat ein höchst aufregender Ort, fand Patrick. Und hinter ihm lag eine höchst aufregende, höchst ungewöhnliche Karriere. Er dachte an einige der Einsätze, an einige der kritischen Situationen zurück, die er in den vergangenen zwölf Jahren erlebt hatte, und stellte sich vor, wie oft das »Batphone« seinetwegen geklingelt hatte, wie oft der Generalstabschef der Air Force vor dem Vorsitzenden der Stabschefs oder sogar dem Präsidenten gestanden hatte und ihm nicht hatte erklären können, was eigentlich vorging, weil Brad Elliott weder ihm noch sonst jemandem mitgeteilt hatte, was er tun würde, bevor er's tat. Für wie viele rasende Limousinenfahrten war er verantwortlich gewesen? Wie viele schlaflose Nächte, Tiraden, Memos, verwirrte Telefongespräche und Karriereknicks würden das HAWC und er durch ihre unkonventionelle Art der Kriegführung verursacht haben?

Unwichtig – damit war jetzt Schluss.

Aber als Patrick sich auf dem Weg zu einem Taxi, das ihn in sein Hotel bringen sollte, der Limousine näherte, trat die Secret-Service-Agentin einen Schritt vor und sprach ihn an. »Entschuldigung. General McLanahan?«

»Ja?«

Sie nahm ihre Sonnenbrille ab und lächelte ihm zu. »Diesmal bin ich nicht verkleidet, Patrick.«

Er betrachtete sie genauer, während sein Verstand allmählich ins Hier und Jetzt zurückkehrte. »Marcia? Marcia Preston?« Er schüttelte ihr die Hand, dann umarmte er sie. »Sie haben ein Talent dafür, immer unerwartet aufzutauchen, Marcia.« Marcia

Preston war eine der ersten Jagdfliegerinnen im U.S. Marine Corps gewesen, aber sie hatte dort nicht sehr lange Dienst getan. Ihr umfassendes Wissen über militärische Fragen, ausländische Streitkräfte, Taktik sowie See- und Luftkrieg hatte dazu geführt, dass zwei aufeinander folgende Sicherheitsberater des Präsidenten sie als Adjutantin und Beraterin zu sich geholt hatten. Patrick sah zu der Limousine hinüber, aber hinter den getönten Scheiben war natürlich nichts zu erkennen. »Für wen arbeiten Sie jetzt, Oberst? Soviel ich weiß, waren Sie zuletzt bei General Freeman im Büro des Nationalen Sicherheitsberaters.«

»Ich bin kein Oberst mehr, Patrick«, sagte Marcia. »Und mein neuer Boss möchte Sie sprechen. Er wartet auf Sie.«

»Er wartet auf mich? Dort drinnen?«

»Hey, General!« Patrick wandte sich der vertrauten Stimme zu und sah zu seiner Überraschung Hal Briggs aus der Limousine steigen.

»*Hal?* Was machen Sie hier?«

Hal Briggs winkte Patrick zu sich heran, damit sie ungestört miteinander reden konnten. »Ich habe ein Angebot bekommen, das ich unmöglich ablehnen konnte, Sir.«

»Es heißt nicht mehr ›Sir‹, Hal. Nur noch Patrick.«

»Das ist in Ordnung, weil ich jetzt auch nur noch ›Hal‹ bin«, antwortete Briggs lächelnd. »Zwangspensioniert, genau wie Sie.«

»Woher wissen Sie das?«, fragte Patrick erstaunt. »Und warum zum Teufel haben Sie sich pensionieren lassen? Sie haben nichts getan – und nach Ihrem Rettungsunternehmen sind Sie ein echter Held. Ich bin der Kerl, der an allem schuld ist. Sie sind doch nicht etwa meinetwegen ausgestiegen?«

»Bei allem Respekt, alter Kumpel«, sagte Hal breit grinsend, »ich tue für keinen Menschen was, außer er bietet mir echt viel Geld oder sehr verlockende Anreize, wenn Sie wissen, was ich meine. Aber wenn ich meine Karriere für irgendwen hätte opfern wollen, dann wären Sie derjenige gewesen. Na, wie finden Sie das?«

»Ich finde, dass das klingt, als wollten Sie mich verarschen. Was wird hier gespielt, Hal? Woher haben Sie gewusst, wo ich bin? Woher wissen Sie, was mir zugestoßen ist? Ich weiß es selbst erst seit zehn Minuten.«

»Mein neuer Arbeitgeber weiß alles, Patrick«, behauptete Hal. »Er will auch mit Ihnen reden.«

Bei Patrick schrillten sämtliche Alarmsignale. Dass Marcia und Hal alte Freunde waren, hätte ihn beruhigen sollen, aber sein Misstrauen war zu stark, um ignoriert zu werden. »Sie kennen diesen Typen, Hal?«, fragte er. »Haben Sie ihn sorgfältig überprüft?«

»Nein.«

»*Nein?* Sie sind bei jemandem eingestiegen, den Sie nicht kennen und ohne ihn vorher zu überprüfen?«

»Ich bin ihm zum ersten Mal begegnet und habe ihn nicht überprüft – trotzdem weiß ich über ihn Bescheid. Aber *Sie* kennen ihn, das weiß ich bestimmt.«

Patrick musterte ihn weiter misstrauisch, aber mit sichtbar gewecktem Interesse. Hal, dem diese Veränderung auffiel, trat beiseite und ließ ihn einen Blick in die Limousine werfen. Als Ersten erkannte er Chris Wohl, der ebenfalls Zivil trug und so missmutig und verdrießlich dreinblickte wie immer, und er fragte sich, ob der Marinekorpsveteran ebenfalls in den Ruhestand versetzt worden war. Dann sah er, wer im Fond der Limousine saß – und bekam vor Staunen den Mund fast nicht mehr zu.

»Steigen Sie ein, General McLanahan«, forderte der Mann ihn lächelnd auf. »Wir müssen miteinander reden.«

Oval Office des Weißen Hauses, Washington, D.C.
(wenige Minuten später)

»Die Stabschefs sind im Augenblick im Pentagon zu einer Besprechung versammelt«, sagte Verteidigungsminister Robert Goff, als er das Oval Office betrat. »Sie werden Ihnen in Kürze ihre Empfehlungen unterbreiten. Was passiert ist, dürfte ziemlich klar sein: Irgendjemand in Russland hat den internationalen Medien Informationen über den abgeschossenen Bomber zugespielt. Wie ich aus dem Außenministerium erfahre, haben bereits mehrere ausländische Regierungen bei unseren Botschaften um nähere Erklärungen nachgesucht. Die Medien überschlagen sich geradezu. Alle in der Vergangenheit zusammengetragenen kleinsten Erkenntnisse über Dreamland werden wieder hervorgeholt und mit den von den Russen veröffentlichten Informationen kombiniert. Daraus ergibt sich ein ziemlich zutreffendes Bild. Mit der strikten Geheimhaltung von Dreamland dürfte endgültig Schluss sein.«

Präsident Thomas Thorn legte den Bericht aus der Hand, den er gelesen hatte, und wies zum Sofa hinüber. Goff ließ sich auf seinem gewohnten Platz in der Sofaecke nieder; der Präsident ging weiter vor ihm auf und ab und wirkte nachdenklich, aber nicht ernstlich besorgt. »Dreamland ist weiterhin eine geheime Einrichtung«, stellte er fest. »Nur weiß jetzt jeder, dass sie geheim ist.«

»Wüsste ich's nicht besser, Thomas, würde ich denken, Sie hätten versucht, einen Scherz zu machen«, sagte Goff. Aber er wusste natürlich, dass das nicht scherzhaft gewesen war. »Thomas?«, fragte der Verteidigungsminister besorgt. »Was machen wir jetzt?«

»Wir geben natürlich alles zu«, antwortete Thorn. »Wir geben zu, dass das unser Bomber war, dass unser Flugzeug mit einem Spezialauftrag über Russland unterwegs war. Dass wir eine Spionin rausholen wollten, die wertvolle Informationen gesammelt hatte. Wir machen genau, was ich Senkow angedroht habe – wir geben vor der amerikanischen und der Weltöffentlichkeit alles zu.«

»Da bin ich anderer Meinung. Ich denke, wir sollten überhaupt nichts sagen«, widersprach Goff. »Die Russen haben uns reingelegt. Was wir nachträglich sagen, kann nur wie eine Ausrede klingen.«

»Wir bringen keine Ausreden vor – wir geben Erklärungen«, sagte der Präsident. »Leugnen können wir nichts, Bob. Wir haben von Anfang an gewusst, dass die Bombe irgendwann platzen würde. Dass die Russen über den Spionagefall des Jahrzehnts schweigen würden, konnten wir ohnehin nicht hoffen. Mir war klar, dass wir eines Tages die Zeche würden zahlen müssen. Mich wundert nur, dass die Russen so lange dichtgehalten haben.«

»Warum haben wir dann nicht mehr unternommen, verdammt noch mal?«, knurrte Goff.

»Weil wir von Anfang an die sichere Heimkehr unserer Männer und Frauen im Auge hatten«, antwortete der Präsident. »Die Russen hatten zwei US-Piloten einer streng geheimen Forschungseinrichtung geschnappt. Sie hätten auch den zweiten Bomber abschießen können – das wäre ihnen fast gelungen. Sie hätten hundert Jäger alarmieren und hinterherschicken können. Unsere halbgare Drohung, die eigentlich nicht hätte wirken dürfen, hat immerhin bewirkt, sie zögern zu lassen. Das hat uns die Zeit verschafft, die wir brauchten, um unsere Leute in Sicherheit zu bringen. Ich habe damit gerechnet, dass Senkow unseren Deal am nächsten Morgen widerrufen würde. Niemand hat gewonnen, aber das Entscheidende war, *dass wir nicht verloren haben.*« Diesen letzten Satz unterstrich er mit einem zornigen Blick.

»Der Kongress wird uns rösten«, stellte Goff fest. »Die Medien werden uns wochenlang, vielleicht sogar monatelang in die Mangel nehmen.«

»Das spielt keine Rolle.«

»Spielt keine Rolle?«, wiederholte Goff ungläubig. »Begreifen Sie das nicht, Thomas? Verstehen Sie das nicht? Der Kongress, das amerikanische Volk, *die ganze Welt* wird uns für völlig unfähig halten. Sie wird glauben, wir machten uns nichts aus unseren Verbündeten, wir seien Schlappschwänze, wir könnten uns nicht selbst verteidigen. Wie sollen wir die Sicherheit unserer Freunde und Verbündeten garantieren können, wenn wir's nicht mal schaffen, unsere eigenen Leute zu beschützen?«

»Es ist nicht unsere Aufgabe, den Rest der Welt zu beschützen, Bob«, sagte Thorn. »Wir sind nicht die Verteidiger der Freiheit. Wir sind nur eine Nation unter vielen Nationen auf diesem Planeten.«

»Soll das ein Witz sein, Thomas?«, fragte Goff. »Sie sind der Präsident der Vereinigten Staaten. Sie *sind* der Führer der freien Welt. Für hunderte von Millionen Menschen in aller Welt ist dieser Raum das Zentrum von Hoffnung, Freiheit und Demokratie…«

»Das kann ich nicht akzeptieren, Robert«, unterbrach ihn der Präsident. »Was dieser Raum verkörpert, kann ich Ihnen genau sagen: die Exekutive der Vereinigten Staaten, neben Legislative und Jurisdiktion die dritte Säule unserer Demokratie. Die Verfassung legt meine Amtspflichten genau fest, und ich bin mir ganz sicher, dass sie mich nicht ermächtigt, als Führer der freien Welt, als Verteidiger von Freiheit, Wahrheit, Gerechtigkeit oder sonstiger Ideale aufzutreten, sondern mich nur dazu verpflichtet, unsere Verfassung zu achten und zu schützen. Ich bin der amerikanische Präsident, sonst nichts.«

»Hier geht's nicht um Verfassungsfragen, Thomas. Das Ganze hat symbolischen Charakter«, sagte Goff unbehaglich, weil ihm widerstrebte, seinem Freund etwas so Grundsätzliches erklären zu müssen. »Der Präsident der Vereinigten Staaten ist ein Symbol für Freiheit und Demokratie. Diese Eigenschaft wird ihm nicht durch Wahl oder Gesetz verliehen – sie fällt ihm zu, weil die Menschen sich daran gewöhnt haben, ihn in dieser Rolle zu sehen.«

»Mir bleibt also nichts anderes übrig, als sie zu akzeptieren? Unsinn! Die Entscheidung liegt bei mir, und ich entscheide mich dagegen, ein Symbol für irgendetwas zu sein.« Trotzdem war zu spüren, dass er das Thema wechseln wollte, denn er stritt sich nicht gern mit seinem Freund.

Thorn deutete auf die von den US-Geheimdiensten eingegangenen Berichte und Analysen über den Bomber EB-1C Vampire. »All dieses Zeug, unser Land sei dadurch kompromittiert worden, dass die Russen Informationen über den Bomber publik gemacht haben? Lauter Unsinn. Die Analytiker schreiben dieses pessimistische Zeug nur deshalb in ihre Berichte, weil sie fürchten, ihre Einschätzungen könnten als unzuverlässig gelten, wenn sie die Auswirkung dieser Nachricht unterschätzen. Sie möchten lieber dafür bekannt sein, dass sie das Schlimmste voraussagen und aufs Beste hoffen, als umgekehrt für allzu optimistisch zu gelten. Diese Informationen geben *nichts* preis, Robert. Das Ganze ist eine sensationelle Episode, die letztlich folgenlos bleibt.«

Robert Goff starrte seinen alten Freund ungläubig an, dann schüttelte er den Kopf. »Wie konnten Sie sich nur so verändern, Thomas?«, fragte er betroffen.

»Das wollte ich gerade *Sie* fragen, Robert«, sagte Thorn, der sich darüber ärgerte, dass sein Freund es nicht lassen konnte, ihn in halb philosophische, halb persönliche Diskussionen zu verwickeln, obwohl er seinen Widerwillen dagegen deutlich genug hatte erkennen lassen. »Ich dachte, wir hätten dieselben Ziele: Verkleinerung des Regierungsapparats, Abbau internationaler Verpflichtungen, weniger Einsatz militärischer Mittel. Und Konzentration aller unserer Anstrengungen auf Amerika – das war unsere Vision. Das Amt – Ihres und meines – scheint Sie davon abgelenkt zu haben.«

Goff ignorierte Thorns Ausführungen. »Ich weiß noch gut, wie Sie nach dem Unternehmen ›Wüstensturm‹ zurückgekommen sind«, sagte er mit schiefem Lächeln. »Damals habe ich Amelia nach Dover begleitet, weil sie dabei sein wollte, wenn Sie mit Ihren Männern von Bord des Transportflugzeugs gehen. Ich weiß noch, dass Sie im Wüstentarnanzug mit rotem Barett, Kampfstiefeln und Webkoppel ausgesehen haben, als wollten Sie gleich wieder in den Krieg ziehen. Sie haben wie eine Mischung aus John Wayne und Superman ausgesehen und sind von ganz normalen Leuten wie ein wiedergeborener Elvis bejubelt worden – zwanzig Jahre zuvor hätten dieselben Leute Sie angespuckt, wenn sie auch nur *vermutet* hätten, Sie könnten Soldat sein. Sie haben geweint, als diese Leute Sie jubelnd begrüßt haben. Sie haben geweint, als die Militärkapelle den ›Yankee Doodle Dandy‹ angestimmt und die Menge die Absperrungen durchbrochen hat, um Sie berühren zu können.«

Thorn war stehen geblieben und starrte ins Leere, als erlebe er diese Szene nochmals.

»Sie waren stolz auf Ihre Männer und die Army«, fuhr Goff fort. »Sie sind zurückgegangen und haben jedem Einzelnen für seine Pflichterfüllung gedankt. Sie sind auf dem Vorfeld auf die Knie gesunken und haben den Gefallenen für ihr Opfer gedankt. Sie waren ein stolzer Mann, Thomas.«

»Ich bin weiterhin stolz auf unsere Soldaten«, antwortete der Präsident. Das klang fast, als habe er das Gefühl, sich verteidigen zu müssen. »Ich bin so stolz auf sie, dass ich mich weigere, sie ins Ausland zu entsenden, nur damit sie als ›Stolperdrähte‹ dienen oder wir irgendwo ›Flagge zeigen‹ können. Soldaten sollen kämpfen und töten, um ihr eigenes Land zu verteidigen; sie sollen nicht kämpfen und sterben, um irgendein anderes Land oder amerikanische Absatzmärkte zu verteidigen, um zu versuchen, in irgendeinem Land, dessen Bewohner nur danach gieren, einander die Kehle durchzuschneiden, Frieden zu stiften, oder um einzugreifen, wenn die Medien uns mit Elendsszenen von Unterdrückten überfluten, die angeblich befreit werden müssen. Ich denke gar nicht daran, dem Beispiel meiner Vorgänger zu folgen und Truppen nach Übersee zu entsenden, nur weil wir das *können* oder weil jemand glaubt, dazu seien wir als Führungsmacht der freien Welt verpflichtet.«

Goffs halbes Lächeln verschwand rasch. »Jetzt haben Sie sich in einen zynischen Reaktionär verwandelt. Man könnte glauben, Sie hassten alles, was Sie damals gewesen sind, und würden von dem Drang getrieben, es zu zerstören.«

»Nicht zerstören – verändern«, stellte Thorn richtig. »In das zurückverwandeln, was ursprünglich beabsichtigt war. Damit es wieder dem entspricht, was die Pilgerväter wollten.«

»Das war damals, Thomas«, wandte Goff ein. »Das war in der Welt des siebzehnten Jahrhunderts, als die Zeit noch ein ebenso großes Hindernis wie ein Gebirge oder ein Ozean war. Heutzutage erreichen Informationen mit Lichtgeschwindigkeit nahezu jeden Winkel der Erde. Die Welt ist im Vergleich zu früher viel gefährlicher geworden, und wir müssen jeden Vorteil nutzen, den wir uns verschaffen können.«

»Sie können mich nicht überzeugen, Robert«, sagte Thorn. »Ich werde meine Philosophie, wie diese Regierung geführt werden sollte, nicht ändern, nur weil ein Bomber abgeschossen wird, ein Spionageunternehmen aufgedeckt und angeprangert wird oder irgendein Staat glaubt, damit durchzukommen, dass er in ein kleineres, schwächeres Land einmarschiert und es besetzt.«

»›Glaubt, damit durchzukommen‹, Thomas?«, fragte der Verteidigungsminister. »Die Russen sind damit schon durchgekommen! Allein in den vergangenen zwei Wochen hat Russland über zwanzigtausend Soldaten auf den Balkan entsandt. Keiner der dortigen Staaten kann etwas gegen sie unternehmen. Wie wollen wir jetzt mit Russland umgehen? Die Russen haben die Kontrolle über Makedonien übernommen, legen in Bulgarien und Serbien riesige Nachschub- und Munitionsdepots an und stoßen immer wieder über die albanische Grenze vor, als wollten sie demnächst auch dort einmarschieren. Und die Deutschen treten praktisch beiseite, lassen ihnen auf dem ganzen Balkan freie Hand. Wir können Russland einen Angriffskrieg, Massenmorde und sogar Völkermord nachweisen. Irgendjemand muss die Russen auf dem Balkan stoppen.«

»Wir werden nicht militärisch gegen Russland vorgehen«, entschied der Präsident.

»*Was?*«

»Wenn die Balkanstaaten von Russland besetzt werden wollen, sollen sie ihren Willen haben«, sagte Thorn.

»Was soll das heißen, dass sie ›von Russland besetzt werden wollen‹?«, fragte Goff. »Weshalb sollte irgendein Staat die Russen im Land haben *wollen?*«

»Robert, haben Sie irgendwelche Proteste gegen Russlands neue Rolle als Friedensbewahrer in Makedonien gehört?«

»Wir erhalten täglich Berichte und sehen Videoaufnahmen von Demonstrationen gegen die russischen Besatzer.«

»Aber die Regierung hat nicht dagegen protestiert, die Sitzungen des makedonischen Parlaments finden weiter statt, es gibt keine Exilregierung und die makedonische Armee ist nicht entwaffnet«, stellte der Präsident fest. »Ja, wir haben von Oppositionspolitikern die Forderung gehört, amerikanische Truppen sollten ein Gegengewicht zu den Russen bilden, und Panikmacher sagen bereits einen russischen Einmarsch in Griechenland und der Türkei voraus. Aber das sind alles nur Nebengeräusche, Robert.«

»›Nebengeräusche‹«, wiederholte Goff absichtlich monoton, als sei er zu schockiert, um angemessen reagieren zu können.

»Sie beruhen nur auf Gerüchten und Spekulationen, Drohungen und Panikmache«, sagte der Präsident. »Ihre Quelle sind Oppositionsgruppen, die in allen europäischen Staaten auf sich aufmerksam zu machen versuchen. Sie kommen von ethnischen und religiösen Gruppen in *diesem* Land, die um Sendezeit, Spenden und Einfluss konkurrieren. Sie stammen von Abgeordneten und Senatoren, die gegeneinander um Stimmen und Wahlkampfspenden konkurrieren. Jeder verfolgt irgendwelche Ziele, Robert, auch Sie und ich. Aber ich sehe nicht ein, weshalb die Ziele anderer Leute meine Denkweise beeinflussen sollten.

Und das gilt erst recht, wenn es darum geht, die Streitkräfte der Vereinigten Staaten einzusetzen«, fuhr der Präsident fort. »Ich weigere mich, unser Militär als Hammer gegen jeden einzusetzen, dessen Denkweise, Taten oder politische Überzeugungen sich zufällig nicht mit unseren decken – auch wenn sie noch so grausig oder gefährlich zu sein scheinen.«

»Sie wären also bereit, Frieden, Sicherheit und Freiheit aller europäischen Demokratien zu opfern, ohne mit der Wimper zu zucken, nur um nicht von Ihrer Denkweise abrücken zu müssen?«, fragte Goff ungläubig. »Selbst wenn Russland den gesamten Balkan besetzen, die NATO spalten, sich die baltischen Staaten erneut einverleiben und den Eisernen Vorhang wieder errichten würde, wären Sie bereit, dem allen untätig zuzusehen?«

»Sie leben in einer von anderen Leuten erschaffenen Fantasiewelt, Robert«, erwiderte der Präsident. »Sie beginnen die maßlosen Übertreibungen zu glauben, mit denen uns die Medien täglich bombardieren. Ja, ich glaube, dass Russland auf dem Balkan – und vielleicht auch anderswo in Europa – feindselige Absichten hegt. Aber wie sähe die Lösung aus, Robert? Soll ich Truppen nach Makedonien, Albanien oder Bulgarien entsenden? Soll ich die Sechste Flotte einsetzen? Dann wären *wir* die Invasoren. Damit würden wir den Balkan wie im Ersten Weltkrieg in ein Schlachtfeld verwandeln …«

»Die Erhaltung von Freiheit und Demokratie in Europa ist unser Opfer wert, verdammt noch mal!«, sagte Goff aufgebracht. »Hätten Sie untätig zugesehen, wie Hitler sich ganz Europa unterwirft, oder Mussolini Griechenland besetzen lassen? Hätten Sie die Japaner von Insel zu Insel springen und bis nach Kalifornien gelangen lassen, ohne ihnen entgegenzutreten? Hätten Sie im Sechstagekrieg zugesehen, wie Israel sich allein gegen Ägypten und Syrien wehrt? Hätten Sie Saddam Hussein gestattet, Kuwait zu behalten und auch noch Saudi-Arabien zu besetzen?«

»Darüber will ich nicht mit Ihnen diskutieren, Robert«, knurrte Thorn. »Ich denke nicht daran, die Geschichte umzuschreiben – weder für Sie noch für andere. Mir geht's ausschließlich darum, was ich hier und jetzt tue …«

»Nämlich *gar nichts?* Unseren Freunden und Verbündeten den Rücken zukehren?«

»Ich werde weder gegen Russland, China oder sonst einen anderen Staat militärisch vorgehen – außer die Existenz der Vereinigten Staaten von Amerika steht auf dem Spiel. Und damit meine ich nicht die Gefahr, wir könnten ein paar Absatzmärkte für Weizen, Sojabohnen oder Erfrischungsgetränke verlieren, sondern eine wirkliche Gefahr für unsere Küsten, für unsere nationale Sicherheit.«

»So zerreißen Sie jahrzehntealte Bündnisse, Freundschaften und vertrauensvolle Beziehungen zwischen den Staaten der freien Welt, Thomas.«

»Tatsächlich? Glauben Sie, dass der deutsche Bundeskanzler sich darüber den Kopf zerbrochen hat, als er beschlossen hat, den Balkan zwischen Russland und Deutschland aufzuteilen? Haben die Deutschen sich im Geringsten um die NATO gekümmert? Hat Russland sich bemüht, die in langen Jahren gewachsenen freundschaftlichen Beziehungen zu uns nicht zu gefährden? Oder glauben Sie nicht auch, dass beide Staaten aus purem Egoismus gehandelt und genau das getan haben, was sie aus ihrer Sicht für richtig hielten?«

»Oder vielleicht sind sie nur aufs Geld scharf.«

»Und wenn's so wäre?«, fragte der Präsident. »Was wäre, wenn Senkow von diesem russischen Gangster Kasakow tatsächlich Milliarden Dollar dafür bekäme, dass er den Balkan besetzt, nur damit Kasakow dort seine Pipeline bauen kann? Glauben Sie, dass das russische Volk ihm dabei untätig zusehen wird? Glauben Sie, das russische Militär wird begeistert in Albanien einmarschieren und ein weiteres Debakel wie in Afghanistan oder Tschetschenien riskieren, nur damit Senkow sich als reicher Mann in die Karibik zurückziehen kann?«

»Vielleicht ist er dagegen machtlos.«

»Boris Jelzin hat bewiesen, dass selbst ein Nobody sich gegen die Rote Armee behaupten kann, wenn seine Überzeugungen stark genug sind«, sagte Thorn. »Die Menschheitsgeschichte kennt unzählige erfolgreiche Visionäre.«

»Und tote Märtyrer«, fügte Goff hinzu.

»Ich habe nicht vor, ein Märtyrer zu werden, Bob«, sagte der Präsident. »Aber ich werde für meine Überzeugungen kämpfen. Das amerikanische Volk hat mich aus einem sehr einfachen Grund gewählt: damit ich eine Regierung mit meiner Vision, mit meinen Idealen bilde. Es wollte, dass wir uns auf internationaler Ebene weniger einmischen, unsere Soldaten aus endlosen, sinnlosen Friedensmissionen abziehen, den Regierungsapparat verkleinern, unsere Lebensqualität steigern, ohne die Steuern zu erhöhen oder unsere Bevölkerung zu polarisieren, und Amerika stärken, indem wir uns auf Amerika konzentrieren. Gefällt den Leuten nicht, was ich tue, gibt es eine Möglichkeit, mich loszuwerden, ohne einen Märtyrer aus mir zu machen – ein Amtsenthebungsverfahren. Aber dazu wird es deshalb nicht kommen, weil ich mich strikt ans Regelwerk halte: die Verfassung der Vereinigten Staaten.«

Der Verteidigungsminister schüttelte den Kopf, weil er nicht recht wusste, was er von seinem Freund halten sollte. Er ist entweder ein wahrer Visionär, dachte Goff, oder er schnappt allmählich über. »Sie wollen also untätig zusehen, wie Russland und Deutschland auf dem Balkan einmarschieren«, sagte er nach einer langen frustrierten Pause. »Sie wollen zulassen, dass die beiden Staaten den Balkan untereinander aufteilen – wonach wenig später Osteuropa und irgendwann vielleicht auch Westeuropa an der Reihe sein dürfte. Damit verlieren wir alle unsere Handelspartner und Verbündeten in Europa. Dann entzündet irgendein Funke den dritten Weltkrieg, und wir verharren an der Seitenlinie und sehen zu, wie Europa in Flammen aufgeht, oder müssen wie im Zweiten Weltkrieg fünfunddreißig Millionen Männer und Frauen in den Kampf schicken, um wieder Frieden zu schaffen.«

»Rasseln irgendwann deutsch-russische Panzerverbände am Buckingham-Palast vorbei, Robert, können Sie sagen: ›Sehen Sie, ich hab's prophezeit!‹«, sagte der Präsident. »Aber ich glaube nicht, dass es dazu kommt, jedenfalls nicht während meiner Wache.«

»Sie setzen Frieden und Sicherheit der gesamten Welt aufs Spiel, Thomas.«

»Die Welt kann sich Frieden oder Krieg wünschen, Robert, sie bekommt jedenfalls, wofür sie sich entscheidet«, sagte Thorn. »Meine Aufgabe ist es, die Vereinigten Staaten zu schützen und zu verteidigen. Ich werde Amerika zu einem leuchtenden Beispiel für eine starke, friedliebende, demokratische Nation machen und andere einladen, sich *uns* anzuschließen. Ich werde unsere Armeen nicht ausschicken, um anderen unsere Vorstellungen von einer idealen Gesellschafts- oder Regierungsform aufzuzwingen.«

Robert Goff senkte kopfschüttelnd den Blick und betrachtete seine Hände, dann die Akten auf dem Schreibtisch des Präsidenten – nur um seinem Freund nicht in die Augen sehen zu müssen. Thorns Argumente hatten ihn keineswegs überzeugt, aber er wusste, dass es zwecklos gewesen wäre, sie widerlegen oder ihn umstimmen zu wollen. Deshalb war er überrascht, als der Präsident ihm jetzt eine Hand auf die Schulter legte. »Alles in Ordnung, Bob?«, fragte er halblaut.

Erst jetzt erwiderte Goff seinen Blick. »Ja, Mr. President«, sagte er.

Obwohl Thorn sichtlich enttäuscht war, als er diese Antwort hörte – unter vier Augen nannte Goff ihn kaum jemals »Mr. President« –, lächelte er herzlich. »Kann ich noch auf Sie zählen?«, fragte er.

»Das können Sie, Thomas«, bestätigte Goff. »Und wenn's nur dazu ist, Ihnen zu helfen, die Scherben zusammenzukehren.« Damit stand er auf und verließ das Oval Office, ohne ein weiteres Wort zu sagen.

Thomas Thorn setzte sich wieder an seinen Schreibtisch, blätterte in einigen Akten, ohne richtig wahrzunehmen, wovon sie handelten, und zog sich dann in sein Arbeitszimmer zurück. Er führte mehrere Telefongespräche, sprach kurz mit seiner Sekretärin, drückte dann auf die Taste *Bitte nicht stören* an seinem Telefon, lehnte sich im Sessel zurück, schloss die Augen und begann mit tiefen Atemübungen. Er befahl seinen Muskeln, sich nacheinander zu entspannen, und ließ sein Mantra leise durch seinen Kopf hallen, bis alle bewussten Gedanken sich allmählich verflüchtigten.

Viele Leute, die nur nebenbei meditierten, bezeichneten dies als sehr intensives »Nickerchen«, aber Meditation war viel mehr als nur eine Periode kurzzeitiger Entspannung. Der transzendentale Zustand war ein Zeitraum, in dem das Unbewusste freigelegt wurde und das Bewusstsein sich zugleich ungehindert ausbreiten und die weiten Gebiete erkunden konnte, die ihm normalerweise verschlossen waren. Das war etwas völlig anderes als ein Nickerchen, und tatsächlich war Meditation nie als Ersatz für Schlaf gedacht gewesen. Ganz im Gegenteil: Der transzendentale Prozess war kräftigend und belebend, weil das freie Herumstreifen des Bewusstseins auf dem weiten Energiefeld des Unbewussten Geist und Körper mit ungeheurer Kraft erfüllte. Das ließ sich mit einem Rennpferd an der Longe vergleichen: Es fühlte sich nicht ausgesprochen unwohl, wenn es nur einen Kreis mit sechs Metern Radius beschreiben konnte; viel lieber galoppierte es im Training oder im Rennen auf einer eineinviertel Meilen langen Bahn. Ließ man es jedoch aufs freie Feld hinaus, verwandelte das Pferd sich in ein völlig anderes Tier – impulsiv und unermüdlich und fast wild. Der menschliche Verstand verhielt sich ganz ähnlich.

Zugleich fand dabei ein Austausch statt. Viele Gedanken, Erfahrungen und sogar Realitäten existierten im Unbewussten, und der transzendentale Zustand setzte diese Energiewellen frei. In dieser Beziehung war jede Meditation eine belehrende Erfahrung: eine Methode, alle möglichen Ereignisse noch einmal zu durchleben, vorauszuleben oder sogar sekundenschnell eine ganze neue Existenz zu erschaffen.

Wie bei jeder Betätigung kann der menschliche Geist jedoch ermüden, wenn man ihm allzu lange die Zügel schießen lässt, deshalb rief Thorn ihn mit einer durch jahrelange Übung und Disziplin erworbenen Leichtigkeit in die bewusste Welt zurück und ließ die Tür zum Unbewussten wieder zufallen. Das war kein betrübliches oder widerstrebend zugelassenes Ereignis. Er wusste, dass er diese Tür bei Bedarf jederzeit erneut aufstoßen konnte, um Zugang zu unerschöpflichen Energiepotenzialen zu erhalten.

Aber das Reich des Unbewussten barg eine alternative Realität, die er sich geschaffen hatte, um das Universum seiner selbst zu erforschen: Die Person, das Wesen und die Energie, die alle seine Vergangenheiten und alle seine Zukünfte umfassten, waren dort augenblicklich verfügbar, um betrachtet und studiert und erfahren zu werden. Und er hatte sich weitere Realitäten erschaffen – zum Beispiel diese, in der er zu Anfang des 21. Jahrhunderts der Präsident der Vereinigten Staaten auf dem Planeten Erde war. Es wurde Zeit, diese Rolle zu spielen, sich in dieses Universum zu integrieren und sein Amt nach besten Kräften auszufüllen. Aber das konnte er mit dem Wissen und der Erfahrung tun, die er anderen Realitäten verdankte, denn für ihn waren sie alle *seine* Realitäten – alle wichtig, alle miteinander verknüpft.

Thorn nahm den Telefonhörer ab und drückte eine Taste. »Ja, Mr. President?«, meldete sich sein Vizepräsident Les Busick.

»Ihr Freund, von dem Sie neulich gesprochen haben? Ist er im Augenblick in Washington?«

»Ja.«

»Ich möchte mit ihm reden. Heute. Möglichst sofort.«

Busick zögerte einen Augenblick. Seit er erfahren hatte, dass sein »Freund« mit einem radikalen, gefährlichen Vorschlag nach Washington kommen würde, war er der Meinung gewesen, der Präsident sollte mit ihm sprechen. Aber obwohl er mehrere Anläufe genommen hatte, hatte Thorn davon nichts hören wollen. Busick war versucht, mit einem »Ich hab's Ihnen gleich gesagt!« zu reagieren, aber er wusste, dass die Lage ziemlich kritisch sein musste, wenn der Präsident plötzlich das Gespräch mit seinem »Freund« suchte. »Wo?«

»In der Residenz.« Jeder Ort im Weißen Haus – praktisch im gesamten Distrikt – stand unter ständiger Beobachtung, nur der Wohntrakt des Präsidenten nicht. Und wie viele von Thorns Amtsvorgängern bald herausgefunden hatten, gab es mehrere Möglichkeiten, jemanden diskret in die Residenz des Präsidenten zu schleusen, ohne dass halb Washington davon erfuhr. »Möglichst bald.«

»Soll ich auch kommen?«

»Vielleicht lieber nicht.«

»Oh, ich verstehe.« Im Klartext besagte Thorns Antwort: Ich tue vielleicht etwas, das Sie dementieren müssten. Endlich handelt Thomas Thorn mal wie ein richtiger Präsident, sagte Busick sich. »Ich melde mich, wenn er da ist.«

»Hier ist alles so aufgeräumt und ordentlich«, sagte der Besucher lächelnd. »War ich wirklich ein so großer Schlamper?«

Präsident Thorn beobachtete seinen Besucher mit einer Mischung aus Besorgnis und Gereiztheit. Sie saßen im Arbeitszimmer des Präsidenten im Wohntrakt des Weißen Hauses, weit weg von den neugierigen Blicken der Medien, des Kongresses und – auch wenn Thorn sich das nicht gern eingestand – einiger Mitglieder seines Kabinetts. Aber jetzt musste er sich mit diesem Gentleman auseinander setzen. Irgendwie hatte er das unbehagliche Gefühl, sich auf einen Pakt mit dem Teufel einzulassen, was ihm heftig widerstrebte. »Kommen wir gleich zur Sache?«, schlug Präsident Thorn vor.

»Wie Sie meinen, Tom«, antwortete sein Amtsvorgänger Kevin Martindale, während er seinen lässigen kleinen Rundgang durchs Arbeitszimmer beendete und in dem angebotenen Sessel Platz nahm. Seit Martindale das Weiße Haus an Thomas Thorn verloren hatte, war er merklich abgemagert und trug sein Haar jetzt länger. Das begehrte Objekt aller Fotografen, die beiden charakteristischen silbernen Locken, die ihm in die Stirn fielen, wenn er zornig oder erregt war, waren noch vorhanden, aber jetzt war seine übrige Mähne fast ebenso silbern. Und er trug jetzt einen kurzen, teilweise grauen Bart.

»Sie haben sich einen anderen Look zugelegt, stimmt's?«, fragte Thorn.

»Ich stehe nicht jeden Tag im Blickpunkt der Öffentlichkeit«, stellte Martindale fest. Er betrachtete den Präsidenten halb belustigt, halb vorwurfsvoll. »Sie allerdings auch nicht.«

»Vielleicht haben Sie schon immer so aussehen wollen«, meinte Thorn.

»Wir sind beide Kinder der sechziger Jahre, Tom«, sagte Martindale. »Wir haben gelernt, dass es in Ordnung ist, anders zu sein, zu tun, was unser Herz uns rät, statt auf die Ratschläge Wohlmeinender zu hören.«

»Das mag zutreffen.« Trotzdem war Kevin Martindales neuer Look verdammt ungewohnt, fand Thorn, und passte überhaupt nicht zu seinem Image. Martindale war Berufspolitiker, und seit er vor zwanzig Jahren die nationale politische Bühne betreten hatte, hatte er stets den Eindruck eines ausgebufften, gewieften, redegewandten, intelligenten Insiders gemacht und diese Rolle auch überzeugend gespielt. »Vor allem für einen ehemaligen Marineinfanteristen – vier Jahre im Marinekorps, in dieser Zeit zweimal in Vietnam, Justizminister in Ihrem Heimatstaat, US-Senator, kurze Zeit Verteidigungsminister, dann Vizepräsident, Privatmann, dann Präsident.«

»Und jetzt wieder Privatmann«, fügte Martindale hinzu. Dass Thorn Einzelheiten aus seiner Biographie kannte, beeindruckte ihn keineswegs – er war lange in Washington gewesen, und hatte sich durch seine Erfolge eindeutig einen Platz in den Geschichtsbüchern gesichert. »Aber ich denke, dass es nach all diesen von Korrektheit und Zurückhaltung geprägten Jahren Zeit für einen Wandel war.« Als Thorn sich nicht dazu äußerte, fuhr Martindale fort: »Aber reden wir lieber über die Veränderungen, die in Ihnen vorgegangen zu sein scheinen – vom Rambo zum Leisetreter, vom Krieger zum Mauerblümchen? Ist das etwa der wahre Thomas Nathaniel Thorn?« Er kniff die Augen zusammen, und sein lässiges Lächeln verschwand. »Wozu haben Sie mich kommen lassen, Thorn?«

»Weil ich gehört habe, dass Sie alle möglichen Leute anwerben.«

»Oh?«

»Aktive, ehemalige und in den Ruhestand versetzte Soldaten, vor allem Special-Ops-Leute und Piloten.«

»Interessant«, sagte Martindale nur. Seine Informanten hätten ihn gewarnt, wenn in- oder ausländische Geheimdienste ihn beobachtet hätten, aber das war nicht der Fall gewesen. Vielleicht stellte Thorn nur Vermutungen an – vielleicht aber auch nicht. »Was haben Sie sonst noch gehört?«

»Dass Ihre Anwerbungsversuche Erfolg haben.« Martindale zuckte mit den Schultern, äußerte sich aber nicht dazu. »Ich wollte nur mal mit Ihnen reden, von Ihnen selbst erfahren, was Sie vorhaben.«

»Seit wann, Thorn?«, fragte Martindale. »Seit wann interessieren Sie sich für mich? Seit wann interessiert Sie irgendetwas oder irgendjemand?«

»Wie bitte?« Versucht er, irgendeine Reaktion zu provozieren?, fragte Thorn sich. Wie kindisch kann man als erwachsener Mann werden?

»Tradition, Respekt, Überlieferung, Ehre – all das bedeutet Ihnen nichts«, fuhr Martindale fort, »sonst hätten Sie an Ihrer Amtseinführung teilgenommen und wären vor den Kongress und das amerikanische Volk getreten, um in Ihrer ersten Regierungserklärung zur Lage der Nation Ihre Vision von der Zukunft unseres Landes zu erläutern.« Thorn schien etwas sagen zu wollen, aber Martindale unterbrach ihn, indem er eine Hand hob. »Hey, ich kenne Ihre Gründe. ›Das steht nicht in der Verfassung.‹ Nun, die Vereinigten Staaten und das amerikanische Volk sind weit mehr, als sich in den engen Verfassungsrahmen quetschen lässt.«

»Ich weiß genau, was unser Land ist, Mr. President«, sagte Thorn. »Ich weiß, dass die Vereinigten Staaten durch die Verfassung und unsere Gesetze verkörpert werden. Ich bin gewählt worden, weil ich das glaube, und das amerikanische Volk glaubt es ebenfalls.«

»Sie sind nur deshalb gewählt worden, weil die Demokraten und ich zu sehr damit beschäftigt waren, aufeinander einzuschlagen, um zu merken, dass Sie sich hinter uns angepirscht haben.«

»Das mag eine Rolle gespielt haben«, sagte Thorn. »Aber militärische Fragen, vor allem die Angriffe auf Taiwan, Guam und die *Independence*, haben Ihnen das Genick gebrochen.« Martindale machte ein finsteres Gesicht. »Sagen Sie mir, Mr. President – warum haben Sie nie zurückgeschlagen?«

»Gegen wen?«, fragte Martindale, vielleicht etwas schärfer, als er eigentlich gewollt hatte. »China? Nach allgemeiner Überzeugung war China der ›offensichtliche‹ Angreifer. Aber wir wissen *bis heute* noch nicht genau, wer die *Independence* mit einer Kernwaffe angegriffen hat, obwohl der Träger keine Atomwaffen an Bord hatte. Ich war nicht berechtigt, China als Vergeltung für den Überfall auf Taiwan anzugreifen. Und was den Überfall auf Guam betrifft… nun, da konnte ich auf andere Akteure zurückgreifen, die nur darauf warteten, zum Einsatz zu kommen. Sie haben ganze Arbeit geleistet, und so ist's mir erspart geblieben, als erster US-Präsident seit Truman Atomwaffen einsetzen zu müssen.«

»›Andere Akteure‹«, wiederholte Thorn. »Sie meinen das HAWC und Madcap Magician.«

»Sie kennen sie also«, sagte Martindale. »Das waren erstklassige Leute – zumindest bis Sie sie verraten haben. Jetzt sind sie wertlos. Weshalb haben Sie Senkow erzählt, wer sie waren?«

»Das hat Senkow momentan verwirrt, uns einen Zeitgewinn verschafft und unseren Soldaten einen geordneten Rückzug ermöglicht«, antwortete Thorn.

»Und es hat uns fast zwanzig Jahre Waffenentwicklung und die Möglichkeit gekostet, in Zukunft geheime Einsätze von Dreamland aus zu fliegen«, stellte Martindale fest. »Warum? Um Ihr Gewissen zu beruhigen? Um eine militärische Auseinandersetzung mit den Russen zu vermeiden? Ich glaube, das haben Sie schon mal gehört, Thorn, aber ich wiederhole es für den Fall, dass Sie's vergessen haben: Die Russen kämpfen *gern*. Sie streiten gern, sie täuschen gern, sie trumpfen gern herausfordernd auf. Und sie respektieren niemanden, der nicht ebenfalls streitet, kämpft, täuscht oder herausfordernd auftrumpft. Ich weiß bestimmt, dass Ihr Sicherheitsberater Sie über die historisch bedingten Grundsätze des Umgangs mit den Russen aufgeklärt hat.« Aber bevor Thorn antworten konnte, schnalzte Martindale mit den Fingern und fügte hinzu: »Ach, richtig – *Sie haben ja keinen Sicherheitsberater!* Wie zum Teufel kommt das? Sie haben einen wertvollen Berater und einen wichtigen Teil des Stabes des Weißen Hauses abgeschafft, nur um ein paar Bucks einzusparen?«

»Robert Goff ist ein guter Mann.«

»Klar ist er das«, sagte Martindale. »Aber er muss das Verteidigungsministerium leiten und dafür sorgen, dass unser Militär, soweit es noch vorhanden ist, reibungslos funktioniert. Es ist nicht sein Job, die Politik des Weißen Hauses mitzugestalten – sein Job ist es, Ihre Anweisungen auszuführen. Goff hat zu viel Arbeit und zu wenig Personal, und beides muss auf die Dauer unsere militärische Schlagkraft beeinträchtigen.«

»Meine Streitkräftestruktur und mein Beraterteam entsprechen genau den verfassungsmäßigen Vorgaben – nicht mehr und nicht weniger.«

»Das wäre wahr, wenn Sie im achtzehnten Jahrhundert lebten«, stellte Martindale fest. »Tatsächlich befinden Sie sich jedoch im einundzwanzigsten Jahrhundert – vielleicht nicht mental, aber zumindest körperlich. Sie verringern den Stab des Weißen Hauses und verlagern mehr Aufgaben ins Pentagon, was dort zu Arbeitsüberlastung führt, bis letzten Endes niemand mehr richtig durchblickt. Alles nur, weil Thomas Jefferson keinen Sicherheitsberater hatte. Nun, hätte er mal über die Vorteile nachgedacht, hätte er sich bestimmt einen zugelegt. Nehmen Sie endlich Vernunft an, Thorn!«

»Zum Glück brauche ich meine Haushalts- oder Personalpolitik Ihnen nicht zu erläutern oder gar vor Ihnen zu rechtfertigen.«

»Ich bin Bürger der Vereinigten Staaten, Steuerzahler und Wähler, nicht bloß Ihr Vorgänger«, sagte Martindale streng. »Dieses ganze Zeug müssen Sie mir sehr wohl erklären.«

»Gut, vielleicht später«, wehrte Thorn irritiert ab. »Im Augenblick möchte ich eine Frage beantwortet haben: Warum?«

»Warum was?«

»Warum hatten Sie solche Angst davor, das Militär einzusetzen?«

»Ich hatte vor *überhaupt nichts* Angst, Thorn.«

»Warum haben Sie dann nicht öfter das Militär eingesetzt? Überall gibt es Konflikte, Kernwaffen schwirren herum, Frieden und Sicherheit sind fast alljährlich bedroht – und trotzdem haben Sie nie massive Truppenverlagerungen befohlen, nie Reserveeinheiten oder die Nationalgarde alarmiert. Sie haben ein paar Flugzeugträger zusammengezogen, ein paar Bomber als Kernwaffenträger reaktivieren lassen, aber Sie haben nie versucht, das Land auf die Möglichkeit eines allgemeinen Krieges vorzubereiten, obwohl Sie dazu eindeutig berechtigt waren – obwohl alle das von Ihnen erwartet haben. Warum?«

»Das können Sie in meinen Memoiren nachlesen«, knurrte Martindale.

Thomas Thorn hob die Hände, als ergebe er sich. »Mr. President ... Kevin«, sagte er. »Ich wüsste es wirklich gern.«

»Wozu? Weil Sie fürchten, Ihre abgehobene, selbstgerechte Philosophie der Abkoppelung vom Weltgeschehen und des Isolationismus könnte vielleicht doch nicht funktionieren?«, gab Martindale noch aufgebrachter als zuvor zurück. »Weil Sie nach einem Jahr, in dem Sie mir in Ihrem Wahlkampf meine Unfähigkeit bei der Bewältigung internationaler Krisen vorgeworfen haben, allmählich entdecken, dass es vielleicht doch nicht so einfach ist, nichts zu tun?«

Aber Thorn ließ sich nicht zu einer hitzigen Antwort provozieren. »Weil ich's wissen muss, Kevin«, sagte er eindringlich. »Ich weiß, dass Sie nicht einfach *nichts* getan haben. Aber warum haben Sie getan, was Sie getan haben? Warum haben Sie nicht einfach die gewaltige Macht, über die wir verfügen, zur Bewältigung dieser Krisen eingesetzt?«

Martindale antwortete nicht gleich. Dann zuckte er mit den Schultern, als sei ihm egal, ob Thorn seine Überlegungen kenne oder nicht. »Ganz einfach: Ich hasse die Vorstellung, ich könnte verlieren«, erklärte er ihm. »Wochen- oder gar monatelang ein Heer zu mobilisieren und es dann um die halbe Erde zu schicken, um es in einem Krieg kämpfen und sterben zu lassen, kommt mir einfach nicht *richtig* vor. Das klingt wie eine unwirtschaftliche, ineffiziente, riskante Sache.«

»Wenn Sie also das HAWC oder Madcap Magician einsetzen«, fasste Thorn zusammen, »und die eine Niederlage einstecken müssen, haben Sie nicht das Gefühl, verloren zu haben?«

»Nein, ich habe verloren, gar kein Zweifel – aber ich habe nur den Ball verloren, nicht das ganze Spiel«, erklärte Martindale ihm. »Und diese beiden Einheiten haben sich immer verdammt gut geschlagen – manchmal haben sie die bösen Kerle so zugerichtet, dass überhaupt kein Spiel mehr stattgefunden hat. Jedenfalls waren diese geheimen Einheiten schnell, effizient, hoch motiviert und mir direkt unterstellt; die für sie benötigten Haushaltsmittel waren in ›schwarzen Programmen‹ versteckt und damit der Kontrolle des Kongresses weitgehend entzogen. So war es jedenfalls bisher.«

»Ja, ich verstehe«, sagte Thorn. Er musterte seinen Vorgänger prüfend, dann nickte er ihm zu Martindales Überraschung lächelnd zu. »Also gut. Danke, dass Sie sich die Zeit für diesen Besuch genommen haben.«

»Das war's? Das war alles?«, fragte Martindale ungläubig. »Keine Drohungen, keine Warnungen, keine Verurteilung?«

»Was sollte ich denn verurteilen?«

»Was…« Martindale machte eine Pause. Er lächelte, drohte Thorn mit dem Finger und stand auf, um zu gehen. »Schon kapiert. Sehr clever von Ihnen. Sie setzen mich ein bisschen unter Druck, damit ich ein paar Informationen ausspucke, und überlassen es mir dann, selbst zurechtzukommen.«

»Ich weiß gar nicht, wovon Sie reden, Kevin«, behauptete Thorn. »Ich wollte Sie nur nach einigen Aspekten Ihrer Amtszeit als Präsident befragen. Ich glaube, dass ich jetzt eine ziemlich gute Vorstellung davon habe.«

»Schluss jetzt mit den Spielchen, Thorn«, sagte Martindale verärgert. »Sie haben mich aus einem bestimmten Grund hergebeten. Raus mit der Sprache!«

»Also gut, Mr. President…«

»Und hören Sie mit dem Mr.-President-Scheiß auf«, unterbrach Martindale ihn. »Ich bin nicht der Präsident – der sind *Sie*. Ich weiß genau, dass Sie ungefähr so viel Respekt vor mir haben wie ich vor Ihnen.«

»Ich will Ihnen nur eines sagen, Kevin: Was Sie vorhaben, ist sehr gefährlich – vielleicht nicht für Sie, aber für die Männer und Frauen, die Sie in letzter Zeit angeworben haben«, sagte Thorn. »Ihre Stellung als ehemaliger Präsident schützt Sie nicht, und die Genfer Konvention ist kein Schutz für diese Leute. Was Sie auch tun, wer oder was auch davon profitiert – die Vereinigten Staaten werden Ihnen nie zu Hilfe kommen. Wie's in alten Fernsehfilmen heißt, werden wir dementieren, irgendwelche Kenntnis von Ihrem Handeln zu haben. Dann sind Sie nicht mehr als eine High-Tech-Bürgerwehr.«

»Dann müssen Sie selbst aktiv werden«, schlug Martindale nüchtern vor. »Fördern Sie uns. Unterstützen Sie uns. Wir übernehmen das Risiko, aber wir tun es unter Ihrer Anleitung. Wir agieren unter Ausschluss der Öffentlichkeit, handeln weitgehend gesetzestreu und arbeiten nach Möglichkeit mit in- und ausländischen Regierungen zusammen. Aber die isolationistische Laissez-faire-Politik, die Sie gegenwärtig betreiben, schwächt Amerika, und irgendjemand muss die Initiative ergreifen, um unsere Interessen zu wahren.«

»Sie wollen gesetzestreu handeln, Kevin? Dann geben Sie Ihren verrückten Plan auf«, sagte der Präsident. »Sie haben schon genug Schaden angerichtet.«

»Wir haben noch nicht einmal zu kämpfen angefangen, Tom«, wehrte Martindale ab. »Sie werden uns nicht aufhalten können. Ich kann Ihnen nur raten, mit uns zusammenzuarbeiten.«

»Wer ist außer Ihnen an dieser Sache beteiligt, Kevin?«, fragte Thorn. »Wer aus meiner Regierung? Welche aktiven Offiziere? Welche pensionierten Offiziere?«

»Sie erwarten doch nicht etwa, dass ich Ihnen eine Namensliste übergebe?«

»Trauen Sie mir denn nicht?«

»Wie denn auch?«, lautete Martindales Gegenfrage. »Würden Sie sich allerdings hinter uns stellen oder wenigstens zusagen, uns nicht nur nicht zu behindern, sondern gelegentlich mit Geheimdienstinformationen zu versorgen, könnte ich mich vielleicht davon überzeugen lassen, dass Sie vertrauenswürdig sind.«

»Ich will Ihnen keinen Sparringskampf liefern, Kevin«, sagte Thorn. »Ich gehe davon aus, dass Sie dieses Gespräch mit einem ultrakleinen Rekorder aufzeichnen. Aber das stört mich nicht. Lassen Sie mich eines ganz deutlich sagen: Ich werde gegen jeden vorgehen, der eine eigene Außen- oder Militärpolitik zu betreiben versucht. Ob Ihr Vorhaben illegal ist oder nicht, kann ich nicht beurteilen – das ist eine Frage, die das Justizministerium beantworten muss. Aber wenn Sie mir die Mitglieder Ihrer Organisation benennen und das Justizministerium Ihr Vorhaben als illegal einstuft, was ich für wahrscheinlich halte...«

»Natürlich tut es das. Der Justizminister arbeitet für den Präsidenten«, warf Martindale ein. »Ich muss schließlich wissen, wie das funktioniert, Thorn. Ich habe dieses Spiel selbst gespielt. Das Justizministerium ist nicht für ›Recht‹ zuständig – es vertritt stets die Position des Weißen Hauses. Es hat vor allem die Aufgabe, Gesetze durchzubringen, die den Wünschen des Präsidenten entsprechen.«

»...dann kommen die von Ihnen benannten Mitglieder in den Genuss einer einmaligen Amnestie. Sie gehen straffrei aus. Sie bleiben unbehelligt, wenn sie sich sonst nichts zuschulden kommen lassen.«

»Passen Sie auf, ich mache Ihnen ein Gegenangebot«, sagte Martindale. »Sie machen einfach mit dem weiter, was zum Teufel Sie hier tun, was immer Ihre Eierköpfe Ihnen als Volkes Willen verkaufen. Marschiert Russland in der Türkei oder der Ukraine oder Georgien ein, versucht China erneut, Taiwan zu besetzen oder die Kontrolle über das Südchinesische Meer zu übernehmen, versucht der Iran, den gesamten Persischen Golf unter seine Herrschaft zu bringen... und verlieren die bösen Kerle plötzlich auf geheimnisvolle Weise Schiffe und Flugzeuge und Stützpunkte, beteuern Sie einfach weiterhin, dass die Vereinigten Staaten nichts mit diesen Angriffen zu tun haben. Sie sagen zu, die Vorfälle untersuchen zu lassen, und unternehmen in Wirklichkeit gar nichts.

Von Zeit zu Zeit greifen Ihre Leute nach dem Telefon, um uns ein paar Informationen zu geben, oder lassen uns eine kleine Auswahl von Abhörberichten und Satellitenaufnahmen zukommen.

Nichts Direktes – eine Akte, die versehentlich auf einem Schreibtisch liegen bleibt, ein Fax oder eine E-Mail, die an den falschen Empfänger geht, ein Geheimdienstbericht oder eine geheime Lagemeldung, die auf dem Weg vom Pentagon zum Weißen Haus einen rätselhaften Umweg genommen hat. Sie persönlich leugnen weiterhin alles, werfen den Medien vor, durch unbewiesene Behauptungen Panikmache zu betreiben, und stecken wie bisher Ihren Kopf in den Sand. Das können Sie unbesorgt tun, weil andere Leute sich an Ihrer Stelle um die Krisen dieser Welt kümmern.«

»Sie halten das alles wohl für einen großen Witz, Martindale?«, fragte Thorn gereizt. »Ich versichere Ihnen, dass dies eine sehr ernste Situation ist. Ich könnte den Telefonhörer abnehmen und Sie auf der Stelle verhaften lassen. Das FBI würde die übrigen Mitglieder Ihres kleinen Schützenvereins sehr rasch aufspüren. Dann wären Sie für den Rest Ihres Lebens entehrt, und das Leben und die Karrieren Ihrer Mitstreiter wären ruiniert.«

»Seien Sie kein Esel, Thorn«, sagte Martindale tadelnd. »Sie wissen so gut wie ich, dass sich davon nichts beweisen ließe. Sie hätten einen ehemaligen Präsidenten der Vereinigten Staaten verhaften lassen und fälschlich beschuldigt, ohne Ihre Vorwürfe beweisen zu können. Dann sagt der Kongress sich völlig von Ihnen los – Sie haben keine Chance mehr, auch nur ein Gesetz durchzubringen. Dann sind Sie eine noch größere Lachnummer als bisher schon.«

»Ich gebe Ihnen eine letzte Chance, Kevin«, sagte Thorn eindringlich. »Lassen Sie von diesem verrückten Plan ab. Sagen Sie mir, wer Ihre wichtigsten Offiziere sind, dann sichere ich ihnen für dieses Mal Straffreiheit zu – nachdem wir uns mit ihnen zusammengesetzt und ihnen klar gemacht haben, in welcher schlimmen Lage sie sich befinden und welche Strafe sie erwartet, falls sie schuldig gesprochen würden.«

Martindale starrte den Präsidenten mehrere Sekunden lang prüfend an, dann zuckte er mit den Schultern. »War nett, mal wieder mit Ihnen zu reden, Thorn«, sagte er, während er ihm seine Rechte hinstreckte. »Ihre Naivität wird einzig und allein durch

Ihre Prinzipientreue übertroffen. Vielleicht sind Sie tatsächlich die Wiedergeburt Thomas Jeffersons, wie all die Spinner behaupten.«

Thorn wirkte enttäuscht, aber er schüttelte Martindale trotzdem die Hand. »Hat mich ebenfalls gefreut, mit Ihnen zu reden, Sir«, sagte er dabei. »Ich beneide Sie nicht um den Weg, den Sie und Ihre Mitstreiter einzuschlagen beschlossen haben. Ich sage Ihnen schon jetzt voraus, dass er lang und schwierig sein wird.«

»Klar«, antwortete Martindale, während er zur Tür ging. »Verbrennen Sie etwas Weihrauch für mich, wenn Sie mal wieder mit Mutter Natur kommunizieren. Ich habe inzwischen zu arbeiten.«

North Las Vegas, Nevada
(am selben Abend)

Duane Deverill entkorkte eine Flasche Duckhorn-Merlot, goss zwei Gläser ein und setzte die Flasche schwungvoll ab. »So«, sagte er stolz. »Ein ziemlich guter Fünfundneunziger. Müsste ausgezeichnet zum Dinner passen.«

Annie Dewey, die noch ihre Fliegerkombi trug, war vor wenigen Minuten eingetroffen. Sie ließ ihren Aktenkoffer auf einen der Beistelltische neben dem Sofa plumpsen. »Klingt großartig«, sagte sie geistesabwesend, während sie den Reißverschluss ihres Overalls bis zur Taille aufzog. »Was kochst du denn?«

»Kochen? Ich? Tut mir Leid, Schätzchen, aber ich habe bei Pizza Hut angerufen. Das macht dir hoffentlich nichts?«

»Natürlich nicht!«, sagte sie rasch. »Pizza und Rotwein mag ich sehr gern.«

Er brachte Annie ein Glas Rotwein, stieß mit ihr an und küsste sie, bevor sie tranken. »Auf dein Wohl«, sagte er. Nachdem er einen kleinen Schluck getrunken hatte, fügte er keck hinzu: »Hey, das war nett.«

Sie lächelte zustimmend, schob ihn aber von sich weg. »Sorry. Ich muss erst unter die Dusche. Ich rieche, als hätte ich nicht nur drei Stunden, sondern eine ganze Woche im Cockpit zugebracht.«

»Augenblick, ich helfe dir.« Er setzte sie auf die Couch, zog ihr

Fliegerstiefel und Socken aus und half ihr dann, ihre Fliegerkombi abzustreifen. Annie trug ein weißes T-Shirt, einen Sport-BH und dazu einen weißen Baumwollslip. Duane begann ihren linken Fuß zu küssen und arbeitete sich mit kleinen Küssen das Bein entlang nach oben.

Annie schob seinen Kopf sanft, aber bestimmt zur Seite. »Erst die Dusche, okay?«

Dev erwiderte ihr Lächeln, aber sein Blick wirkte besorgt. »Klar.« Er ließ sie aufstehen und sah zu, wie sie ihre Sachen aufhob. »Alles in Ordnung?«

Sie drehte sich halb nach ihm und nickte. »Alles bestens. Ich bin nur müde. War ein verdammt anstrengender Tag.« Annie sah zu ihm auf. »Aber seit ich bei dir bin, geht's mir schon wieder besser«, fügte sie lächelnd hinzu.

»Siehst du, ich hab's dir *gesagt!*«, meinte Dev zufrieden. Er trank einen Schluck Wein, während er Annie nachsah, die in Richtung Bad verschwand und unterwegs ihre Unterwäsche auszog. »Ach was, der Wein hat *wirklich* Zeit bis später.« Er streifte seine Sandalen ab und zog sich sein T-Shirt mit einer Hand über den Kopf. »Hey, warte, ich komme mit.« Aber in genau diesem Augenblick klingelte es an der Wohnungstür. Dev spielte demonstrativ den Enttäuschten. »Da kommt die Pizza. Aber die können wir später aufwärmen. Geh schon mal unter die Dusche, ich komme gleich nach.« Er nahm ein paar Scheine aus seiner Geldbörse, hielt das Geld bereit, um den Pizzaboten schnell wieder wegschicken zu können, öffnete die Wohnungstür …

… und sah draußen Oberst David Luger stehen. Nach dem ersten Schock schüttelte er seine Verlegenheit und Verwirrung rasch ab. »Hallo, Sir.«

»Dev.« Luger merkte, dass Deverill nicht nur die Tür blockierte, sondern ihm auch den Blick in sein Apartment verwehrte, deshalb versuchte er gar nicht erst, an ihm vorbeizusehen. »Würden Sie Annie bitten, einen Augenblick herauszukommen? Ich habe etwas mit ihr zu besprechen.«

»Vielleicht«, sagte Dev.

»Vielleicht?«

Dev musterte Luger misstrauisch. »Wir haben gehört, dass Sie vorläufig vom Dienst suspendiert sind«, sagte er. »Unseres Wissens stehen Sie in San Antonio wegen eines verzögert aufgetretenen Stress-Syndroms unter Beobachtung.«

»Irgendwas in dieser Art.«

»Nehmen Sie im Augenblick Medikamente?«

»Das geht Sie nichts an.«

»Da irren Sie sich, Sir«, sagte Deverill. »Sie sind bei mir zu Hause, wir sind nicht in Uniform, und Annie ist eine gute Freundin und meine Flugzeugkommandantin. Deshalb geht mich das *sehr wohl* etwas an.« Er starrte Luger forschend in die Augen. Dev konnte nicht beurteilen, ob Luger ein Antidepressivum oder ein Beruhigungsmittel genommen hatte – sein Blick erschien ganz normal –, aber er war natürlich kein Experte auf diesem Gebiet. »Sind Sie aus Brooks entlassen worden? Kommen Sie wieder nach Dreamland zurück?«

»Ich lasse Annie bitten, einen Augenblick zu mir herauszukommen«, sagte Luger.

»Wann sind Sie aus Brooks entlassen worden, Oberst?«, erkundigte Deverill sich. »Oder… *sind* Sie aus Brooks entlassen worden?«

»Das geht Sie einen *Dreck* an.«

»Feindselig, Oberst, sehr feindselig«, sagte Dev. »Sind Sie etwa aus der Klinik ausgebrochen? Vielleicht sollte ich die Sky Cops anrufen und mich danach erkundigen.«

»Tun Sie, was Sie für richtig halten. Aber bitten Sie Annie, zu mir herauszukommen.«

»Vielleicht lieber nicht«, wehrte Deverill ab. »Sind Sie aus der Klinik entlassen worden, weil mit Ihnen alles in Ordnung ist, können Sie Annie morgen im Dienst sprechen. Aber falls nicht… dann sind Sie vielleicht gefährlich.«

»Gefährlich? Wie zum Teufel meinen Sie das? Was bilden Sie sich überhaupt ein?«

Deverill sah Lugers wütenden Gesichtsausdruck und beobachtete, wie er seine Nackenmuskeln anspannte. Er kniff die Augen zusammen und musterte Luger prüfend. Sie waren gleich groß;

Luger war jünger, aber Dev war mindestens fünfzehn Kilo schwerer. »Ihr Tonfall gefällt mir nicht, Sir. Ich muss Sie bitten, jetzt zu gehen.«

»Ich habe Sie gebeten, Annie auszurichten, sie möchte einen Augenblick herauskommen und mit mir reden«, sagte David mühsam beherrscht. Dev reagierte nicht darauf. Luger war sich darüber im Klaren, dass er ihn zu nichts zwingen konnte: Weigerte Dev sich, seinem Wunsch nachzukommen, war er machtlos – außer Annie wusste, dass er hier war. Er sah über Devs linke Schulter und erhob seine Stimme: »Annie, hier ist David. Kommst du einen Augenblick heraus, damit wir miteinander reden können?«

Dev legte beide Hände auf Lugers Brust und versuchte, ihn von der Tür zurückzustoßen. »Ich habe Sie gebeten zu gehen, Luger. Jetzt fordere ich Sie auf: *Verschwinden Sie!*«

Luger wischte die Hände mit einer blitzschnellen Bewegung weg, die Dev überraschte. »Fassen Sie mich gefälligst nicht an, Deverill!«

»Ich verbitte mir, dass Sie mich so anbrüllen!«, knurrte Deverill.

»David?« Annie war hinter Dev an der Tür aufgetaucht. Sie trug eines seiner T-Shirts, das kaum bis über ihren weißen Baumwollslip reichte. »Was machst du hier?«

»Annie, ich wollte ...«

»Ich habe Sie gebeten, jetzt zu gehen, Sir«, sagte Deverill, der augenblicklich wieder auf seinen höflichen, aber festen, beschützenden Tonfall umgeschaltet hatte. Voneinander fernhalten konnte er die beiden jetzt nicht mehr. Dev wandte sich an Annie. »Der Oberst ist laut und unverschämt und will sich nicht eindeutig über seinen Geisteszustand äußern.«

»Über seinen *Geisteszustand?*« Annie trat einen Schritt vor und bemühte sich, Dev zur Seite zu schieben. »Lass mich durch, Dev ...«

»Das ist keine gute Idee, Heels«, wandte Dev ein. Er hatte noch eine Chance, das Band zu zerreißen, das anscheinend noch immer zwischen den beiden existierte, und entschied sich dafür, sie sofort zu nutzen. »Ich denke, dass er aus der Klink ausgebrochen ist, in der er auf seinen Geisteszustand untersucht werden sollte. Ich glaube, dass er sich unerlaubt von dort entfernt hat. Sieh dir seine Augen an – er hat Drogen genommen, denke ich. Er ist hier aufgekreuzt, hat nach dir gefragt und wollte gleich eine Prügelei mit mir anfangen.«

»Wissen Sie, was Sie mich können, Deverill?«

»Erzählen Sie's ihr, Oberst«, forderte Dev ihn auf. »Na los, sagen Sie's ihr selbst! Dürfen Sie überhaupt hier sein? Oder haben Sie sich unerlaubt aus der Klinik entfernt?«

»Sie können mich mal, Deverill!«

Dev wollte seinen Ohren nicht trauen – hatte er etwa zufällig den *wahren* Grund für Lugers überraschendes Aufkreuzen erraten? Konnte es sein, dass Luger tatsächlich aus der Klinik ausgebrochen war? Hatten sie ihn schon in der Klapsmühle gehabt, und er hatte irgendwie flüchten können? »Also, was ist mit Ihnen los, Sir? Haben Sie Drogen genommen? Sind Sie irgendwo ausgebrochen?«

»Dev, hör auf!«, kreischte Annie. »Was soll das?«

»Sie würden gern mit mir rausgehen, stimmt's, Oberst?«, fragte Dev laut. »Sie würden mir am liebsten einen Kinnhaken verpassen, was?«

Im nächsten Augenblick traf ihn eine ansatzlos geschlagene Gerade, die ihn überraschte, obwohl er auf der Hut gewesen war und schon einmal erlebt hatte, wie blitzschnell Luger sich bewegen konnte. Der Boxhieb traf Dev an der linken Schläfe und ließ ihn taumeln.

»David!«, rief Annie entsetzt. Sie führte Dev, der sich benommen den Kopf hielt, zum Sofa im Wohnzimmer. Neben seinem linken Auge quoll Blut aus einer kleinen Platzwunde. »David, bist du *übergeschnappt?«* Lugers Gesicht wurde ausdruckslos, und er brachte vor Überraschung den Mund nicht mehr zu. Auch Annie war von ihrer eigenen Reaktion überrascht. »Ich … ich hab's nicht so gemeint«, stammelte sie. »David …«

»Ich gehe fort, Annie«, sagte Luger mit leiser, ernster Stimme. Ihr Anblick – in Devs T-Shirt, frisch aus der Dusche, aus *seiner* Dusche, wie sie *seinen* Kopf zwischen ihren Händen hielt – war fast zu viel für ihn. »Ich komme nicht mehr zurück.«

»D-David? Wohin gehst du?«

»Weg.«

»Aber wohin? Das verstehe ich nicht.«

»Da gibt's nichts zu verstehen, Annie«, sagte Luger. »Ich bin nur vorbeigekommen, um dir Lebewohl zu sagen.«

»Was hast du vor?«

»Das kann ich dir nicht sagen, Annie«, wehrte er sichtlich gekränkt ab. »Aber ich komme schon zurecht. Mach dir keine Sorgen um mich.«

»David, du machst mir Angst! Erzähl mir, was du vorhast. Bitte!«

»Leb wohl, Annie«, sagte er nur. Annie wollte aufstehen und zu ihm laufen, aber Dev hielt sie am Handgelenk fest. Luger machte nicht den Eindruck, als habe er irgendwelche Drogen genommen; er war nicht erregt oder wild, sondern im Gegenteil sehr ruhig. Eigentlich viel zu ruhig. Was *zum Teufel* ging hier vor?

»Wann sehen wir uns wieder, David?«, fragte sie. Aber er gab keine Antwort, sondern wandte sich wortlos ab, ging die Treppe hinunter und verließ das Haus.

Zentrale der Firma Sky Masters Inc.,
Arkansas International Jetport, Blytheville, Arkansas
(einige Tage später)

Der kleine Bradley J. McLanahan beobachtete fasziniert die riesige DC-10 von Sky Masters Inc., die auf dem taghell beleuchteten Vorfeld des Flughafens stand, und verfolgte, wie die große Frachtluke auf der Backbordseite sich schloss, sobald die letzten Gabelstapler weggefahren waren. Er zupfte an den Jeans seiner Mutter. »Gehen wir heute fliegen, Mami?«

»Diesmal nicht, Schatz«, antwortete Wendy. »Daddy geht heute Abend fliegen.«

»Ich will aber auch fliegen!«, protestierte der Kleine. Das große Flugzeug, das als Transporter, Tanker und fliegender Leitstand eingesetzt werden konnte, ließ gerade sein Hecktriebwerk an. Bradley wandte sich bittend an Patrick. »Bitte, darf ich mitfliegen, Daddy?«

»Heute geht's leider nicht, mein Großer«, antwortete Patrick. »Aber wenn ich wieder heimkomme, fliegen wir mit der 210, okay?« Aber die Aufmerksamkeit seines Sohns war längst wieder auf die DC-10 konzentriert, was es Patrick erleichterte, ihm seinen Wunsch abzuschlagen.

»Ihr stehlt euch mitten in der Nacht davon«, sagte Wendy zu Patrick. »Die Sache kann nicht in Ordnung sein, wenn ihr das nötig habt.«

»Präsident Martindale hat's verlangt, also halten wir uns daran«, antwortete Patrick. »Ich wollte, du könntest mitkommen.«

»Irgendwer muss sich um Jons Firma kümmern«, stellte Wendy fest. »Dafür sind Helen und ich zuständig.«

»Nur bis die Situation sich wieder beruhigt hat.«

»Dann wirst du schrecklich lange unterwegs sein, fürchte ich«, sagte Wendy. »Weil die Situation meiner Ansicht nach erst angefangen hat, richtig zu brodeln.« Sie seufzte, dann fragte sie: »Weißt du schon, wo du sein wirst?«

»In der Türkei oder der Ukraine«, antwortete Patrick. »Die endgültige Entscheidung fällt erst nach unserem Tankstopp in Spanien oder Belgien.«

»Ich habe das Gefühl, dass wir schärfer verfolgt werden als der Kerl, den wir zu stoppen versuchen.«

»Richtig – zumindest vorläufig«, bestätigte Patrick. »Aber ich habe das Gefühl, dass sich das bald ändern wird. Ich vermute, dass wir mit stillschweigender Genehmigung des Weißen Hauses rechnen können. Kevin wird es irgendwann gelingen, Präsident Thorn davon zu überzeugen, dass wir keine Gefahr für ihn oder seine Regierung darstellen.« Sie hörten, wie das linke Triebwerk der DC-10 angelassen wurde, was für Patrick das Zeichen war, an Bord zu gehen. »Ich muss los.« Er küsste seinen Sohn auf die Wange, dann umarmte er Wendy und küsste sie zum Abschied.

»Ich wollte, ich könnte mitkommen«, sagte Wendy. »Nein, in Wirklichkeit wär's mir lieber, wenn wir die Finger von dieser

Sache ließen. Sie kommt mir aus irgendeinem Grund nicht richtig vor.«

»Ich weiß nicht, ob sie falsch oder richtig ist«, sagte Patrick, während er sie an sich drückte. »Ich wollte, ich wüsste das selbst.«

»Dann pass wenigstens gut auf dich auf.«

»Wird gemacht.« Er küsste sie nochmals, dann löste er sich aus ihrer Umarmung und hastete zur Fluggasttreppe. In der Maschine saßen bereits David Luger, Jon Masters, Hal Briggs, Chris Wohl und Marcia Preston. Kurze Zeit später lief auch das rechte Triebwerk, und die große Maschine begann zum Start zu rollen.

Patrick war eben dabei, sich auf dem spartanisch harten Sitz anzuschnallen, als eine Stimme aus seinem subkutanen Empfänger drang: »Patrick, hier Wendy. Ich sehe eine Formation aus drei Hubschraubern im Tiefflug über den Platz kommen. Markierungen sind keine zu erkennen.«

Im selben Augenblick hörte Patrick aus den Deckenlautsprechern: »General McLanahan, kommen Sie bitte sofort nach vorn.«

Patrick hastete ins Cockpit. Durch die Windschutzscheibe sah er die Hubschrauber in Baumhöhe aus Südwesten heranrasen. Die Dreierformation löste sich auf, sodass Patrick nur noch eine Maschine sehen konnte.

»Was sind das für Hubschrauber?«, fragte der Kopilot der DC-10 – und wurde dann sichtlich blass, als auf der internationalen Notfrequenz ein Anruf einging. »Scheiße …«

Der Flugingenieur hielt Patrick einen Kopfhörer hin. »Am besten hören Sie gleich mit, Sir«, sagte er.

»Achtung, DC-10 von Sky Masters, hier spricht das FBI«, hörte Patrick. »Sie werden hiermit angewiesen, sofort anzuhalten und Ihre Triebwerke abzustellen. Ich wiederhole: Sofort anhalten und Triebwerke abstellen.«

»Was sollen wir tun, Sir?«, fragte der Pilot.

»Weiterrollen«, entschied Patrick. »Sie nehmen den nächsten Rollweg zur Startbahn und starten dann so schnell wie möglich.«

»Wir sind mit fast maximaler Nutzlast unterwegs, Sir«, wandte der Flugingenieur ein. »Benutzen wir nur einen Teil der Bahn, haben wir bei einem Startabbruch nicht genügend Ausrollstrecke.«

»Wir müssen's versuchen«, sagte Patrick. »Kommen diese Hubschrauber noch näher und blockieren die Bahn, sitzen wir alle hinter Gittern, bevor Sie sich's versehen.« Der Pilot bog plötzlich auf einen kreuzenden Rollweg ab, und während Kopilot und Flugingenieur in verzweifelter Hast die Vorflugkontrollen abhakten, lenkte er die DC-10 auf die Startbahn, bremste dort und brachte die Triebwerke auf volle Leistung.

»General McLanahan, hier ist Earthmover«, hörte Patrick Generalleutnant Terrill Samson über seinen implantierten Empfänger sagen. »Versuchen Sie's lieber nicht. Das FBI hat Anweisung, die Startbahn zu blockieren.«

»Terrill, was haben Sie getan?«, fragte Patrick.

»Ja, ich habe ihnen gesagt, dass Sie möglicherweise dort sein würden – kaum zu glauben, aber das FBI hatte keine Ahnung von Sky Masters und der dortigen Fabrik«, antwortete Samson.

»Also haben *Sie* uns verpfiffen.«

»Ich habe lediglich das FBI bei seinen Ermittlungen unterstützt«, stellte Samson richtig. »Die Agenten haben einen Durchsuchungsbefehl, der ihnen das Recht gibt, die Fabrik und alle Flugzeuge zu durchsuchen. Sie müssen mit ihnen kooperieren. Stellen Sie die Triebwerke ab. Versuchen Sie auf keinen Fall, den Start zu erzwingen. Damit bringen Sie alle an Bord in Lebensgefahr.«

»Dann wollte ich, Sie wären mit an Bord, Samson«, sagte Patrick erbittert. Den Piloten rief er zu: »Los, bringt die Kiste in die Luft!« Ein letzter Blick zum Vorfeld hinüber zeigte ihm eine große Gruppe bewaffneter FBI-Agenten, die Wendy, Bradley und die anderen umzingelt hatte. Wendy hielt ihren kleinen Sohn ängstlich an sich gedrückt.

Einer der drei FBI-Hubschrauber, ein Bell 206B JetRanger, hatte gerade im vorderen Drittel der Startbahn aufgesetzt. Sein Pilot erkannte sofort, dass die DC-10 den Start nicht abbrechen würde, riss die Maschine mit einem Satz von der Bahn und rollte von ihr weg. Die DC-10 hatte an dieser Stelle bereits die Rotationsgeschwindigkeit erreicht, und ihre Wirbelschleppe ließ den Hubschrauber torkeln und krachend umstürzen.

»McLanahan«, fragte Terrill Samsons körperlose Stimme, »was ist bloß in Sie gefahren? Ist Ihnen klar, dass die Hubschrauberbesatzung vielleicht tot ist? Sind Sie verrückt geworden?«

»Stößt meiner Familie etwas zu, bin ich hinter *Ihnen* her, Samson«, drohte Patrick ihm.

»Wendy und Ihr Sohn sind nur vorläufig festgenommen«, erwiderte Samson. »Sie wird nicht verhaftet – außer sie verweigert die Aussage. Ihnen rate ich dringend, in der Platzrunde zu bleiben, bis Sie genügend Treibstoff verbraucht haben, um hier sicher landen zu können.«

»Sorgen Sie dafür, dass beiden kein Haar gekrümmt wird«, forderte Patrick ihn auf. »Sonst mache ich Sie persönlich dafür verantwortlich.«

»*Ich bin nicht Ihr Feind, Patrick!*«, erklärte Samson ihm mit Stentorstimme. »Wann kapieren Sie das endlich? Der Geist Brad Elliotts hat Sie völlig verwirrt. Lassen Sie nicht zu, dass auch Ihre Familie darunter leidet. Falls Sie sich nicht ergeben, Patrick, bin ich für nichts verantwortlich, was Wendy und Bradley zustoßen könnte.«

Dies war eine der schwierigsten Entscheidungen, die Patrick jemals hatte treffen müssen – den Befehl zum Umkehren *nicht* zu geben.

Terrill Samson setzte sich in Bewegung, um ein Geräusch zu erkunden, das sogar den Lärm der startenden DC-10 von Sky Masters und die Sirenen der noch immer aufs Vorfeld rollenden Fahrzeuge von FBI und Polizei übertönte: das gellende Kreischen eines verängstigten kleinen Jungen. Ein FBI-Agent, der zu seinem SWAT-Kampfanzug als Tarnung eine schwarze Sturmhaube trug und mit einer Maschinenpistole MP-5K bewaffnet war, wollte Wendy McLanahan den kleinen Bradley James McLanahan entreißen.

»Lassen Sie ihn los!«, rief der FBI-Agent. Wendy setzte sich gegen drei Agenten gleichzeitig zur Wehr. »Lassen Sie den Jungen los!«

Samson trat dazwischen und zog die FBI-Agenten von Wendy und dem Jungen fort. »Hände weg von den beiden, Officers, Hände weg!«

»Sie sind Verdächtige, General«, sagte einer der Vermummten. »Wir müssen ihnen Handschellen anlegen, bis wir alles durchsucht haben.«

»Hände weg, habe ich gesagt!« Der hünenhafte Dreisternegeneral legte Wendy McLanahan einen Arm um die Schultern und führte sie von den bewaffneten FBI-Agenten weg. »Ich übernehme die Verantwortung für diese beiden.«

Aber Wendy machte sich aus seiner Umarmung frei. »Fassen Sie mich nicht an, Samson!«, rief sie laut. »Ich sitze lieber in Einzelhaft, als mir von Ihnen helfen zu lassen!« Samson führte sie trotzdem weiter weg. Die FBI-Agenten versuchten nicht mehr, ihn daran zu hindern, und Wendy kümmerte sich lieber um ihren kreischenden Sohn, statt weiterhin Widerstand zu leisten.

»Wohin ist Patrick unterwegs, Wendy?«

»Scheren Sie sich zum Teufel, Samson.«

»Vorläufig wird nur ermittelt, Wendy – das FBI hat keine Haftbefehle«, erklärte Samson ihr. »Aber wenn Patrick mit diesem Flugzeug verschwindet, wird Anklage gegen ihn erhoben – wegen Behinderung von FBI-Ermittlungen, Verfälschung und Unterschlagung von Beweismaterial. Dann wäre er ein Justizflüchtling. Finden wir irgendeinen Beweis dafür, dass hier jemand McLanahan wissentlich ermöglicht hat, dieses Flugzeug zu benutzen, wird die Fabrik geschlossen, und das gesamte Führungspersonal wandert ins Gefängnis. Die Sache ist ernst, Wendy. Sie müssen mir *sofort* sagen, wohin er unterwegs ist.«

»Samson, Ihnen sage ich überhaupt nichts«, antwortete Wendy, die Bradley tröstend an sich gedrückt hielt. »Aber ich will Ihnen eine Frage stellen.«

»Ich weiß, ich weiß – Sie halten mich für einen Verräter, weil ich nicht auf McLanahans Seite stehe und ihm helfe, seinen kleinen Privatkrieg zu führen«, warf Samson ein. »Sie wollen fragen: Wo bleibt meine Integrität? Wo bleibt meine Loyalität? Ist mir alles egal, was hier passiert? Warum unternehme ich nichts dagegen?«

»Nein«, widersprach Wendy McLanahan. »Meine Frage lautet: Amüsieren Sie sich gut?«

»Amüsieren?«, wiederholte Samson ungläubig. Um sie herum herrschte Chaos, Polizeibeamte führten Techniker und Ingenieure in Handschellen ab, und der kleine Bradley kreischte noch immer wie am Spieß. »Ob ich mich amüsiere? Wollen Sie mich auf den Arm nehmen, Doktor? Ich sehe hier nichts, worüber man sich amüsieren könnte.«

»Dann tun Sie also nur Ihre Pflicht, nicht wahr, General?«

Samson wusste keine Antwort. Dem FBI zu helfen, seinen Freund und ehemaligen Stellvertreter aufzuspüren, eine Razzia bei einer Privatfirma zu veranstalten und als zuverlässig bekannte Männer und Frauen in Handschellen abführen zu lassen, weil Patrick McLanahan *vielleicht* einen Angriff auf ein anderes Land plante, stand ganz sicher nicht in seiner Stellenbeschreibung. Warum machte er das also? Nur weil es ihm befohlen worden war? »Nein, ich amüsiere mich keineswegs, Wendy. Mir ist ehrlich gesagt schrecklich zumute.«

»Ich wollte mich nur vergewissern«, sagte Wendy verbittert. »Ich weiß nämlich bestimmt, dass Sie's nicht tun, um zu lernen, ein besserer Mensch zu werden, oder um dazu beizutragen, diese Welt zu verbessern. Da der einzige weitere Grund für Ihr Verhalten der Wunsch sein könnte, sich hier zu amüsieren, verwirrt mich, dass Sie angeblich keinen Spaß an dieser Sache haben. Wozu dann alles?« Wendy ging mit ihrem kreischenden Sohn auf dem Arm auf die Polizeifahrzeuge zu und duldete es, dass eine Polizeibeamtin ihr Bradley abnahm. Sie bekam Handschellen angelegt, wurde einer Leibesvisitation unterzogen und musste sich mit der Polizeibeamtin und ihrem Sohn in einen der bereitstehenden Vans setzen.

Terrill Samson wollte hinter Wendy herlaufen, um Bradley und sie aus dem Chaos, von den Blinkleuchten und dem Lärm wegzuführen, aber die Füße verweigerten ihm den Dienst. Seine Welt schien in Trümmer zu fallen. Erst die unerklärlichen Maßnahmen des Präsidenten der Vereinigten Staaten, dann die Russen und danach die Enthüllungen in den Medien über Dreamland; sein ehemaliger Stellvertreter war dabei, einen Einmannfeldzug gegen die Russen und einen mächtigen russischen Mafioso zu führen, und er selbst half dem FBI bei einer Razzia gegen ein Privatunternehmen, das verdächtigt wurde, McLanahans privaten Feldzug zu begünstigen. Er hatte keine Ahnung, was als Nächstes passieren würde.

Aber eines stand fest: Patrick McLanahan war ein Kämpfer, ein Krieger, und er kämpfte weiter. Und bisher war er siegreich. Vielleicht nicht in jeder Schlacht, vielleicht nicht einmal in den meisten – aber er siegte, während Terrill Samson sich jetzt bestimmt nicht als Sieger fühlen durfte.

Er musste irgendeine Möglichkeit finden, sich ebenfalls in einen Sieger zu verwandeln.

9

Über dem Schwarzen Meer
(einige Monate später)

»Da kommen sie, *Kapitan*«, meldete der Ausguck. »Sie sehen wie russische Hubschrauber aus. Mil Mi-14, landgestützte Amphibienhubschrauber mit großer Reichweite. Markierungen sind keine zu erkennen.«

»Was zum Teufel wollen sie von uns?«, murmelte Tankerkapitän Sergei Trewnikow nervös, während er die Hubschrauber beunruhigt durchs Fernglas beobachtete. Er hoffte, dass sie sich nur auf einem Ausbildungs- oder Patrouillenflug befanden, denn auf seinem Schiff gab es nicht genügend Platz für eine Landung so großer Hubschrauber. »Weiter keine Antwort auf den internationalen Wach- und Notfrequenzen?«

»Nein, *Kapitan.*«

»*Pasashi shalupu!*«, fluchte Trewnikow. Er war Kapitän des russischen Öltankers *Ustinow*, eines in Privatbesitz befindlichen Tankers mit Heimathafen Noworossijsk, der mit fast einer Million Barrel Rohöl zu dem großen neuen Verladeterminal in der bulgarischen Stadt Burgas unterwegs war. Trewnikow war häufige Besuche von Hubschraubern gewöhnt, die dringend benötigte Ersatzteile transportierten, Schwerkranke von Bord holten oder VIPs zu Besuch brachten, aber diese drei Hubschrauber waren unidentifiziert, unangekündigt und ganz entschieden unerwünscht.

»Schnell, der Zahlmeister soll sofort Gewehre und Pistolen ausgeben!«, ordnete Trewnikow an. Er stellte sein Funkgerät auf die Notfrequenz fürs Schwarze Meer ein. »Kriegsmarine der Russischen Föderation, Kriegsmarine der Russischen Föderation, hier ist der unter russischer Flagge fahrende Öltanker *Ustinow* auf der Notfrequenz. Unsere Position: sechzig Seemeilen nördlich des türkischen Hafens Zonguldak, auf Westkurs zum Metjorgas-Terminal in Burgas. Aus Norden fliegen drei militärisch aussehende Hubschrauber an. Es scheint sich um Mi-14 aus russischer Produktion zu handeln. Sie sind nicht zu identifizieren und reagieren nicht auf unsere Anrufe. Wir bitten um sofortige Unterstützung. Kommen.«

Trewnikow musste seinen Anruf mehrmals wiederholen, aber nach der vierten oder fünften Meldung forderte ein Marinefunker ihn auf, die Frequenz zu wechseln. »Tanker *Ustinow,* wir hören Sie jetzt laut und klar«, bestätigte die Stimme. »Befinden Sie sich in aktueller Gefahr?«

»Gefahr? *Da, byt w glupokoj shopi!* Ja, wir stecken tief in der Scheiße! Ich glaube, diese Kerle wollen uns entern! Sie schweben in diesem Augenblick übers Vorschiff an!«

»Verstanden, *Ustinow«,* sagte der Funker. »Wir geben Ihre Anforderung weiter. Bleiben Sie auf dieser Frequenz hörbereit und melden Sie etwaige feindselige Handlungen. Kommen.«

»Was sollen wir tun, bis Hilfe kommt? Am Daumen lutschen? Soll ich stoppen?«

»Das Flottenkommando empfiehlt Ihnen, etwaige Befehle auszuführen, um Schäden an Ihrem Schiff zu vermeiden«, antwortete der Funker. »Sind Sie gegenwärtig beladen?«

»Scheiße, klar sind wir beladen – wir haben eine *Million* Barrel Rohöl an Bord!«, brüllte Trewnikow ins Mikrofon. Er machte eine Pause, traf eine Entscheidung und fügte hinzu: »Wir sind ein Tanker von Metjorgas. Haben Sie verstanden? *Metjorgas.* Sehen Sie in Ihren Unterlagen nach – dann wissen Sie, wem dieses Schiff und seine Özladung gehören. Ich rate Ihnen, das Ihren Vorgesetzten zu melden. Und an Ihrer Stelle würde ich mich damit beeilen!«

Die Reaktion ließ nicht lange auf sich warten. Schon wenige Minuten später meldete sich über Funk eine neue Stimme: »Tanker *Ustinow,* hier Kapitän Boriskow, Kommandant des Zerstörers *Besstraschny,* Siebenundneunzigste Zerstörergruppe, Noworossijsk. Wir haben verstanden, dass Sie in internationalen Gewässern von drei nicht identifizierten Militärhubschraubern angesteuert werden. Beschreiben Sie etwa sichtbare Markierungen und melden Sie, ob Sie irgendwelche Waffen erkennen können.«

»Das sind einfach drei verdammt große Transporthubschrauber«, antwortete Trewnikow. Jetzt reagierte die russische Kriegsmarine endlich. Man brauchte nur den Namen »Metjorgas« zu erwähnen, damit alle schweißnasse Hände bekamen. Niemand, nicht einmal die Seestreitkräfte der Russischen Föderation, wollte sich mit Pawel Kasakow anlegen. »Ich sehe weder Markierungen noch Waffen.«

»Verstanden. Patrouillenflugzeuge und -schiffe sind unterwegs«, sagte Boriskow. »Wir empfehlen, möglichst auf Gegenkurs zu gehen und die Erlaubnis zum Anbordgehen zu verweigern.«

»Scheiße«, knurrte Trewnikow, »das kostet uns wertvolle Zeit und unseren Entladeplatz in Burgas.« Das erst vor kurzem in der bulgarischen Stadt eröffnete Metjorgas-Terminal war einer der größten und modernsten Tankerhäfen Osteuropas. Kasakows neue Pipeline von Burgas nach Vlorë in Albanien verringerte die Kosten für den Erdöltransport nach Westeuropa um mindestens ein Drittel, was allen Nutzern riesige Gewinne bescherte. Deshalb war das Terminal in Burgas immer gut ausgebucht, und reservierte Plätze verfielen schon nach kurzer Zeit. Eine Verzögerung von fünf bis sechs Stunden konnte bedeuten, dass sie tagelang vor Burgas auf der Reede liegen mussten, bis sie einen anderen Platz zugeteilt bekamen. »Können Sie nicht einen Jäger vorbeischicken, der die Scheißkerle vertreibt?«

»Wir lassen Kampfflugzeuge startklar machen«, antwortete der Zerstörerkommandant, »aber die brauchen einige Zeit, um Ihre Position zu erreichen. Sie helfen uns, wenn Sie auf Gegenkurs gehen. Verstanden?«

»Schon gut, schon gut«, sagte Trewnikow. Seinem Rudergänger befahl er: »Ruder hart Steuerbord!« Diesen Befehl gab er nur ungern, denn ein großer Tanker wie die *Ustinow* – mit gut hundertfünfzigtausend BRT über zweihundert Meter lang – brauchte fast eine Stunde und über fünfzehn Seemeilen, um auf Gegenkurs zu gehen. »Ich gehe mit Ruder hart Steuerbord auf Kurs null-sechsnull«, meldete er über Funk.

»Verstanden«, bestätigte der Kommandant. »Wo sind die unidentifizierten Hubschrauber jetzt?«

Trewnikow suchte die Kimm ab und folgte den ausgestreckten Zeigefingern der Brückenbesatzung. »Ungefähr zweihundert Meter entfernt an Backbord«, antwortete er. »Sie tragen Zusatztanks. Die Dinger sehen wie Torpedos aus, aber es sind Zusatztanks. Meine Männer sagen mir, dass es sich um Transporthubschrauber Mi-14 handelt. Sie kommen mittschiffs näher... Augenblick! Ich sehe Taue! Sie lassen Taue von den Hubschraubern herunter... an den Tauen klettern Männer herunter! Soldaten! Kommandosoldaten! Mein Schiff wird von Kommandos geentert! Jeder Hubschrauber setzt acht bis zehn Mann ab! Sie sind an Deck, sie kommen aufs Steuerhaus zu! *Kommandosoldaten haben mein Schiff geentert!*«

»Ruhig, *Kapitan*, ganz ruhig«, sagte Boriskow. »Unser Patrouillenflugzeug ist keine zehn Minuten von Ihnen entfernt. Wir schicken Jäger los, und ein Kriegsschiff erreicht Sie in ungefähr zwei Stunden. Können Sie sich auf Ihrer Brücke verbarrikadieren?«

»Gegen Kommandos? Zwei Stunden lang? Sind Sie verrückt?« Trotzdem ordnete der Tankerkapitän an, die Türen des Steuerhauses zu schließen und abzusperren. Er machte sich keine Illusionen über ihre Chancen, die Angreifer abzuwehren, aber er wollte es wenigstens versuchen. Sobald die beiden Türen zu den Brückennocken und die ins Schiffsinnere führende Tür abgesperrt waren, ließ er die Brückenbesatzung vor der Konsole des Rudergängers in Deckung gehen. Von dort aus konnten sie die beiden äußeren Türen beobachten. Vier seiner Leute waren bewaffnet – zwei mit Sturmgewehren, die beiden anderen mit Pistolen.

Zehn Minuten später wurde die Stahltür zur Backbordnock aufgesprengt. Zu Trewnikows Überraschung erschien eine einzelne unbewaffnete Gestalt auf der Schwelle. »Feuer frei!«, befahl der Kapitän. Seine vier Männer schossen, so schnell sie nur konnten. Die Gestalt stand einfach nur da... und blieb auf den Beinen, ging nicht zu Boden. Sie musste von mindestens achtzig Schüssen getroffen worden sein – sie war kaum zehn Meter von ihnen entfernt –, aber sie brach nicht zusammen.

»*Astanwalitsja!*«, brüllte der Unbekannte in sehr schlechtem Russisch mit unüberhörbar amerikanischem Akzent. »*Gdje direktaram?*«

»Wer sind Sie?«, rief der Tankerkapitän laut. Durch die Brücke zogen graue Pulverdampfschwaden, die ihm in den Augen brannten. Hatten seine Männer etwa nur mit Platzpatronen geschossen? Warum war dieser Kerl nicht zu Boden gegangen? »Was wollen Sie?« Seinen Leuten befahl er halblaut: »Schnell nachladen, verdammt noch mal!«

»*Gje direktaram?*«, wiederholte der Unbekannte.

»Sprechen Sie Englisch – von Ihrem Russisch bekomme ich Kopfschmerzen«, rief Trewnikow in fließendem Englisch. »Der Kapitän bin ich. Was wollen Sie auf meinem Schiff?« In diesem Augenblick flog auch die Steuerbordtür auf, und auf der Schwelle erschien eine weitere unbewaffnete Gestalt. Ein Besatzungsmitglied schoss ein ganzes Magazin seines Sturmgewehrs – dreißig Schuss in fünf Sekunden – auf den Kerl leer, der jedoch wie der andere auf den Beinen blieb. Der erste gepanzerte Terrorist blieb ruhig stehen und sah zu, wie sein Partner beschossen wurde. »*Wer sind Sie?*«, wiederholte Trewnikow, dessen Augen vor Entsetzen aus ihren Höhlen zu quellen drohten. »Was wollen Sie?«

»Ich will, dass Sie die Klappe halten und tun, was Ihnen befohlen wird«, antwortete der erste Kommandosoldat. »Legen Sie die Waffen nieder, dann passiert niemandem etwas. Darauf gebe ich Ihnen mein Wort.«

»*Satsja na niwo hatel!*«, brüllte der Wachoffizier, riss seine nachgeladene Pistole hoch und zielte auf den ersten Mann, der sich den Russen einige Schritte genähert hatte. Aber bevor der Offizier abdrücken konnte, hörten und spürten alle das Knistern einer elektrischen Entladung, die vom Körper des Unbekannten auszugehen schien, und der Wachoffizier taumelte rückwärts, brach am Schanzkleid zusammen und blieb von Muskelkrämpfen geschüttelt liegen.

»Los, *sofort* weg mit den Waffen!«, befahl ihnen die zweite Gestalt. Sie gehorchten hastig, richteten sich hinter der Konsole des Rudergängers auf und hoben die Hände, um zu zeigen, dass sie sich ergaben. Weitere Kommandos kamen hereingestürmt und machten sich rasch daran, die Brückenbesatzung zu durchsuchen. Die Offiziere mit Ausnahme des Kapitäns wurden mit auf den Rücken gefesselten Händen abgeführt.

»Ihr Schiff steht jetzt unter meinem Befehl«, sagte der erste Mann mit elektronisch erzeugter Stimme, die wie eine Roboterstimme klang. Kapitän Trewnikow starrte ihn ungläubig an. Der Terrorist war von Kopf bis Fuß in eine graue Montur aus dünnem Material gehüllt, zu der ein Helm mit Vollvisier und ein schmaler Tornister in Körperform gehörten. Weder die Sprengladung noch die vielen Gewehr- und Pistolengeschosse hatten irgendwelche Spuren hinterlassen. Auf den Schultern des Unbekannten sah der Kapitän kleine Elektroden – vermutlich war von dort der Stromstoß gekommen, der seinen Wachoffizier außer Gefecht gesetzt hatte.

»Sie entführen einen *Öltanker?* Mitten auf dem gottverdammten Schwarzen Meer? Ahnen Sie überhaupt, was Sie da versuchen?«

»Das wird sich zeigen«, sagte der Unbekannte gelassen. Er erteilte seinen Männern einige kurze Befehle, während sie die Brückenbesatzung abführten. Sein Partner, der ebenfalls diesen eigenartigen, aber offenbar sehr wirkungsvollen Ganzkörperpanzer trug, verließ ebenfalls die Brücke.

Trewnikow trat drohend auf den Kommandosoldaten zu, dessen Gesicht nicht zu erkennen war. »Wissen Sie, wem dieses Schiff gehört, Arschloch?«

»Metjorgas«, antwortete der Unbekannte.

»Und wissen Sie, wem Metjorgas gehört?«

»Der IIG Metjor.«

»Und wissen Sie …?«

»Ich weiß recht gut, dass der Eigner dieses Schiffs und seinerÖlladung der russische Gangster und Drogenbaron Pawel Kasakow ist«, sagte der Kommandosoldat mit einer Andeutung von Triumph in der Stimme. »Aber die *Ustinow* und ihre Ladung sieht er nie wieder.«

»Das ist heute nicht Ihr erster Fehler, *aslajop*«, behauptete

Trewnikow. Diesmal bedachte er den Terroristen mit einem bösartigen Lächeln. »Aber es könnte leicht Ihr letzter gewesen sein. Erfährt Genosse Kasakow, dass amerikanische Kommandos in dämlichen Tanzkostümen seinen Tanker entführt haben, wird er sich ein Vergnügen daraus machen, euch alle bei lebendigem Leib zu rösten.«

»Warten wir's ab, Freundchen«, sagte der Unbekannte gelassen. Er zog Plastikhandschellen aus seiner Gürteltasche, fesselte Trewnikow damit die Hände auf den Rücken und ließ den Kapitän abführen.

Zwanzig Minuten später hatten die Terroristen die gesamte Besatzung mit auf den Rücken gefesselten Händen am Bug des Tankers zusammengetrieben. Zwei weitere Hubschrauber setzten zwei Dutzend Maskierte ab, die nur mit Pistolen bewaffnet waren und die Kontrolle über das Schiff übernahmen, und luden mehrere lange Holzkisten ab, die in Netzen an den Lasthaken unter ihren Rümpfen hingen. Danach dauerte es nicht mehr lange, bis der Tanker *Ustinow* auf Südkurs in Richtung Türkei lief.

Aber sie blieben nicht lange allein. Schon wenige Minuten später trafen drei weitere Hubschrauber ein: eine Bell 214ST mit einem Kamerateam des staatlichen türkischen Fernsehens und zwei Amphibienhubschrauber Mil Mi-14PL Haze der Marineinfanterie der Russischen Föderation.

»Achtung, Kommandos an Bord der *Ustinow*, hier ist die Marineinfanterie der Russischen Föderation«, meldete sich eine Stimme über Funk. »Sie haben ein unter russischer Flagge fahrendes Schiff illegal auf hoher See geentert. Wir haben Befehl, die Kontrolle über den Tanker zu übernehmen. Ich befehle Ihnen hiermit, ihre Waffen abzulegen und sich gut sichtbar an Deck zu versammeln.« Keine Reaktion. »Seien Sie nicht töricht«, fuhr der russische Kommandeur fort. »Einer unserer Zerstörer ist keine zwei Stunden mehr von Ihnen entfernt. Sie können keinen Hafen erreichen, bevor der Zerstörer Sie einholt.« Noch immer keine Antwort. »Also gut, dann bereiten Sie sich auf Ihren Tod vor.«

Die russischen Transporthubschrauber flogen näher an die *Ustinow* heran. Sie hatten sich dem Tanker bis auf eineinhalb Kilometer genähert, als von einer Mittschiffsposition aus plötzlich ein heller Feuerschweif über den schon dämmrigen Abendhimmel raste. Die von der Schulter eines Kommandosoldaten abgefeuerte Fla-Lenkwaffe traf einen der russischen Marinehubschrauber und ließ seine Triebwerke explodieren, sodass er ins Meer stürzte. Der zweite Hubschrauber drehte sofort ab und flog in Richtung Russland davon. Ein Hubschrauber der türkischen Küstenwache, der inzwischen herangekommen war, um die Weiterfahrt des Tankers zu überwachen, ging augenblicklich tiefer und begann mit der Suche nach etwaigen Überlebenden.

Als es schon fast dunkel war, traf die zweite Angriffswelle ein: ein zweisitziger Jagdbomber Suchoi Su-24C Fencer der russischen Kriegsmarine aus Noworossijsk. Die Su-24 trug zwei Abwurflenkwaffen Kh-29 Kedge mit Infrarotsteuerung. Sie blieb in über fünftausend Meter Höhe und bei Mach 0,9, um kein Ziel für eine Fla-Lenkwaffe zu bieten. Bereits aus fünfzehn Kilometern Entfernung hatte ihr Waffensystemoffizier das Heck der Ustinow auf seinem Bildschirm. Sein Auftrag: Ruderblatt und Schrauben des Tankers zerschießen. Bei zehn Kilometern war der Tanker in Reichweite der Abwurflenkwaffe Kh-29. Der Pilot klappte die Abdeckung von seinem Feuerknopf zurück…

…und in genau diesem Augenblick explodierte das rechte Triebwerk der Su-24. Die Besatzung stieg in letzter Sekunde mit ihren Schleudersitzen aus, bevor ihre Maschine in einem Feuerball verschwand.

Es dauerte eine weitere Stunde, bevor ein zweiter Jagdbomber des Typs Su-24 die *Ustinow* erreichte, aber auch er verschwand vom Radarschirm, kurz bevor er den Tanker angreifen konnte – und auch er war weit außerhalb der Reichweite tragbarer Fla-Lenkwaffen gewesen. Einige Minuten später wurde eine der vier riesigen Propellerturbinen des Seeaufklärers Tu-95F, den die russische Kriegsmarine zur Beobachtung der *Ustinow* entsandt hatte, durch einen Lenkwaffentreffer zerstört, sodass die Maschine abdrehen und zu ihrem Stützpunkt zurückfliegen musste.

Unterdessen hatte der russische Zerstörer *Besstraschny*, der ursprünglich in einem ukrainischen Hafen stationiert gewesen, aber nach Noworossijsk verlegt worden war, als das Schiff nach dem Auseinanderbrechen der Sowjetunion an Russland gefallen war, das Seegebiet, in dem der Tanker sich befand, schon fast erreicht. Der Taktikoffizier des Zerstörers hatte bereits eine Warnung an alle Schiffe und Flugzeuge herausgegeben, dieses Seegebiet zu meiden, und der Bordhubschrauber der *Besstraschny*, ein Kamow Ka-27, hatte ihnen bereits die genaue Position des Tankers übermittelt. Die in der Nähe befindlichen Patrouillenboote der türkischen Küstenwache waren nur leicht bewaffnet und stellten somit keine Gefahr für die *Besstraschny* dar, die zu den größten Kriegsschiffen auf dem Schwarzen Meer gehörte.

Kapitän zur See Boriskow besprach sich im Lagezentrum des Zerstörers mit seinem Taktikoffizier, dem Nachrichtenoffizier, den Waffenoffizieren und dem leitenden Ingenieur des Zerstörers. »Wann kommt die *Ustinow* in Reichweite?«, fragte der Kommandant.

»Sie ist bereits in Reichweite der 3M-82, *Kapitan*«, meldete der Erste Waffenoffizier. Die 3M-82 *Moskit* war eine überschallschnelle, radargesteuerte Lenkwaffe zur Bekämpfung von Schiffszielen.

»Ich will das verdammte Schiff nicht versenken, sondern nur bewegungsunfähig machen«, sagte Boriskow.

»Dann haben wir nur die vordere AK-130, bis wir in Hubschrauberreichweite sind«, stellte der Taktikoffizier fest.

»Worauf schießen wir uns ein? Auf die Ruderanlage? Die Schrauben? Den Maschinenraum?«

»Ich schlage vor, die Aufbauten zu beschießen, *Kapitan*«, sagte der Taktikoffizier. »Dadurch erzeugen wir Verwirrung an Bord, erwischen vielleicht ein paar Terroristen und können die *Ustinow* von Marineinfanterie entern lassen, um das Schiff wieder unter unsere Kontrolle zu bringen. Zerschießen wir die Ruderanlage oder beschädigen die Schrauben, kann das zu einer noch größeren Katastrophe führen, wenn der Tanker vor der türkischen Küste auf Grund läuft.«

»Wen kümmert's, ob er irgendwo auf Grund läuft«, knurrte der Kommandant.

»Aber das wäre dann teilweise *unsere* Schuld – und genau das könnte das eigentliche Ziel der Terroristen sein«, wandte der Nachrichtenoffizier ein. Er senkte seine Stimme, als er hinzufügte: »Bedenken Sie, wem Schiff und Ladung gehören, *Kapitan.*«

Der Kommandant wurde blass. Pawel Kasakow.

In den vergangenen Monaten war Pawel Gregorjewitsch Kasakow zu einem der reichsten, bekanntesten und von den Medien am aufmerksamsten beobachteten Männer der Welt aufgestiegen. Er hatte schon immer in dem Ruf gestanden, gefährlich zu sein, aber jetzt verfügte er über wirkliche, legitim erlangte Macht. Sein Ölimperium erstreckte sich vom Kaspischen Meer bis zur Adria. Er exportierte mehr als halb so viel Erdöl wie sämtliche OPEC-Mitglieder zusammen – und arbeitete bei Förderung und Transport weit billiger und effizienter als die Konkurrenz. Staaten und Konzerne wurden durch die Zusammenarbeit mit ihm reich, was bewirkte, dass immer mehr Staaten seine Unternehmungen förderten und schützten.

Kasakows wichtigster Protektor schienen die russischen Streitkräfte zu sein, die von Georgien im Osten bis nach Albanien im Westen eine lückenlose Kette von Militärstützpunkten aufgebaut hatten. Obwohl in Georgien keine russischen Truppen standen, wusste die dortige Staatsführung, dass an ihrer Nordgrenze starke russische Verbände für den Fall zum Einmarsch bereitstanden, dass die Regierung nicht willens oder fähig war, die Kämpfe in der umstrittenen Region Nagorny-Karabach so weit einzudämmen, dass sie keine Gefahr für die Öltransporte von Metjorgas darstellten. Die russische Armee ging bereits gegen den Grenzverkehr muslimischer Rebellen zwischen Tschetschenien und Georgien vor und verfolgte muslimische Guerillas häufig auch über die georgische Grenze hinweg. Und die russische Kriegsmarine hatte ihre Patrouillentätigkeit auf dem Schwarzen Meer verstärkt, um den zunehmenden Tankerverkehr zu schützen.

Am auffälligsten war jedoch, dass die russische Armee ihre Truppenstärke auf dem Balkan auf einen seit dem Zweiten Weltkrieg nicht mehr da gewesenen Stand erhöht hatte. In elf großen Stützpunkten in Bulgarien, Makedonien, Serbien, Bosnien-Herzegowina, Kroatien, Montenegro, den serbischen Provinzen Vojvodina und Kosovo sowie in Albanien waren fünfzigtausend Mann stationiert – offiziell als »Friedenstruppe« mit dem Auftrag, die Durchsetzung der den Balkan betreffenden UN-Resolutionen zu erzwingen. Da sie entlang der neuen Metjorgas-Pipeline stationiert waren, war ihr eigentlicher Auftrag kaum zweifelhaft, aber sie setzten auch die Einhaltung der UN-Resolutionen durch und hielten sich sogar an die meisten NATO-Grundsätze für bewaffnete Einsätze auf dem Balkan, während sie in dem Gebiet zwischen Slowenien und dem Schwarzen Meer, von Ungarn bis zur Nordgrenze Griechenlands fast nach eigenem Ermessen operierten.

Statt sich durch diese massive Militärpräsenz bedroht zu fühlen, empfanden die meisten Staaten sie sogar als vorteilhaft. Die Kämpfe zwischen Regierungstruppen und Drogen- oder Waffenschmugglern waren praktisch zum Erliegen gekommen, weil die russische Armee rücksichtslos jeden verfolgte, der auch nur verdächtigt wurde, Grenzen illegal überschreiten, Drogen schmuggeln oder irgendwo auf dem Balkan Aufständische bewaffnen zu wollen. Auch die bisher häufigen Zusammenstöße zwischen Serben und anderen ethnischen Gruppen sowie zwischen Anhängern unterschiedlicher Religionen hatten so gut wie aufgehört. Erstmals seit der schlechten alten Zeit unter Marschall Tito herrschte auf dem Balkan fast wieder Frieden.

Gewiss, auf den meisten Flughäfen der Großstädte in diesem Gebiet standen immer mehrere russische oder deutsche Transportmaschinen, und über wichtigen Abschnitten waren ständig russische oder deutsche Kampfhubschrauber unterwegs. Das machte viele Leute nervös – vor allem Angehörige der älteren Generation, die sich an den Zweiten Weltkrieg erinnern konnten. Aber während Pawel Kasakow noch vor wenigen Monaten in ganz Europa als Paria gegolten hatte – weltweit war er wegen Drogenhandels und Gewaltverbrechen weiterhin in dreizehn Staaten zur Fahndung ausgeschrieben –, wurde er heute als eine Art Erlöser gepriesen: als wagemutiger Unternehmer, der einigen der ärmsten Staaten Europas im Alleingang zu bescheidenem Wohlstand verholfen hatte. Ausgerechnet dieser Mann, der den Heroinschmuggel in Europa zu einer Kunst erhoben hatte, finanzierte in über zwei Dutzend außereuropäischen Staaten Programme zur Bekämpfung des Koka- und Schlafmohnanbaus.

Letztlich konnte jedoch kein Mensch bezweifeln, dass die Anwesenheit der Russen allen Vorteile brachte. Letztlich schien das Öl jedermann reich zu machen. Was gab es daran auszusetzen?

»Ist das vielleicht ein öko-terroristischer Anschlag?«, fragte der Kommandant, dem schlagartig bewusst wurde, dass er – auch im eigenen Interesse und in dem seiner Angehörigen – diese Sache nicht vermasseln durfte. Als sein Nachrichtenoffizier nickte, schüttelte er nur den Kopf. »*Nje kruti mnje jaitza*«, sagte er angewidert.

»Der Tanker hat einen weiteren Leitstand auf dem Bootsdeck«, sagte der leitende Ingenieur, indem er ein Fax mit einer Schnittzeichnung der Aufbauten vorlegte. »Zerstören wir die Brücke, lässt das Schiff sich weiterhin von dem Leitstand aus steuern. Die Terroristen halten sich bestimmt auf der Brücke auf – dort erwischen wir garantiert ein paar von ihnen.«

»Also gut«, entschied der Kommandant. »Wir gehen so nahe an die *Ustinow* heran, dass wir sicher sein können, nur die Kommandobrücke zu treffen, und lassen den zweiten Leitstand, die Ruderanlage und die Schrauben unbeschädigt. Erster, welche Mindestentfernung brauchen Sie dafür?«

»Ich schlage vor, mit optischem Visier und Laserentfernungsmesser zu schießen«, antwortete der Erste Artillerieoffizier. »Bei diesem Wetter, unter diesen Bedingungen sollten wir auf mindestens fünfzehn Kilometer herangehen.«

»Einverstanden«, sagte Boriskow. »Kurz vor der Feuereröffnung lassen wir den Hubschrauber starten und setzen ein Boot mit einem Prisenkommando aus. Ich verlasse mich darauf, dass diese Aktion exakt koordiniert wird.« Seine Offiziere nickten zustimmend. »*Loschka djogtja w bostchkje mjoda.* Damit wären wir aus dem Gröbsten raus. Aber was ist mit den Angriffen auf die Su-25 und die Tu-95? Von welchen Waffen sind sie getroffen worden? Irgendwelche Ideen?«

»Keine Ahnung, *Kapitan*«, antwortete der Taktikoffizier. »Allerdings kommen wir erst jetzt in Radarreichweite des Gebiets, in dem sie getroffen wurden. Wir hören den türkischen Flugfunk mit, aber bisher weist nichts auf einen Start türkischer Abfangjäger hin.«

»Ich glaube nicht, dass die Türken so dämlich sein werden, sich in diese Sache einzumischen«, meinte der Kommandant. »Wie kämen sie auch dazu, einer Bande idiotischer Terroristen zu helfen, die einen Öltanker zu entführen versuchen? Wohin wollen diese Kerle überhaupt? Wir werden ihnen bald demonstrieren, dass ihr Unternehmen gescheitert ist.«

Codlea, Rumänien
(zur gleichen Zeit)

»Aufwachen!«, kreischte Fursenko mit sich überschlagender Stimme. »Wachen Sie auf, verdammt noch mal, sonst bringt er uns alle um!« Seine Nackenhaare sträubten sich, als er Alkoholdunst roch, und auf seiner Stirn bildeten sich Schweißperlen.

Ion Stoica hatte das Gefühl, sein Kopf müsse im nächsten Augenblick platzen; Gaumen und Zunge fühlten sich rau wie Sandpapier an. Er wälzte sich schwerfällig auf die Seite. »Verdammt, was wollen Sie, Fursenko?«, murmelte er undeutlich.

»Ein Öltanker von Metjorgas ist im Schwarzen Meer gekapert worden!«, rief Fursenko aufgeregt. »Terroristen wollen ihn entführen! Genosse Kasakow verlangt, dass Sie sofort starten!«

Stoica rappelte sich auf, zog seine Fliegerkombi über die Baumwollunterwäsche, die er noch trug, schlüpfte in seine Stiefel und tappte aus seinem Zimmer in der kleinen Baracke neben dem Haupthangar. Dieser hölzerne Behelfsbau war seit nunmehr acht Monaten seine Unterkunft. Bis vor einem Vierteljahr hatte er ihn sich mit Gennadi Jegorow, seinem Waffenoffizier an Bord des Stealth-Jagdbombers Metjor Mt-179, teilen müssen, aber dann hatte er ihn endlich dazu überreden können, sich eine eigene Unterkunft zu suchen. Jegorow hatte sich im Dachgeschoss des Hangars einquartiert – der Lärm der unter ihm arbeitenden Wartungsmannschaften schien ihn nicht zu stören.

Die beiden Männer hasteten auf einem unbeleuchteten Trampelpfad zu der Kontrollstelle hinüber, die jeder passieren musste, der den Hangar betreten wollte, in dem die Mt-179 *Tjeny* versteckt war. Außer zu einigen Testflügen war der Vogel nicht mehr oft in die Luft gekommen. Einige Male waren Patrouillen von NATO und rumänischer Luftwaffe in gefährliche Nähe des Stützpunkts gekommen, aber die Mt-179 hatte sie jeweils rasch und mühelos heruntergeholt.

»Sie haben getrunken!«, stellte Fursenko entsetzt fest, als sie den äußeren Sicherheitskordon passierten.

»Das geht Sie einen Dreck an, Doktor«, wehrte Stoica ab. »Ich hocke seit über einem Jahr hier – ohne einen Tag Urlaub, ständig in Bereitschaft. Die Verpflegung ist beschissen, und ich habe seit Monaten keine Frau mehr im Bett gehabt. Einer der Einheimischen hat mir eine Flasche selbst gebrannten Schnaps mitgebracht, und wenn ich mehr hätte kriegen können, hätte ich das auch noch getrunken. Und jetzt halten Sie gefälligst die Klappe! Ihr Gezeter macht meine Kopfschmerzen bloß schlimmer.«

Jegorow war bereits im Lageraum und machte Eintragungen auf einer Karte, die den Westteil des Schwarzen Meeres und die türkische Nordküste zeigte. Der Kerl ist nicht normal, sagte Stoica sich: Lärm, Einsamkeit, Stille und Entbehrungen schienen Jegorow nicht im Geringsten zu stören. Er rauchte nicht, trank nicht, spielte nicht Karten und interessierte sich nicht für die wenigen auf dem Stützpunkt beschäftigten Frauen. Dafür hatte er viele Freunde unter den Männern des Wartungsteams – vielleicht kurierte Gennadi seine Einsamkeit durch gelegentliche nächtliche Ausflüge in die Unterkunft der Wartungsmannschaft. Vielleicht war er deshalb damit einverstanden gewesen, ins Dachgeschoss des Hangars umzuziehen.

»Ion ist jetzt da, Genosse«, meldete Jegorow. Er sprach in Richtung Telefon, dessen Zusatzlautsprecher er eingeschaltet hatte.

»Freut mich, dass Sie uns die Ehre geben, Stoica«, sagte Pawel Kasakows Lautsprecherstimme sarkastisch.

»Sorry, Genosse. Ich bin sofort rübergekommen.« Er verzichtete darauf, eine obszöne Geste in Richtung Lautsprecher zu machen, forderte den Chefmechaniker mit einer Handbewegung auf, ihm Kaffee einzuschenken, und zog seine Zigaretten aus der Fliegerkombi. »Irgendwelche Schwachsinnigen greifen einen unserer Tanker an?«

»Eine Gruppe von Terroristen – die genaue Zahl ist nicht bekannt, aber es sollen acht bis zwölf Männer sein – hat vor einigen Stunden den Tanker *Ustinow* gekapert«, fasste Jegorow zusammen. »Sie verfügen über tragbare Fla-Lenkwaffen, mit denen sie einen russischen Marinehubschrauber abgeschossen haben. Der Tanker läuft nach Süden in türkische Gewässer, Ziel unbekannt.«

Stoica schüttelte völlig verwirrt den Kopf. Er nahm einen großen Schluck Kaffee. »Was sollen wir dagegen tun?«

»Zwei russische Maschinen, ein Jäger Su-24 und ein Seeaufklärer Tu-95, sind im Anflug auf den Tanker von einem unentdeckten Flugzeug angegriffen worden«, erklärte Jegorow ihm. »Genosse Kasakow glaubt, dass irgendjemand – die NATO, die Amerikaner, die Türken – ein Stealth-Flugzeug ins dortige Gebiet entsandt hat, um russische Maschinen fernzuhalten. Er will, dass wir dort Aufklärung fliegen. Heute Nacht.«

»Machen wir!«, sagte Stoica mit gespielter Begeisterung in der Stimme. »Ist dort draußen jemand unterwegs, holen wir ihn runter.« Er wandte sich an den Chefmechaniker. »Wie lange dauert's, bis wir starten können?«

»Ungefähr zwanzig Minuten, Genosse«, antwortete der Chefmechaniker eifrig. Stoica nickte innerlich ächzend. Er würde verdammt viel länger brauchen, um wieder nüchtern zu werden. Aber vielleicht ließ sich mit viel Kaffee und reinem Sauerstoff etwas erreichen.

»Im Augenblick verfolgt ein russischer Zerstörer den Tanker, um ein Prisenkommando an Bord zu schicken, das ihn zurückerobern soll«, sagte Kasakow. »Ist dort draußen ein weiteres Flugzeug unterwegs, verlange ich, dass Sie's abschießen. Lassen Sie nicht zu, dass jemand die *Ustinow* oder den Zerstörer angreift. Ich will den Tanker mitsamt seiner Ölladung unbeschädigt zurückhaben. Kapiert?« Am anderen Ende wurde aufgelegt, bevor jemand antworten konnte.

Stoica leerte seinen Kaffeebecher. »Auch Ihnen viel Erfolg, Genosse«, murmelte er sarkastisch.

An Bord des russischen Zerstörers Besstraschny
(kurze Zeit später)

Während Kapitän zur See Boriskow den Angriff von der Brücke aus überwachte, lief die Umsetzung ihres Plans an. Sobald die *Ustinow* in Reichweite kam, hatte der Taktikoffizier die Informationen ihres im India-Band arbeitenden Suchradars auf seinem Bildschirm; dazu kamen wenig später genauere Daten der Zielsuchoptik mit Restlichtverstärker und des Laserentfernungsmessers. Kurs und Fahrt des Tankers blieben gleich, sodass er ein leicht zu erfassendes Ziel bildete. »Brücke, Lagezentrum«, sagte der Taktikoffizier. »Ziel erfasst, *Kapitan.*«

Der Kommandant stand von seinem Drehsessel auf, durchquerte das Steuerhaus und kontrollierte die Bildschirme mit den Anzeigen aus dem Lagezentrum. Der Zielpunkt lag eindeutig im oberen Drittel der großen weißen Aufbauten des Tankers. »Sehr gut. Entfernung?«

»Sechzehn Kilometer, *Kapitan.*«

»Irgendwelche Fahrt- oder Kursänderungen des Ziels?«

»Nein, *Kapitan.*«

»Irgendwelche anderen Schiffe in der Nähe?«

»Kein Schiff in zehn Kilometern Umkreis von dem Tanker aus gerechnet. Wir sind über alle Schiffe in unserer Nähe informiert. Keines kann uns gefährlich werden.«

»Gut, dann setzen Sie das Hubschrauberteam und das Prisenkommando in Marsch.« Der Bordhubschrauber Kamow Ka-27 der *Besstraschny* würde mit einem Team aus sechs Marineinfanteristen starten und versuchen, sie ungesehen auf dem Tanker abzusetzen; gleichzeitig legte eine Barkasse mit zwei Dutzend Marineinfanteristen ab, die den Auftrag hatten, die *Ustinow* zu entern.

Aus fünfzehn Kilometern Entfernung war das Heck des Tankers in der Zielsuchoptik deutlich zu erkennen. »Weiter keine Fahrt-

oder Kursänderungen des Ziels«, meldete der Taktikoffizier. »Die *Ustinow* hält weiter auf einen Punkt der türkischen Nordküste zu, der etwa in der Mitte zwischen dem Marinestützpunkt Eregli und dem Badeort Zonguldak liegt.«

»Gibt's dort irgendwelche Entladeeinrichtungen?«, fragte der Kommandant seinen Nachrichtenoffizier. »Mit denen die Türken dieÖlladung löschen können?«

»Die Ladung *stehlen*, meinen Sie?«

»Beantworten Sie einfach meine verdammte Frage.«

»Zonguldak ist ein beliebter Badeort und hat eine Universität«, sagte der Nachrichtenoffizier. »Dort gibt's ein großes Kernkraftwerk und eine große Meerwasser-Entsalzungsanlage, aber keine Ölraffinerie, keine Entladeterminals.«

»Ein Kernkraftwerk, was?«, meinte Boriskow nachdenklich. »Steht es an der Küste?«

»Es steht ungefähr zwanzig Kilometer südlich der Stelle, an der die *Ustinow* die Küste erreichen müsste, und etwa zwei Kilometer landeinwärts – eher in der Nähe des Marinestützpunkts.«

Der Kommandant überlegte weiter, ob es sich hier um Öko-Terrorismus handeln konnte, aber das begann ihn abzulenken, was im Augenblick nur schädlich war. »Nachrichtenraum, Brücke, fragen Sie nochmals beim Flottenkommando an, ob unser Angriff genehmigt ist.«

Kurze Zeit später kam die Rückmeldung: »Brücke, Nachrichtenraum, Funkspruch vom Flottenkommando, Angriff genehmigt, Beginn nach eigenem Ermessen.«

»Danke.« Boriskow griff nach dem Mikrofon der Bordsprechanlage. »Achtung, hier spricht der Kommandant. Unser Angriff beginnt in wenigen Minuten.« Dem Ersten Offizier befahl er: »Alle Mann auf Gefechtsstationen!« Während die Alarmglocken schrillten und Lautsprecherdurchsagen durchs Schiff hallten, brachte ein Läufer dem Kommandanten Stahlhelm, Kopfhörer und Schwimmweste. »Achtung, Feuer …«

»Brücke, Lagezentrum, Luftbandit, Peilung null-fünf-null, Entfernung dreiundzwanzig Kilometer, tief, auf Südwestkurs mit neun-zwo-null Stundenkilometern!«

»*Byt w glubokoj shopi,* das ist unser geheimnisvoller Angreifer!«, fluchte der Kommandant.

»Empfehle Kurs zwo-drei-null, Höchstfahrt und Verschiebung des Angriffs auf den Tanker, *Kapitan*«, sagte der Erste Offizier.

»Ich habe Befehl, diese Terroristen daran zu hindern, die *Ustinow* in türkische Gewässer zu bringen«, wehrte Boriskow ab. »Kurs und Fahrt halten, klar zur Feuereröffnung.«

»Der Zerstörer dreht nicht ab«, meldete der Satellitenüberwachungsoffizier. »Geht mit der Fahrt auf zwanzig Knoten hinauf.«

»Er scheint seinen Angriff auf den Tanker fortsetzen zu wollen«, sagte Jon Masters. »Ich fürchte, wir sind zu spät dran.«

»Noch ist nichts verloren«, stellte David Luger fest. »Ich aktiviere den AALF und lasse ihn den Zerstörer anfliegen. Mal sehen, wie er darauf reagiert.«

Masters, Luger und ein Team von Technikern befanden sich an Bord der DC-10 von Sky Masters Inc., die ungefähr hundert Kilometer weiter nördlich am Rand des ukrainischen Luftraums kreiste. Die Satellitenbilder stammten von sechs NIRTSats (»Need It Right This Second«-Satelliten) – kleinen Aufklärungssatelliten, die Masters zuvor speziell für dieses Unternehmen gestartet hatte. Diese Satelliten, die ihre Daten an einen geostationären Relaissatelliten übermittelten, der die Aufnahmen an die DC-10 sendete, würden das Schwarze Meer und seine Anrainerstaaten noch etwa eine Woche lang lückenlos überwachen.

Luger gab einige Befehle auf seiner Tastatur ein. Achtzig Kilometer südlich von ihnen begann ein kleiner Flugkörper einen steilen Sturzflug, bei dem er fast auf Schallgeschwindigkeit beschleunigte. Dieses Flugzeug mit der Bezeichnung »Autonomous Air Launched Fighter« (AALF) wurde von der DC-10 abgeworfen und war ein »intelligenter«, sehr schneller und höchst wendiger Marschflugkörper. Der AALF wurde nicht wie andere Drohnen gesteuert, sondern erhielt einfach einen Auftrag und benutzte dann die Logikfunktionen seines Neuralcomputers, Sensordaten und gespeicherte Zielinformationen, um ihn nach eigenem Ermessen auszuführen. David Luger spielte nur die Rolle eines Betreuers, der dem AALF mitteilte, was er tun sollte. Nach seinem Abwurf aus der DC-10 hatte der AALF sich als Abfangjäger hinter die Su-24 und die Tu-95 gesetzt und mit den in seinem Rumpf mitgeführten Jagdraketen AIM-9L *Sidewinder* angegriffen.

Im Augenblick wollte Luger, dass der AALF eine dicht über dem Meeresspiegel anfliegende Lenkwaffe zur Bekämpfung von Schiffszielen imitierte. Der AALF ging bis auf weniger als sechzig Meter über dem Schwarzen Meer hinunter, beschleunigte dann auf über tausend Stundenkilometer, steuerte den Zerstörer an und machte gelegentlich Ausweichbewegungen, wie sie eine moderne Lenkwaffe gemacht hätte. Die *Besstraschny* reagierte erwartungsgemäß: Sie drehte mit Hartruder nach Steuerbord ab, um der anfliegenden Lenkwaffe ein möglichst kleines Ziel zu bieten und sie mit ihrem 130-mm-Zwillingsgeschütz auf dem Achterdeck und ihren Fla-Lenkwaffen SA-N-7 bekämpfen zu können.

Unmittelbar bevor der AALF in Reichweite der Abwehrbewaffnung der *Besstraschny* kam, drehte er jedoch ab und blieb außer Schussweite. Die Besatzung des russischen Zerstörers konnte diese Bedrohung nicht ignorieren, deshalb manövrierte sie weiter, um der Lenkwaffe für den Fall eines neuerlichen Angriffs weiterhin ihr Heck zu zeigen. Unterdessen lief der Tanker *Ustinow* mit unverminderter Fahrt weiter und befand sich längst wieder außer Schussweite. Dem Hubschrauber Ka-27 mit den sechs Marineinfanteristen an Bord blieb nichts anderes übrig, als zu seinem Schiff zurückzukehren – er durfte nicht riskieren, sich dem Feuer weiterer von der Schulter abgefeuerter Fla-Lenkwaffen auszusetzen, ohne dass die Beschießung des Tankers ihm die Möglichkeit gab, unbemerkt an die Ustinow heranzufliegen. Aber die Barkasse mit den zwei Dutzend Marineinfanteristen blieb auf Kurs und schloss mühelos zu dem viel langsameren Tanker auf.

»Seht ihr sie schon, Jungs?«, fragte Luger über Funk. Er verfolgte die Annäherung der Barkasse auf den in Echtzeit übermittelten Satellitenaufnahmen. »Ungefähr vier Meilen achteraus, schließt mit zwanzig Knoten auf.«

Patrick McLanahan aktivierte die Sensoren seines Helms. Hal

Briggs und er trugen elektronische Ganzkörperpanzer und hatten den Überfall auf den Tanker angeführt. Das Material ihrer Anzüge war von Sky Masters Inc. ursprünglich als Auskleidung für die Frachtabteile von Verkehrsflugzeugen entwickelt worden. Aber dieses Material mit der Kurzbezeichnung BERP (Ballistischer elektro-reaktiver Prozess) war für zahlreiche andere Anwendungen modifiziert worden – unter anderem für leichte, kugelsichere Schutzanzüge für Special-Ops-Einheiten. Patrick griff nach der elektromagnetischen Rail Gun und brachte sie auf der Steuerbordreling in Stellung. Er benutzte den Infrarotsensor seines Helms, um das Ziel zu finden, und schaltete dann das elektronische Visier der Rail Gun ein. »Kontakt«, meldete er Luger über Funk. »Tapfere Kerle. Sie kommen weiter heran, obwohl der Zerstörer ihnen keinerlei Feuerschutz gibt.«

»Lass sie nicht weit genug für Granatwerferfeuer oder eine Panzerabwehrrakete rankommen, Muck.«

»Kein Problem, Dave«, sagte Patrick. Er zielte sorgfältig und drückte ab. Ein blau-gelber Kondensstreifen schoss durch die Nacht, dann folgte ein Überschnallknall, der so laut wie ein Donnerschlag war. Das überschallschnelle Projektil mit Urankern durchschlug den Bug der Barkasse, raste zwischen dem Bootsführer und dem Leutnant hindurch, der die Marineinfanteristen befehligte, und verfehlte einen weiteren Mann nur knapp, bevor es sich durchs Deck bohrte, den Dieselmotor durchschlug, wieder aus dem Rumpf der Barkasse austrat und weitere fünfzig Meter durchs Meerwasser schoss, bevor es fünfundsiebzig Meter tief auf den Boden des Schwarzen Meers sank. Der Motor der Barkasse blieb sofort stehen. Die automatischen Lenzpumpen liefen an, als das Wasser in der Bilge stieg. Wenig später legten Bootsbesatzung und Marineinfanteristen hastig Schwimmwesten an.

»Ziel neutralisiert«, meldete Luger. »Es macht keine Fahrt mehr. Gut getroffen, Muck. Ich hole jetzt den AALF zum Auftanken zurück. Der Zerstörer kommt nicht wieder in Schussweite, bevor der AALF betankt ist.«

»Verstanden«, antwortete Patrick. »Wir sind dabei, unter Deck einen weiteren Steuerstand einzurichten. Bleib in Verbindung. Ich fürchte, dass ihr bald Besuch bekommen werdet.«

»Darauf sind wir vorbereitet. Texas out.« Lugers Finger flogen über die Computertastatur. Der AALF stellte seine Scheinangriffe auf den Zerstörer *Besstraschny* ein, kehrte zu der DC-10 zurück und schloss automatisch von hinten zu seinem Trägerflugzeug auf. Ähnlich wie bei einem Tanker KC-10 Extender der U.S. Air Force fuhr Luger eine Betankungssonde aus, und der AALF steuerte mit seinem Bordradar die Sonde an, wobei er durch Lasersteuersignale der DC-10 unterstützt wurde. An seiner Rumpfoberseite sprang eine Klappe auf, und sobald die Sonde mechanisch in dem trichterförmigen Füllstutzen verriegelt war, wurde die Drohne direkt aus den Flächentanks der DC-10 betankt.

Während der AALF an der Betankungssonde hing, war die DC-10 jedoch am verwundbarsten – und die Rückkehr des Flugkörpers war von russischen Radarstationen und einem Frühwarnflugzeug Iljuschin A-50 beobachtet worden. Die AALF hing erst wenige Minuten an der Sonde, als die Radarwarner der DC-10 zu piepsen begannen. »Wir kriegen Besuch!«, rief ein Sensortechniker. »Russische MiGs, Peilung null-sieben-null, siebenundvierzig Meilen, schnell abnehmend!«

»Ich koppele den AALF ab und schicke ihn den MiGs entgegen«, sagte Luger. »Jon, die Piloten sollen uns schleunigst von hier wegbringen.« Sobald er dem Computergehirn des kleinen Flugkörpers die nötigen Anweisungen gegeben hatte, koppelte der AALF sich von der Sonde ab, ließ sich hinter die DC-10 zurückfallen, wendete dann und flog den MiGs entgegen. Die DC-10 drehte nach Norden ab und hielt auf die ukrainische Küste zu.

Der AALF war ein kleiner Flugkörper, viel kleiner als eine MiG, aber er zeichnete sich durch Geschwindigkeit und Wendigkeit, nicht durch Stealth-Eigenschaften aus. Er entdeckte den Angriff der MiGs mit radargesteuerten Jagdraketen, wich der ersten Salve aus und kam dem Rudel so nahe, dass die Formation sich auflöste. Aber die russischen Angreifer waren zu zahlreich für eine einzelne Drohne, und unabhängig davon, wie »intelligent«, schnell und wendig sie war, konnte sie nicht allen MiGs ausweichen und zugleich die DC-10 vor ihnen schützen. Als der AALF einkurvte, um zwei Jäger zu verfolgen, die nach Westen vorstießen, um die DC-10 abzufangen, gelang es zwei weiteren MiGs, sich hinter ihn zu setzen und mit einer Lenkwaffe mit Infrarotsuchkopf abzuschießen.

»Die MiGs haben den AALF abgeschossen!«, meldete der Sensoroperator. »Sie sind bei sechs Uhr, neununddreißig Meilen, schnell abnehmend!«

Die beiden führenden MiG-27 hatten ihre radargesteuerten Jagdraketen für große Entfernungen bereits auf die Drohne abgeschossen, deshalb mussten sie sich der DC-10 noch weiter nähern, um ihre Lenkwaffen mit IR-Suchkopf zum Einsatz bringen zu können. Da sie jedoch den Auftrag hatten, die unbekannte Maschine erst aus der Nähe zu identifizieren, gingen sie noch dichter heran. Der Abstand verringerte sich rasch – ihre Beute war offenbar riesig und nicht sehr manövrierfähig; sie hatte drei große Triebwerke, die hell genug leuchteten, um aus zehn Kilometern Entfernung auf dem Bildschirm ihrer Infrarotsensoren sichtbar zu sein. Der Pilot der ersten MiG konnte die Turbulenzen schon aus fünf Kilometern Entfernung spüren und glaubte, das Röhren mächtiger Triebwerke zu hören. Die andere Maschine musste riesig sein, wenn sie solche Wirbel erzeugte! Er steuerte etwas seitlich, um aus diesen Turbulenzen herauszukommen. Nur noch wenige Sekunden, dann würde er …

Plötzlich leuchteten die Signallämpchen des Radarwarners vor dem russischen MiG-Piloten wie ein Weihnachtsbaum auf. Sie waren von Abfangjägern umzingelt! Wo kamen die so plötzlich her? Wer …?

»Achtung, Achtung, nicht identifizierte MiG-27 in Zwölf-Uhr-Position«, hörten die MiG-Piloten eine Stimme in fließendem Russisch sagen, »hier ist die siebenundzwanzigste Staffel der ukrainischen Luftstreitkräfte aus Odessa. Sie haben den ukrainischen Luftraum verletzt. Sie kurven sofort rechts auf Südkurs ein, gehen mit der Fahrt herunter und fahren Klappen und Fahrwerk aus, sonst werden Sie ohne weitere Warnung angegriffen.«

»Siebenundzwanzigste, hier ist die einundneunzigste Staffel

der russischen Luftwaffe aus Noworossijsk«, antwortete der Pilot der ersten MiG-27. »Wir verfolgen ein noch nicht identifiziertes feindliches Flugzeug, das einen russischen Öltanker und einen russischen Zerstörer angegriffen hat. Die unidentifizierte feindliche Maschine befindet sich von Ihnen aus gesehen bei zwölf Uhr. Wir bitten um Ihre Unterstützung bei der Verfolgung und Identifizierung des feindlichen Flugzeugs. Kommen.«

Die erwartete Antwort blieb aus; stattdessen explodierte die rechte Tragfläche der zweiten russischen MiG in einem Feuerball.

Der Pilot der Führungsmaschine wollte seinen Augen nicht trauen. »Ihr ... Ihr habt meinen Rottenflieger abgeschossen!«, rief er über Funk. »Ihr *Scheißkerle!* Wie könnt ihr das machen? Wir sind doch Nachbarn! Wir sind Verbündete!«

»Negativ, russische MiG, negativ!«, antwortete der ukrainische Pilot. »Kurven Sie *sofort* rechts weg, sonst werden auch Sie abgeschossen.«

»Das dürft ihr nicht! Das darf nicht sein!«

»Sie sind Fischfutter, wenn Sie nicht umgehend gehorchen«, sagte der Ukrainer drohend. »*Sofort* rechts einkurven!«

Der MiG-27-Pilot drückte den Steuerknüppel nach rechts und nahm dabei den Leistungshebel etwas zurück. Das große unidentifizierte Flugzeug verschwand von seinem IRSTS-Bildschirm. Während er noch überlegte, ob er zurückkurven und rasch eine Jagdrakete darauf abschießen sollte, sah er einen Feuerstoß aus der Maschinenkanone eines Jägers, der sich dicht links neben ihn gesetzt hatte. Der verdammte Ukrainer war *neben* ihm! Sein Radarwarner zeigte ihm sechs weitere Flugzeuge in näherer Umgebung.

»Klappen und Fahrwerk, sonst werden Sie abgeschossen!«, warnte ihn der andere. Der russische Pilot musste gehorchen. Sobald Klappen und Fahrwerk ausgefahren waren, stellte sein Feuerleitsystem sich automatisch ab.

»Dreckskerle!«, rief der Russe aufgebracht. »Was bildet ihr euch überhaupt ein? Wir dürfen zu Verteidigungszwecken in den ukrainischen Luftraum einfliegen! Kennen Sie dieses Abkommen etwa nicht? Wir sind Verbündete!«

»Nein, das sind wir nicht mehr«, antwortete der ukrainische

Pilot. »Die Russische Föderation ist in unserem Luftraum nicht länger willkommen.«

»Was soll der Scheiß? Über dem Schwarzen Meer und der Ukraine dürfen wir uns frei bewegen.«

»Dies ist der Luftraum der Schwarzmeerallianz«, widersprach der Ukrainer. »Russische Militärmaschinen sind im Luftraum der Allianz nicht willkommen.«

»Von welcher Allianz reden Sie da?«

»Von dieser«, sagte eine andere Stimme. Der russische Pilot machte große Augen. Der Jäger links neben ihm schaltete seine Beleuchtung ein …

… und erwies sich nicht als ukrainische Maschine, sondern als türkischer Jäger F-16! Am Seitenleitwerk trug er nicht nur den türkischen roten Halbmond mit Stern, sondern zusätzlich das blau-goldene Hoheitsabzeichen der Ukraine!

»Ruder hart Backbord, Kurs eins-acht-null, äußerste Fahrt voraus, bis der Tanker wieder in Schussweite ist«, befahl Kapitän Boriskow auf der Kommandobrücke des russischen Zerstörers *Besstraschny.* »Alle verfügbaren Vorposten- und Schnellboote sollen sofort zu uns stoßen. Wir brauchen Unterstützung, um diesen Tanker zu stoppen, bevor er türkische Hoheitsgewässer erreicht.«

»Unsere Jäger melden den Abschuss eines nicht identifizierten Flugzeugs«, berichtete der Erste Offizier. »Aber jetzt haben sie's mit türkischen und ukrainischen Abfangjägern zu tun, die eine unserer MiGs abgeschossen haben. Unsere Jäger sind weit in der Unterzahl.«

»*Türkische* Abfangjäger?«, wiederholte der Kommandant. »Was haben türkische Jäger über der Ukraine verloren?«

»Sie gehören zur sogenannten Schwarzmeerallianz«, antwortete der Erste. »Die Flugzeuge tragen die Hoheitsabzeichen beider Staaten. Sie untersagen russischen Maschinen den Einflug in ihren Luftraum und haben einen unserer Jäger abgeschossen.«

»Verdammt, sind die Kerle übergeschnappt? Wer oder was ist diese Schwarzmeerallianz überhaupt? Was zum Teufel geht dort oben vor? Wie viele Jäger sind dort unterwegs?«

»Die Türken und Ukrainer fliegen F-16 und MiG-29 – mindestens doppelt so viele wie unsere Jäger. Sie haben unsere MiGs zum Abdrehen gezwungen.«

»Schickt Noworossijsk weitere Jäger?«, fragte der Kommandant.

»Negativ«, antwortete der Taktikoffizier. »Beim Einflug in den ukrainischen Luftraum haben sie ein nicht identifiziertes Flugzeug verfolgt, das aber jetzt über der Ukraine verschwunden ist. Damit entfällt der Grund, die Ukraine zu überfliegen – also starten keine weiteren Jäger mehr.«

»Wie wär's, wenn uns mal jemand helfen würde?«, polterte der Kommandant. »Wir brauchen Schiffe mit Hubschraubern, um die Terroristen auf der *Ustinow* angreifen zu können.«

»Die Fregatte *Ladny* trifft in zweieinhalb Stunden ein«, meldete der Erste. »Sie wechselt ihren U-Jagd-Hubschrauber gegen einen Kampfhubschrauber aus, um uns beim Entern des Tankers unterstützen zu können. Die Grenztruppen entsenden drei Tragflügelboote ihres mit Lenkwaffen ausgerüsteten Typs 206 MP. Sie müssten in eineinviertel Stunden eintreffen.«

»Keine Minute zu früh«, murmelte Boriskow. »Wann erreicht der Tanker türkische Gewässer?«

»In ungefähr zehn Minuten, wenn er Kurs und Fahrt beibehält.«

Der Kommandant zuckte mit den Schultern. »Macht nichts. Von Kleinigkeiten wie Linien auf der Seekarte lassen wir uns nicht abhalten. Sobald die Tragflügelboote in Lenkwaffenreichweite sind und unser Hubschrauber betankt ist, versuchen wir einen weiteren Angriff auf den Tanker. Wann kommt er wieder in Schussweite?«

»In fünfzehn Minuten, *Kapitan.*«

»Wir versuchen's mit ein paar Schüssen in die Aufbauten«, sagte der Kommandant. »Vielleicht können wir die Kerle dazu bringen, sich zu ergeben. Melden Sie mir, wenn die *Ustinow* in Schussweite kommt.«

Damit ging die seltsame Verfolgungsjagd weiter: Von den zwei großen Schiffen, die nur wenige Seemeilen voneinander entfernt waren, verfolgte eines das andere mit einem Fahrtüberschuss, den jeder gute Radfahrer hätte erreichen können. In der Luft geht alles so rasend schnell, sagte Kapitän Boriskow sich; auf See scheint alles im Zeitlupentempo zu passieren. Trotzdem kam der Tanker bald in Schussweite der vorderen AK-130, und das Zwillingsgeschütz eröffnete das Feuer. Mit wenigen Sekunden Abstand trafen zwei dreißig Kilogramm schwere Granaten die Aufbauten der *Ustinow* und rissen gewaltige Löcher in die Besatzungsunterkünfte. Die beiden nächsten Granaten trafen die Kommandobrücke. Nach der ersten Salve waren kleine Brände zu beobachten.

»Hier spricht die *Ustinow*«, sagte eine Stimme über Funk. »Ihre Artillerie schießt ausgezeichnet – Sie haben's geschafft, die Brücke zu zerstören. Allerdings haben wir das Schiff von unserem improvisierten Leitstand aus weiter unter Kontrolle. Aber an Ihrer Stelle würde ich nicht weiter auf die Aufbauten schießen. Wir haben die Besatzung der *Ustinow* dort oben raufgeschickt. Schießen Sie weiter, treffen Sie Ihre eigenen Landsleute.«

»Feuer einstellen, Feuer einstellen!«, befahl der Kommandant, während er auf seinem Bildschirm die Aufbauten des Tankers durch das optische Visier mit Restlichtverstärker beobachtete. »Hier spricht Kapitän zur See Boriskow, Kommandant des russischen Zerstörers *Besstraschny*«, sagte er über Funk auf Englisch. »Was sind das für Feiglinge, die Geiseln vorsätzlich in Lebensgefahr bringen? Sie sollten die Besatzung in den Rettungsbooten aussetzen. Diese Sache geht nur Sie und mich etwas an.«

»Ich denke, wir lassen die Besatzung vorerst, wo sie ist – ihr passiert nichts, wenn Sie nicht wieder die Aufbauten beschießen.«

»Wer sind Sie? Was wollen Sie?«

»Wer ich bin, tut nichts zur Sache«, wehrte Patrick McLanahan ab. »Wir wollen dem Genossen Pawel Kasakow eine kleine Warnung übermitteln: Lässt er sein hübsches Stealth-Spielzeug noch mal fliegen, werden er sowie alle seine Partner und Geschäftsfreunde darunter leiden.«

»Welches Stealth-Spielzeug? Wovon reden Sie überhaupt?«

»Pawel Kasakow hat in ganz Südosteuropa einen Terror- und Vernichtungsfeldzug geführt«, fuhr Patrick fort. »Er hat einige

Balkanstaaten so gegeneinander aufgestachelt, dass die internationale Gemeinschaft darauf reagieren musste, indem sie der Entsendung russischer Friedenstruppen in ursprünglich friedliche Staaten zugestimmt hat. Aber das alles hatte nur den Zweck, der russischen Armee zu ermöglichen, Kasakows neue Pipeline zu bewachen.«

»Sie unterstellen, die russische Armee stecke mit Kasakow unter einer Decke? Lächerlich!«

»Präsident Senkow, Generaloberst Schurbenko und die halbe Armeeführung stehen auf Kasakows Gehaltsliste«, antwortete Patrick. »Wollten sie sich nicht von Kasakows Geld überzeugen lassen, hat er seinen Stealth-Jagdbomber Metjor Mt-179 heimlich Angriffe fliegen lassen. Kasakow hat Tausende getötet, um Angst und Schrecken zu erzeugen und dadurch auch die Skeptiker auf seine Seite zu bringen.«

»Welche Beweise haben Sie für alle diese Behauptungen?«

»Wir haben den wichtigsten Nachrichtenagenturen der Welt ein Tonband zugeschickt, auf dem Kasakow, Dr. Fursenko – der Direktor von Metjor Aerospace –, Generalstabschef Schurbenko und Sicherheitsberater Jejsk genau diesen Plan diskutieren«, sagte Patrick. »Schurbenko und Jejsk erklären sich darin bereit, als Reaktion auf Terrorangriffe von Kasakows Stealth-Jagdbomber die russische Armee zu mobilisieren – speziell zu dem Zweck, fremdes Staatsgebiet zu besetzen und zu kontrollieren, das Kasakow für den Bau seiner Transbalkan-Pipeline vom Schwarzen Meer zur Adria benötigen würde. Heute Abend wird die ganze Welt dieses Tonband gehört haben.«

»Woher wissen wir, dass die Aufnahme echt ist? Woher wissen wir, dass auch nur eine Ihrer Behauptungen wahr ist?«

»Weil wir ein Tonband beigelegt haben, auf dem Präsident Senkow diese Angelegenheit mit dem amerikanischen Präsidenten Thorn bespricht«, antwortete Patrick. »Senkow hat zugestimmt, zwei gefangene amerikanische Piloten freizulassen, wenn Thorn sich im Gegenzug verpflichtet, das Tonband mit den Stimmen Kasakows, Fursenkos, Schurbenkos und Jejsks unter Verschluss zu halten. Aber die russische Regierung hat später doch Informationen über die beiden gefangen genommenen Amerikaner und ihren über Russland abgeschossenen Bomber durchsickern lassen.«

»Dann ist Präsident Thomas Thorn also auch in diese Sache verwickelt?«

»Präsident Thorn wollte nur die Freilassung seiner gefangen genommenen Flieger erreichen«, sagte McLanahan. »Senkow wollte verhindern, dass peinliche Geheimdienstinformationen bekannt werden, die beweisen, dass er mit dem Gangsterboss und Drogenbaron Kasakow vereinbart hat, den Balkan zu besetzen, um an den Gewinnen aus dem Ölgeschäft, die bei hundert Millionen Dollar pro Tag liegen, beteiligt zu werden. Thorn kann man schlimmstenfalls nur vorwerfen, Senkow vertraut zu haben. Senkow hat dagegen mit Pawel Kasakow gemeinsame Sache gemacht.«

»Nun, das ist ein sehr interessantes Märchen«, sagte Boriskow. Aber er war besorgt, denn seit einigen Monaten taten große Teile der russischen Streitkräfte wirklich nichts anderes mehr, als Pawel Kasakows Geschäftsinteressen zu schützen. Wie viele andere Offiziere hatte auch Kapitän Boriskow sich gefragt, welcher Plan dahinter stecken mochte, obwohl jedermann davon zu profitieren schien. Vielleicht war dies der wahre Grund: Senkow, Schurbenko und weitere Moskauer Bonzen wurden von Kasakow an seinen Gewinnen beteiligt und hatten dafür den Schutz der Firma Metjorgas übernommen. Und nun wurde auch die russische Kriegsmarine für seine Zwecke eingespannt. »Was haben Sie mit dem Tanker vor?«

»Er soll als Anzahlung für die hohen Wiedergutmachungszahlungen dienen, die Kasakow der Bevölkerung der Balkanstaaten schuldet«, antwortete Patrick. »In erster Linie den Einwohnern von Kukës, Struga, Ohrid und Resna, aber auch den Angehörigen der Besatzung des AWACS-Flugzeugs und der unbewaffneten türkischen F-16, die sein Stealth-Jagdbomber abgeschossen hat. Für Pawel Kasakow stellen die *Ustinow* und ihre Ladung eine Investition von rund einer halben Milliarde Dollar dar. Wir werden sie auf den Grund des Schwarzen Meeres schicken.«

»*Schto?*«, rief Boriskow entsetzt. »Das dürfen Sie nicht! Das wäre eine gigantische Umweltkatastrophe! Damit würden große Teile des Schwarzen Meeres auf Jahre hinaus mit Rohöl verseucht!«

»Schuld daran ist allein Pawel Kasakow«, behauptete McLanahan. »Vielleicht wacht die Welt auf, wenn wir seinen Tanker versenken, und erkennt endlich, dass er aus Geldgier vor keinem Verbrechen zurückschreckt.«

»Was sollen wir tun, *Kapitan?*«, fragte der Erste Offizier der *Besstraschny*. »Wir können den Tanker unmöglich rechtzeitig erreichen.«

»Wir müssen dafür sorgen, dass er stoppt«, entschied Boriskow. »Zentrale, Brücke. Zielwechsel auf Ruder und Schrauben des Tankers. Ich will, dass er gestoppt liegen bleibt. Sobald wir ihn eingeholt haben, gehen wir an Bord und halten ihn besetzt, bis weitere eigene Schiffe heran sind.«

»Wir sind in türkischen Hoheitsgewässern, *Kapitan*«, sagte der Navigator warnend. »Hier dürfen wir keine Waffen einsetzen.«

»Dies ist ein Notfall«, wehrte Kapitän Boriskow ab. »Zentrale, führen Sie meinen letzten Befehl …«

»Brücke, Zentrale, schnelle Ziele im Anflug, sehr tief, Peilung null-zwo-null, Entfernung acht-sieben Kilometer, Geschwindigkeit… Geschwindigkeit achthundert Stundenkilometer!«, meldete der Radargast in der Lagezentrale. »Mehrfachkontakte!«

»Achtung, Achtung, Zerstörer *Besstraschny*, hier spricht ein Bomber der Schwarzmeerallianz nördlich von Ihnen«, hörte die Brückenbesatzung im nächsten Augenblick. »Sie befinden sich in Hoheitsgewässern der Allianz und werden hiermit angewiesen, sofort auf Gegenkurs zu gehen, sonst greifen wir Sie an.«

»Schon wieder dieser Bockmist mit der Allianz«, sagte Boriskow unwillig. »Alle Mann auf Gefechtsstationen, Erster.« Die Alarmglocken schrillten erneut durchs Schiff. »Zentrale, vorderer Turm Feuer frei! Legt die *Ustinow* still!« Die AK-130 eröffnete das Feuer auf den Tanker und schoss alle vier Sekunden zwei Granaten ab. Das Heck der *Ustinow* war sofort in Rauch und Flammen gehüllt.

»Brücke, Zentrale, *anfliegende Lenkwaffen*, Peilung null-zwo-null, achtzig Kilometer, rasch abnehmend, Geschwindigkeit neunhundert Stundenkilometer und zunehmend, sehr tief! Weiterer Radarkontakt mit Flugzeug, Peilung drei-vier-null, Mehrfachkontakte, niedrige Höhe und hohe Geschwindigkeit, könnte ebenfalls Antischiffslenkwaffen abschießen.«

»Rudergänger, Ruder hart Backbord, Kurs null-zwo-null«, befahl Boriskow. »Zentrale, Brücke, Feuer einstellen! Klar zur Abwehr dieser schnellen Lenkwaffe. Feuererlaubnis abwarten.«

»*Kapitan!* Da, sehen Sie nur! Der Tanker!« Boriskow drehte sich um und sah auf dem Vorschiff des Tankers einen Feuerball, aus dem eine Flammensäule aufstieg, die an eine kleine Kernwaffendetonation erinnerte. Die Flammen waren so hell, dass sie an Deck der über zehn Seemeilen entfernten *Besstraschny* Schatten warfen. Sekunden später rollte die Druckwelle der Explosion über sie hinweg und ließ die Brückenfenster klappern und das Deck erzittern.

»Der Tanker ist erledigt«, sagte Boriskow. »Der sinkt in wenigen Minuten, und die Türken haben die nächsten zehn Jahre damit zu tun, den Ölschlick zu beseitigen.«

»Brücke, Zentrale, aus Süden laufen mehrere kleine Fahrzeuge auf den Tanker zu«, meldete der Radargast. »Vermutlich türkische Vorposten- oder Feuerlöschboote.«

»Kümmert euch nicht um den verdammten Tanker – der ist futsch!«, rief der Kommandant. »Zeit bis zum Einschlag dieser Lenkwaffe?«

»Lenkwaffe hat auf über zwölfhundert Stundenkilometer beschleunigt«, meldete der Radargast. »Zeit bis zum Einschlag 3,4 Minuten.«

»Meldung ab drei Minuten alle fünfzehn Sekunden.«

»Russischer Zerstörer *Besstraschny*, hier Luftwaffenkommando der Schwarzmeerallianz«, sagte eine Stimme über Funk. »Gehen Sie sofort auf Gegenkurs, sonst setzen wir den Angriff fort.«

»Wie können Sie's wagen, ein russisches Kriegsschiff anzugreifen?«, fragte Boriskow empört. »Ich warne Sie – brechen Sie diesen Angriff ab, sonst müssen wir ihn als Kriegshandlung betrachten!«

»Sie haben eine Kriegshandlung verübt, indem Sie ohne Genehmigung in türkischen Gewässern das Feuer eröffnet haben«, antwortete die Bomberbesatzung. »Wir haben mit dem Countdown für fünf weitere Lenkwaffen begonnen, *Kapitan,* und setzen sie ein, wenn Sie nicht sofort das Feuer einstellen und auf Gegenkurs gehen. Das mag eine Kriegshandlung sein, aber die *Besstraschny* wird das erste Opfer sein, wenn Sie nicht augenblicklich die Gewässer der Allianz verlassen.«

»Zeit bis zum Einschlag drei Minuten.«

Die Brückenbesatzung starrte ihren Kommandanten entsetzt an. Sie waren in richtiger Position, um die erste Lenkwaffe abzuwehren – aber nicht mehrere, die aus verschiedenen Richtungen kamen. Einen Angriff mit fünf Antischiffslenkwaffen gleichzeitig konnte die *Besstraschny* unmöglich überstehen.

»Schwarzmeerallianz, oder wer zum Teufel Sie sind, hier *Besstraschny«,* antwortete Boriskow über Funk. »Wir verlassen Ihre Gewässer auf kürzestem Weg. Brechen Sie Ihren Angriff ab.« Sekunden später sahen sie an der Kimm einen Lichtschein aufblitzen, und der Radargast meldete, er habe den Kontakt mit der anfliegenden Lenkwaffe verloren.

»Jibis ana w rot!«, fluchte Boriskow laut. »Nachrichtenraum, Brücke, informieren Sie sofort das Flottenkommando in Noworossijsk – melden Sie, dass wir von einer sogenannten Schwarzmeerallianz angegriffen worden sind. Nennen Sie unsere Position, geben Sie Einzelheiten der auf uns abgeschossenen Lenkwaffe durch, melden Sie, dass wir unter Androhung massiver Luftangriffe zum Abdrehen gezwungen wurden, und erbitten Sie weitere Anweisungen.«

Statt gegen die Kopfschmerzen zu helfen, schien der reine Sauerstoff diese nur noch zu verschlimmern. Stoica trank immer wieder große Schlucke Wasser, um Mund und Kehle anzufeuchten, aber seine Leber saugte alle Feuchtigkeit aus dem Körper, während sie versuchte, die Unmengen von selbst gebranntem Schnaps zu verarbeiten, und er war sich bewusst, dass er diesen Kampf verlor.

Jegorow machte alles nur noch schlimmer. Er schwatzte unaufhörlich über die Bordsprechanlage und wiederholte jede Meldung mehrmals. »Sechs Bomber! Hast du das gehört? Diese Schwarzmeerallianz hat sechs Bomber auf die *Besstraschny* angesetzt! Diese Schwarzmeerallianz hat Mumm, das muss man ihr lassen.«

»Kannst du bitte die Klappe halten, Gennadi, und einfach den finden, der dem Zerstörer am nächsten ist?«, fragte der Pilot.

»Ohne unser Radar zu aktivieren, weiß ich nicht bestimmt, welcher das ist.«

»Dann nimm einfach irgendeinen, der uns zu den anderen führt«, verlangte Stoica ungeduldig. »Das ist schließlich keine Kunst.«

»Der nächste Bomber ist bei elf Uhr, Entfernung ungefähr fünfzig Kilometer«, sagte Jegorow. »Knapp außerhalb der maximalen Reichweite unserer Lenkwaffen.«

»Ich weiß, welche maximale Reichweite unsere Lenkwaffen haben, das weiß ich, verdammt noch mal«, ächzte Stoica. Neben vier nur im Notfall einsetzbaren Jagdraketen R-60 in den Flügelvorderkanten trug die Metjor Mt-179 *Tjeny* unter ihren Tragflächen je einen Waffenpylon AKU-58 mit einer Lenkwaffe R-27P zur Radaransteuerung am unteren Ende und zwei Jagdraketen R-60 mit Infrarotsuchkopf auf beiden Seiten. Dazu kamen in der Bombenkammer zwei fernsehgesteuerte Abwurflenkwaffen Kh-29TF, deren Empfängereinheit in einem Stromlinienbehälter an dem hinteren Aufhängepunkt unter dem Rumpf befestigt war. Die von Metjor Aerospace entwickelte R-27P gehörte zu den modernsten russischen Jagdraketen – sie brauchte nicht geführt zu werden, sondern steuerte selbsttätig das Radar feindlicher Flugzeuge an.

»Du kannst von Glück sagen, wenn der alte Knacker deinen Schnaps nicht mit Kerosin versetzt hat, Ion«, sagte Jegorow kichernd.

»*Idi na huj*, Gennadi.«

»Vierzig Kilometer. Wir kommen in R-27-Reichweite. Klar zum Waffeneinsatz.«

»Wo sind die anderen Bomber?«

»Ich habe zwei weitere Maschinen bei zwei und drei Uhr, Entfernung unbekannt, also müssen sie über fünfzig Kilometer entfernt sein. Nur Seitensichtradar – keine Zielsuch- oder Feuerleitsignale. Ich denke, dass das die Bomber sind, die die *Besstraschny* überwachen.«

»Irgendein Hinweis auf die Jäger?«

»Keiner.«

Stoica riss sich frustriert die Sauerstoffmaske vom Gesicht. Der reine Sauerstoff, den er atmete, um seinen Kater zu bekämpfen, ließ Mund und Kehle noch schneller austrocknen. Er wusste, wollte es sich aber nicht eingestehen, dass reiner Sauerstoff in diesem Fall nichts nützte: Der Körper brauchte einfach Zeit, um sich von den Nachwirkungen eines Besäufnisses zu erholen. Auf diesem Flug hatte Stoica schon beide mitgenommenen Feldflaschen geleert – und dabei waren sie erst weniger als eine Stunde in der Luft. Seine Haut kribbelte, seine Hände zitterten, und wenn er die Blickrichtung zu rasch wechselte, begannen alle Instrumente um ihn zu kreiseln. Er wusste genau, dass er heute keinen vierstündigen Patrouillenflug durchstehen konnte. Kam er nicht innerhalb der nächsten Stunde aus diesem Flugzeug heraus und ins Bett, würde er vermutlich ohnmächtig werden.

»Wärm die R-27 auf und gib mir einen heißen Feuerknopf«, befahl Stoica.

»Verstanden«, sagte Jegorow. Einige Augenblicke später: »R-27 feuerbereit. Was hast du vor, Ion?«

»Ganz einfach – ich schieße sie nacheinander ab«, antwortete Stoica. Als er in seinem Kopfhörer den Signalton hörte, der ihm anzeigte, dass die Lenkwaffe ihr Ziel erfasst hatte, drückte er den Feuerknopf. Die erste R-27 löste sich fauchend vom rechten Waffenpylon und verschwand mit einem gelben Feuerschweif in der Nacht. Von diesem jähen Lichtblitz bekam Stoica stechende Kopfschmerzen. Keine Minute später sahen sie in der Ferne eine riesige, grell aufleuchtende Detonation – die Jagdrakete hatte ihr Ziel gefunden. »Ein Bomber weniger. Gleich weiter zum nächsten, Gennadi.«

»Ihre Radargeräte sind ausgeschaltet, Ion«, meldete Jegorow. »Alle anderen Bomber haben ihr Suchradar abgeschaltet.« Da ihre

Radarwarner nicht angesprochen hatten, vermuteten die Bomberbesatzungen, der Angreifer habe eine Lenkwaffe mit Radaransteuerung eingesetzt, und brauchten lediglich ihr Radar auszuschalten, um ihn dieser Angriffsmöglichkeit zu berauben. Das bedeutete, dass die *Tjeny* jetzt ihr eigenes Radar benutzen musste, wenn sie weitere Bomber finden wollte.

»Dann schalt unser Radar ein«, befahl Stoica. Er kurvte etwas nach rechts ein. »Wir wissen, dass er genau vor uns sein muss – lass es fünf Sekunden eingeschaltet, damit wir ihn erledigen können.«

»Das ist zu gefährlich, Ion«, widersprach Jegorow. »Dort draußen sind noch mindestens fünf feindliche Maschinen, und wir wissen nicht, wo die Jäger sind. Am besten warten wir ab, bis sie sich selbst verraten. Keine Angst – wir haben noch reichlich Treibstoff.«

Stoica senkte mit offenem Mund den Kopf, damit sein Mageninhalt sich auf den Boden und nicht auf die Instrumente ergießen würde, aber er konnte nur würgen, ohne dass etwas kam. Das war noch schlimmer, als wenn man sich wirklich übergeben musste. »Du sollst unser Radar einschalten, damit wir die Bomber erledigen können, habe ich gesagt«, wiederholte Stoica energisch. »Wir dürfen keine Zeit verlieren. Ihr Angriff auf den Zerstörer kann jeden Augenblick beginnen.«

»Aber sie wollen ihn doch gar nicht …«

»Du sollst *unser verdammtes Radar einschalten!* Los, los, wird's bald?«, brüllte Stoica, der wieder würgen musste, als ihm gallenbittere Magenflüssigkeit hochkam.

»Radar ein«, meldete Jegorow endlich. »Banditen bei zwölf und ein Uhr, fünfundvierzig und sechzig Kilometer.«

»Hab ihn!«, sagte der Pilot. »Lass das Radar gleich eingeschaltet.« Er wartete auf den Signalton, dann schoss er ihre zweite R-27 ab.

»Banditen im Anflug!«, rief Jegorow aufgeregt. »Fünf Uhr, fünfzig Kilometer, schnell abnehmend! Feindliche Jäger, vermutlich F-16!« Stoica begann enge S-Kurven um die Angriffsachse zu dem zweiten Bomber zu fliegen, denn er wollte ihn mit ihrem

Radar erfasst halten und zugleich die anfliegenden Jäger verwirren. »Sie kommen weiter näher, vierzig Kilometer, intermittierende Erfassung wird zu ständiger Erfassung. Ion, wir müssen abhauen!«

Die beiden Metjor-Piloten konnten die Perlenschnüre von in den Nachthimmel ausgestoßenen Leuchtkörpern sehen, deren Magnesiumflammen hundert Kilometer weit sichtbar waren. Sie wussten, dass der zweite Bomber den Abschuss ihrer Lenkwaffe entdeckt und begonnen hatte, Düppel und Täuschkörper auszustoßen. Tatsächlich sah Stoica, wie das Rechteck, das den vom Radar erfassten Bereich bezeichnete, zunächst stationär blieb, statt der Perlenschnur aus Leuchtkörpern zu folgen, ihr dann plötzlich ruckartig folgte und zuletzt doch wieder abgelenkt wurde.

»Fehltreffer, Ion!«, rief Jegorow laut. Er erkannte, dass sie viel zu lange auf praktisch demselben Kurs geblieben waren, sodass die sie verfolgenden Jäger Zeit gehabt hatten, sich taktisch günstig zu verteilen – wohin sie auch wegkurvten, einer der Jäger konnte sich mit Höchstgeschwindigkeit hinter sie setzen. »Banditen bei dreißig Kilometern! Los, wir müssen abhauen! Radar ausgeschaltet!« Das Zielrechteck vor Stoica verschwand, weil Jegorow ihr Radar ausgeschaltet hatte. »Sie haben uns erfasst, Ion! Sie haben uns!«

»Dann kämpfen wir uns den Weg frei«, sagte Stoica. »Radar einschalten! R-60 startklar!« In diesem Augenblick hörten sie ein lautes Warnsignal in ihren Helmkopfhörern. »Lenkwaffenstart Radar! *Düppel! Leuchtkörper!*« Jegorow stieß Köder aus, während Stoica die Mt-179 in eine steile Rechtskurve zwang. »Radar *einschalten,* habe ich gesagt!«

Jegorow musste gegen die wachsenden Beschleunigungskräfte ankämpfen, um ihr Angriffsradar einschalten und alle verbliebenen Jagdraketen R-60 scharfstellen zu können. »Dein Feuerknopf ist heiß, Ion, die R-60 – erst extern, dann intern – sind feuerbereit.«

Der nächste feindliche Jäger stieg soeben steil rechts weg, was darauf schließen ließ, dass er eine radargesteuerte Jagdrakete abgeschossen hatte. Stoica ging rasch auf Gegenkurs, drückte seine Leistungshebel in Nachbrennerstellung und stieg hinter ihm her.

Im nächsten Augenblick hörte und spürte er einen harten Schlag von unten – die feindliche Lenkwaffe hatte sie um weniger als fünfzig Meter verfehlt! Sekunden später sah er auf seiner Blickfelddarstellung die Meldung *Ziel erfasst* und schoss eine R-60 mit Infrarotsuchkopf ab. Er wusste recht gut, dass er von einem höher fliegenden feindlichen Jäger, der ihm plötzlich wieder im Nacken sitzen konnte, eigentlich nicht abdrehen durfte, aber er hatte es mit mindestens vier Gegnern zu tun und musste in Bewegung bleiben.

Stoica ging sofort in einer Steilkurve tiefer, damit sein Radar das Gebiet erfasste, in dem er die anderen feindlichen Jäger vermutete. Der westlichste Gegner kurvte ein, um die Verfolgung aufzunehmen, aber ein anderer flog geradeaus weiter – offenbar mit dem Auftrag, sich hinter seinen Rottenführer zu setzen und ihm den Rücken freizuhalten. Stoica zog die Mt-179 noch enger herum, damit er sich den Rottenflieger vornehmen konnte, aber dann hörte er die Überziehwarnung und spürte deutlich, wie die Tragflächen zu vibrieren begannen. »Fahrt!«, sagte Jegorow warnend.

»Scheiß auf die Fahrt – den Kerl kriegen wir!«, knurrte Stoica und kurvte weiter ein. Dabei verlor die Maschine gefährlich an Fahrt, aber da sie sich im Sturzflug befanden, konnte Stoica gerade noch oberhalb der Überziehgeschwindigkeit bleiben. Als er wieder in den Horizontalflug überging, hatten sie den feindlichen Jäger, der nach Osten einzukurven begann, um seinen Überwachungsauftrag auszuführen, dicht vor sich. Stoica schoss eine R-60 auf ihn ab.

Wieder das an- und abschwellende Warnsignal. »Lenkwaffenstart!« rief Jegorow. »*Links wegkurven!*«

Stoica zwang den Stealth-Jagdbomber in eine steile Linkskurve. Da ihre Fahrt in den letzten Augenblicken nur wenig über der Überziehgeschwindigkeit gelegen hatte, geriet die Mt-179 durch dieses Manöver mit hängender linker Tragfläche schlagartig ins Trudeln. Der Pilot hörte ein lautes Krachen, dann einen Aufschrei und ein Stöhnen, dann nichts mehr. »Alles in Ordnung, Gennadi?« Keine Antwort, nur ein weiteres Stöhnen. Was zum Teufel war dort hinten passiert? Aber Stoica hatte keine Zeit, sich um Jegorow zu kümmern – gelang es ihm nicht, dieses Trudeln rasch zu beenden, waren sie beide erledigt.

Wegen der negativ gepfeilten Tragflächen waren die aerodynamischen Eigenschaften des Stealth-Jagdbombers Mt-179 ganz anders als die gewöhnlicher Flugzeuge. Statt zu versuchen, das Trudeln wie bei einem normalen Flugzeug mit Seitenruder, Nachdrücken und Übergang in den Horizontalflug zu beenden, musste Stoica Leistung wegnehmen, Klappen, Sturzflugbremse und Querruder einsetzen, um möglichst langsam zu werden, die Flugkommandoanlage ausschalten, die Stellung von Steuerknüppel und Ruderpedalen der Fluglage anpassen und dann die Flugkommandoanlage neu starten. Das musste er so schnell und so oft wiederholen, bis die Maschine in den Normalzustand zurückkehrte. Manchmal tat sie das beim ersten Versuch, sodass das Trudeln nach zwei bis drei Umdrehungen beendet war; bei anderen Gelegenheiten waren mehrere Versuche nötig, bei denen man in kürzester Zeit beängstigend viel Höhe verlieren konnte.

Diesmal musste Stoica den gesamten Zyklus viermal wiederholen und büßte fast tausend Meter Höhe ein, bis er die Maschine wieder in der Hand hatte. Der Radarwarner zeigte ihm, dass sie es weiter mit drei feindlichen Jägern zu tun hatten – er hatte nur einen abgeschossen. Beim Trudeln hatte er so viel Fahrt eingebüßt, dass ihm nichts anderes übrig blieb, als im Horizontalflug zu bleiben, bis er wieder Fahrt aufgeholt hatte.

Die feindlichen Jäger verloren keine Zeit: Sie nahmen sofort die Verfolgung auf und waren blitzschnell wieder hinter ihm. Stoica kurvte sofort links weg, blieb im Horizontalflug, bis er wieder schnell genug war, zog dann hoch, zielte auf den ersten Jäger und wartete, bis die andere Maschine in den Erfassungsbereich seines Angriffsradars kam. Da er wusste, dass er diese Fluglage nicht lange beibehalten konnte, schoss er eine Lenkwaffe ab, erfasste den zweiten entgegenkommenden Jäger, schoss eine weitere Jagdrakete ab und kurvte dann steil rechts weg, bevor wieder die Überziehwarnung ertönte.

Stoica wusste, dass er alle unter den Tragflächen aufgehängten Lenkwaffen verschossen hatte, daher wurde es jetzt Zeit, die leeren

Pylonen abzuwerfen. Eben noch rechtzeitig, denn sobald sie abgeworfen waren, besaß die Mt-179 wieder ihre Stealth-Eigenschaften, die sie dringend brauchten, damit die feindlichen Jäger sie nicht mehr sehen konnten. Er ging in den Horizontalflug über. Die drei Jäger waren noch immer da, aber sie waren ausgewichen und verhielten sich defensiv. »Los, Gennadi«, forderte er seinen Waffensystemoffizier auf. »Wirf die Pylonen ab, damit wir diese Arschlöcher auf einen Trip ins Schwarze Meer schicken können.« Keine Antwort. »Gennadi? Was machst du dort hinten, verdammt noch mal?« Er verstellte seinen Rückspiegel, um ins hintere Cockpit sehen zu können, und sah, dass Jegorows Kopf schlaff zur Seite hing. Als sie vorhin ins Trudeln geraten waren, musste er nicht aufgepasst und sich den Kopf an der Cockpithaube angeschlagen haben.

Es gab nur wenige Dinge, die der Pilot einer Mt-179 *nicht* vom vorderen Sitz aus tun konnte – aber das Abwerfen leerer Pylonen gehörte leider dazu. Stoica konnte sie erst loswerden, wenn Jegorow aufwachte. »Gennadi!«, brüllte er. »Gennadi! Aufwachen!« Jegorow schien nicht bewusstlos, sondern nur benommen zu sein, aber er reagierte trotzdem nicht.

Jedenfalls wurde es höchste Zeit, von hier wegzukommen. Stoica ging auf Westkurs in einen steilen Sinkflug über, um rasch niedrigere Höhen zu erreichen, während die F-16 sich neu formierten. Mit den verdammten Pylonen – auch wenn sie jetzt leer waren – besaß die *Tjeny* nur eingeschränkte Stealth-Eigenschaften, aber je weiter er von den F-16 wegfliegen konnten, desto schwieriger würde er zu entdecken sein, und wenn er's schaffte, bis dicht übers Meer hinunterzugehen, konnte er sich in den Radarechos verstecken, die …

Das Alarmsignal ertönte. Nicht so schnell, sagte Stoica sich – eine der F-16, die etwa vierzig Kilometer hinter ihm war, hatte ihn bereits erfasst. Er steigerte seine Sinkgeschwindigkeit auf über hundert Meter pro Sekunde und war in weniger als einer Minute hundert Meter über dem Schwarzen Meer. Nun begann eine Verfolgungsjagd. Die rumänische Küste lag ungefähr vierhundert Kilometer vor ihm. Das Land war auf den ersten hundertfünfzig Kilometern ziemlich flach, aber dann stiegen die Karpaten steil an, und dort würde er sich verstecken können. Das würde ein langer Flug werden – bei seiner jetzigen Geschwindigkeit fast zwanzig Minuten –, aber vielleicht hatten die türkischen F-16 nicht mehr viel Treibstoff und würden die Verfolgung bald aufgeben müssen.

Der Radarwarner sprach ständig an. Die F-16 waren weiter hinter ihm, ungefähr dreißig Kilometer entfernt. Falls sie noch radargesteuerte Lenkwaffen hatten, würden sie jeden Augenblick …

Plötzlich ertönte der Lenkwaffenalarm. Stoica zog die Leistungshebel fast in Leerlaufstellung zurück, stieß Düppel aus und kurvte steil rechts weg. Er konnte hören, wie Jegerows Kopf nochmals gegen die linke Seite der Cockpithaube schlug, und fragte sich, ob der Kerl jemals wieder aufwachen würde …

»Wo bin ich?«, stöhnte Jegorow.

»Gennadi! Aufwachen!«, rief Stoica. »Aber fass nichts an! Hast du verstanden? Nichts anfassen!« Er wusste, dass Besatzungsmitglieder, die plötzlich aufschreckten, wenn sie im Cockpit eingeschlafen oder wegen Sauerstoffmangels oder hohen Andrucks bewusstlos geworden waren, manchmal nach irgendwas griffen, weil sie auf einen Traum oder undeutliche Sinneseindrücke reagierten – sie betätigten ihren Schleudersitz, warfen Waffen ab oder legten sogar die Triebwerke still.

»Ich … ich kriege keine Luft …«

»Wir sind defensiv, Gennadi, wir haben eine Bande türkischer Jäger hinter uns«, erklärte Stoica ihm. »Du musst unbedingt die Pylonen abwerfen.«

»Jäger!«, kreischte der Waffensystemoffizier plötzlich. Er musste einen Blick auf den Radarwarner geworfen haben, der ihm drei Jäger und mindestens eine auf sie abgeschossene Lenkwaffe zeigte. »Ausweichen! Ausweichen! Ich stoße Düppel aus …!«

»Ich bin im Geradeausflug«, sagte Stoica. »Keine Düppel mehr.« Ihre Störsender hatten das Steuersignal erfolgreich gestört, und die Düppelwolke hatte die türkische Jagdrakete getäuscht. »Geht's wieder, Gennadi?«

»Ich denke schon.«

»Gut, dann wirf jetzt die Pylonen ab«, wies Stoica ihn an. »Sie sind leer. Keine Waffen abwerfen, nur die Pylonen, verstanden?« Er sah auf den künstlichen Horizont. »Wir sind im Horizontalflug, Gennadi. Wirf sie ab!«

»Was …?«

»Du sollst die gottverdammten Pylonen abwerfen …!« Aber im nächsten Augenblick warnte das Alarmsignal sie vor einem weiteren Lenkwaffenstart. Stoica blieb nichts anderes übrig, als der F-16 in steiler Rechtskurve entgegenzusteigen. Sekunden später hörte er das Signal *Ziel erfasst* und schoss eine R-60 aus der Tragfläche auf den feindlichen Jäger ab. Dann kurvte er sofort links weg, stieß Düppel und Leuchtkörper aus und ging bis auf weniger als hundert Meter über dem Meeresspiegel hinunter. Dabei sah er rechts über sich einen hellen Lichtblitz – hoffentlich ein weiterer Jäger, dessen Pilot jetzt ein Bad nehmen würde. »Gennadi, *sofort* weg mit den Pylonen!«

»Ver … verstanden«, sagte Jegorow mit schwacher Stimme. Als Stoica eben in den Horizontalflug überging, hörte er ein Rumpeln durch die Maschine gehen, als die Waffenpylonen unter den Tragflächen abgeworfen wurden.

»Fehleranzeige«, meldete Jegorow kaum hörbar. Der Pilot sah die zentrale Warnlampe blinken und kontrollierte die Anzeige. Kein Problem: eine Fehlfunktion einer leeren Waffenstation. Stoica schaltete die Anzeige aus und ignorierte sie. Jetzt waren nur noch zwei F-16 hinter ihm – er hatte eine weitere abgeschossen! –, deren Radare ihn jedoch nicht mehr erfassen konnten. Die Mt-179 *Tjeny* hatte ihre Stealth-Eigenschaften zurückgewonnen!

Stoica schob seine Leistungshebel bis zum Anschlag nach vorn und drehte leicht steigend nach Osten ab. Jetzt befand er sich im Vorteil. Er setzte sich hinter die nächste F-16, benutzte seinen Radarwarner zur Annäherung, bis das Infrarot-Zielsuchsystem den Jäger erfasst hatte, und schoss dann aus weniger als sechs Kilometern Entfernung die nächste R-60 aus der Tragfläche ab. Sekunden später fand die Lenkwaffe ihr Ziel. Ein weiterer Abschuss!

Ion überlegte, ob er Jagd auf die restlichen Bomber machen sollte. Da die Mt-179 ihre Stealth-Eigenschaften zurückgewonnen hatte, konnte er die Bomber nach Belieben herunterholen, und weitere F-16 abzuschießen, war jetzt keine große Herausforderung mehr. Aber als er die Warnanzeigen vor sich kontrollierte, wusste er, dass er für heute außer Gefecht war – vielleicht sogar für längere Zeit. Die internen Abschussvorrichtungen für die R-60 meldeten eine Fehlfunktion ... nein, sogar einen schweren Defekt: Die Meldung ABSCHUSSVORRICHTUNG HEISS bedeutete einen Kabelbrand in der Tragfläche. »Gennadi, Abschussvorrichtung heiß, sofort die Stromzufuhr für die Waffen abschalten!« Zum Glück war Jegorow wieder wach, und die Warnleuchte erlosch wenige Sekunden später. Trotzdem brannten noch mehrere gelbe Anzeigen, von denen eine das nicht einwandfreie Funktionieren der Abdeckungen an den Flügelvorderkanten meldete, aber mit diesem Problem schlugen sie sich schon seit Monaten herum, und da keine roten Warnleuchten brannten, war vorerst alles in Ordnung.

Das bedeutete nicht, dass sie außer Gefahr waren, sondern nur, dass die Mt-179 *Tjeny* voraussichtlich nicht innerhalb der nächsten Minuten in der Luft zerbrechen würde. Es wurde Zeit, von hier zu verschwinden. Die restlichen Bomber waren verlockend, und er hätte sie statt mit den internen R-60 mit der eingebauten Maschinenkanone angreifen können, aber damit hätte er sein Glück überstrapaziert. Er hatte bereits zwei ukrainische Bomber Tu-22M Backfire und mindestens zwei, vielleicht sogar drei türkische F-16 Fighting Falcon abgeschossen. Keine schlechte Bilanz für eine einzige Nacht. Außerdem drohte sein Kopf noch immer zu zerspringen, und Jegorow war garantiert nicht imstande, die Maschine zu fliegen. Stoica ging wieder auf Westkurs in Richtung Codlea und dankte dem Schicksal, dass er lebend und siegreich zurückkehrte.

»Achtung, *Besstraschny*!« Die Brückenbesatzung wurde kurze Zeit später erneut angefunkt. Die Stimme übermittelte geografische Koordinaten und wiederholte sie. »Das ist der Punkt, an dem Sie die Gewässer der Allianz verlassen, *Besstraschny*. Steuern Sie ihn direkt an. Wir überwachen Sie weiter aus der Luft. Jede Abweichung vom geraden Kurs zieht einen sofortigen Angriff nach sich, und diesmal werden wir die Lenkwaffen nicht vor dem Einschlag zerstören.«

»Verstanden«, knurrte Boriskow. »Zentrale, Brücke, was ist über uns los? Ist dort oben ein russischer Jäger unterwegs?«

»Wir wissen nicht, ob das ein russischer Jäger ist«, antwortete der Taktikoffizier. »Wir wissen nur, dass ein ukrainischer Bomber und zwei türkische Jäger plötzlich abgeschossen wurden. Vielleicht ist das nicht identifizierte Flugzeug auch abgeschossen worden – die türkischen Jäger scheinen den Kontakt verloren zu haben.«

Kapitän Boriskow nickte zufrieden lächelnd. Der Unbekannte hatte einen Orden verdient, auch wenn er zuletzt selbst abgeschossen worden war. »Sind die Bomber weg? Oder wo sind sie jetzt?«

»Sie haben ihr Radar ausgeschaltet, aber sie sind weiter dort oben – knapp außer Reichweite unserer Fla-Raketen.«

Schade, denn Boriskow hätte liebend gern noch einmal versucht, den Tanker zu entern. »Wie sieht's um den Tanker herum aus?«

»Der ist jetzt von zahlreichen Booten, Schiffen und Flugzeugen umgeben, *Kapitan*«, meldete der Radargast. Boriskow trat auf die Backbordnock hinaus und suchte die Kimm achteraus ab. Wo die *Ustinow* liegen musste, war weiter ein heller Feuerschein zu sehen – der Tanker würde noch sehr, sehr lange brennen.

Verdammt peinlich, den Kampf so abbrechen zu müssen, fand der Kommandant. Ein Flugzeug eines anderen Staates hatte über dem Schwarzen Meer – das einst als russisches Binnenmeer gegolten hatte – eine überschallschnelle Antischiffslenkwaffe auf ein russisches Kriegsschiff abgeschossen, und er konnte nichts anderes tun, als den Schwanz einzuziehen und wegzulaufen. Das war demütigend.

Aber so schlimm dieser erzwungene Rückzug war … das Bewusstsein, dafür eingespannt worden zu sein, die Geschäftsinteressen eines Gangsters wie Pawel Kasakow zu verteidigen, war noch schlimmer. Stimmte die Geschichte, die der Terrorist erzählt hatte, dass Präsident Senkow sich mit Kasakow auf einen Deal eingelassen hatte, der vorsah, dass die russischen Streitkräfte die für den Pipelinebau benötigten Gebiete besetzen und sichern würden, nur damit Senkow und seine Führungsclique sich die Taschen füllen konnten, war das wahrhaft demütigend.

Kapitän Boriskow konnte es nicht leiden, von irgendjemandem herumgeschubst zu werden – nicht von Leuten, die sich als Schwarzmeerallianz bezeichneten, nicht von einem unwürdigen Politiker und erst recht nicht von einem Gangster wie Pawel Kasakow.

10

Codlea, Rumänien
(am nächsten Morgen)

»*Er hat sie laufen lassen?*«, brüllte Pawel Kasakow in sein abhörsicheres Satellitentelefon. Er befand sich im Büro seines geheimen Stützpunkts in Mittelrumänien in den Ausläufern der Karpaten. »Dieser verdammte Zerstörerkommandant war nur ein paar Kilometer von meinem Tanker entfernt und hat die Terroristen laufen lassen?«

»Er hat sie nicht ›laufen lassen‹, Pawel Gregorjewitsch«, stellte Generaloberst Walerij Schurbenko, der von seinem Dienstzimmer im Verteidigungsministerium aus telefonierte, aufgebracht richtig. »Der Kommandant hatte sechs Bomber mit Lenkwaffen zur Bekämpfung von Schiffszielen gegen sich. Er musste sich zwischen zwei Möglichkeiten entscheiden: wie befohlen abzudrehen oder versenkt zu werden. Außerdem hat er geglaubt, ohnehin nichts mehr ausrichten zu können – die Terroristen auf der *Ustinow* hatten zur Täuschung eine Sprengladung gezündet, und er dachte, der Tanker sei ohnehin zum Meeresgrund unterwegs.«

Kasakow drehte sich wütend zu seinem Fernseher um; er hatte CNN eingeschaltet. »Ach, wirklich? Warum beobachte ich dann, wie die verdammten Türken *mein* Öl in *ihrem* Hafen in *ihre* Tanker umpumpen?« Er hatte Recht: Auf der *Ustinow* hatte es keine Explosion, keinen Brand gegeben – zumindest keinen von den Terroristen gelegten. Kurz nachdem türkische Kriegs- und Küstenwachschiffe den Tanker erreicht hatten, war der gewaltige Brand auf dem Vorschiff auf mysteriöse Weise erloschen; wie sich dann zeigte, bestand keine Gefahr, dass die *Ustinow* sinken könnte. Der

Tanker war mit eigener Kraft weitergelaufen und hatte in dem türkischen Marinestützpunkt Eregli angelegt. Wie es der Zufall wollte, ankerten in der Nähe zwei weitere Tanker – beide natürlich unbeladen –, die jetzt die Ölladung der *Ustinow* übernahmen.

Die Terroristen waren spurlos verschwunden.

Noch fantastischer war, was die Besatzung der *Ustinow* berichtete. Die Terroristen seien nur zu zweit gewesen, sagten die Besatzungsmitglieder übereinstimmend aus. Sie seien unbesiegbar gewesen. Geschosse seien wie Papierkügelchen aus Blasrohren von ihnen abgeprallt. Sie hätten keine Waffen getragen. Sie hätten Blitze aus ihren Augen verschossen und später ein riesiges Gewehr benutzt, dessen würstchengroßes Geschoss ein Motorboot der *Besstraschny* aus einigen Kilometern Entfernung versenkt habe.

»Was geht hier vor, verdammt noch mal?«, tobte Kasakow. »Ich bin von Dummköpfen und Feiglingen umgeben. Was tut die Regierung, damit ich meinen Tanker und mein Öl zurückbekomme? Das war Piraterie auf hoher See! Die *Ustinow* fährt unter russischer Flagge! Was unternimmt die Regierung also?«

»Da Sie russischer Staatsbürger sind, wird unser Oberster Gerichtshof den Internationalen Seegerichtshof anrufen«, antwortete Schurbenko. »Leider wurde Ihr Schiff durch illegale Aktivitäten – nämlich durch nicht genehmigten Waffengebrauch – in türkischen Hoheitsgewässern beschädigt. Damit waren die türkischen Streitkräfte zum Eingreifen berechtigt. Da der Tanker offensichtlich in Gefahr war, durch Handlungen der Terroristen oder der russischen Kriegsmarine versenkt zu werden, waren auch die türkische Küstenwache, das Handelsministerium und die Umweltschutzbehörde mit dieser Sache befasst. Selbstverständlich wird es zivile und militärische Untersuchungen der näheren Umstände der Schiffsentführung geben.«

»Das klingt alles nach bürokratischem Hokuspokus, General«, wehrte Kasakow ab. »Wann bekomme ich mein Schiff zurück? Wann bekomme ich mein Öl zurück? Allein die Ladung ist fünfundzwanzig Millionen Dollar wert!«

»Da gibt's noch einen weiteren Aspekt, Pawel Gregorjewitsch«, sagte Schurbenko vorsichtig.

»Und der wäre?«

»Leider sind Sie in der Türkei wegen Mordes, Drogenhandels, Aktienbetrugs, Steuerhinterziehung und eines halben Dutzends weiterer Straftaten zur Fahndung ausgeschrieben«, sagte Schurbenko. »Da allgemein bekannt ist, dass Schiff und Ladung Ihnen gehören, hat die türkische Justiz sie beschlagnahmt, weil Sie sich bisher geweigert haben, sich vor einem türkischen Gericht zu verantworten.«

»*Was?*«, brüllte Kasakow. »Das können sie nicht!«

»Das können sie, und sie haben's bereits getan«, stellte Schurbenko fest. »Die Schadenssumme aller gegen Sie erhobenen Anklagen beläuft sich auf fünfhundert Millionen Dollar, was genau dem Wert der *Ustinow* und ihrer Ölladung entspricht. Deshalb hat die türkische Justiz sofort Schiff und Ladung beschlagnahmt.«

»Ich verlange, dass Sie meinen Tanker mitsamt der Ladung zurückholen!«, knurrte Kasakow. »Wie Sie das anstellen, ist mir egal. Schicken Sie Truppen hin, setzen Sie eine Speznas-Einheit mit Fallschirmen ab, entführen Sie den türkischen Präsidenten ... mir ist alles gleich! Aber beschaffen Sie mir mein Eigentum wieder! Ich denke nicht daran, mich von einer Bande türkischer Rechtsverdreher und Bürokraten bestehlen zu lassen!«

»Die Regierung hat im Augenblick mit eigenen Problemen zu kämpfen«, wehrte Schurbenko ab. »Unser schöner kleiner Deal ist aufgeflogen, falls Sie das noch nicht gemerkt haben sollten. Die Tonbandaufzeichnungen der Gespräche zwischen Thorn und Senkow und zwischen uns bei Metjor sind in über hundert Staaten veröffentlicht worden. Als ich ... als *wir* die Vereinbarungen zwischen Thorn und Senkow publik gemacht haben, haben wir unser Schicksal besiegelt – und das Senkows ebenfalls. Kein Mensch macht dem amerikanischen Präsidenten Vorwürfe: Dieser rückgratlose Schleimer hat alles eingestanden, und die Welt liebt ihn dafür, dass er solche Opfer gebracht hat, um seine Männer und Frauen aus der Gewalt russischer Finsterlinge zu retten. Alle Blicke sind nur auf uns gerichtet. Und ich glaube, dass Senkow eine Möglichkeit gefunden hat, sich von dieser Katastrophe zu distanzieren – schließlich hat er nie irgendwelche Befehle erteilt, nie etwas ausdrücklich genehmigt.«

»Ich habe reichlich Belastungsmaterial gegen Senkow«, widersprach Kasakow zornig. »Ich habe Bankunterlagen, Überweisungsbelege und Kontonummern bei sieben Banken in Steuerparadiesen. Ich habe ihm viele Millionen Dollar dafür bezahlt, dass er die entsprechenden Befehle erteilt und die Armee für meine Zwecke einsetzt.«

»Alle diese Konten sind Nummernkonten, alle sind anonym«, stellte Schurbenko fest. »Keines lässt sich mit Senkow in Verbindung bringen. Außerdem schützt unsere Verfassung ihn vor jeglicher Strafverfolgung, solange er im Amt ist, und falls die Duma versucht, ein Amtsenthebungsverfahren einzuleiten – was sie nicht tun wird, dazu ist er zu mächtig –, kann er sie einfach auflösen. Nein, ihm wird man schlimmstenfalls vorwerfen können, er habe sich reinlegen lassen. Aber ich und mit mir weitere Mitglieder von Regierung und Sicherheitsrat werden hinter Gitter wandern.«

Wie um Schurbenkos pessimistische Worte zu untermauern, zeigte CNN jetzt Demonstranten, die vor deutschen und russischen Botschaften in aller Welt – von Washington bis Moskau, von Oslo bis Johannesburg – gegen den Einsatz deutscher und russischer Truppen auf dem Balkan protestierten. Die ganze Welt fürchtete jetzt eine deutsch-russische Achse, einen neuerlichen Versuch, ganz Europa zu unterwerfen, und vielleicht sogar einen dritten Weltkrieg – der vermutlich mit einem Sieg der Achsenmächte enden würde, weil von den Vereinigten Staaten keine Hilfe zu erwarten war.

Alles nur, behauptete CNN, wegen Pawel Gregorjewitsch Kasakow und seiner hemmungslosen, vor nichts zurückschreckenden Geldgier. Einst war Kasakow wegen seines gewalttätigen Rufs gefürchtet. Aus dieser Angst war widerstrebender Respekt vor seinem unternehmerischen Wagemut und seinen Erfolgen geworden. Aber jetzt wurde er gehasst. Kasakow war auf der gesamten Welt der Staatsfeind Nummer eins. Er konnte sich nirgends mehr frei bewegen, nicht einmal inmitten eines Heers aus Leibwächtern. Auch ohne dass ein Kopfgeld auf ihn ausgesetzt war – und er zweifelte nicht daran, dass bald eines ausgesetzt werden würde –, war er nirgends seines Lebens mehr sicher. Wer würde nicht als der Held berühmt werden wollen, der die Welt von diesem Ungeheuer befreit hat?

Kasakow kniff wütend die Augen zusammen, aber sein scharfer Verstand setzte sich allmählich gegen seine Emotionen durch, und er begann einen Plan zu entwerfen. »Darf ich also annehmen«, fragte er sarkastisch, »dass Sie von einem gecharterten Privatjet aus telefonieren, der Sie übers Mittelmeer in irgendeine kleine afrikanische Republik bringt, die keinen Auslieferungsvertrag mit der Russischen Föderation abgeschlossen hat?«

»Ich bin kein reicher Drogenbaron wie Sie, Kasakow«, antwortete Schurbenko. »Ich habe alles nur für Russland getan. Ja, ich habe Ihr Geld genommen, und ich hoffe, dass es mir gelingt, meine Frau und meinen Sohn außer Landes zu schaffen, damit sie mein Vermögen genießen können, bevor das Innenministerium alles beschlagnahmt, was ich besitze. Aber ich habe alles nur für Mütterchen Russland getan, um unsere verlorene Macht und unseren Einfluss wenigstens teilweise wiederherzustellen. Ich werde weder meinen Posten noch mein Land verlassen.«

»Dann werden Sie wohl mit Ihrer Entscheidung leben müssen, General«, meinte Kasakow lässig.

»Oh, damit komme ich sicher gut zurecht, Pawel Gregorjewitsch», sagte Schurbenko. »Russland hat wieder Truppen auf dem Balkan und in ganz Südosteuropa – ganz legal, von den Vereinten Nationen sanktioniert –, das NATO-Bündnis ist zerschlagen, wir haben mit Deutschland einen mächtigen neuen Verbündeten gewonnen, und das Öl vom Kaspischen Meer macht mein Land reich. Ich bin stolz auf das, was ich für mein Land getan habe, Kasakow, selbst wenn ich letztlich dafür ins Gefängnis kommen sollte. Der Verlust Ihres Tankers und Ihres Öls trifft mich nicht im Geringsten.«

»Dann ist unsere Geschäftsbeziehung beendet, glaube ich«, antwortete Kasakow. »Viel Spaß dabei, wenn Sie im Gefängnis Lefortowo den braven kleinen Soldaten spielen. Und denken Sie immer daran: Nicht bücken, wenn Ihnen beim Duschen die Seife aus der Hand fällt.«

Kasakow knallte den Hörer mit solcher Gewalt auf die Gabel, dass er fast sein dreitausend Dollar teures Satellitentelefon ruiniert hätte. Im Gespräch mit Schurbenko hatte er sich bemüht, entspannt und lässig zu wirken, als bedeute ein Verlust von einer halben Milliarde Dollar nicht viel für ihn, aber in Wirklichkeit war das ein schwerer Schlag. Da das Öl auf dem Weg vom Bohrloch über die Terminals bis zur Raffinerie ihm gehörte und er mit den Durchleitungsstaaten zahlreiche Nebenvereinbarungen geschlossen hatte, die einen sicheren Transport garantierten, waren weder seine Tanker noch das Öl während des Transports übers Schwarze Meer versichert. Schließlich gab es nicht allzu viele Versicherungen, die bereit gewesen wären, das Eigentum eines Drogenhändlers und Gangsterbosses zu tragbaren Prämien zu versichern. Außerdem erwarteten seine Investoren ihren Anteil, ob das Rohöl die Pipeline erreichte oder nicht, und das waren weitere siebeneinhalb Millionen Dollar, die er aus eigener Tasche zahlen musste. Bei diesen Verpflichtungen gab es keinen Aufschub, kein Insolvenzverfahren – er musste zahlen oder damit rechnen, für den Rest seines Lebens von Gläubigern gejagt zu werden.

Außerdem bedeutete die Kaperung eines Tankers durch eine unbekannte, offenbar mächtige Terrororganisation – vermutlich irgendein CIA- oder SAS-Kommando – das Ende weiterer Öltransporte mit eigenen Schiffen. Er würde also andere Tanker chartern müssen, was nicht gerade billig war. Jedenfalls war sein Rohöl ebenso gefährdet wie seine Tanker, und andere Reedereien würden sich entweder weigern, Erdöl für Metjorgas zu transportieren, oder hohe Risikozuschläge verlangen, um für den Fall einer weiteren Schiffsentführung abgesichert zu sein.

Für das alles gab es nur eine Lösung: Er musste die Aufmerksamkeit der Weltöffentlichkeit von sich weg auf ein anderes Thema lenken.

Kasakow verließ sein Büro und stürmte in den Hangar hinüber. Obwohl sie die Metjor Mt-179 *Tjeny* weiter in unregelmäßigen Abständen auf andere Stützpunkte verlegten, standen die meisten

Flugplätze in Georgien, Kasachstan, Russland und Bulgarien, die mit Metjor Aerospace in Verbindung gebracht wurden, unter dauernder Überwachung, sodass dieser Stützpunkt in Rumänien noch am sichersten erschien. Er marschierte an den Wachposten vorbei und sah Dr. Pjotr Fursenko im Gespräch mit einem Techniker vor dem Stealth-Jagdbomber stehen. Die beiden Männer diskutierten besorgt über die grauen und schwarzen Streifen an den Flügelvorderkanten: Spuren von Treibgasen der internen Jagdraketen. »Doktor, lassen Sie die Maschine für heute Nacht startbereit machen«, befahl Kasakow ihm.

Der Wartungstechniker, mit dem Fursenko gesprochen hatte, entfernte sich eilig. »Wir haben gewisse Probleme, Genosse Kasakow«, antwortete Fursenko vorsichtig.

»Probleme interessieren mich jetzt nicht, Fursenko, einzig Action und Ergebnisse.« Der Wissenschaftler schwieg, sah nur zu Boden. »Also? Woran fehlt's diesmal?«

»Durch die letzten Starts von Jagdraketen hat die Tragflächenstruktur weiter gelitten …«

»Ich dachte, Sie hätten dieses Problem gelöst.«

»Es war nicht möglich, die Abschussvorrichtungen in den Tragflächen umzubauen und die Maschine gleichzeitig Tag und Nacht einsatzbereit zu halten, wie Sie's verlangt haben«, erklärte Fursenko ihm. »Wir konnten nur kleinere Reparaturen vornehmen und die Betriebsgrenzen weiter einschränken. Die Besatzung hatte Anweisung, die intern mitgeführten Lenkwaffen nur im Notfall einzusetzen – wenn alle anderen Jagdraketen verschossen waren, nur zu Verteidigungszwecken und unter Einhaltung der von uns festgelegten Grenzen: nicht über Mach 0,8, keine Beschleunigung über zwei g und kein Anstellwinkel über fünf Grad.« Fursenko merkte, dass dieses Fachchinesisch seinem jungen Boss Kopfschmerzen bereitete, deshalb fügte er rasch hinzu: »Aber wir haben die Schäden behoben, und ich denke, dass die Maschine wieder einsatzfähig ist.«

»Warum sind die Tragflächen beschädigt worden, wenn Sie Betriebsgrenzen festgesetzt hatten?« Fursenko zögerte, aber Kasakow erriet den Grund dafür selbst. »Offensichtlich weil Stoica und Jegorow sich nicht an die Betriebsgrenzen gehalten haben, stimmt's?«

»Die beiden hatten den Auftrag, die Patrouillenflugzeuge abzuschießen«, wandte Fursenko ein. »Sie haben sehr gute Arbeit geleistet…«

»Sie haben nur einen Bomber runtergeholt!«

»Was eine hervorragende Leistung war, wenn man bedenkt, mit welcher Übermacht sie's zu tun hatten«, unterstrich Fursenko. »Sie hatten vier gut ausgebildete türkische Jagdflieger gegen sich und haben's geschafft, zwei, vielleicht sogar drei von ihnen abzuschießen.«

Kasakow sah zum Cockpit der Mt-179 hinauf. Gennadi Jegorow saß mit einem Kopfverband auf dem vorderen Sitz und machte sich auf seinem Schreibbrett Notizen, während ein Techniker Schaltkreise testete. »Was ist mit Jegorow passiert?«

»Er hat bei einem Ausweichmanöver eine Platzwunde und eine leichte Gehirnerschütterung erlitten. Der Arzt sagt, dass ihm nichts weiter fehlt.«

»Und Stoica?«

»Dort drüben.« Fursenko wirkte besorgt. Kasakow sah Stoica, der in einer Hand einen Kaffeebecher hielt und mit der anderen seine Augen bedeckte, an einem Tisch sitzen. »Er hat etwas Grippe, glaube ich. Wann bekommen wir eine neue Zielliste, Genosse Kasakow?«

»Sofort«, wehrte Kasakow ab. Er starrte wütend zu Stoica hinüber und merkte sofort, dass der Scheißkerl keine Grippe hatte. »Diesmal sind's zwei Ziele, die beide in einer Nacht angegriffen werden müssen.«

»Das ist riskant, Genosse Kasakow«, sagte Fursenko. »Eine höhere Waffenlast bedeutet, dass wir die Waffenpylonen unter den Tragflächen benutzen müssen…«

»Wozu? Die Waffen haben in der Bombenkammer Platz. Zwei Abwurflenkwaffen, zwei Ziele.«

»Das wäre riskant«, erklärte Fursenko ihm. »Um sicherzugehen, dass der Angriff klappt, planen wir für jedes Ziel immer zwei Waffen ein – zwei Ziele, *vier* Waffen… nur für den Fall, dass eine nicht trifft oder eine Fehlfunktion aufweist.«

»Gut, dann benutzen Sie eben die externen Pylonen.«

»Hängen wir an einen Pylon Abwurflenkwaffen, können wir ihn aus Gewichtsgründen nicht auch noch mit Jagdraketen bestücken. Luft-Boden-Lenkwaffen sind viel schwerer als Luft-Luft-Lenkwaffen und lassen sich nicht an allen Aufhängepunkten anbringen.«

»Und? Dann benutzen Sie Bombenkammer und Pylonen für die Offensivwaffen und die Abschussvorrichtungen in den Tragflächen für die Defensivwaffen.«

»Aber wir können die internen Jagdraketen nicht einsetzen, Genosse Kasakow«, sagte Fursenko. »Die Schäden …«

»Ich dachte, Sie hätten gesagt, die Schäden seien repariert?«

»Wir haben die Schäden repariert, die beim letzten Einsatz durch den Abschuss interner Jagdraketen entstanden sind«, erklärte Fursenko ihm, »aber das Problem der Entstehung solcher Schäden ist noch nicht gelöst. Und die Tragflächen sind bestimmt weit stärker in Mitleidenschaft gezogen, als wir derzeit erkennen können. Die Jagdraketen in den Tragflächen dürfen nur im äußersten Notfall eingesetzt werden, und um ganz sicherzugehen, würde ich empfehlen, die Abschussvorrichtungen gar nicht zu bestücken.«

»Ich bezahle diese Männer gut dafür, dass sie bestimmte Risiken eingehen, Doktor«, sagte Kasakow nüchtern. »Können Jagdraketen dazu beitragen, dass sie und das Flugzeug heil zurückkommen, verlange ich, dass sie mitgeführt werden. Die Abschussvorrichtungen werden bestückt, aber die Raketen dürfen nur im äußersten Notfall eingesetzt werden – nicht zur Jagd auf Gelegenheitsziele. Geben Sie diesen Befehl weiter.«

»Aber dann haben wir keine Abwehrwaffen zur Bekämpfung bekannter Gefahren«, wandte Fursenko ein. »Wir brauchen die Pylonen für Defensiv- *und* Offensivwaffen.«

»Fursenko, Sie fangen an, sich im Kreis zu drehen«, sagte Kasakow irritiert. »Erst sagen Sie, dass wir die internen Raketen nicht verwenden dürfen, und dann sagen Sie, dass der Einsatz nur möglich ist, *wenn* wir die internen Waffen verwenden. Was wollen Sie wirklich sagen, Doktor? Soll das heißen, dass die *Tjeny* nicht einsatzbereit ist?«

»Ich… ja, das soll es wohl heißen«, gab Fursenko endlich zu. »Sie sollte ohne umfangreiche Inspektionen und Reparaturen nicht an den Start gehen.«

Pawel Kasakow schien diese Mitteilung zu akzeptieren. Er nickte, dann zuckte er leicht mit den Schultern. »Gut, dann greifen wir eben nur ein Ziel an«, sagte er. »Wären Sie damit zufrieden, Doktor? So können Sie die Abwurflenkwaffen in der Bombenkammer unterbringen und die Jagdraketen an die Pylonen hängen.«

»Bei der Verwendung externer Pylonen gibt's weitere Probleme, weil sie den Radarquerschnitt des Flugzeugs erheblich vergrößern und seine Stealth-Eigenschaften zunichte machen«, erklärte Fursenko ihm. »Greifen wir nur ein Ziel an, können wir für Notfälle trotzdem die beiden internen Abschussvorrichtungen benutzen und die Offensivwaffen in der Bombenkammer mitführen.«

Kasakow nickte erneut. »Und was ist mit Ion und Gennadi?«, fragte er. »Sind die beiden einsatzbereit?«

»Mit Gennadi scheint wieder alles in Ordnung zu sein. Er ist mehrmals gründlich untersucht worden und hat offenbar keinen Schaden davongetragen. Was Ion betrifft…« Fursenko sah stirnrunzelnd zu Stoica hinüber. »Nun, wir müssen abwarten, wie rasch er sich erholt. Von seiner Grippe.«

Kasakow nickte wieder. Er sah zu Jegorow hinauf, der im Cockpit sitzend Schalter betätigte und über Funk mit den Wartungstechnikern sprach. »Kann Gennadi die Maschine fliegen, falls ein Testflug erforderlich ist?«

»Natürlich. Gennadi ist ein ausgebildeter Pilot und mit der *Tjeny* fast so gut vertraut wie Ion. Bei einem Testflug würde ich oder einer der Techniker den Platz des Waffensystemoffiziers hinter ihm einnehmen.«

»Ausgezeichnet.« Kasakow schlenderte zu Stoica hinüber. Der Pilot stand nicht auf, reagierte auch sonst nicht auf Kasakow, sondern blieb mit einer Hand vor den Augen am Tisch sitzen. »Ion? Fühlen Sie sich wieder besser? Kann ich irgendwas für Sie tun?«

»Ich habe schon alles Mögliche versucht, Pawel Gregorjewitsch«, sagte Stoica jammernd. Kasakow roch deutlich, dass er sich mit Glühwein gestärkt haben musste. »Ich brauche nur ein bisschen Zeit, um wieder einen klaren Kopf zu bekommen.«

»Sie brauchen mehr als nur Zeit, um einen klaren Kopf zu bekommen, Ion«, stellte Kasakow fest. Stoica sah auf, starrte seinen Boss mit blutunterlaufenen Augen an und wollte ihn eben fragen, wie er das meine, als Kasakow eine 9-mm-Pistole SIG-Sauer P226 aus seinem Schulterhalfter zog, ihm die Mündung auf die Stirn setzte und abdrückte. Der halbe Inhalt von Stoicas Schädel spritzte über den Tisch, sein lebloser Körper fiel in sich zusammen und blieb in einer Lache aus Blut, Knochen und Gehirnmasse liegen. Kasakow gab drei weitere Schüsse in Mund und Augen des Toten ab, sodass sein Gesicht bis zur Unkenntlichkeit entstellt war.

Dann drehte er sich mit der noch rauchenden Pistole in der Rechten nach Fursenko und den Technikern um. »Keine faulen Ausreden mehr, verstanden?«, kreischte er mit wutverzerrtem Gesicht. »Keine Ausreden mehr! Wenn ich sage, dass ich einen Auftrag für euch habe, spurt ihr gefälligst! Wenn ich sage, dass ihr mehrere Ziele angreifen sollt, dann zerstört ihr sie – oder kommt lieber gar nicht erst hierher zurück! Sicherheit oder Defekte oder Warnleuchten oder Ausreden oder Gefahren sind mir scheißegal. Ihr führt euren Auftrag durch, sonst seid ihr *erledigt!* Ist das klar?

Fursenko, ich verlange, dass dieses Flugzeug mit so vielen Waffen startet, wie Sie für Ihren Auftrag brauchen, und ich will, dass es *heute Nacht* startet, sonst lege ich euch alle nacheinander um! Und Sie werden *beide* Ziele zerstören, die ich Ihnen nenne, sonst brauchen Sie nicht mehr zurückzukommen – sonst brauchen Sie gar nicht mehr weiterzuleben! Habe ich mich klar genug ausgedrückt? Also los, an die Arbeit!«

Oval Office des Weißen Hauses, Washington, D.C.
(zur gleichen Zeit)

Die drei Luftwaffengenerale betraten das Oval Office, blieben schweigend und unauffällig an der Wand neben der Tür stehen und wagten nicht, ein Wort zu sagen oder sich auch nur zu bewegen. Sie erwarteten alle das Gleiche: einen monumentalen Anschiss wegen Patrick McLanahan und seiner High-Tech-Spielsachen.

Der Präsident beendete seine Lektüre des Berichts, den CIA-Direktor Douglas Morgan ihm vor kurzem übergeben hatte. Nachdem er ihn gelesen hatte, gab er ihn an Vizepräsident Les Busick weiter und starrte nachdenklich ins Leere. Busick überflog den Bericht und gab ihn seinerseits an Außenminister Edward Kercheval weiter. Robert Goff hatte die beiden Männer schon vorab informiert; Kercheval schien noch aufgebrachter zu sein als der Präsident. Wenig später schüttelte Präsident Thorn verärgert den Kopf, dann sah er zu Verteidigungsminister Goff hinüber. »Nehmen Sie bitte Platz, Gentlemen«, sagte er.

Nach einer längeren Pause, in der alle anderen verlegen schwiegen, stand der Präsident auf, kam um seinen Schreibtisch herum und setzte sich auf die vordere Kante. Dass er seinen Zorn nur mühsam beherrschen konnte, war nur allzu offensichtlich. Thorn starrte einen General nach dem anderen an, bevor er langsam und deutlich fragte: »General Venti, wie kann ich McLanahan stoppen?«

Der Vorsitzende der Stabschefs überlegte kurz, dann antwortete er: »Wir vermuten, dass McLanahan sein Unternehmen von einem kleinen ukrainischen Militärstützpunkt bei Nikolaijew aus durchgeführt hat. Das Special Operations Command hält sich bereit, mehrere Teams ins dortige Gebiet zu entsenden, um McLanahan und seine Leute aufzuspüren. Als Erstes programmieren wir Aufklärungssatelliten um, damit sie sämtliche in Frage kommenden Stützpunkte überwachen.«

»Mit etwas Glück finden wir sie innerhalb weniger Tage – wenn sie nicht auf einen anderen Stützpunkt umgezogen sind«, warf Morgan ein.

»Haben sie weitere ukrainische Hubschrauber für Luftbetankung umgerüstet«, sagte General Victor Hayes, der Generalstabschef der Air Force, »würde das die Größe des abzusuchenden Gebiets verdoppeln. Das wäre, als wollte man eine Nadel in einem Heuhaufen finden.«

»Nicht unbedingt«, widersprach Morgan. »Wenn wir wüssten, wo sie ihr nächstes Unternehmen planen, könnten wir ihnen auflauern und sie abfangen.«

»Und wenn die Ukrainer oder Türken etwas kooperationsbereiter wären, würden wir sie auch leichter finden«, fügte Kercheval hinzu. »Aber diese Schwarzmeerallianz gibt uns keine Informationen, obwohl wir sicher wissen, dass sie McLanahans Unternehmen beobachtet und vielleicht sogar unterstützt hat.«

»Sie haben mitten auf dem Schwarzen Meer einen verdammten Supertanker mit einer Million Barrel Öl gekapert«, stellte Vizepräsident Busick fest. »Wer hätte gedacht, dass sie so was versuchen würden? Sollen wir in Zukunft etwa jeden Tanker in diesem Gebiet überwachen? Welcher Plan steckt dahinter? Was wollen sie damit erreichen?«

»McLanahan hat mir freimütig erklärt, was er zu erreichen versucht, Sir«, sagte General Hayes.

»Die Russen zu provozieren«, sagte der Präsident. »Kasakows Lebensnerv – sein Ölimperium – zu treffen und ihn zum Zurückschlagen zu zwingen.«

»Genau, Sir.«

»Erst Öltanker, dann Verladeterminals?«

»Für die Waffen, die McLanahan zur Verfügung stehen, wären das verhältnismäßig leichte Ziele, Sir«, fügte Generalleutnant Terrill Samson hinzu.

»Wir können ständige AWACS-Patrouillen einrichten und ihn uns schnappen, sobald er auftaucht«, schlug Hayes vor. »Wir fangen jede Maschine ab, die im dortigen Gebiet unangemeldet in der Luft ist. Ein paar Jäger und Tanker, die einander ablösen, müssten dafür genügen. Diese Überwachung lässt sich sofort einrichten.«

»Spüren Sie ihn auf«, ordnete der Präsident erbittert an. »Mir ist's egal, ob Sie dafür die gesamte Luftwaffe einsetzen müssen. Finden Sie ihn. Es darf keine Überraschungsangriffe mehr geben.« Nachdem Thorn einen Blick mit Goff gewechselt hatte, sah er zu Samson hinüber. »General, Sie können mir helfen, Verbindung mit McLanahan aufzunehmen.«

»Sir?«

»Dieser subkutane Sender und Empfänger, den Sie in Dreamland benutzen«, sagte der Präsident, indem er auf Samsons linke Schulter zeigte. »Der funktioniert praktisch weltweit, nicht wahr?«

»Ja, Sir. Ich habe schon mehrmals versucht, General McLanahan und andere Mitglieder seines Teams zu erreichen. Aber ich bekomme keine Antwort.«

»Er glaubt, dass Sie ihn verraten haben.«

Samson erstarrte einen Augenblick lang, dann zuckte er mit den Schultern. »Ich weiß nicht, was McLanahan ...« Er verstummte, als er Thorns wissenden Blick sah, und nickte dann. »Ja, das glaubt er, Sir.«

»Er fühlt sich auch von mir im Stich gelassen«, stellte der Präsident fest. »Und er glaubt, dass ich die Vereinigten Staaten verkaufe.«

»Was McLanahan glaubt, sollte keine Rolle spielen, Sir«, sagte Samson nachdrücklich. »Er ist Soldat. Er hatte ... ich meine, er *hat* erteilte Befehle auszuführen.«

»Sie wissen, wo er ist, nicht wahr, General?«

Samson schluckte trocken. »Sir?«

»McLanahan antwortet vielleicht nicht, aber die Implantate geben Ihnen die Möglichkeit, jeden zu orten und zu überwachen, der sie trägt«, sagte der Präsident. »Das haben Sie mir selbst erzählt. Sie wissen genau, wo er sich aufhält, aber das haben Sie weder General Venti noch Verteidigungsminister Goff mitgeteilt. Warum nicht?«

»Was zum Teufel soll das, Samson?«, fuhr der Vorsitzende der Stabschefs ihn an. »Sie haben uns diese Informationen die ganze Zeit vorenthalten?«

»Mir ist nie befohlen worden, McLanahans Aufenthaltsort zu ermitteln, Sir«, sagte Samson.

»Sie sind Ihres Postens enthoben, General«, sagte Venti scharf. »Diese Insubordination hat Sie gerade Ihren Job gekostet.«

»Darf ich offen sprechen, Sir?«

»Kein Wort mehr!«, brüllte Venti.

»Langsam, General«, ermahnte der Präsident ihn. »Sprechen Sie, General Samson.«

Samson machte eine Pause, die jedoch nur einige Sekunden dauerte. Dann erwiderte er unerschrocken den Blick des Präsidenten. »Sir, mir gefällt nicht, was McLanahan tut – aber nur, weil er tut, was eigentlich *meine* Aufgabe wäre.«

»Ihre Aufgabe?«

»Meine Aufgabe ist es, Verrückte wie Kasakow mit seinem Stealth-Jagdbomber aufzuspüren und vom Himmel zu holen, anstatt zu versuchen, die eigenen Leute abzuschießen«, sagte Samson. »Sind Sie nicht bereit, Sir, sich in dieser Sache zu engagieren, ist das in Ordnung. Sie sind der Präsident und mein Oberbefehlshaber, deshalb ist Ihre Entscheidung endgültig. Aber wenn ehrenwerte Kämpfer wie Patrick McLanahan zu handeln beschließen, sollten sie nicht von ihrer eigenen Regierung verfolgt werden.«

Samson sah nacheinander Venti, General Hayes, die übrigen im Oval Office Anwesenden und zuletzt Präsident Thorn an. »Befehlen Sie mir, McLanahan aufzuspüren und zurückzuholen, Sir, dann führe ich Ihren Befehl aus. Ich setze alle mir zur Verfügung stehenden Mittel ein, um ihn auszuführen.«

»Also gut. Ich erteile Ihnen jetzt einen direkten Befehl, General Samson«, sagte der Präsident. Er machte eine kurze Pause. »General, ich will, dass Ihre Leute mir einen dieser subkutanen Empfänger einpflanzen. So schnell wie möglich. Noch heute.«

»*Sir?*«

»Sie haben mich verstanden. Rufen Sie an, damit einer hergebracht wird.«

»Aber… aber was ist mit McLanahan?«, warf Vizepräsident Busick ein. »Wie soll ihn das stoppen?«

»Ich muss mit ihm reden. Ich will seine Stimme hören«, sagte

Thorn. »Da er sich offenbar in eine Art High-Tech-Terroristen oder einen selbst ernannten Weltrichter verwandelt hat, brauche ich Informationen aus erster Hand. Stelle ich fest, dass er oder die Leute, die mit ihm fliegen, psychisch labil sind, setze ich unsere Streitkräfte bis zum letzten Mann ein, um ihn unschädlich zu machen.«

Tirana, Albanien
(zwei Nächte später)

Gegenüber der deutschen Botschaft in Tirana hatten sich vor einem dreistöckigen Bürogebäude, dem Hauptquartier der UN-Friedenstruppe, die vor allem aus russischen und deutschen Einheiten mit dem Auftrag bestand, entlang der albanisch-makedonischen Südgrenze zu patrouillieren, nun schon in der zweiten Nacht Demonstranten versammelt. Seit die Geschäftsbeziehungen zwischen Pawel Kasakow und Mitgliedern der russischen Regierung publik geworden waren, gab es überall auf dem Balkan massive Proteste – jedoch nirgends umfangreicher und lauter als hier in der albanischen Hauptstadt. Die Demonstrationen richteten sich ebenso gegen die Deutschen, die als Handlanger der Russen galten.

Heute waren die Proteste besonders heftig. Einheiten der albanischen Armee marschierten frühzeitig auf, was die Demonstranten noch mehr erregte. Einheimische Gewerkschaftsführer, die Kasakow vor allem übel nahmen, dass er seine Pipeline mit untertariflich bezahlten Billigkräften gebaut hatte, hielten Brandreden, und Polizei und Armee hatten keine Lust, sich mit den Gewerkschaften anzulegen. Die aufgebrachte Menge wogte unstet zwischen dem UN-Hauptquartier und der deutschen Botschaft hin und her. Die erregten Sprechchöre wurden immer lauter, und die Ordnungskräfte hatten Mühe, die Demonstranten in Schach zu halten. Bald kam es zu ersten Handgreiflichkeiten, dann flogen Steine und Flaschen, und die Flaschen verwandelten sich wenig später in Molotow-Cocktails.

Im Getümmel und der zunehmenden Panik auf den umliegenden Straßen blieb das Heulen einer außergewöhnlich lauten Sirene weitgehend ungehört und unbeachtet. Es handelte sich um keine Polizei- oder Feuerwehrsirene, sondern um eine Luftschutzsirene. Unmittelbar danach gingen die Straßenlampen und sämtliche Lichter in albanischen Regierungsgebäuden aus – eine noch aus dem Zweiten Weltkrieg stammende automatische Reaktion auf den ausgelösten Luftalarm. Das plötzliche Dunkel, das nur durch die Lichter von Polizei-, Feuerwehr- und Krankenwagen sowie Brände auf den Straßen erhellt wurde, versetzte viele Demonstranten erst recht in Panik.

Die Polizei hatte eben angefangen, die Demonstration mit Tränengas und Wasserwerfern aufzulösen, als plötzlich die Hölle los war. Aus einem unerträglich hellen Lichtblitz entstand mit einer ohrenbetäubenden Detonation ein riesiger Feuerball, der den gesamten Straßenblock erfasste, in dessen Mittelpunkt die deutsche Botschaft stand. Als der Feuerball in sich zusammensank, war die Botschaft nur noch ein rauchender Trümmerhaufen. Im Umkreis von hundert Metern um den Nullpunkt waren alle Menschen – Demonstranten, Polizisten, Soldaten, Botschaftsangehörige und Neugierige – tot oder schwer verletzt, und in den umliegenden Straßen standen zahlreiche Gebäude in Flammen.

Weißes Haus, Arbeitszimmer des Präsidenten
(kurze Zeit später)

»Die Zerstörungen sind gewaltig, Sir«, berichtete CIA-Direktor Douglas Morgan über den Vorfall in Tirana. »Die deutsche Botschaft ist völlig zerstört – nur noch ein Trümmerhaufen. Polizei und Medien schätzen die Zahl der Demonstranten vor der Botschaft auf fünftausend Menschen, zu denen zwei- bis dreitausend Polizisten, Soldaten, Journalisten und Neugierige kommen dürften, die sich ebenfalls im Detonationsbereich aufgehalten haben. Auch das Hauptquartier der UN-Friedenstruppen auf der gegenüberliegenden Straßenseite ist schwer beschädigt – allein dort dürfte es über dreihundert Tote und Verletzte gegeben haben.«

Präsident Thomas Thorn saß weiterhin schweigend in seinem Arbeitszimmer neben dem Oval Office. Er trug Freizeitkleidung – Polohemd, Khakihose und Sandalen –, weil er vom Abendessen im Familienkreis weggeholt worden war, als man die Explosion aus Tirana gemeldet hatte. Auf seinen Fernsehgeräten lief die Berichterstattung der wichtigsten Fernsehgesellschaften, aber er hatte den Ton abgestellt, ließ sich von seinen Mitarbeitern die eingehenden Meldungen vortragen und starrte dabei nicht die Fernsehschirme, sondern einen Punkt an der Wand an, als stelle er sich die tausende von Meilen entfernten Horrorszenen vor.

»Sir, die Situation verschlimmert sich mit jeder Minute«, sagte Morgan drängend. »Die deutsche Regierung hat Einheiten, die bisher in der Umgebung von drei albanischen Hafenstädten biwakiert haben, nach Osten in Marsch gesetzt – das dürften über dreitausend Mann sein, die jetzt auf die Hauptstadt Tirana vorrücken. Und in Serbien und Makedonien rücken schätzungsweise fünftausend russische Soldaten aus Feldlagern in die Städte ein und errichten überall sogenannte Kontrollstellen. Das alles sieht nach einer Besetzung aus.«

»Das ist eine Überreaktion«, sagte Thorn halblaut. Verteidigungsminister Robert Goff starrte den Präsidenten an, als wollte er seinen Ohren nicht trauen. Hatte Thorns Stimme soeben zögernd, vielleicht sogar zweifelnd geklungen? »Ich brauche Fakten, Doug, keine Spekulationen oder reißerische Medienberichterstattung. Ist das eine Invasionsstreitmacht, sagen Sie's mir. Ist das eine Truppenverlegung als Reaktion auf einen schlimmen Terroranschlag, sagen Sie mir das.«

»Es handelt sich um massive Truppenverschiebungen – auf den ersten Blick als Reaktion auf die Explosion in Tirana –, die leicht zu einer Besetzung führen können.« Morgan kniff die Augen zusammen, um seinen Worten mehr Nachdruck zu verleihen. »Und das ist keine Einschätzung irgendeines Journalisten, Sir, sondern *meine.*«

»Danke, Doug«, sagte der Präsident, ohne weiter auf die nachdrückliche Antwort des CIA-Direktors zu reagieren, aber trotzdem in leicht entschuldigendem Tonfall. »Gibt's schon weitere Informationen über diesen Luftalarm, der unmittelbar vor der Explosion gegeben wurde?«

»Bisher nicht, Sir«, antwortete Morgan. »Das albanische Verteidigungsministerium soll vom Innenministerium Anweisung bekommen haben, die Sirenen heulen zu lassen, weil versucht werden sollte, dadurch die Demonstration aufzulösen. Vom Verkehrsministerium liegt noch keine Meldung vor, ob sich ein unidentifiziertes Flugzeug über der Hauptstadt befand. Die deutschen und russischen Radarstationen auf dem Balkan behaupten alle, kein unidentifiziertes Flugzeug verfolgt zu haben.«

»Es könnte also ein unidentifiziertes Flugzeug gegeben haben – nur will niemand zugeben, dass es der Luftraumüberwachung entgangen ist«, stellte Verteidigungsminister Goff fest.

»Welche sonstigen Verbände machen mobil?«, fragte Präsident Thorn. »Deutsche Truppen in Albanien; russische Einheiten in Serbien und Makedonien. Werden in Russland Truppentransporte beobachtet? In den GUS-Staaten? Macht die russische Kriegsmarine mobil? Verlegen Deutschland oder Russland fliegende Verbände?«

Morgan schüttelte den Kopf, kontrollierte rasch seine Unterlagen und schüttelte nochmals den Kopf. »Nein, Sir. Wir beobachten bisher nur routinemäßige Nachschubflüge und Seetransporte.«

»Eine ›Besatzungsmacht‹ würde sehr rasch erhebliche Mengen Nachschub brauchen, glaube ich, um eine ganze Hauptstadt besetzen zu können«, meinte der Präsident. »Nur wenige erfolgreiche Besetzungen dürften praktisch aus dem Stand begonnen haben. Nein, ich sehe bisher nichts, was auf eine Besetzung hinweist.«

»Nicht dass wir etwas dagegen unternehmen könnten, wenn es zu einer käme!«, warf Goff ein.

»Vielleicht nicht«, sagte der Präsident in nur leicht irritiertem Tonfall.

»Ich kann nicht glauben, dass wir einfach nur dasitzen und nichts tun!«, fuhr Goff fort. »Müssten wir nicht den deutschen Bundeskanzler und den russischen Präsidenten anrufen und sie warnen, dass ihre Reaktion wie eine Besetzung aussieht, die wir niemals billigen würden? Sollten wir nicht die Italiener, die Bosnier und unsere NATO-Verbündeten anrufen, um ihnen zu versichern, dass wir die Situation aufmerksam beobachten und vielleicht sogar über entsprechende Maßnahmen nachdenken?«

»Die wissen bestimmt, dass wir das alles tun und denken«, wehrte der Präsident lässig ab. »Außerdem sprechen Taten lauter als Worte. Selbst zusehen und abwarten heißt schon, etwas tun.«

»Nach meinen Begriffen nicht«, sagte Goff halblaut.

»Was sollte ich Ihrer Meinung nach tun, Robert?«, knurrte der Präsident. »Also los: Welche Kräfte sollte ich einsetzen? Wir haben in der Adria und im Mittelmeer je ein Expeditionskorps der Marineinfanterie, dazu eine Trägerkampfgruppe in der Ägäis. Ebenfalls einsatzbereit sind zwei Bomberstaffeln mit B1-B in Georgia, zwei Bomberstaffeln mit Stealth-Bombern B-2A, die konventionelle Bomben und Marschflugkörper tragen können, in Missouri, und ein Transporter- und Tankergeschwader in South Carolina. Das sind rund fünfundzwanzigtausend Männer und Frauen, vierzehn Kriegsschiffe und ungefähr hundert Flugzeuge, die wir binnen acht Stunden auf dem Balkan einsetzen könnten. Und binnen zwölf Stunden könnten wir diese Zahlen fast verdoppeln. Haben Sie dort Ziele für mich, Robert? Wie lautet der Auftrag? Was wollen Sie diesmal in die Luft jagen?«

»Ich will gar nichts in die Luft jagen, Sir – ich will nur Senkow, Kaisinger, Schurbenko und all diesen anderen Verrückten klar machen, dass uns nicht gefällt, was sie tun, und dass wir zum Eingreifen bereit sind, wenn sie nicht damit aufhören!«, antwortete Goff. »Und für den Fall, dass sie unsere Untätigkeit als Desinteresse oder sogar stillschweigende Zustimmung deuten, sollten wir ihnen nachdrücklich und unmissverständlich erklären, dass wir unabhängig vom Ausmaß der Provokation keine offensiven Maßnahmen in Europa dulden werden.«

»Ich glaube, ich muss *Ihnen* etwas erklären«, stellte der Präsident fest. »Robert, ich rate Ihnen dringend: Machen *Sie* nicht den Fehler, meine so genannte Untätigkeit als Desinteresse oder stillschweigende Zustimmung zu deuten. Aber ich habe nicht die Absicht, auf eine drohende Kriegsgefahr mit eigenen Drohungen zu antworten.« Er trat auf Goff zu und legte ihm eine Hand auf die

Schulter. »Robert, Sie scheinen zu glauben, dort draußen gebe es Leute, die wir mit Gewalt zur Räson bringen müssten. Aber ich sage Ihnen, dass es die nicht gibt. Schlagen Sie sich diese fixe Idee aus dem Kopf.« Da er merkte, dass seinem Freund noch einiges auf der Zunge lag, ließ er den beruhigenden Tonfall fallen und sagte: »Gehen Sie nach Hause, Robert.« Das war kein Vorschlag, sondern ein Befehl.

Goff trat einen halben Schritt näher an Thorn heran und fragte: »Haben Sie das auch zu Präsident Martindale gesagt, als Sie sich zu Ihrem Privatgespräch mit ihm getroffen haben? ›Gehen Sie einfach nach Hause‹? Oder haben Sie ihn aufgefordert, etwas anderes zu tun, bei dem Sie ihm vielleicht sogar geholfen haben?«

Der Präsident ließ sich nicht anmerken, ob es ihn überraschte, dass Goff von seinem privaten Treffen mit Martindale wusste. »Genau das habe ich zu ihm gesagt, Robert. Ich habe ihm geraten, sich seine Ideen und Pläne aus dem Kopf zu schlagen«, antwortete er. »Martindale ist nicht mehr Präsident. Er entscheidet nicht mehr über unsere Außen- oder Militärpolitik – dafür bin ich zuständig. Er ist wieder ein Privatmann, der sich an alle Gesetze zu halten hat, ohne wegen seiner früheren Position auf besonderen Schutz oder spezielle Rücksichtnahme zählen zu können.«

»Warum haben Sie diese Begegnung dann vor mir geheim gehalten?«

»Weil das etwas war, das nur ihn und mich anging«, antwortete Thorn. »Das war ein Gespräch unter Präsidenten. Wäre es mir nicht gelungen, ihn von meinem Standpunkt zu überzeugen, ohne dass mein Kabinett mir den Rücken stärkt, hätte ich eben versagt.« Goffs Miene blieb skeptisch. Der Präsident lächelte wissend, dann fügte er hinzu: »Vielleicht aus demselben Grund, aus dem Sie mir nicht erzählt haben, dass *Sie* sich mit ihm getroffen haben.« Der Verteidigungsminister starrte ihn überrascht an und rang sichtlich verlegen nach Worten. »Woher ich das weiß? Sie haben's mir gesagt – nicht ausdrücklich, aber durch Ihre Blicke, Ihr ganzes Verhalten. Ich kenne Sie, Robert, wie Sie Ihrerseits mich kennen. Das Problem ist nur, Sie kennen mich so gut, dass Sie glauben, meine Entscheidungen beeinflussen zu können. Aber das können Sie nicht. Ich kenne Sie ebenfalls gut und weiß, dass Martindale an Sie herangetreten ist. Und ich weiß auch, dass Sie ihn abgewiesen haben.«

Obwohl der Minister überrascht war, konnte er der Versuchung nicht widerstehen, Thorn etwas aufzuziehen. Der Präsident wirkte so aufreizend selbstbewusst, dass Goff ihn ein wenig ärgern wollte, um diese Selbstsicherheit zu erschüttern. »Wissen Sie das bestimmt? Wissen Sie bestimmt, dass ich ihn abgewiesen habe, Thomas?«

»Da bin ich mir ziemlich sicher«, sagte der Präsident. »Was Martindale vorhat, ist kühn und aufregend und riskant und eigentlich genau das, was Ihnen vorschwebt. Das Problem ist nur, dass es auch illegal ist, und ich weiß, dass Sie *niemals* etwas Illegales täten. Deshalb haben Sie sich solche Mühe gegeben, mich zum Handeln zu überreden – bliebe ich untätig, könnte Martindale die Initiative ergreifen, und wenn er das täte, wäre ein Misserfolg vorprogrammiert, der die Vereinigten Staaten noch unfähiger erscheinen ließe. Was geschehen soll, Robert, wird geschehen. Ich habe nicht vor, die Angst und Verwirrung noch zu steigern. Wir lassen den Dingen ihren Lauf. Gehen Sie also nach Hause, mein Freund. Ich rufe Sie an, wenn ich Sie brauche.«

Morgan und Goff verließen Thorns Arbeitszimmer und ließen den Präsidenten mit seinen Gedanken – und seinen geheimen Befürchtungen – allein.

Über dem Schwarzen Meer
(zur gleichen Zeit)

Der Angriff auf die deutsche Botschaft in Tirana lief so erstaunlich präzise und reibungslos ab, dass selbst Pjotr Fursenko, der größtes Vertrauen zu seiner Konstruktion hatte, ebenso überrascht wie befriedigt war. Alles klappte so gut und schnell, dass er kaum Zeit hatte, sich auf den zweiten Teil ihres gefährlichen Einsatzes vorzubereiten.

Gennadi Jegorow war der ruhige, durch nichts zu erschütternde

Führer ihres improvisierten Angriffsteams. Obwohl Pawel Kasakow und sein dämonischer Zorn als ständige Gefahr im Hintergrund lauerten, ließ Jegorow sich Zeit, machte sich in aller Ruhe wieder mit dem vorderen Cockpit vertraut und erklärte Fursenko alles, was er als Waffensystemoffizier beherrschen musste – sich immer der Tatsache bewusst, dass Fursenko die Metjor Mt-179 zwar konstruiert hatte, aber noch nie mit ihr geflogen war. Jegorow überzeugte Kasakow davon, dass sie einen zusätzlichen Tag für ihre Vorbereitungen brauchten, und diese Zeit wurde nutzbringend verwendet. Als sie startbereit waren, hatte Fursenko die Überzeugung gewonnen, seine Rolle als Jegorows Assistent spielen und zur rechten Zeit die richtigen Schalter betätigen zu können.

Klappte etwas nicht, sodass ihr Einsatz fehlschlug, war er sich *ganz* sicher, sie beide aus der Maschine schießen zu können.

Diesmal schleppte die Mt-179 *Tjeny* ohne Zweifel die größte Waffenlast, die sie je getragen hatte: unter beiden Tragflächen je einen Pylon mit einer Luft-Luft-Lenkwaffe R-60 und einer lasergesteuerten Tausendkilobombe Kh-73, zwei Bomben Kh-73 in der Bombenkammer und nur für den Notfall vier Jagdraketen R-60 in den Tragflächen. Die R-60 an den Pylonen verdankten sie einem in letzter Minute gemachten Vorschlag Jegorows. Seine Logik war bestechend einfach: Warum nicht eine zusätzliche Versicherung mitführen, wenn die *Tjeny* mit zwei großen Bomben unter den Tragflächen verwundbarer als sonst war? Waren die Bomben abgeworfen oder wurde die Mt-179 vor dem Erreichen des Zielgebiets angegriffen, konnten sie sich mit den beiden Jagdraketen verteidigen, die Bomben und Pylonen abwerfen und dank ihrer Stealth-Eigenschaften unbemerkt entkommen. Wie sich zeigte, brauchten sie die R-60 nicht, aber Jegorow bewies, dass er diesen Einsatz und dieses Flugzeug sicher beherrschte.

Auf dem kurzen Flug von Codlea nach Tirana funktionierte ihr Navigationssystem so präzise, wie man es sich nur wünschen konnte. Der Radarwarner piepste fast ständig, vor allem in der Umgebung der makedonischen und albanischen Hauptstädte, aber sie wurden weder von Abfangjägern noch Fla-Batterien angegriffen. Für den Fall, dass im letzten Augenblick Korrekturen erforderlich wurden, hatte Jegorow Fursenko aufgezeichnet, wie die deutsche Botschaft in der Zieldarstellung aussehen würde. Aber das Rechteck lag die ganze Zeit auf dem Botschaftsgebäude, sodass Fursenko nur darauf achten musste, dass die Schalter, mit denen die Bombe scharf gestellt und ausgelöst wurde, sich in der richtigen Stellung befanden, was er natürlich mit geschlossenen Augen konnte – schließlich hatte er dieses Flugzeug konstruiert und kannte die Abläufe, die einem erfolgreichen Bombenwurf vorausgehen mussten, bis ins kleinste Detail.

Aber Fursenko hielt die Augen nicht geschlossen, sondern sah alles ganz genau – auch die vielen tausend Menschen auf den Straßen in der Umgebung der deutschen Botschaft. Schon eine Tausendkilobombe genügte ohne weiteres, um das kleine Botschaftsgebäude in Trümmer zu legen. Die zweite Bombe war für den selben Zielpunkt bestimmt, aber sie fiel zwanzig Meter zu kurz und detonierte mitten auf der Straße zwischen den dicht gedrängt stehenden Demonstranten. Als die erste Bombe die Botschaft traf und der gleißend helle Feuerball den Bildschirm ausfüllte, glaubte Fursenko, die Leute dort als Individuen sehen zu können: Er konnte sehen, wie die Druckwelle sie traf, ihre hochgehaltenen Plakate wegwehte, ihnen in Millisekunden Tonnen von Trümmerstaub ins Gesicht trieb und ihre Köpfe zurückwarf, unmittelbar bevor die Woge aus Feuerhitze und Betontrümmern über sie hinwegbrandete. Dann schaltete das Laservisier zur Abschätzung der Angriffswirkung automatisch auf eine Weitwinkeldarstellung des Zielgebiets um, sodass Fursenko keine Einzelheiten mehr erkennen, aber noch beobachten konnte, wie die zweite Bombe auf der Straße detonierte und die schreckliche Wirkung der ersten verstärkte.

Aber er wusste, dass es dort unten hunderte von Toten gegeben haben musste. Gewiss, sie hatten nur ein Gebäude angegriffen – aber Kasakow musste gewusst haben, dass davor eine Demonstration stattfinden würde. Er hätte noch einige Stunden warten können, bis die Straßen wieder menschenleer waren, aber das hatte er nicht getan. Er hätte ein anderes Gebäude als Ziel wählen oder als

Ablenkungsmanöver irgendeinen anderen Zielpunkt bestimmen können, aber das hatte er nicht getan. Er hatte ihr Ziel ganz bewusst wegen der vielen Menschen gewählt, die bei diesem Angriff umkommen würden.

Es stimmte also: Pawel Kasakow war ein mordgieriges Ungeheuer. Lässig den Tod von hunderten oder tausenden von Menschen zu befehlen, um seine Spuren zu verwischen, machte ihm nicht mehr aus, als in einem Restaurant einen Fasan in Portwein zu bestellen.

»Wie fühlen Sie sich dort hinten, Doktor?«, fragte Gennadi Jegorow.

»Ganz gut«, antwortete Fursenko. »Aber nennen Sie mich bitte Pjotr.«

»Wird gemacht. Und Sie mich Gennadi.«

Sie schwiegen einige Zeit lang, dann meinte Fursenko zögernd: »Ich habe mir gerade überlegt …«

»Ja, Pjotr?«

»Ich habe mir überlegt, wie eiskalt Genosse Kasakow einen Menschen beseitigen kann«, sagte Fursenko. »Ein Menschenleben bedeutet ihm absolut nichts.«

»Jedenfalls bringt das neue Dynamik in unser Geschäft, nicht wahr?«, stellte Jegorow mit schwarzem Humor fest. »Als ob's nicht schon gefährlich genug wäre.«

Fursenko nahm seine Sauerstoffmaske ab, weil er fürchtete, er könnte hyperventilieren. Er suchte Jegorows Blick im Rückspiegel, dann hob er die Maske wieder vor sein Gesicht und sprach ins Mikrofon. »Kommen wir heil zurück, erledigt er auch uns. Das wissen Sie, nicht wahr?«

»Ion war ausgebrannt, Pjotr«, sagte der Pilot. »Er hatte nicht die Nerven für diesen Auftrag. Er hat sich gelangweilt und deshalb Fehler gemacht.»

»Aber Kasakow hat ihm ohne mit der Wimper zu zucken vier Kugeln in den Kopf gejagt«, meinte Fursenko sorgenvoll.

»Pjotr, denken Sie nicht mehr an Stoica. Er war ein Trinker und ein Idiot.«

»Sobald er uns nicht mehr braucht, beseitigt er uns, die *Tjeny* und alle, die in Codlea an dem Flugzeug gearbeitet haben. Er ermordet uns alle so lässig, wie er Stoica und zuvor die bulgarischen Soldaten ermordet hat.«

»Pjotr, Sie haben sich verpflichtet, für diesen Mann zu arbeiten«, stellte Jegorow fest. »Das haben Sie freiwillig getan – genau wie ich. Damals wussten wir beide längst, wer Kasakow war und was er wollte. Nachdem wir das unbewaffnete AWACS-Flugzeug abgeschossen hatten, haben wir sein Geld genommen. Nachdem er die bulgarischen Soldaten umgebracht hatte, haben wir weiter sein Geld genommen. Wir sind herzlose Schlächter, genau wie er einer ist. Was würden Sie jetzt tun wollen? Davonfliegen? Irgendwohin flüchten und sich vor ihm verstecken?«

»Wie wär's damit, wenn wir versuchen würden, uns selbst zu retten?«

»Dann müssen Sie eine Möglichkeit finden, ihn zu beseitigen«, sagte Jegorow. »Lebt er noch, nachdem Sie ihn hintergangen haben, spürt er Sie auf und lässt sich eine besonders scheußliche Todesart für Sie einfallen. Stoica hat er einen Gefallen getan, als er ihn einfach nur erschossen hat.«

»Könnten wir nicht im Westen Asyl suchen?«

»Der Westen würde wollen, dass wir als Zeugen gegen Kasakow aussagen, und dann wäre unser Leben wertlos«, sagte der Pilot. »Wir sind jetzt seine Komplizen, Pjotr, begreifen Sie das nicht? Wir sind seine Auftragskiller. Dass Sie kein Pilot oder Revolvermann, sondern Wissenschaftler sind, bedeutet keinen Freibrief. Würden wir gegen Kasakow aussagen, kämen wir selbst hinter Gitter und wären dort Ziele für sein weltweites Netz von Killern. Würden wir in ein Zeugenschutzprogramm aufgenommen, wären wir irgendeinem Bürokraten auf Gedeih und Verderb ausgeliefert – ohne die Garantie zu haben, vor Pawel Kasakow sicher zu sein. Nein, wir haben einen Auftrag zu erfüllen, Sie und ich. Konzentrieren wir uns also darauf.«

»Sind Sie verrückt oder nur blind?«, fragte Fursenko ungläubig. »Begreifen Sie nicht, was uns bevorsteht? Kasakow ist ein Killer. Sobald er uns nicht mehr braucht, werden wir beseitigt. Dann hat er seine Milliarden, und wir sind tot.«

»Meines Wissens ist noch nie jemand in Kasakows Diensten ohne guten Grund beseitigt worden, Doktor – sie sind wegen Illoyalität oder Unfähigkeit umgebracht worden«, sagte Jegorow. »Loyalen Mitarbeitern gegenüber ist Kasakow großzügig und loyal. Wie ich Ihnen schon gesagt habe, war Stoica psychisch labil, unzuverlässig und gefährlich leichtsinnig. Er war eine Gefahr für Kasakows Organisation, deshalb musste er beseitigt werden. Ion war mein Freund und langjähriger Kollege, aber in diesem Fall stimme ich mit dem Genossen Kasakow überein – er musste liquidiert werden. Und hätte es eine Möglichkeit gegeben, Ion in den Ruhestand zu schicken, ohne zu riskieren, dass er im Suff über unsere Einsätze schwatzt, wäre ich über die Art seines Todes empört. Aber daran war er letztlich selbst schuld.

Ich werde nicht zulassen, dass wir auch so enden«, stellte Jegorow fest, indem er Fursenko im Rückspiegel mit strengem Blick durchbohrte. »Wir führen unseren Auftrag erfolgreich aus, kehren dann zurück und bereiten uns darauf vor, erneut zu fliegen und zu kämpfen. Täten wir weniger, hätten wir selbst den Tod verdient.«

Mit Gennadi Jegorow konnte man einfach nicht diskutieren. Fursenko war wie vor den Kopf geschlagen. Dieser intelligente, zurückhaltende Pilot und Ingenieur hatte sich in einen eiskalten Killer verwandelt. Lag das am Geld? An der Macht? An dem Nervenkitzel, zu jagen und zu töten? Jedenfalls würde Jegorow sich nicht umstimmen lassen.

Lange konnte Fursenko nicht darüber nachdenken, denn sie näherten sich dem zweiten Zielkomplex. Schon mehrere Minuten bevor sie den Ausgangspunkt ihres Zielanflugs erreicht hatten, ließ Jegorow Fursenko die Auslöseschalter konfigurieren und die beiden lasergesteuerten Kh-73 in der Bombenkammer scharf stellen. Ab dem Ausgangspunkt setzte Fursenko den IR-Scanner und den Laser-Designator zur Suche nach dem zweiten Hauptziel ein.

Es war leicht zu finden, denn der Metjorgas-Tanker *Ustinow* gehörte zu den größten Schiffen der Welt. Der von türkischen Kriegsschiffen und einem weiteren Tanker – in den der Rest seiner Ölladung umgepumpt wurde – umgebene Supertanker stellte ein sehr einladendes Ziel dar.

»Da ist die *Ustinow*«, sagte der Pilot mit einem Blick auf seinen Zielbildschirm. »Das Navigationssystem arbeitet hervorragend, genau wie über Tirana. Denken Sie daran, dass unser primäres Ziel die *Ustinow* ist. Verfehlen wir sie, müssen wir versuchen, sie mit der zweiten Kh-73 zu treffen. Erzielen wir gleich einen Volltreffer, nehmen wir einen Zielwechsel auf den zweiten Tanker oder die große türkische Fregatte daneben vor.« Er lachte tatsächlich. »Das wird die Türken lehren, sich nichts anzueignen, was ihnen nicht gehört. Also los, Doktor!«

Der Zielanflug war kurz und schnell. In der Umgebung waren feindliche Jäger unterwegs, die aber weiter im Norden und Osten patrouillierten – vermutlich um die Schiffe vor einem Angriff aus Russland zu schützen. Die türkische Fregatte suchte den Nachthimmel mit ihrem Luftraumüberwachungsradar ab, aber da der Stealth-Jagdbomber Mt-179 die externen Pylonen längst abgeworfen hatte, war er nicht zu entdecken. Bis er nahe genug heran war, um vielleicht doch entdeckt zu werden, würden die Bomben längst in der Luft sein. Die erste Bombe musste genügen, um die *Ustinow* zu versenken, und die dadurch ausgelöste Explosion würde vermutlich auch den türkischen Tanker vernichten und mehrere andere Schiffe beschädigen – und die zweite Bombe würde das Zerstörungswerk vollenden. Die Hälfte der Ölladung der *Ustinow* war schon abgepumpt, aber eine halbe Million Barrel Rohöl – mehr als das Doppelte der Ladung der riesigen *Exxon Valdez,* die im Prince-William-Sund in Alaska auf Grund gelaufen war –, die ins Schwarze Meer gelangten, würden die bisher größte Ölpest der Geschichte auslösen.

Als die Schalter konfiguriert und die letzten Kontrollen vor dem Bombenwurf durchgeführt waren, öffnete Fursenko die nach innen schlagenden Bombenklappen, und die erste Kh-73 fiel ins Leere. »Klappen zu! Laser ein!«, befahl Jegorow. Fursenko aktivierte den Laser-Designator und empfing ein gutes Steuersignal von der Bombe. »Daten gut, Laser aus.« Sie brauchten den Laser nach dem Bombenwurf nur wenige Sekunden eingeschaltet zu lassen, damit die Kh-73 ihren Anfangskurs erhielt, und ihn vor dem Aufschlag erneut zehn Sekunden einzuschalten, um die Bombe ins

Ziel zu steuern. Die *Ustinow* lag weiter im Zielrechteck. Alles klappte einwandfrei, genau wie in Tirana. Alles war...

Plötzlich schlug der Radarwarner an – sie waren soeben von einem feindlichen Radar erfasst worden, vermutlich vom Luftraumüberwachungsradar der türkischen Fregatte. Jegorow stieg in flacher Rechtskurve von dem Kriegsschiff weg und achtete darauf, nicht so eng wegzukurven, dass ihr Laser das Ziel verlor. Er fragte sich, was die Warnung ausgelöst haben mochte, hielt sich aber nicht weiter damit auf. Vielleicht versuchte die Fregatte, die Kh-73 zu erfassen – diese Tausendkilobombe hatte bestimmt einen zehnmal größeren Radarquerschnitt als die Mt-179 in ihrer gegenwärtigen Konfiguration. Kein Problem. Die Bombe fiel genau ins Ziel.

Zehn Sekunden bis zum Aufschlag. »Laser ein!«, rief Jegorow. Er empfing sofort ein Bestätigungssignal von der Bombe. Jetzt konnte sie nichts mehr aufhalten...

»Kontakt!«, rief Duane Deverill. »Annie, *sofort* Linkskurve dreißig Grad!« Er drückte die Taste für Sprachbefehle an seinem Joystick zur Zielverfolgung und befahl: »Zweites Ziel mit zwei Anacondas angreifen.«

»Achtung, Startbefehl erhalten... Bombenklappen halb geöffnet... Lenkwaffe eins abgeworfen, sieben übrig... Magazin wird gedreht... Lenkwaffe zwei abgeworfen, sechs übrig... Bombenklappen geschlossen«, antwortete der Computer in rascher Reihenfolge und schoss zwei Langstrecken-Jagdraketen AIM-152 aus dreiundzwanzig Meilen Entfernung ab. Ihr Raketentriebwerk beschleunigte die große Lenkwaffe auf doppelte Schallgeschwindigkeit; dann setzte ihr Staustrahltriebwerk ein und beschleunigte sie sekundenschnell auf über fünffache Schallgeschwindigkeit. Die Anaconda, die in jeder Sekunde über eine Meile zurücklegte, brauchte kaum zwanzig Sekunden bis ins Zielgebiet.

Die von ihrem eigenen Bordradar gesteuerte Lenkwaffe erreichte einen Punkt, der nur sechzig Meter über dem Tanker *Ustinow* lag, und detonierte dort – genau in dem Augenblick, in dem die lasergesteuerte Bombe Kh-73 denselben Punkt erreichte. Über dem Tanker bildete sich ein massiver Feuerball, als würde die

Nacht von einer riesigen Blitzlichtbirne erhellt, die in einigen Kilometern Umkreis alles in hellem Stroboskoplicht erstarren ließ. Der dreißig Kilogramm schwere Gefechtskopf der Anaconda spaltete die große Kh-72 in mehrere Teile, bevor sie detonierte, sodass der entstehende Feuerball den Tanker kaum beschädigte; lediglich etwas Anstrichfarbe verschmorte, und die letzten noch unbeschädigt gebliebenen Fenster der Aufbauten barsten.

»Alle Maschinen auf dieser Frequenz, alle Maschinen auf dieser Frequenz, hier Aces One-Nine«, funkte Deverill auf der internationalen Notfrequenz 243,0 Mhz, während er weiter sein Supercockpit-Display beobachtete. »Ich habe ein nicht identifiziertes Flugzeug, das siebzehn Meilen nordwestlich von Eregli in einunddreißigtausend Fuß in leichter Rechtskurve nach Süden abfliegt.« Er saß in einem Stealth-Bomber EB-1C Vampire, der ungefähr dreißig Meilen nördlich des türkischen Marinestützpunkts Eregli in großer Höhe über dem Schwarzen Meer kreiste. Dev hatte ihre Umgebung seit Sonnenuntergang mit dem LADAR der Vampire abgesucht, aber nichts entdeckt, bis plötzlich die Bombe auf die *Ustinow* geworfen wurde. »Nur ein freundschaftlicher Hinweis. Ich dachte, das würde vielleicht jemanden interessieren.«

»Aces One-Nine, hier Stalker One-Zero, höre Sie laut und klar«, antwortete David Luger. Er war an Bord der DC-10 von Sky Masters Inc., die nicht weit von der EB-1C Vampire entfernt in etwas niedrigerer Höhe kreiste. Auch er hatte den Nachthimmel mit dem LADAR der DC-10 abgesucht und das nicht identifizierte Flugzeug und die fallende Bombe im gleichen Augenblick entdeckt. »Sie sollten sich vielleicht bei Eregli Approach auf zwo-sieben-fünf-komma-drei melden. Vielen Dank, Jungs.«

»Gern geschehen... wer immer Sie sind«, antwortete Annie Dewey, die Flugzeugkommandantin. Sie hatte Mühe, nicht in Tränen auszubrechen, und fürchtete, ihre Stimme könnte versagen. »Schönen Flug noch.«

»Danke, gleichfalls, Aces One-Nine«, antwortete David. Annie hörte seine Stimme weicher werden. »Lasst's euch gut gehen, Leute.«

Dev streckte die linke Hand aus und berührte Annies Rechte, die auf den Leistungshebeln lag. Sie sah zu ihm hinüber und lächelte, und er erwiderte ihr Lächeln. »Wird gemacht«, antwortete Annie. »Danke. Passt gut auf euch auf.«

David Luger wechselte die Frequenz ein wenig traurig, aber ohne Bedauern. Er wusste, dass dies vermutlich das letzte Mal gewesen war, dass er mit Annie gesprochen hatte. Aber sie hatte sich für ein Leben mit Duane Deverill entschieden, und sie hatte das Recht, es nach eigenen Ideen zu gestalten. Seine Bestimmung lag anderswo.

Auf ihrer neuen abhörsicheren Einsatzfrequenz funkte er: »Stalkers, Stalkers, hier Stalker One, euer Bandit ist jetzt bei zwozwo-null Grad, Entfernung achtundvierzig Kilometer, in einunddreißigtausend im Horizontalflug, vermutlich auf einem Rundkurs, um einen zweiten Angriff zu fliegen.«

»Kette Stalker Two-Two mit drei Maschinen, verstanden«, bestätigte der Führer der türkischen F-16. »Wir steuern den Banditen in vierunddreißigtausend an.«

»Rotte Stalker Three-One mit zwei Maschinen, verstanden«, antwortete der Führer der ukrainischen MiG-29. »Steuern das Ziel in neunundzwanzigtausend an.«

»Stalkers, Datenübertragung auf Blau sieben.«

»Kette Two-Two, Blau sieben rasten.«

»Zwo.«

»Drei.«

»Rotte Three-One, Blau sieben rasten.«

»Zwo.« Damit hatten alle Piloten dieselbe Laserfrequenz gerastet, auf der Luger an Bord der DC-10 das nicht identifizierte Flugzeug mit seinem LADAR verfolgte. Da keines ihrer Zielsuchradare ein Stealth-Flugzeug erfassen konnte, gab es nur eine Möglichkeit: Die Jäger mussten das Laser-Radar der DC-10, das auf der einzigen Frequenz arbeitete, mit der die Maschine entdeckt werden konnte – eine Tatsache, die David Luger als ehemaliger Chefkonstrukteur der Mt-179 nicht vergessen hatte –, auf diese Weise mitbenutzen.

»Kette Two-Two, horrido!«, rief der türkische Rottenführer.

»Rotte Three-One hat Kontakt«, meldeten die Ukrainer Sekunden später. »Three-One hat die Führung.«

»*Verdammt, was ist los?*«, fragte Jegorow laut. »Die Verbindung zu der Waffe ist abgerissen! Was ist passiert?«

»Die Bombe ist schon vor dem Aufschlag auf dem Tanker detoniert«, sagte Fursenko. Der Infrarot-Scanner war weiterhin auf die *Ustinow* gerichtet. Bis auf unbedeutende Schäden war der Tanker völlig heil geblieben.

Der Angriff hatte bis wenige Sekunden vor dem Aufschlag perfekt ausgesehen – was konnte also passiert sein?, fragte Jegorow sich. Jetzt piepste der Radarwarner ununterbrochen laut und zeigte an, dass sie von mehreren Zielsuchradaren erfasst waren. Da keine Bombe mehr in der Luft war, bedeutete das, dass die feindlichen Radare eindeutig *sie* erfasst hatten. Jegorow kontrollierte in verzweifelter Hast seine Anzeigen. Alles sah völlig normal aus: keine Klappen oder Sturzflugbremsen ausgefahren, kein Triebwerksdefekt, der sie verraten konnten, keine Warn- oder Signalleuchten, keine …

Augenblick, unten auf der Waffenkonsole brannte eine Signalleuchte – die Bombenklappen waren noch offen! »Scheiße, Fursenko!«, brüllte Jegorow und starrte den Ingenieur aufgebracht im Rückspiegel an. »Die Bombenklappen sind noch offen! Sofort schließen!«

Fursenko sah nur kurz auf seine Anzeigen, dann erwiderte er wieder Jegorows Blick. »Das kann ich nicht«, sagte er mit ruhiger, gleichmäßiger Stimme. »Der Schutzschalter im Hydrauliksystem B hat angesprochen und lässt sich nicht wieder zurückstellen. Ich kann die Bombenklappen nicht schließen.«

Hätte Jegorow dem hageren Wissenschaftler mit dem dürren Hals das zugetraut, hätte er geglaubt, der Alte belüge ihn! »Legen Sie das Hydrauliksystem B still und schließen Sie die Klappen mit dem Elektromotor.«

»Das habe ich schon versucht«, antwortete Fursenko in dem selben ruhigen, gleichmäßigen Tonfall: die Stimme eines Mannes, der sich mit seinem Schicksal abgefunden hat. »Der Mechanismus scheint zu klemmen – ich kann die Klappen nicht mehr schließen. Vielleicht ist die Bombe beschädigt worden, als sie die nur teilweise geöffneten Klappen gestreift hat, und deshalb vorzeitig detoniert.«

Dieser Scheißer machte das *wirklich* absichtlich! Jegorow glaubte keine Sekunde an eine Fehlfunktion! »Verdammt noch mal, Fursenko, ist Ihnen klar, was Sie da machen?«, brüllte der Pilot aufgebracht. Er wusste nicht, was Fursenko mit den Bombenklappen angestellt hatte, und konnte es vom vorderen Sitz aus nicht ungeschehen machen. »Damit unterschreiben Sie unser Todesurteil!«

»Wieso, Jegorow?«, fragte Fursenko. »Glauben Sie nicht, dass Ihr Kumpel Kasakow Verständnis dafür haben wird, wenn Sie ihm sagen, dass die Bombenklappen in geöffneter Stellung geklemmt haben?«

»Scheißkerl!«, brüllte der Pilot. Er kurvte sofort ein, nahm wieder Kurs auf den Tanker und betätigte einen Schalter seiner Waffenkonsole, um das Laservisier des Waffensystemoffiziers stillzulegen. »Ich rate Ihnen dringend, dort hinten keine Knöpfe und Schalter mehr anzufassen, Fursenko«, sagte er warnend. »Treffen wir den Tanker diesmal, lässt Kasakow Sie vielleicht am Leben, selbst wenn er entdeckt, dass Sie Sabotage verübt haben.«

»Sehen Sie doch auf den Radarwarner, Blödmann!«, rief Fursenko. Das hatte Jegorow längst getan und festgestellt, dass die halbe türkische Luftwaffe hinter ihnen her zu sein schien. »Vergessen Sie diesen Angriff... die Türken fallen in einer Minute über uns her, lange bevor Sie zum Angriff kommen. Los, wir müssen abhauen, solange wir noch können!«

»*Nein!*«, kreischte Jegorow mit sich überschlagender Stimme. »Dies ist mein Einsatz! Genosse Kasakow hat mir befohlen, das Kommando zu übernehmen und diesen Auftrag auszuführen – und genau das tue ich! Daran wird mich niemand hindern!«

Der Radarwarner zeigte ihnen jetzt zwei Rotten feindlicher Jäger – drei türkische F-16 und zwei MiGs, vermutlich Ukrainer –, die unaufhaltsam zu ihnen aufschlossen. »Wir schaffen's nicht!«, rief Fursenko. »Abdrehen! Kehren Sie um, bevor wir abgeschossen werden!«

»Nein!«, brüllte Jegorow wieder. Er stellte die Jagdraketen R-60 in den Tragflächen scharf. »Mich schießt keiner ab! *Niemand!*« Er schaltete den IR-Scanner der Mt-179 ein, zielte auf die von Norden anfliegende Jägerrotte, wartete, bis er den Signalton *Ziel erfasst* hörte, schoss eine Lenkwaffe pro Jäger ab und hielt sofort wieder auf den Tanker *Ustinow* zu. Das Zielrechteck war geringfügig ausgewandert, aber mit einer kleinen Korrektur...

Die rote Hauptwarnleuchte flammte auf. Jegorow kontrollierte die Anzeigen und sah zweimal die Warnung ABSCHUSSVORRICHTUNG HEISS blinken. Die beiden internen Abschussvorrichtungen, die er soeben benutzt hatte, waren in Brand geraten.

»Ich muss die Stromzufuhr zur Waffenkonsole abschalten!«, rief Fursenko aufgeregt.

»Nein!«, widersprach Jegorow laut. »Der Strom bleibt bis nach dem Bombenwurf eingeschaltet!«

»Ausgeschlossen!«, sagte Fursenko. »In der Tragfläche ist ein schwerer Kurzschluss oder Brand entstanden, der sich nur bekämpfen lässt, wenn die Waffenkonsole ohne Strom ist. Lassen wir das Feuer weiterbrennen, kann es sich ganz durch die Tragfläche fressen. Ich schalte jetzt den Strom ab, bevor die Tragfläche abbricht und wir beide umkommen!«

»Sie sollen ihn eingeschaltet lassen, verdammter Verräter!« Fursenko streckte trotzdem eine Hand nach dem Hauptwaffenschalter aus, doch plötzlich hörte er einen lauten Knall und spürte einen scharfen Stich in der linken Schulter. Er stellte überrascht fest, dass Jegorow die zu seiner Überlebensausrüstung gehörende Pistole gezogen, damit auf ihn gezielt und abgedrückt hatte. Das Geschoss durchschlug seine Schulter, prallte von der Schleudersitzlehne ab und blieb tief in seiner linken Lunge stecken. Fursenko schmeckte Blut und begann bald aus Mund und Nase zu bluten.

Vor seinen Augen drehte sich alles, während er weiter verzweifelt nach dem Hauptwaffenschalter tastete. Er hatte das Gefühl, gleich das Bewusstsein zu verlieren, als er nach links aus dem Cockpit sah und undeutlich einen Lichtblitz dicht hinter der Flügelvorderkante in Rumpfnähe wahrnahm. Er wusste recht gut, was das zu bedeuten hatte. Im selben Augenblick spürte er einen Ruck und hörte das Rumpeln, mit dem die letzte Tausendkilobombe aus der Bombenkammer fiel.

Als dieser Lichtblitz zu einer Explosion wurde und die gesamte linke Tragfläche sich vom Rumpf löste, griff Fursenko zwischen seine Beine. Er riss mit letzter Kraft den Abzuggriff des Schleudersitzes hoch und schoss sich aus der Mt-179 *Tjeny*. Das trudelnde, in Flammen stehende Wrack der Maschine, auf die er lange Jahre so stolz gewesen war, verfehlte ihn nur knapp, als er aufs Schwarze Meer hinabstürzte. Dann wurde sein Körper automatisch vom Sitz getrennt, beschrieb eine ballistische Kurve durch die Luft und wurde dabei langsamer. In genau viertausend Metern über dem Meeresspiegel schoss die barometrisch ausgelöste Schirmrakete die beiden Steuerschirme aus dem Packsack, die wiederum den Hauptfallschirm herauszogen. Glücklicherweise war Fursenko während dieses gesamten Vorgangs bewusstlos.

Sobald er ins Meer eintauchte, blies seine Schwimmweste sich automatisch auf, und vom Salzwasser aktivierte Infrarotleuchten begannen zu blinken. Fursenko hatte sich halb in den Fangleinen verheddert und wurde allmählich unter Wasser gezogen, als sein Fallschirm zu versinken begann. Zum Glück stand ein Kutter der türkischen Küstenwache nur wenige Seemeilen entfernt, und Fursenko wurde aus dem Meer geborgen, kurz bevor der Fallschirm seinen Kopf unter Wasser zog.

Die Mt-179 stürzte ungefähr fünfzehn Kilometer von dieser Stelle entfernt ab. Gennadi Jegorow saß weiter auf dem Pilotensitz, versuchte eine sichere Notwasserung auf dem Schwarzen Meer. Der Aufschlag ließ den Stealth-Jagdbomber – und Jegorow – in tausende von Stücken zersplittern und verteilte sie weit übers Meer.

Die ungelenkte zweite Tausendkilobombe Kh-73 wurde in der Abwurfphase nicht auf Zielkurs gebracht, verfehlte den Tanker *Ustinow* um gut zweihundertfünfzig Meter und detonierte harmlos im Meer.

Epilog

Weißes Haus, Washington, D.C.
(am folgenden Tag)

»Die Regierungen Russlands und Deutschlands verlangen nachdrücklich Auskunft, Sir«, sagte Außenminister Edward Kercheval. »Sie beharren darauf, dass wir Informationen über diese sogenannte Schwarzmeerallianz besitzen, und behaupten, wir würden sie heimlich unterstützen.«

Präsident Thomas Thorn lehnte sich im Oval Office in seinen Schreibtischsessel zurück, hatte die Hände auf der Brust gefaltet und starrte wie gewöhnlich ins Leere. »Haben sie irgendwelche Beweise dafür?«, fragte der Präsident geistesabwesend.

»Funkverkehr zwischen türkischen und ukrainischen Flugzeugen und einem nicht identifizierten Flugzeug, das im türkischen Luftraum über dem Schwarzen Meer unterwegs war und von Jägern dieser Schwarzmeerallianz geschützt wurde«, antwortete Verteidigungsminister Goff. »Der Funkverkehr wurde von einem russischen Spionageschiff aufgefangen, das in dem Korridor operiert, den die Schwarzmeerallianz für den internationalen Schiffsverkehr festgelegt hat. Die Russen behaupten, der Funkverkehr habe dazu gedient, Jäger der Allianz zu führen, die ein weiteres nicht identifiziertes Flugzeug abgefangen haben.«

»Wobei dieses zweite nicht identifizierte Flugzeug der russische Stealth-Jagdbomber war, der den Tanker *Ustinow* in einem türkischen Hafen angreifen wollte«, fügte Präsident Thorn hinzu.

»Ja, Sir«, bestätigte Robert Goff. »Die Russen und Deutschen behaupten natürlich, nichts von diesem Stealth-Jagdbomber zu wissen.«

»Also weiß offenbar niemand Genaueres über die Identität dieser unbekannten Flugzeuge«, fuhr Thorn fort, »außer dass wir etwas mit ihnen zu tun gehabt haben sollen?« Kercheval nickte zustimmend. »Dann teilen Sie den Regierungen Deutschlands und Russlands mit, dass wir auf alle nur mögliche Weise dazu beitragen werden, diese Flugzeuge zu identifizieren und zu klären, was sich vergangene Nacht im Raum Eregli ereignet hat, aber absolut nichts mit diesem Zwischenfall oder der Schwarzmeerallianz zu tun haben.

Außerdem erkennen die Vereinigten Staaten diese Schwarzmeerallianz nicht an, stehen ihr aber auch nicht feindlich gegenüber«, stellte Thorn fest. »Hinsichtlich ausländischer Bündnisverträge und Allianzen beschränken die Vereinigten Staaten sich auf die Rolle eines interessierten, aber völlig neutralen Beobachters. Wir fordern alle Regierungen und sogenannten Allianzen auf, etwaige Konflikte mit friedlichen Mitteln beizulegen, werden uns aber nicht in die Innen- oder Außenpolitik souveräner Staaten einmischen, außer sie stellt eine direkte Gefahr für Frieden und Sicherheit der Vereinigten Staaten von Amerika dar.«

Thorn wandte sich an den Außenminister. »Sie übermitteln diese Antwort sofort den beiden Regierungen und geben eine gleich lautende Pressemitteilung heraus. Ich stehe am späten Vormittag für eine Pressekonferenz zur Verfügung, um meinen Standpunkt näher zu erläutern. Das Büro des Vizepräsidenten soll die Pressekonferenz vorbereiten.«

Kercheval ging, sodass der Präsident mit Robert Goff im Oval Office zurückblieb. Auf dem Gesicht des Verteidigungsministers stand ein breites, zufriedenes Grinsen. Thorn gab vor, es nicht zu bemerken, sondern arbeitete weiter an seinem Computer, machte sich Notizen und verschickte E-Mails. Zuletzt fragte er jedoch, ohne aufzusehen: »Worüber grinsen Sie, Robert?«

»Okay, raus mit der Sprache, Thomas«, sagte Goff. »Was haben Sie getan?«

»*Getan?*«

»Dieser Zwischenfall über dem Schwarzen Meer? Der trägt die typische Handschrift des HAWC. Die türkische Fregatte hatte eine fallende Bombe entdeckt, die offenbar von dem russischen Stealth-Jagdbomber abgeworfen worden war – aber sie wurde von einer Lenkwaffe abgeschossen, die von einem Flugzeug kam, das nie auf den Radarschirmen zu sehen war. Haben Sie genehmigt, dass das HAWC im dortigen Gebiet mit Stealth-Bombern EB-1C patrouilliert?«

»Für offene oder verdeckte Kampfeinsätze von Militärflugzeugen sind Sie zuständig, Robert. Haben Sie keinen derartigen Einsatz befohlen, hat er nicht stattgefunden.«

»So spricht ein wahrer Präsident des einundzwanzigsten Jahrhunderts, Mr. President«, sagte Goff zufrieden lächelnd. »Ich bin stolz auf Sie.«

»Ich weiß trotzdem nicht, wovon Sie reden.«

»Sie haben Martindales ›Night Stalkers‹ also tatsächlich unterstützt?«

»Wen soll ich unterstützt haben?«

»Die ›Stalkers‹ – das bei diesem Einsatz verwendete Rufzeichen, das von den Flugzeugen der Schwarzmeerallianz benutzte Rufzeichen und das Rufzeichen, von dem Martindale mir erzählt hat, dass er es verwenden wollte«, antwortete Goff. »Oder waren letzte Nacht rein zufällig ein Haufen Leute unterwegs, die das Rufzeichen ›Stalkers‹ benutzt haben?«

»Robert, ich bin jetzt nicht in der richtigen Stimmung für Rätsel und Wortspiele«, wehrte der Präsident ab. »Ich habe den Namen ›Night Stalkers‹ noch nie gehört, und wenn es eine Organisation dieses Namens gibt, war das vermutlich nur ein Zufall. Aber das ist nicht der Punkt, um den es wirklich geht.

Falls Sie's noch nicht gemerkt haben sollten, hat sich dort drüben trotz dieser ganzen Aufregung um Phantombomben, Lenkwaffen, seltsame Rufzeichen und abgehörten Funkverkehr nichts geändert. Russland und Deutschland halten nach wie vor den größten Teil des Balkans besetzt und verstärken ihre Verbände um tausend Mann pro Tag, um gegen weitere sogenannte Terroranschläge auf ihre Friedenstruppen gewappnet zu sein. Die NATO-Truppen haben den Balkan praktisch geräumt. Diese Schwarzmeerallianz droht damit, im Schwarzen Meer einen Seekrieg zu beginnen. Der Ölpreis ist seit dem Überfall auf die *Ustinow* rasant gestiegen, weil die Medien darüber spekulieren, ob die Schwarzmeerallianz es sich zum Ziel gesetzt hat, alle russischen Öltransporte zu unterbinden. Russland könnte anfangen, Tanker von Kriegsschiffen eskortieren zu lassen – was tut diese Schwarzmeerallianz dann? Und wollen wir amerikanische Kriegsschiffe ins Krisengebiet entsenden?«

Goff betrachtete den jungen Präsidenten mit dem Gesichtsausdruck eines stolzen Vaters, dessen Sohn gerade bei einem Wettbewerb für jugendliche Forscher ausgezeichnet worden ist. »Pressemitteilungen? Pressekonferenzen? Besorgnis über die Reaktion der Medien? Analyse der militärischen Ereignisse auf dem Balkan? Sogar Überlegungen, ob es zweckmäßig wäre, amerikanische Kriegsschiffe ins Schwarze Meer zu entsenden?«, fragte Goff mit gespielter Überraschung, während er weiter zufrieden lächelte. »Also, wenn ich's nicht besser wüsste, würde ich sagen, dass Sie sich *doch* für Außenpolitik interessieren, Präsident Thomas Nathaniel Thorn.«

Thorn erwiderte Goffs Blick, dann lächelte er kaum wahrnehmbar. »Haben Sie in letzter Zeit regelmäßig meditiert, Robert?«, fragte er ernst.

»Nein – aber ich fange wieder damit an, denke ich«, sagte Goff, als er sich abwandte, um das Oval Office zu verlassen. Bevor er die Tür öffnete, blieb er noch einmal stehen, drehte sich zu dem Präsidenten um und fragte: »Ob ein Armband in der Art, wie Sie's jetzt tragen, mir beim Meditieren helfen würde?«

Der Präsident lächelte zufrieden, während er geistesabwesend mit dem seltsamen elektronischen Armband spielte, das er seit neuestem am rechten Handgelenk trug. Zugleich wurde er plötzlich wieder auf die noch druckempfindliche Stelle an seiner rechten Schulter aufmerksam, unter der er den subkutanen Sender und Empfänger trug, und erinnerte sich daran, was dieses Gerät ihm bedeutete. Aber er begnügte sich damit, dem Verteidigungsminister zuzunicken und zu sagen: »Wir reden später weiter, Mr. Secretary.«

»Ja, Mr. President«, antwortete Robert Goff. Ich möchte wetten, dass ich nicht der Einzige bin, mit dem du redest, mein Freund, dachte der Minister als er das Oval Office verließ.

Codlea, Rumänien
(kurze Zeit später)

Als der Stealth-Jagdbomber Mt-179 *Tjeny* sich nicht wie vereinbart eine halbe Stunde vor der geschätzten Ankunftszeit meldete, wurden Pawel Kasakows Sicherheitskräfte sofort alarmiert und richteten sich auf die Räumung des Stützpunkts ein. Als die Maschine eine Stunde nach Ablauf ihrer Maximalflugzeit für überfällig erklärt wurde, machten Kasakows Leute sich sofort daran, ihren Auftrag auszuführen. Sie arbeiteten schnell und mit grausiger Effizienz. Mitten im Haupthangar wurde ein riesiger Haufen Sprengstoff aufgestapelt, auf den sämtliche Geheimunterlagen und alles andere kam, was irgendwie mit der Mt-179 zu tun hatte…

…und obenauf wurden die Leichen der Ingenieure, Techniker und Arbeiter von Metjor Aerospace in Codlea gestapelt.

Als ihr grausiges Werk einige Stunden später getan war, wurde Pawel Kasakow benachrichtigt; er kam in den Hangar, um ihre Arbeit zu begutachten. Um die Sprengladung zu verdämmen, war der gesamte blutgetränkte Stapel mit Planen abgedeckt und mit Autoreifen beschwert worden. Weitere Sprengladungen waren so unter dem Hangardach angebracht, dass sie nach unten wirken und einen Bombeneinschlag simulieren würden. »Gut gemacht«, sagte Kasakow anerkennend. »Wir räumen das Gelände und zünden dann…«

»*Fliegeralarm!*«, brüllte einer seiner Leibwächter. »Unbekannte Maschine im Anflug!« Mit Maschinenpistolen und Sturmgewehren bewaffnete Wachleute stürmten ins Freie. Andere Sicherheitsleute schoben Kasakows Hubschrauber in den Hangar zurück, um ihn zu verstecken.

»Das ist ein Schwenkrotorflugzeug!«, rief jemand. »Ich sehe weder Kennzeichen noch Hoheitsabzeichen. Bestimmt ein US-

oder NATO-Flugzeug mit Marineinfanteristen oder Kommandosoldaten. Wir sind entdeckt!«

Kasakow hob ein Fernglas an die Augen und beobachtete damit die Annäherung des großen Flugzeugs. »Keine Sorge«, sagte er laut. »Es muss viel langsamer werden, um seine Soldaten abzusetzen. Dann schießt ihr aus allen Rohren!« Aber das Flugzeug wurde nicht langsamer. Es war weit über dreihundert Knoten schnell, als es direkt über den Hangar hinwegflog. »Vielleicht will es Fallschirmjäger absetzen oder außerhalb des Stützpunkts landen, um die Kommandosoldaten auszuladen«, meinte Kasakow. »Das verschafft uns Zeit zur Flucht und gibt euch Zeit, sie einzeln zu erledigen. Zieht meinen Hubschrauber heraus und macht ihn …«

»*Seht nur!*«, brüllte jemand. Kasakow hob wieder den Kopf. Sie sahen drei Soldaten von der heruntergeklappten Heckrampe des Schwenkrotorflugzeugs springen. Jeder von ihnen war mit einem überdimensionierten Gewehr bewaffnet und schien mitten aufs asphaltierte Vorfeld zwischen Hallentor und Landebahn zu springen… *aber keiner der drei trug einen Fallschirm!* »Was zum Teufel machen die? Sind sie übergeschnappt?« Während Pawel Kasakow und seine Sicherheitsleute sie sprachlos beobachteten, rasten die drei verrückten Soldaten aufrecht und mit vor der Brust gehaltenen Gewehren dem Erdboden entgegen. Alle Zuschauer waren überzeugt, sie würden binnen Sekunden zerschmettert auf dem Asphalt des Vorfelds liegen.

Aber im letzten Augenblick drang aus den Stiefeln der Unbekannten mit ohrenbetäubend lautem Zischen offenbar hoch komprimierte Druckluft… und alle drei Soldaten kamen lediglich mit einer Geschwindigkeit auf dem Vorfeld auf, als seien sie nach dem Auswechseln einer Glühbirne von einem Stuhl gesprungen: weiterhin aufrecht und mit vor der Brust gehaltenen riesigen Gewehren, als wären sie plötzlich dort materialisiert. Jeder von ihnen trug einen dunkelgrauen Ganzkörperpanzer, ein breites Webkoppel mit mehreren Taschen, Kampfstiefel mit dicken Sohlen, einen Helm mit Vollvisier und auf dem Rücken einen schmalen Tornister. Die Gewehre waren eine völlig neuartige Konstruktion – äußerlich Scharfschützengewehren Kaliber fünfzig nicht unähnlich, aber mit einem viel komplizierteren Mechanismus, der keine Ähnlichkeit mit irgendeiner bekannten Schusswaffe hatte.

»Wer sie sind, weiß ich nicht«, sagte Kasakow, »aber sind sie nicht binnen sechzig Sekunden tot, sind *wir* erledigt.« Der Gangster warf sich herum und spurtete um eine Ecke des Haupthangars davon, wobei ihm drei seiner Leibwächter folgten, während die restlichen Sicherheitsleute ausschwärmten und das Feuer auf die Unbekannten eröffneten. Als er kurz stehen blieb, konnte er beobachten, wie jeder der drei Soldaten von mehreren Feuerstößen aus Maschinenpistolen oder Sturmgewehren getroffen wurde – aber keiner von ihnen brach zusammen.

Dann fiel ihm ein, was verängstigte Besatzungsmitglieder seines Tankers *Ustinow* von unbesiegbaren Kommandosoldaten erzählt hatten, aus deren Augen Blitze schossen, und rannte schneller als je zuvor in seinem Leben. Es gab sie wirklich, und sie waren hier!

Die Sicherheitsleute konnten nur wenige Feuerstöße auf die Unbekannten abgeben, bevor alle drei verschwanden und wenige Sekunden später ein paar Dutzend Meter entfernt wieder auftauchten, nachdem sie offenbar von den Jets in ihren Stiefeln durch die Luft katapultiert worden waren. Dann machten die Kommandosoldaten sich daran, nacheinander mit ihren seltsamen Gewehren alle verfügbaren Ziele zu zerschießen: die Hubschrauber, Fahrzeuge, die Nachrichtenzentrale, Stromaggregate, jedes irgendwie wertvolle Ziel. Wurden sie von Feuerstößen getroffen, schienen sie nur leicht zu wanken und setzten dann ihren methodischen Angriff auf den Stützpunkt fort. Kam ihnen einer der Sicherheitsleute zu nahe, wurde er aus einer Entfernung von mehreren Metern sofort durch einen kurzen Elektroschock außer Gefecht gesetzt oder mit einem stahlharten Faust- oder Handkantenschlag niedergestreckt.

Binnen weniger Minuten war das Sicherheitspersonal kampfunfähig und das gesamte Areal in eine rauchende Trümmerlandschaft verwandelt. »Alles klar«, meldete Hal Briggs, nachdem er die gesamte Umgebung mit seinen Helmsensoren sorgfältig nach bisher nicht außer Gefecht gesetzten Bewaffneten abgesucht hatte.

»Klar«, bestätigte Chris Wohl.

»Klar«, sagte Paul McLanahan mit seiner elektronisch erzeugten Stimme. Paul, Patricks jüngerer Bruder, war ein kalifornischer Anwalt und ehemaliger Polizeibeamter, der in seiner ersten Nacht im Dienst grausige Verletzungen erlitten hatte. Er hatte sie überlebt, war aber innerlich so gut wie tot gewesen – bis eine unglaubliche neue Technologie ihm den Lebenswillen zurückgegeben hatte. Der von Dr. Jon Masters entwickelte elektronische Ganzkörperpanzer hatte es Paul ermöglicht, trotz seiner schweren Verletzungen eine aktive Rolle bei der Verteidigung von Recht und Ordnung zu spielen. Als einer der ersten Nutzer des Anzugs und seiner Waffensysteme fungierte Paul seither nicht nur als Kämpfer, sondern auch als Ausbilder. »Patrick? Wie hörst du mich?«

»Laut und klar.«

Hal Briggs benutzte seine Helmsensoren, um erst Kasakow und seine Leibwächter und dann Patrick zu lokalisieren. »Er kommt auf Sie zu, Muck.«

»Soll er nur kommen!«

»Team drei? Team vier?«, rief Kasakow in sein Handfunkgerät. »Meldet euch, verdammt noch mal! Hört mich denn niemand?«

»Keines der Sicherheits- oder Transportteams meldet sich mehr«, bestätigte einer seiner Leibwächter. »Sie haben unsere gesamte Wachmannschaft umgelegt.«

»Als Nächstes suchen sie uns«, sagte Kasakow. »Wir teilen uns auf. Ihr beiden lauft einzeln weg, und *Sie* bleiben bei mir. In ihren Schutzanzügen sind sie anscheinend vor Kugeln sicher, aber versucht alles, was euch einfällt, um sie aufzuhalten – stellt ihnen ein Bein, taucht sie unter Wasser, führt sie in die Irre, lasst sie über eine Felsklippe stürzen, irgendwas. Los jetzt, Bewegung!« Während seine Männer in entgegengesetzte Richtungen davonspurteten, drehten Kasakow und sein letzter Leibwächter sich um …

… und standen direkt vor einem weiteren Kommandosoldaten.

Auf beiden Seiten brach ein Kugelhagel los. Kasakow warf sich zu Boden, schloss die Augen und hielt sich die Ohren zu, als Geschosse aller Kaliber und sogar eine 40-mm-Gewehrgranate über ihn hinweggingen. Er machte sich so flach wie möglich und schrie und weinte vor Angst. Aber der Feuerzauber dauerte nicht lange. Als Kasakow die Augen öffnete und seine Hände von den Ohren nahm, war um ihn herum alles still. Und als er sich aufrappelte…

…stand nur noch der Kommandosoldat vor ihm. Seine drei Leibwächter lagen auf dem Boden; ihre bewusstlosen Körper zuckten noch unter der Restenergie der elektrischen Entladungen.

Pawel Kasakow lächelte, dann hob er die Hände, um zu zeigen, dass er sich ergab. »Sieh mal einer an, es gibt Sie also wirklich«, sagte der Gangster auf Englisch. »Und wie ich sehe, sind Sie eine richtige kleine Armee. Sehr eindrucksvoll, obwohl Sie der Kleinste Ihrer Gruppe zu sein scheinen. Amerikaner, nehme ich an. Special Operations? Delta Force? Navy SEALs?« Keine Antwort. »Wie haben Sie mich gefunden?«

»Fursenko«, antwortete der Kommandosoldat knapp.

»Tatsächlich? Der gute Doktor lebt also noch? Schön für ihn. Ich freue mich schon darauf, ihm seinen Verrat persönlich heimzuzahlen. Also, was haben Sie mit mir vor? Wollen Sie mich ebenfalls durch Elektroschocks außer Gefecht setzen?« Keine Antwort. »Nun, es war nett, mit Ihnen zu plaudern.« Aber als Kasakow sich abwandte, um zu gehen, spürte er um sich herum kribbelnde, stechende elektrische Entladungen, die ihn wie ein unsichtbarer Elektrozaun einengten.

»Verdammt, was wollen Sie von mir?«, kreischte Kasakow. »Nehmen Sie den Helm ab und reden Sie von Mann zu Mann mit mir, Sie Feigling!« Keine Antwort. »Was wollen Sie? Geld? Wollen Sie Geld?«

»Ja«, sagte die Gestalt.

»Aha! Jetzt kommen wir zur Sache«, sagte Kasakow mit bösartigem Lächeln. »Geld im Tausch gegen meine Freiheit.«

»Geld… im Tausch gegen ihr *Leben*«, stellte der Kommandosoldat richtig.

»Das erscheint mir nicht fair. Wir können uns bestimmt… *autsch!*« Ein weiterer Stromstoß durchzuckte seinen Körper und ließ ihn kribbeln, als kröchen Millionen Ameisen über seine Haut.

»Verdammter Schweinehund! Sie wollen mich *berauben?* Ist das ein Raubüberfall? Sie wollen mich tatsächlich ausrauben? Geld oder Leben? Wie können Sie das wagen?« Die Antwort bestand aus einem weiteren Stromstoß, der ihn diesmal auf die Knie sinken ließ. »Schon gut, schon gut, Sie haben gewonnen!« Er rappelte sich auf und tat dann so, als durchsuche er umständlich seine Taschen. »Sorry, anscheinend habe ich meine Geldbörse nicht einstecken. Aber vielleicht nehmen Sie ja einen Schuldschein?«

Die Gestalt griff in eine Tasche an ihrem Webkoppel, zog ein kleines Satellitentelefon heraus und warf es dem russischen Gangster zu. Als Kasakow es aufklappte, fand er darin ein Kärtchen mit einer Kontonummer und einer internationalen Bankleitzahl. Während er eine Telefonnummer eintippte, fragte er: »Sollten wir uns nicht erst auf den Betrag einigen?«

»Eine halbe Milliarde Dollar«, sagte der Kommandosoldat.

Kasakow lachte. »Ich weiß nicht, was Sie über mich gehört haben, mein Freund, aber es war offenbar falsch. Ich habe keine …« Er wurde mitten im Satz durch einen weiteren Stromstoß unterbrochen, der ihn rückwärts auf den Hintern warf. »Hey! Das ist nur die Wahrheit, Idiot! Ich habe keine halbe Milliarde Dollar!«

»Dann sterben Sie«, sagte die elektronische Stimme.

»Ich meine, ich habe sie, aber ich kann sie nicht durch einen einfachen Anruf irgendwohin überweisen …« Ein weiterer Stromstoß, der erheblich schmerzhafter war, ohne ihn jedoch das Bewusstsein verlieren zu lassen, brachte ihn zum Schweigen. »Scheißkerl! Das zahle ich Ihnen heim, darauf können Sie sich verlassen! Sie und Ihre Freunde sind *tot!* Haben Sie verstanden? Tot!«

»Eine halbe Milliarde Dollar, in fünf Minuten bestätigt, sonst sind *Sie* tot«, sagte die futuristische Gestalt.

Kasakow gab nochmals die Nummer ein. Um den Betrag zusammenzubringen, musste der Finanzchef von Metjorgas die Geschäftsanteile Kasakows zu Geld machen und mehrere Konten seines Bosses auflösen – darunter auch welche mit Darlehen von »Investoren«, Gangstern und Drogenbaronen aus aller Welt, die über Metjorgas Geld waschen wollten –, aber binnen weniger

Minuten war die geforderte Summe überwiesen. Der Kommandosoldat steckte das Telefon wieder ein. Kasakow konnte hören, wie er in sein Helmmikrofon sprach.

»Jetzt lassen Sie mich laufen, nicht wahr?«, fragte Kasakow.

»Jetzt kommen Sie mit mir«, antwortete die Gestalt.

»Abgemacht ist abgemacht! Sie haben gesagt, Sie würden mich laufen lassen!«

»Ich habe versprochen, Sie leben zu lassen«, stellte der Kommandosoldat richtig. Hinter ihm tauchten drei weitere Gestalten in Ganzkörperpanzern und ein Mann in einem grünen Kampfanzug und Stahlhelm auf – mit dem Abzeichen der *Jandarma,* der türkischen Staatspolizei. »Aber neun Staaten haben Haftbefehl gegen Sie erlassen, und dieser Mann ist als Interpolbeamter von der rumänischen Regierung ermächtig, Sie hier festzunehmen.« Der *Jandarma*-Beamte legte Kasakow Handschellen an, nahm eine Leibesvisitation bei ihm vor, verband ihm die Augen und führte ihn zu einem in der Nähe bereitstehenden Hubschrauber. Kasakow beteuerte kreischend seine Unschuld, jammerte wegen der halben Milliarde, die ihm abgepresst worden war, und schwor mit sich überschlagender Stimme blutige Rache, bis die Tür des Hubschraubers, der ihn abtransportieren würde, sich hinter ihm schloss.

Nachdem der Polizeihubschrauber abgehoben hatte, ließ Patrick McLanahan sich auf ein Knie sinken und nahm den Helm ab. Obwohl der Anzug sehr gut klimatisiert war, war sein Gesicht schweißnass, sein Haar verfilzt. Die anderen Gestalten umringten ihn und warteten schweigend ab, ob er ihre Unterstützung brauchen würde. Nach langen Sekunden fragte sein Bruder Paul: »Alles in Ordnung mit dir, Patrick?«

»Klar.«

»Gut gemacht, Patrick«, hörten sie alle den früheren Präsidenten Kevin Martindale über ihre subkutanen Empfänger sagen. »Die auf dem Treuhandkonto eingegangene halbe Milliarde Dollar wird bereits weiterverteilt. Den größten Teil erhalten internationale und private Hilfsorganisationen, die in Albanien, Makedonien, Bulgarien und der Türkei tätig sind, damit Kasakows Opfern in diesen Staaten geholfen wird. Ein Teil des Rests geht an einen zuverlässigen privaten Sicherheitsdienst, damit Kasakow tatsächlich vor Gericht gestellt wird – ich sage das nicht gern, aber selbst bei der türkischen Polizei gibt es sehr wahrscheinlich Agenten Kasakows, denen zuzutrauen wäre, dass sie ihrem Boss zur Flucht verhelfen würden.«

»Aber den Rest des Geldes behalten *wir*, nicht wahr, Mr. President?«, fragte Patrick aufgebracht.

»Was wir tun – und was wir in Zukunft tun *werden* –, ist nicht billig«, erwiderte Martindale.

»Wodurch unterscheiden wir uns dann von Gangstern wie Kasakow?«, fragte Patrick verbittert. »Wir stehlen, wir überfallen Leute, wir rauben mit Gewalt Geld.«

»Wo der Unterschied liegt? *Sie* sind der Unterschied, Patrick, Sie und jeder andere, der den Kampfanzug eines Zinnsoldaten trägt, Drohnen steuert oder Lenkwaffen einsetzt – jeder, der sich uns anschließt«, antwortete Martindale. »Ja, wir werden uns Geld nehmen, an dem Blut klebt. Wir werden es an die Menschen verteilen, die es unserer Ansicht nach am dringendsten brauchen, vor allem an Opfer der Verbrecher, die wir zur Strecke bringen, aber wir werden einen Teil davon für unsere Zwecke verwenden.«

»Dann sind wir Verbrecher!«, rief Patrick aus. »Geld zu stehlen, auch von einem Scheißkerl wie Kasakow, bleibt ein Verbrechen!«

»Nein, das ist's nicht, Sir«, widersprach Wohl. »Es ist Gerechtigkeit.«

»Wessen Gerechtigkeit?«, knurrte Patrick. »Die Gerechtigkeit des Mächtigeren? Desjenigen, der den stärksten Schutzpanzer oder die größte Waffe hat?«

»Es geht nicht darum, wie Gerechtigkeit geübt wird, Patrick, sondern wie sie der Gesellschaft nützt«, erklärte Paul ihm. »Das Geld, das du Kasakow abgenommen hast, verhilft vielen Menschen zum Überleben. Das ist Gerechtigkeit.«

»Dann schlage ich vor, dass wir diese Anzüge ablegen und uns ebenfalls Kasakows Richtern stellen und ihnen das erzählen«, erwiderte Patrick. »Werden sie uns bestätigen, dass wir das Recht haben, unseren Gerechtigkeitsbegriff selbst zu definieren? Werden

Sie uns gestatten, im Namen unserer speziellen sogenannten Gerechtigkeit zu tun, was wir wollen, jeden anzugreifen, wenn wir's für richtig halten? Warten wir's ab, wie ihre Antwort ausfällt!«

»Wir sind keine Gesetzeshüter, Patrick«, sagte Kevin Martindale über ihre elektronische Verbindung. »Als Sie sich mir angeschlossen haben, habe ich Sie nicht etwa schwören lassen, irgendetwas zu schützen oder zu verteidigen. Wir dienen keiner Regierung, keinem Gericht, keiner Gesetzgebung. Wir sind weder Soldaten noch Juristen noch Politiker. Wir sind *Krieger.*«

»Was zum Teufel soll das heißen, Sir?«

»Das bedeutet, dass wir nicht für ein Land, nicht fürs Gesetz, nicht um Geld, sondern fürs *Recht* kämpfen«, antwortete Martindale. »Ich glaube, dass wir wissen, was Recht, was *Gerechtigkeit* ist. Ihr Bruder Paul ist Jurist. Sie, Hal und Chris sind Soldaten. Wir stammen alle aus unterschiedlichen Verhältnissen, haben unterschiedliche Lebenserfahrungen und Perspektiven. Aber jetzt stehen wir als Gemeinschaft zusammen. Das hat seinen Grund. Was uns auch geformt hat, was immer wir waren, was wir auch *sind*... ich glaube, dass wir Krieger sind. Angehörige der Kriegerkaste. Ohne Dienstgrade, ohne Flagge, ohne Kriegsherrn. Wir kämpfen für das, was gerecht ist.«

»Und manchmal muss man auf dem Niveau des Gegners kämpfen, Muck«, fügte Paul McLanahan hinzu. »Das hast du mir beigebracht, als ich diesen Körperpanzer erstmals daheim in Sacramento angelegt habe. Das war nicht hübsch, es war nicht nett, aber es hat funktioniert. Du hast mich gelehrt, dass wir damit Gutes bewirken können.«

»Außerdem habe ich Sie nicht dazu *gezwungen,* Kasakow Geld abzupressen«, stellte Martindale fest. »Ich habe *vorgeschlagen,* ihn um etwas Geld zu erleichtern, damit wir einigen seiner Opfer helfen können, aber diese Idee mit dem Nummernkonto und dem Satellitentelefon stammt nicht von mir – die war von *Ihnen.* Sie hätten ihn dem türkischen Polizeibeamten übergeben können, ohne ihn zu irgendwas zu zwingen. Aber Sie haben's getan, weil Sie nicht glauben, dass Kasakow jemals der Prozess gemacht wird, und selbst wenn er eine Haftstrafe erhielte, müsste er nicht leiden und wäre bald wieder draußen. Sie glauben, dass man ihm nur wehtun kann, wenn man ihm nimmt, was er liebt – und das ist sein Geld. Da bin ich Ihrer Meinung.«

»Das sind wir alle, Muck«, sagte Hal Briggs.

»Positiv«, bestätigte Chris Wohl.

»Stehen Sie also erhobenen Hauptes, seien Sie stolz darauf, was Sie getan haben, und machen Sie sich keine Sorgen, weil Sie einen Gangster wie Pawel Kasakow um etwas Geld erleichtert haben«, sagte Martindale. »Aber wenn Sie das so sehr belastet, wenn Sie glauben, dass das, was Sie heute getan haben und was wir auf meinen Vorschlag hin alle gemeinsam tun sollten, falsch oder illegal und unmoralisch ist, können Sie diesen Körperpanzer ablegen und heimgehen und friedlich im Ruhestand leben. Sie haben ihn sich verdient. Diejenigen von uns, die bleiben wollen, werden den Kampf fortsetzen, wie wir ihn für richtig halten und so lange, wie wir ihn führen wollen. Unabhängig davon, wie Sie sich entscheiden, begleiten Sie unser aller Dank und unsere besten Wünsche, General McLanahan.«

Patrick sagte nichts. Er stand auf, übergab seinen Helm mit gesenktem Kopf seinem Bruder und ging dann langsam zu dem Schwenkrotorflugzeug hinüber, das ihn nach Hause bringen würde.

Danksagung

Mein Dank gilt Oberst Richard Y. Newton, Kommodore des Fünften Bombergeschwaders, und Major Randy »Max« Allen, Fluglehrer für B-1B Lancer, für ihr Fachwissen und die Einblicke, die sie mir vermittelt haben. Ebenfalls danke ich Generalleutnant a.D. Daniel O. Aldridge, USAF, für seine Unterstützung, Ermutigung und Freundschaft.

Ich danke Sara Toutin für all ihre harte Arbeit.

Außerdem danke ich meinen Freunden Les Busick, Duane und Debbie Deverill sowie Bob und Donna Goff für ihre außergewöhnliche Großzügigkeit.